从终点开始的旅程

终わりからの旅

第四卷

〔日〕辻井乔 著

文琼 李颖秋 译

作家出版社

（京权）图字：01－2011－5853

图书在版编目（CIP）数据

从终点开始的旅程／（日）辻井乔著；文琼，李颖秋译．－北京：作家出版社，2011.9
（辻井乔文集：4）
ISBN 978－7－5063－6069－2

Ⅰ．①从… Ⅱ．①辻…②文…③李… Ⅲ．①长篇小说－日本－现代 Ⅳ．①I313.45

中国版本图书馆 CIP 数据核字（2011）第 192476 号

从终点开始的旅程

作　　者：【日】辻井乔
译　　者：文　琼　李颖秋
策 划 人：铁　凝　何建明
责任编辑：李宏伟
装帧设计：任凌云
出版发行：作家出版社
社址：北京农展馆南里 10 号　　　　邮编：100125
电话传真：86－10－65930756（出版发行部）
　　　　　86－10－65004079（总编室）
　　　　　86－10－65015116（邮购部）
E－mail：zuojia@ zuojia. net. cn
http：//www. haozuojia. com（作家在线）
印刷：三河市北燕印装有限公司
成品尺寸：165×240
字数：395 千
印张：25.5
版次：2011 年 9 月第 1 版
印次：2011 年 9 月第 1 次印刷
ISBN　978－7－5063－6069－2
总定价：200.00 元（全 5 册）

目 录

家庭的来历

毫无来由。

至少关良也觉得自己变得忧虑是毫无来由的。

他伫立在能俯视见自家的山丘上。他已经五十五岁了，在这样一个"知天命"的年龄，正好到了希望回顾自己迄今为止的生活方式的年纪。

他在新闻社工作，两年前主动要求从社会部调到了出版部。可以说他终于开始行动了，是因为他不想再做这些流于表面形式的工作。事业上的这种变化，可能是一个反思自己到目前为止所走过的人生道路的良机。但是，这些都不是他现在感到忧虑的原因所在。

山丘下能望见的那个家，是他十年前继承了九十五岁去世的老父亲的遗产后，所买下的。从位于东京西郊外的玉川学园前那一站出发，坐两站公车下来，爬上一个小坡，就到了他家，还带有一个小庭院。

这天是假日，他一手拎着超级市场的袋子，里面装着妻子叮嘱他买的物品。袋子里有面包和黄油，还有做下酒菜用的鱿鱼干、四个西红柿、一根胡萝卜以及一袋豆芽。妻子给他的购物清单上本来没有胡萝卜，但是他在商店里见到摆得整整齐齐的胡萝卜时，突然想起小时候，母亲絮絮叨叨地叮嘱说："一定要多吃蔬菜，包括胡萝卜。"

从山丘上望过去，能看见有一家的男主人正在院子里的菜园中一边清除杂草，一边手持铁锄种植着秋天的植物，女主人模样的中年妇女则把垃圾袋放在了路边。还有一家的小男孩则荡着秋千，还可以看见旁边骑着童车的他的妹妹。还能看见一家，年长的妇女身后，小男孩终于跟跟跄跄地迈开了步伐追赶着，两个人很快就在院子边的墙根处碰上了，那个妇女指着一些植物，那个看起来好像是她孙子的小男孩则在说着什么。又有一家，夫妻俩则一起在院子里拧干和晾晒着清洗过的衣物。

任何一个这样的场景，都让今天的良也格外感触与自己家完全不同的家庭生活。他想，我们家这种不能生育孩子的生活，是不是缺少了一点温馨感呢？他又想到，自己之前曾经用妻子克子的眼光来俯视过自己的家吗？想到这里，他觉得自己今天是怎么了，为什么开始不断地自我否定。又不存在因为事业上的失败而丧失自信这样明确的理由，也没有被信赖的朋友出卖这样的事实，为什么会这么沮丧呢？

克子爱干净，每天话不多，外表非常温顺，但是她一旦认定自己的判断是正确的，就不肯相让。夜里她有时突然开始打扫卫生，还因为这个和他发生口角，而白天她却放任自流，说："以后你自己收拾吧。"他只好让步。良也想，如果自己都没有改变生活的意志，就什么也开始不了。

就在他俯视着那条住宅街的时候，云层开始逐渐愈积愈厚。傍晚的时候是不是会下雨啊，良也想到。这时，从山丘蜿蜒盘旋的道路上，突然出现了一个穿着黑色衣服的男人。这个男人可能是从远处一直走过来的吧，正在恍恍惚惚考虑事情的良也不经意地瞥见了他。

这个男人穿着的不是西服，也不是快递员或者煤气、水管的检修员所穿着的工作服，良也只能用穿着黑色的衣服来形容他的着装。这个男人走路不疾不徐。他随心所欲，几乎是下意识地迈着脚步，走在良也站立的山丘下面的道路上，靠近了人们盖建住宅后所剩不多的枥树林。

过了一会，良也突然想到，这可能是寻道者特有的行走方式吧。那个男人的身影已经隐在山林中了。良也的脑海中，突然浮现出西行、芭蕉，以及更近的尾崎放哉、山头火等流浪诗人的名字。关于这些人，有各种各样的传记和解释，但是关于他们的行走方式、手势或者吃饭时的咀嚼方式等等，却几乎没有任何记载。

这么考虑问题，是与良也如今所负责的工作有关系的。他调到出版部后，花了三年时间来策划和推进一本《现代人俳句全集》。他开始着手做的是挑选出高滨虚子之后的三十多个俳句诗人，找到养育了他们的土地和街道的照片，以及把很多能表现名句味道的风景和情景做成书的插页，发行一本富于视觉冲击力的全集。良也被任命为《现代人俳句全集》的主编，由于自己对图片缺乏了解，他指派了曾经多次一起共事、对自己的心思非常了解的菅野春雄。

以前，日本发动二战时，居住在美国的日裔人曾经被关到收容所中，良也还在社会部的时候，决定把美国出版的《收容所的日裔人》图片集在日本出版，良也采访了还记得当时情形的当事人，菅野则拍摄了照片。在这次采访的过程中，他了解到，有一位当时在波士顿学习美国文学的留学生，在导师的推荐下加入了美国籍，并为英语还不太流畅的第一代日裔美国人担任翻译。二战结束后再次恢复了日本国籍的这位学生，现在是美国文学的权威、九州大学的教授原口俊雄。良也回国后，就到福冈去采访他，所以顺便到了一趟母亲的故乡柳川。原口教授没有任何试图遮掩自己当时行动的意思，尽管他的行动在战争中被称为"非国民"的举动，他还为图片集撰写了一个很长的解说词。可是当时因为原口教授还是美国的军属身份，所以无法言及印度的日本兵俘虏收容所的情况。尽管这可能是采访之外的事情，但是数年后，当良也知道这些后，还是有点跃跃欲试。

身穿黑衣而远去的男人的背影，让良也联想到了漂泊的诗人，然后又开始想起了研究美国文学的原口教授，甚至远在柳川的母亲的墓地。

在这样深锁的记忆深处，良也这个出生于日本战败后的第二年、一次也没有经历过危险、只是每天安稳度日的男人，开始感慨自己是否虚度了人生，尽管理由并不充分，但他却感受到了不愿意就这样生活下去的悔恨之情。

他缓缓步下山丘，徘徊在穿黑衣的男人所走过的道路上，中途往左一拐弯，朝着家的方向走去。这时，有一个过去一直被搁置在他脑海一隅的策划，突然浮现在他的脑海中。这就是开始一次采访之旅，寻觅散布在全国的俳句诗人的足迹，并利用这次旅行，把那类和平主义者所写的《二战中战死的七十五名学生的遗稿集》收集并整理，这是他暗中的野心。这个集子甚至不一定拘泥于学生的手稿，还可以扩展到艺术家和有志于从事艺术事业的青年的手记、记录等等。

他把这个集子先暂时命名为《弄潮的旅人》。之所以使用"弄潮"一词，是因为整个战争被称为太平洋战争。当然，中国大陆、老挝、现在的缅甸也包括在其中。在这些地方，对方国家所受到的战争祸害和日本的战死者都是最多的。当时，可能有年轻人压抑着自己，放弃良知，却又满怀着期望。良也从学生时代开始，就对绘画、音乐这类艺术非常憧憬，但却对艺术创作中必不可少的激情感到畏惧，他也想通过这本集子的编写，探索一下自己一直在思索的"艺术为何物"的问题。扼要说来，这不是一本伤感的书，而是要编辑一本反战的手稿集，想到这里，他不禁产生了一丝自负感。

他悄悄推进的这个策划，应当尽早告诉将要和他一起开始采访之旅的菅野春雄。虽然这么想，但是他却还没有找到一个透露这个秘密的好时机。对于这个与他心意相通的人，说这样的事情似乎很简单，但是如何向对方说明为什么要做这么一本书呢？考虑到这些，他内心又不禁犹豫起来。

良也一开始是在长野分部参加工作的，之后才作为社会部的记者调到东京来。当时正值日本经济蓬勃发展的二十世纪七十年代，有人因此而沦落为社会的下层，也有人虽然没有沦落，但却卷入了各种事件当中。他最早接触到这类事情，是在采访一个顺手牵羊的女性时。她住在一个为归国日侨建造的宿舍中，最让良也吃惊的是，她的小偷小摸竟然没有任何理由。

"经济高度增长的阴影下，缺乏阳光照耀的人们。"这是他当时所写的系列报道。"想要某件物品，却买不起，很想看到孩子们的笑脸，以至于……"这样的故事他写都写不尽。如果沿着这条线索深究下去，对方又会说："我是军人的妻子，我不喜欢靠眼泪来煽情。"他也只能挖到这么深。

起初，良也不明白这个有着顺手牵羊冲动的女人，为什么会突然这么生气。震惊过后，就是不断涌上来的怒火。而他所采访的这个对象，最多也就是被警察悄悄地教训了一下，这么一个经过，罪行轻微到甚至都不会被逮捕。他本来不想伤害对方，尽量小心翼翼地，但却还是招致了对方的愤怒。为何对方又会说出诸如"军人的妻子"这样的话呢？如果沿着这种愤怒细究下去，就会发现，对方隐隐约约地产生了一种羞辱感，甚至最终发展成为了一种自我厌恶的情感。

良也在大学学的是社会学，并且学习了心理学和社会结构的理论。总之，他能指出对方的过失来。但是，当了记者之后，随着社会活动的增多，他终于明白，世界上有很多事情是无法用学校学到的知识来进行分析的。

在接下来的报道中，他描述了这个小偷小摸的人所住地方的情况，也指出了这个没有家人、渐入老境的女人的孤苦境地，但他还是对这个犯罪者的自我申辩理由进行了明确批判，而且没有触及到她引以为荣的"军人的妻子"的问题，就把报道写完了。良也想尽量避免太过深入对方的心理和思想。

那是他从长野回来两年半左右，母亲刚去世不久时的事情。被采访的那个女人，和他刚去世的母亲年纪相仿，可他却没有注意到。回忆起当时的事情，他想自己怎么能当好这个记者呢，心里不由感到了一些不安。

浅间山庄事件是在他回到东京不久后发生的。这是一个重大事件，他从东京急匆匆地赶过来，表示要采访。从学生时代开始，他就对这类过激事件有所耳闻，但是对于新左翼这类的运动他却只知道毛皮，因此，自己内心一直在反省。经过了大概两年，在菲律宾的库班岛发现了小野田宽郎少尉，这是他开始采访小偷小摸事件之前两个月的事情。当时，良也也深入思考了一下，日本的军队战败之后，这位少尉所度过的这三十年岁月，对他来说意味着什么。

良也一边在不知不觉中回忆着过去，一边徐徐迈步向家中走去。从山丘上所俯视见的住宅街的情景奇妙地给他留下了深刻的印象。那里毫无疑问有被称为日常生活的东西。

但是，所谓日常生活指的是什么内容呢？一旦孩子长大，开始上幼儿园了，母亲就要每天去接送，还要为孩子做便当，每个学期父亲要去一次幼儿园或者小学。有些父亲还乐此不疲，甚至带上了摄像机。如果是白领的话，每个月要去打一两次高尔夫，每周要去搓一两次麻将，还要和熟人一起去喝酒，除此之外，夫妻俩也要经常一起到餐厅去吃饭，参加一些感兴趣的活动等等。根据年龄的不同，还有时代的变迁，人们的生活方式也在逐渐变化，但是这些无疑就是所谓的日常生活。

良也觉得，自己缺乏这样的生活。如果仅仅以所谓没有孩子作为理由来搪塞的话，似乎有些牵强。克子的父亲是同一家新闻社的高层人物。新闻记者的生活非常不规律，经常被卷入各种事件中，对此，妻子也是非常清楚的，所以，良也大概也因此获救了。

他们是在田中首相因权钱交易受到批评并导致辞职的次年，经社会部部长介绍而结婚的。他之所以把结婚典礼和权钱交易记在了一起，是因为介绍人曾经说过："新郎官良也先生作为记者，很早就崭露头角了。但是很遗憾，我无法给出非常具体的理由，只是他在批评田中的权钱交易中扮演了一个重要角色。"话一出口，当时连新郎也大吃一惊。这番话指的是，此前的一年，当他出差去采访日益兴盛的轻井泽夏天的风俗时，从学生时代的同级生的父亲、某位财经界的领袖人物那里，听说了一些田中首相亲信所说过的话，并告诉了新闻社。

这是一位与田中首相关系密切的政治家，计划陪同首相到东南亚五国进行访问，他说："经过计算，婆罗洲现在用一百亿美元就可以买到。这样的话，印度尼西亚政府就会节约外币，对于该岛居民也没有养育义务了，我们国家花一百亿美元就可以拿到取之不尽的资源了。"对于这个消息，他当时无意间听到了，但对于其内容的可信程度，良也自己也没有把握。不过，社会部部长居然还记得这件事情。

不仅结婚典礼上媒人的介绍很特别，回顾起自己迄今为止所走过的道路，自己人生之旅上的几次重大变化，遗留下来的记忆无不以当时周围的社会事件或者政治变化为线索。这可能是因为他忠心耿耿地过着记者的生活所造成的。

克子的父亲因心肌梗塞突然去世，不巧正赶上日航的飞机坠落到了群马县的御巢鹰山。当时正值事故发生后的第三天，良也从社里得知了消息，赶快给克子打电话，终于连夜赶飞机回去了。岳父在女儿和良也结婚后，就调到另外一家与原来的新闻社关系密切的电视台去了。关于葬礼的事情，有电视台安排，良也倒是很放心。他担心的是，一向温和安静的妻子，是否能习惯这些忙乱的事情。电话里，妻子的声音倒是出人意料的坚强，她的声音非常沉着，一点也不慌乱："现在，你那里是不是挺不容易的？我这边有大家来帮忙，没有关系的。新闻社也来了人手帮忙。"她还举出了良也认识的同一个办公室的男人的名字，接着说道："没事，只要你能赶上葬礼，就可以了。"

现在想起来，这是多么富于"宽容和忍耐"的一番话。从那时到现在还不到十六年，可是时代却完全变了，良也有这种感觉。只有那次自己真正关心过克子，他回忆起了自己与克子迄今为止所一起走过的道路。自己是不是把当时克子的勇气视为理所当然的了？

　　良也觉得，克子自己也是在人世间的氛围中，一点点地转变过来的。她逐渐意识到，自己多多少少都必须要过一种有着明确自我的生活，这种想法一旦萌芽，她就开始刺绣、出去参加日本画的讲座，最近还参加了保护地球上的绿色等环保运动，她还说："从现在开始，人们只要有了这种自觉的意识，就可以从自己的身边开始做起，保护环境。"等诸如此类的话。

　　良也刚进入公司时，克子的父亲和公司的社会部部长很投合，克子的父亲在女儿出嫁时，对女儿说过"嫁出去的女儿，泼出去的水"这样警示的话，克子至今仍毕恭毕敬地信奉着父亲的话，并且心存感激。

　　良也终于抽出时间，赶上了葬礼。之后，克子好像把此前积蓄了很久的话都说出来了，一直向丈夫诉说着对父亲的回忆。她在丈夫面前如此多话，也是非常罕见的。

　　她说的话，一点也没有要批评男尊女卑的思想的意思，她的语调，倒是对父亲充满了怀念之情，尽管他的思想经过了二战后四十年，已经显得有点太老旧了。他突然想到，自己对于当时克子所发出的信号，可能没有完全理解和接受。

　　现在离葬礼过去已经十五年了，他才注意到这些事情，显然对对方心理动向的感知能力非常低，事到如今，他才意识到自己究竟做了些什么。但是关良也对此并没有很快感到厌烦，他反省起自己对克子这种古风犹存的美德和忍耐力的依赖，以及作为男人的自私和无当的生活。

　　在这样的背景下，她所不断发出的另一种信号，是踏实地学习可以为自己谋取收入的一技之长，想让自己在紧要关头也不会困惑，并通过参加社区的活动，确认自己所处的位置等等，不断地做出种种努力。

　　想到这里，良也觉得自己必须尽快改善对这些信息的迟钝的感悟能力。

　　一进入家门，就闻到了大蒜和橄榄油的味道。克子好像在做意大利面。"回来这么晚了，超市里是不是人很多啊？"面对妻子这样的询问，他只是含糊其词地回答了一下，把购物袋往妻子站着干活的地方旁边的台面上一搁，就进了书房。他从几年前开始，就养成了一种习惯，写一些类似日记的东西，但并不严格地按照时间顺序，只是把当天所注意到的事情，或者很在意的事情和日期一起写下来。现在，他在这个笔记本上写下了这样的语句："拥有自己独特的生活方式，生活的真实面貌是什么。"

两个人相处的时候，一到周末，总是吃着一些早晚都差不多的饭菜，良也突然想起来，说道："我呢，想租房子，尝试一下自己做饭的生活。"这不是什么经过深思熟虑的话，所以只是随便地口头说说而已，但是过了片刻，他见到克子时，表情又变得僵硬起来。"这到底算是怎么一回事。"他说着，对于这些奇怪的念头又感到恐惧，又恐惧却又更想触碰，良也觉得自己很失败。面对妻子，把之前从未接触的"自己做饭、自己生活"之类的话随便挂在嘴边，显得自己非常轻率。他觉得很后悔，这些话现在说出来，显然也是不合时宜的。

"啊，不是这么回事。没什么事。是这么回事。我站在山坡上，看到各种各样的家庭的样子，突然产生了这么一种想法而已。"他试图这么说明一下。事实上，他的这番话连他自己都没有好好考虑过就说出了口。他不太善于向对方表白自己的心情，特别是对妻子，好像至今为止都还没有学习这种技巧的必要。

"到现在为止，我确实也从来没有试图去好好理解过你，一丁点这样的努力都没有做过，所以我在反省自己。"诸如此类的话，他感到似乎对妻子很难说出口，首先自己就觉得羞于说，所以反而担心这样说的话，会不会使得误会越来越深。

克子动了一下，把叉子放下了，"哦，如果对我有什么不满的话，就直接说吧。比如，这样不好，那样的地方你不喜欢什么的。我，尽量改吧。"她坐直了。

"失败了。"他心里还想着。

不管怎么样，都是用半开玩笑的方式说完了，但是，注意到当时双方的精神状态，就开始前言不搭后语地接着说起了话。由于担心自己在克子心情不好的时候，引出了这些不合时宜的话题，他便说道："不是这个意思。是我不好，你一点问题也没有。"以至于他的声音显得有点苛刻了，尽管，这是他对自己的苛刻。

"不明白我的意思吧，我真笨，希望你能明白我的意思。"他看见克子看着下面，姿势很僵硬的样子，这样想到。良也开始集中精力，努力让自己镇定下来：

"男人，经常会在自己的年龄里考虑各种各样的问题。我不是对你有什么不满，只是，到今天为止，我觉得自己对你太过依赖了。我从山坡上俯视了一下，看见有很多男人到院子里干活，拧干衣物什么的，也有很多到超市买东西的。"对于他的解释，克子当然不能接受，"但是，你说的可是自己做饭哦。"

这样你一言我一语地说来说去，良也就忘了自己到底想说什么了。这时候，黑衣男子的背影一直浮现在他的面前，但如果把什么漂泊的旅程之类的话说出来的话，话题就更加混乱了，想到这里，良也就缄默不语了。于是就放弃了下结论："好了，我收回，我收回。我只说了一下我的想法。"他匆匆地把妻子留在了餐桌边，逃也似的离开了。他第二天要去长野出差，所以想避免长期战争。

根据过去的经验，如果事情一旦陷入到这种状态，接下来的半天里，他们俩将会一直相互对视着。克子如果有自己热衷的东西，就会在投入其中的时候，不知不觉地把愤怒平息。她聚精会神地刺绣的时候，就是这样的情形。在这样连原因都忘记了的争吵过后大概十四五分钟，良也注意到睡觉时间有点太过安静，就走出书房一看，发现克子正在默默地似乎承受了巨大打击似的，在布上用红线绣着花的图案。他便问道："好漂亮啊，是牡丹花吧？"结果却是罂粟，但他的褒奖所包含的和解意愿却被接受了，"漂亮吧？"他一边说，在一只手里展开着看。

有一段时期，为了不中断两人之间对话的渠道，他们在屋子里养了一只德国狗，希望它能成为两人对话的桥梁。这是他们搬到现在的家之前的事情了。显然，他们的对话是从给小狗取名字开始的。

经过一番争论，最后采用了克子所提议的"裕裕"这个名字。这个名字来源于她所崇拜的石原裕次郎的"裕"字。在此之前，良也试着提议说："叫阿竹，如何？叫它名字，如果没听见的话，就可以骂它——'哎，竹子！'"那是竹下登总理大臣上任没多久的时候。克子说："讨厌，这么叫这个可爱的小东西！"她抱着小狗，不断地用脸颊亲它。

这些是从什么时候开始消失的呢？大概是从五年前，她经常参加一些同学的聚会，从那时候开始，她说话开始变得活泼了一些。最初的两三回，她一回来就开始说一些同学们的事情，比如，谁的丈夫已经去世了，谁为了帮助在人员整顿中失业的丈夫，一边工作一边维持着家计等等。

"托你的福，我好像过得还不错，虽然有时候也感觉到很寂寞。"这样汇报的话语，从她那略带醉意的舌尖滑过，自然而然地脱口而出。这时候，良也的内心里，总是默默感谢同学聚会的功效。

在她的同学中，与克子最合得来的是龙泽尚美。这个女人，自从丈夫去世后，便成为了保险公司的职员，发挥出了自己的才能，借用克子有点陈旧的说法，就是"有点不良"。在克子的邀请下，龙泽尚美曾经来他们现在的家里玩过一阵。

"这段时间，谢谢你们的款待了。"龙泽尚美这么说，是因为良也在前一天，从附近那家相当不错的鱼肉店里，订购了一些很好吃的鱼肉，放在美味的调料里，带回到了家里的餐桌上，他还准备了上等的葡萄酒来迎接妻子的这位同学。

虽然是第一次见到良也，龙泽尚美并不让人感到局促和紧张，她运用着纯熟的说话技巧，显然是一位应酬的高手。在长达三个小时的时间内，龙泽尚美一直侃侃而谈，直到她离开为止。在同学聚会上，克子是怎么和她说的呢？她来家里拜访时，只是说"来拜访一下你的先生"等等，良也在龙泽尚美回家之后，注意到了这些细节。

触发他想稍微改变一下自己生活的想法的，是在山坡上俯视时，突然现身的那个黑衣男子。可是进到书房之后，他开始想，尽管变化是慢慢出现的，但克子已经不知道从何时起开始和独立的女性接近了。这样的背景，才是促使自己开始考虑"自己做饭、自己生活"的更为深层的原因。

如果克子真的变了，就不应该会出现前面的反应，今天，自己是和观念还相当守旧的克子发生了冲突。用一句俗话来说，今天自己是踩着蚂蚁的腿了。良也感到非常后悔。

在他这种懊悔的心情当中，担任他结婚典礼的司仪的社会部长，在结婚仪式之前，把良也叫到一边，对他所说的一番话还历历在目："怎么样，我就有几句话跟你说。在女人面前，绝对不要显示出软弱。哪怕在当时的场合下，觉得这样做也挺好，但事后一定会惹出麻烦，所以绝对不要让女人看见你的软弱。"

根据这样的忠告，良也便急急忙忙地到长野出差了，他也没有要和妻子和好的意思。这次出差，是因为和良也在同一时期在长野分局工作过的一位美术评论家小室谷雅道，正好就任长野市新开的私立美术馆的馆长。对方寄来了一份开馆纪念展的印刷品和一份邀请函，上面写着："你现在应该稍微有一点时间了吧。到下个月中旬以后，新开馆的喧闹也该告一个段落了，到时候你过来悠闲地游玩吧。我很想了解东京那边的氛围，不管怎么样，一个晚上我们的话都说不完吧。"良也想着正好可以做《现代人俳句全集》的采访，去一趟松本，所以就决定去拜访小室谷的美术馆。

正当良也收到小室谷的来信，刚动了到长野市去旅行的心思的时候，他又读到了一则消息，称在安云野的某家个人美术馆中，展示着在战争中死去的戏剧演员的信和遗物，以及他们活跃在舞台上的照片和海报、装置的模型等等。

记载着这则消息的专栏写道："展示着这些战死的学生作品的地方，是上田市的无言馆。据说，人们正在推动出版竹内浩三作品全集的计划，这位年轻的诗人是在卢松岛巴奇奥战死的。在人心浮躁、轻薄好战的风潮中，他曾发出反战的低语，但这种对战争的批判声却在不断地扩大。"

这则消息说，这些年轻人原本希望成为艺术家，却在战争中死去，有人想把他们的故事记录在一本名为《弄潮的旅人》的书中。这个消息刺激了良也暗藏的野心。终于发现有人怀着和自己同样的想法了，这不但激励了他，也使他暗下决心，一定不能落后于别人。他决定先去拜访美术馆，和老朋友小室谷叙叙旧之后，就去拜访无言馆，顺便再到安云野去转一转个人美术馆。

最初的出差计划中，目的地本来是松本市。在那儿，良也本来准备去拜访杉田久女的墓地，寻访她的石碑。因为当时高滨虚子不太喜欢杉田久女，她生前连一本俳句集也没有能够出版，为了治疗肾脏的疾病，她曾经在浅间温泉逗留过一段时间，良也本来想到那里去采访。据说，她所写下的俳句"绣球花绽放／在秋意渐浓的信浓①"，就刻在松本市城山公园的石碑上，良也本来想去实地考察的。她曾被誉为是天才般的人物，经常闪耀着敏锐的思想光芒，也正因此，良也推测她常常被朋友所疏远，她的老师也对她抱有戒备之心。

杉田久女的父亲是出身于松本市的官吏，为了安葬父亲的骨灰，久别之后再

---

① 今日本长野县。

次回到松本的杉田久女，不久就发病了。当时正是大正九年，她三十岁的时候。

还有一位于近年突然去世的人，也就是上田五千石，他也曾经在十岁的时候，为了躲避空袭，被疏散到了伊那，从此他和信州结下了缘分，开始在松本市的中学里上学。他虽然没有在信州长期居住，但是作为昭和时代的代表性俳句诗人，从奠定了他地位的诗歌集《田园》等里面，可以发现他所写的很多宏大而严肃的诗句的风格，是在一种如远眺北方的阿尔卑斯山峰般的环境下所培养出来的。良也是这么理解的。良也所决定的《现代人俳句全集》的编辑方针，是要站在培养俳句诗人的土地上，用作者般的目光来俯视风景、选择诗句。如果这个方法被《弄潮的旅人》采用了的话，他还要去中国、新西兰、菲律宾和缅甸等地旅行。

良也的长野之行，除了工作之外，还有另外一个秘密的目的。他进入新闻社之后不久，从1968年秋天到1971年末，曾经在长野分局工作过一段时间。他想唤回这段时期炽热的心情，回忆一下当时所思考的问题，最主要的是想要有一点时间来思考今后自己的人生道路。

登上山丘，一边往下俯视住宅街的情景，一边考虑如何改变自己的生活方式，好像是受到了第二天要到长野出差的事情的影响。其结果，就是把"自己做饭、自己生活"这样的话也说出了口，还惹怒了克子。

他在书房里确认着出差的计划，不用急于和妻子改善好关系，就这么去出差，确实是社会部长所建议的一种方法，但他翻来覆去地考虑，却终究还是下不了这个决心。正在犹豫不决的时候，良也开始写起了有关上田五千石的笔记。关于杉田久女的评传还是非常多的，但是关于四年前突然去世的上田五千石，整理出来的资料却是寥寥无几。但是五千石很早就下定决心要专心走上俳句的道路，他首先进入了东京高等针灸学校学习，随后继承了家业，从事针灸工具的制造和销售工作。

良也一直有这样一个癖好，就是喜欢拿自己的生活方式与作者进行比较，他决定到五千石学习过的中学去拜访一下。当时的县立①松本中学，今天应该已经

---

① 日本的县相当于中国的省。

成为了松本深志高中了。

　　不知何时，一直在埋头写笔记的他，耳边突然响起了什么东西轻轻擦过地面的声音。过了一会，他突然注意到这个声音，回头一看，在门下的缝隙里，有一封白色的信笺。走过去，拾起一看，原来是克子写的纸条，上面匆匆忙忙地写下了一些话："刚才可能是我想错了。你可能只是一时的想法而已。你连煎鸡蛋都不会做，怎么谈得上要自己做饭呢？我可能太当真了，对不起。我应该更理解你。"良也很快回到了餐厅里。妻子刚把带着刺绣的桌布铺到餐桌上，一个人一边干着活儿一边想事情。他凑近一点，说道："应该道歉的人是我啊，对不起。"接着又提议说，"明天开始，我有一周的时间都不在家，所以今晚我请你吃饭吧。我们去新宿吃肉吧。"

　　他虽然感觉克子并没有明白自己真正的心意，但是与其让两个人这么记恨着，跑去出差，还不如维护表面上的和平。他心想，一起到新宿的高级宾馆里的餐厅，去喝点红酒的话，应该就好了。

茜

　　关良也到长野分局工作两年后，认识了叶中茜。之前不久，一直在当地担任他的新闻通讯员工作的富泽多计去世了。富泽多计在幼年时因为受伤，一条腿残废了，所以没有服兵役，而是成为了当地报纸的名记者。他是一个自由主义者，暗慕有着反战思想的桐生悠悠等人，因为维持治安法被当成怀有危险思想的人物而被拘留了，所以也不得不辞去了单位的工作。

　　战争终于结束了，但他已经无法回到原来的工作单位了，所以就成了关良也所在的新闻社的通讯员。凭借着他之前的新闻感，再加上他在战争期间一直待在当地，他对长野县的情况可谓无所不知。无论是什么样的高山植物生长在什么样的地方，还是当地节庆活动的报道，或是人事关系的变动等等，他可以称得上是一部鲜活的县史。刚赴任不久的良也，经常承蒙他的关照，所以他经常去探视富泽。富泽住在国立的东长野医院，这所医院以前是专门对受伤的军人开放的医疗设施。跟富泽同一间病房的是一位前陆军大佐叶中长藏，他一直在住院。向护士们一打听他的情况，说是他的肝有问题，因为长期与病魔作斗争，所以经常会情绪不稳定。

　　茜就是他的独生女儿。她一边在当地的银行工作，一边照顾生病的父亲。母亲早在茜上高中的时候就去世了。因为下半身的麻醉还没有解除，富泽说话有点不利索，当富泽介绍他们认识时，良也对茜并不是非常感兴趣。他感觉这是一位再普通不过的女性。她身材娇小，头发很顺从，剪成了带刘海的齐耳的少女短发。如果把头发留长一点，应该更好看，他只记得这些了。

当他第二次、第三次来看望富泽的时候，他们谈论起了伊那当地的街道主任选举的预测情况，富泽还告诉了他长野县之所以成为著名的荞麦产地的原因，也就是那天，良也正好遇到茜拿着两束自己采的小花，出现在病房里。之前他一直没有注意到，不仅在叶中长藏的枕头边，就连富泽那边，都盛开着一束从野外摘来的小花。

良也便问道："请问，一直是你让花盛开着的吗?"茜便回答说："他们住在同一个房间嘛，只是从家附近摘了一些花过来而已。"她说话的语气好像这是理所当然的事情。刚开始的那些天，良也从分局附近买过一些蔷薇送给富泽，但对于同处一室的叶中长藏却毫不关心，仿佛富泽住的是一个人的房间似的。如今听到这番话语，茜对相邻的病人也同样充满了关心，不由得使良也感觉到羞愧。

良也把母亲一个人放在了东京，到长野单身赴任，他切身感受到了在公司的宿舍和街道上遇到的长野人的亲切。

良也从小学开始，就一直和母亲一起两个人生活，来到长野之后，无论是每天的生活也好，还是自己的心情也好，他都意识到，自己对母亲有着深深的依赖。在东京的时候，他对于这点却毫无察觉，所以非常希望能够早点独立来帮助母亲，就是带着这样的心情，他为了考上大学，一直在努力学习。

其结果，在各种思想交错的校园里，他一直是一位善良的学生。他的父亲关荣太郎，是原来铁道部的技师，在战争中，曾经是门司铁道局的年轻局长。日本战败的时候，他正在九州。战后，借助日本国有铁路复兴的机会，由于他和铁道部的关系密切，所以就担任了民间的技术研究所所长。

关荣太郎把良也和良也的母亲放在了柳川的丈母娘家，就这样来到了东京，经过六年的时间，他终于把两人接到了位于东京阿佐谷的家中。他的长子忠一郎和妻子的住宅位于市谷砂土原街道的公务员住宅中，要调整好这个家和阿佐谷的家之间的双重生活的体制，至少需要这么久的时间。

　　高二的时候，良也开始询问起母亲关于自己不寻常的生活的一切，比如为什么自己的姓与母亲不同，为什么父亲每周只回来一次等等。有一次，他偶然和朋友一起到NSSC三明治连锁店的新宿分店的时候，正好遇到社长来视察。见到这位带着三四名随从的四十岁左右的男子时，良也感觉这个男人的样子很面熟。询问了店员后，良也的直觉告诉自己，这个人和自己一定有着某种很深的关系，但在朋友的面前，他却装成什么事都没有，把话题引开了。这位社长与父亲非常相似，父亲一年前，也就是他六十五岁时，已经从技术研究所所长的职位上退下来，并担任了国家铁路下面若干公司的非常务的管理与监督职务。

　　在良也的一再追问下，母亲认为把实情告诉他的时候到了，母亲告诉他，父亲实际上有另外一个家，在那里还有一位他的同父异母兄弟，叫忠一郎。当时，母亲还没忘了补充说道，那边的人形式上好像是父亲的妻子，但其中有着种种复杂的事由，实际上自己才是真正的妻子。

　　良也的母亲藤美佐绪出生于柳川的原来一个从事船舶货运委托业的家庭里。父亲那一代，因为企业管制非常严格，所以把一直从事的生计中断了，转而经营八幡制铁厂分公司的钢铁销售工作。总部虽然在八幡市，但营业部门却搬到了门司市，美佐绪就进入了门司的女子学校学习。那还是在战争中的事情。

　　美佐绪在女子学校读一年级的时候，战争扩大到了太平洋的整个范围内。最后，不但男子学校的学生，甚至连女子学校的学生也被动员到了军工厂去工作。母亲上学的那所女子学校，在门司铁路局监管的一所缝纫厂里，负责制作铁道兵和铁路职员等的工作服。到了昭和二十年，大家都看到了日本必败的迹象。

　　从这年的3月5日开始，门司第一次受到真正的空袭。接下来，在6月18日的空袭中，片上地区遭到的破坏最为严重。过了大概十天之后，在6月29日，缝纫车间的女子敢死队的班长等二十人，被门司铁路局局长召见了。这也是非常罕见的事情。刚开始，关荣太郎局长站着，对她们这段时间以来的辛勤劳作表达了谢意，他在致辞中说："战局越来越严峻了。大日本帝国一定会胜利，你们到今天为止的辛苦不会白费。今后还希望诸位进一步努力配合，所以今天晚上特意设置了筵席，请尽情地享用吧。"

　　四十八岁的关荣太郎看起来威风凛凛，非常值得信赖。女生们不禁窃窃私语说，别人一直都是斥责她们，对着她们大吼大叫，这次局长对她们的态度却完全不一样。

宴会快要结束的时候，警报突然响起，里面说的内容是："上海方面的消息说，敌人的数架飞机组成的编队正在不断向九州方面接近。"关局长指示说："宴会结束了。大家赶快回家，要注意安全。如果无法回家的话，请把手举起来。"美佐绪什么都没有想，就直接把手举了起来。她想起，当天晚上父母都到八幡去了。后来一想，她可能是把关荣太郎的指示内容误解了。稍过片刻，关局长便说道："好，那儿的那位班长，跟我一起来。"

不一会儿，周围变得漆黑一片。美佐绪已经什么都看不见了，关一只手拿着手电筒，另一只手牵着她，坐上了供局长专用的汽车。

"家住在哪里？我把你送回家。"关局长问道，她回答说，就住在港口附近的居民区里。关便问道："不，今天晚上那边太危险，你的父母都在那边吗？"她说："他们俩都到八幡去了。只有我一个人。"关便指示司机直接朝着官邸的方向开去，官邸位于山坡上，从那里能俯视到门司的街道。"到去年为止，空袭的目标是以八幡为首的重工业地区，但是恐怕今晚的目标却是门司的港口设备。很遗憾，敌人的计划非常明确，正在把石头一块一块地炸飞。"关说道。

终于，美佐绪从官邸所在的山坡望下看去，看到了门司的街道正在燃烧着火焰，基本上已经被摧毁了。正如关荣太郎所推测的那样，B29编队不但攻击了港口，而且还不断地攻击搬运港口设备的人们所居住的地区。港口不断地落下大型的炸弹和水雷，居民区里不断落下燃烧弹。有时候，高射炮用散炮回击，探照灯也终于亮起来，用光束朝着天空左右照射，但这些显然都无法威胁敌机。燃烧的街道冒着白烟，B29露出了像鲨鱼般的腹部，盘旋着，又突然冲下来。门司在敌机离去后，仍然长时间地燃烧着熊熊的火焰。在俯视的时候，美佐绪回想起了平家坛浦的关于灭亡的话语："战争只限定在今天。各自都有退却的心思。天竺、震旦，与我朝并列的名将勇士，命运已经穷尽了。"

她想，自己的家也被烧毁了。尽管她也想过，家是不是有可能奇迹般地在着火了之后还保留下来，但是最终还是烧毁了吧。在俯视的时候，眼泪自然而然就夺眶而出。如同平家灭亡那样，在门司燃烧的时候，她的少女时代也结束了。

　　不知道从哪里传来了坦克的声音，火势也不知道向什么地方转移了，可以听得到很大的爆炸的声音。她回过神来，刚才的强风已经从她站立的山坡向街道的方向吹去。这时，她的肩膀上突然多了一只大手掌。这是关荣太郎的手掌。一直到很久以后，她才意识到，自己一直在等待着荣太郎的手掌放到自己的肩膀上，她禁不住责怪自己是个什么样的女人。

　　当读高二的良也问起自己的出生，以及父亲为什么一直不在家中的时候，美佐绪想起了门司被烧毁那夜的情景。"毫无疑问，我们是真心相爱的，妈妈对这点非常自信。这对你来说，恐怕是最重要的吧。父母在最重要的时刻，选择了并不让人感到羞愧的生活方式。"她带着几分告诫的味道这样说，但似乎又觉得有点意犹未尽，便补充说："如果有一天，你也恋爱了，就能理解了。但是我们俩的关系，是日本灭亡的火焰所映照出来的。你如果从死亡出发的话，就没有什么感到害怕的了。"

　　母亲向良也说明了自己与他父亲的相遇，以及之后的一直相互思念等等，说着说着，无意间随口说了一句："你是在灭亡中出生的。"这句话，后来经常在他的脑海中出现。这样一句话，有时候给予良也自信，有时候却让他更加迷惑。关荣太郎对良也的母亲美佐绪的关爱，体现在一些细节上，比如他在条件具备的时候，就把母子俩接到东京，即使在良也能够自食其力之后，他也经常送一些钱给他们等等。

　　综合一下荣太郎说过的话，可以了解到，他住在市谷的妻子是一个资本家的女儿，她虽然不是坏人，却不知不觉地养成了"自我中心"的毛病，她既不会帮助有困难的朋友或者亲戚，也缺乏幽默感。只要和她待在一起超过三天，荣太郎就会感到厌烦，他只想回到乡间。

　　到了退休年龄之后，从一线退下来的荣太郎，越来越专注于他从中年时期就开始栽培的石楠花和踯躅花，他养成了习惯，每周都到有自然园林的赤城山麓的小屋住两宿。其中有一宿是在阿佐谷度过的。在这样的环境中长大的良也，下定决心要早日独立。为此，他成为了比较"善良"的学生。但是，这样是不是也有某种大的缺陷呢？这样的疑问，在良也成为新闻记者之后，很快就出现了。

　　另一方面，茜一边工作，一边照顾父亲。和她父亲同一个病房的富泽对她赞不绝口："她非常坚强勇敢，不像现在的年轻人就只想玩。"

过了几天，因为她对前辈富泽的亲切照顾，良也便想在茜生日的时候，买一件礼物对她表示感谢。

良也想到了母亲有时候去买文具和便笺纸的银座八号店。名字虽然忘记了，但是他还记得是在金春路上。他也把这件事列入了回到东京要办的事情当中，到了周末，良也回到了阔别已久的东京。母亲很高兴，一边抱怨说："你要是早个一两天告诉我，就可以给你准备油豆腐吃了。"一边给他做晚饭。小时候，良也曾经说过油豆腐好吃，美佐绪还记得，所以误认为他很爱吃油豆腐。

良也的母亲有花道的执照。她生了良也之后，一直到来东京的六年间，都还记得。荣太郎出现在她柳川的娘家时，对良也的外祖母说过："我会在一两年内把他们接过去。在现在这样的时节，我只能一个人回到东京。"他一脸真诚地恳求道。他曾经担任过的铁道部局长的头衔，也让外祖母家的人对他怀着信任。

门司的住宅烧毁了，八幡制铁厂也在空袭中被破坏了，不得已回到柳川，准备东山再起的外祖父母感到惊讶的是，独生女儿美佐绪非常麻利地勒紧了裤带。他们的两个儿子已经被战争夺走了。一个儿子在内地，虽然确实还活着，但去了南方的长子已经音信全无。

本来只要美佐绪下定决心，就可以一口气进行下去了，父亲却开玩笑说："美佐绪是不是有海盗的血统啊。"一直以船舶货运委托业的家世而感到自豪的母亲，对他感到非常厌恶。

除了背挺直以外，最大的特征就是大眼睛了，除此之外，母亲再无任何过人之处了，美佐绪却突然抱着刚生下来的男孩回到了家。

本来，只有母亲带着荣太郎的孩子回家的消息传来时，外祖父母肯定会怪她，这样会让一家人离散，如果不是在日本战败这样大的变故当中，换成了是在和平年代，外祖父一定会狠狠地斥责女儿的不检点。美佐绪抱着四个月的儿子回家时，堂堂的局长只能随着她。

从那以后，一直到被召唤到东京的将近六年时间里，她把良也托付给他的外祖母，自己每天学习花道和书法，获得执照后就开始教小孩子。所以她说，自己作为关荣太郎的妻子，也不感到羞愧。美佐绪没有告诉父母关荣太郎有妻子的事

情。良也经常感到，自己的母亲非常坚强。当着良也的面，她从来没有表现出
"怎么办，怎么办?"之类的软弱来。让他感到欣慰的是，母亲虽然不是父亲明媒
正娶的妻子，却从来也没有表现出自卑。

他没有把茜的事情向母亲透露一星半点，在回长野的那天，他去了趟总部，
到社里拜访了一下从入社以来一直很关照自己的社会部部长之后，良也就来到了
位于金春路的商店里。正在他四处看看有什么可以给茜做生日礼物时，一个有着
四尺长的四角形的袖珍走马灯映入了他的眼帘。吹一口气，车轮就开始转动，绘
着人物的圆筒就开始滚动。灯的外侧绘着四季的花草，可以看见在画的深处也有
人影开始舞动。

良也想象着，茜对着这盏袖珍走马灯吹气的有趣模样。这样一想，突然想起
了中间微微凸起的她的下嘴唇。提起她的下嘴唇，良也突然想起了樱桃。一想到
她的嘴，接下来就想到了对方的样子，她的杏眼等等也都浮现在了他的脑海。茜
生日的时候，他在她父亲的病房里送给她三朵蔷薇和那盏袖珍走马灯。

她的脸庞就像灯亮了一般，突然变得明快起来，见此情景，良也也感到非常
开心。长藏点点头后，她把礼物收下了，心里突然感到了自由。

在良也的催促下，茜把小小的包裹打开，朝着父亲的方向吹气，良也并未见
到自己想象中的她嘴唇的动作。只听到她的父亲说："是走马灯啊，是吧。"微微
地叹了一口气。

从那天开始，良也就和茜一起走出医院，在山坡上一边说话一边散步，或者
有时候上街一边喝咖啡，一边聊天。那个时代的年轻人都想涌到东京或者名古屋
去，在之前虽然有青年人靠近过茜，但一旦知道她要照顾躺在病床上的父亲时，
他们就在不知不觉间远离了她。

良也虽然是记者，却对一味追逐金钱的风潮持怀疑的态度。他开始反省自己
迄今为止的生活方式，他意识到那种认为无法离开某个地方的人就不能幸福的观
念是错误的。对于误认为自己与恋爱结婚无缘的茜，他经常说些鼓励的话。一
天，正当他用这种想法努力劝说茜的时候，良也注意到她非常安静，不禁住了
口，一看她的脸，她沉默着，眼中满是泪水，正凝视着良也。

饭纲高原上按照惯例召开烟花大会的那天，叶中长藏推荐道："年轻人可以

一起结伴去看看啊。高原上的烟花与大城市里的和海边的都不同，别有一番风味。"良也想，他可能是觉得自己长期患病，导致妻子过早去世，而耽误了女儿的青春。良也对这位父亲，原来的大佐的话，不禁产生了好感。住在邻床的富泽也说："挺好的。节日的繁盛景象，反映出了这些年的社会景象和人们的心情。作为分社的职员，也应该去进一步看看这些情形。"他半是玩笑地鼓动着良也。恐怕两位老人都看出了良也和茜心意相通的样子。

"富泽先生真是特别和善。"只有他们两个人的时候，茜用心平气和的语气说着自己的感想。在银行里面的时候，他有时很担心茜会把县版的署名新闻所提倡的真理，用决不妥协的姿态说出来。但这样说话的时候，她的笑容似乎无所顾忌，良也一直记得。

在饭纲高原山脉的黑暗和星星的明亮形成的深邃背景中，各种各样的烟花竞相绽放，繁华在瞬间消失，让人顿感寂寞。清澈的大座法师池里，缭乱地盛开着的花儿，不时地被吸入黑暗的镜子深处。良也他们一直手牵着手，无声地仰望着夜空。在那儿，烟花不断地舞动着、上升着，像雪花般散落，又如柳枝般垂落，在如火焰般熊熊地燃烧后，最终散去。

到了结束的时候了，他们却还舍不得马上分别。他们仍然手牵着手，缓缓地走下山坡。"没有月光，倒反而好放烟花了。"良也说。"我不喜欢月光。我觉得很恐怖，记住了哦。"茜用命令似的语气，叮嘱他。第一次听见这样的话，良也感到非常吃惊，她避开了他惊讶的目光，低垂着眼说："嗯，月光让人感觉非常寒冷嘛。"

之后，两个人说的都是一些微不足道的事情。良也到现在为止，基本上都已经忘记了，但还记得的，是自己说了这是他的第一次恋爱。听见这句话，茜说："谢谢，真高兴。"但不知为何，她的语气似乎有点太过冷静了。

这天晚上，茜没有躲避良也的唇，但不知为何，她的表情有时候却显得很痛苦。尽管如此，良也的心却像决堤的洪水，不断地涌向她，无法停息。

大概过了一周之后的一个星期天，良也在午后来到了医院，在上台阶的时候，他偶然遇到了长藏，他把良也叫到了旁边的谈话室。

他叫着良也："哎，我有话跟你说。"良也注意到氛围好像有些不对，感到有点紧张。长藏的脸有些异样，黑沉着脸，只有他的大眼在慢慢地转动，似乎成为了他还活着的唯一证据，良也一边盯着他的眼，一边往对面的椅子坐下去。一直在等待着他的长藏说："你能让茜幸福吗？我知道不应该求你。但是，茜因为我的事情，可能什么都在犹豫。你一努力，就可以摧毁她的犹豫。我得的是不治之症，日本也战败了，我不应该活着。只要我见到茜能过得好，死也瞑目了。拜托你，我只想死。"说着说着，长藏的眼里闪现着异样的光芒，满是皱纹的脸上爆出了黑色的汗珠。

良也从富泽多计夫那里，听说了叶中长藏的事情。叶中作为职业军人，曾经在菲律宾的明达纳岛目睹过悲惨的事情，因此患上了严重的肝炎。茜对于父亲的病从来不主动提起，但良也提起他从富泽那里听说的事情时，她也不否认。她总是说"可能是这样吧"，所以良也认为这些消息基本都是对的。

这天，长藏说："她的母亲是为了给我看病而过度劳累，所以过早去世了。如果茜有什么不好的话，那都是因我而起的。你应该能够照顾她。她毕竟没有什么致命的缺陷。这么好的女孩，如果不能幸福的话，那命运也太残酷了，太过残酷了。如果老天要惩罚的话，那就惩罚我一个人好了。"他露出一种不理解的神情，声音嗡嗡震响，眼睛死死地盯着谈话室天花板的一角，脸朝天望着，似乎在聆听着某个地方发出的声音一样，一动也不动。他把两拳放在膝头，如同一座雕塑一般，这样过了良久。

良也被这种沉默所触动了，他记得自己好像说了一句"知道了"，要不就是"我也是这么觉得"，好像很轻易地就说出了口。

过了两三天之后，他再见到茜时，良也很快就对她作了汇报："你爸爸认可了我们的事情。前几天，我比你早一点到医院，他把我叫过去，说'要让她幸福'。"她非常震惊，站住了，接连追问："什么时候？为什么会那样？"

良也想了想，说："那是星期天，我一不小心，以为是星期六，就和以前一样，同一时间去了医院。我到了医院，才想起你星期天要洗衣服、打扫卫生什么的，会晚点到。"对于她出人意料的反应，他的口气多少有点像在辩解。良也觉得，在茜的印象中，她父亲好像想插手目前还只是他们两个人的事情。

这一天，茜非常焦虑不安，以至于变得非常忧郁，心不在焉地回答着他的问话，良也认识她以来，第一次感到有些无趣，和她匆匆告别了。

第二天傍晚，茜主动跟他联系，声音完全变了，非常欢快地说："昨天对不起了。你特意告诉我，我却有点心事，请原谅。"她表示了歉意。她说话的语气，就好像一个姐姐，作为长辈，自己虽然有各种烦恼和问题，却把这些隐藏起来，对着弟弟轻言细语。

良也便转换了心态，他想在元旦假期回东京时，和母亲说一说这件事，在此之前，先在信里对母亲暗示一下。他每隔一个月或者两个月就去看望母亲，良也注意到在这一年当中，母亲突然老了很多，但是，如果因此而尽快结婚的话，他感觉也未必合适。

战争末期，母亲从山坡上俯视着被烧毁的门司街道，便决定了要和这个人过一辈子。按照母亲的性格，只要喜欢一个人，就能很快得出结论，但是从茜各方面的条件看，她还有很多让人不安的地方。

他原来写的暗示的信，很快就有了回信，是一封快递的信，但不是母亲写的，而是和母亲住在一起的远方亲戚写来的，信上说美佐绪得了癌症，而且据说还在扩散。这封信让良也觉得，自己一直只关心自己的事情，而从来没有关心过母亲，他为此非常自责。

他非常反常地往茜工作的银行打去了电话，并在午休的时候把她叫了出来。他急急忙忙地告诉她："我母亲病倒了，我马上要去东京，你别担心啊，在这里等我。"

良也母亲的手术成功了。对她本人说是胃溃疡，但是手术后，良也却被主治大夫叫了过去，医生说母亲的胃已经有一多半被切除了，还给他看了一些松弛的肉块。医生说："发病是在早期，我们虽然也感到紧张，不过应该是全部取出了。如果过了一年不再发病的话，就有百分之五十的把握；过了三年，就有百分之八十的把握；如果过了五年，什么事都没有的话，就说明完全康复了。"

关荣太郎在美佐绪做完手术后不久、她还在集中治疗室里的时候赶了过来，握着她的手，鼓励她。正戴着面罩痛苦地吸着酸素的她，点了点头。有半年多没有见过父亲了，良也吃惊地发现，父亲比母亲老得更多。仔细想想，荣太郎已经七十五岁了。良也想到，那夜两个人俯视着烧毁街道的火焰时，父亲是四十八岁，母亲才十八岁，一想到这里，他的心情变得复杂起来。

母亲的康复虽然比较顺利，但她只能慢慢地进食，还很虚弱，一看不到良也的脸，她就感觉到寂寞。她出院后过了十天，就在良也准备回长野的那天早上，母亲突然说，想吃九州地区经常当早饭吃的、以海藻为原料的惠胡海苔。良也就到她以前告诉自己的专门卖九州特产的店里去。母亲过去作为社长女儿的一面表露了出来，这和她担任十多名弟子的花道老师并以此谋生的形象似乎有所不同。她说保姆做的东西不好吃，她好像对此不太满意，就准备自己到厨房里去做饭。母亲身体好的时候，有个远方亲戚和她住在一起，母亲的一切基本上都要依靠那个女人，但是，似乎还有什么是良也必须亲自帮忙的。

回到长野的那晚，良也终于在时隔两周后见到了茜。她对他这么长时间不在似乎毫无怨言，甚至犒劳他说："真不容易，不过手术成功了，一切就好了。"良也回答道："我多少也明白了你的不容易。"

他原来在长野的生活又重新开始了，良也的顶头上司似乎听说了他的情况，对下属一直比较关照的社会部部长经过几个月的运作，终于决定让良也转到东京工作。良也本来想回绝，因为他还想在长野待一段时间，但是考虑到母亲，最终还是很感激周围人的照顾。他想，即使不能每周都来，至少每个月可以来长野两次。

良也换到东京的社会部不久后的2月，在群马县的妙义山逮捕了两名联合赤军，接下来又发生了"浅间山庄事件"。因为这是个重大事件，之前一直在长野分局的良也，就在冬天来到轻井泽帮忙，住到了那里的采访基地中。

在浅间山庄，几个嫌疑犯用一辆起重机吊起钢球，碰坏了一座建筑，撞坏了警车，还绑架了人质。2月底，五个人全部被抓获，为了进行总结，警方召开了匿名的记者座谈会。在会议结束后，良也首先回到了东京阿佐谷，来看望母亲。她毕竟才四十五岁左右，心情已经恢复得和手术之前差不多了，而且又开始教授花道了，可能是这点帮了她。

这一年，大事接二连三地发生：3月份以后，大部分私刑杀人的情况都被查明；5月，冲绳回归日本；7月，田中角荣成为了首相，围绕着日本列岛改造论的争议变得异常激烈；9月，日中关系实现了正常化；11月，逃亡到苏联的女演员冈田嘉子回国；在12月的大选中，共产党一跃成为第三大党等等。在太平洋战争中残留的横井庄一原来的部队，也在古拉格群岛被发现，良也在东京正忙于工作，他感觉到这些事情都发生得很快。

每当有事情发生的时候，作为记者他都会回味一下。过了很久以后，当回忆起以前的事情时，他对茜的事情虽然还很在意，但浮现在脑海中的唯一印象，就是自己当时像是着了火一样，沉迷其中无法自拔。当然，在各种各样的事件中，他也点燃过这样的愿望，但每个月，看情况回长野两次，似乎变成了自己特意的一种计划。

这年的夏初，茜来到了东京。此前，她只在读中学的时候，为了给学校的排球队加油，来过东京。那个时代，到了中学生的年龄，已经可以自由地出入东京了，但是茜却很难去旅行。东京奥运会召开的时候，她已经是高中生了，同年级的同学好几次叫她一同前往，她的母亲因为照顾生病的父亲而过度劳累，身体每况愈下，见此情景，她终于还是没有舍得离开家。

良也在上野站等着茜，他站着的出口处有西乡的铜像，见到良也，茜说："良也，你瘦了。""工作太忙了，"良也不由自主地抹了一把汗，"我带你到哪里转转吧。你是第二次来，我觉得可以去东京塔、浅草的浅草寺、有乐町的宝冢剧场、歌舞伎座等地方转转。"他一一列举着，为了能给茜当导游而感到非常高兴。

良也也想过把茜带回到阿佐谷的家中，但因为母亲生病加上做手术，所以他只能把这个话题推迟到母亲康复之后再说了。当时母亲的胃切除刚半年的时间，他想等母亲气色更好一点的时候，再让茜见她。

对于良也列举的那些地方，茜说："我都想去，不过我最想去你的大学看看。"她一说，良也想起来了，从大学的正门进去，那边有成排的银杏，非常漂亮。提起学校，良也眼前突然浮现出了教学楼，它盖在一个拐角的地方。在良也毕业后的那年，所有的共产党派系的学生把那个教学楼占领了，警察出动了八千人的机动队，把它封锁，有六百多名学生被逮捕。他进入新闻社之后，才在影印版上第一次了解到自己上大学期间学生运动的详细情况。

不出所料，成排的银杏树长满了新叶子，显得生气勃勃。在他看来，这似乎是年轻的象征。在大学校园里一起散步的茜，好像从研究室出来的女生似的。

　　茜问起了安田教学楼被封锁的事件："当时，良也你还是学生吧。""不，我已经到了新闻社了。我之前也一直在忙于学习，基本上没有参加过学生运动。"良也说的有些内容不对。实际上，从大学三年级的时候开始，他为了成为记者，从赤门直接来到了图书馆，学习日本新闻史等课程。从那之后过了不久，他在夏天也感觉凉爽的图书馆阅览室里遇到了导师，后来又移到了新闻研究所里，学到了新闻史的研究方法。他脑海中浮现出自己在桌前记笔记的身影，好像优秀学生的榜样似的，内心却感觉到一些批判的意味。

　　就是通过当时的学习，良也了解到了一些不屈服于右翼暴力和军阀恐吓的媒体人的存在，有福冈《日日新闻》的菊竹六鼓、信浓《每日新闻》的桐生悠悠等人。在学生时代所采取的这种优等生的态度，似乎使自己错过了别的什么重要的东西，良也的脑海中掠过一丝这样的念头。而在今天，所谓不同于优等生的生活方式，就是辞掉在东京的工作，住到长野，和茜一起生活，良也脑子里蹦出了这样的想法。只是他还没有这样做的勇气，所以这天只能漠然地自我暗示了。

　　"你父亲的情况怎么样了？"良也这一天头一次问起了叶中长藏的病情。茜回答说："他的病没有什么变化，就是稍微有点虚弱。"

　　听到茜说起她父亲的病情，良也感觉自己母亲的情况也差不多。不过，他还是把医生说过的话直接告诉了茜："我母亲患癌症的时候还很年轻，这反而让人担心，如果不好好治疗的话，发展得会很快。"

　　把纯粹听说的话从自己嘴里说出来的时候，良也第一次想到母亲有可能死去。医生没有否定扩散的可能性。良也忍住了袭上心头的恐惧感，好像是反击似的说道："失去的时候，才可能第一次发现，原来自己一直在失去一些宝贵的东西。"茜看着他，一脸不解的神情。这不是不可能的。良也接着补充道："我觉得好像是为了母亲，实际上是为了自己在学习。即使在成为记者后，我也只想着要争取人们的早日认可而打拼，却把母亲的事情丢在了一边。直到她生病之后，我才第一次注意到这些。"他有点像在解释。

　　"失去的时候，才注意到，自己一直在失去宝贵的东西。"伴着缓慢的步调，茜把良也的话缩短了，在嘴边重复着，突然站住了，"是啊，可能在父亲死后，我也会这么想，一定会这么想的。"她的话音变得越来越小，终于抬起了脸，"不过，爸爸还没有去世。对于爸爸来说，什么都还没有结束呢。"这次，她说的话像谜一样。良也从这句"什么都没有结束"的话里，读出了一些意味，也就是说"战争也没有结束"。

两个人在不知不觉间，走过了成排的银杏树，来到了一个可以从正面看见教学楼的时钟台全貌的地方。茜质问道："学生们和警察争斗的时候，良也你一次也没有参加过吗？"良也说："是啊，在医学部无限期地罢课时，我虽然还是学生，但已经决定要走向社会了。"他没有说出"所以没有参加斗争"这样的话，而是换了一句话："我好像总是错过了大事的发生。"他出生的时候，也是战争结束之后的那年了。这样说起来，尽管毫无理由，但一种罪恶感却在他心中油然而生。

良也邀请茜到他事先调查过的宾馆去，傍晚，他们一起到了上野站附近的猪排店里。到最后一趟列车发车之前，他们还有足够的时间。

茜能够来东京，良也感到非常高兴。在她与良也的关系中，这还是她第一次采取主动。这样一想，良也说道："即使再喜欢，见不了面也是白搭啊。"良也于是对茜提议："下次什么时候还可以来东京啊。我要好好地制订一个参观计划。如果能住一晚，是最好的了。""是啊。"她的声音不太自信，答道："不过，你也不容易，每个月要来长野两次，真对不起。我也很想见你，不过我的样子和你以前知道的一样。"良也突然想到，"到高崎、轻井泽或者小诸这样的地方也可以，我们在长野和东京之间见面如何？如果宾馆定了，就很轻松了。"今天不知道为什么，他格外用心地想到了这些问题。

这个提议虽然只是偶然想到的，但第二年的2月，在最寒冷的时候，计划在轻井泽实现了。茜工作的银行在高崎有几个客户，作为营业的负责人，她正好去那里出差。"浅间山庄事件"的时候，良也发现冬天的轻井泽也还不错，他还知道在过去住过的追分和小诸，有一些冬天仍然营业的旅馆。

在这段时间内，良也隔一段时间就和茜交换一些雅致的书信，为了对自己没有去长野的事作一些弥补，他劲头十足地作着准备，甚至还在小诸刚开业的租车点里租好了车。

出发前的那天晚上，树叶都落光了的落叶松林里，树上结满了冰花。虽然到了白天冰花会融化，但一到夜晚冰花就像花儿一样盛开着。高高的天空中，一片碧蓝，仿佛在指责"你们罪过不小"似的，细小的枯枝相互交错着，有声音一个接一个地穿越冻僵的土地，那些枯枝好像就是这些声音的传递者。

在车站前会合后，他们就来到了追分的旅馆。等到了傍晚，他们就来到了山坡上，在那里观看夕阳从山林中落下的情景。水上的喷泉已经冻住了，向天空望去，鹤的嘴边不时地有水滴滴落，映照着斜阳的余晖。什么声音都听不见。非常寒冷。

过不了多久，金黄的落日就隐入了山中。良也一边朝拿着袋子的双手吹气，想赶走一点寒意，一边观赏着这幅景象。两个人从水边登上了离山的瞭望台。

"我一年前，来采访联合赤军的时候来过这里。我考虑了有关事件的种种问题。战争的问题还很暧昧，没能彻底解决，社会又沦为经济利益的奴隶。对于这种社会的愤怒，让那些人产生了要纠正这一切的想法。"良也触景生情，把当时的想法告诉了茜，他眺望着仍在向天空放射光芒的余晖。在他们的周围，暮色渐浓。

衣服摩擦的声音再次响起，茜从一个大的手提袋里取出了围巾。

"良也，冷吧？我已经习惯了。"她一边说着，一边把围巾递给他。她这样一说，他突然想看到茜像北方的孩子那样裹着围巾的样子，便回绝了，"我没关系，摸摸耳朵就好了。"接着说道："我想看你系着它。""这个，是我妈在战争中用过的。京都没有受到空袭，主要是做防寒服用的。"她一边说着，一边看着用双手暖和头部的良也。这一瞬间，很少见到的孩童般的表情为茜的脸增添了几分色彩。

那天晚上，她坐到长野的最后一班火车回去了，良也一个人住在了追分的旅馆里。到了回东京的时候，他感觉到和茜的约定一旦开始落实，就变成了一个负担。每两周坐一次夜班车或者特快到长野，已经让他渐渐感觉到了疲惫。"这样不行啊，每个月来一次就好了，我还可以忍受。"茜的话让他想起来就觉得甜蜜。在信里，茜毫不掩饰地把当时发生的事情和感想都写给了他，但被新闻追着走的良也，逐渐地感觉到这似乎成了自己心里的一个负担。不知道从什么时候开始，他们从两周见一次改为了三周见一次。尤其是在轻井泽与茜相会四个月之后，母亲的癌又转移了，良也再也没有给茜写信的余暇了。

这次变成了肺癌，要等母亲康复到可以出院，还需要时间。8月，母亲的病情总算稳定下来了，他给茜写了一封信表示道歉，说因为母亲再次手术，所以没有能给她写信，但信却因找不到收信人而被退了回来。

在他给茜的信上，写着"查无此人"的便条，又回到了自己手里。看着这封信，良也现在才注意到她也很久没有来信了。在这一年中，尽管良也一直没有给她写信，但茜却一直在给他写信。

发生了什么事情？良也想到。茜是不是过度劳累病倒了，还是长藏死了呢。他不禁产生了种种不祥的预感，于是马上给医院打去了电话，请他们帮着联系一下富泽多计夫，但医院方面答复说，富泽多计夫已经出院了，大概是在三周之前。接着他又问起叶中长藏的情况。"叶中已经去世了。上个月月初，就是7月2日的事情。他的病叫肝硬化，我们已经尽力了。您认识他吗？"一位上了年纪的护士的话，只是稍微地宽慰了良也一下。他给银行去了电话，才知道叶中茜已经在一个多月前辞职了。

他跟分局联系了一下，很快就知道了富泽多计夫的去向。据说他住在有人护理的养老院。不过，富泽的后辈告诉他，富泽多计夫好像很健忘，"如果要查什么的话，我可以帮你。"后辈很亲切地告诉他。良也想了一下，只说了一句："可能一直要麻烦你了，到时候我直接过去跟你说。"

让良也感到苦恼的是，这段时间，茜为什么连父亲去世的消息都没有告诉自己呢，他心里满是疑惑。自己是不是做错了什么事情，他想了想，却没有想起任何事情。2月份在寒冷的轻井泽见面的时候，她没有一点要消失的迹象。不过，6月份发现母亲的癌转移了之后，良也确实没有跟她联系，良也不禁痛恨起自己来。

良也在第二周的星期五就来到了长野。他首先来到银行的人事部，找负责退职金的人，问她的工资福利等的计算情况。银行职员带着他们特有的机械表情，询问他与叶中茜是什么关系。

良也吸了一口气，说"是她的未婚夫"，并把自己在长野分局待过的事情告诉了对方。对方带着遗憾的表情，让他看了一些文件："这些，她本人全部用现

从终点开始的旅程

金取走了。这里还是她的签名。"银行也不知道叶中茜搬到哪里去了。良也到医院问到了富泽入住的养老院，又租了一部车。"听说她的老家在京都，但好像没有什么联系了。"护士长告诉良也，她的言外之意是感觉茜可能和老家的人关系不太好。

终于到了可以探视的时间了，富泽的老年痴呆症好像更严重了，说话都不得要领。他只记得临终前，叶中长藏不断地重复着"茜就拜托了"的话，但是她到底去了哪里，他也不知道。

关于茜的亲戚之类的，良也一无所知。作为一个打算和她结婚的男人，这有点太迂腐了，他现在虽然很后悔，但事到如今，也已经于事无补了。他只听说过在京都，茜还有一个年幼的外甥女。她大概是读小学五年级或六年级，非常喜欢茜，曾经有一次一个人来过长野，除了想起这些之外，要通过这些回忆去寻找她的踪迹，几乎毫无线索。

叶中长藏曾经当过军人，如果把他的记录调出来的话，说不定能找到他在京都的老家，如果因为什么原因，他们和老家断绝了关系的话，也有可能能找到一些东西。虽说如此，良也心里充满了迷惑和不满，茜为什么一言不发就消失了，他的思绪又回到了起点。是什么原因，使得她要疏远良也呢？

长期患病的父亲死后，茜感觉一个人住在长野的家里，已经毫无意义了，这是他注意到的最重要的一点。良也不断徘徊，心中仍然满是疑惑，结果这次他没有到分局露面。但是在坐车回去之前，他还是要先回到茜住过的家去看看，曾经有多少个夜晚，他们两人都曾经在那里共度。

爬山虎一直长到了屋顶，他们曾经的小屋，映照在夕阳的余晖中。才过了这么短的时间，这里就变得如此空寂，在这个家里，茜曾经欢快地跑出来迎接他，为他下厨，而现在，只剩了一片寂寥。窗户的玻璃已经破碎了，好像是有人扔了石头。屋檐下，靠近厨房的地方，在胡桃树和厢房之间，结着一个大蜘蛛网。

各种矛盾的想法在良也的脑海中相互争斗着，他只是茫然地望着茜住过的家。在门口，有一簇波斯菊盛开了，在风中摇曳着。风吹拂着他的脸，良也事到如今，才意识到茜一直在忍耐着，有多么坚强。风夹带着门，在另一边有一棵野菊花，甲壳虫和蜜蜂都聚集在它刚刚绽开的花朵上。茜遵守了和母亲的约定，一直照顾生病的父亲到他最后一刻。

　　良也不禁怀疑她是否真心想和自己结婚。他最后按照社里的要求，回到东京的时候，茜也没有责备过他。之后的信里，她写过这样的计划："从这个月开始，我每周要去两次，参加这里新闻社举办的市民讲座，学习写文章的方法。如果可能的话，我想试试将来写童话故事。这让我感觉自己好像一个无忧无虑的孩子。我一直没有告诉过你，但这时候，我有很多想让你看到的事情。"

　　他正在想着的时候，又一阵风吹起，那簇波斯菊猛烈地摇晃着，聚集在野菊花上的蜜蜂四处飞走了。良也看着这一切，仿佛听见了远处传来的波涛声，心绪难平。虽然他竖起耳朵听，但这个声音是听不见的，良也想，自己找茜，到底想说什么呢。

　　一想到这些，良也注意到，不知从何时起，自己和茜结婚的想法已经越来越淡漠了。很清楚，良也的心已经变了。但是，茜的心灵深处，也有一个地方是无论如何也不会对他敞开的。这是不是为自己的自私开脱而找的借口呢？他扪心自问，却发现并非如此，她的心里确实有一些向良也隐瞒着的、非常顽固的东西。

　　他缓缓地起身，刚想离去，又一次伫立在这个已经完全荒废了的茜的家前，凝视着它。再也不会来这个地方了，他这样想着，眼睛仿佛灼伤了一般，一边说服着自己，一边不断停下脚步。他下定了决心，以后再也不找茜了。

　　第二天，良也来到了离医院不远的一个水池边，他长久地弯下了腰。这个水池边，是他和茜第一次长时间聊天的地方。水中只有几只淡水中的水母，秋天的池水格外澄净。对面的山上，枫叶已经泛红了。好像是候鸟吧，良也茫然地看着，有一群鸟正从他的头上飞过。

密林与幻觉

　　关忠一郎现在的年龄已经超过了七十五岁，每年他总会被一两次梦魇所困扰。在贸易公司的纽约分部工作之后，他很早就辞职了，从二十世纪六十年代开始，他创立了贩卖美式三明治的NSSC连锁店。

　　在连锁店突破五百家的夜晚，或者在儿子订亲、他和妻子弥生都非常开心的夜晚，或是公司正式上市、资金马上就可以筹到手的夜晚，在他的梦里，都会出现不知从何而来的不可思议的情景。当然，这样的梦还不只是在有纪念意义的日子出现。在其他的时候，它也会出现，而且还毫无规律，甚至还一度支配着忠一郎的夜晚，威胁着他直至天亮。

　　在梦里，他一定叫不出声。如果叫喊的话，就会被敌人发现。因为叫不出声，他总是大汗淋漓，汗多得都可以把毛巾挤出水来。他只能咬紧牙关，忍耐着。

　　周围还是朦朦胧胧的，天刚微微亮。不知道几点了。走到哪里似乎都毫无变化，空气似乎都停滞在了树影下的黑暗中，他不停地散着步。好像没有任何东西能够帮助他。

　　笼罩着密林空间的，是恐怖的氛围。不知道是这种恐怖把在梦境中彷徨的忠一郎逮住了，还是作为企业家刚抓住成功的他，心里暗藏着不安。这种情形偶然出现在梦里的时候，他实在分不清楚。

　　他拔下有点类似蕨的大羊齿类植物的嫩芽，吃了下去。它上面的毛很粗、毛茸茸的，用舌头吞了，再嚼下去，稍微带点酸涩的苦味，就在嘴里扩散开来。他感觉吃着这种东西的自己，好像变成了一只大蜥蜴。有一部分变得敏锐起来的感觉，觉得有什么东西在袭击自己似的。忠一郎蹲在早早飘落的树叶堆积着的树底下。什么声音都没有。树的大枝条往旁边伸展着，几个树根模样的东西垂了下来，他朝着树慢慢地爬过去。子弹只剩下四五颗了，他尽量不使用。几次想把枪丢掉，但最终还是觉得带着它更安全，忠一郎悄悄地拔下了枪上插着的短刺刀。他屏住了呼吸，停下了动作，在微暗的空间中泛着金属光芒的大蝴蝶，好像在若有若无的空气流动中漂浮一般，浮现在眼前。

　　突然，一阵尖锐的声音划破了天空的微亮，从头顶掠过，忠一郎把自己的身子伏得更低了。他扭着头，往上望去，只见有一只鸟停在了头顶的树枝上，它的身体是绿色的，脚和嘴却是深红色的。伴随着又一声啼叫，鸟儿展翅飞走了。密林中，又回到了安静得有点不自然的寂静。他调整了呼吸，想消除一下紧张，突然意识越来越模糊，一阵倦意袭上心头。他极力地抵抗着这种和犯困差不多的意识的疲倦，把眼睛死死地盯着前方，突然发现前面的大树下，有一个朦朦胧胧的发光物。他观察了一会，没有动弹。

　　忠一郎把刺刀拔出来，费了很大的劲站起来，悄悄地走近它。这是一个靠着大树根部、脑袋低垂的日本兵。那个人前面耷拉着的、遮住脸的军帽告诉了他这一切。

　　这时候，他被饥饿完全俘虏了。恐怕今天早上吃的羊齿类的嫩芽刺激了他的胃，才激发了他的食欲。他想无论如何，都不能让梦境再向前蔓延了。

　　"停下来！"他对自己呵斥道，但是就在他命令自己不能吃的同时，梦却毫无顾忌地向后面的场景发展下去了。他一边说服着自己，一边眼睛却开始审视起尸体来。破旧的军服下面，死人的胸部上满是蛆虫，在黑暗中闪着光。腐烂的尸体不能吃。恐怕是战友被敌人追击，逃到了这里，最后因力气耗尽而死。

　　在印度东部作战失败后，向南面逃跑的日本军队，被向仰光方向进军的英美军队和缅甸国军追击。还是新兵的忠一郎，本来从属于仰光的守卫部队。关于当时的整体战况，他是后来从曾经在英军里待过的印度兵那里了解到的。

外面的军服虽然还残留着，但尸体已经开始瓦解了，这个日本兵的样子，让他想到，这个人或许就是明天的自己。他靠近尸体，力图分辨出它属于哪里的部队。他的目光中的含义，是为了确认死去的人并不是自己。

有人告诉过他们，一到雨季，空袭就会停止。但敌机不知道带了什么性能的测量器，每天都来空袭，从云上往下扔炸弹。这样一来，他们原来的计划就泡汤了，他们本来打算等到了雨季，就在仰光港口停靠运输船，补给武器、弹药和粮食，以应对敌人的攻势。但是，忠一郎并没有想明白战况会如此推移的关键问题所在，他一醒过来，就发现自己睡在了医院里，周围都在谈论着的是英雄的话题。忠一郎注意到，自己睡觉的床周围说的并不是日语时，已经是两天之后的事情了。等他的意识稍微清醒，想抬起头的时候，感觉到了一阵剧烈的头痛。他再次陷入了昏睡状态，忠一郎似乎被一种力量往地底深处拉，同时又有一种力量极力把他推出水面，就在这两种力量相互拉扯让他非常痛苦的时候，他似乎模模糊糊地看到了第三个忠一郎。

对他来说幸运的是，在马来半岛的波多登库松，在南方战线接受实战训练，被派遣到缅甸时，一起在同一个司令部待过的房义次少尉也被抓到了同一家野战医院里。他听到一个小声叫唤谁的声音——"哎，哎"。这个声音一停下来，他就做起了怪梦，下意识地不断重复。又听见了"哎，哎"的声音。这个声音为什么不断地重复呢？当他意识到这个声音是在叫自己的时候，他的眼睛睁开了。"啊，醒过来了，关少尉。"声音变大了一点。他正想动弹，这个声音命令道："别动，就这么待着。"这是房的声音。他知道是房之后，就发出了"哦、哦"的声音。他起了床，拄着拐杖，不知道去哪里了，最后终于带着一个军医模样的男人回来了。

"哦，他活过来了，"军医说，"不过还要多睡会才好。"一边说着，一边给他打针。

他苏醒过来的时候，已经是几天之后了，而他的身子能起来、头也不再痛的时候，大概是过了两周之后。房——告诉他说："军医说，你头上好像中了炮弹的碎片。幸亏中弹的地方还好，只是有点外伤而已，头盖骨的裂缝也已经愈合了。你好像是在北贡山里头被抓住的。"

忠一郎想起来，问道："我昏迷的时候，有没有说过什么奇怪的话，比如说胡话之类的？"房摇晃了一下脑袋，回答说："你好像发出过什么听不太清楚的声音。"他接着说："日本军队已经全面崩溃了，我们无论是中队也好、小队也好，都已经四分五裂，逃入了北贡山系。当然，还有仍在坚持的部队，但我方的炮火即使阻隔了敌人的战车，敌人的战车也只用一个晚上就修好了，我们无法取得胜利。就在这个时候，我被捉蜥蜴用的网绊住了，动都动不了，因为出血过多而意识朦朦胧胧的，友军见状就放弃了我，自杀也没能成功，就被俘虏了。"他说着说着，不禁泣不成声。

忠一郎看着战友泪水涟涟的脸，想起了在波多登库松多次被教育过的话："你们是皇军士兵的指挥官。绝对不能苟且偷生，忍受当俘虏的耻辱。到那样的时候，你们就自尽吧。"

他看着鼻尖、下巴和后背都缩成一团的房，房似乎仍怀着爱戴之情，望着房黑色的脸，他决定安慰一下房。"我不是也一样被俘虏了吗？这有什么办法呢。"他说。"不，你是在昏迷的时候被抓的，还说得过去。"房带着一种抗议般的口吻说道，他的身体不停地颤抖着。

"不过是五十步和百步的区别而已。"忠一郎的话加重了语气。"虽说如此，我并没有失去记忆。我失血过多，意识朦朦胧胧的，但这些都不能成为借口，尤其对日本来说，更是如此。我太软弱，败坏了家族的名誉，为什么不干干净净地自杀呢，我一定会被臭骂的。我知道。"房非常愤怒。

"那，你好好考虑吧。"忠一郎说完，一个人向病房走去，想到卫兵有可能不让进，他就到与病房并排的一栋串筒状的病房外面去看一看。窗外好像是被收割过的庭院，不远处张着一个金属网，右手后方建造了一个组合式的供水塔。

自从忠一郎在这家医院苏醒过来之后，这边毫无敌意地给他提供良好的食物的事情，让他非常感动。正在他站着往远处眺望的时候，他看见了在密林之间来回穿梭的几群野鹦鹉，它们除了嘴是红色的之外，全身都是绿色的，它们结成几队，正在展翅飞过。天空中连一丝云彩也没有，非常晴朗，令人眩目的阳光仍旧照耀着。战争好像已经结束了似的，一切都非常安静。就在他把手背在腰后四处转悠的时候，不知为何两眼中的眼泪再也止不住了，开始滚落。

他一边流泪，一边第一次想到，如果日本战败的话，他们这些人会怎么样呢？回到病房之后，他越想越严重。如果日本胜利了的话，他们这些被俘虏的人，就会受到叛国贼那样的待遇吧。父亲肯定也不能在铁道部里待了。如果战败的话，他们这些人也会沦为白种人的奴隶吧。这样想来，回到一个战败的国家，也不太对劲，种种奇思妙想浮上了他的心头。忠一郎第一次非常希望自己能获得自由。

忠一郎从野战医院的军医那里，获悉自己一旦幻觉消失、头也不再疼了的时候，就要被送回俘虏收容所里。之后，要被囚禁到什么时候就不知道了。一想到以后的事情，他总是感觉自己好像处在一个无处可逃的抽象空间里。这对于走投无路的人来说，是一个既无色彩又无气味的空间。当然，也没有生存的目标。

就在他住在这所由美军管理的医院里的时候，让他最上心的是，他学到了一些与过去学过的英语都不同的英语。他到医院的图书角中，看那些从纽约寄过来的杂志和储备用的书籍的背面。其中还有几册关于日本的书，是关于日本人的习惯、心理、神道教、历史等内容的。它的选择方式是以占领日本之际的心得为标准的，"不使用敌视性的语言"，这与警察、宪兵都在监视国民的日本完全不同，忠一郎不由得想到了这一层。"从此之后，日本人也要和其他大国的人相互密切交往了。"在父亲这样的建议下，他进入了英语系学习，但在这样的国家里，学习英语在心里似乎是很难被接受的事情，更谈不上努力了。

这天晚上，忠一郎第一次做了一个奇妙的梦。他好像在猎杀一只狗仔大小的老鼠，它看起来比蜥蜴更美味。可就在他开枪射击的时候，子弹却射偏了，树林开始动起来。繁茂得连树梢都看不见的树木相互缠绕着，可能藏匿着大蛇的成千上万根藤蔓被无声地切断，粗壮的树干裂开，重叠在一起并开始倒下。突然打开的空间却不见了，出现了一座金光闪闪的大佛堂。忠一郎吓了一跳，正想往前走一步，却把脚给崴了，他感到胆怯了，便回过头去，却看见了一只人的手，"给我一点水，请给我一点水"，哀叫声不绝于耳。

忠一郎用枪的底座敲了一下那只手。从堆积着的树叶间伸出来的那只手不见了，他在阴暗的空间里迷了路。突然，金光闪闪的大佛堂开始摇晃，它辉煌灿烂的模样突然消失了，浑浊的水帘突然好像要把忠一郎包围似的，向他逼近。把他的耳朵压疼的是洪水的声音。水声中，能听见"救命啊、救命啊"的很多军队呼喊的声音。

无数体弱力衰的士兵求救的声音，逼近他，和在他眼前流逝的泥水的声音混杂在一起，忠一郎的耳朵里好像有一万种力量在撕扯着。他的脑袋好像要被割裂似的。他迈出步子，"帮帮他们吧"，咬着自己的牙。忠一郎成了一个冷冷地看着洪水的鬼魂。终于，一切都消失在黑暗中。

第二天，他醒来的时候，医院和他在梦里看见的情景完全不同了，非常热闹，而且还被温暖的阳光所笼罩。他直起身子，看见了邻床的房义次，房睁眼望着天花板说："战争结束了。"忠一郎他们两个日本兵和一般的伤兵不同，被结实的金属网分开，隔离了。他似乎还没有明白似的，盯着房不断地重复着："战争结束了。"房第一次看了忠一郎一眼："日本无条件投降了。"

神的国度灭亡了。这样的事情也会有吗？好不容易抑制住了愤怒之情的忠一郎，觉得自己这些人大概要永远当俘虏了。是心情的问题吧，病房里到处都是，欢喜的胜利、胜利声，或是意味着投降的投降、投降声，它们像涟漪一般扩散开来。

几天之后，医院院长把忠一郎叫过去，他来到了院长办公室旁边的房间里。那里有一个中年军官模样的男人，还有一个像是他的副官的青年男子，皮肤像孩子般光滑，另外还有一个东方人面孔的翻译。

他讲述了自己当俘虏的经过，以及离开日本后到仰光作战的经历。他们晚上从佐世保出发后，经过台湾地区的高雄，在新加坡集合后，就被送到了马来半岛的波多登库松，他有条不紊地回答着。想到这是问供时，忠一郎决定用日语来说。就在对方翻译日语的时候，他可以有时间思考如何回答问题。但是，说起被分配到仰光之后，一直到被俘虏之前的事情时，关于自己在密林中逃亡的事情，他留下的印象却很模糊，只能回答说不记得了。

医院院长把忠一郎的病历给那位军官看了一下，他点点头，质问忠一郎："你在被俘虏前，没有接触过盟军的俘虏吗？"对于忠一郎来说，他作为陆军少尉在缅甸时期的记忆中，已经丧失了的那部分记忆和清楚地记得的那部分记忆混杂在一起。这不仅仅是在梦中的暗示，在忠一郎的脑海里，它突然复活了，让他感到非常震惊。

很久以后，忠一郎以东京为中心创立的三明治连锁店NSSC第一次达到二百家的时候，他为了向全国扩展，认为很有必要突出它非同寻常的美味。他制订了一个计划，要把以美味著称的名餐厅的厨师长招过来，作为NSSC的社外成员。但是，这位厨师长无论他们给出什么条件，不管是多好的待遇，还是每周只要到公司露两天脸，怎么也不肯离开自己的餐厅。

他说："我想自己做饭给别人吃，这样才好"。"什么'要出名'啊，'把店做大'啊，我都没想过"，对于忠一郎的邀约，他还是从心底里抵触，仍然表示拒绝。

就在这个时候，忠一郎突然想起了在缅甸战场上，住在锡丹河边的村子里的军曹（陆军下士）的事情。那是日军不得不放弃仰光，日本方面战败的迹象越来越浓重的时候。军纪也开始变坏了。就在那时，传来了再次回到仰光的命令。因为主要的街道都被英国和印度的军队占领了，日军不得不在密林中穿行。在南方总部和方面军之间方针明显有着不同，士兵中对指挥命令的不信任感也在增加。忠一郎耳边，也响起了对死守仰光的命令表示反对的青年将领的声音："即使是军令，对这样愚蠢的命令也没有必要听从。"

尽管有各种各样的意见，但最终还是只能服从命令，正在这时，军曹突然不见了。忠一郎知道他在什么地方，就偷偷瞒着部队，跑去说服军曹。忠一郎知道，军曹和住在那个村子里的一个女人关系很亲密。

即使放过他，军曹也会被当做逃兵而受到处罚。如果成功逃脱了的话，他也不可能再回到日本了。忠一郎听人说过，军曹在老城区开了一家理发店，他应该有老婆和孩子。

用日本椰子的叶子修葺的农家里，正面的右手边有一个可以从屋里往外推开的窗户，他站在这个人家的前面，叫着军曹的名字，有一个二十岁左右的、看起来还比较稚嫩的女孩走了出来，脸往侧面看。一个好像是她母亲的女人也出来了，脸也同样往侧面看。忠一郎把腰间系着的枪和剑放在地上，为了表示自己不是来抓人的，合掌鞠了一个躬，还叫着军曹的名字。

军曹终于出现了，带着从巢里出洞的狐狸般的表情，但是，他对于忠一郎的劝说却无动于衷。"我要一直待在这里。"他说，"我不打算回日本了。那里当然很好，但这里却是个世外桃源。我觉得对不起我的老婆和孩子，请少尉回去后代我问候他们。你说我死了也行，说我回到日本后被宪兵抓起来了也行。"他说话的语气带着一丝苦涩。

于是，忠一郎便问他要怎么过，对于这样的质问，他回答说："我带来了理发用的剪子。我在部队也一直在理发，等我安定下来了，我就去仰光开理发店。那边人的头发我给他们理，这里的人我也给他们理。"他表达着自己对理发这行的喜爱，接着又说："这家的主人在战争中死了。我现在是他们的支柱，不能抛下他们再次回到战争中去，少尉先生。"军曹所说的"少尉先生"一词中，词尾的发音明显带着一种不服的感情。

"但过着这样贫困的生活，生活习惯也好饮食也好，都不同啊。"忠一郎又把他往回推。军曹说："我已经有思想准备了。我是写俳句的，总会有办法。"他话里的意思有一些暧昧不清，说话虽然很客气，但他的强硬态度却没有变化。

忠一郎最终还是回到了部队，说："我去找他了，但在哪里都没有找到。这个家伙真没办法，明明知道我们要向仰光进军，不过他身体很好，应该能和我们会合吧。"他对上司作了得体的汇报。

军曹的逃跑没有被发现，是因为这边士气低落，回忆起这一切，忠一郎感到很吃惊，他没能说服厨师长，却由此记起了有关军曹的事情。

他们两个人说过的话有一些共同点，就是忠一郎的价值观和对方的价值观不同，也由此产生了双方不一致的地方。在此之前，忠一郎很自信，他认为自己的行动体现了时代的思想和希望，所以他的事业才能成功，家里人和亲信也都因他而感到自豪。但是，现在看来，这好像只是他们这些人的想法，只对他们才有意义。

忠一郎在惯常的骨干职员新年集会和股东大会之后的店长集会上，就饮食生活的现代化和合理化中所蕴涵的文化发表了演讲。他不断地强调这样的理论，电器中的洗衣机和吸尘器把家庭主妇从繁重的劳动中解放出来，也让女性的文化水平有所提高，快餐连锁店把家庭主妇从做饭的复杂作业中解脱，这是一种最人性化的商业。

但是在他空白的记忆里，浮现出了军曹的脸，眼睛疲倦地时开时合，对于忠一郎的劝说毫无反应。那个时候，我为什么要向宪兵隐瞒军曹当逃兵的事情呢，他有点遗憾地想到。当时自己太过年轻了，人生经验也很缺乏，所以态度很暧昧，想到这里，他有点生气。军曹的脸和厨师长的脸重叠在了一起。

他朝着在作战途中消失得无影无踪的军曹的脸伸出手，但在忠一郎的视野里，却只能看到不断扩大的茫茫浊流。像柱子般一点点向前延伸的是桥的脚。敌机扔下炸弹，桥已经塌陷了。从上游流下来大树的根、毁坏的小屋的残骸等都在泥中旋转着，又被冲走。天空被缅甸雨季特有的浓重云层覆盖着。忠一郎狼狈地闭上了眼。但是，他留意到，无数个"救命"、"啊"、"救命"的声音，又在轰鸣的水声中，像跳跃的鱼一样，在这里那里散落，相互交错着。什么叫唤声都没有的是尸体。它们好像还活着一样，被水流所揉搓着，苍白的容颜面朝着灰暗的天空，只有脚在水面上浮出，就这样流走。忠一郎站在河岸边，一动也不能动，只是看着这一切。他腰以上的部位都被埋入了泥土中。

如果这样轻率地就进入水中的话，脚就会被意料外的水势绊倒，被冲走和溺死的危险性很大。从这天早上的渡河作战命令开始之后，有多少日本兵到达了对岸，还无从知晓。这些疲惫的、瘦削的士兵，对于渡河的命令执行起来非常鲁莽。如果被突然袭击的话，很可能会全军覆没。忠一郎为了消除重现的记忆，把头向左右摇晃。不知道从哪里读过的一段文字突然出现在脑海中："在战败之际的西丹河里，英国和印度军队发现了六千具以上的尸体。"影像突然从他眼前消失了。

俘虏收容所

俘虏收容所在一片似乎属于印度所有的沙漠附近，从一个离野战医院二十公里远的机场出发，坐小型飞机，几个小时就可以飞到。飞机场里，不知道从哪里集中了十九名垂头丧气的日本兵。他们好像直到最近都不知道日本投降的消息，一直潜伏在密林中。忠一郎和房感觉到，自己因为一直待在病房中，所以显得比较有血色。忠一郎认识的别的军团的人，一个都没有发现。士兵运输机好像蚕虫吐丝的棚一样，分成上下铺，士兵们依次挤了进去，飞机内禁止讲话，被沉默支配着。这以后会被带到哪里，又会怎么被对待，士兵们都怀着忐忑不安的心。

尽管程度有所不同，忠一郎也感到不安。也许至今为止在医院所受到的待遇只是个例外吧。不知道自己在什么时候睡着了，睁开眼，发现飞机已经开始从高空往下降落。

这是一个不可思议的抽象的空间。在眼睛视线所及的范围内，周围有被气流吹散的岩石和沙土，还有他回忆起的两三棵低矮的树木在生长着。在那里，风一吹着，就形成了移动的新的沙丘，沙土沙沙地响，本能地形成了沙的波浪，没有谜一般的风的波纹，只是恶劣地、毫无表情地扩散着。在这种无限中，飞机降落在了沙漠中的滑行路上，坐上车，朝着收容所开去。和他预想的一样，军用卡车走了很久之后，树木开始增多了，其间突然出现了十多栋以印度砂岩为原材料、带一点红色的石头建造的建筑物，观察一下周围，车在一栋能看见一座塔的建筑物那里停了下来。带刺的铁丝密密地分布在周围，与其说它是防止俘虏逃亡的装置，倒不如说它是带着恶意看着里面的荒地，甚至在嘲弄着糟糕的监视塔。

和这样的空间相呼应，俘虏们用假名生活着。作为被囚禁并活着人，他们这样做是为了避免自己的名字被本国人知道。按照他们本国的规矩，活下来并且遭受了凌辱的人，就如同人间的尘土一般，在本国人看来，和贼没有什么两样。对于俘虏们来说，即使战败了，也不会得到赦免。从早晨起床一直到晚上睡觉，等待着他们的就是屈辱的每一天。

英军和印度军队绝对不会虐待俘虏。但是，希望他们把你当成平等的人来对待，也是不可能的。士兵们用脚指着这个地方说"这里没有打扫"，或者用下巴指示说"那里擦得不干净"，又或者把簸箕踢过来，命令说"把这个倒了"。

日本兵俘虏如果稍微表露出一点不服从的意思，盟军士兵绝不会显得自己只是一个不动手的、只管监视的士兵。为了让被叫来的士兵表面上显得完好无损，一般都是殴打俘虏的胸部，或者用难听的、恐吓的话把他们骂倒。但是，日本兵不会这样殴打或者踢对方。

他们说话的方式、表情、动作等等，都在处处暗示着你们这些家伙根本不是人类的意思，感受到这些之后，忠一郎好几次都差点把手伸向拖把的柄，想把它反过来，对准他们雪白的皮肤，按照剑术的要领，刺进去。

这其中，最可恶的是打扫厕所。他们在俘虏们打扫厕所的时候，也毫无顾忌地用着厕所，说着"发现日本鬼子同性恋的时候，他们也不会得严重的痔疮"这样一些侮辱日本陆军士兵的话语，并且哈哈大笑。忠一郎好几次都觉得，自己能懂得他们的语言，真是一种不幸。

对于俘虏们来说，在这些工作中，相对来说比较快乐的是农业劳动。他们耕种荒地，种植粟、黍、某种麦子等等，但它们似乎在抗拒俘虏们的意志似的，水一点也没有在土里逗留，很快就被吸干了，强烈的阳光一照射，它们就全部枯萎了。从这个意义上来看，农业生产就是和大自然的恶劣之间进行的一场战斗。忠一郎和房因为是从野战医院送过来的，所以从在仓库搬运货物到担小麦的袋子等重体力劳动和农业劳动都一概免除了。取而代之的工作是，账单的整理和俘虏日志的写作。

所谓的俘虏日志，记录了当天所配给的物品、给养及俘虏的劳动、健康状况等，包括几个人发烧、几个人病倒在床等，就是只记录这样一些数字的类似报告书的东西。最后忠一郎终于发现，它是向本国某处送去的、向本国政府的类似国际红十字会那样的机关进行报告的。他此时才发现，自己以前并不知道只有日本政府才无视那样的国际组织的存在。

在英国、印度、美国三国共同管理的这所俘虏收容所里，有一位叫做原口俊夫的士兵，在所长室里担任翻译。每天，忠一郎都把俘虏日志拿到他那里去。他一直都是默默无言地点点头，接过日志，但有一天，他突然直言："谢谢，你每天辛苦了。"这个发音完全是日本人的发音，忠一郎想，连这个"你每天辛苦了"的说话方式，都是外国人靠模仿学不来的。

忠一郎在当天午休的时候，对房试探着问道："那个所长室里的翻译原口俊夫，他是日本的移民吗，还是日本人？"房说："你也这么想啊？"然后点了点头，回答说："我住的那栋楼，家乡在九州的士兵很多，其中一个人说过：'那是原口先生的儿子啊。'那人好像知道他是博多著名酒馆的店主的儿子。他的父亲原口先生从十五岁一直到被征兵之前，都在那家店里，中途才成为店的主人。这点好像没错。"

"果然如此啊。"忠一郎一边点头，一边产生了深深的疑问，不知道原口怎么会成为盟军士兵。

"直接问他如何呢？"忠一郎说道。对此，房的主张则是慎重论："我也这么想，但是好像有什么秘密，去揭开这个秘密好像不太合适。总之，对方手里有着绝对的权力啊。"这样一说，忠一郎也只能克制自己的这种想法了。如果不是很快就发生了一件震动整个俘虏收容所的事件，这个疑问也可能就这样一直留存在他心里了。

开车从俘虏收容所出发，大概要走三十分钟路程的山坡底下，有一个仓库，每周要去一次仓库，从那里运来一周所需的粮食。对于俘虏们来说，这是一个偷食物的绝好机会，因为供给的食物的量对他们来说，虽然不会饿肚子，但也绝对谈不上吃饱。英军、美军的士兵们和俘虏的食物之间，有着天壤之别。很凑巧，那天负责监视的士兵，是一个神经质的、有着人种偏见的英军士兵L，他非常瘦、个子很高，出人意料地话多。

车到达收容所的仓库附近，就停了下来，开始从堆积的粮食中往下铲粮食。正在这时，L突然看见，有一个俘虏的裤子特别鼓。L对着这个俘虏大声嚷嚷，把枪从肩上取了下来，并向他靠近。他迅速跑了出去，L的枪就开始喷火了。这个原来的日本兵倒在地上，他的小腹开始静静地流出了血。

一瞬间的沉默之后，有几个人开始零零散散地喊了起来："杀人了"、"虐待俘虏"、"要承担责任"、"杀人恶魔"等等，最后终于变成了"杀人了"、"杀人了"这样一致的声音。L回转身，想吓唬他们，但大家一起叫喊着，他只好不停地四处乱转。

当忠一郎被叫过来，赶到现场的时候，被众人追赶着，退到仓库门前的L，左右挥动着枪，使劲地威吓着快要挤到他身边的俘虏，在离他两三米处，横躺着一位流着血的战友，脸朝着地面。

忠一郎看见这副模样，靠近L问道："发生了什么事？"对方回答说："他想逃走，所以给了他一枪。"忠一郎用日语问道："他说，这个人想逃走，所以用枪进行了射击。"俘虏们开始再次一个接一个地怒斥L。忠一郎看见有二十名武装好的监视兵跑了过来。

"安静，下面我们要去和所长谈判。目睹了事件经过的人，派两个人和我一起过去。L，你也和我们一起去。"忠一郎大声喊着。俘虏们知道自己不知何时被武装士兵包围了，所以稍微安静了一些。

他们来到位于高高的监视塔下面的屋子里时，所长先把L叫了进去。忠一郎和两名代表，还有因为担心而跟着一起来的房义次，都在外面等着。其他的伙伴还集中在一起，吵吵嚷嚷的，有时候好像掀起了轩然大波似的，可以听到敲着易拉罐、大声地敲击铁锹等的声音混杂在一起。

如果不能控制局面的话，还会有人成为牺牲品，想到这里，忠一郎非常紧张。对于无法自控的房，忠一郎小声地说服房说："如果就这么死了的话，和死了一条狗差不多，今天必须要开始谈判了，所以在这里必须很严肃地等待。"

"明白了，交给我吧。"房拍着胸脯说道，好像一个球一样，把他圆乎乎的身体猫成一团，朝着仓库的方向跑了过去。

终于看见L出来了，忠一郎按照刚才想好的说道："为什么要枪杀俘虏？虐待俘虏在国际法中属于什么罪行，看一看《日内瓦公约》就知道了。"为了让俘虏收容所所长能够听到，他故意大声地用英语责问L。

翻译原口露面了，把忠一郎他们叫了过去。还能听到伙伴们呐喊的声音。

"所长，再不采取措施，就很危险了。"忠一郎趁势说道。忠一郎决定了谈判的方针，即他自己不知不觉中用英语不断地推动谈判，其他的两个俘虏代表作为证人发言就可以了。屋子里的氛围与其说是询问，倒不如说一开始就有了谈判的感觉。

实际上，忠一郎根据所长每天对俘虏日记进行的询问，得知年轻的所长与其说是军人出身，倒不如说是伦敦的大学出身的知识分子。所以，只要他没有丧失英国人的彬彬有礼，就可以用解围的话和他很好地交谈。忠一郎说出了自己的看法："我是俘虏，L所做的事情只能任凭所长处置，但是事情发生的背景却很让人失望。"

收容所里最多的是参加在缅甸的战事的人，到过马来半岛和英属婆罗洲的人也混杂在其中。但最伤脑筋的是那些当地出身的平民，随着日本战败局面的显现，除了正规部队之外，军队兵力严重匮乏，军队于是把他们临时召集起来，编入了部队中，被俘虏之后，他们没想到自己的遭遇会变成这样，所以不满的声音在平民出身的人里面越来越强烈，这也不是没有道理的。

忠一郎看着原口说道："我本来想告诉所长，我们这些被收容的日本人的心理状态，向他说明我们之前是如何不相信战败的，但现在看来已经没空说这些了。我想请他指出如何让事态恢复平静的办法。"

"他们来这里多长时间了？"所长问原口俊夫。现在的所长在忠一郎他们来的时候，刚上任一个月。

"说起时间的话，已经有六个多月了。"原口俊夫回答说，"说起来和别的收容所有关系，现在，关少尉所属的所谓'日本国不灭组'变得非常安静，有消息说他们可能已经回到日本了。"他又补充说道。

听到这句话，忠一郎不禁一愣，果然如此。

"这就是这些不相信战败的人的心理？"所长问道，原口继续解释道，他们这些人虽然被俘虏了，但明里暗里都怀着抵触情绪，每个人都觉得日本军队会来解救自己，并且相信日本国是不会灭亡的。

所长感慨道："这就是所谓受困的信仰啊。我原来真没想到这些。"他思忖良久。终于，他说道："最好的事情，就是日本虽然战败了，但却可以成为和平的国家，我的家人都这么说。好，我将向我国政府汇报，考虑恢复他们与家人的联络。今天发生的事情是一起令人遗憾的事故。"所长补充道，还站了起来，"尽快把这个结果传达给俘虏们。"他命令说。忠一郎的直觉是，自己大声喊叫着《日内瓦公约》的声音，终于被所长听见了。

忠一郎他们正在和所长讨论的时候，不断高涨的声音像远处的波浪声一样传来，仔细一想，已经没时间讨论如何向俘虏们通报这一消息了。忠一郎对原口说道："明天早上我来报告结果。"他跑回了仓库前面，并把消息告诉了大家，"所长已经表示了遗憾，并且容许我们恢复和国内的通信。"

听到容许他们恢复和国内通信的消息后，响起了热烈的欢呼声，但很快就像水面的波纹一样，恢复了宁静。大家都想知道家里人的消息。大家都想着，告诉家人自己一切都好，他们一定会很高兴，自己的信到家的时候，家里人都会围在一起，能想象到他们围着火炉坐在屋子里的情景。但很快，他们就开始想到，把自己当了俘虏的消息告诉家人，是不是合适呢？这会不会成为自己的家庭甚至整个家族的耻辱呢？邻居们会说些什么，老家的父亲又会说些什么呢？

"这个家伙不是我的儿子，今后，我们断绝一切来往，他也不要回来了。"一些俘虏似乎能听到父亲怒吼的声音。也有人似乎看到了村长叹息的神色，"村里怎么出了像女人一样的俘虏啊。"也有人想到妻子可能会胆怯地听着门板上被人扔石头的声音。

"不，难道不是整个国家都成为了俘虏吗？"有人这么说道。很快就有人反驳说："难道天皇也是俘虏吗？""你胡说什么，太没礼貌了，不能容忍你这样的人"。叹息声、斥责声与想象中的声音混杂在一起。

刚开始，忠一郎还想按照收容所的楼的顺序，收集意见，向所长报告，并按照要点，提出改善待遇的要求，但他的计划被打乱了，尽管他想平复俘虏们的愤怒，但一切却变得乱糟糟的。很多人认为恢复和国内的通信是理所当然的。产生的唯一效果就是战友被杀的事情不再是大家最关注的焦点了。聚集起来悼念他的是和他同楼的几个人，还有参加了谈判、俨然成为了俘虏代表的忠一郎和房，他们静静地举行了告别仪式。

第二天，忠一郎把俘虏日记和事件报告一起写了总结，拿到原口那里去。迄今为止的习惯，都是他把这些翻译成英文并添加到原文中，然后提交给所长。

"昨天尽管是大势所趋，但是我们所捕捉到的，好像是我们自己的心情。"忠一郎坦率地表达了自己的感受。"由于特别的思想而发生了战争，尽管捕捉到了这一结果，却没有捕捉到这种观念，我们并不是自由的。"他接着说道。他想说对天皇的信仰，或是认为日本是神国的信仰，但不知道为何，突然感到非常恐慌，就只能说到这里为止。

关于容许和本国通信的问题，忠一郎报告的结论是，要视情况而定。"是这样啊，"原口说，"如果要通信的话，就必须写自己的真实姓名。这就好像解开魔咒一样。"他感叹道。大部分俘虏都是用假名进入的收容所，这确实是事实。其目的无非就是为了避免以后被人从背后指指点点："那个家伙以前当过俘虏。"

"如果用真名的话，就变成了个人的问题吗？"忠一郎质问说。原口俊夫点了点头，说："我觉得，日本人从来没有自我意识。"说着，他不由得把身子往前探了出来："日本人一直都是用某个集团的名字来进行判断和行动。我知道，在这个收容所里，有几个以前是平民的俘虏，他们把自己当成公司的一员，而不是单独的个人，所以没有办法做生意了，而是来到了战场上，并当了俘虏。但他们从来没有后悔过自己成为军人的事情。因为是社会的命令，所以觉得没关系。"他开始滔滔不绝地说了起来。他的语气，好像是要把很久以来一直留存于心间的东西一口气表达出来似的。他不停地批判着日本人，但忠一郎却从中听出了其中暗含着的对日本人的爱。

这还是第一次。忠一郎装成一副无所谓的模样，仔细地打量了一番原口，看着他那瘦削的体格、戴着眼睛的脸庞上凹陷的双颊。忠一郎不由得开始胡思乱想了，如果原口成为中学教师的话，他很快就会赢得"麒麟"的外号。忠一郎一边想着，一边问道："在收容所第三栋楼里，有博多来的士兵，"他开始试探着说，"他说你是博多的大酒馆店主的儿子。"说完，他把脸转向了原口。原口使劲地点了点头，说："被看破了。"他笑了。

根据原口自己的介绍，他因为想研究海明威，所以进了九州的大学念英语专业，后来又下决心到美国的大学里去自费留学。原口因为是家里的老二，没有继承家业的责任，所以就选择了留在美国。在来这家收容所之前，原口还去过印度德里的收容所，在那里，所谓的"日本国不灭组"的势力非常强大，他感觉到了身边的危险，所以申请来到了这里。

听完他的话，忠一郎不由感叹道，原口在发生重大变化，面对人生的众多歧路时，总是能作出正确的决断。从外表看起来，他好像不是这么果断的人，但是忠一郎已经明白了他之所以被海明威吸引的原因。

忠一郎在从野战医院到俘虏收容所的半年多的生活里，丧失了对英语文学的兴趣。特别是站在对同为俘虏的伙伴们进行指导的立场上，他觉得回过头来看，当年进入大学后想对爱尔兰的诗歌和小说专门进行研究的事情，似乎已经成为了遥远的昔日的梦想。

不知道到底是俘虏的生活改变了忠一郎的感情结构呢，还是为伙伴们进行指导的立场直接对忠一郎的性格构成了攻击，或是由于日常用英语接触到的美国兵、英国兵、印度兵等，使自己对他们文化的神秘的憧憬感已经产生了麻痹的感觉呢？

收容所的氛围已经随着伙伴之死、L不再接触俘虏等情况发生了变化，因为与本国的通信也得到了容许，气氛已经完全不同了。如何考虑自己被捕的现实，开始成为呈现在每一个人面前的问题。待在收容所里的人，每一位都是在战争中被俘虏的人。

其中，最多的是在西旦渡河作战的信息被泄露后，首先被俘虏的宪兵和因为情报事先泄露而被包围的人；其次是在北贡山系里无法动弹的、被友军遗弃的、因为已经没有什么用而被扔到山谷里的人们；也有因为从仰光逃得比较晚而在孤立的时候被俘虏的民间人士。

这些人都是战争时候的俘虏（POW），但是因为他们被捕时候的情况都不尽相同，而且是先后被俘虏的，所以对于这个问题的认识也不尽相同。他们逐渐认识到了日本战败的事实，再也激发不起新的自豪感，所谓的"日本国不灭组"想继续组织党徒、开展暴力活动的事情也基本上消失了。

因L而起的射杀事件发生后大概一个月左右，便决定把战争中的俘虏全部遣送回国，并指示说要做好准备工作。忠一郎和房，以及发生这个事件以来决定共同行动的两名代表一起去进行了确认，所长要求尽早提交全体人员的真名、在本国的住址、原来的部队名称与番号等，回国的时间要根据运输船的分配情况来确定，所以还没法最后确定。他解释说，美国的船只没有精力运送太平洋地区的俘虏了，英国的船只则因为德国U型潜艇的攻击，运输能力很弱。

结束与所长的会面后，忠一郎他们四个人商量了一下今后的问题。如何顺利推进制作和提交俘虏正式名单的工作，是一个问题。忠一郎的脑海里还涌动着关于在锡丹河附近的村庄里逃亡的军曹的记忆。在视线所及的范围内，收容所周围都是荒地，所以逃跑的可能性基本上没有，但还是无法保证在运输的过程中不会有消失的日本兵，在此之前，消除伙伴们的不安情绪并制作名单，显然不是一件容易的事。

有一个代表提议，要和战友们谈心，消除他们的迷惑和烦恼，要解除所谓的"神国不灭"论的符咒，就必须从正面教导他们"活下去，并不会遭受当俘虏的耻辱"，并且告诉他们，我们并不是被征服的，而是被解除了武装的正规军。他的理由乍一看，确实有点强词夺理，但是却有可能对于正式名册的制订发挥作用。另外一个人则建议说，和伙伴们谈话的地点，应该选在军官们所在的另外一栋楼的一面。

代表们都同意了这一意见，决定让原来的房少尉与原来缅甸方面军司令部的少将去沟通一下。房从当副官的时候开始，就已经认识他了。

说服士兵们花费了不少时间。他们问得最多的就是，为什么不报上自己的真实姓名，就不能回国。听到这样的问题，忠一郎为难了，因为被俘的时候，军队的手牌就已经被没收了。一开始就用真名的忠一郎，一下子竟然想不出可以让对方接受的回答。像担任谈话委员会负责人的少将那样，说"你们要回到神的国度里，当然不能撒谎了"这样的话，忠一郎和房都做不到。

士兵们要求，如果是这样的话，就在回到日本之后，视国内的情况而定，再用自己的真实姓名。农村出身的士兵这样的要求比较多一些，而多数在城市里长大的士兵，则认为名字不过是个记号而已，所以抵触的情绪相对比较少一些。

在这种讨论的场合里，忠一郎想到，不知道父母亲会如何看待。他可以预想到母亲一定会非常高兴。而父亲则在人们叫嚣着英美都是敌国的时候，却劝他学习英国文学，父亲是这样的一个人，应该可以放心。父亲过去甚至把铁道部的工作都辞掉了，想到这里，他的不安就在不知不觉间消失了。

考虑到回国的问题时，忠一郎最担心的是父母亲是否一切安好。他应征入伍的时候是昭和十八年（1943年），是刚上大学的第一年，但父亲荣太郎一直在九州。

听到他应征入伍的消息后，父亲把他叫到了门司。请他吃了河豚，并请一名女子晚上陪着他在门司游玩。忠一郎那天晚上第一次拥抱了女人。后来回想起来，这是父亲在他上战场之前，所考虑过的问题。当时，门司还没有遭到空袭。

在战况变得非常复杂的时候，门司成为了向本州和南方运送士兵和物资的基地，门司铁道局的作用因而显得非常重要。但是，母亲也只能说："儿子要出征了，可以回到家里所在的东京来。"母亲又接着说，"我也在呢。"随后又说："一个人，要小心啊。"忠一郎感觉到了他们之间的这种情感纽带。但是，太重视面子的母亲有些话还是没能说出口。

忠一郎非常爱母亲，也很尊重父亲。在中学毕业的时候，父母亲经常通过忠一郎保持着对话。这样一来，很自然地，一向父亲说到母亲的事情时，他就会特别强调让父亲高兴的事情，而向母亲转述父亲的事情时，他又会在话里面附加自己的感想：诸如"父亲对母亲的事情很在意"等等。

荣太郎听到这些之后，便称赞说："是吗，你母亲真是一个出色的、能干的人啊。"母亲这边听到儿子的感想后，便说："当然啊，对于你父亲来说，事业比家庭更重要，他真的那么在意吗？"虽然这么说，但是心里对于忠一郎的话却没有一丝不悦。看到母亲的样子，当儿子的忠一郎只能把自己最直接的感想告诉她。这样的自己，离开日本已经有四年了。

有传言说东京已经被烧成了一片荒原，位于市谷砂土原町的高台上的自己家，变成什么样了呢，忠一郎很担心。

进入5月后，暑气逼人，俘虏们开始怀疑是否真的能回国，并发出了抱怨声。14日早上，原口来到了集会的地方，在黑板上写下了"16日上午十点出发"的字样。

这是一次漫长的旅程。白天从收容所出发，走了五十英里的路程，来到了车站，从这里出发的列车基本上都朝南开。不知道谁说了一句："这样走的话，就到阿拉伯海了。"但没有一个人回应他。到了傍晚，来到了一个叫久托布的地方，这里有好几条铁路交错着，有人端来了咖喱饭。从收容所往南走了二百英里，天气越来越凉。在离开日本三年的时间里，越往南走温度越高，8月比4月热的感觉也没有了，向阿拉伯海走去，到底是离日本远了，还是离日本近了，他们也没有感觉了，忠一郎并没有感觉到什么不安。在开阔的机车场里，货车慢慢地或者脱离或者接上机车，忠一郎他们并不容许离开停车场。四五个小时之内，列车开始重新出发，在几乎看不见什么灯光的黑暗中，一直朝南走着。打开窗户，凉风吹入，能闻到草的清香。好像从荒野来到了平原，忠一郎的心情不由得感到了些许放松。

到了早晨，一天之内不停地奔驰着的列车，越过了一座山，经过了三座大的城市。有人告诉他们，这天要在达曼这站住一晚上，这就和忠一郎他们所属的S/J第29·836号POW、S/J第74号6·CAP等记号一样，只给了他们非常抽象的印象。

这真是一次奇妙的旅行。在这样抽象的空间里，他们既不是日本人，也不是印度人，他们只是用番号来称呼的人，而且也不能随便活动，只是被搬运着。在这里，单调与热烈、喜悦与不安、希望与绝望混杂着、搅拌着，慢慢地随着列车的移动，时而朝车轮行进的方向走着，时而向后部的席位上走动着，时而向左时而向右地被运输着。

夜晚又来临了，他们被告知明天将到达终点站邦北（孟买），具体时间还不清楚。俘虏们第一次开始了小骚动。他们想到之后恐怕就是海上的旅行了，大多数伙伴对海上运输都抱着一种恐惧感。忠一郎也有过体验，他有一次从仰光向摩鲁门撤退的时候，受伤的和生病的士兵是乘船撤退，健康的人则是从陆路撤退。

当时虽然很多人对海路抱着希望，但是，其结果，海路那组受到了敌机的攻击而全军覆没。到这个时候，虽然被敌机攻击的可能性不大，但是运输船也有可能受到潜艇的攻击，因为断绝补给而被断绝去路。

忠一郎他们还不太自由，而且到达不太确定的目的地之后，能否获得自由还是一个无法确定的问题。到达终点站邦北的那天早晨，这次旅行的抽象性几乎达到了顶点。

突然间，意想不到地，一个大都市出现在了他们眼前。这里大厦林立，有着庄重的大理石圆柱的建筑物上面，英国的国旗飘扬着。在这家领事馆的旁边，就是海关。紧挨着终点站的，就是港口，涂着红色图案的巨大起重机，无声地吊起并移动着巨大的货物。在领事馆和海关前面那条宽广的大路上，一名女子正在走着，手里拿着一幅好像是松下的画。在她的前面，汽车车体好像打磨过似的，闪闪发亮，小汽车鱼贯而行。

这样的事情是不是比较好呢，忠一郎脑海中掠过一丝这样的想法。日本不是应该战败了吗？而印度还是作为殖民地，在苦苦挣扎着。忠一郎安心了，他把自己的想象与眼前的情景融合了起来。他留意地看过去，发现穿着长袍的印度人，肩上扛着大袋子，朝着仓库模样的建筑物走了进去。几个人几个人地走了进去。他探出身子，往横向看过去，发现很多印度人都在水泥地上坐着，叩拜着什么东西，只能看见他们的背影。

一群鸽子，一起朝着一个看不见的地方飞了过去，越过了屋顶，忠一郎他们这群俘虏，被拿着枪的印度士兵看守着，缓缓地朝着那个方向走了过去。

是这样啊，他突然明白了。日本战败了，英国和美国都很荣耀，但是印度人和日本人的状态却是一样的。如果回到日本的话，看到的情景应该和邦北非常相似。

离开车站后，一个又一个有着大量窗户的大建筑物就出现在了眼前。还可以看见一个叫做塔吉曼鲁宾馆的标志性建筑。在横的方向上，在号称"印度之门"的高大建筑间的宽大马路上，往前行驶，码头并立着，有一艘完全看不见内部的、与货船完全不同的船只停泊在那里。那就是格林·玛丽号，兼负监视和向导任务的印度兵指着船只，告诉他们说，"你们要乘坐那艘船，去新加坡。"

谁都认为印度士兵是在和他们开玩笑。俘虏绝对不可能乘坐豪华客轮。忠一郎觉得这个玩笑有点过分。但是，监视他们的印度士兵前后摇晃着肩上的枪，不断地朝着格林·玛丽号的方向走了过去。忠一郎看见从旁边过来的房，便试着问他："哎，这到底是怎么回事啊？"

"这样的事情，也不是没有啊。"房已经镇定了下来，掩饰不住要登船的喜悦。根据房的推测和解说，英国的船只不足问题非常严重，尤其是能输送日本俘虏的船只，基本上没有。另一方面，在这样的时候，让格林·玛丽号这样的豪华轮船围绕世界一周，足以显示英国的强大，并让人们对英国的文化传统留下深刻印象。按照房的说法，有一个很聪明的人，认为用这样的船只来送敌国的俘虏不仅很好，而且还可以宣传英国的人道主义精神。

忠一郎从这种解释里，感觉到房义次的感情并没有影响他的判断，便夸奖他说："你如果从事法律的话，一定是一个好法官啊。"伙伴们乱糟糟地靠近了船。

有人直接表示惊讶："这样的事情不会有第二次了。"也有人阴气不散："黄泉之路竟是这样的吗？"也有人说："饭菜的味道一定很好，我吃咖喱饭也吃烦了。"人们的反应各式各样。不知道谁说到旧军服和军帽已经很不相称了。在被印度兵交给船上的乘务人员的时候，忠一郎他们接受了对其所持物品和行李的检查。从后面的甲板一直往下，走下楼梯，就到了一个几乎接近船底的大房间。椅子的座位就像讲堂一样并列着，按一下按纽，靠背就倒下去，变成了一个床位。

从圆形的小窗户窥视一下码头，很多送行的人手里都摇着一面小旗，英国人、印度人、肤色比较黑的亚洲人以及中国人混杂在一起，但是没有日本人。从那里感觉不到殖民地的统治者和被统治者之间的区别。

俘虏们被严禁走到自己所在的楼层之外的地方去。"这是船上旅行的规矩。"一位体格健壮的船员解释道。但他一次也没有使用"日本人"或是"俘虏"之类的称呼。总之，是"三等船员"。

俘虏们渐渐变得沉默了。感觉他们好像被什么东西压住了似的。船只的窗户左手边是西嘉茨山脉，在到处延伸着的阿拉伯海上，忠一郎他们直接向南行驶着。在夕阳的照耀下，山壁的影子变得浓重了，岩壁看起来更显得峭立。朦朦胧胧地眺望过去，中间那条白色的闪闪发光的直线已经隐入了昏暗的山麓中。这好像是一条很长的瀑布，忠一郎想，自己不可能第二次见到这条瀑布了。他的脑海中第一次涌现出了"一生"这样的词汇。吃完汉堡包和汤组成的晚餐之后，月亮已经出现了。月光照亮了静静地在波浪上行驶的船只。忠一郎从对着自己位子的窗户看出去，久久地望着月光。眺望着自己这侧的月亮，他再次确认了一下，自己已经没有心情回忆斯科特、华兹华斯或是法国人威鲁热的诗歌了。

小睡了一会后，睁开眼睛一看，从他的位子上，已经可以看见星星了。大得像葡萄粒一般的星星，让忠一郎想起了小时候曾经和父母亲一起，看见过这么美丽的星星。那个时候，父母亲还很年轻，关系也非常融洽。随着父亲工作地点的转换，忠一郎小学的时候转过两次学，中学的时候也转过一次学。所以，他已经不记得这样美丽的星星，到底是在水户见过，还是在新潟见过，又或是在其他地方了，只有等到回国之后，问一下才知道。

到了中学的高年级之后，因为考虑到他上大学的问题，父亲只身一人去赴任了，母亲则和忠一郎一起留在了东京。他们在东京的住所已经不在市谷砂土原町了，而是在中央线的国分寺。父母亲之间，不知道是因为分开度过的时间增加了所以关系变冷淡了，还是因为关系变冷淡了父亲一个人去上任。

忠一郎想起来，在有着同样美丽星光的晚上，父亲说过："在宇宙中，不了解的事情还很多。但其中，最不了解的恐怕就是人了。"他觉得，荣太郎把人和宇宙相提并论，似乎很不可思议。当时，他大概还在读初中三年级。

大概过了两天，过了瑟龙湾，离开印度洋之后，船开始摇晃了。那天晚上，忠一郎做了一个梦。好像还是在密林中，他变成了一只大蜥蜴。他以青蛙、土龙、地上行走的鸟的蛋及各种各样活着的生物的肉为食，生存着。这只大蜥蜴善于游泳，却没法救助溺水者。他在梦里苦苦挣扎着，想方设法要从乳汁、泥土和绿色混杂而成的密林中挣脱出来。

进入马六甲海峡后不久，忠一郎他们就从船只的窗户里，远远地望见了第一次接受战斗训练的马来半岛的波特蒂克逊的街道。当街道的样子进入他们眼帘的时候，忠一郎的心里第一次浮现出了回家的感觉。到这里，总算可以回首了。噩梦已经成为了过去。到达新加坡之后，日本的俘虏们就在格林·玛丽号停锚的地方下了栈桥，走了大概一英里，到达了一个停船的地方，分别乘坐在那里的大型船只。

他们登陆的地方，是一个叫雷巴岛的岛屿，低矮的山丘全部变成了一片片的田地。这个岛屿成为了无条件投降的日本军队的士兵回国时的集结地。忠一郎他们从大型船只上下来后，便收到了记录各自姓名和级别的军籍表。在这一瞬间，俘虏的身份突然消失了。他们是如何来到部队的，参加过什么样的战斗，一切都没有人追问了。当然，也没有人问他们是否成为了俘虏，是走过了什么样的道路来到这个岛的。那天在雷巴岛收到的军籍表，现在是忠一郎他们唯一的身份证明。过去则是由加入部队时收到的军队手牌和战死时很快就能被人识别的、经常斜挂在胸前的证明票来证明自己的存在。

证明票是用小的金属板，刻上自己所在的连队番号、中队番号、个人番号等，军队手牌上则印刷着军人的训令、勒谕、勒语等，后面则记录着每个人所属的部队名称、衣服的尺寸、籍贯、军队履历等。忠一郎他们随后就成为了用S/J这种通用番号来代表的投降的俘虏，他们受伤被捕后作为俘虏的性格，都是通过POW等记号所持续着的数字来表示和记录的，这是他们存在的唯一证明，现在，这一切都变成了最简单的军籍表。

变得简单的，恐怕是他们成为俘虏后，对如何消除各种不光彩的过去的担忧吧。这是一件值得感激的事情，忠一郎觉得，这件事使一切变为了一种更抽象的存在。在这个岛上，原来的日本兵们约二十人睡在同一个帐篷里，白天则一边栽种着山芋，一边等待着去日本的船只。

从雷巴岛那些一片片的田地看过去，能望见出入新加坡港的大量的船只。忠一郎弯下腰，眺望着往来的船只，不禁想到："从这里出发，我要回到什么地方呢？"

遣返

　　值得纪念的东西什么也没留下。美军乘着在战争中建造的自由型货轮，在名古屋登陆了。那天还是梅雨来临前的特别晴朗的日子。当朝阳高高升起的时候，不知道谁喊了一句："看见日本了。哎，是日本。"那些不再是俘虏的军人把甲板和船的窗口都挤满了，让人觉得船几乎就要倾斜了。大家心里都想着，终于回来了，总算还活着。

　　"那就是伊良湖海岸吧。"有一个人说道，另外一个人则泣不成声："这边是知多半岛。"海洋的颜色，也因为映衬着生长在沙滩边的树木的绿影而变得鲜艳起来。终于到达名古屋港了，在船舶事务所挂上了DDT，检疫结束后，交换军籍表后，出示了身份证明书、从军证明书和随行的被俘虏人数表，就领到了二百日元。

　　忠一郎强忍着心中涌起的种种思念，背着行囊，慢慢地踏上了旅程。听说从热田站到东京的往东北方向去的列车和往关西方向去的复员军人的列车都暂停了。他在街上走着，到处都是火烧的痕迹和被火烧毁的残留建筑物，以及匆忙建造的临时木板房。男男女女们都停住了脚步，眯缝着眼睛，打量着忠一郎他们。他们无论怎么看，都是遣返的士兵。

房也打算去东京，所以和忠一郎两个人一起坐上了开往热田的市内电车。两个人都不知道家里人的情况，所以刚踏上日本国土的喜悦，很快就被不安所取代了。

热田站的周围出现了大量的地摊。这些过去被称为黑市的地方，现在非常惊人地布满了各种繁杂的物品，任何一样东西都惊人地贵。忠一郎他们才惊觉物价已经完全不同了，刚才还以为自己得到了很多钱，现在才发现这完全是错觉。

有些非常着急想独自回家的人，也在注意到物价的变化之后，集中到复员军人专列来了，因为听说它在主要的车站都会停。遣返士兵们必须适应战败后的日本。

必须习惯的事情接踵而至，遣返士兵们几乎无话可说。当列车来到名古屋前面的一个车站时，一群聚在窗户下卖口香糖的孩子，被乘坐这趟列车的一位俘虏打倒在地。"卖从美军那里得到的食物，看你这个样子，不觉得可耻吗？"那个人在列车车门外怒吼着。

冲着那位打孩子的怒吼的复员士兵，流浪儿里面突然响起了一个出人意料的声音。一个好像是孩子兄长的少年冲到了前面："别自以为了不起。下来！我们不会输给你的，不要脸。下来！我也让你尝尝战败的滋味！"孩子们齐声喊叫着。车厢里的氛围马上变了。忠一郎和伙伴们的心被猛然刺痛了，脸色如同泥灰一样，他们因为自己被这些光着脚丫子、脏兮兮的孩子们当成了傻瓜，而觉得受到了伤害。

如果孩子们身后的车站里，没有带着MP袖章的美军的话，一定会有两三个人冲下去，把孩子们痛打一顿。可惜，MP都在，他们没法这么做，这件事让他们深深地感觉到了屈辱。

列车没有鸣笛就开动了，车厢内无可奈何的气氛减弱了，变得轻快了一点。"狗屎！我的忍耐也是有限度的。"复员士兵中的一个人寻找着发泄怒火的对象，眼睛四处乱看。

在热田站，当穿着战争中的裙裤、系着"热田妇女协会"的带子的女人们，口里说着"你们辛苦了""非常感谢"之类的话把饭团递到他们手里时，复员士兵们不由得感慨终于回到日本了，不知不觉地流下了眼泪，现在，他们的心情一下子跌到了谷底。

"大家要习惯大石内藏助理。"不知道谁叹了一口气。

内心的苦闷让车厢被沉默覆盖了，车厢随着车轮翻滚的声音摇摆着。回到家里和故乡后，不知道迎接自己的将是什么，这样的不安占据了他们每一个人的心。

忠一郎也沉默不语。在俘房收容所也是如此。自己被俘房的事情，不知道家里人和乡亲们会怎样看待，大家对此谁都没有把握。

"父亲已经去世了，你这样悄悄地回来，是不是要说自己被俘房了。"有人似乎听见了村里亲戚的声音。"不过，母亲一定很高兴，这毫无疑问。"有人巧妙地切中要点。"不知道会怎么样，会不会等你呢?"有人冷冷地插话。这样一来，愤恨之情就公开了，人们相互殴打着，分成几个派别的喧哗声就开始了。忠一郎闭上眼睛，想象着这种喧哗的场景。

忠一郎想，父母亲都平安无事，自己又毫发无损地活着回来了，父母亲一定很高兴吧。对于自己不在村里和大家族里的事情，这样一想，才觉得安心。

正这样想着的时候，突然脑海中又浮现出自己在密林中，不知道做了什么的不安。从那以后一直到被俘房的时候为止，这段时间的记忆，甚至包括时间长度，一直都想不起来了。而在密林中，那样的梦魇是不是有事实根据的，都无法确定了。

他希望生活尽快恢复日常的平静，再也不要梦见战争了，反过来，他倒希望自己全身心地投入什么事情，确立目标，向前推进，这样可能比较好。但是，他对英国文学的热情，包括自己的心在司科特和华兹华斯的诗歌里摇曳的这种感性，怎么也脱离不了这种状态。

忠一郎又想到，已经成为了美军军属的原口俊夫怎么办呢。在收容所生活的最后时期，因为有着学英国文学的共同点，他们变得很亲密，但是忠一郎从他那里学到的就是，对于与自己分道扬镳的原口，最好什么都不要学。

原口因为他的表现，"不能当俘房"，所以回了一趟美国，他必须要提出归附日本国籍的申请，才能在日本常住，发生了如此奇妙的事情。对于这件事情，最好的办法是尽快成为美国人，作为补偿，原口嘟囔着："国家这样的制度真是不方便啊。"他发泄着最直观的感受，原口把国家看做制度之一的思考方式，却让忠一郎感受了新的刺激。

不安都是一样的，每个人却有着各自不同的情况，他如今坐在列车里，这样想到。列车在市谷砂土原町附近停靠了，忠一郎带着恐惧下了车，他发现这一带已经变成废墟了。他才想起来，应该到复员局去了解更详细一点的情况，但已经迟了。

他往远处看去，居民小区的角落里还孤零零地剩着一栋三层小楼，钢筋都生锈了，建筑的残骸伫立在晴朗的天空下，沿着市谷往下走的山坡那边，能看见只剩下树干的大树，有半边都烧焦了。瓦砾散落在各处，在残留的防空壕里似乎还住着人。

到处都是裸露着的水管，水滴映照着阳光，发出"叮叮"的不规则声滴落。这周围稍微收拾了一下的地方，就是大家共用的早晚做饭和洗衣服的地方。

忠一郎像迷了路，在这附近来回徘徊，他不知道自己应该如何打探情况。

战争结束后的一年时间里，搬离东京的人、在陌生的地方扎下根而放弃回到东京的人、住到公司的工厂里的人等等，每个人在决定了各种各样的立身之处后，慢慢地回来，发现不管发生了什么事情，在经历了战火的人看来，他们都有点迟钝的感觉。

忠一郎走近一座防空壕，正想向住在里面的人询问，从里面出来了一个涂着浓浓口红、穿着短裙的时尚的年轻女子。他说出了家里的地址和家里人的名字后，女子便回到了防空壕，说道："姉姉，有客人，是一个士兵。"从防空壕里出来一个穿着裙裤的年长的女人；"啊，是关先生吧，关先生从这里被烧毁之前几个月就疏散到别的地方了。"正说着，她好像又想起来什么似的，弯着腰回到了防空壕里，对一个男人问道："爸爸，写着关先生去向的那张纸，放到哪里了啊？"在这么狭小的空间里，好像同时住着三四个人。

终于从里面慢慢走出来一个年长的、瘦削的、没长胡子的男人："啊，你是关先生的儿子忠一郎吧。"他一边说着，一边点头，好像已经明白了似的，点了好几次头："这么长时间，你辛苦了，听说你不知去向，关夫人非常担心啊，还好，你现在平安了。"他屡次打量着忠一郎，看到忠一郎暧昧的微笑，老人便自报家门："我是你家隔壁那组的组长岛田，岛田善太郎啊。"忠一郎好像想起来了："啊，那时候承蒙您关照了。希望您能告诉我一些情况。"他尽量用得体的语气说道："那，我妈应该没事了吧。我爸呢？"他如同连珠炮似的询问着。"关夫人应该还比较健康，"老人把写着母亲地址的纸片交给了忠一郎，"快点去吧。"他又露出了组长的神情。

至于他对父亲安危的询问，这位邻居组长说："关先生，好像因为战争离开了九州，你母亲一直一个人生活，不过很健康。"他把居住在茨城县的母亲的地址给了忠一郎，并继续不断地夸奖着忠一郎的母亲。

从上野出发，大概花了五个小时，忠一郎在常磐线的高秋站下了车，他询问了一下警察，接下来要走完那段陡峭的坡路，还需要一个小时的时间。他的背包里装着洗漱用品、换洗衣服、返回家乡途中必不可少的做饭的饭盒和米，因为长途跋涉的劳累，这个背包现在显得更沉了。他在路上休息了好几次，不时回望走过的道路。

车站前的商业街也混杂着火烧的痕迹，从商业街望过去，能看见大海。日本的海在哪里，都是深蓝色的。从满载着人的船上，远眺日本的岛屿时，觉得那种绿色和缅甸的完全不同，进入静冈县后，看见了山顶上还浮着几朵白云的富士山，车厢里突然由一片安静爆发出了一片欢呼声，忠一郎还记忆犹新。但是，当他朝着母亲所在的宿舍，急急忙忙地赶着山路，往回看见的大海的美，现在却只是忠一郎一个人所能看到的美。在兵营里生活了那么长时间，现在他终于可以一个人欣赏大海了。

在爬了很久的山坡后，他终于看见村落了。这是一些分开的住宅，是在高秋矿山上工作的人们的住所。他询问了住在村口的一户人家，才知道母亲住的地方主要是从东京疏散过来的人住的，是以前的一家体育馆改造的宿舍。

"不过，这里在炮舰射击的时候，也不知道怎么回事。美国的军舰也来了好几艘。"告诉他通往宿舍的道路的年长的女人，打量着穿着军装的忠一郎。

母亲的宿舍建在从那个村落往前的另一个村落的山坡上。忠一郎从经过村落中间的道路那里拐了一个弯，朝着宿舍的方向走了过去，正在这时，从那所建筑横着的出口里面，出来了一个用一只手拿着篮子的中年女子。她就是忠一郎的母亲关静江。

"妈妈!"他有点不确定地喊着,想加快步伐,身体却有点不听使唤,磨磨蹭蹭地向她靠近。

母亲看见他,感觉到非常诧异,用手遮着眼睛的上方,眯缝着眼看着他。在经过一番迟疑后,她带着一种不小心触碰了不能触碰的东西般的语气,说道:"忠一郎吗?忠一郎。"她嘴里不停地重复着,身体稍微往前走了几步。终于,他们相互靠近,仔细地打量着对方,忠一郎把一只手搭在有些瘦削的母亲的肩头,这个动作好像决堤一般,她用双手拥抱着忠一郎:"回来了,真的回来了。"她用手摸着儿子,似乎想确认儿子是真的站在了自己面前。

"是不是一直在找我?"她问道。忠一郎说:"这倒没有。我到了被烧毁的地方,是邻居组长岛田善太郎告诉我的。"他据实以告。

"在空袭把房子烧毁的时候,我就已经来这里了。"对于想了解一切的忠一郎,静江说道:"啊,幸亏搬家了。没有受伤。哦,我弟弟是这家煤炭公司的职员,他说,如果你爸爸也来这里就好了。"听到这里,忠一郎毫不费力地就想起了舅舅传田章造的名字。他暗暗地检查了一下自己的记忆力,发现还是和以前一样,果然,除了密林中发生的事情之外,一切都很正常。

"还有一个参加了海军的舅舅呢?"为了进一步考验自己的记忆力,他问道。"昭雄啊,他战死了,是为荣誉而战死的。他可是我们兄弟里最朴实的一个好孩子……"静江的声音有点潮湿。

"是在你应征入伍后不久的事情。听说你去了马来半岛,我给你写过信,但是信没有送到吧。"母亲问道。他回答说:"没有收到。"不知道是自己失忆了,还是真的没有收到信。"大家都说一失踪,就一切都完了。有人说,基本上所有的失踪者都找不到了,但我说一定不会,我们忠一郎一定不会的。"说着说着,静江忍不住哭了出来。

忠一郎提起了在烧毁的地方邻居组长所说的"关先生,因为战争离开了九州"的话,并用这句话当引子,带着确认的语气问道:"爸爸怎么样了?他还好吗?"

"他一直在九州。好像还不错。每个月来一次东京,但房子烧毁后,就连住的地方都没有了。"静江的语气似乎带着一些辩解的意思。忠一郎便推测出，父母亲的关系一定很冷淡。

他在母亲住的高秋煤矿宿舍里住了七天。这还是他在出征前，在父亲的官邸里住了一宿以来，第一次真正地休息。

在此期间，他去了一趟住在矿山事务所里的舅舅传田章造那里，告诉舅舅自己回国的消息，同时感谢他对母亲的照顾。章造问："你要待到什么时候？"忠一郎便说："如果没有变化的话，还住四五天。"舅舅说道："那在我这里住一晚上吧，我想和你谈谈今后怎么办的事情。"

舅舅招待他吃了烧鸡，"很幸运，为了恢复经济，煤矿被指定为重点产业。多少还有点自由。"舅舅解释说，"日本如果要自立的话，就必须依靠经济的力量。日本因为缺乏资源，所以一直进口原材料，通过加工、组合，出口成品。也可以说是贸易立国。但如果不奉行和平主义的原则，就无法实现这一切。"说完，他问道："忠一郎，你在大学里学的是什么专业？"

"我是英语系的学生。在大学一年级的时候应征入伍的，现在还可以作为复员学生，回到学校吧。"他回答说。舅舅便鼓励他："那好。英语从现在开始，将是第二国语了。"

忠一郎和舅舅相谈甚欢，便将实情相告："不过，最烦恼的是，在战场上有过各种各样的经历后，我对英国文学的热情再也提不起来了。"

吃完饭，舅舅的语气有了一些变化："我注意到了，关先生在九州有自己喜欢的人了。"

他接着说道："我没有告诉姐姐。请对她保密。不过她也不记恨你父亲。"这句话好像钉子般，刺痛了忠一郎的心。"以后，无论有什么事，都告诉我吧。姐姐的事情也好，你自己的事情也好。"舅舅叮嘱道。

忠一郎心想，果然如此。但令人不可思议的是，他对父亲却没有丝毫反感。但如果换成是去缅甸之前的自己的话，那反应就完全不同了。自己好像发生了很多变化。不知道这是好事还是坏事，他反而觉得父亲也很不容易。

"当我们听说你失踪的时候，我弟弟也战死了，我就想由我来照顾姐姐。姐姐虽然有些任性，但却是我们姐弟里气量最大的，我一说，她也同意了。我想她和关先生的关系一时也很难扭转。不过，你平安回来了，这真是一件令人高兴的事情，我们也有信心了。"这番话里，舅舅透露出对忠一郎回来的发自内心的喜悦。

在回去的路上，忠一郎猜测，母亲恐怕已经觉察到了父亲的事情。但当他问起的时候，母亲却好像自己什么都不知道一样，什么都没有说。这就是舅舅所说的"气量"吧。

回东京的那一天，忠一郎去舅舅的事务所告别。母亲也一起去了。忠一郎决定悄悄地回到学生宿舍。

前一天晚上，母亲说："你要去感谢舅舅，带什么礼物比较合适呢？"他感觉到非常震惊："不过，我们不是从被烧毁的地方疏散出来的吗？有这个必要吗？"母亲对他说："不是这样的。不管我们是什么样的亲戚也好、姐弟也好，再亲密也要讲礼节。"忠一郎想起父亲和母亲经常因为这样的生活方式而争论。

到了事务所，和舅舅道别完之后，传田章造问道："不过，忠一郎，今后你打算怎么办呢？"在一个人来吃饭的时候，忠一郎还没有找到机会，把自己将来的发展计划告诉舅舅。

"我想自己辛苦一下，去复学，取得资格后，去经营商业。学费我准备自己赚，现在的问题就是被烧毁的家怎么办呢。风吹雨淋倒还在其次，现在我们不在那里住，不知道能不能把土地归还给我们。我打算了解一下，对受灾者有什么样的制度。"他回答说。传田看着静江，说："忠一郎果然很有想法。出征之前，还是个稚嫩的知识分子，现在感觉完全不同了。"舅舅很有感慨。

传田章造对着忠一郎说："我也去了解一下。一定有很多种办法，有不少我能帮助的地方，我一定尽力。世上无难事，只怕有心人。"说到一半，他看着静江说着，忠一郎朝着舅舅鞠了一躬："就拜托您了。"

忠一郎从战场上回来后，再次感到自己的感性已经发生了变化。

从茨城回来后，他去拜访了阔别多年的大学。他有一年没有做过翻译了，对于英语的感觉恐怕已经改变了。

在行军途中遇到的盟军翻译原口俊夫，在和他成了莫逆之交之后，原口说："像这样在俘虏收容所里使用英语，会产生新的感性的感觉。在波士顿读海明威的书的话，越读越觉得自己对于真正的意思不理解，即使语言理解了，作品中的人物、心情和表情也无法浮现在眼前，不知不觉中也就毫不介意了。"这样想来，他是在说对于英美文学的热情吧。

忠一郎觉得自己和原口的不同在于，自己参加了实际的战斗，被打败，受了伤，还被俘虏了；而作为胜利一方的翻译，原口从来没有经历过危险的情况。那个时候，忠一郎觉得战场上痛苦的体验又回来了。所幸在密林中来回徘徊的场面，在自己的记忆中是一片空白。

当心灵深处受到严重的伤害时，文学似乎变得非常重要，而事情与事情之间，决不是简单的道理能够说清楚的，对于那些像凹地一样的东西的重要性，他有时觉得再也无法接受了。但很快，忠一郎对于自己头脑中觉得没有这么回事的想法，就感觉很排斥。不管怎么样，他觉得这是一种贬低自己的想法。

到了秋天，他正式在大学里复学了，但不知道为何，总觉得文学系的课程似乎是在很遥远的地方讲授的，一次也没有去过。

为了实现自己对传田舅舅说过的计划，忠一郎找了很多兼职的工作，在这里那里的英语口语学校担任讲师的工作。他不是没有犹豫过，但时间也比较自由，收入也还不错，所以还是去工作了。来上课的人，大多数都是在日常生意中要和美国人接触的人，所以想抓紧时间培训一下，他们对于忠一郎上课的评价也还不错。舅舅按照约定的那样，给他提供了学费，但是东京的物价飞涨，生活并不容易。

安云野之秋

良也去了从长野站可以直达的新美术馆。就任馆长的是小室谷，他对前卫的抽象派绘画很关注，决心要让与长野县关系密切的画家，依次列入画展的计划中。良也想，这样的事情对于私立美术馆来说，也必须要大的自治团体支持才能实现，不由得对馆长立场的艰辛感到理解。

自从一起到了长野分社以来，他们俩很投合，回到东京之后，小室谷也如愿以偿，进了文化部，良也则回到了社会部，但他们还经常碰面，聊一聊。小室谷从那时候开始，就决心要投身美术评论界。在上世纪四十年代，他毅然从报社辞职，集中精力对个展进行评论，经常在报纸和杂志上发表文章。他强有力的美术评论，经常和现代诗歌、前卫音乐等一起刊载。他的父亲是被有名的商人雇用的画商，同时也是一位收藏家，经常往来于法国和日本之间，小室谷一直到中学之前，都住在法国，这都是他进行这些活动的背景。小室虽然和良也一样，都是生于战后不久，但他在法国的生活似乎也不是很快乐，这点也和在日本差不多。

因为这样的生活经历，虽然他有些地方不太像日本人，但对于跨入社会后产生很多烦恼的良也来说，却是一个很难得的朋友。

小室谷就任号称"教育文化先进县"的长野市美术馆馆长后，是否能灵活运用在东京积累的人脉关系，这是为好朋友担忧的良也最担心的事情。所以，他想尽早去美术馆，鼓励一下好朋友，并了解一下他工作的状况。另外，作为记者，良也比较关心的是，地方的人如何接纳抽象画这种艺术。而且，小室谷的信里，提到了在第二次企画展上，计划展出一位女画家生动描绘的作为生命象征的男人的生殖器。良也想，这真是非常有勇气的，也是小室对于独立路线的追求。以前，小室谷也是一边对良也的担心表示感谢，一边还是辞职了，这是他作为独立评论家所产生的实际成果，这次可能也能成功。这样的话，对于长野县成为美术方面的先进县，他就立了一大功劳。良也虽然捏着一把汗，但还是决心在小室谷身上赌一把。

在昔日的公立专科学校所在地所建成的美术馆，为了便于来馆的人观赏作品，建筑采用了柔软的材质，到处都有缓坡，周围的植物也是随意地混杂着种植，用砖瓦建造的建筑物和绿色植物相得益彰。在这片绿色当中，女画家创作的巨大的男性睾丸状的建筑正在建设当中，令每一个来馆的人深感震惊。

"现在展示的东西是几何学上的抽象物，颇受好评，配上这么周到的解说词后，人们普遍反映它有助于理解现代绘画艺术。只是关于某人建造的庭院里的男性睾丸的询问多了起来。如果是在以前，PTA的抱怨可能就来了。"

在馆长室里迎接良也的是小室谷，他与当文化部记者的时候的样子一样，基本上没有什么变化，笑着迎接良也，嘴里还说着男性生殖器那派画家的名字。

这家伙还是和以前一样油嘴滑舌，良业放心了，他直接告诉对方，这次来长野出差，是兼着公司的工作而来的。这就是《现代人俳句全集》的采访，他还说出了杉田久女和几年前突然去世的上田五千石的名字。

"要采访杉田久女的事情，可能松本比较合适。上田五千石是长野哪个地方的人呢?"小室谷这么问道，良也便解释说："不，他只在伊那和松本中学待过一年，但读他的作品，感觉到他是一个看着白雪皑皑的北阿尔卑斯山长大的俳句诗人。"他还说到了自己构想中的《现代人俳句全集》的计划，还谈到了摄影师菅野春雄三天后直接到松本的消息。

良也和小室谷约好了傍晚见面的时间和地点后，便离开了美术馆，下意识地决定去看一下国立的东长野医院。但他并没有在那里与某人会面、聊天的计划。

他只是想看一下，三十年前自己还在分社工作的时候，每周去两次的医院变成了什么样子。他坐着出租车，突然想起了什么，因为不赶时间，他便要司机经过古代流传下来的北方街道。在从江户时代开始就存在的这条街道上，走了很久，向右拐弯后，就应该来到了去医院的路上。这里的房子基本上都是新的，但可能与心情有关系，他看到这里那里好像都留存着记忆中的商店。经过了很多地方后，在一个狭窄的道路交叉的角上，有一家照相馆，这无疑是三十年前的建筑。良也想到这次来长野见老朋友，可能让自己变成了一个多愁善感的人。

小汽车如同良也所想的那样，向右拐过了北方的街道。走了一会，便看见了一个大的建筑物。问了司机之后，才知道这是最近从市区中心地带搬迁到这里的有名的女子短期大学。良也听说过这所高校。医院就在它的里面。有着四层楼的白色医院，是一所综合医院的结构。

正当他回忆起第一次来到分社时的事情时，车已经到达了目的地。正面入口的左侧，是接待外来患者和等着领药的人们的接待室。很多人都坐在那里。当时，战争结束后不久，还有很多像叶中长藏那样的受伤军人留在那里。最初它是陆军军人专用的疗养所，结核病患者非常多。

良也不假思索地在最后面空着的座位上坐了下来。一坐下来，他的脑海里便无缘无故地突然浮现出了一句话："在这里的人们都是为了生存吧，而我是不是正在死去呢。"这是利鲁克的《玛露汀随笔》中的开头语。主人公玛露汀说："生存至关重要。不管如何，生存至关重要。"他是在自言自语。

良也一边回忆着与如今所在的接待室的情景毫无关联的句子，一边打量着四周。有两个人因为脖子受伤而用支架固定着脖子，有一个受伤的人用三角巾包扎着一只手，还有拄着拐杖的老人，多数人的皮肤都失去了光泽，疲倦地坐在那里。良也想，他们的内脏是不是也不太好。

他曾经一边看着医院的这个样子，一边引用利鲁克的随笔，和茜说话。现在看来，当时虽然有各种各样的烦恼，但是对于放眼未来的记者良也来说，他并不理解从十九世纪末到第一次世界大战那段时期内笼罩着欧洲的那种深深的绝望。即使他活到二十世纪末的现在，也还不能说完全理解了。年龄越大，即使没有当时那么稚嫩了，但还是觉得自己和这种生与死的问题似乎毫无关系。年轻时候的良也和现在的学生不同，和茜谈论着利鲁克这个诗人，还有他的《玛露汀随笔》里所预测的将要来临的革命及其挫折。茜对这些话题很感兴趣，努力理解着他的话，如今，这些回忆都被唤醒了，良也想，到底是怎么回事呢，为什么会变成今天这样呢？

晚上，在一个类似过去的民间酒肆那样的、可以悠闲地聊天的店内，良也和小室谷见面了，他告诉对方："我今天从你那里离开后，进行了一次伤感的旅行。"小室谷说："是去探访那个充满回忆的地方了吗？当时你们都还年轻。"良也不由得点了点头，列举了一下今天拜访过的地方："首先是到医院，其次是田子池、蚊里田八幡宫。""记得真清楚啊。是啊，对你来说都是一些非常实实在在的地方。茜一直在你心里，我还很担心你啊。"

"如果需要找她的话，我可以帮忙。"对于小室谷这样亲切的话，良也却委婉拒绝了："谢谢，这样就好了。即使我想找她，她恐怕也不想见我。"

小室谷非常赞同："确实如此。以往的恋人还是不要再见面的为好。"不知道为何，良也很想把最近的心情一一向好友诉说。他的脑海里浮现出自己做饭的日子，还有突然用了一些以前没用过的话语后让妻子感到悲伤等等。

"也许是年龄的缘故，也许是时代的氛围造成的。最近，我对很多东西都感觉到迷惑，也有很多思考。"良也把这些话作为引子，说出了自己想策划《弄潮的旅人》的想法和之后的一筹莫展。他解释说，"如果是学生风格的话，那就涉及到自己有没有思考人生的能力了。我想尝试一下编辑这本书，然后更好地面对自己。"

小室谷沉默良久，然后终于开口说道："我以前可能也说过，赞同你做这件事。如果你中途感到厌倦了，也可以放弃。只要大方向是对的，我就赞成。如果自己没有倾诉的能力的话，谁也不会倾诉的。"他说话的方式和年轻的时候一模一样。良也和他刚认识的时候，无论什么事情，他都抱着一种冷静的态度，虽然还带着一点讽刺意味，但良也感觉他比自己更具备成年人的判断力。

小室谷还是一个现实主义者。每年的年假，他都很认真地收集法国印象派画家的传记资料。每次看见小室谷，良也都会觉得，到中学为止，一直在巴黎度过的小室谷，比自己要老成。从新闻记者变成美术评论家之后，小室谷当了馆长，第一次有了几个部下。

"你看待工作的方式好像有很大的变化。"良也陈述着自己的看法。"最重要的是年轻的馆员有做事情的热情。当然也有能力。'现在的年轻人啊',这样的思考方式是不对的。"小室谷说。

当他们把开馆刚三个月的美术馆的话题都聊完的时候,小室谷突然问道:"我刚想起来,我们三个人一起开车去过轻井泽。你还记得吗?"当时,小室谷和良也轮流开车,茜则一直坐在副驾驶的位子上。"轮到我开车的时候,她睡着了。我想她一定非常疲倦。来回跑着为父亲看病,一定很不容易啊。"小室谷说道,眼中好像回想起了当时茜的样子。在良也的记忆里,还留着她当时尽力表现出的快乐的模样。

良也总是觉得自己比小室谷略逊一筹,包括说话的方式,也是如此。为了给好友的恋人留下好印象,他总是怀着好意守护着自己。小室谷有一些犹豫,说道:"当时,我感到非常震惊。她即使在睡着的时候,也在流泪。可能是梦见了十分悲伤的事情。"说完,他便止住了话题。

良也还是第一次听见这些话,不由得非常震惊,他想到,茜是不是那时候就想到,父亲死后,她就突然消失呢。但是良也仔细回忆了一下,很快就否定了这种想法。他们两个人正式发展成恋爱的关系,是在那年夏天的烟花大会之后。所以,茜的眼泪一定和他们俩的恋爱没有关系,他半怀着希望,这么想道。

想着想着,良也的视线里出现了落叶松新鲜的嫩芽被吹落的情景。茜看着这片几乎没有人的新绿。她的眼睛里既没有悲伤,也没有快乐,而是一种非常深邃的眼神。

他突然想起了"浅间山庄事件"中,被捕的联合赤军中年轻人的目光,也是这样深邃。事件很血腥,当事者的眼睛是因为悲伤而变得深邃了。这样一说,一切都变得很矛盾了。

良也想起了,在茜消失前,他们一起去水边的情景。茜坐最后一趟列车,回到了长野,良也则住在旅馆里。天亮之前,良也再次一个人来到了水边。还是在2月初,水边全都冻住了。枯萎的树木的影子中,没有浮现出茜的眼神,令人胆寒的月光照在上面。那绝对不是可以欣赏的月光。叶子都落光了的落叶松,裸露的形状都浮现了出来，喷泉的水柱就那样被冻住了，反射着月光，映衬着浅间山黑黑的影子。

这个月光，也是因遭遇私刑而丧命的联合赤军，在丧失意识之前所看到的同样的月光。那个月，在榛名山地下工作者的隐身处，有八个人被杀害；在迦叶山地下工作者的隐身处，有三位朋友被杀害；还有一个人在妙义山牺牲了。月光都照在这些地方，照在那些愚蠢而残忍地杀死了他们的无知的地方。

同样的月光，照在了平安淡定的良也身上。良也在1960年安保斗争之后，在学校相对比较安静的时代里，度过了大部分大学时光，在东京大学的纷争开始的1972年（昭和四十三年），他在年初就已经被内定为新闻社的职员了。对于良也来说，最有决定意义的，是他诞生在战争结束后的第二年，在两颗原子弹爆炸之后，让整个国家陷入悲惨命运的战争已经过去了。正因为良也一次也没有经历过大的波折，他对于学生运动的态度，既有冷静，也有好意看待的立场，还有批判的立场，所以才到这里来了。月光所照着的，就是这个平安淡定的良也。

当时，他感觉到了自己的孤独。这还是第一次，他深深地感觉到了孤独。茜异乎寻常地用命令的语气对他说："我不喜欢待在月光下面。非常恐怖，你记住了啊。"他想起这句话，才发现她和自己不同，好像想起了什么特别残酷的情景，好像去过这样的地方似的。

但是，这已经是三十年前的事情了。良也把自己从回忆里拖回到了现实。"已经三十年了。"他看着小室谷，说道。

他无言地点点头，突然吸了一口气，把眼光抬了起来。到现在为止的事情已经弄明白了，就此转换话题吧，他从对方的眼神里读出了这种表情。还有，他感到害羞，或是对对方感到体恤，在良也看来，二者兼而有之。夜大概已经很深了，喧闹的店里，也逐渐变得安静了。

小室谷告诉良也，如果想找好走的路的话，可以先往回走一段，离开上田后，经过松本就可以，直接穿过松本街道的路就很好走。他接着说："上田最近建了一座宾馆，在车站前面，有不错的鳗鱼店。也可以去看看无言馆、素描馆之后，住在松本。"他好像想起了什么似的，问道："你和茜一起去过安云野吗？"良也回答说："当时好像要一天的时间，大概有七八十公里的距离，我们去过三次。"他想起，茜特别喜欢安云野的风光。

"这次的旅行你就当一个彻头彻尾的伤感者好了。采访也还是可以采访。安云野的变化也很大。明天你来美术馆，我把那附近的资料都给你收集好。你走的时候来取就行了。这其中，有一个不错的美术馆，收集了所有与戏剧相关的、在战争中去世的人们的资料。它是私人美术馆，比较小，但是气氛很不错。可以称得上是万绿美术馆。"他一边解释道，一边例举着："此外，还有以岩崎千宽的作品为主的安云野千宽美术馆、罗丹的弟子荻原碌山的美术馆、陈列着高田博厚的作品的美术馆等等。"接着，他又说："你和茜去过那里好几次，如果不慢慢围着安云野转悠一圈的话，就不能算伤感者了。"他的眼里带着几分开玩笑的神情。

良也装成毫不在意的样子，点点头说："当时我可能没太关心，博物馆、美术馆有那么多吗？""恐怕在二十世纪八十年代以后诞生的馆比较多。经济的高速发展，以及其后的泡沫经济在这方面倒是有积极影响。我所在的美术馆也是在二十世纪九十年代之后成立的。开个玩笑，这可能是泡沫经济时代最后的计划。"小室谷说完这句话，两个人便站了起来，良也把从东京带来的白兰地递给小室谷，对他表示谢意："谢谢你今天的盛情款待。能和你好好聊聊，真开心。我可能直接就回东京了，关于《现代人俳句全集》和《弄潮的旅人》这两件事情，我可能还要来见你一下。我们保持联络吧，到时候还要拜托你。"

良也沿着小室谷告诉他的路，在第二天白天晚些时候，来到了上田，在那里住了一晚上，还拜访了无言馆，这里收集了战争中去世的绘画学生的遗作。无言馆表面上没有表现喜怒哀乐的感情色彩，但这里的展览方式却最雄辩，有着强烈的主张。良也感受到了这一点，决定去和馆长打个招呼，并表达一下自己的感想。战争摧毁了一切才华，良也如今有了更为真切的感受，他直接把自己策划《弄潮的旅人》的想法和盘托出。

馆长的外貌令人顿生好感，不管到什么年龄，他看起来都很年轻。馆长非常高兴，亲自开车把良也送到了上田车站前的鳗鱼店里。他还把良也介绍给这里非常有名的出版社原来的社长。在会面的时候，他们尽情地谈论着，最近的新闻到底在想些什么，好像只在一味迎合大众等等。第二天，从长野分社来的年轻记者，陪着良也一起，去参观了安云野的博物馆和美术馆。

　　小室谷所说的万绿博物馆，是一个比较大的带有庄园风格的建筑物。一层陈列着哥伦比亚、海地、墨西哥等地的社会派的作品，二层如小室谷所说，是战争中去世的戏剧界人士的资料展览室。无论哪一层都贯穿着一种个人的趣味，洋溢着让人感觉到亲近轻松的气氛。参观结束后，良也和年轻的记者来到了一层的咖啡厅，他们坐在这里，一边喝咖啡，一边可以随意地聊天。

　　良也对年轻的记者谈起了自己的感想，"小室谷馆长所管理的大美术馆和今天所参观的私人博物馆、美术馆，能够并立，真是一件不错的事情。"他又接着说，"虽说有点奢侈，但这是以社会成熟为前提的。"年轻人说："不过，关先生您所说的奢侈是一个方面，另一方面，旧城区和整个县都还有封建残余留存着，您怎么看这个问题？"他的眼睛闪闪发光，一边喝着咖啡。看到他，良也想起了刚到长野分社工作时候的自己。

　　"真巧，我刚到长野分社工作的时候，年龄也和你现在差不多，也曾经考虑过同样的问题。"良也刚说完，柜台里一个四十岁左右、但看起来很年轻的女人，拿来了一个大笔记本，让他在来馆留言簿上签名："对不起，如果方便的话，请在上面签名。"

　　听到她的声音、看见她的容貌，良也产生了似曾相识的感觉。良也一边感到迷惑，一边在上面没写自己的单位，只写下了自己的名字。一起来的年轻记者则写下了分社的名字和自己的名字。正在这时，手机响了，走到门厅那里的记者很快回来了，问道："对不起，发生了一件突发事件，我要回分社去。关先生，如果方便的话，我送您到中途如何？"良也还没摆脱心中的迷惑，也有些疲倦，便谢绝了："不用了，我还想在这里多待一会。如果有必要的话，我坐出租车就可以了。谢谢。"

　　年轻的记者和引擎的声音一起消失了。刚才，拿着来馆留言簿过来的女人，好像一直在等着似的，走了过来："您是关先生吗？"她一问，良也便点了点头，她便说道："我是叶中茜的堂妹。我叫叶中知枝。我听茜说起过你。"她自报家门。

　　良也不由得站了起来，"茜还好吗？她在哪里呢？"他不假思索，便问了起来，知枝点了点头，说："应该还好。我一直在这边待着。"她微笑着说。她一笑，嘴右边上面的虎牙便露了出来。

"茜的父亲和我父亲是兄弟，在当兵的父亲死了之后没多久，堂姐就从京都回来了。从那以后二十年，我们都在一起生活。"

"……"

"我父亲很讨厌军人，爸爸和伯父之间的关系也不太好，但堂姐好像若无其事，还是很高兴地迎接我父亲，我也和姐姐一样。从我上大学以后，听说了很多关于你的事情。"

几乎都快忘记了，他所听到的声音和茜的非常相似。良也就这么站着，几乎不能动弹。当时自己的迷惑，虽然母亲生病了，但自己几乎是从她面前逃跑的，对于自己这种行为的懊悔，背负了三十年的包袱一下子全部压了下来。

"在最重要的时刻，我几乎自顾不暇，后来一直想找她，但是都没有找到。"他的话带着几分辩解的语气。

发现母亲患上癌症的时候，自己所不得不选择的道路，并不是在母亲和茜之间作选择，而是在发誓共度此生的爱情，与继续留在单位里度过安全的人生之间的选择。与茜有几分相似的知枝，脸上的神情像一面镜子，映照出当时自己的模样。

良也说："茜还恨我吗？"他一时想不出更好的话来，他的语气，显然还是很在意。虽然这么说，但在这样的时候，说任何话都像是在辩解。

知枝似乎想让他忐忑不安的心安定下来，说："堂姐对你非常感激。她说，只有关先生你最关心她。她说：'是为了我，才辞掉公司的工作的。'"她好像在回忆着堂姐的话。

看着知枝的脸，任何客套话都再也说不出口了。良也不由得横下心，决定往前迈一步："我想详细了解一下茜的情况。有很多事情我都想知道。当然也有我自己的问题。不知道她是不是愿意见我。她结婚了吗？"

面对他的问题，知枝慢慢地抬起了头："没有，她还是一个人。不过，她现在不在日本。"她说完，良也便问道："在哪里？"看到他焦急的神态，知枝说道："她去印度尼西亚的巴厘岛了。在那里，她一边织蜡染的布，一边教孩子们日语。这十年，她都是这么度过的。好像还在收集民间故事。"说完，她便仔细地打量着良也的脸。良也使劲地盯着对方看，她的眼睛、嘴角等地方，都让良也想起了茜的面容。

知枝有些不解，她又抬起脸，用非常清楚的口气说道："关先生，我也有很多事情想请教你。从堂姐那里，我也有很多没理解的事情。尤其是到最近，我更有这种感觉。"她说的话好像谜语似的。

良也注意到了这一点，请她在自己前面的位子上坐下。幸好馆里没有其他参观的人。"茜在某一天，突然从我面前消失了。"良也被知枝的话所触动，陷入了自己的回想中，开始了讲述。窗外是秋天的安云野，上午的阳光给白桦树染上了一层光辉，树叶轻轻地摇曳着。

"真的是这样吗？"知枝的声音变小了，"我曾经问过她，为什么那么相爱，却没有结婚呢？那是我读高中二年级时的事情。她对我说：'我逃跑了。'对不起，我们才初次见面，我可能太直率了。"她有一些慌乱，但很快就镇定下来了，告诉他说，"我有堂姐写的笔记。"

良也想，知枝如果读过那本笔记，就可能理解了一直和自己在一起的堂姐，那没有被自己所理解的内心深处的想法。但是，如果不知道知枝为什么会有这本笔记的话，自己就没法开口说"能把笔记给我看一下吗"。

知枝正想开口说话的时候，有一辆大巴停在了门口，入口处来了很多人。良也急急忙忙地说道："我还会在松本车站附近的宾馆里住几天。我要沿着俳句诗人杉田久女和上田五千石的足迹去采访，所以白天多数时候都要出门。我们再另外约时间和地点吧。我早上起得比较晚，如果你提前告诉我的话，我就起来等你。"

对于良也急匆匆的说话方式，知枝的表情显得有些奇怪，她看着良也，说道："明天馆里休息，如果方便的话，打扰片刻如何？"

知枝想帮他叫车，良也一边谢绝，一边往外走："请告诉我到最近的美术馆怎么走。天气很好，我走路去就可以了。"他想一个人走一走，顺便好好想一想。

现在总算有茜的确切消息了。良也觉得一切都很偶然。他先是把策划《弄潮的旅人》的事情告诉了小室谷，然后，他告诉自己"去看一看安云野的万绿美术馆吧"，当然他也不知道茜的堂妹在这里负责。

仔细想想，知枝的父亲很讨厌军人的事情，好像是她要告诉良也关于茜的消息的原因。但是，为何知枝要在安云野开一家名叫万绿的美术馆呢？良也想起茜非常喜爱安云野的风光。这样一想，从她失踪之后，自己好像一次都没有认真地寻找过她，就这么结了婚，建立了家庭，自己又想做点总结性的工作，所以策划了《现代人俳句全集》，还在暗中收集《弄潮的旅人》的资料。对于自己，他像看待旁观者一样，这么回想着。

良也的视野里，出现了一个被黑暗的事情缠绕着的男人的影子。就像自己从东京玉川学园前面的山丘上所看见的情景一样，良也好像看见了一个求道者的背影。这个男人走路不急不缓，与这个求道者从容的背影相比，良也好像受到了严厉的批评。

秋色渐浓，落叶松林变成了黄色，在无风的日子里，能听到小溪流水的声音，叶子轻轻地掉落。现在，栎树和白桦树宽大的叶子正在飞舞。

良也和茜谈恋爱的时候，每个周末都去长野市郊外的树林里散步。在这里，他们可以避开众人的目光热吻，在树林中，他们不知道一起吃过多少次茜亲手做的便当。在树林中，他们惊讶地发现，长出了红色的小果实，一周之前，什么都没有的地方，突然出现了一丛丛蘑菇，把两人吓了一跳。螳螂和飞蝗都在这里交尾，准备过冬的花栗鼠颤动着枝头，似乎给了他们一些暗示。

良也想，既然茜那么喜欢这里，自己为什么没有早一点来到安云野找她呢？他一边走着，心里非常后悔。当然，良也记得，茜好像也说过"不要来找我"这样的话。但是，这样真的好吗？两个人的心情是不是不太一样呢？

即使这么想，根据良也的经验，茜并不是这么难以理解，或是有着古怪的性格和偏执的气质。他还是想了解到底是为了什么。如果了解了，就应该能知道她为什么从自己面前消失了，良也暗暗想到。

即便如此，在京都的二十年里，茜是怎样生活的呢？在此期间，她的堂妹知枝已经从中学毕业，读完了大学，再经过一些年月之后，现在成了安云野美术馆里年轻的女主人。

知枝说过"她在印度尼西亚教日语"，如果是这样的话，她是不是已经获得了回到京都教书的资格呢？凭她的素质，当然是应该进大学的，但母亲过早地去世，父亲生病又拖累了她，这些都打乱了她的生活。回到京都后的茜，如果能挽回浪费在为父亲看病上的青春的话，至少能缓解一点良也内心的不安。

良也那天去拜访了知枝告诉他的收藏古旧玻璃制品的博物馆，还有收藏时尚画的美术馆，但几乎不记得那里展示了一些什么了。他的脑海里只残留着这样的记忆，自己沿着落叶飞舞的林荫道一边散步，一边看到茜的容颜时隐时现。

第二天下午两点多，知枝来拜访他了。"对不起，我刚喝了一点咖啡，所以晚到了一会儿。"知枝一边说，一边拿出了灰色的大学里的笔记本，把复印过的没有任何装饰的一些纸张，放在了咖啡厅的桌上。笔记有些凌乱，正是他记忆中秀气的茜的笔记，充满了每一页。

"你很忙，可能没有时间全部看完一遍，所以我复印了一下。这原本是我保存着的东西。"知枝看着良也，她的眼神里完全是一副容许的样子。她接着说："这是堂姐去国外的时候，放在我这里的。是根据堂姐的话整理的。"知枝又说："啊，我们一直都称呼她'茜'，这样行吗？"她说话的语气，好像一定要征得良也的同意似的。良也打断她说："当然可以，我可能也这么称呼她。"

知枝点点头，说："从茜那天的话里，我觉得她好像同意给关先生看，于是我自作主张，复印了一下，请你看看吧。"她又低下了头。

良也留意到这句话里，暗含着不要让别人看的意思，他便答应说："我知道了。如果有必要引用其中的话什么的，我一定征得你的同意。"接着又说："你今天所说的外国，指的是印度尼西亚吗？不好意思，我们记者有个坏习惯，就是喜欢盘根问底。她是因为工作的原因，还是因为有人极力劝说，有什么具体的理由吗，是不是长期待在那边啊？"他再次问道。

知枝心不在焉地摇了摇头，"最开始，她本来想去中国内地的金沙江。她想和住在那里的藏族讨论日本的《竹取物语》①的故事，说不管如何，都想去一趟。"听到这些话，良也想起，在会中文的女大学生的毕业论文中，有人指出过中国也有《竹取物语》的故事。当时，确实震动了日本文学界。这确实是发生在中日恢复邦交前后的事情。

---

① 《竹取物语》被看做是日本最早的故事文学作品，作者不详。

关于她带来的灰色的笔记本，知枝解释说："这是茜在京都学习国语和日本文学时所写的东西。与其说是上课的笔记，倒不如说大多数文章都是她当时的感想，关于《竹取物语》什么的，也写了很多的评论。"

良也一夜未能入眠，他想到，见到知枝之后，要了解茜是何时去的京都，知枝又是何时来的安云野，她为什么要在这里开一家美术馆，为什么茜去了印度尼西亚十年都没有回来等等。于是，他便开始一一询问。

按照知枝的说法，茜突然来到京都，是在父亲叶中长藏去世后不久，也就是那年秋天之前的事情。当时还是中学生的知枝去接的她。

读高中的时候，知枝一直想上京都艺术大学，她还参加了戏剧协会，但结果却没能如愿，组织了剧团，自己却一边写剧本，一边演出。

知枝说明道："从团员超过十四五人的时候开始，事务变得繁杂了，因为是从年轻人的组织起家的，人际关系也变得很难处理。注意到这些问题之后，比我们年长七八岁的茜就成了事务长，她像经理一样，负责管理团员的交通费、演出费用和联络等事务。团员们基本上都是二十多岁，茜就好像大家的姐姐似的，非常受信赖。"

在这段时期，茜还成了大学国文系的旁听生，一直在学习古典文学。良也想起，在最后收到的信里，茜说过"想写童话"，但是想写的东西太多，等真正开始写的时候，就不是童话了。

听了知枝的话之后，良也知道了，茜在京都的时候，日子过得这么充实，但还是无法据此推断她去国外的动机。在中国发现了《竹取物语》，可能是其中的动机之一，但因此就跑到国外去，似乎也不符合情理。而且，她去的还是印度尼西亚。良也觉得，一定还有另外一个理由。

知枝所组织的剧团，叫做"万绿群"，这个名字没有什么特别深刻的含义。取这个名字，最早是因为租借的戏台在5月里被树林包围着，觉得剧团应该给戏剧界带来新绿，也就是春天的气息，这是一个充满着年轻人的意气风发的名字。经过担任贸易商人的父亲的介绍，知枝跟随着关西艺术座的表演艺术家学习，逐渐对戏剧着了迷。

团员主要是大学生，也有高中生和在西阵描绘演出服图案的社会上的人。当时剧目可以自由地选择，所以围绕着这个方面，展开了很多次讨论。他们把剧目扩展一下，演出了贝克特的《等待戈多》、萨鲁特的《不要水》等，有时候又风格一变，演出日本的脚本来展示自身的演技，如岸田国士的《纸风船》、田中澄江的《铗》等。

就是在这样阴差阳错的试演中，知枝觉得应该由自己来写剧本，然后把它搬上舞台，于是就开始写戏剧了。知枝说："在这样转换方针的时候，或是感觉迷惑的时候，茜总是亲自和我交谈。"

"既然发展得这么好，为什么要把剧团放弃了呢？"良也问道。从万绿美术馆成立的时候开始往回算，她离开剧团大概有十年了。当时，她应该是三十岁左右，无论怎么看，都是在一个充满了希望的年龄，可她却把这一切停止了。

"理由很充分。父亲死了之后，没有后援了，而且，也出现了一个能够接手剧团的人。"知枝毫不迟疑地说。这让良也觉得有点失望，这是一个普通得不能再普通的理由了。当然，良也最关心的，还是茜当时是什么意见，又采取了什么样的行动。

"茜非常平静地说：'这样也好。那就这么办吧。尽管还有一点留恋。'如果不是茜这么说，我如果还按照自己的意愿，继续搞剧团的话，恐怕现在已经伤痕累累了。就在这之前，因为剧团内部的人际关系，我处在非常困难的境地，茜很担心我。"知枝表现出了一个性格果断的人的直率，"而且，我父亲正好收集了很多美术作品。再加上又有继承税的问题，我如果不设立一个美术馆的话，就只好把家里的东西变卖了，全部换成钱来纳税。正好安云野这个地方原来就是我父亲的。"知枝告诉他。

根据知枝的话，茜来京都之后，到长野、松本、安云野旅行过一两次。她父亲叶中长藏的墓就在这里，这听起来似乎有点不可思议。原日本陆军大佐的墓地没有在法然院叶中家历代人所在的墓地里，却拜托针对负伤军人的疗养所所在的医院，选择了故去的大多数军人长眠的长野市的墓地。

知枝说，"这是茜的选择。伯父说过：'我的战友都长眠在了菲律宾的山野中。只有我埋在家族的墓地里，是没法接受的。'"良也想起了法国诗人咏唱的诗歌"把我的尸体赐予鸟儿吧"，还想起了《野外纪行》里面的语句。他好像看见了茜那如同枣儿般的眼睛和那异常黯淡的脸。原日本陆军大佐叶中的"不和家族人的墓地葬在一起"的意见和"我自己没错"的争辩，是对力图成为政治家的原来的同僚和上司的异议吧。良也想，在叶中的美学观里，恐怕他自己一直处于深深的犯罪感的深渊里。他仿佛看到了茜的身姿，就在与这种犯罪感战斗了一生而最终离去的父亲的墓前，双手合十。

不知道为何，他的眼前很快出现了这样的情景，旁边好像出现了一大群大波斯菊，在风中摇曳。这是因为自己知道茜来过长野。这是他为了确认自己的记忆，拜访废弃的房屋时注意到的情景。同样浮现在眼前的，是与之相对的，是细长的胭脂红的秋天的花，哀怨地摇曳着。

知枝非常热爱自己度过少女时代的家，但听从了茜的劝告，下定决心，收拾完了京都的家，在离安云野如今的美术馆不太远的地方，建了一个小小的家。这样的话，她就可以和父亲所热爱的绘画及美术作品在一起了，也不会觉得孤单了。

"因为她赞成我离开剧团，所以我理所当然地以为茜也会一起来安云野。"知枝接着说，"我这么一说，她就点点头，说'谢谢'，好像在考虑什么别的事情似的。我一追问，她便说：'我去看看《竹取物语》的村子。'但就是这样，我也以为她只是要去旅行而已。"知枝带着困惑的表情笑着。然后又纠正了一下，"茜在银行，告诉我如何管理和运用财产，我一直从她那里得到很好的建议。"她的语气很沉静，头微微迎着上方，好像想起了茜的样子似的。午后的阳光从天井那明亮的窗口透射进来，在她的脸的下半部分形成了阴影。

茜和知枝认真地谈论，如何以父亲遗留的绘画和美术作品为基础，来建立一个如何的美术馆等等。创立美术馆的目的及其特点都必须非常明确，要获得设立财团的许可的话，这是必要的。

知枝的父亲比茜的父亲年轻十岁，他从敏感的少年时代到青年时代的那十年，正好在大正民主时期，在这种氛围中长大的他，接替了做贸易商人的茜的祖父的职位，知枝从母亲那里听说，他一直对战争持批判的态度，所以他遗留下来的绘画和美术作品也表达了这种思想。大概是对堂姐茜的父亲的事情有所顾虑，知枝的话有些断断续续。

有一天，在她们见面的时候，茜突然说道："知枝，你一直也在戏剧圈子里，叔父遗留下来的东西，也是表明戏剧界人士的和平愿望的，美术馆也好，博物馆也好，做成这样的如何？"

"我没想到茜想得那么深，感觉很吃惊。不过，看了滨田知明、丸木位里和俊夫妇，以及凯丽·戈鲁比茨的雕塑后，感觉确实如茜所言。"

知枝就这么向良也说明自己成立万绿美术馆的背景。

她的话很好理解。良也觉得，这样的话，自己也可以把关于《弄潮的旅人》的计划告诉知枝，今后可以相互帮助。

"知道了。不仅如此，我也要把我拜访你这里的目的说一下，要不然好像就变成了单方面的采访了。"他以此为前提，谈起了自己想收集那些本来想成为艺术家却在战争中终止了人生道路的人的资料，所以才来拜访万绿美术馆。

"我是在战后出生的最早的那批人之一，或许可称为无战派的年长组。我一直做新闻记者，最近想自己亲手整理一些东西。在此期间，新成立的长野私立美术馆的馆长也对我说，可以拜访一下安云野的万绿美术馆。"他还加上了具体的前因后果。

"说起美术馆，上田的无言馆有一些很不错的活动。我这里，你在二楼所看到的就已经是全部了，水平还不高，真不好意思。"知枝说完，用完全释怀的表情看着良也。

良也看着知枝的脸，再次感到果然似曾相识，但同时，好像在什么地方，又有很大区别。与茜相比，知枝的轮廓更分明，枣样的眼角很像茜，但她的心情却直接表现在眼神里，她的表情在眼里出现、消失、变化着，给人很强烈的感觉。她的手的动作和身体的动作都比实际年龄要年轻，给人感觉这是一位一直按照自己的意志和方式生活的女性。她的嘴唇的形状也让人想起茜，但有时候，她的米粒般的牙齿，突然出现的时候，带着一种孩子般的令人怜惜之情。在良也的记忆中的茜，比现在的知枝要年轻大概十四五岁，可能是因为知道她们的堂姐妹关系的缘故，觉得知枝好像年轻很多似的。

这样一种印象和年龄的差距，让他直接感觉到两者之间的差别，一个是被战争的影子覆盖着的茜，一个是在1960年安保斗争结束后出生的人。不，恐怕也不完全如此，良也不禁浮想联翩，人生的沧桑，仅仅用这样的时代的区别来描述，恐怕还不足够。

"我在剧团待过，多少也知道，戏剧中照片和舞台装置的模型，以及宣传册和公演的海报是中心。如果能展示戏装的话，当然很好，可是在战争中，基本上都没有留下来。所以，会场多少有点朴素。不过，我让制造一些氛围，让大家想起真正的舞台。"知枝明确地谈到了自己的烦恼，"这还确实不够。遇到困难的时候，真希望有人能帮一把。"

良也鼓励她说："不，一问起万绿美术馆的前后经过，我就会质问自己，为什么不和茜一起来她喜欢的安云野，这个地方反而像谜一样，深深地吸引我。"他又开始了询问。

"对不起，我对这个也不太了解。可能是我不行吧。"知枝把双手放在膝间，弯着腰。

"不，不是这样。我也是茜留下来的人，对于知枝的这些困惑，我也非常理解。"话刚出口，良也觉得，茜离开自己和知枝，一定是还有什么特别的尚不可知的力量促使的，他被想念淹没了。他想，自己策划的《弄潮的旅人》，还有战死的戏剧界人士的展览，实际上可能都是他们因为捕捉不到这种力量，而被迫作出的尝试吧。

茜本来想去中国内地，但不知道是因为西藏治安上的问题，还是因为当过陆军大佐的父亲在去菲律宾之前在中国战场上受了伤，总之，不知道什么原因，茜没有去成西部的四川省。

茜的计划是，到了那边之后，去采访藏族民间流传的《斑竹姑娘》的故事，也就是发表后的《竹取物语》，但这一计划都遇到了挫折。但不知道为何茜不顾知枝的请求，没有回到日本，而是直接经过香港去了印度尼西亚，这仍然像是一个谜。

起初，茜为什么对《竹取物语》如此执著呢，这一点仍毫无头绪。知枝问他："这是为什么呢?"他只能回答说："我也不知道。不过，我想这不是你的责任。应该不是这样。"

良也好像突然回忆起了什么，说："在香港，发生了什么呢？是不是她在团里，正好碰到有人建议说去印度尼西亚的呢？或者，有什么事情让她觉得非去印度尼西亚不可呢，比如说像《斑竹姑娘》这样的事情，是不是在爪哇岛或者马特兰岛也有类似的事情呢？你能不能想起有这样的事情？"

　　良也打住了自己的推断，问知枝说："当时她写的信或者电话的内容是怎样的？"

　　"她从香港打来的电话，还有后来邮寄过来的信都有，说'我去看完波罗婆多洲之后回来'。她的信里写到，她遇到了一个由七八名女子组成的旅游团，其中有两个人是她过去在长野银行一起工作过的同事，是她们劝她一起去的。"

　　这么说来，茜是想去参观著名的佛教遗址波罗婆多洲之后再回国，所以选择了观光旅行，这倒是可以理解，也是很自然的行为。但是，茜却在这之后，去了巴厘岛，并且在那里待了那么多年。

　　"茜后来来信了，可以说是说明，也可以说是解释。这个我要慢慢跟你说。她写道，不能帮我管理美术馆，对不起之类的。"知枝说到这里的时候，摄影师菅野春雄突然进到咖啡厅来了。

　　良也正好想拍摄夕阳斜照下杉田久女墓地的照片，所以准备赶在太阳下山前，登上城山，拜读她的句碑。

茜的笔记（一）

　　和叶中知枝告别后，良也刚到松本，就和菅野春雄一起，去看杉田久女的句碑。它建在城山公园最高的地方。

　　他们等待着拍摄风吹落的叶子飞舞的样子，还想等到夕阳西下了，再拍摄在街道中的她的墓。第二天，他们计划去浅间温泉。在那里，为了取回父亲的骨灰而回到松本娘家的久女，在那里肾脏突然发病，出院后就在那里疗养。

　　知枝对于复印的茜的灰色的笔记本非常在意，良也也被问到，要认真地做自己的事情。良也一边听着知枝的话，一边想着，最好能去看一下叶中茜和堂妹一起在京都住的地方，还有茜曾经工作过的剧团的舞台和办公室。幸好在京都，因为京都大学俳句协会为主的活动，和很多俳句诗人都有交往。

　　京都大学俳句协会汇集了以日野草城和平田静塔为中心来到东京的山口誓子、从东京来参加协会的"西东三鬼"等。只是协会主要成员中的十五人，在从1940年（昭和十五年）开始的镇压中，就因为违反《治安维持法》的嫌疑而被逮捕了。《现代人俳句全集》重点以挖掘俳句诗人个人为方针，但在京都大学俳句镇压事件中，检察官说过："你们如果发誓说以后只咏颂花鸟风月的话，我就可以放了你们。"良也觉得，书中不涉及这样的内容是不行的。虽然编辑方针贯穿的是以个人为中心的方针，但是从日野草城到平田静塔哪一集的解说必须涉及这个内容，良也已经决定了，不过还需要在编辑会议上讨论一下。良也和菅野在浅间温泉住了一晚上，之后回到松本，准备拍摄五千石以前待过的松本深志高中和山葵田。

到此为止，拍摄的事情都安排好了，今天良也在采访所到的每个地方，却陆陆续续回忆起了茜的事情。在和她一起度过的时光中，印象最深刻的是从饭钢高原的烟花大会到良也因为母亲生病而回到了东京，这样一个短暂的时期。就是在这个时期，他们询问过"信浓的秋意浓了吧"，然后见面；看过大座法师池清澈的水映照着烟火，思念着；收集杉田久女集的时候，"女人的心意如同蓝色的浴衣"这样的诗句浮现在眼前，并且把他引回了烟花大会那天晚上的场景。那天晚上，茜就如同诗句所描绘的那样，穿着蓝色的浴衣，系着粉红色的蝴蝶结状的腰带。她从医院回了一趟家，特别换的衣服。在车里等着她的良也，还是第一次看到她穿浴衣的样子，非常吃惊。

在二十世纪末的今天，这都已经是三十年前的记忆了，茜那时候经常换的衣服和饰品，大多数都是很早就去世的母亲留下的。现在来看，这都是当时茜的忍耐和下工夫的表现。当时，日本经济已经开始快速增长，担任社会部记者的良也对于经济发展带来的生活方式的变化，中产阶级全体变得富裕的时代，一直持有疑问，他写了很多新闻，采访和关注很多在经济发展中被抛弃的人。但却忽略了自己身边的事情，丝毫没有考虑到要终止茜暗中承受的劳累。关于茜的回忆，让良也对自己太过年轻时的样子感到羞耻。

住在温泉的那个晚上，良也很早就吃完了饭，和菅野一起去了大浴场。"上一辈的老板娘记得很清楚，虽然久女先生家里的浴室很多，但她也经常趁着清晨或者深夜大浴场没客人的时候，来这里泡澡。"住在一起的古参的仲居先生对浴场作了这样的说明。尽管浴场换过很多次装修，但是当时一直都是用木头的浴池。

他们两个人浸泡在对肾脏和肠胃都有好处的透明的热水中，不由得把身子舒展了开来。"这样的感觉在美国是不可能有的。"菅野说。两个人掐指一算，他们为了策划《收容所的日裔人》一起去美国东海岸，已经是二十年前的事情了。"回国后去福冈见了原口教授吧。那个人的模样真让人难忘啊。他的背影还可以，脸如动物中的麒麟，表情怎么看，都好像是在暗示着人的黑暗。"对于菅野的这番话，良也补充说："那个教授，好像曾经以军属的资格，在日本人俘虏收容所当过翻译。当时采访的时候，我也不知道这件事。"菅野说："关先生，我发现通过不同人的外表的相片，可以找到这个人不为人知的一面。当状态好的时候，我偷偷拍一组叫做'隐藏的容颜系列'，并且留在了我这里。这是和新闻摄影有所不同的工作。"

良也对菅野的话很感兴趣。"到目前为止，你所拍摄的'隐藏的容颜系列'有几男几女？"他回答说："是啊，因为是去采访报道的时候拍摄的，所以一般都不错过机会。"菅野把头靠在浴池的边上，眺望着热气腾腾的天井，说："嗯，大概有九十多人吧。"接着又用非常自然的语气说道："最近，我拍摄了NSSC这个圈子的创业者。怎么说呢，那个男人挺有趣的。"良也告诉他说："那是关忠一郎吧。""啊，对啊。你很清楚啊。"菅野说完，好像想起了什么似的，"对了，你们是不是亲戚啊。"他看着良也。

"是我的兄长。只是我们的母亲不同，现在几乎都碰不上面了。"良也这么解释道。"幸好。你早点告诉我啊。还好没说他的坏话。"对于菅野的话，良也再次产生了浓厚的兴趣："他的真实面貌是怎么样的呢？没关系，你说吧。"他忍不住询问道。

菅野好像在慎重地选择措辞，根据他的说法，忠一郎和那种在野性中带着魅力的创业者的类型有所区别。他说，仅仅根据对方所说的话，就可以判断忠一郎属于创业者类型，他还向良也举了两三个例子。"忠一郎说过，'和雀巢的三明治相比，日本的三明治都是蔬菜。''所有的味道都是到小学毕业的时候所记得的。到此为止所吃过的东西，都是家乡的口味。吃我们家的三明治的人，能感觉到好像回到了过去。我把这一代人叫做雀巢的一代。'我们这里去采访的记者，都有点听晕了。"

菅野一边说着忠一郎与新闻记者之间的问答，一边关上了水龙头："他的言谈中充满了自信。虽然话语很张扬，可以称得上是创业者，但是他的眼神却有所不同。"他断言说。

良也问到有何不同时，菅野说道："说不太清楚，好像有一些别的东西。"他只说到这里，便不断地重复说道，"我注意到，他脸上的表情好像隐藏着什么事故或者不祥的事似的。他的表情和面具似的，手不停地颤抖着。不过，好像还隐藏着别的什么似的。"

听完给忠一郎拍照的菅野春雄的感想后，良也漠然地想到，是不是同父异母的哥哥在哪里犯罪了吧，但很快他就打消了这个荒唐的念头。他想，即使如此，也和自己没有任何关系。

回东京之前，良也再次回到长野市，和美术馆的馆长小室谷见面，并且想和私立万绿美术馆馆长、茜的堂妹叶中知枝再聊聊天。一方面是为了知道今后怎么和她联系，另一方面也是为了拜托她到时候帮忙。

在此之前，良也想把自己读茜的笔记本的感想告诉知枝，当时，因为要去京都采访，茜和良也曾经相约，要一起去阔别了近二十年的京都老家看一看。良也完成了和菅野一起的工作之后，就回到了房间，立刻开始读起知枝所复印的灰色笔记本。

这不仅是关于《竹取物语》本身的注释或者说现代语版，还有茜当时有关的感想都写在了上面。写这本日记的时候是她从京都回来数年后，从堂妹知枝成了高中生并开始演戏活动之后的十年，从年代上来推论，是从二十世纪七十年代的后半期到八十年代的前半期。另外，如果茜用同样的笔调继续写笔记的话，也可能有续篇，在这个时期，这并不奇怪。

或者说，在笔记之前也可能写了一些别的东西，可能很多都是与良也有关的事情，但她可能没有把这些交给知枝。这样一想的话，这本笔记关于良也的记述就非常少了。

笔记上写着：

> 对于我来说，《竹取物语》非常重要。我一直对月光感到恐惧。很幸运的是，我可以从地面上远离它，但是无论如何，我都无法直接从正面面对这种恐惧的心情。离现在八年以前，"阿波罗"号载着人类，在月球表面成功登陆了，这给了我很大的震撼，让我获得了勇气。
>
> 我不仅无法正面面对月光，还无法从父亲的束缚中获得自由。我寻

找以月亮为题材的文学作品，首先就遇到了《竹取物语》。宇航员乘坐的"阿波罗11"号到达月球的时候，是1969年7月20日，这本灰色的笔记本里的东西是1977年写下的。知枝是一个十七岁的女高中生，她去参加京都的私立大学的校园活动时，被这所大学里的戏剧协会的人挖掘到了，所以参加了学生戏剧表演。

她们两个虽然很相似，但是知枝和茜不同，她被当贸易商人的父亲宠爱着，一直很健康地成长，所以性格很活泼，也非常吸引异性的目光。也可以说，十三岁的年龄差距，让她们所生长的时代差异在两个人的性格上打下了烙印。

也可以认为，堂妹的成长给了茜一些刺激，让她觉得自己必须再次脱胎换骨。茜成了堂妹在学校外面参加的戏剧协会所在的大学的旁听生。可能一开始她以堂妹的保护者自居，站在学校的戏剧舞台边旁观，但在这一过程中，她突然觉得，自己应该加入到学生当中，再次进行学习。最初，根据知枝的话，茜因为父亲去世而来到京都后没多久，便热心地参加了京都纺织品织染协会所组织的古典知识讲座。

在写八年前阿波罗登陆月球带给自己感动之前，茜先把正反两方面的意见记录了下来：

> 我不同意科学能揭开月球的神秘面纱的意见。"阿波罗"号成功的最大意义在于，地球和月球都一样，都是一个独立的星球，这种发现对于很多思维方式都有影响。科技对于人类意味着什么，科学与宗教、艺术的共存是不是可能，诸如此类的困难的问题都出现了，但对于我来说，月亮果然是美的，这种美对于我来说，又是恐惧的，这种现实逼供没有改变。随着科技的进步，神秘的外表被剥落了，虽然不能和这些问题妥协，但我觉得自己必须正视月亮了。

从这样的记述中，良也确认，茜因为自己与月亮的关系，或者说与月光的紧张关系，而对《竹取物语》非常关心。但是，由此产生的疑问是，她为什么对月亮如此在意，这可一点都摸不着头绪。恐怕知枝也曾经在这个地方碰过壁。良也想和知枝再碰两三次面，一起把关于茜的问题意识、疑问点交流一下。

读着茜的笔记，良也想起了她父亲说过："茜在学校的成绩很好，如果条件允许的话，应该可以上大学，对她喜欢的国语文学领域进行深入研究。但是，我这样的身体条件……"良也很想见到茜。但是，他们已经分别将近三十年了，可能还是不要见面为好。再见的时候，她不一定会欣喜，也可能会听到唏嘘的声音。不过，毫无疑问的是，知枝和茜可以见面并且进行对话，这还是挺让人高兴的。

第二天早上，当良也为了把杉田久女作为《现代人俳句全集》中的一册，而去收集资料的时候，获悉她是在福冈县立精神病院结束了人生的旅途时，受到了很大的冲击。但是读她的作品，却全然感觉不到资料中暗示的她所患的"综合失调症"。良也觉得，她那种天才的感性，以及由此孕育的其作品的尖锐性，让人们预见到她"耗尽了一切精神"。由此可见，所谓的"村庄社会"的风土人情，可能暗含着让人江郎才尽的问题。

他由此想到，茜之所以决定在海外居住，理由之一可能是在日本生活会陷入非常难以处理的人际关系，为了避开这一切，所以她朝着这个方向飞跃了过去。

承认这一前提的话，就可以思考茜的父亲和知枝的父亲的关系了。知枝的父亲叶中新藏，比茜的父亲小十岁。她们的祖父在明治时期家业兴盛，新藏继承了父亲的贸易生意，生意从中国发展到东南亚、英国、美国，对战争持一种批判的态度。另一方面，原陆军大佐长藏却是一个热血男儿，不顾父母亲和亲属的反对，进入了陆军士官学校，成为了职业军人。在日本无条件投降的时候，叶中家的人是这么看待长藏的——"对他视而不见吧"。长藏便离开京都，要求去了长野陆军军人专用的疗养所里，进行长期疗养，在那里，不仅呼吸器很好，医生的水平也很高。

作为长子的长藏，违背父母的意思，当了军人，还失败了。他原本就是一个很任性的人，从来不听别人的意见，是一个很难驯服的人，但他女儿茜却完全不同。为了这样的父亲，她吃尽了苦头，是一个值得怜爱的有孝心的女孩子。知枝对她那么怀念，也是因为这个原因。

父亲死后，迎接无处寄身的茜的京都的氛围，居然是这样的。包围着自己的温暖的氛围，居然是以对长藏的批判为前提的，知道了这一点，虽然很感谢，但是也不会心情愉快吧。茜每天唯一的安慰就是，对非常仰慕自己的堂妹的爱惜之情，茜便开始阅读自己以前非常关心的国语古典文学，不为人知地参加市民讲座，努力跟老师学习。

从知枝被高校发现，到她后来建立了一个类似剧团的组织为止，在这段时期，茜的国语文学知识已经大大地充实了。良也连着两个晚上，一回到宿舍，便开始读茜的笔记。到目前为止，到底是什么把茜迷上了，他还是不得而知。这与良也所知道的茜大相径庭。良也想，是不是因为她失去了父亲的缘故。对于她这种性格的女性来说，她一直都需要一个自己能够献身的对象。如果是这样的话，她现在一直在巴厘岛生活，可能是因为她在那里找到了这样的对象。

不对，她找到的对象可能不一定是人类，良也修正了自己的想法。围绕着"阿波罗11"号在月球表面的登陆，茜的接受方式的矛盾，良也读出了她的迷惑中也逐渐树立起了一些东西。接着读下去，在后面，围绕着年轻人关于剧团的方针的争论，茜拿不准哪种意见是对的，所以写日记的时候心情很迷惑，但这种迷惑的程度，还是无法与"阿波罗"号的成功对茜造成的动摇相比。

第三天晚上，良也重读了这一部分。这次，他注意到了这句话："如果不直接面对月亮的话，我就无法摆脱父亲的束缚。"看到"父亲的束缚"这句话，良也想起了有一次叶中长藏说过，自己为什么对当军人那么憧憬。这是原陆军大佐的憧憬和年轻时期的浪漫。

叶中长藏的青年时期，正值日本参加了第一次世界大战，而且成为了战胜国。奥匈帝国宣读开战宣言的时候，他还是中学生。他没有明确的是非观念，对于进入山东省的日本陆军的"英姿"非常憧憬。他和父亲争吵了很多次，不由分说，他参加了陆军士官学校。长藏说过："我喜欢战争，对于战争的浪漫想法占据了我的心，并且一直没有离开。"

"因此，我失去了人生的安定和自己的家庭。但是，所谓的浪漫并不是这样的东西吧。这不是得与失的问题，而是冒险的诱惑。"那天，关于自己在菲律宾的体验，长藏只字不提；关于自己成为军人的动机，他却用父亲对儿子说话的语气对良也说道。

　　茜所写的束缚，是这种"浪漫论"吗，良也试着这么想。人即使自己没有浪漫的想法，有时候也会对为了浪漫的想法而生活的人非常向往和憧憬。良也所看到的茜为父亲看病的样子，似乎不仅是在照顾一个患重病的父亲，她的热情似乎已经超过了这种程度。良也有这种感觉。但是，当战败之后，长藏患上了原因不明的肝病，十五年的战争时代就像噩梦一样，被称为黑暗的谷底时代，在这样的社会风潮中，长藏如果还延续着青年时代的梦想的话，这真是令人恐惧的顽固。恐怕，在叶中长藏的心目中，对于那些坚称尼泊尔的战争是正确的并且乐享余生的将军等人的言辞，已经产生了完全不同的悔恨之情，他久久地困在其中，不能自拔。茜则悄悄地抚平着父亲心中的伤痕。

　　也可以说，对于战争抱着浪漫的想法而热衷于战争的人，也是战争的牺牲品吧。如果要为自己的言行负责任的话，当然长藏是加害者。作为加害者，就应该追悔。尽管如此，从大的层面上来说，长藏也许还很难被称为战争的牺牲品呢，这种想法在良也的心中蠢蠢欲动。但是，如果是这样的话，那《弄潮的旅人》的编辑方针就行不通了。

　　良也在编辑《听，海的声音》的时候，曾经听说过，一些学生兵在自己的随笔里写道，自己认为战争是正确的，甚至觉得为了天皇陛下去死都是幸福的，对于这样的随笔，是不是应该采用呢，当时引起了很大的争论。良也觉得，写这样的随笔的学生兵毫无疑问就是牺牲品。

　　良也觉得，自己至少要去参加一次日本战死学生纪念会的活动，并且进行采访。不仅如此，采访对象不应该仅限于学生兵，还应该见一下编辑《昭和遗书》的人们。在他的记忆里，在进入新世纪之前十年，这本书就按照地域把随笔和遗书进行了分类，从具体的生活形态来看，悲剧的色彩非常浓厚。在这样的文字里，出现的士兵对妻子、兄弟姐妹和年老的双亲之间的思念之情，站的角度虽然不同，但是良也却觉得，似乎和为父亲看病的茜的心情是相通的。

　　来到安云野之后，他知道了茜的消息，和知枝谈了话，还读了一些茜的笔记，良也感觉到，对于谁是战争的受害者，受害者的范围可以扩大到哪里等这些困难的问题，自己必须面对。对于如此艰难的询问，不仅要用思想的语言，还要通过对记忆的选择和编辑的方式，来进行回答。

良也自己想到，对于所有这一切，茜之所以感到迷惑，一方面是对父亲的浪漫想法抱有同情，但另一方面却是对战争的绝对反对，就是这种矛盾的心情所造成的吧。良也突然觉得，自己的心意和她是相通的。他突然非常想见到茜，这种思念之情充溢着他的心。所谓的对战争的反对，也不像迄今为止他所想的那么简单。需要相互帮助和协作，如果不面对现实，将是非常危险的。良也想见到知枝后，询问茜在巴厘岛的详细地址，即使再勉强，也要去见她。同时决定，要尽力帮助知枝，把她说过的战死的戏剧界人士的资料展示室进行充实。因为《弄潮的旅人》和她所需要的资料、信息有很多是重合的。不过，她为什么对战争的问题考虑得这么深，还想认真了解一下，她父亲对战争的批判只不过是其中的一个原因而已，良也觉得。

或者茜和知枝之间，会不会围绕着对待战争的态度，在决定性的意见中产生了分歧呢？"所以，茜在最后的时刻总是很软弱。"他在想象中，仿佛听见了长大后的知枝的声音。这是知枝对茜发表的类似独立宣言的东西。

在松本的工作结束后，他和万绿美术馆联系，知道知枝有急事到京都去了。"三天之后，她就回来了。"年轻的馆员用不耐烦的语气说道，良也想，她应该不会延长出差的时间。那一天，菅野和良也一起，去上田五千石住过的古老的街道拍照片，所以回到了东京。良也下午又回到了宾馆，读茜的笔记，晚上回到了长野，想把这次出差的总体情况和小室谷说一说。也准备请他一起为万绿美术馆帮一些忙。

"有茜的消息了吗？"小室谷出现在"信浓"小料理店里，这么问道，这里到处陈列着一些民间工艺品。良也谈起了安云野的万绿美术馆。良也说，叶中茜还挺好的，在巴厘岛住了很多年，在那里教当地人日语，自己还织染布什么的。听到这些，小室谷抬起了头："她结婚了吗？""啊，她堂妹叶中知枝说她还是独身。"良也回答说。这种判断多少也混杂着他自己的愿望。茜一直给人的印象是善于忍耐，总是自己独自坚强地生活着，所以很难想象她会和当地的男人结婚生子。良也接着说起了万绿美术馆的叶中知枝的事情，并请他帮忙，"我跟她说过你的事情，如果有什么需要帮忙的，就拜托你了。"

小室谷很快引开了话题，问道，"克子最近怎么样，还好吗？"良也想起在出差之前，围绕着自己做饭的生活，两个人闹别扭的事情。来了长野之后，有很多令人吃惊的事情，差点把东京给忘记了。但今天晚上一定要打个电话，告诉妻子明天要回去。但读了茜的笔记，怎么都没心情给克子打电话。自己的这种状态一定不能告诉克子，他暗自提醒着自己，回答说："啊，她没什么变化，很好。我们在一起都二十年，不，是二十五年了。"

"你怎么样？你老婆一直在东京吗？"他反过来问小室谷。"嗯，她一直离不开东京，当然，觉得在这边住也很好。"小室谷的声音有点含含糊糊。

这时，他们进餐厅的时候就注意到了的一个四十岁左右的、穿着和服的女人靠近了他们，并和良也打招呼："我是大伴志乃，请多关照。"在和良也打招呼之前，她对小室谷使了一下眼色，"那我就向你的好朋友关先生作一个自己介绍吧。"从这种眼神和她身体的动作上，良也觉得，这个叫志乃的女人一定和小室谷有很深的关系，他"哦"了一下。

小室谷有些奇怪地朝着良也笑着，说明道："这个叫信浓的店，名字是取志乃两个字的谐音。""原来如此。"良也说道，等她走了，便只好说："她不错嘛。"小室谷沉默了片刻，终于抬起头，问道："那，关先生，你要去巴厘岛吗？"

"我想去。但是很困惑。"良也很坦率地回答。又接着补充道："去了也可能不见……"小室谷说："迷惑就证明你还有能量。""是吗？"良也的声音有些举棋不定。小室谷的声音把他的盖住了，"我喜欢志乃，我们两人也有关系。但并不想住在一起。即使和现在的老婆离婚了，我的这种想法也不会改变的。已经七十多岁的人了，再好好想想，都快入土的年龄了。我对未来已经没有任何疑问了。好不容易辞掉了新闻社的工作，还得接受这份窘迫的馆长差事。"

良也边听边想，小室谷的语气好像一点也没有自嘲的意思，这也挺好的。他想，小室谷来长野市，也许是为了和夫人分居。好像他夫人要很高的补偿金，所以没有在离婚证书上盖章。两个人沉默着喝酒，小室谷说："在这里的动物园，有一位年轻的饲养员被老虎袭击后死了。那是你到东京工作、我还留在这里时的事情。"良也几乎忘记了这件事，好像是一件因为不小心引起的事故，新闻报道得也不多。

"这个年轻的饲养员是一个过激派，他把对方派别的人弄成了重伤后逃走了。

我觉得他的死不是事故，而是觉悟。他就是刚才你遇见的志乃以前的恋人。"小室谷意外地说道。他好像是无意间知道了这个事实，但在新闻里却只字未提。她对小室谷非常信赖，这次他来长野之后，两个人的关系很快就变得亲密了。根据小室谷的说法，志乃在东京上大学的时候，是依靠长野的伯母支持。她的心里很同情过激派，因为与恋人的关系，便在市内租了房子。她为此还找了一个借口，说是写毕业论文。

小室谷对于事故死亡的说法持怀疑态度，见到了还睡在病床上但头脑很清醒的富泽多计夫，为他介绍了另外一位年长的饲养员。从亚洲虎的习性和事故当天的情况判断，他得出的结论是，年轻的饲养员是故意挑逗老虎的。他从别的消息渠道打听到，这个年轻人还有一位恋人。

"已经没有时效性了，这件事情也没有任何犯罪的事实，所以只能跟你说一说。"小室谷再次打断了他，"对于我来说，这个事实，老是让我晚上听到野兽的咆哮声，看到蒿草覆盖的放着道具的小屋里，拥抱着的恋人的情景，给了我很多冲击。这是怎么回事呢？"

年轻时候的小室谷由这件事开始思考，社会的秩序、法律的正义和人道主义为何物。他之所以没有在新闻里把自己打听到的事实写进去，并不是因为考虑到志乃，他说："对于这对年轻的恋人的生活方式，我承认有一种浪漫的冲动，是我自己所没有的。尽管有点变态，但是我觉得，他们的生活方式是近乎美的。"

他把话挑明到这里，良也不知道该对小室谷说什么好。良也便说出了自己的推测，即茜对父亲献身般的看护，是一种用孝行的概念还不足以概括的暗中的热情。他还告诉小室谷，自己在思考，茜的笔记上写的"父亲的束缚"到底意味着什么。他还告诉小室谷，她对月光非常恐惧，对于《竹取物语》异常关心，都让自己感觉到迷惑。

听到这一切，他说："说到月光的话，在蒿草之上拥抱的两个人，一定听到了野兽的咆哮声，与之相对应的，是照着他们的凄凉的月光。"他接着表明自己的心境："到了这个年龄，与人的相会和分别，看起来全都像走马灯的影子所描绘的图案。或者这么说，只能像影子描绘出的图案那样看待了。"

比约定的日子晚三天出差后回到家中的良也，在傍晚的时候进到家里，在一瞬间感到了迷惑。出来迎接良也的克子的样子有所不同。他不由得站住了，仔细地打量着她，发现她头发的颜色和发型，还有化妆都有变化。

"怎么样？吓了一跳吗？"克子打趣地问。她不仅外表变化了，说话的方式和动作也和以前不同。她的头发剪短了，染成了明亮的栗色，口红也变成了橙红色。"嗯，好像完全变了一个人啊。"良也说。刚想说"这是怎么了？"又把这句话咽了回去。如果突然笨嘴笨舌地说出了口，她可能会感觉受到了攻击，不想破坏她的好心情。

"你那么久没回家了，也不来个电话。"她这么一说，良也便只能道歉了："啊，对不起。"他接着解释说："我给你打过电话，是留言电话。"这么一说，克子便认真地问道："那是什么时候的事情啊？"良也想了一下，说："前两天晚上，是我出差要延长三天时的那天晚上。""好奇怪啊，我明明在啊。"克子说，电话的事情就说到此为止了。

和出差前一样，他们来到了客厅里的餐桌前坐下，过了一会，吃晚饭的时候，克子说："我去学做饭了。""在新百合丘车站前面，开了一家料理教室。学费也没有那么贵，好好学学做饭是正事。"这样一说，良也开始注意她的话了："是同窗会吗？感觉我好像是宠物似的。"说完，他看起了晚报，把电视打开了。正好是广告时间，声音非常大，他又按了一下按纽，把声音关小了。良也感觉到内心发虚。

在电车里，他考虑了一下，决定不把茜的事情，还有她堂妹知枝的事情告诉克子。在出差前，自己说过要过自己做饭的日子这样的失言，比他小三岁的克子，虽然反对战争，对于这样的话题也不会有很浓厚的兴趣。她的少女时代是在和平环境中度过的，和良也也是相亲结婚的，太深奥的话题不适合她。

良也想，包围着自己的玉川学园前的日常生活，还有到今天早上为止，在出差的地方度过的时间，都意味着什么呢？安云野的知枝，还有一直在很遥远的巴厘岛的茜，以及战争、战败等过去，似乎都让自己现在的生活得到了确认。美术馆馆长小室谷面对的也不是战争本身，而是与志乃这个女人的相遇，还有与联合赤军事情密切相关的过激派的灵魂。

一开始，自己对克子说的是，这次出差是为了探寻杉田久女、上田五千石这两位俳句诗人的足迹，"杉田久女的采访门道很深，要寻找她的墓地也需要时间。"以此为理由告诉妻子，出差的时间很长，但现在看来，这个理由真是太蹩脚了。

在出差的地方遇到的人们，他们所度过的时光，和现在包围着自己的玉川学园前的日常生活所度过的时光，好像不是同一个国家、同一个时期的东西。这不是孰对孰错的问题。

住在这里的人，也不是每一天都过得很顺心。良也说过要过自己做饭生活之类的不当言辞，让克子产生了对于这种日常生活的问题意识。最开始的表现可能是头发和口红颜色的变化，接着是去料理教室学习，她对自己的生活开始采取积极的行动。这样说来的话，在自炊生活事件发生前几天，她就说过，"我们周围不保护环境的话，就不行了。"良也想起，当时自己感到的震惊。

不知道谁在诱导克子。难道是她的同学龙泽尚美吗？她嫁给了大老板，但丈夫却很早就过世了，现在她正做一家保险公司，业绩还相当不错。良也试探着问："同学聚会的时候碰到了龙泽夫人吗？她还好吗？""那个人没有什么变化。她在高中的时候就和我关系很好。你也知道，所以才说出了自炊生活这样的话。"克子用孩子般撒娇的语气说道，良也内心一震。她从来没有这么明确地说过任何事，对于任何事情都向前看。

在玉川学园前的日常生活中，如果每个人的性格都是这么活泼的话，克子会向哪里发展呢，良也稍微感觉到一些不安。

他突然想起分别前小室谷说过的话："到了这个年龄，与人的相遇和分别都像走马灯上影子描绘出的图案似的。"也想起有关他比实际年龄看起来更老成的话。不管如何，自己要先完成《现代人俳句全集》，然后汇编《弄潮的旅人》，正当他把思绪集中到这些事情上的时候，他好像又看见了前一阵见过的穿黑衣的男人的背影。

准　备

　　曾向母亲疏散地所在的高荻煤矿的舅舅承诺，盖好房子便将母亲接过来。为了实现这个目标，忠一郎应聘做了英语会话学校的讲师，所以慢慢地就不能去上大学的课程了。好不容易抽出时间到了学校，向某些看着面熟的学生或研究室的助手一打听，才知道，有的学生曾是地主家的儿子，家里的土地由于耕地改革被没收，拿不到生活费，只好自己赚钱攒学费；也有的学生在空袭时家里的工厂被毁，父母只好回到乡下，也不得不一个人过活，等等情况，不在少数。

　　问他们期末考试的时候怎么办，就说跟朋友借笔记解决。忠一郎便想，既然如此，倒不如将抄写作业规模化，大批复印，这样也能帮得上那些因为要打工或者要看护父母而不能上课的学生，他们与自己的境遇如此相似。

　　他在战俘营已经有过负责一些事务的经历，写报告作复印，从各收容楼挑选代表。与应征入伍之前不同，这个心血来潮的念头对忠一郎而言似乎也并非不可能。

　　新年里，除了有两天到高荻煤矿妈妈的宿舍去了一回，忠一郎把寒假所有的时间都耗费在为打工学生们大批量复印的工作上。溜进大学附近的学生宿舍里做会好做得多。另外由于是复员学生，他的年纪要比普通学生大上三岁，这也让忠一郎能很容易地给学生们指派任务、安排分工——谁去借几台复写版，谁把抄有讲义的笔记刻在蜡板上。同时，在英语会话学校的忠一郎讲师也很受欢迎。他能让大多数听课者掌握即刻就能用得上的会话能力，忠一郎的讲义并非从深钻语法讲起，而是注重听力、注意纠正日本人容易纠缠于语法逻辑而说话不得要领的弊病，并且及时纠正容易出错的用词，因此他的课程立竿见影，深获好评。

两个月过去三个月将至时，忠一郎的教室里坐满了连大学教授的课都不听却慕名而来的听课者，挤不进来的学生便站在走廊里。会话学校的经营者非常高兴，拜托忠一郎除周日外每天都讲课。忠一郎想到多给那些他召集来打工的年轻学生们涨些工钱，于是自己不再到大学听课，而是以每天都来讲课作为条件，向经营者要求提高每小时课程的酬劳。这些交涉若是为了自己，忠一郎是羞于启齿的，但为了他人，他却能态度强硬，决不妥协地斗争，这实在让人吃惊。另外，无论是作为英语会话讲师的才能，还是组织年轻学生们的号召力，都是被征集到战场以前连想都不敢想的。不过这些可能是在野战医院和战俘营后才具备的。这么想来，忠一郎又有些不可思议的感觉。

一天，他对同宿舍的学生，也是最早开始帮他作复印的村内权之助主动提道："现在想起来，我现在做的事儿要是没有以前在战场上的经历，根本就做不到。我也觉得自己变了。不过，核算方面还是没什么自信。这次所作的复印，八成要亏两成。为了能够一直帮得上别人，自己也得在某种程度上多赚些钱才行。"

"那还不如给法学院还有经济学院做复印材料呢。"村内权之助，小名"阿权"马上回答说。在法学院和经济学院，只听一个老师讲义的学生很多，复印材料的工本费就会相应降低，阿权又解释道。他是神户一个生意人家的孩子。"果然还是关西人在行，很现实。你学经济的话将来肯定能成功。"忠一郎不由得赞叹道。

"其实我正琢磨着来年要转学院到经济学院的商业系去。以前还想过转到英文系呢，不过以后学英文的人肯定要多起来了。如果没有前辈您那样的才华，就没什么竞争力。况且，经济涉及范围广，对于失去了思想和军队的国家而言也只剩下经济了。"他看上去表情认真得很，貌似正在严肃思考的样子，"还有，继承家业的哥哥已经战亡了，弟弟呢年纪还小得很，一段时间内我还得照顾他。"

　　战争刚结束之际，每个人都会受到影响而面临不同的境遇，忠一郎认为这也是理所当然的。英语会话学校的一位讲师回国后，才发现住在广岛的所有家人已在原子弹爆炸中丧生。会话学校的一个做业务的青年复员后，发现自己的妻子一直跟一个比自己老得多的男人生活。即使如此，忠一郎还是觉得生活已经尘埃落定的人更好过。对他而言，只有无从捕捉的迷雾时时笼罩于心头。

　　进入2月没多久的一天，忠一郎正在文学院自治会门前溜达，里面走出来一个学生，"在这儿干什么？"学生盘问他。"什么？没干什么……"忠一郎正咕哝着，又从屋里出来一个人，推着他的后背说："到里面来一下。"这样两个人架着把他推进了屋里。房间昏暗，到处铺着油墨未干的传单、好几张标语还有正在写的墙报。"学生证呢？"那人问。果然还是要看这个，忠一郎愤愤地想，没好气地回答："没带那种东西。"于是又从后面站起一个人加入了询问的队伍，"那还有没有什么能够证明你身份的证件呢？"语气中有种古怪的客气。忠一郎想起英语会话学校的讲师证，从口袋里翻出来交给他。每个星期他都将它递给会计，在背面的空栏内盖上印章，领到薪水。不过，这还是没能过关，第一个看到它的学生马上大声说道："这家伙是教英语会话课的呢。""你可以到学生科里查我的学籍，关忠一郎，英语系二年级。复员生。"他一字一句清楚地说。

　　紧张的气氛似乎有些缓和。要是问起是在哪个战场参加过什么样的战役可就难办了，他心里想。到缅甸之后的那些回忆已经有些模糊不清，甚至有些片断已经失忆，连接不上了。

　　然而没有参军经验的年轻学生似乎对忠一郎在战场上的过去并无深究之意。于是有人便到学生科去查，回来后向大家报告"确实在籍，英语系二年级。"一个皮肤略黑、脸瘦、表情坚毅的学生慢慢地靠近过来说："不好意思，随着我们的运动风风火火地展开，反动势力的破坏活动也在不断发生。你既然是复员学生，应该也是战争的牺牲品。"接着又说："对了，那个你也有吧，战亡学生的手记收集手册，"转过身把资料交给他，"这里写着，如果你有认识的学徒兵阵亡的资料，请协助收集手记。"这么说完，他就向房间里面走去。

　　忠一郎怀着极为复杂的心情离开了这个房间。他想到，房间里的那些学生大概是不用打工也能活得下去的吧。他和村内权之助已经约好在出了正门左边的白十字茶餐厅见面，一起商量下个月期末考试前给法学院、经济学院做资料的事情。那些学生们所倡导的所谓的和平与独立，他虽在内心赞成，然而却下意识地抵触他们本身所散发的稚气。"我可没什么时间跟他们打交道。"忠一郎自言自语道。这不仅因为他必须要自己赚学费，而且还必须要想办法存够相当的资金，把母亲从高荻煤矿的员工宿舍里接过来。

上个月忠一郎见到母亲的时候，他知道母亲意外地收到了九州的荣太郎汇来的一大笔钱。舅舅说："连荣太郎也都挂念你呢！"母亲嘴上说"这不是应该的嘛"，却把那笔钱存到利息较高的煤矿公司的公筹资金里。忠一郎因此受到鼓舞，从印刷生意里凑足学费，把教授英语会话的薪资全都划作新家的建设费用上。

这天，忠一郎远远地就看到村内权之助无精打采地坐在白十字二楼窗边发呆。"阿权，怎么了啊。不是哪儿不舒服吧？"忠一郎顺口问道。"没，什么事儿也没有。"阿权回答时声音却有气无力的。

商量完事情后，忠一郎才知道阿权失恋了。马上就要结婚的女友对他说："我们的事情就当从来都没发生过吧。"单方面地宣告关系结束了。

理由似乎是她想让在战争中失去一只脚、再也无法工作的父亲今后能过上好日子。她现在考虑的结婚对象，是她所在公司的老板，太太由于被疏散到娘家，从此不再回东京，听说最近两人就要分开。

"怎么，这算什么啊？"忠一郎下意识地提高声音。"那样的女人，还是不要算了。"话虽如此，他倒是现在才吃惊地发现，人类毕竟还是要有恋爱这种感情存在的，无论男女，都会因为恋爱时而苦恼、时而狂喜，有时还会像死掉似的一蹶不振。他不由得反思自己，到底发生了多么大的变化。

忠一郎正思索着，却听到耳边"呜——呜"的声音把他拉回到现实世界，是村内权之助正在哭泣。这时他才发现，这个工作上的伙伴，只比自己小两岁的男人，还是个由于失恋而明显消瘦下去的年轻人。这个事实让他再次确认，自己已经不再年轻，或者说是不像青年的青年了。他的青春被安置于何处去了呢，如要像方才在自治会房间里所被追问的那样回忆的话，也只能说是在缅甸，进一步说是在博固山脉的丛林里。

怎么会想到这些，还难得地追溯起自己来了呢，意识到这些，他的头突然像要裂开似的疼痛起来。这大概是被炮弹碎片击中后失去意识期间所留下的后遗症吧。他曾经以为，但凡人类，就会理所当然地追求异性。他还曾茫然地猜想，自己迟早也会抵挡不住社会的规律，随波逐流地建立起自己的家庭。然而，在整个过程中，如果真能找到让自己安分下来的对象该有多好。思想也是如此。

无论什么都挂上马克思主义或者存在主义的招牌，岂不是要人像三明治。做人只要能够有自己的观点见解，并用它很好地解释自己的想法和立场，也许就够了吧。忠一郎暗自想着，觉得也许这么想可能本身就是一种思想。他不安地觉得自己的想法、行为方式，怎么看都像是大学里的异类，于是对阿权也没有说过这些话。尤其是，上次他在学校里转悠张望的样子怕是都让人误以为他是便衣警察，还被带到自治会房间里询问，这再次证实了这种担心。因为他鲜少出现在课堂里，也从不去联谊会露面交些朋友，长此下去，怕是迟早要陷入极为窘困的境地。

唯一出现在学校的三四回里，他跟学生A处得不错。有一天，忠一郎被他带到了大学附近的伯爵宅邸。这片地位于本乡西片町的一隅，因此逃过了空袭。庄园里有好几棵一人抱粗的楠木，枝叶茂盛，郁郁葱葱。夜幕降临时虽然全貌并不清晰，却能看得到砖砌的壮丽的欧式洋房。温馨的灯火在林木中若隐若现。英语俱乐部的朋友熟悉这个地方，于是就带着忠一郎过来了。

学生A把忠一郎介绍给了伯爵夫人。她很年轻，看起来只有三十五六岁。

由于战败，贵族制度被废除，经济方面的特惠也都取消了。贵族因为没有依靠工作而取得收入的途径，生存问题正慢慢浮现。她的丈夫不堪操心过度而病倒，好不容易免于战火的西片町的那片地，如果这样下去的话，也不得不放弃了，她说。英语俱乐部的A是想和夫人一起，听听忠一郎对此的意见。A是这位伯爵家臣的后代，这个年轻人正暗恋着比自己年长十四五岁的伯爵夫人。

交不起税金的话就要抵押土地，要么就是被没收。"能够避免这个结果发生的办法只有两个。"A说，"一个是，自己找到买家将其变卖成资金，另外一个就是出借给进驻军。"A解释道。不过看起来虽然没什么好为难的，夫人却对两种选择都没有下定决心。"那些英国人啊法国人啊，看着像上了年纪的军人，其实不过是嘴里总是嚼着口香糖还喝可口可乐的牛仔，你是说让他们霸占我的房子，我却要住在窄得多的小屋里？"夫人如此反对道。

"可是你可不能离开这儿和那些老百姓们一起挤在小公寓里。""那么，你跟我一起住得了。"两个人争论不休，却不像会得出什么结论的样子。忠一郎心想自己算是惹上麻烦了，不过，既然别人有求于自己，还是要出点主意才是。于是说道："这个问题我也知道很不好作决定，"以此开头后他又说，"现在物价上涨越来越厉害，我认为还是不要把土地卖掉的好。我家就是把原来住的房子抵押掉了。"如此说起了自己的意见，"另外，这事儿我还从来没对别人说过，在返回日本前我曾待在盟军管理的战俘营里，按照当时的情况来看，他们和日本的军队还是不一样的。他们对待俘房其实挺规矩的。"忠一郎把自己的感受如实讲了出来。

"另外A君只要再努力一点就能跟对方进行日常事务的交涉了，他的语言能力出色，只要能够好好地掌握外语，就一定能应付得了。"这样向夫人保证了A的英语能力。回去的路上，尽管已是深夜，路上黑蒙蒙的，A却高兴得手舞足蹈，一个劲儿地说："今天晚上真的谢谢你。你可帮大忙了，夫人这回一定能下决心了。"

"那可不一定。女人吧，尤其是不怎么了解社会的女人往往对自己的判断没有信心，作不了决定。"忠一郎表述感想的口吻很老成。

他的脑海里浮现出的是自己在高获的母亲。母亲听说了跟她一个员工宿舍也被疏散的朋友，回到已成废墟的壕沟重新奋斗的事情后，也开始动摇起来，觉得自己也还是回到东京比较好。跟她说既有来自九州的丈夫汇款，又有弟弟的帮忙，只要再忍耐一年就好，她却说还是想要早点回去，有时真让忠一郎为难。

高获煤矿的舅舅也给他写信这么说："姐姐并不是那种能在废墟里忍耐拼命的人，所以在条件成熟前还是待在我这里，你就放心吧。"

4月新学期伊始，让忠一郎高兴的是，房义次又重新回到了大学里。在吐露出新芽的银杏树林下看见阿房的瞬间，曾误以为只是外形相似的别人，感觉已经不同了。鼻尖、下颚和肩膀曾经圆鼓鼓让人一见就觉得亲近的感觉消失了。握住拳头擦鼻尖的模样还和在战场时差不多，不过却有种经过了四五年的沧桑感。

忠一郎大声地叫道："阿房？是房义次吗？"认出他的阿房马上答应着，表情生动起来。从名古屋登陆以来，已经有约一年的时间没有见面了。

"怎么样啊，家里人。"问到这个的时候，他沉默着摇了摇头。"噢——"忠一郎叹了口气。不久阿房说："一个人也……"又补充："父母，兄弟，好像都是在3月10日的空袭时……"

"以前一直在担心，竟然是这样。"忠一郎说。此时周围学生们的嘈杂声、从银杏树林的枝叶缝隙洒下的春意，不合时宜地出现了。忠一郎回想起以前还在野战医院时，听房义次说起他家从德川时代起就住在江户。在棚户区连续几代都做木材生意。阿房还说他们曾在关东大地震中幸免于火灾，在复兴时期家产扩大了三倍之多。

战争中的生死完全靠运气决定。现在不论是到战场去还是留在家里都是没有分别的。"只从这一点看战争就是不好的，"忠一郎坚定地认为，"所以我才不会参加什么学生运动，我自有我自己的想法。"他站在银杏树林下下定决心。

"下一步呢，想做些什么？我现在正筹划很多事情。跟你说说这里的情况吧。我这里有些事情想拜托给你做。"忠一郎连续地讲。阿房摇了摇手里的文件："现在我只要把这些交给学生科，以后我就是自由的了。你等我一下行吗。"话音未落，就朝法学院的办公室跑去。他的背影让忠一郎想起俘虏朋友被杀那天阿房的举动。他有些后悔为了帮英语俱乐部A君的忙，而对伯爵夫人说了不少美国人和英国人的好话。他又看了一眼阿房奔跑的样子，心想，这样的阿房大概是没事了吧，他一个人默默地点了点头。

那天，阿房坦白地告诉他，刚知道家人全都故去的消息时受了很大的打击，连续两三天都无法思考，完全不知道该怎么办。他想起那段时间正是太平洋战争爆发之前，父亲估计今后郊外的住宅将会增加，所以在练马也开办了业务所，还让自己的弟弟当了所长。伯父是个耿直的人，阿房对他很有好感。如果那个业务所能够侥幸逃过此劫，也许还能多少看得到最后的模样，怀着这种希望，他曾到练马寻找过。以前父亲曾说："开木材厂又不需要什么学问，老二你就去念大学当个律师或者做个官儿什么的吧。"想到这像是遗言的话，阿房也认真地思考过今后怎么能把书继续念下去。虽然记忆已经模糊，不过还是很快就幸运地找到了练马的业务所。走进堆满了方木和板材的令人怀念的门店，报上姓名，马上从里面跑出来的伯父大声地对他说："啊呀，义次，你还活着呢。嗨，各位，义次回来了！"他很快就被婶婶和孩子们围住。"你真的没什么事儿吗？"婶婶流着泪说，"不管怎么先上炷香再说吧。"站起来把他领到放置佛龛的待客室。"大家都走了，只留下我们。"房义次听着这样的话，面对着灵牌增加了的供桌合上双手。

忠一郎和阿房就坐在医学院附近的第二学生食堂里，互相述说自己的经验，时不时夹杂上自己的感想，说了很久。这些话几乎无法对别人说，即使说了，对于没有上过战场的人来说也是很难理解的。终于找到了处境相似的伙伴倾诉自己，忠一郎觉得如释重负。也许最好的倾诉对象也只有阿房了。

伯父对他说："既然你平安无事，就把房家的木材店继承下去吧。"房义次却以"父亲想让我做个律师"为由谢绝了。"伯父的心情我很理解，也很感激。可是全家人在空袭中都丧生了，因为身在战场而侥幸活下来的自己还要继承家业，像是什么都没发生过似的把家产经营下去，我做不到。"阿房说。"可能老百姓更加坚强，也更能忍耐吧。整个国家大概也是那种温和的性格。可是，话虽如此，发动战争那些人的责任又当如何呢。那种高深的问题只能交给领导层，咱们只能本本分分过好自己的生活。不过说到底，这些还是被他们弄得一团糟了。"谈到这种问题的时候，他滔滔不绝地讲大道理，语气还跟在战俘营里的时候一样认真。忠一郎感触颇深地问他："不过，我也说过要不你就去搞革命，可现在的形势就算革命成功了，也还都是一样。政府无非换了个名字罢了。我倒觉得，不如把一切都好好建设起来。"阿房把心里话都说了出来，忠一郎也就把自己在英语会话学校当讲师讨生活、给那些打工学生复印讲义发给他们、母亲还住在乡下亲戚公司宿舍里被疏散的事情告诉了他。又说想要早些把她接到东京来。"所以看见你的时候猛然想到的，就是想你帮我做那些复印配发之类的工作。"忠一郎直截了当地说。"有一个叫村内权之助、要从文学院转到经济学院商业学科的学生，他也在帮我，不过来年夏天以后我就要开始准备就业的事情了。"对于忠一郎的恳求，阿房说："好啊，反正又能帮别人，我的学籍手续推迟了，比你晚一届，而且现在就算不打工也还过得下去。"就算同意了。

听了重返大学的房义次的话，忠一郎开始觉得自己也不得不为毕业后的出路作些打算了。在此之前原本考虑要么到报社，争取转到海外部做个特派记者；要么就到某个商社去，现在倒想听听父亲的意见了。

复员已快到一年，忠一郎却始终没有见过父亲。他曾从母亲所在的高获煤矿给父亲发电报说自己已经回国，父亲回信"平安无事万岁"，后来又说"过段时候到门司来吧"，之后却不了了之没了联系。本来，忠一郎在新年贺卡里已经写了"放了寒假就过去"的话，却因为要做英语会话学校的讲师和忙于复印讲义资料的工作而作罢。

父亲寄到母亲那里的生活费忠一郎也分文未取。那倒并非是抵触什么，而是因为想要尽快地把母亲接过来，把钱都作为新家的建设资金而已。如果不是因为父亲的劝说而学了英语，也就没有办法设立这样的计划了。这么一想，就更让他决定这一次也要听取父亲的意见，考虑今后的出路。

关门隧道是在战争期间完工的，恢复运输也实现了。晚上六点半从东京出发的话，就能在次日晚上八点到达门司。关荣太郎不得不负责这项工事的指挥工作，这也是他一直留在九州的原因。

那天晚上，躺在颠簸的夜行列车上的忠一郎做了个奇怪的梦。不知道是不是由于暖气供给过多的原因。梦境的前因后果并不清楚，不过只记得身边频繁地流逝通过丛林的光景。像大蛇一样扭曲的树藤和巨大的羊齿，很多枝蔓低垂到地面，忠一郎就在树木的阴影下拼命奔走。时不时地，有几只形似始祖鸟的黑色大鸟从高耸的、几乎看不到树梢的树间滑翔掠过。仔细地看过去，羊齿的枝叶突然变成人的手掌，四指张开，向忠一郎扑来。一旦被吞噬就再也挣脱不出的恐怖笼罩着他，也可能是害怕自己从此淹没于丛林阴森的树木下深不可测的雨林之中吧。他拼命地拽住裤子，在黑暗里把手枪上了膛。幸好就在这时，列车咣当地晃了一下，将他从噩梦中惊醒。擦掉附着在车窗的水蒸气向车外看去，是他复员时上车的热田。

见到了父亲的忠一郎感慨万千。自出征到南方之前的见面到现在已经过去近四年的时间，已年届五十的荣太郎的头发大半都已灰白了，不过也正因此他看起来从容了许多。

铁道部的机关宿舍位于能够俯视到市区的小山岗上，它也从空袭中幸存下来。荣太郎在战败后很长一段时间就住在这里。忠一郎曾暗自猜想，父亲会不会向自己介绍个九州的女人，他还想过自己要如何应对才好，不过终究没有想到会是怎样一种场面。"今天因为你来我已经预定了河豚。店虽然都烧黑了，不过还是挺结实的。啊，你出征前也是吃的河豚啊。"荣太郎说，"去的好像是缅甸吧，能平安无事地回来就好。"声音居然有些哽噎。

忠一郎有些惊讶，心想他可能是上了年纪而容易动情，但又觉得父亲还不至于那么老，最后又想，也许同样的时光留给荣太郎的，就是如此深刻的痕迹吧。

"其实也不是完全平安无事。"他觉得应尽量如实地告诉父亲发生的事情。

忠一郎将在缅甸战线上军队的混乱无序、由于战术指挥的失策而导致数万将士牺牲的事实以一句"对接受命令的人而言只有悲惨两字可以形容"结束了报告。作为这个结论的实例，他坦白地告诉父亲："我在缅甸的勃固山脉的丛林里被敌方的炮弹击中头部，失去知觉，后来是被美国军队抓到才捡了条命。""因为会说英语才得以获救，这多亏了父亲您。"他感激地说。

荣太郎嘘地出了口气，问道："以前还不知道这个，留下后遗症了没有？""头疼和幻觉什么都没有。那边的医生也说，击中的部位已经好了。"忠一郎宽慰地说。对于当时为了逃脱敌军的追捕他曾经长期疯狂逃命则只字未提。他害怕一不留神说出来，就要不得不把已经丧失掉的记忆重新温故一遍。"跟你妈说过这个事情吗？"荣太郎问道。"没有，只是说在丛林里逃命。""还是这么说的好，不然她一定要担心了。"忠一郎想，其实父亲可能想说的是"那个人对别人身上发生的事情是很难想象的。"却欲言又止而已。"妈妈让我给你带个好。"忠一郎说。

忠一郎替母亲传递口信从入伍前就开始了，那时父母之间已经不再直接交流，全靠他从中传达。荣太郎沉默地点点头，"烧没的砂土原町能卖掉最好，如果不行在那附近找片地也行。不是高地的地方那个人肯定看不上，不过现在买的话价钱能便宜一些。"父亲提议说。"如果能走运找到那样的机会，也许我也能帮得上忙。"荣太郎说。两年前从铁道部转入运输通信部管辖的国有铁路，迟早是要作为国有企业组织独立出来的，荣太郎向儿子解释着，"如果那样的话，我打算借机就从政府辞职了。"他毫无隐瞒地说出自己的想法。

他接着对瞠目结舌的儿子说道:"我作为天皇的官员一直拼命工作。在我安排的、制作出运输计划的列车承载着大批的士兵向大陆、向南方而去,然后死掉。你也是那队伍里的一员,可你活着回来了,这是上天的慈悲。我必须要报答这种慈悲。有件事情从来没对别人说过,我也不想提。天皇陛下,很有可能在明年的东京法庭宣判后退位。到了那时,身为官员,难道不就应拼命做事与国家共担责任吗?盟军不走,以后政府机关的体制就要变革了,所以我打算就此提出辞职。"说这话时荣太郎的神情非常严肃。

忠一郎看见父亲如此认真的表情,也下意识地坐直了些。"之后又打算怎么办呢?"忠一郎问道。他想,在这个时候把能问到的都问到,以后恐怕就没什么机会了。"我的技术能用得上的话我就在社会上找工作。不过那也怕是不容易的啊。"讲到这里,荣太郎拍了拍手对店里的人喊道:"麻烦给我再来一瓶!"随即他又说道:"附近有个石楠花园,我对石楠花的栽培很有兴趣,反正以后是要回到东京的,在关东地区要是也有石楠花园似的地方就好了。"他笑的样子既看不出伤心,也看不出高兴。荣太郎对于应该在九州的那个女人的事情提都没提,连暗示都没有。机关宿舍里也不像有女人在住的感觉。忠一郎对在高荻时舅舅问的事情也没有说,只是跟父亲说了尽快把母亲接到东京来,他一边读着大学一边在工作。

荣太郎一边点头一边听下去,说到告一段落时,便说:"明白了,这个我也有责任。你能做到这个程度,接下来的事情就交给我好了。以我的信用,还是有办法借到钱的。你还是多用点时间学习得好。"

忠一郎虽然听母亲这个那个说了很多,可是那些毕竟都是过去的事情了,他还是很高兴眼前的这个人是自己的父亲。过了一会儿荣太郎又说:"你也变了,可能是战争磨练的吧。""磨不磨练的,可能是对英语也没了兴趣,人都变得愚笨了。"他谦虚地回答。"不是,只要人还清醒,显得愚笨也是好的,有知识的人如果不显得蠢笨,国家是要灭亡的。"父亲的话一时很难懂。

"那么,你想往哪个方向发展呢?"这个问题让父子间的对话进入了另外一个正题。"正犹豫不定呢。是去报社,还是进商社,或者是像父亲一样到政府部门呢。"荣太郎想了很久才回答说:"不,还是不要当官了。"他清楚地回答,理由则是："按照现在的状态发展下去，日本的民主主义必定演变成群愚政治。愚昧的群众选出来的都是些威风八面的家伙。当然中间也会出几个名人吧。那些家伙身处官差之上，想一出是一出。当然，这个世界充满了矛盾。愚昧的群众又会把怨言全都推到官差身上。"他嘴里嘟囔着，把平时积郁的满腔愤懑全都倾诉出来。之后又想了一会儿，说："报社虽然也挺好，可是总有一天会感到每天做的事情都是虚无的。那个时候再换就来不及了。当官说起来也是一样，以后应该还是以经济为主吧。"

忠一郎回答说："知道了。我本来想选个能用得上英语的工作，不过反正不做做试试只靠想象还是没用的。"荣太郎在纸条上写了一个国有铁路总务部的男人的名字，交给他说以后盖房子时可以找这个人帮忙。

忠一郎马上就给母亲打电话汇报自己在门司跟父亲长谈的具体内容。虽然已经商量过要尽快地盖好房子，父亲对此也很热心，不过在这样的时代里就算有了家，也是在风雨中飘摇的家吧。

母亲却说："不管怎么都好，反正要尽快，我早都待够了。"她只顾得发牢骚。"那么说对收留你住下的舅舅是很不公平的。"他提醒道。"本来就是那样的嘛，我是不会撒谎的。"她声音尖起来。忠一郎匆匆挂了电话。舅舅肯定也早都厌倦了吧，他想，于是觉得母亲很可怜。忠一郎一边继续担任英语会话学校的讲师，同时由于阿房的参与，配发资料的工作也轻松了许多，他又开始去听经济学院的课了。课程主要有经济原理和国际贸易论等。

忠一郎每个月会和阿房及村内权之助召开两次交流会，有时会找来英语俱乐部里帮忙的成员参加，决定课堂笔记印刷的份数和商量改善配发的方式。

一年过去了。夏日来临的时候，阿房提出，为了能够比现在更加有计划性、合理化地做好这份工作，不如成立个有限公司或是株式会社。并解释说，按照那种形式经营的话，既能用支票给印刷所付款，从信用金库借款也会更方便一些。压根儿都没有想过成立公司这种事情的忠一郎非常佩服地看着阿房。

村内权之助则明确地说："我也担心毕业以后就不能再做些学生的事情了。如果是公司形式来做的话在这方面就好办多了。我也赞成。"已是最后一个学年的忠一郎却很担心："可是，那样的话就算毕业也不得不继续做下去。""不啊，那个和这个是两回事。"阿房说，在一起商量之后，忠一郎发现自己对于经营这种事情非常无知。"原来如此，这样可不行啊。我一点知识都没有。这样就算进了民营的公司也没用啊，这可怎么办好。"不由得为难起来。"既然是阿关你自己开创的事业，就从成立公司开始继续做下去不是很好吗。我也只是有书本知识罢了，不如我们一起做好了。"阿房说完，这事就算定了。

即将出发

　　忠一郎在次年秋天通过入社考试来到一家商社。盟军宣布了财阀解体指令，K社便是财阀系综合商社被分割出的一家公司。忠一郎从进入公司起便成为众人瞩目的焦点。他英语能力出众，在学生时代起就创立公司担任社长，在学校时虽然成绩平平，但却具备远超其上的实战能力，作为新入职员得到很高的评价。"如果能够进入公司，这个讲义记录分发的公司你打算怎么办？"面对面试考官的问题，他回答说："马上就会辞掉彻底地做个商社职员，继任的人都已经定下了。"此时想说的是"就是缅甸战场上的战友"，但并没有说出口。这么讲要是反而引起面试官的兴趣，询问起他战场上的事情，他可能无法作答。不知怎么就觉得自己会变得无法平静、心绪大乱。

　　考官深深地点了点头。无论如何竞争都是极为激烈，不可能每个人都花很长时间。入社之后忠一郎才得知，面试时主要提问的考官是人事部门常务负责人，他跟父亲荣太郎在大学时是同届生。父亲与那个常务曾有一段时间同在一个俳句爱好小组。曾在军队知道一个庞大的组织如何运作的经验发挥了作用。同一期进入公司的职员在忠一郎看来就像小孩子一样。公司的上层时常梦想分割了的公司能够重新统一回到往日的综合商社。因此他们处处注意不要与彼此在工作上产生竞争，美国区域由忠一郎的公司来负责。他是在作了一番调查之后才进的公司。重建新家的事情如荣太郎所说在顺利地进展着。

公共企业组织国有铁路起步后荣太郎就辞职了，运输部虽然仍有些影响力，不过在形式上还是由民营的相关技术人员来担任所长。只是用了大概一半左右的退休金，就在砂土原町的地方就盖成了新家的房子，而且就在原来家的附近，这已让母亲静江心满意足了。忠一郎终于能够从父母都在的家到公司上班了。终于能在东京共同生活，父母之间也终于恢复了宁静的状态。

忠一郎在新人的公司中归属于纤维部门，每天学习贸易实务，忙得不可开交。他一边当心不要沦为只给人打杂的小服务生，一边担任翻译，与所谓GHQ的盟军总司令部交涉，除此之外每个月还会向阿房询问他接手的讲义记录分发公司的事务。

二十六岁的忠一郎精力充沛，充满干劲。关荣太郎每天乘坐中央线到位于丸之内的研究所上班，从半年前得知朋友要在前桥往赤诚山的山林里建石楠花园，于是每周末都过去帮忙，从不待在家里。终于把兴趣爱好转化为现实的荣太郎又重新焕发出活力来。

对东条前首相等战犯作出裁决的远东军事法庭于1948年11月12日作出判决。但是并未发生荣太郎所预测的天皇退位的事。可是对这件事谁都没有提出任何疑义和疑问，战败后皇室的问题成为禁忌而遗留下来，经济略微复苏之后，整个社会全都奔着物质繁荣的目标齐头并进。

母亲静江虽然还会抱怨战败前常去的小酒馆和鲜鱼店都不在了，不过她让一个丈夫死在中国大陆的女人住了进来，生活又逐渐恢复到从前的样子。为了把母亲接到东京来，忠一郎虽然做了力所能及的一些事情，不过还是父亲资金的力量要大得多。虽然身边有一边打工一边看讲义复印考学分的学生和好不容易保留下来的豪华房产，却在犹豫是将其抵押还是租赁给盟军将校居住的原贵族女性。他自己的家终于排除了种种困难，重建了家园，这一切都让他备感骄傲。

然而，后来发生了一些事情。从法国来了一个近亲团，为了说服那些不相信日本已经战败的移民，而专门来日本收集资料；还有在同一所大学"光俱乐部"的学生社长，成立了高利息的金融公司后却在现有银行法和物价统制法令的追逼下自杀了，读到这些新闻时，原本自豪的感情没什么理由地转变成了罪恶感。

每当这种时候忠一郎就会想，能从战争中活着回来，才使得自己拔得头筹，最先恢复了正常生活。如果没有遇到那个决定跟缅甸女人过一辈子的军曹，自己就不会在勃固山脉上负伤、失去意识，就会与幸运擦肩而过。无论多么遵循体制，也不可能像现在这样提前解脱出来。一贯严格遵循体制的人一旦体制崩溃，他也会跟着崩溃。

每次想到自己是老天开恩才得以生还，忠一郎就又像上足发条一样全身充满力量。忠一郎所在的商社，慢慢成为由纤维、钢铁、肥料、化学制品和电气制品等各种部门组成、分开预算并互相竞争目标完成额度的组织结构。问到这种变化的原因，就说是以促进贸易而帮助恢复经济。而每天把员工笼络在一起的就是"誓死也不能失败"的感情。忠一郎也是其中的一员。事实上动机其实非常简单明确，"既然开始了战争，就一定要胜利"，忠一郎觉得这与军队的法则非常相似。现在战场上的事情逐渐离自己远去，远到自己也无法相信曾经身处其中。可是有些场景却历久弥新，如在眼前。只能说这是一种奇妙却沉重的体验。

那时，总司令官麦克阿瑟请来道奇大使作为经济政策顾问，整个经济界因他的结构改革论而掀起轩然大波。被称为道奇计划的那个策略是"切断日本经济依靠美国援助和政府补贴金这两条高跷腿"。为了实现它必须采取财政紧缩政策强硬地控制通货膨胀，这让实际操作起来的大多数经营者压力很大，纷纷表示反对。

可是对方是战争的胜利者，拥有绝对权力。对于"动之以情，晓之以理"之后仍然不接受的人，有些人的意见是经济组织的领导者无法承担责任应该辞职，也有意见说辞职的人是在逃避责任，对话开展数次都无法得出结论，僵局持续了很久。忠一郎所在商社的社长，也是因此而烦恼的一名企业领导者。

这种让人郁闷的日子里，朝鲜战争爆发了。次日，即6月26日，忠一郎一上班，公司的人都充满了活力。召唤属下时上司的声音明显大于平时，职员之间的交谈也都活泼很多。曾是纤维方面业务负责人的忠一郎听到上司说："真是神风啊！战争中一次都没吹的神风现在终于降临了。"

忠一郎心想，果然是经济圈里的人，这么想倒也情有可原，不过还是觉得哪里不太对劲。或许是因为他经历过战争吧。从来没有经历过战争的人，会因为朝鲜战争的爆发而欢呼雀跃，称之为"神风"无可厚非。不过在战场上亲眼见过战友惨死情景的人，却要成为多么"经济"的人才能如此毫不掩饰地感到欣喜？忠一郎的心情很沉重。如果战争开始，那作为自由主义阵营的日本就要作为兵站基地生产武器和弹药，为了发展军工而不得不鼓励生产。道奇的那套理论则完全可以作为理想论调而高置于神坛，不去理会了。

怀着这种别别扭扭的心情又过了三个月。将近四个月的一天，他收到了英语会话学校一位做钢琴师的学生的来信和邀请函。里面写道："因为不知道老师家的地址，所以请允许我将这封信寄到学校去。"信里提到教自己弹钢琴的恩师年岁已高，所以想要回到欧洲的祖国，自己作为老师教导过的众多学生的代表之一，主动请缨将老师一路送了回去，为此而不得不中断了关老师的会话课程。叙述完自己没有把他的课程坚持到最后的前因后果，又说："在欧洲时我得到了三次在小会场表演的机会。承蒙大家厚爱反响还不错，受到鼓舞的我打算这次在东京办一场独奏音乐会。希望您百忙之中能够前来捧场。"

打开同时寄来的宣传单，忠一郎才知道她是一名叫浦边晶子的钢琴自读音乐学校的学生。在众多初出茅庐的商务人士和在丸之内一带工作的女性当中，浦边晶子显得非常特别。忠一郎想起，每当她的身影离开教室的时候，他会感到隐隐约约的遗憾。进入商社后大约一年的时间，忠一郎从未去听过音乐会。从他记事时起，他就在耳边净是各种战争报道的环境里长大，即使曾对英语文学感兴趣，那也仅限于读书，很少有欣赏西欧音乐、芭蕾、戏剧之类的机会。

可是忠一郎也曾经想过，如果不了解欧美的文化和艺术，那在国外工作的时候恐怕就不方便了。他不知道印刷在宣传单上的舒曼是怎样的一位作曲家。在演奏曲目中，就算"儿时情景"让人的想象有所着落，而"克莱斯勒里安娜"则是见都没见过的名字。他出门到银座买了一本关于舒曼的书。

音乐会在位于神田烧剩下的公立女子大学的礼堂里举行。就在前一天，最早出现的枯木向人们宣告了冬天的来临。这一天也非常寒冷，忠一郎不由得想到，对那些仍住在防空洞里的人而言，这一年的冬天怕是很难熬的。

好在，可能是在欧洲表演之后的好评被广为宣传的原因，虽然是新人的独奏音乐会，挺大的会场也黑压压地坐满了人，让人忘记了冬日的寒冷。

浦边晶子身着红色裙摆的长连衣裙出现了。面容清秀的她，又是整个舞台的主角，看上去更加充满魅力。由一段段短小的曲子构成的"儿时情景"连忠一郎都听懂了，具有浪漫情怀和忧郁气质倾向的舒曼对于孩子这一存在情有独钟，他因领会到解说里的这种含义而感到非常欣喜。那同时也是他发现自己也可以理解音乐的喜悦。

附上音乐会门票的信里还写道："结束后请到后台来，有件不情之请的事情相求。"不过在休息时间开始时，他更想看看来听音乐会的都是些什么人，所以还是走到大厅里。

果然还是学生以及像学生的人多些，没有看到年纪大的商务人士。

窗外已经完全黑下来，今天风大，星星的明亮光辉仿佛在告诉人们室外有多寒冷。

晶子椅子的右下角放着填满炭火的火炉，忠一郎想起曲子的空隙间她搓着手掌暖手后接着弹奏的场景。

在忠一郎看来，那恰是即使在那种环境中也仍没有放弃音乐的她的写照。

接下来在听"克莱斯勒里安娜"的时候，他的意识已经完全忘记去思考自己能不能理解这个问题了。

他在节目单里读到，这首钢琴曲是从一位叫做霍夫曼的浪漫主义作家的以克莱斯勒里安娜为主人公的短篇集得到灵感，而谱写出来的。那个主人公，在成为音乐家的理想和现实的矛盾中挣扎苦恼。舒曼写道，他从那位主人公身上看到了自己的影子。可是，这些知识从演奏开始后就了无踪影，忠一郎马上就被抑扬顿挫的音节所营造的气氛吸引并陶醉了。结束后他情不自禁地鼓起掌，还萌动了自己也要找到值得投入自己全部身心的东西的想法。

不过，即使先全力以赴地做好商社职员，还要走多远才能找到自己这一生的目标呢，他不免有些惆怅。在战争中负伤、被捕、好不容易回来的自己，似乎灵魂已经缺失了一部分，总是难以对现实之外的事情付出热情，他总是觉得自己已经变成这种人了。忠一郎逆着人流，向后台的入口找去。朝鲜战争爆发之时，正是自己对身处时代的经济领域没有信任感的时期，他来听了浦边晶子的演奏会。

此时仍是寒风瑟瑟的黄昏，在从战火中幸存下来的寒冷的礼堂里听到的舒曼的作品把忠一郎从现实里拉开。尽管从收音机里听过些片断，这第一次的现场版演奏还是增强了这种效果。这就好像是在他的心里堆积了层层落叶的部分，深深地插入了一把叉子。好不容易找到了通往后台的路，打开门，忠一郎意外地被里面挤满一群手持花束的人、其中多为年轻女性的场面惊呆了。

正踌躇不定时，最里面出现的浦边晶子发现了忠一郎，大声叫道："关老师。"那些少女年轻粉丝齐刷刷地向他看过来，忠一郎想不到会突然发生这种状况，不由得面红耳赤。

晶子友善地接应着一个个递过来鲜花和小礼物的年轻女性，一边喊道："关老师，这边，这边。"他不得不从女孩子们中间分出来一条路向里面走去。

还好，晶子的后面有几个貌似评论家和记者的男人，忠一郎心里才多少觉得踏实一点。晶子的所谓请求，其实是下个月在派尔剧院有场以美军及其家属为主要听众的演奏会，想请他务必来参加。因为肯定会有美国的特派专员出席，在与其交流的时候，只是一味以东方人的谦虚应对是不行的。然后她又说"拜托了，除了这个就没再想别的了"，连连对忠一郎鞠躬作揖的样子。

被晶子目不转睛地注视，让忠一郎完全地失去了抵抗力。"是什么时候？"他问。"谢谢，这位是我的英语老师，这位是音乐事务所的林先生。"她介绍了身边一位四十岁左右的男人后，又恰好走到刚进来的一个白发外国女人的位置。

忠一郎是独生子，无论在他成长的年代里还是现在，从来没有和同年龄段的女性一起在路上散步或是喝茶之类的。在他入伍前的记忆里所有的女性全都穿着劳动裤，肩上都斜挎着布带。

对这样的忠一郎来说，浦边晶子不仅成了第一个异性朋友，更是活泼可爱、魅力四射。不久后街上的饭店和茶室也多了起来，商店街上建筑也加紧修建，以往的热闹情景又回来了。因为家里空间太小不能听音乐，为年轻人服务的音乐餐厅也多了起来。

忠一郎下了班也会去新宿或是银座的音乐餐厅，一边喝着咖啡，一边在听上一首交响乐的时间里记住一些音乐词汇。这是为了能给晶子当好翻译。

在公司里尽力避免被大家当做英语辞典使唤的忠一郎，却为了晶子的请求而格外努力，一心一意想要为她做点事。

在作这种准备时忠一郎发现，欧洲音乐的大部分取材于源远流长的古典文化。所以，如果不事先记住点著名的诗歌和戏剧作品的话，往往会翻译得驴唇不对马嘴。因此，必须要对文化和艺术思想的变迁历史有些哪怕简单的理解。忠一郎的内心有些惴惴不安。与浦边晶子开始交往之后才清楚地发现自己的知识是多么的有限。而且，贸易实务也好经营学也罢，这些又都是生存的保证也必须要时刻放在心上。为了把这么多的事情处理好，还未满三十岁的忠一郎所能做的，就是尽量地缩短睡眠时间用以学习，还有停止与不务正业的朋友交往。他决定首先戒掉通宵麻将及喝酒聊天到很晚才回家的习惯。

这样的话也许会被人想成是不好相处的家伙。这个恐怕要妨碍他出人头地了。还有一点就是，和晶子见面多了之后，他发现自己对于女人的想法和感受几乎什么都不懂。由于军队和俘虏的生活经验，他本来觉得自己还是能够理解别人的想法、动机和行为的，可是对方全部是男人。一次，他带着公司的一个女同事一起去看晶子的演奏会，让晶子非常生气。忠一郎完全不明白那是为了什么，于是很狼狈。可以说这算是晶子表露心意的标志，不过忠一郎却完全没有领会出来。

忠一郎对浦边晶子的情谊以一种令人吃惊的程度始终持高不下。

在此之前，也可能是没有上心过，不过他一直认为恋爱什么的是不会发生在自己身上的，他没有理由地这么想。当时大展拳脚成立讲义记录分发公司的时候，曾有过一个帮忙的图书馆的女职员对他说"我喜欢阿关"。那时忠一郎的第一反应是"天啊天啊"，更多的时候，想到的却是"我对你还没到那个程度"这些说也说不出口的话。

忠一郎并不认为是自己不够上心。在学生里常常会被当做前辈的原因，当然有因为战争的关系年纪比别人虚长几岁的因素，不过更多的则是在战场上曾经出生入死的经历，让他觉得自己早已远离了年轻人才有的烦恼和迷惘，而习惯了面对现实。

与浦边晶子的相遇，让这个本已得到确认的事实发生了变化。这并非由于音乐，也不是受到她精彩演奏的影响。那些因素可能是让环境发生变化的原因，可是真正改变的却是忠一郎自己。

这种改变，是她的魅力在他的心里衍生出的，可能也是走出战争经历的新的一步。不过忠一郎却愿意把它想成是一种新生的保护层，为了看不到战争留下的伤痕而将其紧紧地包裹住。

对于自己对晶子的高昂的热情，他很欢迎它的来临。他像所有恋爱里的年轻人一样总会心神不宁，不过这样才是正常人嘛，他与以往不同地反而鼓励起自己。

为美军家属举办的演奏会获得了成功。刚开始弹奏的是乔治·格什温的前奏曲等，之后又是李斯特的奏鸣曲，这种曲目搭配有效地突出了弹奏技巧，听众似乎也极其享受。结束时，在东京的外籍记者纷纷邀请晶子到俱乐部里举办演奏会，这也表明了在派尔剧院的音乐会大获成功。

那时，在浦边晶子的身边，忠一郎感到他看见一个女性演奏家已迈上了通往成功的阶梯。一个成功的发生会令人信心大增，从而打开另一扇通向成功的门。

当然，这之前潜心钻研的过程、掌握技巧、让自己能够很好发挥的智慧都是必不可少的，对于企业、商务人士大概也都是同样的道理。

不论发生什么事，晶子每天都在上午练习基本功弹琴至少三个小时，下午则是试弹下一场演奏会的曲目并为其设计风格，还要为此阅读相关的资料，过了三点会睡午觉，在傍晚时醒来。演奏会大多都在傍晚以后，所以平时就要让身体习惯同样的生活节奏。"每个人有不同的方式，不过对我来说就是这样。"她对忠一郎解释道。作为一名演奏家，就必须时时刻刻把音乐放在心上。有了恋人也好，家人生病也好，就算遭遇事故也不能打乱生活节奏。与之相比，自己这个工薪族的生活已经很不错了，忠一郎想。他只能在没有演奏会时，傍晚之后到夜里的时间才能见到晶子。对她来说，日子并没有星期几的分别，他平时都要上班。有时第二天很早就要开会，因此前一晚便不能喝太多还要早睡。和晶子谈了恋爱之后，他慢慢过上了紧张忙碌又要早起的生活。喜欢上一个人后，就会想要知道对方每分每秒的样子，并会因此而感到不安或者感到妒忌，还会为将来的种种而苦思冥想，这一切忠一郎都感受到了。他和晶子，一个是刚开始迈上成功之路的钢琴师，一个是区区一个商社里的小职员，想到这种地位的差距，也难怪他会觉得惴惴不安了。至今为止，和向自己倾诉感情烦恼的朋友比起来，忠一郎曾觉得自己并不多愁善感。或者说，本来也是一个重情的人，是战场上的经历削弱了那种情感吧。可能晶子会因此觉得他更好相处。也可能晶子是把忠一郎的淡泊之情当成了一种温和。

两个人安排出时间来，在春天伊始之时一起去了三浦半岛尽头的城之岛。

那天不巧下着雨，天气虽仍然让人感到寒冷，绵绵细雨似乎已经预示了春天的来临。

二人告别了从家里一直把她送到车站的浦边晶子的母亲，在品川坐上京滨快速列车。天气好又正赶上赶海潮的季节，本来以为人会很多，因而这场雨却来得正是时候。忠一郎想。

晶子的母亲只允许她这一天上午可以不用练琴，爽快地应允了女儿和忠一郎外出，这让他感觉很好并踏实了很多。"妈妈真是啰嗦。"晶子说，忠一郎说："还好她信得过我。"她又笑道："你对上了年纪的人还是挺有一套的。""那可能也是我的缺点吧。"忠一郎自言自语地说，想到自己从中学毕业起就已在父母之间当起联络员了。两人一起沿着沙滩向城之岛的方向走着。即将过桥的时候回头看去，两人走过的足迹时而分开时而重合。依傍长津吕而搭建的灯塔在雨中安静地伫立着。波浪冲过相模滩，又化做小波浪缓缓地靠近过来。

"从去年年底在共立礼堂见到你后就想和你一起来看海。"忠一郎说，他给晶子讲述了在印度沙漠附近的战俘营里待了近一年后才得以归来的经历。

"当我看见知多半岛沙滩上的波浪时，就想，我先回来了，那么多伙伴都已经死掉，我却能回来。"他坦白地讲道，"大海的蓝、沙滩的绿，看起来是那么漂亮的小岛，心里不由得感到难过极了。"他把当时的心情毫无保留地说出来。他又解释说，南方的海滨流淌的是河水并因此而浑浊，所以大海并非都是碧绿的。

晶子说："你在经历那些苦难的时候，我在下田。妈妈毕业于音乐学院的声乐系，父母从那时起为了不让我荒废了琴功提前就把我一个人疏散了。我也是因为弹钢琴占了便宜才活到战后的。"她也非常直率，"我的老师是德国人，这也是我运气好。因为是同盟国，所以才没有被捕，能被疏散到下田来。"为了能一边看海一边好好说话，两个人走进忠一郎事先找好的位于油壶的小酒店。

浦边晶子不经意说的"弹钢琴占了便宜"的话忠一郎始终都没忘。现在活着的日本人都是想在什么地方耍点小聪明，或是希望能突然遇到什么好运气的事儿。他在想自己属于哪一种。因为走运，所以要感谢上苍，为国为民拼命工作的说法，让忠一郎觉得肯定不完全是实话。

前一年的公司决算数据估算还不错，似乎能够偿还在此之前的不良资产，这也确实是6月起开始的朝鲜战争的结果。因此，称其为"神风"令整个公司都欢欣雀跃也是自然而然的结果。

随着时间的推移，忠一郎觉得自己也会终将身不由己地成为其中的一员。钢铁公司的工厂日夜三倒班地忙碌着，储煤厂也空了，拨付所在的高获碳矿也开始因为人手不足而怨声载道。

忠一郎所属的纤维部正忙着为工厂供给原材料，因为他们为了保证美国士兵的需求连旧设备都用来进行生产了。中国的解放军对北方的支持造成大批美军阵亡，这也大大增加了日本的朝鲜特需。战争越惨烈就越好。道奇大使已回国，在喜欢战争的麦克阿瑟将军的指示下，日本经济又转变为灵活利用朝鲜特需而使产业结构合理化的政策。从城之岛回来以后，忠一郎和浦边晶子两个人便每周见一次面，平时如能相见则去一起看看电影、吃个饭，心情好了就一起去看看画展。不知何时自己所喜欢的女人已经出现了，忠一郎在心里暗暗地吃惊。他不能相信那个一纸募集令下来就令万物改变的时代已经过去，其中也夹杂着对于目前生活的怀疑：不用去设想会发生什么大的改变，只要把每天踏实地过完就好。他想起缅甸军方放弃仰光的时候，军队司令部的伟大军人们，让当地开日本餐馆的女人们一起上车撤退，还有高级将校甚至让其一起乘坐飞机逃往新加坡。地方军司令部的逃跑并未向仰光防卫司令官汇报，这让忠一郎和阿房非常愤慨，他现在还记得在军队中传唱着的小调："女人坐的战斗机，军装中的黑发/已剪短，装作/是男人/跟着走，一路追随。"

忠一郎回想起战争时对军队上层的腐败极其愤怒，并已习以为常。可是回到日本之后他逐渐想明白了，被带到仰光的女人们除了依赖军队，再无其他出路。不仅她们，那些听到敌人脚步声就带着女人抱头鼠窜、丑态百出的将军们，其实不也很可怜吗。

如此这般，置身事外似的回想以前的事情，忠一郎也暗自感到恐惧，自己怎么就变成了连生气的力气都没有了的人呢。喜欢上浦边晶子，让他从只为自己而得名的"战场症候群"里迈出一步走了出来。从这个含义讲，晶子也是很难得的存在。如果还要继续追究原因，也可以说是能爱上女人让他自己放下心来。在此期间，他曾被前辈带到这几年逐渐多起来的小酒馆。可是忠一郎在那种地方并不觉得踏实。店里还挂着所谓战争未亡人沙龙的牌子。他无心去深究这个沙龙是真是假，他只是无论如何都不能向店里的女人说起自己曾在战场上经历过的事情。

战争结束已经六年了，忠一郎仍然不能忍受挂着"战争未亡人"标牌的那种借机赚钱的感觉。他往往以肚子疼为借口一个人仓皇无措地先离开。

那个周末见晶子时，忠一郎跟她坦言说起在这个小酒馆时的感受。

"我就是相信这样的忠一郎，我喜欢。"她却说。"做买卖的难道连那个也非要用在生意上不可吗，我时常会感到很不可思议。"忠一郎试着把"朝鲜战争神风论"之后的心路历程都说了出来。"要是那样的话，那岂不是很低劣的买卖吗。"她的回答很简单。"这么说，是的。"虽然这么回应了，他心里却仍有些没有完全释然的感觉。可能是这种情绪作祟，公司内部作自由讨论时他提出"战争结束的话特需带来的景气就会消失。那时，提倡不依赖特需而提高产业能力的政策就会出台了"的主张，引起了领导的注意。

朝鲜战争迟早都会结束这一观点，在这一年4月11日以麦克阿瑟将军被解职时被证实了。可是经济界却仍然希望战争能够长久持续下去，这种乐观的预测，只能理解为杜鲁门和麦克阿瑟这些人太过偏执。正因如此，他以"战争结束的话特需带来的景气就会消失"为前提所作的发言，令晨会上集聚一堂的商社职员们大为动容。不过若要这么讲的话也确实不无道理，机敏的常务以及其他两三个与会成员马上意识到了这一点。事实上，纤维产业已经开始推广缩短工时的政策了。

"这么说的话，会从哪个部门开始受到影响呢？"对于常务的问题，大家纷纷提出了自己的意见："提高基础材料生产产量，就是操作机械部门。""扩大出口竞争力强大的部门。""生活产业。"

这天早上忠一郎意识到，能够冷静地审视将来往往能够开拓出新的局面，他不禁惊叹于头脑奇妙的构造。同时，由于已经与美国缔结了讲和条约，商社在海外设立分店迟早将会得到认可，为此常务已经得到上级的指示，需要暗中储备相关人员。这天早上，他更加坚定了人选规划，让忠一郎作为员工参与到前期阶段的准备。

约一个月后，忠一郎被常务叫去谈话，地点在日本桥的小饭店。如约到达没多久，常务就一个人上了楼梯走过来，说："今天跟你谈话的内容与人事安排有关，所以请一定保密。"语气显得非常神秘。不过从谈话的情形来看，应该不是与结婚相关的话题，忠一郎大约听明白以后，心里松了口气。如果是跟相亲有关，含糊不清的答案难免有欺骗之嫌，那样的话就只好把浦边晶子的事情全盘托出了。

不过，若问自己究竟要不要和她结婚，忠一郎却还是觉得自己对此没有足够的把握，这倒让他有点意外。常务好像对忠一郎心里的波折毫不知情，说："咱们公司为了不输给别的公司，现在正计划在美国成立分店。"后年4月之前应该能够取得许可证，按这个计划，起初要派四五个人，两人作先锋，想让他作为其中一名到纽约去。他说。忠一郎迷惑了。能被选为成立美国分店的预备成员，是很荣幸的。这也证明他的能力被承认了。几乎可以认定，他将来可能坐上董事的位置。

可是，在这种情况下，和晶子的关系又将如何呢。她的目标是能成为国际知名的演奏家，并参加欧洲的著名比赛，获得大奖。为此，她不会放过任何一个弹奏给外国人听的机会。常有曾访问过美国的欧洲作曲家和音乐制作人来到亚洲，巡游日本和旧殖民地后再回到欧洲，晶子从未错过一次在他们面前演奏的机会。每当此时忠一郎多会在场，不过二人的关系其实仍处于公开于世之前的准备期，任何一方若率先有所动作，二人的关系便会发生重大转变，恋爱正是以这种间不容发的平衡性为基础的。忠一郎的美国之行打破了这种平衡。他想到晶子其实也可能要到纽约去。不仅纽约，在费城和波士顿也有很多被希特勒追捕下迁移到美国的音乐家。其中应该也不乏与日本关系颇深的雕刻家和画家。

忠一郎想起了在战俘营里结识的原口俊夫，他说为了能回日本必须要先回美国一趟，如能跟他在博多做酒水批发的家人打听，可能会有消息吧。

经过再三权衡，忠一郎发现问题的关键是浦边晶子想要和自己发展到什么程度。这么一来他又没信心了。他现在还总会听母亲静江说起她在音乐学院声乐系时，为了嫁给荣太郎而放弃了做歌手这条路。妈妈每次提起这件事，表达的方式会有所不同，有时是："就因为嫁给你爸，就又少了一个女高音歌唱家。也不知道你爸是怎么想的。"还有时，又会说："虽然说结婚了也能继续从事声乐的工作，可是我哪里知道政府官员会经常转岗。你父亲根本就没跟我说过。完全是把不谙世事的我骗到手的嘛。"

忠一郎开始苦恼该怎么对晶子解释到美国去的事。虽然名义是出差，可一旦成立分社的事情得到确认，怕是也会因为转岗而在那里待上四五年。照不好听的话讲，这听起来就跟说"那就分手吧"一样。

常务不让他说出去，所以也有个办法就是不到最后不说出来。可是她又是何等聪明，总是会猜得到吧。要是早说出来，倒是可以在纽约觅得个音乐事务所，或者以她的表现甚至可能归属于某个音乐学院。

虽然并不是征兵通知书，忠一郎却从未想过要拒绝出差。那毕竟是很有挑战性的好机会。考虑的结果，忠一郎在第二个星期俩人见面的时候，就把事情和盘托出了。"是么，真的，恭喜，这可是个好事啊。"晶子的声音明快而喜悦，忠一郎有些扫兴和失望。

"不过，"反倒是他提到，那岂不是两个人今后就很难相见了吗。"你要是去的话，我也到美国去学习。"晶子的回答让忠一郎颇为感动。她完全凭自己的技能而奋斗，从不像他似的总是作为组织的一分子。

和常务组成先锋队的两个人定于5月赴美。那天羽田机场汇集了五十多人的送行队伍，其中大部分都是来送现任纽约事务所长的常务塔之泽的。有一个中年妇女随随便便地走到忠一郎面前，对他说："这位就是关先生吧？我是塔之泽的爱人。您能和他一起过去我放心了许多。我丈夫总是我行我素，一定会给您添不少麻烦，请您多多关照他。"

慌慌张张地回礼之后，忠一郎又回到了大学时一起做讲义记录分发的房义次和村内权之助身边。"这也太夸张了，不觉得吗。"阿房说。"也不，这其实是以前从横滨还有神户乘船到海外的那个年代留下的风习吧。"已经转到经济学院商业学科的村内权之助刚解释完，浦边晶子就赶来了。忠一郎把她向阿房和村内介绍过后，又拜托他们："我不在的时候有什么事情要帮我照顾她。"

在一群稍远的人当中，忠一郎看见母亲静江正在与塔之泽寒暄。恐怕又在说什么"我是与您同去的关忠一郎的母亲。我知道他才疏学浅又不懂规矩，请您一定多关照他了。"突然想到，他还从未把浦边晶子介绍给母亲，不过又当即决定顺其自然以后再说也罢。这种送行的盛大场面正反应了塔之泽喜好形式的口味，忠一郎想到这个不免心事重重。

这时广播响起，到了登机的时候。塔之泽的手抬起来后，不知谁叫了声"万岁"，紧接着一呼百应众人跟着纷纷喊"万岁"。忠一郎走到机舱里才觉得终于舒了一口气。这时塔之泽走过来，提醒他说："我的座位在最前排，不过我想要好好休息一会儿，所以最好别过来找我。实在有急事的话请让乘务员递纸条给我。"

飞机起飞不久，正当忠一郎迷迷糊糊快要睡着的时候，又被乘务员叫醒了。

"我现在开始休息了，请不要叫醒我。"递过来的是塔之泽写的字条，还写上了坐席编号，刚刚明明已经说过了。忠一郎想。按这个情形看，在纽约的每一天都够受的，他不禁头疼起来。

升空平稳后不久就开始配餐了。忠一郎被收容在野战医院时，曾对美国优越的物质水平印象深刻，这次去纽约应该会再次感受到这种物质的丰富性吧，同时，他又想到，对于如此美味的食物，总是神经紧张的塔之泽怕是没有心情享受了，不由得有点可怜他。葡萄酒让他心情舒畅，不久就坠入了梦乡。中间有一次特别猛烈的摇晃，忠一郎不知为何梦到了自己正在穿越印度洋边缘的安达曼海。

战争结束时被返送回国时他在QUEEN MERRY号的船舱底部颠簸的记忆，和昭和十八年年末他穿越中国南海的记忆在忠一郎的梦境里重合了。忠一郎醒了过来，想起刚才的梦，不知道为什么会在前往美国的路上梦到战争时的事情。

看见忠一郎醒来，坐在旁边一个看上去三十多岁的男人问他："你是日本人吧？是到美国留学去的吗？"忠一郎心想不如尝试着以到达美国后对待普通美国人的态度来对应，于是坦白地告诉他："我是刚进入贸易商社不久的职员。到纽约是想要学习美国式的经营方式。"对方于是说："我在一家叫作Peng&Weber的保险公司工作。这次来日本是为了调查将来开拓日本市场的可行性。"接着又很直率地问："你的英语说得很好，听起来根本不像是日本人。你是在哪里学的英语？"

感觉出这个年轻的美国人充满了友善，忠一郎回答说："我曾在缅甸战线做过学徒兵，不过败给了约瑟芬斯蒂文中将率领的盟军，作为战俘在野战医院待过一段时间。美国军人勇敢而且讲人道主义。我个人也是多亏了美国才能活下来。"对方也非常坦诚道："我喜欢日本。以后美国和日本应该彼此友好。"并伸出手来与他握手。

飞机经停夏威夷作机体检测和机仓清洁，旅客有两个小时的休息并可在机场吃早餐。忠一郎和常务面对面坐着吃饭。塔之泽比起让他来美国的那个常务，年岁要长很多，好像过去曾在纽约待过。忠一郎注意到，他吃东西的时候，颊骨上下蠕动，能清楚地看见他咀嚼的模样，并且吃饭时总在不停地用牙签。

机舱里坐在邻座的男人，举起一只手像是在说"Hi"，但又像对他视而不见似的朝一群男女聚集的地方走去。塔之泽看向忠一郎，像在问他是谁，忠一郎回答道："是飞机里坐在旁边的男人。说是在保险公司作市场的。"塔之泽提醒他说："如果最终能够讲和还好说，不过现在还是有些美国人一提起珍珠港，就立马翻脸了，还是小心一些好。尤其在夏威夷期间还是老老实实地待着吧。"

从夏威夷起飞后忠一郎服了几片安眠药，一直熟睡到旧金山才被叫醒。他不想让战场断断续续的梦再来烦扰他了。他曾经在地图上发现，从旧金山起飞后再经停芝加哥到达纽约还有很长的距离。一个国家就有三小时的时差，不亲身来体验根本无法体会到这里有多么辽阔。"要是早知道这里竟有这么大，在战争开始之前，就该能忍则忍了。"塔之泽在芝加哥机场说的话让忠一郎深以为然。塔之泽说，战前他是乘船经过巴拿马运河往返的，所以当时对面积的感受并没有像现在坐飞机经过这么强烈。"同样的，中国大陆的情况也是如此。况且那里还有五倍于美国的人口，在那里发动战争可是真不应该啊。"塔之泽又感慨地说。他留驻在纽约的昭和初年，日本主要的出口产品是茶叶、蜜橘还有生丝。忠一郎随即说："正是因此我才去了缅甸。""啊，你在那被捕受苦的事情我听说了。也正因此美国对你来说正是复仇之战。"塔之泽说。

忠一郎不明其所以然，只能随声附和地"啊"了一声。塔之泽接着又说起战前开拓美国市场的艰辛往事，忠一郎却总觉得那时的进出口不像是贸易往来，倒更像是沙漠商队在作交易。所谓的什么复仇之战，还有塔之泽所言的"我们就是突击队"之类的表达，他都摸不着头脑，不过他们正要向未知的美国商界作出挑战倒是事实，忠一郎想。

飞机在清晨抵达纽约。朝霞间洒射出的阳光明亮而耀目，飞机里开始播放《玫瑰色人生》的曲目。今后不知道还会有怎样的辛苦在等着自己。从佐世保乘船向南出发的夜里他的脑海中频频出现"命运"二字，现在浮现的是"挑战"。忠一郎整理好心情，暗暗对自己说，崭新的人生从此就要开始了。

妻子的自立

　　良也从长野回来两周后才知道妻子克子参加俳句协会的事情。那天良也把自己在松本市、长野县等几个地方所采访的关于杉田久女和上田五千石的笔记重新整理了一下，决定这两个俳句诗人卷的编辑出版方针，并根据出版方针重新选择收录的俳句，因忙于此，良也回家稍微晚了些。

　　晚饭后克子说："明天晚上我要出去下，不能准备晚饭了，你自己找个地方解决一下吧。"克子的语调听起来极为罕见的刻板，似乎在说难以启齿的事情。

　　良也不由得问道："什么事情啊？""本来应该早点告诉你。因为你出差了我也不知道你什么时候回来。就自作主张了。对不起。我参加了一个俳句协会。"听到这儿，良也在感到惊讶和放心的同时，赞成道："哦。这是好事啊。"

　　良也没告诉妻子，自己去长野出差，主要是回忆和初恋女友的过去，而自己见到茜的堂妹叶中知枝以后，又集中精力寻找消失的茜的踪迹。良也认为这个没必要跟克子说，不过也觉得有点内疚。他想通过小室谷弄到叶中知枝的联系方法，这些他都没有告诉克子。所以当克子极为刻板紧张地告诉他参加俳句协会这点小事的时候，他突然感到很狼狈。

　　可是克子丝毫没有觉察出丈夫的惊慌失措，她将两手合在胸前，说道："啊！

太好了！到底是我的老公。"良也看到这些，还是有点不安，问道："那个俳句协会怎么样？"

克子解释道，她们母校桃花女子高等学校的同学会上，有个最近获得俳句大奖的名人同学也来了。俳句协会的事情正是基于此。

因为良也的赞成，克子消除了紧张感，身体也自由舒畅了，说道："我知道你正在编辑出版俳句全集，而且你父亲也出版过俳句集。作为主妇的业余生活，这个是最不浪费钱的活动。这不是我说的，是兰子，俳号为'长谷川兰女'说的。"

那天晚上的同学会，玉川学园周边、町田、百合丘等地，住在东京西部周边的桃花女子高等学校的毕业生共二十三四人集聚一堂，主要是为了祝贺兰子获奖。宴会进入高潮时，跟克子关系很好的龙泽尚美突然提议："我们同学当中产生了第一位全国大牌俳句诗人。今天大家因为兰子而聚集在这里，借此机会我们成立个俳句协会如何？"

尚美好像提前跟兰子商量过了，继续说道："一个月一次活动，地点就在町田的旅馆，会费是一万日元。"说到这里还不住地回头看兰子，等着她点头，以期大家的赞成。然后进入具体的细节："我们这里有人有工作，时间上星期六或者星期五的晚上……"对此产生了不同的意见。同学中还有要看护老人的，还有替在国外的儿女照顾孙子的，还有因丈夫失业在超市打工的，各种情况的都有。意见不一，不习惯开会的女性在同学会上很难拿出正确的结论，接着她们转移话题又开始讨论女性的自立，认为日本男人都过于依赖妻子了。有人提出来："老了以后该怎么办？现在不教育丈夫的话，以后就麻烦了。"克子要帮助刚才提议成立俳句协会的龙泽尚美，于是表态道："我要参加俳句协会。"

良也已经了解到整个经过了，说道："明白了。这是好事啊！我希望你拥有自己的乐趣。我现在正在赶《两代人俳句全集》的出版进度，以后出差还会增加，这样我也就放心了。"良也滴水不漏地说道。现在良也想的是可能的话，尽快和知枝去趟京都，看看茜的老家。

良也从长野回来那天，感觉到家里的氛围和出差前不一样，现在了解到克子参加桃花女子高等学校的聚会，听到妻子参加俳句协会的消息，终于明白气氛变化的原因了。克子身上有种东西在变化，她在娘家所学的遵从丈夫的教育所带来的那种强制性的束缚消失了。

这种变化可以从她把头发染成栗色表现出来。也许克子的变化还更深刻呢。良也年轻时候做社会部记者的时候，一直以启蒙的立场来写新闻报道，按理说他应该是个欢迎妻子自立的男人。

可是，良也有点害怕克子的这种自立使她对自己这个做丈夫的，用更加尖锐的眼光观察和批评。长时间在长野出差归来以后，对于妻子的变化曾心存疑虑"老公要是一直都没有察觉到的话，估计是注意力被别的女人吸引去了。我还和尚美说过呢。"克子吓唬似的对良也说道。这话让良也很震惊。

克子是个坚信自己直觉的女人。只要她认为那个人不可信，无论怎么讨她欢心，怎么哄她，她也会置得失于度外，无论对方怎么搭讪，她就是一转身不搭理人家。良也不经意说自己做饭时候，就已经很危险了。克子只是随口说说自己的想法就通过他的狼狈相明白了。克子看出来就不跟他计较了，良也这才得以摆脱困境。

仅仅摆脱危险未必是好事，不过从紧张中能够派生出对人而言最重要的东西来。良也这样自我鼓励。良也告诫自己：在这个时候规避危险是十分必要的。还没有了解到茜在巴厘岛的具体位置，现在还不能去那里找她。在这之前，一定要多见知枝几次，和她一起解读茜的笔记，最好去趟京都，看看茜出生的地方。

"你涉猎广泛了，就会交到新的朋友。我觉得这是好事。我现在想编辑出版一部属于自己风格的战死者手记。"良也极其聪明自然地将话题转移到自己身上。"要去京都、熊本、北陆等地组稿，最近出差会很多。同摄影师菅野一起去。"良也进了书房才想起忘了问克子："你会做俳句了吗？"问完这句话接着就应该看看她辛苦创作的俳句，然后点评一下，也许这些是她所期望的。想到这里良也有点后悔。

不过如果真这么做的话，就已经过多地介入她的生活了。事实上自己并没有写过俳句，只是读了很多好的俳句，作为丈夫，他也想成为一个很好的协助者，对克子来说，拥有自己的时间是首要目标，至于能否创造出好的俳句来，就另当别论了。

夫妻之间最重要的是互不过分干涉，保持平和的状态。如果有孩子的话，那么两人之间就有了剪不断的情缘，但是现在在他们这种情况，把他们夫妻俩连接在一起的是什么呢？追究的话，就触及到究竟何为夫妇这个问题了。结婚近三十年来，性生活已经逐渐减少，甚至将来就不过了。

现在的问题是自己不知道克子想要什么。就如同克子也不明白良也在写什么文章、用词的感觉是老词还是新词一样。所以，良也听到克子说"要去俳句协会"，他感觉很唐突。是因为自己对克子了解得不多，因此才会无故感觉到莫名的不安。换个观点的话，和不了解的女子平静地生活带来的愚钝感，这才是引起他不安的真正原因。

自从良也知道了万绿美术馆的知枝是茜的堂妹以后，良也就越发地想了解茜的行踪，还有茜为什么要从知枝面前消失。因此他才忘记告诉妻子出差时间延长的消息。杉田久女所言的得不到社会的理解是不是也符合茜的情况呢？良也之所以如此热衷这件事是因为茜是自己的初恋女友却又突然之间消失了呢？抑或是她是自己青春的证明呢？良也想急着得出结论。自从和茜分开以后，自己所拥有的青春就消失了，这是为什么呢？

到了一定的年纪以后，关于青春消失这样的大众观点，良也不愿意考虑。那些被战争断送了青春的年轻人的记忆，大众观点无法解释，而自己想要重新找回青春绝对不允许把自己和茜的恋情妖魔化。

良也决定和茜结婚的时候，就已经感到青春逝去了。只是因为互相产生好感而结婚的，没有激情燃烧过。

一晃三十年过去了，回眸自己和妻子共同拥有的岁月。他做记者这行每天都很忙碌。有段时间长期待在社会部，需要细心追踪分析案件、学习经济知识、关注企业犯罪，良也把属于克子的时间都一心扑在工作上了。两个人新婚旅行去的是夏威夷。蜜月旅行意味着两个人新婚生活的开始。而此时自己同父异母的哥哥忠一郎的连锁公司NSSC急速成长，备受关注，良也也被看做是富豪家族的一员而备受困扰。

经常出差去采访，从来没有想过留在家里的克子是怎么打发时间的。一起出去旅行只有一次，那是因为报道一个名为"今日日本渔夫们"的连载，而去北海道采访，采访结束顺便就休年假，于是顺便带上了克子。当时克子极为高兴，把头靠在良也肩上说"简直像我们的新婚蜜月"。良也突然想起了观洞爷湖的事情来。

那是结婚十五年的事情了。既然克子这么开心，那以后就至少两年一次带她出来旅行，哪怕是国内也好。当时良也很自责，现在不知不觉中良也感到克子已经不在了。

当克子对他说，明晚要外出，自己找个地方解决晚饭的时候，当知道原因是她要参加俳句协会的时候，良也在一瞬间的反应是放心了。那他的那些反省自责又是何故呢？他自己的眼神都变得想捕捉住那不可思议的心思动向。

现在对良也来说自由就是能够充分地出去调查茜的行踪。为此必须要多见几次知枝。如果妻子自由的话，自己就能轻松地朝着目的努力，想到这里，良也的心一点点地往下沉。两年前，良也就考虑退休的事情，他告诉克子想从第一线的记者采访部调到出版部，克子难得能听到良也跟她诉说心声，既没有表示出吃惊，也没有反对。五十三岁的丈夫七年后退休，而克子并没有打算把退休后的丈夫纳入到自己的生活圈子里。

当时，摆在良也面前有好几种选择，一种是谋取个公司董事的职位，同期记者中也有人像小室谷那样旨在做顾问。良也不肯作出决定，一晃过了三年。他喜欢在现场的感觉，对做董事有排斥，主要是因为他不想像同父异母的哥哥忠一郎那样活着。

十年前九十五岁的父亲荣太郎弥留之际，才第一次让他跟异母哥哥忠一郎见面，当时忠一郎已经在全国创办NSSC连锁店，他年轻的时候辞去白领工作，成为屈指可数的创业家。

父亲的葬礼结束以后，刚从火葬场拿回骨灰来，回到忠一郎那里，他和律师便把良也叫到会客室里，打开了父亲的遗书。遗书上是良也熟悉的笔迹，主旨是"遗产两兄弟平等分配"。多年任董事的父亲写得很详细。两兄弟各分得遗产的百分之三十，其余的百分之四十中，百分之十分给已经去世的妻子的弟弟、担任碳矿董事的传田，百分之十分给良也母亲娘家的哥哥，最后百分之二十捐献给一直关照公司的运输省相关研究所。

"公司的股票怎么办呢？"忠一郎说道。律师陈述自己的意见道："虽说各自平等拥有遗产的百分之三十，最客观的分割方式就是请第三者客观真实地评价股票，然后按照全部股票置换的金额，每人各分得百分之三十，这样以后就不会产生纠纷了。"

良也说："我是报社记者，如果拥有上市的股票遗产的话，在伦理道德上可能会有问题。而且天天观察股价的涨跌也很麻烦。NSSC的股票还没有上市，还存在股票招募一事。如果方便的话，我想收现金。"

忠一郎冷冷地斜眼盯着自己的同父异母弟弟，自言自语道："继承遗产真是件妙不可言的事情啊。不劳而获嘛。"这话良也听起来很不舒服。他的言外之意是：我在创造NSSC的股票价值，而你只是坐享其成。良也觉得很没意思，沉默着。他就用这笔遗产建造了自己在玉川学园前的房子。

良也又思忖着要是自己也要自立的话，一门心思想着自立的克子会怎么办呢？想到这里良也立即打消了这种念头，那是不可能的。

建议他过自己解决吃饭问题的生活时候，克子脸上的表情似乎在说："如果对我有不满的话，请坦率地说出来。"那神态就像是刚结婚时候的样子。良也猜测估计是自己在长野出差逗留期间，克子参加了同学会，对好友龙泽尚美说起了"解决吃饭问题"的话题，尚美又用学生时代的称呼忠告她："老克，你要加油啊。你已经由如花似玉的小姐变成老太婆了。女人啊，必须不能失去自我，否则老了以后就哭吧。"

良也自己在这里推测着，眼前就展开了这样一幅画面：一群女人聚集在一起，为了延长少女时代，也为了恢复往日的活力而愉快地交流着，克子没有收到良也详细的联络信息，也不是很介意良也在外出差日程无限期延长，克子之所以没有责备他，是因为结婚以后，她第一次拥有了自立的每一天，这让她双目熠熠生辉，也令良也如释重负。不过克子参加的不是定期的同学聚会，而是以聚会的名义庆祝同学长谷川阑获得俳句奖，从而自然而然地谈论起俳句来了。

估计是长谷川阑跟她们这样说的："聚会就是创作、朗读、选择俳句。大家聚在一起享受这种乐趣是最重要的。"能够参加同窗聚会的都是生活很安定的人。"×××的老公被解雇了，真够难得的。"抑或是："她老公啊，不知在哪儿泡妞呢！"类似这样议论别的遭遇苦境的同学们的事情。

如果对这样的话题不感兴趣的话，那就是被培养得斯文型的女人。不善于搬弄是非的克子很久没有参加同学会了，肯定是一副心不在焉的样子。她的好友龙泽尚美的丈夫去世了，她现在是生命保险公司的兼职推销员，她发挥自己天生的行动力，教授同学们财产运用的方法，这样就会使聚会变得有趣多了。克子对财产运用和理财不感兴趣，她只懂得把钱存进银行里然后再取出来。所以这样的她提出自立，令良也很吃惊。

良也白天去单位，跟摄影师菅野春雄决定拍些松本市和浅间温泉的照片，放在全集里。上田五千石篇以后在富士山拍照片，杉田久女篇良也需要去趟北九州。他还打算去九州采访现在仍然活跃在俳坛的森澄雄和熊本的中村汀女。良也还考虑拜访下九州大学原口俊雄，他是美国文学的权威，打算跟他探讨一下《弄潮的旅人》。原口俊雄作为美军的军属，去过缅甸前线，也在印度的日军俘虏收容所待过。良也想请他从美国的角度谈谈《弄潮的旅人》。拜访完原口俊雄，良也还打算请假去拜祭在柳川的母亲的墓地。不过这些都还是以后的事情！

刚要离开单位，良也突然想起来今天克子不在家，自己要找地方解决吃饭问题。早想到约上在长野忙着摄影的菅野春雄就好了，不过现在已经来不及了。他早就说过如果没有面对面访问的话，他一定是在拍摄《被隐藏的素颜》。

要填饱肚子很容易，车站前的荞麦面铺或者是在便利店买点饭团都可以。但是这是难得的好机会，总要过得与众不同些吧。这时候克子正在参加俳句协会的活动。良也很想去银座逛逛了。良也从地铁银座站走出来，外面的人流熙熙攘攘，也许是良也心情所致，他一时间觉得这里称不上是繁荣的夜市。只能说是相对稳定，这是泡沫崩溃之后经济持续停滞造成的吧。走在这里良也最深刻的感触是他已经是个老大爷了。擦肩而过的男人们大都比他年轻。偶尔也会遇上同龄的男人，带领着一个公司的几名年轻人，一大把年纪了还一个人步履蹒跚的就是良也自己了。

良也感觉有点累，这附近有个日式餐馆，自己曾经两次在那里招待过《现代人俳句全集》的编委们，在日本菜饭店一层，设有椅子席，和柜台之间用屏风隔开。那家店在金春大街，以前给茜庆祝生日的时候，在江户民间工艺品商店买的那种一吹就咕噜咕噜转的迷你走马灯，也在这附近。

良也一下子就发现了那家江户民间工艺品商店，他十分怀旧地进去了。他看看有没有走马灯，在一个玻璃盒里，一个走马灯跟其他的小工艺品一起摆在那里，在歌舞伎的小工具因手艺人锐减而不景气的时代，竟然还有人做这种走马灯。良也对走过来的一位上了年纪、看样子是店主的男人说，自己三十年前曾经买过这个。

店主解释道："啊！谢谢您！您那时候买的是上一代产品。最近这种东西很值钱，制造出一个来需要很长时间。"良也想把走马灯放在自己书斋的桌子上，时不时能吹着转动。他让店主包好，自己返回到新桥，进了刚才经过的日式饭庄，时间还早，他就在柜台处坐下。点了温酒和小菜，那种感觉好像是悠然地享受一个人的晚餐。买到了迷你走马灯，由此他和茜的关系突然又亲密了起来。可是今天良也满脑子都是《现代人俳句全集》。现在是需要加速时期，而负责这个工作的只有良也和助手两个人，必须要提高工作日程和进度了。

良也拿出记事本，为了弥补人在东京信息不充分的缺点，良也打算也要拜访住在其他地方的俳句诗人。这个方针是上周在编辑会议上确定的。目前先要去盐灶采访佐藤鬼房。然后去见大阪的铃木六林男，能够打听到一直住在丹波的细见绫子的情况。细见绫子与俳句诗人系统格格不入，四十岁的时候与刚复员不久的二十八岁自由俳句诗人泽木欣一结婚，婚后不久产下长子，这成为俳句界很有影响的话题。

良也知道茜的消息以后，每次在决定做一个俳句诗人专题时，对该人的生活也更感兴趣。这种兴趣更是对自己的拷问，而与此同时妻子克子也宣告自立。

"啊！你好棒啊！"一个女人的声音轻轻传来。原来在良也考虑事情的时候，屏风后面一对上了年纪的老夫妇坐了下来。

那个被女伴表扬的男人谦逊地回答道："本来这笔存款是想要买股票的。但我没有这方面的天赋，还好没有损失。你不必表扬我。"接着男人又说："我不需要钱。今后需要花费各种医疗费，就要实行葬礼化了。暂时还要支付顾问费。"听到这里，良也猜测这个男人估计是做公务员或律师的。

"所以这个你拿着。要不然咱俩一人一半。"男人想出了一个好主意。良也想接下来该说些离别之语了，愈发地感兴趣起来。然而他的期待落空了，女人否定的声音传来："你真讨厌。怎么好像夫妻离别似的。"

"钱啊，还是应该很认真地对待的。我想去听市民大学《源氏物语》的讲座。那讲课费还要打工来挣一部分呢。我这个年纪的，就我一个。都是些五十岁以下或者四十岁以下的人。真是不好意思。"女人不是很生气似的讲道。

男人听到这里若有所悟地说道："这样啊！我打算写本自传，谢谢你照顾我。所以，并不是我要巴结你，但是市民大学的上课费我有。这样说很没有礼貌，我这并不是找女管家。"男人语速很快。

"没有什么不礼貌。事实就是如此。""糟糕！瞧我这嘴。"良也听到男人敲额头的声音。老夫妇两个人齐声笑起来。

良也不知不觉中竟然没有感到偷听的内疚。这两个老夫妇在这个小餐馆里，在良也听到他们谈话之前，估计还讲了很多吧。要照顾双方的父母，有很多困难和意见分歧，孩子们不听话等等。他们两个克服重重困难，终于达到了这样一种自由豁达的境界：既能互相体谅关怀对方同时也能互相批判。

邻座这对老夫妇吃完茶泡生鲷鱼片饭，就离开了。良也没让他们看见，又要了一盅酒，也同样点了份茶泡生鲷鱼片饭。良也问一个看样子像是店家女儿模样的少女，道："刚才走的那对老夫妇经常来吗？"少女回答道："嗯。一个月光临一次。"良也问："他们是做什么的啊？"也许少女觉得讲顾客的事情不礼貌，就"他们啊……"地点点头，没有具体回答。

良也漫步在夜晚的银座，一边还琢磨着：刚才那对老夫妇估计是在合住的儿子儿媳妇面前抑或是与虽卧床不起但耳朵还很尖的母亲住在同一屋檐下，有些话很难讲出来，抑或是两个人享受幽会的喜悦。跟现在正在恋爱的年轻人说这些，他们不但不会理解老夫妇的心情反而会排斥。克子听了后的反应会是什么样呢？良也想象不出来。良也现在惦记着茜的事情，觉得老夫妇的心境跟自己此时的心态相距甚远。

自己这到底是怎么了？想着茜的自己和理解羡慕老夫妇的自己，难道自己分裂成两个良也了吗？

上了开往新宿的地铁以后，良也觉得奇怪的是自己竟然没有丝毫的犹豫就要回玉川学园的家。地铁到站后，还要坐公交。这是个微凉的季节，一弯细月比平日更清冷地高挂在夜空，良也想象着估计嫦娥就是在这样晴朗的夜里奔月的吧。

一抬头，几团云彩好似船的形状，又宛若河口沙滩之状一动不动，云彩的端口被月光照耀得闪烁着白光，良也仿佛看到茜挥舞着衣袖，飞奔向云船之间的月亮。他停下了脚步，浑然忘我。

茜身上薄纱刺绣的丝见到月光后能够感光吧，她一挥手脸上有一抹转瞬即逝的悲伤，每当她前倾着身子的时候，就有星星哧溜一声飞逝而过，闪过一道光。

茜不断地向更远更高的天际飞去，速度越来越快，她越来越小，整个夜空越来越广阔也越来越暗。良也情不自禁地向茜伸出了手，结果别人以为他要打车，一辆出租车停在他面前。就好像是被人控制着一样，良也上了车，告诉司机附近的公园名。

良也想登上从自己的家能够俯视的山丘上去看看。那一带放了些长椅，一些被砍剩的树木稀稀落落的，就成了一个公园。他搬过来四年多了，从来没有在夜里来过这个山丘。良也的眼里还是一边挥舞着衣袖一边飞向天空的嫦娥的身姿。从山丘上看的话，估计嫦娥已经消失了吧，良也再次仰望天空。他在山丘下下了出租车，慢慢地登上了林间小径。

和煦的风吹过，不时有樽树叶和橡树叶飘落下来，在月光下摇摇曳曳地堆满了小路。随着树叶的飘落，树与树之间更加通透了一些。以前，一到夜里就开始不停地鸣叫的青松虫和蝈蝈还有蟋蟀现在正发出零星微弱的叫声，但是淡蓝色的光反而更深了。

良也缓缓地登上了山道，找个椅子坐下。很多居家开始亮起灯火，右手稍远的地方显得格外亮，那是站前的商店一条街。如果从这里眺望的话，嫦娥的身姿会更清晰。良也遗憾万分地想。

叹了一口气，良也抚摸着长椅的木头，木头的花纹和年轮像凸现出来一样很鲜明。良也往左手边的椅子看去，一对年轻男女手扶着对方的腰，在看夜景。

良也这才发现附近的椅子上和树荫下都有人。有一对还躺在椅子上，抱在一起。好像是受人影和树干的迷惑，更多的人纷纷涌向树丛里来。一阵风徐徐吹来，人影开始晃动。不同年龄不同着装形形色色的人们开始舒缓地跳起了华尔兹。

结婚前良也跟克子只见过几次。一天看完电影回来，一边喝着咖啡，他们一边聊着滚石乐队，克子突然问他："一生和贤三你更喜欢谁？"良也现在只是模糊记得当时自己连他们是西装设计师都不知道，表现得很狼狈。三十年前，克子是不是也是像这样梦见在夜里的公园里爱而温馨的场面呢？想到这里，良也觉得有点可怜，回望他和克子一路走过的路程，一抬头，远处的一盏灯熄灭了。

茜的笔记（二）

良也每天晚上都持续做着一项工作，那就是一点点地解读茜那本灰色的笔记。

茜似乎把《竹取物语》理解成了一篇独特的作品，与古代的故事集不同，与《源氏物语》所代表的平安朝文学也不同。对茜来说，《竹取物语》是一部能够让她对身边问题进行发问或是寻求启示的作品，她就是这样来读它的。其实，她的这种态度也是一个人接触作品时很正常的态度，对于既非学者也非批评家的人来说。

首先，茜在比较性的开始部分就写道：

"这个故事表达的是古代人对月光的敬畏，以及把月亮崇尚为世间所没有的美的源泉这样一种心情，这两者混合在了一起。"而且明确地说道："对于我来说，印象最深刻的就是作者那种态度，他（她）把这种指向月亮的美的意识描绘得比朝廷的权势、富豪的诱惑还要强烈。辉夜姬^①自然如此，就连养育她的老翁也遵从了这一点。"

---

① 《竹取物语》的女主人公。

在婚姻观方面，茜是这样写的：

> "面对老翁的劝说——'只有男人与女人结婚，女人与男人结婚，这
> 一家才会兴盛。'辉夜姬拒绝了，她说：'纵世之贵人，未知鸿鹄之志
> 者，妾难与其婚配。'"

比起家庭兴盛来，更应该优先考虑男女之间的相互理解——茜丝毫没有掩饰她对作者这种现代思维方式的惊诧。这里的"贵人"，意思应该是高贵的人、身份地位高的人。良也也认为这里的描写表露了以人为本的思想。对月光的向往和敬畏，借助这样的美的意识，终于产生了男女平等的思想。对于这一点，良也与茜有了共鸣。

《竹取物语》被认为写于九世纪后半期到十世纪初叶，此时律令制度中的秩序这一概念还未渗透到民众内心。估计茜在多次研读这部作品时，已经发现了其中"朴素也是自由"的神奇之处。

《竹取物语》被认为表达了民众对浪漫的感受，而这种感受比从战争中感受浪漫还要早。茜是不是已经直觉地感受到了？这部作品里面似乎埋藏了能够超越她的父亲叶中长藏的烦恼。良也想到，可能就是因为这个，茜才对这个故事如此执著。

而对于"皇帝的御轿来迎娶辉夜姬时，她的身影消失了"这一段，茜的感想是这样的："我要是在关键时刻，也能够像辉夜姬那样'突然变成了影子'，估计也就能轻松地面对结婚了。"良也读到这篇文章时产生了疑问，"关键时刻"究竟是什么样的"时刻"呢？而对这个疑问的回答，这本灰色笔记里面并没有写到。

良也反复地读这本笔记，他就是用这样的方式，开始慢慢地与远方的茜进行想象中的对话。当然了，这本笔记里也有无法从表述中读出文义的地方，或者是良也读得很辛苦的地方。尤其是读到"估计也就能轻松地面对结婚了"这里时，良也根本搞不懂其中的含义，这让他很痛苦。

这个句子要是按照字面意思理解的话，就成了这样："自己也跟辉夜姬一样，命中注定不能拥有世间的男女关系，所以要是能在那一刻消失就好了。"

可是，就算良也回想一遍他与茜共同度过的无数个夜晚，也实在想不出哪一点让茜看起来像是一个背负着这种命运的女性。因为她的四肢是那么柔软，能够把身体打开到任何一种角度，于是他们两人才能够同时享受那欲仙欲死的快乐。

可是为什么茜会说出这样的话呢？良也感到非常困惑。既然茜这么写了，肯定是自己太迟钝了，没有注意到对方的困惑或不安，想到这一点，良也感到很痛苦。

良也突然想到了，知枝在的时候，她和孤独不断蔓延的茜之间的对话，这改变了情形。在他们三个人之间，有家庭般的轻松自在，还会说各种笑话。可能结婚只是一个形式上的问题，但是它会导致家庭关系的产生，从这一点来讲是有一定意义的。如果是自己的意愿，就是不想结婚，那倒没什么问题。但是如果命中注定就不能结婚，那又如何能超越这一命运呢？

辉夜姬升天了，她超越了这个宿命；而茜去了巴厘岛，再也没有回来，这难道也是超越命运的一种方式？如果是这样的话，即使良也马上赶到巴厘岛，他也见不到茜。

深夜，良也读着灰色的笔记，他把手机拿在手里，好几次想打给知枝，让她出来。不过考虑到时间，终究是没有打。知枝只有四十一岁，而且很有魅力，很难让人相信会没人喜欢她，不过良也还不知道她是不是单身。良也心里想到，要是比较清醒的小室谷，他一定会着手调查吧。想到此，良也的头脑中忽然闪现出了志乃的形象，志乃是一名掌管着一家类似民间艺术酒馆的女性。良也记得她的姓叫大伴，而且想起了她在刚到二十来岁时经历了一场与激进派斗士的恋爱，用她自己的话说，那叫一个惊天动地。这件事是从小室谷那里听来的，听他讲时，良也满脑子都是茜的事，所以也没留下什么印象。

隐身在被激进派称为"人民的海洋"的社会里，与恋人一次次约会，这期间遭到动物园老虎的袭击，从而死掉了。这样一名活动家的故事，就像是联合红军事件的一种回音。大伴志乃当时的恋人就是这位活动家，她的前半生究竟是怎样的一种动荡和颠沛，是良也、克子等人无法想象的。志乃的伯母是北信地区的文化活动指导人员，是一名极有胆量的女性，据说是她庇护志乃，给她开了这家类似民间艺术酒馆的餐馆。

那个事件本身并不为人所知，因为小室谷没有把它诉诸文字。其结果是，被当做了这样一场事故：不小心的老虎饲养员，在深夜闯入了老虎的笼子里，于是被老虎袭击而死。

小室谷告诉我，志乃的伯母是这次新开的美术馆的强有力后盾。

正如小室谷描述得那样，在月光照亮的稻草上，听着猛兽的咆哮声而相拥在一起的男女中，有一个人自杀般地死去了。此后的志乃是不是就像丢了魂一样？良也第一次这么遐想。是不是和志乃关系亲密的小室谷因为爱着她，而自己添加了革命的浪漫情怀呢？

可是，大伴志乃不一定会因为被人爱着，就会感觉有新鲜的液体注入了自己的空虚中。可能在任何时刻，她都会意识到，在另一个地方，有着真实。

想到这里，良也觉得像小室谷那样的人，从年轻时代起就旁观了人情的微妙、男女关系的纷纭复杂，应该不会不明白这么一件简单的事。如果说他是在意识到的基础上继续爱着对方，从而使得两人的关系能正常走到现在，那么这种情感是良也无法理解的。

良也讨厌"成人间的关系"这个词语，它总是被故作一副什么都知道的人所利用。尤其是那些小辈们，进行着无聊的交往，还摆出一副天真的面孔，称他们自己是"成人间的关系"。看到这样的情形，良也真想怒斥一顿："你要是真喜欢，就好好投入，就作好生离死别的心理准备！"

这样一想，良也突然听到了自己内心的一个声音："你自己曾有过生离死别的感受吗？"茜消失之后，良也在内心的某处反而解脱了，马上放弃了对她行踪的追寻。正因为她不见了，良也才不需要作"决死的决断"。

良也虽然责怪自己，批评小室谷，不过他仍然喜欢他。良也觉得，小室谷对异性的爱，正是因为他内心的某处是清醒着的，所以才总是弥漫着一种悲伤、一种孤独。

良也为了提前作好见茜的堂妹——知枝的准备，把细细品读灰色笔记时产生的疑问进行了一番整理。

其中就有这样一个问题：茜对结婚近乎恐惧的犹豫，是因为对方是良也他自己，还是一种一般意义上的恐惧？茜的父亲有武士风范，是个很严肃认真的人，不过他弟弟，也就是知枝的父亲，则是一个和平主义者，这一点是好事，不过他极有艳福，竟然有五个女朋友。茜曾经讲过，她叔叔生病时，为了不让几个女人之间争风吃醋，只好让自己的女儿照看自己。良也甚至怀疑，茜难道是因为看到京都的叶中家的这种情景，才对结婚抱有怀疑的吗？知枝说，叶中夫人心中已经对丈夫断了念想，每天只是抄抄经书。可是，良也能够感觉到，茜应该得到过贸易商兼艺术品收藏家的知枝父亲的照顾，而且在笔记中也写到她叔叔这个人"虽然有丢脸之处，不过是个善良的人"。

此外，茜曾经两三次指出，《竹取物语》明确描写了高贵家族和富豪们子孙的愚蠢。良也很想知道，这种对社会的批判性解读，是茜在大学里听课所得到的认识，还是帮助剧团活动时形成的一种思索。看来为此需要了解万绿群的演出记录，然后与茜的笔记进行对照。

这些疑问要是换一种表达的话，也就是良也的直觉感到，茜对《竹取物语》的执著，无法仅用少女时代对灵异世界的憧憬来解释完全，所以他想知道其中的根源。

从去长野出差算起，大概一个月后，良也在京都站与知枝会合，首先去了她们家所在的九条山。九条山是八坂神社的后山，这里是京都最早形成的西洋风格住宅地，在面对着山谷、河流的山巅下的半山腰，茜她们家被郁郁葱葱的树木包围着。

"啊，真是变化好大啊。那个时候从我的房间望去，穿过那些树，还能看到四条那一块呢。"知枝感慨道，"我一直住在里面的、妈妈在的那个主屋，茜住的是最前面的那个独屋。现在没有了，不过以前有扇凸窗，这条路也还没铺，就像是林中的小道。剧团的人在这条路上向凸窗扔栗子之类的，给茜发暗号，茜接到暗号后，通知给我，然后我就出去了。"

在良也听来，知枝的话中能够让人联想到，当时茜考虑到由于某种原因，自己的青春得不到自由，于是想让自己的堂妹能享受到美好的少女时代。她的良苦用心明晰可见。

茜和知枝年龄相差十三岁。在这十三年间，日本发生了巨大的变化。而且，虽说知枝家也存在问题，不过氛围还是很自由的。吊儿郎当的话，父母就会毫不留情地批评。就是这样，知枝仍然健康茁壮地成长着。就算茜接触到知枝这一代年轻人，想重新过一次青春，这也是很好理解的。良也下了这样的判断，尽管其中蕴含了几分孤独的苦涩。

"我觉得在这里度过的二十年间，你和茜应该有喜欢的人。"良也试探着向知枝提出了这个问题。

知枝沉默不语。良也解释了自己这个提问的意思，说道："你不用顾虑我，她那样一个好女人，肯定不会二十年都没有人爱慕的。"知枝听到这里，很含糊地点了点头。"可是，总是不行，一直都那样。你能明白吗？"知枝说完，用一种挑衅似的眼光直视良也。这次轮到良也沉默了。

过了点时间，良也终于鼓起勇气反问知枝："你说的到底是怎么一回事？"两人在林间小道上停下脚步，此时，红叶的最后一抹光晕在树间悄悄落下。两个人面对面，基本是互相凝视的姿势。鹎发出一声、两声尖锐的啼叫后，穿过树梢之间，飞向了远方。紧绷着的知枝松弛下来，低下头，用近似低吟的声音说道："我也不知道，不知道为什么，她总是不成功。"说完，脸上显得不胜悲凉。

良也的心中忘却了自己的问题，不去管自己刚才是怎么想的了。他只知道，他和知枝正沉浸在没来由的悲伤中，静静地相对。

良也之所以来到京都，是为了调查日本战败前被军队镇压的京大俳句会的足迹。这个组织里不仅有京大的相关人员，还有很多努力实现俳句改革的俳句诗人也参加了，所以良也认为，编辑《现代人俳句全集》需要作这样的基础调查。其中日野草城、山口誓子、野平椎霞、五十岚播水、西东三鬼、仁智荣坊、铃鹿野风吕等人都有所涉及，而要想谈论现代俳句，就不能越过这些人。

在前一年，京都举办了"京大俳句光芒"展，良也首先去了举办这次展览会的思文阁美术馆，然后又去了趟位于冈崎的男爵水野白川的宅邸。因为这座宅邸内多次开办了俳句会。

良也作为编辑《现代人俳句全集》的人员，来到京都后，感到这座城市散发出与其他城市都不同的一种味道。京都有很多与短歌有着很深渊源的历史古迹、墓和寺庙，而短歌又可以说是俳句诞生的背景。并且，如果你把俳句看做是旅行的一种诗歌形式，那么京都就是一个巨大的文化聚集地，大到让人无法把它看做是一个驿站。自古以来，俳句诗人就在这里驻足，在这里设座、逗留。

在整个全集中，与四国的松山、北陆的富山、金泽相比，京都这片土地应该如何定位呢？这个问题作为"京大俳句事件"所派生出来的主题，曾在编辑会议上多次被讨论。在这本预计收录超过三十位俳句诗人、按个人来汇总成的全集中，京都出身的俳句诗人只有一年半之前自杀的饭岛晴子。而饭岛晴子开始创作俳句，也是从她和生病的丈夫移居到东京附近的鹄沼之后开始的。

对于良也来说，被称为"认知俳句"的饭岛晴子的作风，究竟是与京都这片风土相融合还是相排斥，这是他所关心的事情中的一件。如果向俳句相关人员询问这个问题，估计会被人批为"编辑怎么都想这些无聊的事情"。

良也在电话中跟知枝商量好在京都会合的时候，他告诉知枝，除了追寻茜在京都近二十年的足迹，他出差的目的是关于俳句诗人饭岛晴子的采访。听到这个名字，叶中知枝回答说："哦，你要说那个人的话，我说不定能帮上点儿忙。"她生长的这个房子，茜曾住过的这个房子，现在住着其他人。看过这座房子后，良也和知枝在三条一家古老的咖啡店里坐了下来。

"这家店以前被叫做音乐咖啡厅，从那时候起就一点都没变。那边挂着的《蒙娜丽莎》的复制品，还有这边的莫里斯·郁特里罗（Maurice·Utrillo）的风景画，都一点没变。"知枝说道，然后告诉良也："你现在坐的这个椅子，茜以前也总是坐在这里。"良也的意识中，似乎时间一下子错位了，他好像正和茜相对而坐。

在良也的幻想中，茜对他说："我们终于又相见了。"她眯起那双枣子形状的眼睛，对良也静静地微笑着。

"是啊，虽然过了好久好久。"良也的心里充满了温柔，甚至有些哽咽。他打量着，发现茜和三十年前相比，一点都没有变。

突然间，一道强光照过良也的座位，他一下子回到了现实。似乎是附近某栋楼的高层有人打开窗，于是一直反射在对面楼房玻璃上的阳光从良也的座位上横穿而过。良也隐约可以听见巴洛克风格的音乐，估计店里放的音乐也跟以前没什么两样吧。然后，良也打开了采访的话题："关于写俳句的饭岛晴子，听你的意思，你好像知道一些？"

知枝点头默许："我在很早以前，曾经给一位研究饭岛晴子的女国文学者做过向导。饭岛晴子毕业的府立第一女子高中，还有上京区寺院街的旧家，我们都去过了。话说回来，爸爸和饭岛晴子的父亲都是贸易方面的生意人，认识，所以本来应该是爸爸做向导的。不过他突然有急事，去不了了，所以我就代替他去了。那位女学者是我爸爸一个同学的妹妹，兄妹俩之间倒是相差不少。当时我正好上高二，刚对戏剧感兴趣。"知枝又作了一下解释。

"那你见过饭岛晴子吗？"对于良也这个问题，知枝回答道："哦，我就是瞥见过两次。"良也又问："她是一个什么样的人？""这个嘛，看起来蛮干净的。"知枝突然变成了女高中生的口吻，那神情似乎正在回想自己印象中饭岛晴子的形象。"我并不懂什么俳句的韵味，不过茜听说我要给那位学者做向导，就对我说，'最好能背上几首饭岛晴子的俳句。'"看来知枝大脑中的记忆突然苏醒了，她继续说下去："那位学者要追着饭岛晴子的足迹，去安云野，我听到这就多说了一句，'说不定我那在长野住了很长时间的堂姐能给我们带路。'"

这样发展下去的结果是，那天晚上，知枝和茜跟那个女国文学者一起吃了饭。估计知枝的父亲跟那么多女朋友中的一个有什么约会吧，他那天的晚饭并没有到场。

据说在她们吃饭期间，茜突然哭了起来。在知枝的记忆里，她也不清楚当时为什么会变成那样，细节都忘记了，就记得茜的哭是因为说起了她父亲的死。

只有十七岁的知枝代替她父亲给女国文学者做向导，反倒对方请她们吃了顿饭。饭桌上，知枝解释道，她的堂姐茜的父亲从战场上复员回来，不久肝脏就出了问题，在长野的医院住了很长时间。那位女学者听着知枝的话，沉默地点了点头。然后她很坦率地说道："我的研究领域一直是日本平安时代的文学，后来对自己之前的研究方法和态度产生了疑问，所以最近改变了方向，开始调查俳句文学，当然主要就是研究跟我同时代的饭岛晴子。"

她继续说下去："饭岛晴子虽然没有你的命运这么悲惨，却也很不容易。她母亲患病很长时间，饱受折磨，最后去世了，估计饭岛晴子因为照顾她母亲，也总是精疲力竭的。后来她父亲追随妻子而去，她好像还写了几首关于她父亲去世时的俳句。"女学者这样告诉知枝她们两个，还在笔记本上写下"终于死去的父亲哟，在这晚夏的梅林中"，给她们看。

茜从知枝手里拿过笔记本，读着这首俳句，突然间就哭了起来。

"啊，是不是我做了什么不应该做的事？让你这么伤心。"茜哭得很激烈，让那个女学者慌张起来。但是茜一面哭一面摇头道："不不，不是这样的。我看到这个句子，终于明白了。"她断断续续地说出这些话，然后终于恢复了往常的镇定，她告诉知枝和那个女学者，她在父亲断气的那一刻，也曾摸着他的头，安慰他说"终于解脱了"。

茜这样抚慰了自己的父亲后，连好好伤心的时间都没有，就一个人去跟医院商量，按照父亲的遗言，在医院的引荐下，把他葬在了安息着很多战友的一片墓地。而积累起来的那些药费、住院费什么的，都用他自己银行账户里的退职金补上了。

听到茜的一番叙述，那位研究饭岛晴子的学者大概了解了其中的情况。她拜托茜："我下个月去安云野时，请做我的向导。饭岛晴子在久违地回到京都以后，也去了长野，去调查衫田久女的俳句碑和墓什么的。""既然老师这么说了，茜你就陪她一起去吧。在回来的路上，还可以去拜祭一下大伯。"知枝根本没弄清情况，就用她特有的天真口吻，劝茜去一趟安云野。

知枝谈到茜突然乱了心绪、哭起来的时候，良也心里很难受，不过知枝并没有把它放在心上，而是继续说道："现在想起来，有点明白了，可能那位学者从茜的眼泪中感受到了什么。茜在此之前积蓄的疲惫、忍受辛苦努力的结果，只剩下父亲的死这一事实，估计那位学者是想让茜从这种痛苦中解脱出来。要是能躺在谁的怀里大哭一场就好了。可是我那时候只是个孩子，而且爸爸又不正经，总是不在家，再加上他跟长藏伯伯根本就是绝缘状态。"

知枝说的这句，似乎并没有注意到它是对良也正面的、直接的批判。

"那之后呢？茜去安云野了吗？"良也好不容易能够反问这一句，就连提问似乎都很艰难，夹杂着痛苦。

"嗯，她去了。好像那位老师挺喜欢茜的，时不时会写信来。那位老师的专业是日本平安时代的文学，好像茜对《竹取物语》这本书问了不少问题。不过后来剧团方面的事渐渐忙了起来。"知枝这样回答道。

良也漫不经心地想，不知道是因为心地太善良了，还是天生就这样，不管男女，总有一些人充当周围人的陪衬。对这样的女性来说，俳句这种文学领域，正因为简短，才需要那种就像一下子要把面前的东西抢过来似的表达，所以俳句固然有魅力，估计却不是那么容易接近。

就拿让茜哭起来的饭岛晴子的那首俳句来说，为什么是"终于死去"而不是"终于能够死去"呢？这中间让人恐惧，也自然有着不一样的魅力，不过要是让茜作俳句的话，肯定只能够写下"终于能够死去"这样的句子，这是她抚慰父亲的一种态度。良也一点点地努力恢复平静，同时在心里思索着。

良也想，茜读到这首俳句哭起来，是不是因为她认识到了，自己在悉心地照顾父亲的同时，心里也会有希望父亲早点死去的想法呢？这样的自己罪孽深重，可能茜一直是这样想的，可是当她看到"活着"的真面目时，终于不能自持了。但是，正因为如此，花瓣飘落，结出了熟透的果实，甚至果实会从树上掉下来，这样的一片梅林，不正好配得上父亲的死吗？这样理解的时候，茜是不是终于能够从父亲残酷的死亡中摆脱出来呢？良也这样想到，其实更近乎一种祈祷。

茜写的这本灰色笔记，其缺点就在于没有写上日期。只不过，父亲的事情、良也的名字，都没有作为固有名词出现，或许可以说是因为笔记的主题不在此，不过也可能是这本笔记写在茜终于能够摆脱父亲的死的意识之后，这样的推测似乎也成立。是不是还有其他的笔记？针对良也这个提问，知枝摇了摇头，回答道："没有了，我这里保管的只有我给你的那一本。"

在三条附近的咖啡馆吃午饭的时候，良也试着把自己的感想对知枝说了。

"嗯，我也觉得开始写这本笔记是在茜去了安云野、拜祭过父亲之后。"知枝肯定了良也的推测。

"她有没有什么变化呢？"良也问知枝。"没什么变化，还是跟以前一样，很安静。"不过思索了一下之后，知枝重新回答道："这个嘛，主要是她能够轻松地在剧团露面了。"

良也自己推测，是不是生活在父亲死亡的阴影下时，茜对年轻人的热情有些敬而远之呢？

吃过午饭后，良也去了万绿群的排练场所在的伏见东福寺附近。

"这里有俊成的墓。"知枝对良也说。"哦，是吗？俊成啊。"看到良也回答得这么漫不经心，知枝用解说的语调详细解释道："俊成是个歌人，编辑了《千载集》。他是十二世纪诗歌的领导者，创造了新古今调的调子。他可是后鸟羽院歌坛的一方雄霸呢。"然后又作了注释："不过这些知识都是茜教给我的。"

据说那些日子，茜从束缚中挣脱了出来，白天在私立大学旁听，晚上会在剧团的排练场露面。

"那个时候这里有个像小仓库似的房子，跟它的宽度相比，纵深方向上很长，大的道具什么的，都是打好包，用小型卡车运到这间房子里或搬运出去。"知枝的声调很轻快，似乎恢复了当年的活泼。

"那个时候的演出记录留下来了吗？"良也想到了茜笔记中关于戏剧的描述，问知枝。茜的描写偶尔会出现，都是片段性的，不好理解。估计是在演出的戏剧不断成型的过程中，她特意写下的个人发现吧。

在茜的笔记中，有些地方会很突然地冒出这样的字句：

"昆虫社会里真的有自由吗？""在俄罗斯人的眼睛里，熊似乎跟我们所想的不一样，那种感觉就像是住在一起的朋友。"

这本笔记整体上来说，并没有顾及到读者视线的存在，所以良也期待这些唐突的话语，正是茜某个时刻的真实感受和想法。

关于这个"昆虫社会"，知枝立刻为良也解答疑惑："这个说不定是剧团把法布尔的《昆虫记》改编为戏剧并演出时写的。"而对于"俄罗斯人的熊"，知枝则断言说："哦，这个是指契诃夫的《熊》。"她记得那场剧上演是在1980年，所以是茜给那位国文学者做向导、去过安云野之后不久。

这样把一个时间点固定下来之后，就打开了一条道路，也就是把之前和之后的文章，分别与万绿群的演出目录以及当时的社会事件这两者结合起来进行解读。

在看完排练场之后，他们两个人来到了东福寺里面，据说茜和知枝经常在这里进行漫无边际的聊天。除了俊成的墓，良也和知枝还瞻仰了被认为是很早就有的古墓，然后在高台前端设置的长椅上坐下来，远眺着在秋日天空中画出一道山脊线的东山峰峦。还有平野部的京都车站，以及清水寺、本愿寺和稍远一点的西芳寺等等。

"茜很喜欢这里的风景，只要因为和剧团的朋友争论而感到疲劳，就经常一个人逃出排练场，来到这里，就坐在这条长椅上。三十来岁的茜，在去过安云野、拜祭过父亲的墓之后，变得年轻多了，很活跃的感觉，所以在比她年龄小的剧团里，也出现了爱慕她的人。"知枝开始讲述道。

"对于其中的一个人，茜也对他抱有好感。那个人比她小三岁左右，对讨论这些事不是特别热衷，而是默默关心帮助有困难的人，他就是这样一种人。我曾经劝过茜，'如果茜你也不讨厌他的话，就对他敞开心扉吧。'对不起，不过我当时的心情就是这样的。'茜年龄也不小了。'我当时竟然还说出了这样不懂事的话。"

为堂姐着想的知枝，想为茜找一个很好的男朋友。过去的事已经过去了，由于受到俳句诗人饭岛晴子的句子的触动，茜看起来也已经挣脱了父亲给她的束缚。要是再能得到新的恋爱，肯定能成功转型。知枝的心里这样为茜着想，甚至超过了对自己的关心。

到了晚上，知枝和良也做完了各自的事情，聚集到一个包厢里，这家店以柜台为主，这是唯一的一个包厢。两人相对而坐，互相交换了探寻茜足迹过程中的感想。

不知道是不是来到京都后，又回归到了孩童时的感觉，知枝比在安云野相见时看起来要年轻许多，并且不时地笑着，还偶尔用少女时代的口吻跟良也说话。估计她此时已经忘却了自己是美术馆的责任人。如果回到度过童年时代的土地时能让人获得最大的自由，那么像过去那样的女性，被勒令"以后别再踏进娘家的大门了"的她们的一生又是怎样的呢？如果真是这样，那么茜的转型是在京都完成的，还是回到照看父亲的长野时完成的？良也心里感到很困惑。

"我也不知道自己是在劝诱，还是怂恿，反正我说了这样一句话：'女人要是不能恋爱了，那她这一生就算完了，当然男人估计也一样。'结果茜奇怪地看了我一眼，最后还是说声'谢谢'。她好像完全没有把我当大人来看。不过我刚才也提到了，那些喜欢她的剧团里的男人中，有一个人她确实考虑过。不，不对，还有一个，对不起。"知枝又道了一次歉。

这句"对不起"不知道是因为错把两个人记成一个人了，还是因为自己不停地劝茜交男朋友，所以对自己的行为感到很抱歉，觉得对不起良也。良也一边想着问题，同时凝视了一眼知枝的眼角和嘴角，她的这两个地方总是让他想起茜。

这两个让茜稍微动了心的男性都比茜小个三四岁，不过都不是很喜欢争论，而是那种默默地听茜的话、脸上总是挂着微笑的人，而且讲话结束的时候，都会简单地作个总结。良也在自己的心里展开了想象，要是茜当时跟这两个男人中的一个结合了，自己是会松口气，还是会自私地觉得孤单呢？"可是不知为什么，竟然在中途人就突然消失了，两次都是。到底是怎么回事呢？我对这一点感到很害怕。"

这一直是知枝的苦恼，之前也向良也提问过，逼着良也给她一个回答。"我们现在不是正在找其中的原因吗？"良也的回答跟上一次一样。

知枝目不转睛地看着良也，她的瞳孔里渐渐涌起了力量。

"这样的话，关先生，我们两个人去巴厘岛吧。两个人去的话，茜肯定会说出来的。"知枝很肯定地说道。

她的用词很让人摸不着头脑。她的意思如果是"两个人一起问"，那可能就表现了知枝的一种确定：失去她自己和关良也两个人，对茜来说，就失去了整个世界。抑或她是说用他们两个人的不同性质的爱情来包夹的话，会有效果？不管意思是哪种，里面都有一种强迫性的东西存在，于是良也犹豫了一下。

"不过，真的有用吗？我倒有时想让她自己这样一个人待着。"

良也无意识中这样说道，就像是在自言自语，知枝听后叹了口气："不管到哪，茜都是太阳，而我只是反射太阳光的月亮而已。"知枝说出这句话后，良也急急忙忙地安慰道："我可能最喜欢的就是跟你聊茜的事了。"结果又一次说错了话。

"你说的这句话是什么意思？"知枝在桌子上抱着胳膊，调整了一下姿势，一个劲儿地盯着良也。他被俘获了。他努力地想摆脱她的视线，说道："你看，我们不是认识的时间还不长嘛。"这句话完全没有什么意思，反而成了上面那些失口的大总结，因此其中的意义更是不小。

"噢，我懂了，关先生也喜欢上了我。对吧？所以才会说出那样的话。"

知枝说完，重新放下胳臂，回归到原来的姿势。

那天晚上，良也把她送到上京区她的伯母家后，自己回到了宾馆。

知枝上个月突然从安云野赶回京都，是因为她快九十岁的伯母摔了一跤，腰部骨折了。于是他们在长野没能再见，良也就回了东京。在那之后，知枝在电话里这样说道："我怎么感觉，叶中家的女人都要照看生病的老人！伯父也死在伯母的前头，伯母的表兄弟两个人都在国外，结果到了这种关键时刻，只好轮到我来照看了。"

两个人在车上都没怎么说话。他们都喝了几杯红酒，所以都不再有什么顾忌。红酒的效果很奇妙，不过那天晚上的对话让知道茜消息后的良也稍微轻松了一点。它带给良也那种感觉，就像是带有快感的犯罪感。

夫妻协议

打开玄关的大门时，良也吃了一惊，没想到家里那么热闹。他一下子有种错觉，好像这里不是他自己的家。鞋柜里摆着好几双女人的鞋，其中竟然还有草屐。良也脱下自己的鞋子，想找个放鞋的地方，这时从客厅传来了放肆的笑声。其中还夹杂着一个中年妇女的声音，"哈哈哈"的笑声，毫无顾忌，有点像男人的声音。

良也打开玄关通往客厅的门。

"啊，主人回来了。"有一个这样说了一句，然后良也认识的龙泽尚美说了一句"回来得正是时候"，看了一眼良也，又说了句"欢迎回来"。

克子说："肯定累坏了吧。"边说边站了起来，向良也走过去。他向各行其是的众位女宾客轻轻点了点头，就走回到玄关。克子跟在良也后面出来，良也情急之下作了番解释："有点工作拿回来做了，晚饭能不能帮我拿到书房？告一段落的话，我可能会出来，不过大概要持续到九点左右。"

听到良也这么说，克子也解释了一下缘由，"是啊，今天是料理培训班的事，每个月都会轮流着到一个人的家里，共同开个评论会。今天正好轮到我。"听起来不免有些辩解的意味。良也强忍住心中不满的情绪，只是"嗯"了一声点点头，就自己去了书房。

其实他本来没带工作回来，所以现在坐在桌子前，无所事事。然后他终于想到了，在京都刚发现饭岛晴子与茜有一定的关联，他决定用手上的资料，再查一遍饭岛晴子的事情。饭岛晴子近四十岁的时候才开始写俳句，她刚开始写的俳句特能看出来是家庭主妇写的。她带病的丈夫去世是在她六十五岁的时候，那时候她已经确立了自己作为一个俳句诗人的地位。如果说那以后她的每一天都是专家的生活，那她的人生对于那些对俳句感兴趣的主妇来说，具有先导的意义。饭岛晴子是一个理论家，会写诗评，还会写评注。在她生前出版的六册俳句集中，也能够明显看到她富有理性的个性。

可能是这一点给茜留下了很强烈的印象吧。茜把自己的父亲——一个战争的牺牲者的故事讲给了饭岛晴子的研究者，不知道是否因为这个缘故，那时候的茜估计还没怎么对《竹取物语》关注。良也心里在想，要是请学校帮忙，能见到那位国文学女教授就好了，她似乎很喜欢茜。就在这时，有人敲门，克子给他送来了晚饭。

门打开的那一刻，这所房子中最宽敞的地方——客厅的嘈杂声一下子涌了进来。

好像刚有人讲了件有趣的事，此时正笑声不断。

"你丈夫不是才五十来岁吗？不会这样的。"

"你可别吓我啊。"

"对了，那个英语教授……"良也断断续续地听到了交谈的碎片。看来大家都聊得很high。上班族会在酒馆聊公司上司的闲话，看来女人也差不多，她们的话题可能还是围绕丈夫和孩子。这种时刻，没有孩子的克子好像不怎么发言。

"这是今天的菜单。"

克子说完，在桌子上放着的贴有大花纹的塑料盆上，摆放了加了馅的鸡蛋清烧蟹肉和裙带菜味曾汤、咸菜，此外还有咸乌贼。今天料理培训班的主题难道是鸡蛋清烧蟹肉？良也在心里嘀咕道。

克子把菜放到桌子上，拿走托盘，说了一句"说不定比自己做饭的生活还要好吃呢"。良也不置可否地噢了一声。

这种语调像是在取笑他，过去克子从来没这么说过话。良也现在不是盯着"自己做饭的生活"那句话，而是克子直接把客厅里的气氛带到了书房里，就是那种揶揄的感觉。所以他很直率地冒出了一句"被摆了一道"，那种家里被占领的不快感于是一扫而光。

"我现在正在调查这个人的情况。她是个京都人，可以说是主妇俳句诗人。和衫田久女等人形成鲜明对照，生活很平静的俳句诗人也有啊，当然了，熊本的中村汀女也是那样的人。说不定这种女性更多呢。"良也随便说着很粗糙的话，把一本俳句杂志递给克子看了一下，这本杂志以饭岛晴子做了个专集。"说不定能对你有点参考意义，我就放这里了。什么时候想看的话，就拿去。对了，这次的俳句会是什么时候来着？"良也问克子。

"下个月月初，还有差不多十天的样子。"克子回答道，然后退了出去。良也从自己刚才说的话，联想到了这个月第一次俳句会那个夜晚，他们在银座的金春路的和式料理店里，听到了座位隔壁老夫妇在谈论他们将来的生活方式。他们将来能变成那对上了年纪的老夫妇那样吗？客厅里，欢乐的宴会仍在继续，有热闹的交谈声、笑声，还有拍手声。

两天后，良也在饭后出了书房，来到妻子所在客厅。他坐到椅子上，对克子说："我有点事要跟你说。"让克子坐到自己的面前。

"什么事呀？"克子把刚洗了餐具的手放在围裙上擦了擦，然后关了水龙头，有点心神不宁地坐到良也的对面。自从料理培训班的那次集合，也就是家里聚了六七个客人那晚，之后良也一直在一点点地思索。"你学做菜、参加俳句会，我也觉得这些是好事。我赞成女人有自己的天地。不过，我希望你能事先告诉我，什么时候家里来客人，俳句会是哪天举行，要花几个小时。"良也转动着大脑，很耐心地对克子说了这番话。

"前天的事是我不对，对不起。不过当时也很突然，而且我也不知道你在京都的哪儿。我给你打了几遍手机，可手机一直关机。"

听到克子这么说，良也的内心有些慌张起来。

他脑子里想的都是跟公司或采访的人联系，从没想到在工作途中要用手机跟妻子联络。而且，如果是手机的话，就不会知道对方在哪、处于什么样的状态，可是这一点从来没有真正深入良也的内心，所以他觉得电话相通的话，自己会被别人窥视到，于是养成了习惯，只要没有工作需要，就关掉手机。在安云野和知枝见面后，良也的心里确实产生了一个不想让克子看到的内心天地，这是事实。而与此同时，克子正向自立这条路迈出了前进的脚步。

"不，我说的以后。"良也想挽回一点局面，结果不知不觉间，感觉到两人正在进行互等的对话。

"既然这样的话，那我也有个请求。"这次轮到克子开始讲了。

"就像料理培训班，最近这种集合是会费制，保证不让大家有太重的负担。但是俳句会那边，需要给同级的人见面礼。现在我很多次都躲过了，但是总感觉很不好意思。所以我想开个账户，我自己能随便使用的。"

克子流畅地说出了一个困难的计划。她这么一说，良也才发现，他这个人可以去思考读者的变化呀、传统的无意识之类的，但是从来没动过脑筋，要给迈向自立的妻子开个储蓄账户。

两个人商量了半天，最后决定以克子的名义开个储蓄账户，可以简单地取款，而良也每个月向里面打入固定的金额。

在这个过程中，良也不得不发现，他以前那种态度——有个房子，有个家庭，自己只要考虑工作的事就行了——好像有个严重的缺陷。他嘴里甚至差点蹦出："我拼命地工作，难道还要照顾你？"可是如果对方反驳："这不是照顾不照顾的问题，而是爱情性质的问题。"那他只好怒斥道："什么爱情？别动不动就拿爱情说事！"其实他这么说的话，就是承认自己输了。

可是，良也心里偷偷地想，如果有人正面问他："你真的爱克子吗？"那他自己根本不知道怎么回答了。要是人家问"你不爱她吗？"那他倒可以干脆地反对："怎么可能不爱呢？"

良也和克子的谈话有了一定的共识之后的两三天，小室谷打来电话，说要来东京，为来年的展会作准备。据说计划的是一位画家的回顾展，那位画家是长野县人，去巴黎留过学，然后亡故了。

好像还有他的散文集出版的事情，他的散文写的是流行艺术之后的绘画空间。

良也立刻请小室谷到那家小餐馆吃饭，正好算是感谢他去长野时的帮助，就是银座金春路上那一家，在那里他们听到了座位隔壁老夫妇的对话。他们这次会谈论茜，还有知枝所在的万绿美术馆的事，这都很让良也期待。

"前几天，馆长叶中知枝过来了呢。"

刚一见面，小室谷就向良也报告了知枝的事。

"倒是没什么很具体的事。不过话说回来，她给人感觉真不错，就像是变时尚了的茜。"

听小室谷这么一说，良也有些害羞，也没说理由，就随便答道："是吗？看起来像吗？"不过接下来，小室谷又说道："不过真是个复杂的情况啊。"

良也一副摸不着头脑的表情，看着小室谷，似乎在问："你说什么？什么意思？""你看不是吗？我从我自己的情况来说，确实这么觉得。"小室谷再次重复道。他又解释说，他自己和志乃的情况就是这样，无论怎么着，志乃前男友的影子总是挥之不去——那个被老虎袭击而死的激进派。"但是我是个男人，所以强硬地进入了她的内心。而志乃呢，也因为我的出现，努力地想抹去以前那个男朋友的记忆。可是，就是抹不去。"小室谷说道。

小室谷此时的脸上，就像被一大片乌云遮住了。谈到他跟志乃的关系，谈到他们两人齐心协力，想要去抹去死去恋人的印象，却怎么也抹不去，小室谷的心情，看起来很沉重。而那个恋人呢，似乎为了证明自己与世界决斗的强烈意志，而选择了接近自杀的死亡方式——深夜跑进老虎的笼子里。这就是一种自杀，只不过没有经过人类的绞尽脑汁罢了。它不是一场华丽的演出，没有采取切腹自杀的方式。即使志乃能够忘记年轻的恋人的面容，也无法忘记他的那种激烈。在这一点上，小室谷也一样。

良也听到小室谷的这番自我陈述，终于明白了小室谷的意思。没想到他这次领悟得这么快，认定良也和知枝之间由于关于茜的记忆的存在，两个人的亲密感情无法进行下去。

良也想急忙否定，说他和知枝之间不是那种关系，根本没有过爱情的表露，甚至连一点痕迹都没有，不过最终还是放弃了。知枝确实很有魅力，而且也能感觉到她的那颗心正在向自己靠近。两个人之间有时会突然流露出热烈的感情，这种情况绝不能说没有。

但是良也和知枝之间并不是因为有一个茜，两个人的感情才会止步不前。无论如何，他都必须说清楚这一点。良也这样想到。

其实并不是这样的，而是自己和茜之间、可能知枝和茜之间，都隔着叶中长蔵这座大山，他代表着某种东西，这种东西让他们有了犯罪的阴影。这种犯罪的阴影，无论叶中长蔵是生是死，都一直存在着、持续着。

考虑到这里，良也突然感到，把茜、叶中长蔵、知枝和自己所形成的整个结构解释给小室谷听，并且让他明白，是多么困难的一件事啊。而且他现在终于发现了，他就是为了搞清楚这一切才策划了这次的《弄潮的旅人》，究竟是什么样的诅咒紧紧捉住了叶中长蔵，并进而影响到茜，到最后让他们捆绑成了一个连自己都动弹不得的结构？

"无法理解的事情，就拿事实来陈述吧。"这应该是记录文学的原理。

"不明白的事情太多了。"良也对小室谷说。

"我和知枝之间根本不是恋人，还是在逐渐产生一种类似同志般的关系，或许可以这样说。可是，有好多事我都不明白。"良也又重复了一遍。

良也在正确解释了他与知枝以及他与茜之间的关系后，又坦率地告诉小室谷："说到不明白的事，其实我跟克子的关系也是这样，发生了迅速的变化。而且这种极端细腻的日常变化，以另一种完全不同的方式动摇了我。我越来越感到，人真是一种活在具体的日常生活中的动物。"

"你是说你们在朝坏的方向发展？"小室谷的脸上露出了对好朋友的关切神情，良也急忙补充道："不，不是那样。并不是说就是坏事，不过也不能断言说是好事，总之嘛，就是出现了变化。就在两三天前，刚达成了一个协定，可能该叫它'夫妻间协定'。"良也就这样把他跟克子之间刚发生的事的缘由经过告诉了小室谷：为了克子的自立，开了一个新的户头，给她取钱用。

听到这个，小室谷表达了自己的看法："这个可不算坏的变化。你要从时代的变迁来看，你们这还不算早的呢。不过我觉得嘛，个人的日常生活变化可以晚一点，这个跟时装流行之类不一样。"这语气听起来就像一个长辈说的。"我这边离婚终于成立了，对方把盖了章的文件寄过来了。估计她找着好对象了吧。"然后小室谷用很平静的语气向良也汇报了一下情况。

"哦，是吗?"良也想到这也是道喜的时候，于是问了问小室谷："那，你以后打算怎么办?"

"没什么打算，也没什么计划。我跟她嘛，也不知道会怎么样。"谈到自己跟志乃的未来，小室谷的口吻骤然变得就跟自己无关似的。

良也回想起来小室谷结婚时的情景。他记得，自己回到总公司后不久的那个时候，小室谷还在长野分局。对方在东京社会部，比他进公司要晚。她的意思是，他们两人结婚后，还是分居两地，各干各的，要是小室谷回东京的话，就住到一起。这样的话，只要新郎调动工作地之后举行婚礼就行了，可是那两个人正在热恋，根本等不了。良也想起来媒人曾经说过这样的话，把大家笑了个半死。而那个媒人呢，就是社会部的部长，良也和克子结婚那会儿也是他。古代有种说法，说是吃一个奶妈的奶长大的孩子叫做"奶哥奶弟"，那么同一个媒人做的媒并结婚了的人，应该用什么词语来称呼呢? 良也想了半天，也没想出一个词来。这难道是因为，结婚这件事比起吃奶更具有不确定性?

摇身一变

从到纽约的第二天开始，忠一郎就不得不找住的地方。陪同的是一个中年的日裔人，叫山中靖司，他曾经在忠一郎公司的纽约分社工作过。

山中靖司在战争开始时不曾被抓进监狱，他用商社的退职金加上从在中国拥有土地的家里得到的资助，开了一家饭店。

山中靖司过去的上司塔之泽提到他时提醒忠一郎说："山中君人很精明，头脑很好。在日本有有钱的亲戚，是个有个性的人。交往时注意点为好。"

塔之泽常务的住所兼事务所开设的分店，是在商业中心区的一套公寓里。这是从东京出发前就已经决定的事。而忠一郎就不得不找一个尽可能便宜且到事务所很方便的地方。

来这之前，问在东京的美国记者或外交官对日本商人的印象如何，却得到很多"孤僻，不想和外国人交朋友，不知道在想什么"之类的批评。所以忠一郎是抱着不想成为这样的日本商人的想法来纽约的。

然而，这条大街和预想的不同，充满了四面八方包围而来的压迫感。

清晨，街上充满了各种各样的声音：装卸货物的卡车声，奔驰的地铁的轰鸣声，即使是5月份但仍然会从马路下水道里喷出集中供暖暖气的热汽的声音，卖报的和街角卖爆米花的吆喝声，匆忙赶路的人们的脚步声，空气通过超高层大厦的电梯道里发出的声音，像浪涛那样卷起漩涡的人们的说话声，等等，这一切使人感觉充满了自己就在世界中心并推动一切事物发展的自信。从外国来的人，不得不顶住这种压力。

在这种氛围里，令忠一郎苦恼的是，一美元兑换三百六十日元的货币价格差。日本政府给的外币，如果不好好仔细使用，一日三餐都会很紧张。另外一件令忠一郎苦恼的事是，在分店开设筹备过程中，常务用过去的大日本帝国商人的经验来判断一切事，从而和现实产生了误差。

花了三四天找房子，来回跑事务所用的复印机、打字机、保险柜、文件整理柜等的租赁合同。在此期间，忠一郎和中年的山中靖司关系完全好起来。从塔之泽那里听说他是一个有个性的人，但实际上却觉得他率直而不虚伪。

在唐人街吃便宜的午餐时，山中问："现在的年轻人都像你这样没什么身份意识吗？"在忠一郎反问后，他解释说："过去，有总公司来的正式员工、当地采用以及雇用三种身份上的差别，职务上也有差别。"

"那，这不是因人而异吗？"

忠一郎这么回答后，山中紧接着又问"你觉得塔之泽怎么样？"忠一郎被逼得含含糊糊地说："嗯，他是个有能力的人。是因为和山中先生年龄差不多吧。"山中露出"这个人不会撒谎"的认同表情，邀请他说："今晚不到我店里来吗？我那里以吃饭为主，价格不贵，所以喝点酒也没关系。你不是在这要待很长时间吗，找两三家可以常去的店怎么说都是很方便嘛。"

那天晚上，向常务汇报完一天的工作后，忠一郎去了山中的饭店。看到被他从里面叫出来的山中夫人，忠一郎想起曾经遇到过的一个类似的情景。

山中夫人叫古莱特，她是在二战爆发前，立陶宛马上就要被纳粹攻占的时候，抢先逃到纽约的。因为当时波兰已经被纳粹控制了，所以逃出立陶宛的方法，就只有通过西伯利亚铁路，经由海参崴港在日本登陆，再从神户坐船到美国。

古莱特在等待父母到达期间，在山中的饭店工作。因为她在神户等往美国去的船时，曾经得到几个日本人的亲切对待，所以有什么事都和山中商量，不知不觉就变成谁也离不开谁的关系了。

山中起初对两个人在一起很犹豫。有年龄相差很多、很像父女的原因，也有吃过和美国女人结过婚的苦头的原因。认为自己有有钱的亲戚，再婚的话一定要找日本女人。然而，古莱特纯洁天真，想法和日本人很接近，另外她本人还很积极。

听山中说了他结婚的经过，又听他说"不知道有事总和我商量、人很好的古莱特怎么生活下去好，我可能一生就这么碌碌无为了"，忠一郎就想起了刚才夫人从里面出来时，掠过脑海的情景的原型。

"人不是看哪个对自己有利，而是根据被要求做什么才决定生活方式，这不是也很好吗？我那时候就这么想的，可能因为那时还年轻，而且是少数一直辛苦工作的人吧。"

山中回顾当时这么说道。忠一郎一边听着，一边想起悄悄劝说军曹回到原部队时军曹对他说的话："这家的主人在战争中死了。我现在受托，不能脱离这里返回战场啊，少尉先生。"在日本开理发店的他，凭一把理发推子，在锡丹河畔的一个缅甸村庄住下来，选择了和那个村里的一个二十岁左右的姑娘一起生活。

无论是为了从立陶宛逃出来的十八岁女孩而放弃和日本人结婚的日裔二代，还是留在锡丹河畔的贫苦村庄里做理发匠人的军曹，他们的环境或情况可能差异都很大。但是，忠一郎认为，从人生的选择方式这点来看，他们是有共同点的。

自己运气好，能够回到日本，并且作为分店设立筹备委员来到纽约，但那并不能说已经选择了自己的生活方式。何况哪里谈得到这样，应该说还什么都没决定呢。

不知为什么忠一郎在内心中深信，如果不选择无论从哪方面都能自信的回答出来的生活方式，那么，对正在失去记忆的自己在勃固山中可能已经犯的罪的处理就不会结束。从日本出发后，忠一郎曾一度受在密林中的噩梦困扰。

"那么，古莱特的父母顺利逃到这里来了吗？"对于忠一郎的询问，山中沉默地摇头，闭着眼睛回答说："被纳粹抓住了吧，多方打听也没有任何消息。"他还说："这个事请不要告诉我妻子。因为只有自己得救的痛苦回忆即使经过很多年仍然会很痛苦。"

为了改变沉重的话题，忠一郎环顾了一下饭店问道："说了这么长时间话，怎么一个客人也没来？周六总是这样吗？"山中本来露出松了一口气的表情，但马上又紧张起来，缓慢地说："不是，只有我家这样。大约半年前开始，客人来得少了。可能是周围新增了很多饭店吧。忠一郎说："那问题不是很严重了？"山中回答道："古莱特也正着急呢，对了，再把她叫过来好吗？"

忠一郎点头同意后他回头朝厨房喊道："哎，关君有话问你。"等她出来，山中随意地说："关君想根据年轻人的感觉给我们饭店提建议。"忠一郎不得不硬着头皮说道："不是，我也没什么自信，但说到作市场营销多少还懂一点。"

他在公司内研修的时候曾经上过市场营销的课。忠一郎想起了被请去上课的一位大企业的创立者说过的话。虽然对忠一郎来说那并不是什么有独创性的话。

古莱特夫人介绍说，这十个月来，营业额下降了约百分之二十。

忠一郎想了想，半开玩笑地提议说："那我们就这么办吧！山中先生夫妇俩告诉我美国人的家庭生活和年轻人的生活现状。作为交换，我出主意使这个饭店的收入增加，你们看怎么样？"

让人感觉看不出实际年纪的古莱特夫人看起来很有魅力，这也使得忠一郎提出了这个轻松的建议。

山中说："这样很好。明天是周日，我带你去这附近年轻人聚集的大街和饭店去看看。"忠一郎也对古莱特说："请带我去。调查这个饭店的竞争者的情况是很重要的。日本也有'知己知彼百战不殆'的说法。"并向歪着头的古莱特解释了这句话的意思。有点担心星期日塔之泽怎么办，但推测他可能会假称倒时差睡觉，所以也没太在意。

"客流量少是因为客人都被旁边的格林尼治村拉走了的缘故。"这是古莱特的意见。"不是这么回事。那儿的饭店和我们的饭店客户层不一样。"这是山中说的不同意见。对发生在面前的夫妻争论，忠一郎沉默且感兴趣地听着。

夫妻俩的意见很不一致。忠一郎很想问："这个饭店以什么样的客人为对象？他们的兴趣是什么？年龄层在多少？收入层在多少？"但他忍住了没问。因为这样的提问无论怎么说都像是站在古莱特一边。在新员工培训时，市场营销的讲师在课程中玩笑似的引用的例子到现在还有用，对此，忠一郎觉得有点不可思议。那个讲师说，以年龄层较高的客户为目标的饭店，照明必须暗一点。高级饭店光线暗，是为了使双方在都看不清对方缺点的光线下，能容易地说出"哦，你是多么的迷人！"之类的话。还说因为高级，并不会觉得暗。在年轻的新员工天真而又残酷大笑的同时，讲师开始了他的市场营销论。因为是商社，所以忠一郎觉得，在公司开展市场营销论研修的过程中，应该有近期在一个叫川下的消费市场中出现的战略。因为想学习这个，忠一郎才参加了那个研修。

第二天，在山中的陪同下，忠一郎在饭店的周围转了转。进了格林尼治村，街上到处是一群群穿得脏兮兮的年轻人。仔细一看，他们是故意穿工作服似的衣服并且打扮成那个样子的。他们脸颊光润，手指光洁，连指甲都很漂亮。"最近流行这样的打扮啊！这有什么好的？离远看连男女都分不清。"山中这样批评着。

以胜利为终结的战争已经过去了近七年的光阴，年轻人的精力好像已经渐渐无处宣泄了。忠一郎很是感慨。这和为了生存下去而不得不认真做事的、作为战败国的日本的年轻人是完全不同的。

忠一郎向他们中的一伙走过去，搭话问道："知道这附近既好吃又便宜的饭店在哪啊？"其中一个人缩着肩说道："你还吃午饭啊？"引得其他人都笑了。忠一郎面上也不生气，眺望着在近处高高的大厦的尖顶上露出来的太阳。这时，其中一个人可能觉得过意不去，告诉他说："从这一直往前，在信号灯处左转，那块儿的饭店不错。"看年龄那好像是个大学生。到了那家饭店一看，临街的位置已经几乎都被年轻人占了。

忠一郎和山中进到里间，拿起菜谱看了价位，点了三明治和可口可乐，山中点了意大利面。

那一天，忠一郎和山中前后走了四家风格不同的饭店，一边喝着咖啡、果汁什么的，一边抄价格，研究进饭店的客人的样子。那里面有一家是以年龄层较高的客户为目标的。在作市场调查的过程中，他们无意间发现了一家虽小但看起来很干净的公寓，山中交涉的结果是先签半年的合同。从那里到时代广场只换乘一次车就可以到常务住的事务所。因为感觉像是学生住的公寓，房租也比预算要便宜。还有一个好处是，步行就能到山中的饭店。

回到山中的饭店时，忠一郎才注意到饭店的名字叫"辛巴达"。他就问名字是怎么来的。"啊，没什么大不了的原因。只是因为商社、海上冒险或者商队，还有辛巴达。"山中解释说，"我战争前，也曾经在你待的商社里工作过，那时的商人多少都有点那样的心思。"

"说起来，市场调查真的很累人啊。"山中一边用古莱特夫人拿过来的毛巾擦脸一边说。忠一郎推测山中可能向夫人说过这些事。

"今后日本的游客会增加的。托朝鲜战争的福，日本的经济开始复苏，靠出口立国的机会大大提高了。"忠一郎第一次平静地使用了"托朝鲜战争的福"这样的话。"所以，做日本菜这件事，从现在开始，如果能开发一种材料的采购方法也是一条路。原本厨师怎么解决也是个问题……"话没说完，忠一郎注意到山中什么反应也没有，就直视着对方的眼睛问道："山中先生，您不喜欢日本菜吗？"

山中露出了复杂的表情说："我是日本饭店之父吗？"对于他来说，作为日本二代移民，经历过遭受白眼的辛酸历史。但对那段历史不是很了解的忠一郎却追问道："那是怎么回事？""不，不，我并不是讨厌日本的东西。"说完后，他又带点玩笑似的说："刚才的话取消。"然后低下头。古莱特夫人拿来啤酒时看到丈夫的那副样子，问道："怎么啦？你又说失礼的话了吧？"忠一郎慌忙说："不，不是那么回事。是我非得打破砂锅问到底，哈哈哈……"笑了，山中也像是受他影响似的笑出来。

忠一郎给还没回来的常务留了信，说他找到了公寓，并且比预算要便宜点，之后回到宾馆。搬家定在三天以内。他坐在书桌前，开始比较从辛巴达拿来的菜谱和在那四家饭店调查来的单价并开始做表。把同类菜谱比较下来一看，辛巴达的菜价，贵得使他明白客人为什么不来。思考过程中，从山中的性格判断，忠一郎倾向于认为，对辛巴达来说，依靠希缺性来胜出是最好的方法。既然格林尼治村已经变成了年轻人常去的地方，为了适应这种情况，要想吸引客人，就必须降低价格，饭店的风格也必须放弃凝重的英国风格，改为开放性的风格。想要便宜且上算，就必须彻底压缩不动产的费用。考虑到山中的年龄，面向年轻人的经营方式是不能考虑的。

在这样的大城市中，日裔美国人相当多，但日本饭店却几乎没有。除了日本是敌对国这个理由以外不做它想。然而，战争结束到现在已经过去接近七年了。现在应该说是同盟国了。对于尝过日裔人痛苦的山中来说，开一家日本饭店在心理上很抵触，但大众时代的商业必须遵循市场的发展要求。

要想生意做大，必须制定章程形成连锁化。但那更适合年轻的创业者。不过，忠一郎推测，用道理说服山中并使他支持开日本饭店是很有可能的。

问题出在古莱特夫人身上。

她现在是根据少女时代的记忆，制作罗宋汤、俄式油炸包子等立陶宛风格的斯拉夫菜，很难同意改成日本菜。

考虑到这里，忠一郎不由得想起了浦边晶子。她对他说过："你一点都不了解女人的想法。"现在他们已经很久没联络了。他曾答应过她，到美国之后尽快告诉她住址，但由于一直没找好住处，也就没办法告诉她了。

来到这里后，忠一郎不得不承认，让晶子来纽约学习音乐，从而使两个人在一起的计划，只不过是空想罢了。从明天开始，白天要和常务一起去金融机关，办理信贷限额的设定。还必须要见律师，开始进行公司成立前的法律准备。

忠一郎开始变得忙碌起来。来到纽约，只有英语不是很好的塔之泽常务和他两个人，所以，在正式的谈判场合，不管到哪里，都不得不两个人同时出席。对于贸易以及金融相关的知识，忠一郎不是很了解，所以和美国的保险公司、证券公司、银行谈判的时候，无论怎样都需要花费很长的时间。

常务一旦听不明白对方的话，就会接连发出"哦、呀"声音的习惯。身材不高但体格很健壮的他一发出"哦、呀"的声音，忠一郎就不得不把对方的意见翻译成日语。

二人外出时，和外部的联络会中断。受到这样的指责时，塔之泽就会发牢骚说："跟总公司要求过增加人手，可公司就会说：在当地想想办法吧，现在还不到增加人手的时候。"忠一郎隐瞒了他和山中已经很熟的事，问道："那样的话让山中先生来怎么样？"

"不行，他只负责陪同。"常务很坚决地拒绝了。

忠一郎用一辆卡车就搬完了家。那个周日，山中和古莱特开着装了浴巾、抹布、肥皂、洗涤剂以及盘子、碗的车，串门来了。

"一个人的生活我也经历过，总是有点孤单寂寞啊。不要客气，有什么需要和我妻子说。我们在这里待了十多年，已经算是真正的当地人了。"山中看着古莱特说道。古莱特像个真正的日本人那样说："来到这个地方的时候，我看起来还很可爱，可现在已经完全变了样。"忠一郎说："没有那回事。"在他想着下一句恭维话的时候，山中说："哪呀，受伤的是我。我现在有糖尿病，一筹莫展。我倒是听说日本的温泉对糖尿病有好处。"第一次听他说服软的话。

这么听起来，古莱特身上还有一些可爱的地方，可山中的脸色已经暗淡无光，多数时候看起来就像个老人。看到忠一郎没有说别的话，山中对他写出有关饭店"辛巴达"竞争条件的报告表示感谢，说："对了，谢谢你这段时间作的调查。问题果然整理得很好，使我想起了身为商社职员时的事。"

在纽约的第一个夏天，塔之泽常务因为要作报告所以回国了。忠一郎不知道干什么好，但因为是好不容易来的美国，努力地能多看就多看，能学习的就吸收进去，这种想法很强烈。浦边晶子改为去巴黎学习，目前不在日本，这是他不想在夏季回国的一个原因。

在好不容易收到的信里，她一句没提和忠一郎的恋爱问题。"要是能和你见面多好啊"这样的话只出现一次，这使忠一郎觉得："去者月月疏。"他也没写恋爱关系是结束还是继续，只是写了适应纽约生活很难这样的话。最后以"我衷心祝愿你作为钢琴家在欧洲留学前景一片光明"作为结尾。

她的计划是在欧洲取得一定的知名度后再到纽约一显身手。

她要是能来纽约最好，但那时自己在哪里忠一郎也不知道。站在人生设计的角度，他觉得上班族是一份不确定的工作。所以，虽然不知道什么时候被召回国内，但自己的特点是凡是在讲英语的地方就能自由活动，所以在纽约期间，为了能在美国工作下去，他决心要充分吸收必要的知识。

英语专业毕业的忠一郎对取得商人资格的MBA不感兴趣，他关心的是更具体的东西。来美国已经两个多月、快三个月了。和山中夫妇熟悉后才知道，包括超市在内，无论饭店还是汽车零件商店大多都是在全国有数百家分店的公司。另外，付款绝大多数时候都是用支票。宾馆中，面向自己驾车旅游这类人的汽车旅馆连锁店，也在全国广泛分布。

为了了解美国，忠一郎想尽可能和山中一起开车到各地旅游。但是，为此他必须先考驾照。日本还没有成为汽车大国，但他认为早晚都会有那么一天。忠一郎还认为，虽然，现在日本的生活方式比美国落后了二十年以上，但肯定会渐渐赶上来。

开始还不是很感兴趣的山中，突然变得积极起来，说："想一想，我还哪都没有带古莱特去过。既然你跟我说了，那就趁这个机会，停业一周去旅行吧！"

"要想了解美国，就不要去观光胜地而去要去地方。"按照他这个意见，他们制定了计划：于8月中旬过后，从纽约出发，经过宾夕法尼亚、弗吉尼亚、印第安纳州，再从芝加哥乘飞机飞往多伦多，观看尼亚加拉大瀑布后返回。

他们一路换乘租来的车，住汽车旅馆。一旦决定好出游路线，委托租车公司后，在各目的地的汽车旅馆就能换租另外一辆车。早餐在汽车旅馆吃，午饭在计算好时间和距离后可以吃三明治喝可乐解决，也可以在黄色屋顶的连锁饭店稍作休息解决，晚上可以在事先从旅游指南上查来的饭店吃一顿不是很贵的正式晚餐。就是这样根据预算和时间来安排一切事情的。

当忠一郎把经历过的一件件事所留下的深刻印象说出来时，山中说："你不知道，住在这里，这些就会变成理所当然的事了。我在日本住了大约一年时也是这样的。"接着，山中回忆起了大约二十年前在他父亲出生的广岛县中国山脉附近的农村生活的事。"生活确实不方便，我那时想，便利的生活是什么呢？那种不便被众多人的帮助掩盖了。或许这才是最奢侈浪费的。"

山中家里拥有大片森林，他父亲作为次子，想远渡美国创业。"所以有和普通移民理由不同的意识，因此被日裔人的社会和原本的美国人社会所孤立。能注意到自己的傲慢，还多亏了古莱特。"

说着，山中告诉忠一郎，帮助立陶宛难民的意识，是如何成为男女之间爱情的障碍的。

说这些话，可能是因为一起出来旅行，若是自己不提公司的名字，那就没什么可说的了。忠一郎不由得这么想到。

他们第一天经由费城、巴尔的摩到华盛顿郊外，在弗吉尼亚州梦迪赛罗的汽车旅馆住宿。参观杰斐逊度过人生最后一段光阴的家，是此行的目的之一。他曾经写出了《美国独立宣言》。

在此之前，忠一郎都不知道《美国独立宣言》是谁写的。

想来，美国国名出现在他面前时，两国还是敌对国。那时政府在街上倡导在日常生活中不要使用敌国的语言。在那种情况下还劝说儿子进英语专业，父亲荣太郎真是一个有先见的人。这一点在他进野战医院的时候就深刻体会到了。

忠一郎想学英文，还是从高中时看了父亲书房中的叶芝诗集、英国文学中的几篇作品开始的。虽然还不是很明白乔伊斯，但通过这些文学作品，忠一郎第一次知道了英格兰、爱尔兰、苏格兰的不同，第一次知道了叫做德鲁伊特的预言家的存在。

最后自己参加战争、被捕，在使用英语的过程中，连自己都觉得不可思议地失去了对文学的兴趣。旅行中，忠一郎一点点把这些告诉了山中夫妇。他在讲述的同时，忽然想到，自己远离文学，是不是因为自己体内产生了抗拒提笔写人类内心的真实面这件事本身的想法呢？

出来旅行让忠一郎惊讶的另一件事是，古莱特夫人似乎比看起来还年轻。

"怎么说才不失礼？"在注意这点的同时他问了这个问题，山中原本很高兴的表情立刻变得寂寞，转而又用大笑来掩饰道："确实是这么回事。经营饭店还是看起来成熟点好。那是化妆化的。"古莱特看着丈夫说："因为你，男朋友都没出现一个。"

在这种兴致勃勃的谈话中，三人登上了小高山，参观了现在已成为纪念馆的杰斐逊的家。那是一栋简朴的农村小屋，红砖修建，旁边有一棵古老的大树。

忠一郎读着从杰斐逊家得到的独立宣言要约，看到这样一句话："人人生而平等，造物者赋予了他们若干不可剥夺的权利。"

在有所感悟的忠一郎旁，山中补充说："美国那个时候正受英国的横征暴敛，不想被干涉。现在立场变了，有很多国家想从美国独立出去。"生活在纽约的他没有遭遇过这样的事。但因为看到过仅仅因为是日裔就被抓进监狱的同胞，山中的话充满了嘲讽。

在觉得他说的令人信服的同时，忠一郎又考虑起宣言中"追求幸福"的意思。忠一郎觉得，现在，追求幸福是和经济的繁荣昌盛结为一体的。

原本知道，自己对美国的民主政治没有任何具体印象，很快又知道，不仅自己是这样，很多日本人都是这样，是想要保护自己吧。

"麦克阿瑟将军被罢免时，日本人全都觉得美国罢免了比天皇陛下还厉害的人，是一个谜一样的国家。"忠一郎向山中说道。接着他又说："不看《独立宣言》等作品的话，谜就还是谜，不会改变。"

三人离开杰斐逊的家后又参观了墓园。墓碑上只刻着："《独立宣言》及《弗吉尼亚信教自由法》的起草者、弗吉尼亚大学创立者，托马斯·杰斐逊，长眠于此。"

"身为政治家却喜欢简朴，这点真不错啊！"忠一郎说。"那日本的政治家怎么样？"山中的询问，使忠一郎想起了父亲对身为公务员的政治家素质低下的感叹。回答说："大家都想要勋章。"对日本，忠一郎觉得自己可能会更嘲讽一些。古莱特问道："你们两个都对自己的国家要求很严啊，是因为身为男人吗？""古莱特夫人怎么看呢？对立陶宛？"对这个问题。她说："我是怀念，不会像你们那样批评。"离开高大的橡木林，三人默默地走过木块铺的路进入果园。忠一郎产生了一种想法，在这种寂静中才有真正的美国，而纽约、华盛顿都是异类空间。

在参观的各个地方，忠一郎见识到了至今没有预想过的美国，不知不觉中产生了一种想法，即，把在这个国家学到的东西带回日本，开始新贸易，这应该是赋予自己的使命吧。

后来，偶尔会考虑自己的转机是什么时候、从何而来这个问题。是被捕时还是进入公司时？可能每一次的想法会不同，但此次美国国内旅行肯定是其中之一。

8月结束后，和归任的塔之泽一起重新开始准备分店开设事务时，忠一郎已经变成了一个和旅行前不同的商人了。

一方面塔之泽可能在东京受到了催促，他把公司要比其他公司早建立分公司的方针告诉了忠一郎。而且公司还考虑，开始时不设分社，作为出差地开始展开活动，做出实际成绩后设立美国法人。这么安排下来，忠一郎就不得不重新紧急出具文件。结果他们碰壁了。

非居住者要想在美国设立法人，首先必须有充足的存款。金融机构为了接收存款，必须有能证明那笔资金来路正当的文件。可以让本国的总公司作担保，但特殊场合，会要求集中付款。做出这种担保，要有制度上的约束，对综合商社来说，实际上抢先设立哪怕只是一家的美国法人也是不可以的。

　　在美国遇到的困难，不通过东京总公司向政府活动，是无法解决的。障碍出现后改变方针就好了，可是塔之泽碍于面子只想在当地想办法解决。他仗着过去的一点交情，开始了一次次徒劳的谈判。每天如此。塔之泽接连发出"哦、呀"的谈判不断出现，像预想的那样谈判不顺利。这时塔之泽就会抱怨"因为是日本人就不行吧""这不是差别对待吗？"等等。

　　忠一郎实在看不下去，提议找一个有力的律师试试看，可却被斥责说："美国人肯定向着美国一方说话。"忠一郎向在东京美系律师事务所的房求助时，在信的最后写了："或许，我可能会辞去现在的工作。"

　　秋天转眼就过去了。梧桐树叶开始落下时，纽约已经是冬天了。塔之泽常务为了报告设立美国法人受阻的情况暂时回国了。忠一郎觉得，或许塔之泽能在东京停留到年底吧，如果真那样的话就太好了。

　　"回去的话，也请帮我说点好话。"忠一郎说。"知道了，我会报告说，关做得很好。"塔之泽心情很好地承诺。长时间当上班族就会变得卑躬屈膝，忠一郎很厌烦这一点。

　　大清早把常务送到拉瓜提亚机场后又回到公寓睡觉。这时山中来电话说："今晚想和你聊聊天，能来店里一下吗？"因为最近被塔之泽支使得团团转，很久没有见面，所以忠一郎很高兴地同意了，之后又躺回床上继续睡觉。

　　五点多到达辛巴达时，还没有什么客人。和第一次来店里那晚一样，等待着稍后出现的古莱特。这时山中说："日本的伯父突然去世了。有些遗产的事要处理，通知我马上回去。"他还说，因为没有遗嘱，需要按照法律进行分配，包括山中在内的六个人有继承权。按最新法律，在世的夫人得到的最多，三个孩子平均分，他们一份的一半会分给山中和另一个侄子。

　　"即使这样，也是很大一笔资产，如果能得到那笔钱，这个店的累积损失就会完全消除掉。"山中极力地说明着。

"事情要是能进行得顺利就好了。"忠一郎附和道。"还有一件事，"山中迅速地靠过来说，伯父在世的夫人拜托他，因为想要顺利得出结论，所以希望他能照顾还年幼的长子。

他这样一说，忠一郎对山中的事情又不太明白了。他伯父的第一任妻子没有孩子，和再婚后的第二任妻子生了三个孩子，儿子是长子，目前正在上高中。

"总之，希望我能照顾一下。"他又确认似的点头，"我在日本可能会待很长时间。那时就剩古莱特一个人了。"随即露出有点生气似的表情。

听了山中的话忠一郎有点迷惑。他为什么会叫自己出来？他和古莱特要让自己干什么？因为这，他变得有点不安。虽然报告中没写到这些，但忠一郎认为，辛巴达继续经营下去是不行的。要想填补至今为止的损失、归还借款，只有把伯父的遗产算进去才有可能清偿。他是因为忠一郎的一句话才决心要停业的吧？现在山中被拜托照顾伯父的长子。可能是在世的夫人和长子觉得，刨除之前和丈夫的那点血缘关系，山中是条件最合适的监护人。如果是这样的话，山中就会在日本待很长时间了。不管怎么说，有一点很明确，那就是，山中夫妇是认同忠一郎的经营判断能力的。

忠一郎想要和房义次商量一下。房之前在信中提到他已经取得了律师资格。

"如果需要遗产继承方面的法律专家的话，我有一个战友现在是律师。"忠一郎拿出记事本把房在东京的事务所的地址和电话写下来。

"谢谢！"山中接过记录后又说，"另外，"等忠一郎抬起头，又说了一遍"另外"后说，"我不在期间，只留古莱特一个人我不放心。你能来帮点忙吗？"古莱特也一起行礼说："拜托了。"忠一郎认为，有困难的时候自己出出意见就好，所以回答道："知道了。虽然我觉得我也起不了什么作用。"

两天后，忠一郎到机场送走山中后，和古莱特回到辛巴达。两个人都觉得累了。明天几点到东京？日本已经相当冷了吧？说了这些后就没什么话了。古莱特经由西伯利亚铁路逃亡时，是从新潟直接到神户的，所以不了解东京。可能是错觉吧，忠一郎觉得古莱特的眼皮看起来肿了。

"现在，我这边，常务回日本了。因为他不在，我的时间很自由，所以有需要的话尽管叫我，我明天傍晚过来。我看你有点心神不宁，今天就好好休息吧。"

忠一郎用办公似的口吻说着。

辛巴达饭店的里面竟然有一个很大的厨房，在通往客人坐席的出入口处的门旁边，有一套小桌椅。古莱特让忠一郎坐在那里，说："你现在是作为商社职员工作的，所以，每天来一次就行，每次有五分钟十分钟的就好。可能的话，最好是在厨师和两个服务员都在时、晚上八点前。那时要装成主人的样子。"又确认道："让你们公司知道的话不好吧？"

忠一郎脑海中浮现出塔之泽那身材矮小肩膀却很宽、扬起长着一小撮胡子的下巴的样子，说："是啊，公司会多心的，没有必要特意告诉。晚上六点以后过来的话那完全是私人时间。"这次用半朋友似的口吻回答。看到古莱特高兴地点头，忠一郎觉得虽然不知道她比自己大几岁，但却是个可爱的人。同时又想到，她可能是因为山中不在而心中不安吧？忠一郎提议道："我是独自赴任的，可能的话先以客人的身份在这里吃饭，吃完后再做辛巴达的顾问怎么样？"她看着忠一郎说："这样好啊，你这个人也太认真了。"古莱特的表情，特别是细长的瞳孔中流露出诱惑的光芒，使他不由得低头向下看。

她眼中的那种光芒突然消失，"那就从今天开始吧！"说着走到厨房里面，把他介绍给厨师和两个服务员。忠一郎走向客人坐席，在窗边坐下，重新环顾店内。只有一个中年女人正在细细地切着俄式油炸包子吃，没有别的客人。

他再一次确认，这家店应该在产生更多赤字前关闭。还在犹豫什么时候开口说时，山中就去了日本。现在虽说委托给自己了，也不能在人家不在时闭店。在他得到亲属会议的结果前自己都只能这样了。这样下结论时，又进来两对中年男女。接着又进来四个年轻的男客人，感觉不像是上班族。今天客人混杂出现真是很少见啊，这么想着，不由得觉得有点高兴。忠一郎离开窗边转到靠近厨房的小桌子那。格林尼治村附近奇怪的年轻人很多，所以像塔之泽那样的中年人不会接近那里，忠一郎认为这种情况比较好。

塔之泽回来，抢先设立美国法人的计划被中止了。说是改为和几家大公司一起，步调一致地取得贸易实绩。

"那样的话，没有我这样的人也可以啊。生丝、食品什么的，有专门的销售人员就足够了。"塔之泽很不满。

"出口种类不能再增加吗？轻工业品的话，日本应该很擅长。"这么问了后，塔之泽用惊讶的眼光重新看了一遍忠一郎。"同样是纤维制品，有衬衫、罩衫等劳动力很便宜的产品，还有盘子、小碗等厨房用品，以及凉鞋、草鞋等东西。"忠一郎举例说明后，塔之泽用很轻蔑的目光看着部下。好一会儿，才以发泄似的口吻说道："我讨厌那种小商人似的产品销售。香皂、牙刷、药丸，这些都是从前小贩在大陆卖的。"

尽管这样也不能什么都不做，塔之泽就拿着产品目录，到百货商店、大型专卖店去推销杂货、衬衫、内衣等产品。这样一来，六点左右去辛巴达吃晚饭的约定，不能实现的日子就多了。那种日子的第二天去辛巴达的话，古莱特就会全身动作都充满了愉快的感觉那样迎接忠一郎。

山中会每周一次联系古莱特。伯父的遗孀又有了完全不认识的亲戚，继承问题难以进行；忠一郎介绍的房义次是个有能力值得信赖的律师；关于这点代我向关表示感谢……忠一郎由古莱特口中得知这些信息。

到了12月，从道旁通风口出来的暖气的热气形成的白雾缭绕不散。

到中旬时，塔之泽变得慌张起来。为了扩大几个集中的贸易，想要直接联系制造业者，所以24日时说第二天要回国。从圣诞节到年末，谈判会变少，这个理由也提出来了。实际上忠一郎推测他是想在日本过正月，直接这么说的话反而会很高兴送他回国。忠一郎内心这么想着。

忠一郎对怎么过年末和正月很难决定。想要再来一次美国国内旅游，但扔下古莱特一个人也不行，两个人一起去也不行，不知道怎么办好，就一直拖着。

圣诞结束的那个周六，古莱特邀请他说："明天停业，来我住的地方吧。你没有别的安排吧？"忠一郎不由得吃了一惊。感觉既高兴又不知所措。这期间几乎每天，傍晚时到店里，吃了饭后变身为顾问进入厨房，慰问厨师，说些需要注意的事。但做这些事渐渐变得吃不消了。他的心中产生了不能以监督的眼光来看古莱特的感情。他拿去了从母亲那里要来的、很久以前就想送给山中夫妇的九谷香炉以及几种香，还有给古莱特的镶嵌螺钿的梳子。

门铃响过后，看起来和平时不一样的古莱特出来了。她外穿乔其纱样的轻薄短外套，里穿红色的长礼服，头发批散着。不化妆的她看起来比平时还要年轻。

"很准时啊。还得需要十分钟准备，你先到客厅等一会儿吧。你是喝香槟还是红酒？"她边干活边问。

"还是香槟吧。平时不怎么喝酒，难得赶上圣诞。"他也习惯了她直率的问话方式。

客厅里，除了日文版的《世界文学全集》外，就只有各种杂志随意地放着。墙上挂着从没看过的想象画。画里，一个长着大大翅膀的天使跪在高高的岩石山顶，眺望着远处正在过浮桥的人们。整体的色调都笼罩在夕阳似的红色之中。

忠一郎出了客厅，朝着发出整理东西的声音的房间走去，并问道："客厅里夕阳下的天使那幅画是谁画的？很有气氛啊。"

"啊，那是立陶宛的画家乔里略尼斯画的。当然，这个只是印刷品，但还不错吧？"她边忙活着边回答。餐厅里已经摆了两人份的餐具，银色的烛台上插着三四根蜡烛。

"啊，请帮我把桌子上的蜡烛点着，火柴在这里。"古莱特这么告诉忠一郎后，忠一郎走进厨房。锅里的水刚烧开，切成丝的面包装在盘子里。

"等会儿吃干酪火锅。"她说明着。从她手里接过火柴，他返回餐厅，把树一样的烛台上插着的蜡烛一根根点着。

外面已经完全黑下来了。掀开窗帘一看，竟然纷纷扬扬地开始下起了雪。忠一郎这时觉得，闪烁的烛光，就好像是在洞穴似的冬日的纽约点燃的生命火焰。

"久等了。对不起。你能帮我打开这个吗？"古莱特指着旁边放着的香槟酒说道。杯里倒满酒后，古莱特把它举到眼睛的高度，说："提前祝你新年快乐！"忠一郎回应说："迟到的圣诞快乐，送给古莱特夫人。"

古莱特站起来关掉灯，在烛光的照射下开启了香槟。他一边说着不得要领的话，一边心里可惜着：不管怎么慢慢地吃，这顿饭都要结束了。当提到乔里略尼斯的画时，她忽然想起，乔里略尼斯还是一个著名的作曲家，开灯想找他的唱片给忠一郎听。可是很遗憾，没有找到。忠一郎思考日本有什么样的音乐时，想起了浦边晶子。没听她说过有关日本作曲家的话。两个人一起去城岛时，说到过《城岛的雨》这首歌，但是并没有谈到是谁作的曲。她已经成为仅存于遥远过去的人了。

喝咖啡时，忠一郎把带来的礼品放到桌子上，解释说："这是从日本送来的，所以没有赶上圣诞节。"同时指着稍稍大点的包裹说："这是给你们两个人的。"指着小点的包裹说："这是给你的。"打开包裹，古莱特立刻发出惊喜的声音。虽然是镶嵌贝壳的普通螺钿，但在烛光的照射下看起来却很神秘。

古莱特想立刻戴到头上去，可是却怎么也弄不好。忠一郎就站起身，拿过梳子，想把螺钿插在她头发偏左的地方，这时她却把身体靠向了他。

两个人的动作停止了，忠一郎紧紧地抱住古莱特的肩膀，随后放松力道，看着她的眼睛，嘴唇贴了上去。

梳子掉到了绒毯上。

"到这里来。"古莱特轻声说着。忠一郎一手被她拉着，一边弯下腰捡起了梳子。他脑海中迅速闪过了在日本的山中，可是并没有抵抗。

强烈的索求中，两个人很快达到高潮，并且稍后又几度开始反复纠缠，直至筋疲力尽。忠一郎全身都像被泡沫一样柔软的东西包围着，困得很想睡觉，可是内心深处还有一些意识，睁着眼睛盯着在屋檐下挂着的长明灯的光亮中浮现的天花板。背叛了信任自己的山中，这种想法，在迷雾中时而闪现，像针一样刺痛。想着又背叛了山中，自问"又"是怎么回事时，感到头特别的疼。勃固山中、密林……这些词，像中毒的蝴蝶那样乱飞。靠在他肩上打盹的古莱特动了动身体。他换成和她面对面的姿势，右手抱着她的肩膀。古莱特睁开眼睛，"啊，是你啊……"说着又把身体靠过来。与纤细的腰肢相比，她的胸部很大。忠一郎换到直接面对古莱特脸部的位置。她抬起左手轻轻地伸到忠一郎的额头处，把他垂下来的头发拨上去，说了这么一句让人难以理解的话："你不必担心，这是公认的事。""这是怎么回事？"忠一郎看着她的眼睛问道。古莱特突然转开视线，看着天花板开始说道："知道他要去日本很长时间，我就跟他说要和他一起去。可他却说，一码事是一码事，而且这边也不能马上关门。"山中说："你性格直率，想问题很直接，日本人很难理解。另外，不是谈判情况不好，而且不想看你受到伤害。"

山中那么说着，又反复说："这里有关君在不是很好吗？"古莱特好像生气地喊出："那个人可是个年轻男子啊，要是我的命运因此改变了怎么办？"说到这，古莱特拼命地左右晃头。那可能是因为她不想想起那时夫妻间的对话，也可能是想尽力消除记忆中山中接受古莱特说法时流露出的过度悲哀的冷淡目光。"对不起，跟你说这些，请不要讨厌我。"她把脸埋在他的胸前哭道。

忠一郎否定古莱特的话，无力地说道："不对的是我。谢谢你能坦率地跟我说这些。"胸前湿透了，知道她还在哭，但那不是抽抽搭搭的，也不是呜咽，感觉仅仅是没有原因的流眼泪。然而，考虑下来，有许多不明白的地方。

说完那些话后，想起当时山中当着古莱特的面把她托付给自己："我不在时古莱特就拜托你了，有什么事帮她参谋一下吧。"现在想来，当时她站在山中旁，脸上是带着可怜的表情看着他的。那就是所谓的"公认"吧。

还没得出结论，忠一郎就睡着了。当察觉到古莱特转动身体而睁开眼睛时，忠一郎发现自己还想抱她。这种想法让他吃了一惊。他轻轻摇晃古莱特，问道："起来洗个澡吧。""好啊。"说着她精神焕发地起身，光着身子走进浴室，很快就传出了大大的水流声音。这处房子是在一栋叫做"caste iron建筑"的旧建筑的一角，因为是寒冷地方的建筑，所以整个地区都有暖气、热水，很完善。忠一郎爬起床，从窗帘的缝隙向外看。水蒸气变成露珠沾在玻璃上，用窗帘擦拭过后，看到雪还在纷纷扬扬地下着。路上、附近低矮建筑的房顶都变白了。今晚只能待在这里了，这么一想，忠一郎反转身走进了浴室。

第二天，忠一郎临近中午都没有起身，在舒服的深度疲劳中睡着。从战场回来以后还没有过这样的情况。连梦都没做。可能因为那天是年末的周日，又赶上下大雪车不能跑，街上很静。这种寂静轻柔地包围着两个人，使他觉得很幸福。忠一郎就那样睁着眼睛，静静地躺在床上。竟然没有觉得后悔或是迷惑。

古莱特是稍早一些起来的，厨房里发出很小的声音，之后传来平底锅里炸东西的声音，空气中飘浮着烤面包的香味。

忠一郎知道她是不想吵醒他，就大声地说："早上好！"

"啊，起来了啊。"在古莱特的问候中，他猛然打开卧室的窗帘。雪下得还是很大，可是天空却不知为何变亮了。

慢慢地吃完早饭兼午饭，雪就像下时那样悄无声息地停了。

古莱特说："就快过年了，我想让你一直住在这里。日本正月时不是休息吗？"

"谢谢，可是那不会给你添麻烦吗？"对于这个问题，古莱特用充满诱惑的目光看着他回答道："不方便的时候，我会说的，你就待到那个时候吧。"

"问题是让你待在哪儿，我觉得你会不喜欢那个人的房间。"

忠一郎什么也没说，到此时才想起来自己没有任何资格。模糊地说出这种感觉后，古莱特的两眼突然充满了泪水，这吓了忠一郎一跳。思考着是哪句话让她伤心，却怎么也想不起来，他坐立不安起来。用手绢捂着眼睛低着头的古莱特，总算是抬起头，说"他不会回来了"，之后又捂住了眼睛。

"为什么？""怎么会？"忠一郎只能断断续续地说出话来。"他不是清楚地说出来的。我第一次在辛巴达看到你时，就直觉你将会又一次改变我的命运。那天晚上，和他回到这里后，我直接把我的印象说出来。并不是喜欢还是不喜欢的意思。我这么说之后，他对我说：'你知道小关现在的身份是什么吗？他是一个还不到三十岁正努力工作的商人。父亲好像是个很厉害的官员。他不会对辛巴达有兴趣。虽说他给辛巴达提了意见。'"

说到那，她不说了。资本家伯父的讣告他是在那之后过了大半年才收到的。那期间，山中和忠一郎每天都见面。而和古莱特，除夏季的汽车旅行外，每月能见一两次面。

山中寻求应该怎么经营辛巴达的意见，并请求他做报告书的事现在看来也是在考验他。

触发他考虑委托这个年轻男人接替自己是好是坏的，是古莱特说的"这个人会再一次改变我的命运"呢，还是在决定之前回日本呢，如果没有这样的问题意识，这就是不能理解的事。

山中很看重古莱特这点是毋庸置疑的。这从一起开车旅行的时候，山中偶尔看着坐在旁边的古莱特的眼神中能表现出来。有时他的眼睛里会闪过看着女儿的父亲似的光芒。把他们的对话前后核对计算下来，山中早就超过六十岁了，和古莱特差了三十岁左右。

那时，忠一郎认为，人到了一定年龄，就会从男女关系中脱离出来。有的人反而会执著于性关系而晚节不保。

回想起很多两个人在一起的情景，还是不知道山中为什么会流露出把古莱特交给忠一郎照顾的举止。或许是山中感觉到自己离死期不远了吧。

忠一郎过去听说过很多次，应召去打仗的年轻丈夫留言，让弟弟什么的"照顾"自己妻子的事。那个时候，"照顾"不就是妻子和弟弟相爱了也没关系的意思吗？其实，年轻的男女在同一屋檐下生活，不知不觉相爱了是很自然的发展吧。人们常说的就是这个吧。

考虑到这，忠一郎想起战争中父亲在门司时给自己找爱人的事。在那个时代父亲的想法中，有和应征奔赴战场的士兵相似的东西。让南征的儿子尝尝女人滋味的做法应该就是在这种氛围中产生的。忠一郎从山中和古莱特的众多对话中，推测他就是起到代替被纳粹逮捕而不能来纽约会合的古莱特的父亲的作用。

处于那种关系的他不再回来了，为什么古莱特会这么断言呢？考虑到感情他没有追问，不过，忠一郎还是很担心。

过了一会儿，她又感慨万千地说："我第一次在店里见到你后大约一个月左右，他说，人肯定都有不得不完成的使命啊。他平常从不说这些感悟似的话，所以我就问他：'你怎么了。'问过后，知道了他正考虑以前从没考虑过的事。"

仔细问古莱特，山中并没有说过再也不回美国的话。每个人都有自己的使命，并且必须实现它，这只是他以感怀似的口吻说的话。

那就意味着山中要照顾伯父的年幼继承者，这样一来，忠一郎反而对在古莱特身边照顾她的事更不确定了。忠一郎这么理解着。

然而，如果古莱特说出她很了解一起生活过的自己，他还不能反驳。

忠一郎内心觉得，古莱特那么确信的原因应该还有什么。但眼前，为了填补辛巴达的亏损，山中必须先把从伯父遗产中分到的资金送回来后，再等待他本人到底回不回来。

忠一郎心里一方面希望山中不要回来，另一方面又希望他回来，自己还变回以前那个什么事情都没有发生过的商社职员。没有比期待更折磨人的事了。心情就像是被派到前线却不希望战争开始的士兵一样。他不回来的话，忠一郎就不需要按指示行动，而是必须要自己负责任，在商场上征战。

无论怎样，辛巴达怎么发展下去都必须作出决定。正月期间要做的事也很多。先要去事务所，必须看一下自己住在古莱特家期间，从日本有无邮件送达，收到什么样的电报。日本人是一直工作到12月31日的。

几天后，确认地铁已经像平常那样运行后，他去了事务所。古莱特把山中穿的、带里儿的雪地靴借给了他。有点挤脚，没穿过长靴的忠一郎，穿着这么精致的靴子还是头一次。

"走好，注意安全，别滑倒啦！"古莱特站在电梯前挥着手说。

地铁只有入口处有点儿潮。在去往时代广场的站台上的长椅上坐下后，又开始思考今后要怎么做。按山中的"期待"去做的话，就会被大家认为是背叛了他，早晚会被在商社中以保守著称的这家公司辞退。

自己放弃清晰可见的成功路线，成为要倒闭的饭店的经营者，这种做法按战败后日本人的判断看来是邪门歪道，是会被责难的。忠一郎反问道："你有反叛这种看法的勇气吗？"

并不能说自己很有自信。有的只是对古莱特的感情。深入交往后觉得古莱特是个可爱的女性。她相当自我，并总是按自己的直觉来断定一件事，没什么算计心，即使被嘲笑了也不会不高兴。和与浦边晶子在一起时不同，忠一郎认为按这样能生活下去。问题是，怎么辞去公司的工作。

在呈现浓烈败象的缅甸战线上，他的中队里消失了几名士兵的身影。大家注意到了这点，但都没有说出来。在锡丹河畔的村庄里定居的军曹是个逃兵，但他很有勇气。当然，自己现在想做的事不是逃走，而是挑战。

忠一郎已经把照顾古莱特和自立当成同一件事来考虑了。研究了几个办法后，忠一郎后悔自己只是一介商社职员，力量薄弱。

他坐在车站的长椅上一次又一次考虑着那些事。此时，一个穿着脏兮兮牛仔裤、大冬天却只穿一件衬衫、胡子乱蓬蓬的白人，拄着丁字拐走过来，朝他伸出了手。那是一个五十岁左右、平时睡在地铁站里的流浪汉。

山中告诉忠一郎，在街上走时要常常在胸前口袋里放一些小额纸币。当遇到持枪的人命令你举起手来时，对方会从口袋里掏走那些纸币。然而现在，不是担心对方有枪。绝对不要和乞丐扯上关系，这是山中的第二个忠告。

忠一郎看向别处，装作没看到的样子。然而当对方问他"你是中国人吗？"时，他稀里糊涂地就回答说："不，我是日本人。"乞丐的态度马上就变了，"什么呀，净干蠢事，从日本人那里根本就要不来钱。"说着转过身去。一瞬间，就像悬在空中的丁字拐马上就要打到自己那样，忠一郎迅速地摆好了招架的姿势。稍后，又想，那个人也许是在和日本的战斗中受伤而不能工作的。即使这么想，忠一郎也觉得深深地受到了伤害。

看着男乞丐敲打着丁字拐愤然离去的背影，忠一郎在无法捕捉的失败感中想起了"废兵"这个词。第一次听说是在小时候，忠一郎并不是要探讨语言的差别化影响，而是理解了已经不再起作用的军队的事情。

乞丐的背影表现出一个在战争中受伤且不能工作的男子的凄惨状况。忠一郎屈服于这种惨状。他忽然又想到，即使外表没有受伤，但因为战争而不能适应社会的人不都是"废兵"吗？自己不也差点成为"废兵"了吗？

没有成为"废兵"而是回国，并且重新进入大学，之后来到纽约，迷茫于将来怎么生活下去。现在，正因为很迷茫，所以觉得自己正处于体内生成失败感的过程中。一闭上眼睛，就仿佛看到，在涨潮的锡丹河里，战友随着从上游下来的垃圾、木材一起被冲走，他张开手，大声挣扎求救着。而自己却眼睁睁看着战友死去。

古莱特心中也存在只有自己一个人逃出来的辛酸，这成为了她烦恼的病因。"那时，要是拼命拉住父母的手逃跑的话，大家就都不会被纳粹杀害了。"她哭着说道。忠一郎听了她的心声，觉得她不可能是一个见死不救的人。"我也是辜负了战友活下来的。"忠一郎这么回答道。

隔了好久去事务所，发现塔之泽发来了一封航空信。忠一郎觉得来看一下真好，放下了心。那封信是打字机打出来的，写着：

　　回到东京后发现有了很大的变动。还是我的感觉正确。你也知道，我们公司被盟军命令解体了，但我们公司原本就是名门财阀办的综合商社。所以我们公司现在有再度统一的可能。

忠一郎眼睛不自觉地开始迅速移动，急忙往下看。

结果就变成，美国分公司要在日本成立新的综合商社后开业了。可是，得到机关审批的出差的许可也不能白费。其他公司肯定会趁机设定商权。所以就想要劳累你，希望你在新公司成立并且方针未确定前作为留守派遣人员留下那里。我大概在夏季返回纽约，那时会给你追加任务的。

这么写着。

看了塔之泽常务的信，他突然觉得正中下怀。这样一来就能暂时一个人待在这里。在此期间就努力地做点力所能及的事吧。

首先写信给山中，告诉他辛巴达应该关门了。另外为了清算，要求他在遗产继承问题得出结论后立刻把所需资金送来。到有回信为止会花很多时间，所以他制定了计划：那期间听听她的希望再决定今后干什么样的工作好。

古莱特根据以前的经历考虑，还是选择了小型且菜谱简单的饮食店。可能是因为少女时代不得不和父母分开，亡命天涯，吃了不少苦，她没有阻碍合理经营的远大志向，也没有追求虚荣的想法。

忠一郎把塔之泽的信放进口袋，走出了事务所。

在时代广场正要换车时，他想起了什么，走到了地面上。现在不是观光和购物的季节，所以他想看一下雪还未化的盛大广场的感觉。

说到纽约的商业街就会提到时代广场的盛况，可以通过剧院搬迁等看出来。据说现在没有赶上战后的复兴，就像证明传言那样，街上很静。然而忠一郎明白，这一天竟然有只能称之为"寂静的活力"的气氛。

为什么会这样呢？向远处看去，原来那天掌握主导权的是平时很少上街的当地居民。恢复精力的孩子们知道这里是他们自己的广场，脸上带着这里是我的地方的表情来回跑着。正看的时候，孩子们一点点聚集到一家店里。在好奇心的驱使下，忠一郎靠近一看，那里是一家面包店兼饭馆。

那里不仅有白面包、法式面包及叫贝格鲁的东西，还做三明治、热狗什么的卖。

问了问那些孩子，他们说，那家店冬天时到了傍晚四点商品就会降价。为了等到那个时候买面包，他们就在街边闲谈或是玩耍，时间一到就聚集到那家店去。

忠一郎很感兴趣，想着今晚简单地吃点也行，就买了那家店做的三明治和贝格鲁，几年前下大雪时，干线道路被封锁，供给停止，他听说没有存粮的家庭很恐慌。据预报，还会下雪。

回到古莱特等待着的家，忠一郎给她读了塔之泽常务从日本写来的信。知道暂时就他们两个人待在纽约，她叹了口气说："要说我们俩，还真是很走运啊。"那之后突然又兴奋起来："我们要高兴地度过神赐予我们的假期，我马上去做煎蛋卷。"说着站起身。忠一郎走进被他当做临时书房来用的客厅，开始考虑关闭辛巴达后，找一个小店面，开一个三明治专门店会怎么样。在这个国家吃过很多种三明治，面包不能用很快就干瘪变形的，而要使用无论何时都很湿润的；增加面包间夹的火腿、蔬菜等的种类；还有面包和夹的东西间抹什么酱，这些都是发挥独特性的关键。

渐渐用惯后，觉得客厅也不只是提起精神接待客人的地方，也有了温暖的感觉。不知道那是因为乔里略尼斯的画，还是因为随意摆放的杂志等酝酿出的气氛，现在，忠一郎认为，古莱特性格上对人种、皮肤颜色、年龄、贫富程度没有歧视。

她说，好的红酒已经没了，然后打开厨房的各个门。随后"有了，有了，就这个吧。"她自言自语道，"今晚为了庆祝喝点吧，你帮我把这个打开。"说着，拿过标签已经变成茶色的瓶子。山中在结婚后的三四年，喝酒是海量，但不久得了糖尿病，由于年龄和生病的原因免除了兵役，酒也戒了。

古莱特解释说，现在拿出来的是那之后收藏起来的。接下来，她的声音稍稍降下来，"所以，那种事也已经有十年什么也没发生了。那个人，对那件事总觉得有点自卑。男人就是这样的吗？"她半自白地说道。忠一郎觉得被问了个措手不及。

听了那些话，他脑海中浮现的是劳伦斯的《查泰莱夫人的情人》。

失去性能力的贵族查泰莱，他的妻子康斯坦斯多次体验恋爱后，和守林人麦拉兹结合在一起。这个梗概他到现在还仍然记得。这是他从战场上回来后读的第一本原著。

忠一郎进入商社的第二年，《查泰莱夫人的情人》经审查被认为是色情文学，从而被禁止翻译出版。那个审查经过，是司法相关人员对文学艺术的不理解，是落后于时代的直观教材。那次事件已然成为年轻的商社职员间的谈资。

按古莱特的说法，忠一郎不由得想起了围绕当时男女爱情和肉体关系的议论，觉得山中流露出"若是小关的话，行啊"的态度的背景就要隐约浮现。用语言表述，就是自己现在犯的罪，只要不被发现就是被允许的。

就因为这，两个人在一起时，就猛烈地互相索求。她经常发出很大的声音，那之后又试着刺激忠一郎，那样爱抚他。从古莱特的动作可以看到，为了使不能勃起的山中兴奋起来，两个人一起努力了很长时间。同时，那种想法使忠一郎陷入了既可悲又自豪的复杂境地。

做了三个小时后，两人终于累了，于是边一起看着天花板，边小声地交谈着。

窗帘对面不知为何又亮了，那是因为月光照在过完年后又下过的一场雪上吧。

忠一郎想起在仰光跟战友借来看的袖珍本书中有歌颂下列情景的诗句：挖去一部分深处的雪，清冷的月光照在上面，像受了什么伤似的产生影子。在南方战场上看到以雪为题材的作品，所以留下了深刻的印象。

"这种光亮使我想起了白夜。"

说着古莱特转向忠一郎的方向："5月中旬开始的两个多月，立陶宛会变成白夜。只是那不是夜晚不来，而是傍晚的黄昏状态一直持续。它被叫做'无常的光亮'。"

接着古莱特说起她刚来纽约不久时，还常常因为想起白夜而哭泣。一旦打开记忆的闸门就开始滔滔不绝地讲起来，一直憋在心中的儿时的回忆，以及像梦一样的德拉卡伊城的故事。她说那时为了防止条顿骑士团的侵略，基斯德提斯大公和彼得乌德斯大公花时间建造了城堡，古莱特说："那是很久很久以前的事。大约在十四世纪。"忠一郎也说："从那时起人类就战争不断。"

讲完德拉卡伊城后，古莱特又介绍了被当时统治者数次破坏、后又数次重新修建的十字架山丘，以及沿位于狭长内海的克鲁修海广泛分布的沙丘。

"立陶宛是个小国，当问别人'知道立陶宛吗？'时真感到很悲伤。"她说，"如果可能的话，我想和你一起去。我生长在一个可恶的年代，那里虽然没什么变化，但对我来说那里意味着我的青春啊。那里有我爱慕过的人，虽然只是爱慕而已。"

说到这儿她不开口了，忠一郎又联想起歌颂"深雪之伤"的诗句。他想把全部都记起来，但却做不到。不过却想起了另一个诗人的诗句。和古莱特在一起与平日不同，俳句或是诗的一部分会突然浮现在脑海里，对这一点忠一郎觉得很不可思议。他看着古莱特问："你无论什么时候都在想着要回立陶宛看看吗？"忠一郎这样问，听起来言外之意是"我觉得那很难办到"。

"你要是那么说也可以。我们总是不能自己决定国家的命运或是自己的命运。对我来说只是去死还是去逃亡的问题。现在虽然立陶宛还驻扎着苏联的军队，但你是外国人，我也已经是美国人了。"这句话未说出的意思就是"能一起去立陶宛。""是啊，如果可能的话就去。""然后结婚，最好两个人完全变成美国人或是日本人。"但忠一郎考虑着没有说出这句话。"你"被古莱特开着玩笑指出说"这是失败的"变换话题说"在那之前，我们必须在这好好建立基础"。

第三天，忠一郎出席了日本领事馆主办的晚会。在那里碰到了为了设分店而来的四个公司的驻在人员。他向其中财阀一系的商社驻在代表刺探道："什么时候和您家的公司本部合并呢？"对方是一个仪表堂堂的中年男子，他大方地说："我想是在秋末吧，你们呢？"对于他的反问，忠一郎说："现在常务回国了，我也觉得会在那个时候。"

和来纽约的其他商社的驻在人员取得联系后，得知各大公司几乎都想在同一时期建立分公司。那背后，肯定有日本政府的指导。塔之泽大概到夏天也不会回来，可能是想尽早巴结军部从而超过各公司吧。忠一郎觉得这和战败前的做法很相似，已经不符合时代发展，可能会受到批评。或者是他本身的个人情况不允许吧。如果是那样的话，也可能有一天会突然派遣别的员工来。

不管怎么样，辛巴达的整顿必须尽快进行。为了作准备，忠一郎悄悄地把目标集中在热狗和三明治店上展开调查，具体的经营指导则去公认的美国贸易协会等处收集信息。

1月末时，古莱特收到等待已久的付款，第二天忠一郎收到一封山中发来的信。

"今天办完了给古莱特的汇款手续，现在开始写这封信。"以此开头，说伯父的遗产继承问题难度比预想的还要复杂，写着"年轻但很刚强的伯母，向不十分了解内情的我求助的理由，在到了这里后，我才开始明白"。

据他所说，山中家里的事业规模还没大到被当做财阀解散的对象的地步，土地改革中也没有因为山林多而受到太大打击。但因为对女性的关爱，若是开始主张每个人的权利的话，就有不可收拾的危险了。为了不被影响，"以美国的合理主义看来，一切都应交给律师办，明确除权利者以外都不予承认。她希望我起到坚决主张这点的作用。你介绍给我的房君和一个美国高级律师一起帮助我们，帮了大忙。"等等，详述了到问题解决为止的经过，"总算快结束时，伯母又拜托我'可能的话暂时留在这里吧'，我当时没有断然拒绝的勇气。觉得现在身心疲惫。可能是因为一直患糖尿病的缘故吧。侄子作为继承人，看起来很小，还不懂人情世故，我想为他做点什么，有这种不合身份的想法。可我现在还爱着古莱特。"信的文脉凌乱但笔迹却很漂亮，其中这一处那一处还夹杂着英文。

山中写得很乱。然而正因为这样，反倒说出了想说的真情。整理信的内容，可以看出他已经不能回美国了。不是不想回，也不是不爱古莱特，而是身体已经不能返回了。他这么写，是想说那不是指医学意义上的身体，而是指和精神成为一体的身体。但是那并不是说不爱古莱特，他这样极力说明着。信上反复都是这些车轱辘话。反复看了几遍，忠一郎觉得他的态度值得批评，也知道他不能拒绝，而且也不想拒绝。

难的是，山中的这封信怎么告诉古莱特。她说是没有问题，但读就比较困难了。忠一郎也没有用英语把这种微妙传达出来的自信。他觉得那已经是使用英语的文化和使用日语的文化差异产生的困难了。山中从小就说英语，所以他用日语写的信反倒凸现出文化在地域上的差异。

想来想去，忠一郎把信拿给了古莱特看，同时说："他还是不能立刻回来。

作为接受遗产的条件，他必须做继承人的遗产监护人。'自己还爱着古莱特'这句话重复了好几遍。"说着忠一郎把信翻到后面的部分用手指给她看。

"另外，给我写的是，先用寄来的资金整顿辛巴达，要帮助古莱特不让她为难。"

这么说时，忠一郎很庆幸正确地把山中的信转达给古莱特。

"你真坏，靖司也是。"

不知为什么，古莱特放在腰间的手来回向下摩挲着，同时说着不能理解的话："我有这么老吗？"

忠一郎狼狈地解释道："和年龄什么的没有关系啊。因为这是更重要的事情。"她还是坚持说："不，是因为这个，女人还是年轻可爱点比较有魅力。"古莱特说出的话，让忠一郎觉得总是和原意不一致。

山中的信让忠一郎内心很慌乱，同时也是像他暗自期待的那样写的。如果接受山中的希望，忠一郎就要辞去工作，会走上和山中过去走过的同样的道路。他将从一个光鲜亮丽的商社职员走上因为迷恋女色而偏离成功的道路，会被人轻蔑地认为是一个没用的男人。

忠一郎脑中这么客观判断的同时，又希望能找到一条路，即，可以边经营辛巴达饭店这样的店，表面由古莱特经营，而自己作为商社职员的工作还可以保留。这样就不必下那么大决心，熟人也不会说三道四。

另一方面，古莱特总觉得自己是一个罪孽深重的存在。得到日本的入境签证后乘西伯利亚火车，再乘船在新潟登陆，去往神户，然后再乘去往美国的船花了一个月时间到达纽约。那个时候为了能逃出纳粹统治而拼尽了全力。英语仅仅是在逃亡期间旅行时学了一些，但长着一双大眼睛才十八岁的她，很快就能在饭店工作了。纽约有救济逃脱纳粹迫害者的组织，那时还很活跃，这给了她很大帮助。

在那家饭店里，她和山中靖司相遇。那时山中在日本一流的商社工作，正要屈服于世俗的东西，而她觉得他那稳重的态度、言谈能让自己心情平静。

山中知道将来在当地雇用员工是不可能的，于是拿出存款和退休金为了两人的将来开了辛巴达。他并没有要挑战的意识，只是觉得至少店名要积极。战争结束后的几年一直发展得很顺利，现在因为受地点限制而陷入了困境。就在这时关忠一郎出现了。

古莱特向忠一郎寻求的和与丈夫的不同，不是父亲的替代者。可能因为男方年纪小，有时还觉得很可爱。另外，他能明白自己那来历不明的忧虑，所以喜欢他。古莱特自认为自己也是那样。靖司的信使古莱特想起来纽约一段时间后看过的一部电影。

那部电影的主人公是一个位于潜水艇基地所在的城市里的中产阶级家庭主妇。她丈夫已经战死了，她和任潜水艇艇长的大尉恋爱了。

那个大尉接到出发的命令，要去大西洋海域执行任务。那时他把爱人交给留在基地的同事照顾。和德国U艇作战的前景很难预期。受委托的同事在照顾她的过程中爱上了她。那个同事终于也面临要赶赴战场，这时他才明白先行一步的潜水艇艇长的心情。古莱特看这部电影时流了很多的眼泪，那时还庆幸自己有靖司。

然而现在，回到日本的靖司给忠一郎写了一封表明不会回来的信，这使她想起了电影中女主人公的命运。

即使不打仗了，女人要想在变化激烈的世界上生存下去，就不得不拼命掌握自己的命运。即使这样，想到自己到底是什么样的人这个问题时，古莱特从心底里想回立陶宛，她在祖国的家，是在首都维尔纽斯可以俯视城区的小山上。父亲是牙医。附近是有名的乔里纳斯公园，她经常和朋友去玩。纳粹来了，接着又被苏联占领，如果没有发生这些的话，现在她已经结婚并且专心养育子女了吧。

古莱特想起一到夏天全家就一起去德拉卡伊城的事。还想起听说托马斯·曼要来，即使远也要去看他一眼，就和朋友穿过叫做克拉伊配达的街道，到他要去的尼达街附近的沙丘去。高中时，古莱特想学画画。为此必须去华沙的美术学校。齿科医院由哥哥来继承，但在自己先一步到达纽约后，她和哥哥及父母联系好多次都没有结果。

虽然现在立陶宛还被苏联军队占领着，但古莱特听说要是去找寻可能已被纳粹杀害的亲人的话，是可以入境的。

两种
时间

就在前年，已经两百年没有喷过火的云仙普贤山喷起火来，那势头似乎永远都不会停息。1月份，以美军为主体，展开了对伊拉克的攻击。围绕这场波斯湾沿岸的战争，全世界不断爆发反战运动。就在这时，日本国内举行了皇太子的册立仪式，而普贤山呢，则继续喷着火光。

灰尘也落到了云仙的温泉街，并积聚起来。于是观光旅客不再来到这里，人们的生活变得异常困苦。

良也作为社会部的老记者，为了连载策划的采访，出差来到了九州。当国际之间的纷争发展为战争的同时，日本整个国家在庆祝册立太子的仪式，而与此同时，人们正在饱受自然灾害带来的苦难。这次的连载就是要捕捉住这些国民的身影，向世人发问：和平的日常生活，究竟是怎样的一种情景？

在云仙，良也看到了这样一种身影。那里的人们每天都要忍受不停降落下来的灰尘，但在心中仍然坚信，总有一天，明亮的、空气干净的日子还会回来。他们就是这样过着一个又一个日子。在这些人的心里，他们都倚赖着日常性，这种感情近乎一种信仰。而日常性就是和平吗？这正是这次连载的主题。也可以说，它是联系普贤山的喷火与海湾战争的纽带。而在它们的背后，苏联体制的灭亡、东西方冷战的消除以及泡沫经济的崩溃，良也他们对这样一个发生大规模变革的时代的一种思索，也蕴含在了这个主题里。

良也认为，要沉下心来去面对时代，必须搞清楚自己是从哪里来的，或者至少是比较近代的历史。战争这类事情在日本战败后的第二年就开始了，正因为如此，我们才必须充分调查清楚这些情况。如果只是庆幸自己是战争结束后才来到这个世上的，那么作为一名记者的批判精神就要丧失殆尽了。良也一直是这么思考的。

在这样的思考中，良也想到了去九州的大学采访原口俊雄。原口俊雄当时已经是名誉教授了，教美国文学。

良也知道这样一个人的存在，是在原口俊雄和菅野春雄去了美国那个时候。他们去美国是为了出版一本写真集的日语版本，而那些照顾的主人公，只是因为他们有着日本的血统，就在太平洋战争期间被关进了收容所。原口俊雄在纽约留学的时候，加入了美国国籍的他，曾为了难以用英语进行交流的日裔，充当了他们与美国当局之间的口译人员。

有几个日本人，他们有的是园林工人，有的从事农业，说过他们曾经受到充当口译的原口俊雄的关照，于是良也开始寻找他的行踪。结果发现，在战争结束后，原口俊雄又重新加入了日本国籍，在离老家不远的福冈做了大学的美国文学教授。于是良也找到了他。

在良也看来，原口俊雄给他的印象是一位非常安静的学者，能够让人联想到动物中的长颈鹿。不过用菅野春雄的话来说，"看过了所有世道的人的阴暗面"正藏在这种脸的背后。

几年之后，良也了解到原口俊雄是博多的一个酒馆老板的次男，加入过美国国籍，战争期间的某个时期，曾被关押在位于印度的日本士兵战俘收容所，而后来这次是充当美国方面的口译人员。当良也了解到这一切的时候，才想到了菅原春雄说过的那句话。原口俊雄在第一次采访中，对自己的这些过去只字未提。

那次采访的主题是在美国的日裔的生活，以及由于日本军队发起的珍珠港事件而发生了何种变化。如果说是因为与主题没什么关系，原口俊雄才没有说到自己的过去，这也并非说不过去。不过良也能够感觉到，原口俊雄的身上遗留了某种不释怀，正也是他为什么隐瞒了自己过去的经历。

这个话题暂且不提，良也这次正好要到云仙去采访，所以打算见一见原口俊雄，问问他在日常生活受到威胁时，美国社会的反应与日本有何不同。在此基础上，如果原口教授不拒绝的话，良也还想询问一些他观察到的事实，例如日本军队的俘虏是如何受到天皇万世一系思想的影响的，而为此他们又花了多大的力气去恢复日常生活，等等。

从二十世纪九十年代初期开始，良也的头脑里就开始勾勒出了《听，海的声音》的个人版本，以及《弄潮的旅人》。而这本《听，海的声音》的个人版本中出场的人物，并不都是那些梦想着成为艺术家的牺牲者——他们无奈地去参加战争，梦想着日常生活和自由，最后却丢掉了性命。

这其中还包含了某些英灵，他们坚信万世一系的天皇制度，为了灿烂的大和民族神话的大义，英勇献身。还有一些青年，他们憧憬着穿上军装后的飒爽英姿，成为爱国教育的棋子，自己选择了职业军人的道路，舍弃日常生活，让父母兄弟为之叹息不已。这些青年，由于他们的浅薄，获得了"牺牲者"的资格。

良也之所以要采取这样一种编辑策略，是因为他通过茜了解到，原陆军上校叶中长藏身上有着一种无法言明的抗议情绪。或许他自己也不知道，自己应该向谁去抗议，或者向什么去抗议，甚至不知道自己到底有没有去抗议的资格。叶中长藏唯一清醒认识到的，可能就是他自己的不幸，并且为此犯下了罪孽，而这造成了妻子的病死和独生女儿茜在青春年代的无依无靠。

良也现在还不知道茜的消息。

良也被指定在原口俊雄家里进行采访。当他在客厅与原口俊雄面对面时，立刻开始了提问："我听说战争刚开始的时候，老师您正好在波士顿。我想问一下，您在听到珍珠港事件的报道时，是一种什么印象？"

良也又附带解释道："今年是开战五十年，我们考虑在12月8日出几个特刊，当然离现在还有些时候。"接着，"还有一点跟这个有关，我在云仙采访时，发现当地的人们都相信会回归到日常生活，他们对此坚信不疑。所以我感觉，在发生事故或事件时，美国人和日本人的反应有点不一样。"良也在作了这样的解释和提问后，又做了一个结束语："我想知道老师您的感想、判断等，这些是别人体会不到的。"

"哎呀，当时我还以为要完了。美国和日本之间，有着不可估量的国力差距。如果说美国方面出现了漏洞，那也是因为日本的判定太不合乎常理了。我跑到导师家里，说我想逃亡。我采取的行动，跟从纳粹德国逃出来的人是一样的。要不是我导师，好像是叫马克思·霍桑，要是没有他的推荐，我可能已经被送上回国的船被遣送回日本了。"

原口俊雄继续说道："不过我并不是要抛弃日本，只是希望它能变成一个不被法西斯统治的国家。"原口冷静下来，丝毫没表露出感情的起伏。良也下定决心，试探性地问："我听说，老师您确实有两年在印度，是站在取缔日本俘虏的立场上。"

原口俊雄点了点头："不，那是征兵的一种。我获得了美国国籍，所以理所当然地就有了兵役的义务。于是我自己申请了军队的口译任务。"他看起来非常平静。"我能问一下当时的情况吗？"良也终于能够不拘礼节，拿起对方泡的茶，喝了一口。"那都是好久以前的事了，很多事也都忘了。"原口俊雄先是一副远眺的神情，然后开始讲述起来："在有的收容所里，产生了不相信日本战败的集团，它们开始统治这些俘虏。"原口俊雄说的好像是那样一种集团，它们基于"神州不灭"的天皇万世一系历史思想，拒绝承认日本战败了的事实。

"后来，集团里的人开始制裁那些承认了日本投降的俘虏。他们相信，只要表面服从、忍气吞声、内心不放弃，就一定会有神灵的军队出现，把自己解救出去。

"这是一种信念，所以说服是说服不了的。联军方面向我们介绍世界形势，让我们早些摆脱被洗脑的状态，回归正常。不久之后，集团开始一个一个地处死不赞同'神州不灭'的人，给他们安上'国贼'的罪名。集团把这些人杀死之后，谎称说是他们逃跑了。我作为日裔美国人，也感到了自身的危险，于是让联军把我转移到了其他的战俘收容所。"

说到这里，原口俊雄又似在看着远方。他的那个样子，就像一头长颈鹿伸着长长的脖子，在估计自己面临的危险。良也猜想，是不是他的记忆里又重新唤起了"神州不灭"的威胁？

"好容易被留下的命，竟然毁于同伴之间的互相残杀。你听说过这种愚蠢的事吗？可是我毫无办法，什么都做不了。小关，你说，哪一方才是战争的牺牲者？是被杀害的俘虏？还是摆脱不了洗脑杀害了同伴的那些人？"

面对原口俊雄的问题，良也无法立刻给出回答。不过想了想后，他又觉得不能相信日本战败的那些人是最悲惨的战争受害者。

"我转移到的那个收容所里并没有发生类似的事情。那里有一个很奇怪的男人，身上有一种怪癖。虽然我也不能说双重人格就不好，可那个男人，他身上既有强烈的发呆症，还有因为九死一生而变得很现实的地方，同时又有一种幻想症。要是情况允许的话，或许他能成为新兴宗教的领袖。不过他已经丧失了战斗场面的记忆，那些最直接面对死亡的记忆。"

原口俊雄说到这里，停了下来，似乎在整理记忆，然后脸上露出微笑，"不过话又说口来，人真是够坚强的啊。那个男人退役之后，竟然去美国开起了三明治连锁店。据说刚开始是加入了商社，后来退了出来，用现在的话说，就是个'个体户'了。最近，他还把店开到了福冈呀北九州这些地方。每次读到关于他的报道，我就在想，他当时的逆行性失忆症已经痊愈了吗？不过他倒是一直没有跟我联系过。"说完这句，原口俊雄拿起刚才良也递给他的名片，说："他的名字叫做关忠一郎。"然后直勾勾地盯着良也。他好像发现了良也和关忠一郎眼睛和额头的相似之处。

"你说的这个人估计是我同父异母的哥哥。现在是NSSC连锁店的始创者，挺威风的。"良也很坦诚地回答了原口俊雄的疑问。

忠一郎在事隔四十多年后的今天，仍然不愿跟任何人提起在战场上的事。就算想提，很多地方都忘记了，丧失记忆了。所以忠一郎的观点是，有这样的闲工夫的话，还不如多想想明天该干什么。

他嘴上是这么说，其实背后隐藏着他的自信与不安的混合体。忠一郎从那么多事情中走出来，走上了经商的道路，有时候会忍不住怀疑，自己的选择是不是错了？

他受到动员，参加了战争，然后负伤，沦为俘虏，最后是国家的投降。在这一系列动荡中，忠一郎丧失了对英语文学的热情。这件事本身是暂时性的现象，可忠一郎错以为自己的本质已经改变了，于是进入了商社。受到时代潮流的影响，很想去美国，这份热情之强烈，也是事实。他承认，自己就是这样一个浅薄的青年。然后希望远离了，无法再实现了。但是他又没有认识到，自己并不是那种可以在一个大规模组织中安安稳稳过完一生的人，这是他的浅见。这种性格可能遗传自他的母亲。可是后来意识到自己的失败时，为什么没有一边工作一边读美国的大学？那是因为他的心思完全被眼前的事占据了，想要搞好辛巴达这家店。不，更准确地说，是迷上了一个叫古莱特的女人。从这一点来讲，这是他自己选择的道路。由于年轻气盛，引起了很多麻烦，也做了不少丢人的事。正因为如此，既然现在开始了自己的事业，就只能让它成功。

尽管如此，刚开始的时候，忠一郎一直是这样打算的：自己创办的NSSC连锁店达到一定规模、走上稳定的发展轨道后，自己就把店交给别人看管。可是回到日本后，再过了几年，他又有了新的雄心壮志：要让公司里工作的员工达到二百人，东京及其周边城市里的店面达到三十家。于是他抽不了身了。

山中再也不会回到纽约的古莱特的身边了，回到日本一年后，他签了字的英文离婚提议书表明了这一点。那个时候，忠一郎已经与古莱特同居了。他觉得自己能够理解山中的心情。自己知道会被人唾骂为过河拆桥，不过仍然决定和古莱特分开，而在作出这个决定时，内心一定是极其痛苦的。忠一郎很为古莱特所着迷。其实山中并不是嫌弃她了，这一点是毋庸置疑的，因为他给忠一郎写过好几次信，信中清清楚楚地说到了。

山中有一阶段曾考虑把古莱特叫到日本来，住进位于广岛中国山脉附近的伯父家里。可他又想到，伯父家里有伯父的后妻，还有未成年的儿子，他是继承人，再加上山中自己，一共三个人，古莱特根本没办法再插进来。于是，山中在信里多次出现这样的字样："古莱特就拜托你了。"不过后来他也写过其他的信，写到了类似"现在想想，我的人生到底是什么呢？"这样的句子，可见他怀疑起了自己的选择。

古莱特在面对这个问题时，似乎能够流的泪早已流干了，只是默不作声，脸上面无表情，在离婚提议书上签了自己的名字。之后，又过了一年，退出商社的忠一郎考虑要跟她结婚，在那样的某个晚上，古莱特很突然地说，她无论如何都想回一次立陶宛，去确认一下父母和兄长的情况。只有这样，才能够弄清楚现在活着的自己究竟算什么。古莱特坚持要这么做。

忠一郎既不了解立陶宛的情况，也不知道苏联统治下的立陶宛政府是否同意让从美国回去的人入境，他不能让古莱特一个人去这样的地方，所以强硬地反对了，可古莱特没有退缩。当这种要求和拒绝持续了半年多的时间之后，忠一郎被古莱特所迫，不得不表示了同意。但是，她在法兰克福机场寄来过一封用英语写的明信片："我现在将坐上苏联的飞机，飞往我出生的地方——维尔纽斯。当我在外旅游的时候，更加真切地感受到我对你的爱。谢谢这份真爱。"之后就杳无音信了。

日复一日地等待，终于过了一个月时，忠一郎只好猜想：古莱特是不是遭遇了什么？绝望和懊恼，占据了他的心。他甚至考虑过，自己究竟该如何向山中道歉。不祥的预感每天都变换着花样，来袭击忠一郎，他已经无法正常工作了。

忠一郎有些疑惑，古莱特是不是改变了主意，中途去日本跟山中见面了？于是下定决心，给山中打了个电话，结果是古莱特也没有联系过山中。山中跑到日本的外务省进行交涉，说"我的妻子失踪了"，要求他们帮助调查情况。结果是，立陶宛政府发来了一封信，说"没有那样一位女性入境"，答复仅限于此。忠一郎万般无奈，只好决定自己经营起为古莱特所建的三明治店，这个店在格林尼治村，他等着她回来。

良也对同父异母的忠一郎的这样的过去，如此的懊恼，如此的彷徨，完全不知情。

不过，在战俘收容所里每天面对着面、展开激烈讨论的原口俊雄在提到忠一郎时，虽然加上了一句"我也不能说就不好"，可还是批评了他有"双重人格"，"身上既有幻想症，又有很现实的地方，可以成为宗教领袖。"这样的批判让良也非常诧异。对某个人物的印象，可能每个人都会有所不同。因此，就算评价的点姑且不论，良也也确实赞同原口俊雄的说法，忠一郎的身上肯定有些九死一生的经历，这是毫无疑问的。要是能够追溯同父异母哥哥的战场经历，说不定能搞清楚一些不一般的事实，想到这里，良也感到自己心中那沉睡已久的、身为记者的一颗好奇心又活跃了起来。

可是，忠一郎的经历越是不一般的话，他肯定越不愿意说。照这样想下去的话，甚至原先站在敌对一方的原口俊雄也隐瞒了良也询问到的这些事实，因此，如果一直共同行动的战友能够探寻出其中秘密的话，肯定会搞清楚很多事情。说不定就能从中找出NSSC连锁店的成功奥秘。良也忽然想到，某个出版社曾经按照战线的不同，出了一个战争记录的系列。他打算，回东京后，马上把它找出来读一读。

良也过去受到的教育是这样的：人会忘记对自己不利的过去，人拥有这种心理倾向，或许可以称为能力或者癖好。他甚至联想到，忠一郎的发呆症是不是与这个有关系。

另一方面，当原口俊雄得知，眼前的记者与在战俘收容所中发生过激烈争执的关忠一郎少尉竟然是同父异母的兄弟时，他的内心慌张起来。他喃喃地问了一句："他还好吗？"良也回答："估计很好。我跟他也不怎么见面。"这个回答稍微让原口俊雄有点释然。从良也的语气来看，他们的关系似乎比较冷淡，说不定互相都很反感。

既然这样的话，是不是可以在某种程度上自由地谈论关少尉？眼前这位记者的母亲，说不定是关少尉父亲的情人，这种推测也是存在的。处在战争的重压下，人往往会通过重新寻找投入爱情的对象来肯定自己的存在。想到这种情况，原口俊雄回顾了青春年少时自己的那份苦涩。

良也又尝试着问原口俊雄："老师在被调动到第二个收容所后，关忠一郎是不是已经提前一点被送到了那里？"之所以这么问，是因为良也认为，如果忠一郎在那里很有势力，肯定也是有相应的原因。在战争中，越是经历过激烈战斗的人，越是受人尊敬。良也曾经问过这个问题，答案是"这种情况对于俘虏也一样"。

"你说'调动'？哦，那也能称为'调动'啊？"原口俊雄忽然感到了自己与年轻一代人的代沟，他们只知道公司里的人员分配、调动。不过他马上调整了心态并告诉良也："是啊。我到那边的时候，都挺有秩序的了。其代表就是关少尉，其他还有一个姓房的少尉，此外，还有一些原来的中士、上等兵等。当时我听说，关少尉是从坐落于锡丹河的庇古密林中逃出来的，结果中途被英国军队的炮弹碎片击中，晕厥过去，正好很幸运地被发现了，并送到了美国的野战医院。听说当时他还患了肝炎，估计是吃了什么奇怪的东西。尽管如此，他的康复很迅速。从野战医院考察回来的军医是这么说的。"

良也隐约记得，在自己很小的时候，每周来家里过一晚上的父亲对母亲说过这样的话："忠一郎经历了那么激烈的战斗，竟然安全回来了，真够幸运的。"不过记忆也就只有这么一丁点。到了现在，良也才明白，可能是因为母亲不喜欢听到父亲正室家的事吧。也正因为这一点，良也这次才想把忠一郎的事情问个明白。

"他的英语真不错。虽然他的英语里有着发音缺点和表达的生硬，这是在日本学英语的人很容易犯的错误，不过在跟我用英语争论的过程中，逐渐得到了改善。可能他本来就有学语言的天赋。"

原口俊雄说到这一点的时候，又看似像一头回忆遥远过去的长颈鹿。不过他重新把视线转移回良也身上，对他说："不过关少尉的情况可能是个例外，因为自我意识很强的人，往往不善于学习语言。"这又给了良也一个提问的机会："他是一个个性很强的人吧？""不，他就是一般情况罢了。"原口俊雄没有正面回答这个问题。

良也明白，不再稍微打消一点隔阂的话，是无法得到坦率的回答的。于是他决定改变话题。在向原口俊雄询问忠一郎的事、战争时代的印象这类话题的期间，良也的意识已经调整为了采访的状态。

"其实，我也是半个九州人。"良也打算说说自己的身世。

"我母亲出生在柳川，名字叫藤美佐绪。所以我打算在这里的工作结束后，去柳川祭拜一下母亲。"

原口俊雄的反应很坦诚："姓藤？是那个船只批发商的藤家吗？"他向良也确认道。良听到他的反问，觉得很不可思议，和忠一郎差不多同龄的美国文学家原口俊雄，竟然对家乡的事情如此敏感。年轻时那么厌恶战争，甚至一心不想回到日本的他，到了和平年代，他的记忆反而加深了他对家乡的感情。

"哎呀，这可真是有缘啊。我这个人哪，学习倒是很喜欢，不过有些不务正业。我进入现在待的这所大学后，马上交了休学申请书，去了美国。家里因为战争开始了，放弃了船只批发店，去了福冈，从朋友那转让了一家酒类批发店。在那之前，我们家就在柳川，跟藤伴右卫门相邻，也是个船只批发店。"

良也只是"哦，哦"地附和着。原口俊雄把身子往前凑了凑，问良也："对了，你妈妈，她叫美佐绪对吧？她是在哪碰到你爸爸的？我也不知道这么问合不合适，你别介意啊。"良也自己也有些记不清楚的地方，不过还是认真地向他解释了：后来母亲的娘家关了店，去了八幡市，原来的地方成了钢铁公司分公司的钢铁批发店。母亲她们的住处搬到了小仓，母亲被编入了一个叫勤劳动员队或是女子挺身队里，在门司铁路局的领导下缝制工作服。

"可能就是在那儿碰到的。我爸爸好像是门司铁路局的干部，或者是局长。"

听到这里，原口俊雄好像想起来了，很怀念地说道："哦，是这样啊，我听关少尉说过你父亲的事。我是盟军方面的翻译官，他是日本俘虏的代表，说起来还是敌我关系呢。不过我们在交往的过程中，互相理解，多亏他帮了不少忙呢。"

良也努力去想象刚二十岁时关忠一郎的形象，就是见过一次，还是报纸或杂志上的脸部相片，样子不大能想得起来了。

"不过话说回来，关少尉真有些奇怪的习惯。"原口俊雄又念叨了一遍。

原口俊雄作为一个持有美国国籍的人，在盟军的战俘收容所里充当翻译官，他眼中看到的所谓"少尉的怪习惯"究竟是什么呢？现在已是九州一所大学的教授的原口俊雄，他给了忠一郎这么一个评价，良也听到这句话时，心里很是紧张。作为年龄相差了二十三岁的同父异母的哥哥，他的坏习惯在一定的内容下，对自己来说也是一把利剑。这是因为，人们常说亲人之间有相似的地方，例如一个小小的习惯，高兴时会打嗝，还有咀嚼食物的方法等等。如果说的是这类习惯，那"亲人"这个字眼就是一个亲切的称呼了。

"您说的是什么样的习惯？"良也惴惴不安地问。

原口俊雄可能正在搜索合适的表达吧，以免良也误解，有好几次想开口，又把话咽了回去。"我也不知道怎么说比较好，"原口俊雄终于开口了，"不知道用明显的发呆症合不合适。"

良也没有说话。原口俊雄有些担心失礼，如果不表达得更正确或具体一点的话，于是补充道："他在交涉的过程中，有时候会表情突变，进入一种幻想的状态。眼睛一动不动。"

原口俊雄继续说下去："刚开始的时候，我还以为那是他在密林战斗中头部受伤的后遗症，不过交往时间长了，我觉得并不尽然，应该还有其他原因。"

说到这里，原口俊雄又有些迷茫："话是这么说，不过他发呆都是在比较合适的时候。比如，盟军要强化惩罚和管理时，他会在发布这种不受俘虏欢迎的通知时发呆。我还以为他是不是假装没听到，当时我也很年轻，说话很大声。"在讲述的同时，原口俊雄的记忆似乎回到了当时的情景，说："发呆之后，回到现实后的关少尉，应对非常精彩。我有好多次把他拉到所长那里，让他陈述俘虏的不满。"说到这里，原口俊雄停顿了一下。不过又马上继续道："后来发生了这样的事。"他竖起食指，在下巴的下方前后摇动，似乎是想说服对方。"他晚上一个人偷偷溜出牢房，看好长时间的月亮。有一个晚上，我看到这个情形，慌张起来。如果他被误认为要逃跑的话，可能会被开枪打死。我想提醒他，于是出了管理楼，向他走过去，就在这时，关少尉开始号叫起来。不是经常能看到狼对着月亮嚎叫的画吗？那真是太神奇，太不可思议了。"原口俊雄说完这一句后，他的叙述就算结束了。

回到柳川的住处后，良也为了写对原口俊雄采访的报道，整理起笔记来。第二天是星期天，所以良也打算去祭拜一下母亲的墓，还有参观白秋纪念馆。

原口俊雄说：为了永远在日常性中生活下去，人必须用非日常性的时间来恢复活力。文学、艺术，就是为此而存在的。反过来讲，像他自己那样攻读英语文学等专业的人，其实是为了不从日常性的时间中脱轨，是不得已地把无聊的俗事放大化。在学者、作家、诗人中，有执著于地位或勋章的人，这可能是一种生理现象。普贤山的事情对当地人来说确实很不幸，不过之所以他们对日常性的回归坚信不疑，就是因为他们认定了火山喷发这件事是非日常性的。

就拿那个战争年代来说，美国人丝毫没有动摇。由于对突袭的日本感到愤怒，反而团结得更紧密了。这当然也是因为他们所在的地方没有遭受攻击，不过就算是在气球炸弹飞过来的那些时刻，这主要是在西部海岸，也只是聚集了一帮看热闹的人。原口俊雄作了这样的解释。

听着原口俊雄的言辞，良也感到他的见解里有一种讽刺的、难以消除的虚无主义。就是这样一个原口俊雄，他竟然和忠一郎待过同一个战俘收容所，至少在一起度过了一年时间，虽然他们是敌对关系。这对良也来说，还是第一次听说。存在不相信日本战败的集团，这一点对于理解当时日本人的状态方面，也是非常宝贵的。可以说，战争牺牲者的范围扩大到远远超过了自己的想象。良也现在才意识到，把《听，海的声音》限制在战死学生这个范围内，真是一个明智的决策。

第二天是个晴天，很热。良也走出自己的住处，首先去祭拜母亲的墓。他住的这个地方，可以俯瞰一座豪华的庭院，那里据说曾是某位老爷的别邸。自从母亲刚去世后来取骨灰的那次，良也就再也没来过这里。从现在算起，已经是接近二十年前的事了，不过记忆如此不清晰，可能是因为当时自己满脑子想的都是茜的事。茜的父亲长期患病，自己的母亲英年早逝。就是这样无情的生死，让良也和茜从此远隔天涯。良也总是打消不了这种想法。他有些忏悔的意思，为自己这么久没来扫墓，于是拿了装着浇墓的水的水桶和一束花，绕到寺院左手边的房子深处，这里坐落着施主的墓地。在夏天最后一缕炽热的阳光下，很多的墓碑似乎在燃烧，升起烟霭，一片寂静。

入口附近，是檀一雄的墓，上面有他的照片，红色的，墓碑磨得很光滑，就跟刚竖立不久一样。良也从它的旁边走过，进入这座寺院的施主的墓地，尽管这片墓地范围不是很大，却显得很齐整。

这里有一座庞大的墓，上面刻着"藤家历代祖先之墓"，似乎在显示过去这个家族的势力。在这座墓的旁边，是藤美佐绪的墓，建得很小，孤零零地立于阳光下。

"原来妈妈还是没能进入关家的墓呀。"良也仿佛现在才发觉似的。对她来说，自己是她唯一的一个亲人。可就是这样，作为独生子的自己，在来这里取走骨灰之后，就再也没来过。

良也打算在今年里以《普贤山之续》为题写一篇报道，再来一次长崎，所以他思索了方法，看看如何能让这座墓在此之前不会被人弃之不顾。要做到这一点的话，必须在当地找到藤家的亲戚。在这个县，虽然没有长野美术馆的小室谷那样的好朋友，不过正如原口俊雄所说的那样，藤家船只批发店很有名，如果只是调查一下它的后裔所在地的话，可以找跟自己同期的一个男人，他现在应该在福冈的电视公司工作，担任常务董事抑或专务董事。

不过当他发现今天是星期天时，良也改变了想法，他想先在哪吃了午饭，然后步行去下游的码头，坐一次船玩玩。幸好，暑假的喧闹已经过去了，而秋天还没到，镇上显得很清静。

到处都能听到蚱蝉的叫声，在其中还夹杂着寒蝉的叫声。

渡船上，一共只有六七名乘客。从船上望去，镇子似乎完全变了模样，又恢复了过去的宁静氛围。从每座房子都有石阶延伸到下面的沟渠，良也看着这些石阶，想起自己曾被母亲抱在怀里，看着这片水波荡漾。这个情景之前之后的事都不知道，良也只记得，自己当时一直在指着什么。夕阳西下，倒映在水里，变成了金色，随着水波摇摆不定。或许自己当时是想让母亲看一看这水波荡漾的美丽，想让母亲跟自己一样地为这份美丽而感动。这是良也记忆中残存很少的儿时记忆之一。这段记忆可能是发生在父亲去东京之后，他当时被战败后行政组织的变化狠狠地愚弄了一番。母亲被留在了柳川的娘家，跟幼小的自己相依为命。当时的良也根本不了解瘦弱的母亲是如何辛苦，对这样一个小孩子来说，每一天可能都是新的发现。那时，在前面一点的地方，沟渠一分为二，那附近的成群水草中，聚集了好多好多的蜻蜓。那些蜻蜓尾巴尖上有着明亮的钴蓝色花纹，在水草上飞来飞去。

良也在船里顺着柳川渠而下的时候，他的大脑中浮现了这样一个片段：

想走进那片光里
婴儿伸出小手
满脸都是微笑
一切都是新的
水随光动，光随水摇

他也不知道这些句子能不能算一首诗，不过还是很少见地取出笔记本记了下来。明白自己远离了工作的这种意识，让感触也得到了自由。

从过了四十岁那时候起，良也偶尔会想，自己要在多少岁辞去记者这份工作。不仅限于社会部，所有的采访都很耗费体力。而且，他很想留下一些很完整的作品，让自己能够认同自己，这种心情现在愈加强烈了。良也甚至试图分析，自己和妻子克子之间没有生小孩，这是不是使得自己这种心情更强烈了？不过他对自己的这个分析没有什么信心。到了最近，他很明确地在打算，要以《弄潮的旅人》为临时的题目，整理一下一部分人的遗稿、记录集，其中以那些战死的、想当艺术家的青年为主。这个想法很早就在良也的大脑里扎了根，不过现在刚开始有了比较明确的形式。但是他很多时候都在反省，一旦以战争牺牲者为范围来考虑问题的话，对象就会一个劲儿地扩大，而且必须把战争给人类带来的灾难搞得十分清楚。小船是不是会钻过低低的桥洞。良也感到，每次低下头，钻出桥洞后，都像踏入了一个新的境界。并仓的红瓦仓库，承受着夏日最后的阳光，倒映在水里。据说这个仓库建于明治初期。良也想到，在当时，从船只批发店发展起来的仓库业很兴盛。根据原口俊雄的话可以知道，那时他们家和藤美佐绪的娘家并排在一起。时常地，有的地方系着四根粗缆绳，有时候会有类似祠庙的小房子朝着沟渠的方向。不知不觉间，在沟渠边上，散步的小路忽隐忽现。左手边一排都是不开店的普通住户，当船走过其中一座房子的背面时，良也突然觉得从房子延伸下来的石阶有点眼熟。

很多房子都是从后门有石阶延伸到沟渠里，在与沟渠相接的水边上，他们在那里洗衣服或者打水，以供日常使用。每座房子的石阶都差不多一个样，尤其是水边那个地方的形状，良也为什么觉得眼熟呢？他自己也搞不明白。

船眨眼之间已经行驶过去了。突然地，刺眼的阳光照在良也身上，几株高大的向日葵似乎在朝着他笑。

在白秋纪念馆附近的鳗鱼店吃午饭时，良也试着问了店里的一个年轻女人："这附近应该有一家姓藤的，你知道吗？就是紫藤花的藤字。"

那个女人歪着头想了想，然后走到店的里面，再出来的是一位六十岁左右的妇人。她小声对良也说："他们家族还挺大的呢，结局却那么惨。"然后问："你认识他们家的人？"

良也急忙敷衍："啊，不，我听朋友说过船只批发店的事，所以随便问问。"之后重新问了一遍："发生什么事了吗?"

据那位老妇人说，藤这个家族在柳川是很有名气的望族，可是战争期间，生意做不下去了。后来战争终于结束了，但过了也就六七年，刚要重整旗鼓、东山再起的时候，发生了火灾，好大的仓库还有房子都烧光了。良也母亲的哥哥好像还健在，只是在其他地方，不过柳川再也没他们家的人了。

听了这些话，良也推测，可能这次火灾发生在他和母亲藤美佐绪去东京后不久。不过在良也的记忆里，并不记得母亲慨叹娘家火灾的情形。再一想，良也竟然记起了"你是在毁灭中出生的"这句话，还有他母亲说这句话时的表情。那是良也高二时的事，那年他十七岁。

在那个年纪，一个人会努力去客观地看待自己的出生以及父母的生活方式。良也的母亲认为已经可以对自己的儿子说这些了，于是以回答提问的形式，向良也这个唯一的儿子讲述了荣太郎和自己相爱的始末。良也在柳川镇上吃着鳗鱼饭时，不住地点头。当良也听到母亲的那句话时，他理解错了，还以为母亲的意思是说自己出生在日本毁灭后的第二年。但是，听了鳗鱼店这位年长的妇人的话，良也觉得，比母亲说"在毁灭中……"这句话还要早很多的时候，他和母亲刚从柳川搬到了东京的阿佐谷也就是现在的家后不久。要是良也的猜测没错的话，那么母亲的话的背景中就应该有娘家火灾这件事。

那个时候，母亲的娘家有好几个半圆筒形的仓库，包围着沟渠。据说房子连着烧了三天三夜，那时的火焰肯定照亮了水面，甚至显得非常壮观。一位母亲用这样的话来描述儿子的出生，肯定是想表达这样的意思：即将崩溃的日本，门司港的火灾，自己是在这样的背景下与荣太郎结合的；而你呢，是在娘家火灾的境遇中迈出步子的。良也对自己的猜测确定不移，不过却晚了很多年。

在说出"毁灭"这个词时，美佐绪的心中会想到平家灭亡的故事吗？檀之浦就在门司那座丘陵的下方。她应该听到了知盛跳水自杀时的呼喊："该见的，都见了，现在自杀算了。"良也的出生有了这样的背景，才能被正当化。

但是，他认为这是过度的正当化。无论是国家的战败，还是藤家的灭亡，认为它是"毁灭"，这难道不是因为日本丧失了日本应有的东西而藤家丧失了名门望族的脸面？要想"毁灭"这个词成立，就像事物成熟一样，需要一个过程。具体说来，日本的毁灭不是由于向盟军投降，而是在投降之前就发生、发展了。并且，不是在投降那一时刻毁灭，而是在那之后的过程中才实现了毁灭。

正因为如此，自己才需要逆时而行，去确认毁灭的真实状况。无论是绘画，还是戏剧，那么追求美的人，他们遭遇了什么样的挫折，这正是为了证实毁灭而必须的。

这样思索的时候，良也的大脑中，《弄潮的旅人》这部准备编辑的记录主题似乎明朗了起来。

良也谢过那位告诉了自己藤家毁灭始末的老妇人，走出鳗鱼店，进了白秋纪念馆。这个建筑可以分为两部分，即三层楼的柳川市立历史民俗资料馆，以及二层楼的白秋老家。良也和一个普通人一样，只是好奇地想知道，北原白秋的才能是在什么样的环境、什么样的家庭气氛以及时代背景中开花结果的？他按顺序进行参观。

白秋的老家包括一间很宽敞并且很长的土房，还有表明了有很多仆人的领班饭堂、男人饭堂，在其深处，有一间六铺席、十二铺席的起居间，此外还有茶室、账房。在长廊上，可以看见与起居间连在一起的白秋的书房，不过良也又推测，这可能是后来重建的。

据说，白秋家之前都是海产批发店，不过从他父亲那一代起，转变成了酒坊，现在剩下的，主要就是造酒家族的样子。

不过良也感到很意外的是，历史民俗资料馆的展览品有着很好的色彩感官，可以形容为丰富多样、色彩华丽。有很多文物、民间艺术品、玩具等一眼看去像是南蛮的风格。这可能给幼小的白秋灌输了异国的概念，让他感到憧憬。良也在这里买了《邪宗门》《回忆》的初版诗集的复印版本，还有白秋晚年创作的、题为《水之构图》的诗和照片集。

提早回到住处的良也，从当天刚买的两本书中，挑选出题为《回忆》的诗集，它的前言是一篇《我的童年时代》的散文，良也从它开始读起来。因为他在文章的第二节中，看到了"我的老家柳川是一个水乡，是一个宁静的废弃城市"这个句子。在此之前，良也从来没接触过"废弃城市"这个单词，所以看到时吃了一惊，并被它吸引了。

　　白秋对柳川的描写刺激到了良也，搅乱了他模糊的记忆，因为良也在这块土地上只生活到六岁。他的描写并不限于风景。"曾几何时，柳川的街道只有表面的灿烂和虚张声势。"白秋从这个描述，联想到了母亲的娘家。白秋说，"在九州，都是那犹如好姑娘的深情、流畅而又柔软的吴侬软语"，而柳川的女性"有着少有的京都味道"。看到这样的描写，良也感觉这说的就是自己的母亲。不过白秋对自己的认识——"从三四岁起，我对异国风情以至异常氛围的那种憧憬之心，已经如同蕨菜花一样，以一种特别的方式萎缩了。"——良也并不认同，他对自己的自我认识要比白秋客观多了。白秋的文体总体上给了良也这样一种印象，这反而让良也突然意识到，做了二十多年的记者，原来写的文章并没有什么文体。

　　不过，良也又马上在心里思索到：或许为了客观地报道采访的事情，记者是不可以有自己的文体的。白秋是一个自由人，他跟邻居家的太太关系密切起来后，那个女人的丈夫以通奸罪起诉他，结果他被拘留了好几天。良也觉得，这就是无法控制自己的感性世界造成的后果，换一种话说，这就是让自己的文体影响到社会生活的结果。

　　在这一点上，新闻记者必须站在与白秋完全相反的立场上。"把良知带到社会里"，这是报社的社训，良也在刚进报社的时候就明了这个道理，也理所当然地接受了，甚至从来没有觉得这与自己的个性会有什么冲突。他所作的努力，其实就是用自己的良知来让扭曲的社会恢复正常。这样积累了二十多年的经验后，良也早已被评价为一名可以信赖的社会部记者。

　　不知从什么时候起，在已经成长为经验记者的良也面前，出现了三个选择：要么是写社论，决定大家的任务，从各自立场上来综观社会整体，要么是加入管理人员的课程班；要么是独立出来，做一个专家。当然也有被聘到大学的记者，不过良也的头脑里从来没考虑过这条道路。小室谷的目标是美术评论家，他倒是早早地选择了独立的道路。

　　拜祭了母亲的墓，参观了白秋老家和柳川市立历史民俗资料馆，良也开始在心中描绘起自己的几种出路，之前自己每天都忙于工作，从未深入考虑过前途的事情。他还读了白秋的书，等意识到这些的时候，已经快到晚上十点了。

良也竟然想给家里打个电话，这种情况是极其少见的。出路、前途，确实是自己一个人决定的事情，不过妻子克子同不同意，或者跟不跟过来，这是一个大问题。良也每次出差，都是跑这跑那，忙个不停，甚至从来没有给克子打个电话。可是今天一天的经历，竟然让他想到了克子。

克子好像在家里忙着什么，她一接电话，听出是良也，就问他："公司联系你了？"这让良也很不知所措。

良也想到了很早以前的一次，克子问他"咦，怎么了？"这让良也无法回答，只好反问她："什么呀？你什么意思？"

克子解释说，昨天傍晚，一个叫关忠一郎的人打来电话，说："倒也不是什么很急的事，不过我想早点联系到良也君。"克子回答："他现在出差了，要到星期一才回来。"关忠一郎沉默了一会儿，然后对她说："那这样吧，你帮我跟他说一下，就说一个叫关忠一郎的人给他打过电话。"之后又把自己的电话号码告诉了克子。克子解释说，她考虑了一下，最后决定向社会部说一下这个事。

"那个人是我哥哥，现在是一个叫NSSC连锁店的三明治店的老总。"良也向妻子解释道。他觉得没必要，所以之前一直没跟克子说过他同父异母哥哥的事。

"哦，这样啊，这样我就明白了。"克子这样说道，似乎终于理解了为什么那个人的语气既很有礼貌又有点妄自尊大的感觉。当时已经很晚了，良也有些犹豫，不过转念一想，关忠一郎家里应该有仆人什么的，于是下定决心打了电话。不过出乎意料的是，是忠一郎直接接的电话，他告诉良也："哦，是良也君啊。其实是这样的，父亲的身体情况不太好，不过这也不是一天两天的事了。"

忠一郎的话给良也的感觉是，似乎很沉重。

"是癌症吗？"良也问。然后忠一郎回答道："好像是癌症。不过他年龄都这么大了，听说不会扩散很快。"父亲病重的消息，使良也的心中消除了对同父异母哥哥的芥蒂。

小时候，父亲每周至少一天来阿佐谷的家里留宿，可是良也从结婚后不久，就想不起父亲的样子了。这样算起来的话，已经快十六年了。那时候他们家很窄，母亲又去世了，能让荣太郎来阿佐谷的动力变得很小了。

不知从什么时候开始的，只在每个月的母亲忌日，荣太郎才会来上炷香。不过在那之后，荣太郎会请良也和克子吃饭，这已经形成了规律。不过听到忠一郎说他患了重病，良也才意识到，那个规律已经断了两年了。去年，好容易一起吃了顿饭，当时良也问荣太郎："石楠花园那边怎么样？"于是荣太郎看了看克子，对他们做了邀请："要不要过来看看？你也一起来。"那个时候要是接受他的邀请就好了，良也挂掉电话后，有些懊悔当年的拒绝。

荣太郎在六十五岁的时候从所长职位上退了下来，之后担任了与国家铁路有关的几家公司的外聘董事或监察员。不过他做的跟技术相关，所以就是到了现在，偶尔也会有晚辈过来听取他的意见。荣太郎住在砂土原街，忠一郎夫妇他们家的隔壁，就他一个人住。

为了感谢前辈，有时候会举办观剧会。当观剧会看的是歌舞伎的时候，荣太郎有时候不是带妻子去，而是带克子一起去看。克子父亲对她的家教很严，所以克子说话很有礼貌，荣太郎好像挺喜欢她的。尽管他们有着这样的来往，不过不可思议的是，忠一郎和良也竟然至今都没有机会见面。

"在父亲床头互相作自我介绍，这确实挺奇怪的，不过是父亲希望我过去的吗？"良也很直率地问了忠一郎。"当然了，就算不是这样，我也会去看他的。"良也又补充了一句。忠一郎很肯定地回答了他的提问："是的，不过这也是我的希望。""我知道了，要是这样的话，我在去医院之前，想去您的公司拜访一下。您指定个日期吧，我从明天下午开始一直在东京。"良也说。

听良也这么说，忠一郎之前那种很肯定的语气突然间没了底气："知道了。我现在手里没有时间安排表，去公司之后才能确定。明天或者后天吧，我挤出点时间。"

说完，忠一郎的电话就挂断了。

两天之后，良也去拜访了忠一郎的总公司大楼，就在市谷车站附近。那里原来是广岛山林王的东京出差地，后来转让给忠一郎的。不过后来觉得越来越挤，就改建了。忠一郎对良也解释说，这里离车站近，而且樱花盛开时景色很美，这是这个地方的优势。

这里并没有战后成长起来的企业所具有的通病——花哨，良也松了一口气。不过在走廊上擦肩而过的员工，不分男女，都脚步匆匆，这给良也留下了很深的印象。仔细想想的话，良也能够见到实业家，一般就是在发生事故或者去调查丑闻真相的时候。对方总是遮遮掩掩，而且如果自己深入的话，对方就会怒斥、生气。只要看他们发怒的方式，就可以八九不离十地猜到有没有那样的事实了。这四五年来，良也见到站在行业尖端的大人物、金融界巨头的机会多了起来，他不是作为事件记者，而是以舆论领袖的身份出现的。这些人对良也来说，并不太乐意见到他们。良也喜欢的是那种人，他们可以在交谈的过程中忘记对方的身份，这类人不仅仅限于实业家。

"说到父亲的病情……"忠一郎把良也让到椅子上后，立刻进入了正题。在办公桌前面，有一张小桌子，四周放了好多椅子，良也坐的椅子就是其中之一。忠一郎并没有把良也领到接待室，就如对待一般的新闻记者那样，而是领进自己工作的房间，这也让良也有种亲密的感觉。

听忠一郎说，在大约一年以前，荣太郎被发现前列腺癌。由于本人的强烈要求，最终没做手术，而是采取了用药物抑制癌细胞扩散的方法。良也感到很意外，在那期间，他和荣太郎见过两次面，他竟然没说起生病的事。良也确实能感觉到荣太郎这一两年老了不少，不过考虑到年龄的因素，还以为很正常，所以也没问过他的健康状况。

良也把自己的想法告诉了忠一郎。"可能是不想让你担心吧，谁让他是明治时期的男人呢。"忠一郎回答道。

之后，荣太郎每两个月都会作一次很细致的检查，结果在三个月之前，突然在肺里发现了癌细胞。诊断的结果是，这不是前列腺的癌细胞扩散过来的，而是其他癌细胞。"癌症好像也有很多种，这次这个性质比较严重，而且扩散很快。"

忠一郎继续说道，在此之前是在医生的指导下，就在自己家里进行疗养，不过从一周前开始就住院了。

"父亲他本人倒是很冷静，可能觉得差不多也快到时候了。我周日午饭前去了趟医院，他第一次提出来要见你。"

听忠一郎说，父亲说到自己"还有一个儿子"，并说出良也的名字，是在住进医院的当天，那是他第一次提到这件事。

"在那之前，我也听行业杂志的记者提到过一点，不过我又觉得不应该去打听父亲的私生活，而且不想让母亲难过，所以就当不知道这回事。"忠一郎这样说道。良也在大概五年前，听父亲说到，砂土原街的那位夫人去世了。还听说，在那之后，荣太郎的日常起居就是由忠一郎的夫人照看的。

"哦，是这样啊。"良也告诉忠一郎："其实我在上高中的时候，有一次跟你擦肩而过。"

忠一郎很惊奇地看了一眼自己的同父异母弟弟。良也看到这双眼睛时，总觉得里面隐藏了一种怯懦，像玻璃珠似的。在刊登在杂志、报纸上的人物评论一栏中，经常这样写忠一郎："脸上有笑容，但是眼睛并没有笑意。"那个描写是写在介绍忠一郎的独裁者风范的行文中，他的这种独裁者风范，总是让员工感到诚惶诚恐。现在，良也觉得那种表述并不正确。看来，还是曾经和忠一郎一起待过印度战俘收容所的原口俊雄说得对，他对"明显的发呆症"的解释及其奇怪行为的介绍，更逼近忠一郎的秘密。

良也强行压制住心中涌起的对同父异母哥哥的各种想法，告诉他说："那次好像是在新宿的角笛店。""哦，要是这样的话，应该是连锁店刚开张的时候。现在在全日本已经超过了八百家。"他的口吻马上变成了企业家，随后眼睛也散发出光彩，很有活力。

在他们交谈的过程中，有人送来笔记，不过忠一郎说了句"待会再说"，然后就继续跟良也聊天。忠一郎这位同父异母哥哥把良也送了出来，之后良也就坐上了电梯。接待处就放了一个铃，好像没有穿着正装的接待小姐，这一点跟一般的公司倒不一样。良也把这个情况理解为NSSC连锁店在彻底贯彻低成本、低价格的经营。不过良也又想到，那些专业杂志可能写得还不到位。

可以说，第一次见面感觉不错。良也给他们的这次见面打了高分，觉得以后就方便去看望父亲了。

荣太郎住进了新宿的铁路医院。良也到那里的时候，主治医生刚好查完病房。荣太郎叫住这位主任医师，向他介绍良也："这是我二儿子，请多关照。"

那个主任医师个子很矮，乍看起来有些古怪，不过说起话来竟然特别柔和。"我叫立山，病人现在病情很稳定，请不要担心。照这样下去的话，应该不久就能回家了。"他向良也解释道，然后点了点头，去到下一个病房。良也以前读到过这样的情况，癌症晚期患者要是本人提出要求的话，可以临时在家里待一段时间。立山的话听起来很随和，估计是为了让患者和良也放心才这么说的。

病房里只剩下他们两个人之后，良也问道："感觉怎么样？我是听忠一郎说的，吓了一跳。"

"嗯，已经到年纪了，我打算不做手术，安安静静地养养生。"荣太郎按了下按钮，把床头稍微抬高起来，充当靠背。他的双手放在被子上，交叉在一起，他竟然惊人地消瘦，筋都看得十分清楚。良也看到后，心不自觉地痛了一下。

"我得到消息时，正在给我妈妈上坟。我一直就没去过。"

听到良也的汇报，荣太郎问："精神还好吗？"然后看到良也没有说话，又笑着说道："当然了，你也看不出墓碑啊石头的表情。"以期让良也放心。一瞬间，良也还吃惊地以为父亲痴呆了，紧接着又改变了看法，觉得父亲可能已经能够自由往来于阴阳两界了。

"嗯，看起来精神不错。"良也也配合了父亲的步调。"不过，墓要是还留在柳川的话，我也很少能过去，我在上坟的时候就想，要不要把它移到东京这边来。"荣太郎听了，似乎陷入了深思，对良也说："这个嘛，估计美佐绪还是想待在柳川。反正灵位在阿佐谷，你经常给她上上香，你看怎么样？"

荣太郎是这样说的。听着这样的语气，良也的耳边突然响起了母亲的一句话："我们确实很相爱，这一点是不用怀疑的，这对你来说应该是最重要的。"她对良也说这句话的时候，语气里充满了自信，而读高二的良也也表示了赞同。这可能发生在良也瞥见忠一郎之后，不过前后关系良也也不太确定了。其实良也以前就是这么看待父亲的，这次来医院看望他，更加确信了：其实经历了战争和战败的荣太郎，他的人生更紧张、更充实。

良也出生在战争结束后的第二年，战后的动乱，安全理事会斗争，以及和校园内的权力斗争，他似乎弥补了其中的空闲，走上社会，并成了一名新闻记者。良也的心情并不是单纯的庆幸。和茜谈恋爱的挫折，茜父亲那种沉默的抗议姿态，让他有了这种沉重的感觉。而在那之后的各种经历，都促使他现在去整理战死艺术家的书信、遗留下来的作品，并以此为中心编辑一本个人版本的《听，海的声音》。

　　"来看了一下，终于放心了。"良也对父亲这样说道，然后想起来一件事，就试探性地问了问父亲："石楠花山那边后来怎么样了？"父亲的脸上浮起了微笑，良也明白了，原来父亲自己也想谈这件事。阿佐谷的家一直是去赤城山的一天的出发点。

　　"终于充实起来了。真是奇怪啊，我自以为对国家也算尽心尽力、鞠躬尽瘁了，可现在感觉，只有赤城的石楠花和映山红公园是我创建的唯一的东西。一个朋友在死前把一切托付给我之后，就去世了。一直以来，都是以我的名义募捐来维持的，要是我死了，也就很难坚持下去了。我觉得只能把它搞成财团的形式了。我会跟忠一郎说的，你也帮着出出主意。"

　　果然，一说到石楠花的事，荣太郎就很有热情，说个不停，看起来一点也不像病人。他喘口气之后，又继续说道："要根据季节设置入园限制。从五六年前开始，山上开始有萤火虫了。在我们这里，不到夜里就看不到，所以大家都还不知道，对了，紫阳花也在慢慢增多。县里批下来了，允许把杉树林恢复为过去的栎树、枫树、榉树的阔叶林。樱花也在一点点种。我死后，再过个十五六年，说不定就变成樱花胜地了。"荣太郎的表情很愉快，似乎想象死后的事情让他感到很快乐。

　　"您得赶快好起来，到了明年5月份，您得过去看看。我开车送您去。"良也这样说道。荣太郎没有说话，不过歪着头笑了笑，似乎良也这么说让他感到很欣慰。他那略带寂寞的微笑，好像在说他知道自己活不到那个时候了。

　　为了避免沉默变得过于严肃，荣太郎对良也说："现在这个时候，就是白天满耳都是茅蜩的聒耳叫声。我要是能去的话自然好了，不过要是去不了了，你把池塘周边还有石楠花群落拍些照片回来，不过估计现在也没开花。"

　　说完后，荣太郎抬起头，漫不经心地望着病房外的蓝天。现在已经蒙上了秋天的气息，天空很澄净。可能一下子话说太多，有些累了。良也想把情况都汇报给父亲，于是提起了跟忠一郎见面的事。

　　"我第一次去了NSSC的总公司，跟他聊了，感觉还不错。他好像以前就知道我的事，还有我妈妈的事。"

荣太郎脸上露出了微笑，看起来很天真的样子。"那太好了，以后的事情已经跟律师谈了，写成了文件，这样就不会给大家造成麻烦了。"他说道："就算他邀请你，你也最好不要加入NSSC。虽说是兄弟，不，就因为是兄弟，才会出现各种问题。现在这个年代是企业家兴盛，不过运气这个东西嘛，风水轮流转，不好说，职业还要是选自己能够认同的。忠一郎到底适不适合做生意，我有时候挺为他担心的。"荣太郎现在的话都是忠告，听起来很干瘪。

良也很坦率地道了谢，又回答说自己只考虑记者延伸出去的工作，然后给父亲谈了自己的感想："我去了柳川，觉得我刚出生的时候，是父亲您最困难的时期。"他指的是荣太郎留下自己和母亲两个人，独自去了东京，准备了两处房子。

"是啊，那会儿估计我是最拼命工作的时候。当时正好是战败后的体制变革时期，而那些前辈都受到联军的公职流放，时局有些动荡。"荣太郎很怀念地讲起过去的事。在听的时候，良也又想到了那个情景：自己什么都不知道，被妈妈抱在怀里，伸出手掌，想去够光亮的地方。刚出生的人，和正在战斗着的人，还有作好打算要静静结束生命的人，这三种人的三种形象，如同光和影一样浮现在阳光里，此时初秋的太阳正好把温暖送入病房内。叶中长藏，他在看着二十多岁的良也和女儿茜的身影时，是不是有过同样的感觉？良也又想到，叶中长藏在面对这些问题时，总是有懊悔的情绪纠缠着。

沉默了一会儿的荣太郎继续开口说道："俳句这个东西，可真难啊。"良也听到这里，想起来父亲曾经说过他学生时代参加了俳句爱好会。荣太郎吟诵了秋樱子的一首俳句："石楠花啊，听着响彻山谷的晨钟声。"良也对荣太郎说："我回去后，家里要是有能帮助作俳句的照片什么的，就给您拿过来。"然后站了起来。归途中，良也在心里盘算着，按照今天看望时的情形，父亲暂时应该没什么问题，不过赤城的石楠花园那边，还得尽快带克子去一趟。

在良也的眼中，荣太郎并不惧怕死，他对自己也丝毫没有掩饰死亡在接近的事实，似乎想从正面、很从容地去迎接死亡。

原陆军大佐叶中长藏也曾经面对过死亡，不过他却满心懊悔，让自己的身体饱受折磨。

当死亡临近时，这两位老人的反应可以说一天一地、截然不同。他们的这种差异又是因为什么呢？良也一遍又一遍地思索着其中的缘由。后来，良也终于慢慢理解了，这种差异不是因为做没做好心理准备或者害不害怕死亡，而是能不能认同自己的人生。

从言行举止上来看，关荣太郎并不后悔他的一生。那他的爱人藤佐美绪又是怎么样的呢？但是当良也把思索的视线转移到自己的母亲时，他眼前浮现出了柳川那座小小的墓。那里还是夏日的阳光，很刺眼，可是母亲的墓却显得那么孤单。

良也并不认为母亲是后悔的，也不愿意这么想。那么，他们两个人所谓的"真爱"的结晶——良也他自己是否认同自己此前的生存方式呢？到了这个年龄，可以说是人生的转折点了，为什么他在某个地方感到后悔呢？

从父亲那里，良也学习到了，人要从正面去沉着面对、处理自己的责任、自己被赋予的使命。继续细想下去后，良也理清了一些思路：收集那些从事艺术、在战争中死去的人们的遗稿集，为此必须要找一处真正可以安心工作、能够创作出属于自己的作品的地方。还有，要想方设法找到茜的消息、寻觅她的行踪，这几件事情对于自己，都是不得不做的事。而发挥社会性作用，则是在那之后的事了。

和自己相比，忠一郎开创了NSSC连锁店，努力地在发展受到现代城市生活人士喜爱的快餐店，他可以说是一个已经在完成自己被赋予的使命的男人吗？在报纸上，良也偶尔会看到他的谈话，他总是声称："快餐才是一项伟大的社会事业，它推进了家务的外部化，增加了主妇的自由时间，有利于维护上班族的健康。"

还有，在九州一所大学任教的原口俊雄说到的"关少尉的双重人格"，这又是怎么一回事呢？过度的发呆症，还有无意识中对着月亮号叫的这些奇怪行为，让良也不禁感觉到，忠一郎这个人在社会作用宣言的背后，隐藏了某种东西。

良也在忠一郎的办公室里待了四十分钟左右。他回去后，忠一郎重新回到桌子边，开始读收集好的员工会议提案。那天，他的日程安排得很满，没有工夫去回味同父异母弟弟给他的印象，以及他们谈话的结果。他打算把这些东西装进大脑里，等需要的时候，再拿出来分析。

下午的会议的议题是：如何让菜单、单价、店面氛围等迎合市场的变化。

NSSC连锁店的做法是每四年分析一次经营的相关数据，重新制定战略。那一年正好是重新审视的年份，也是进入二十世纪九十年代后的第一次。忠一郎在最近一阶段偶尔会想，自己陷入得太深了。

快餐行业，已经进入了在少数几个领导型企业之间展开竞争的时代。在这个背景下，忠一郎期望能够巩固NSSC公司在三明治领域的主导权，谋求事业的新局面。所以，原本他是没有空闲去回头审视自己是不是"陷入得太深了"，而且在这种状况下也决不能有这样的想法。

不过，在今天早上，他看到了一则报道，说是波罗的海三国加入联合国的日期定在了9月17日。那篇报道中还刊载了华沙特派记者的分析，作为其解说。

那位特派记者是这么说的："联合国大会开幕了，会上同意了爱沙尼亚、拉脱维亚、立陶宛三国加入联合国。立陶宛于去年3月通过了独立宣言，爱沙尼亚于今年8月20日、拉脱维亚于21日宣布了即刻独立。苏联也于9月6日承认了波罗的海三国的独立。为此，完整独立的基础更加坚固了。剩下的就是驻留的苏联军队何时撤退的事了，不过关于这一点，已经进入了日期交涉的阶段。"

这篇解说报道竟然报道了在此之前，苏联是如何严格压制波罗的海三国的。这则报道（尽管如此，自己当时竟然同意古莱特暂时回国）在忠一郎的心中唤起了痛苦的回忆。古莱特为了寻找可能已被纳粹杀害的亲人，从纽约回到立陶宛，这种情况是不会被当时苏联统治下的政府认可的。可是自己当时想得过于天真了，结果好像害死了古莱特。当时东西方对立已经开始紧张起来，自己却……这则报道迫使忠一郎反省了当年自己的鲁莽。

在战争期间，还有在战俘收容所的年代，自己作的判断都可以说是对的，可能是由于当时太容易去美国了，这造成了他的错觉，让他没有意识到社会的残酷。古莱特的消息中断之后，忠一郎当时就痛苦地自责了半天。

为了克服自己这个缺点，忠一郎想出了各种各样的点子，例如采用开放式三明治、热狗，来增加商品的多样化，还有用可丽饼代替面包，同时销售小饭团或者中国包子的方法，以及午餐改换成几个不太甜的蛋糕，等等。可是，他的这些点子都没能成为决胜的奇招，最后，时间就这么一点一点地溜走了。

由于经济走势有些奇怪，所以价格方面的目标变成了午餐三百日元。另外还有一个问题，就是要不要与咖啡连锁店等进行资金合作，这是基本战略上的问题。还有一条不错的意见，就是在此之前把NSSC连锁推向股票市场，也就是上市。忠一郎对此表示赞同，所以为了确保机密性，他现在租了房义次法律事务所内部的一个房间，开始了相关作业，这个地方与总公司是相互独立的。员工会议结束后，今天就应该能收到作业小组的报告了。

忠一郎感到很苦恼的一件事是，最近会议还有在公司内接待客人的工作增多了，保证不了巡查店面的时间。店铺多采取赋予特权的方式，因此创业人能到各个地方的店面去巡查巡查，这对于维持连锁店的模式很重要。

可是，忠一郎已经六十八岁了。到了这个年龄，不得不考虑继承人的问题了。要尽早上市，引入外部资金，还掉借款，和让人放心的单位进行合作，开拓市场。理想的情况是能通过继承人之手搞好合作方面的事宜，不过计划好订，可是一到指定继承人这一关键环节，忠一郎就有点像在云里雾里，思绪很混乱。

忠一郎在1959年也就是昭和三十四年，卖掉了在纽约开的两家三明治店，回到了日本。他以带回来的资金为资本，于第二年开创了NSSC连锁。四年后，店铺数量已经超过了三十家，他在舅舅传田章造的介绍下，与弥生结了婚。传田章造是高荻煤矿的老总，弥生是该煤矿的客户老板的女儿，毕业于东京女子大学的英语系。

忠一郎和弥生生了两个儿子。长子出生就比较晚，现在才二十三岁，和他父亲当年一样，进了一家商社。今年，他与他大学里的学妹、一直在交往的女性结婚了，妻子比他小两岁。

在儿子的结婚喜宴上，媒人高荻煤矿总经理做了新郎介绍。忠一郎在听着他的介绍时，心里自然地想到：这样成长起来的一代人，与自己这样衰老、即将逝去的一代人就要交接了。想想的话，这也是很自然的事。不过，当忠一郎被敌军追赶、在庇古山系中彷徨无措的时候，他做梦都没有想到，自己的儿子会在如此豪华的酒店大厅里举办结婚喜宴。忠一郎心里在咀嚼这件事的含义。不过同时又让他有种不安：这在某种意义上讲难道不是一种错误吗？

　　是不是自己运气好？可以简单地做出这样的结论吗？忠一郎努力回想自己回国前和回国后的痛苦经历。似乎越是痛苦的经历多，他的罪恶感就越轻。

　　媒人说，新郎的祖母拜托自己的同事，也就是弟弟传田章造，把自己下放到了高荻煤矿。"说到'下放'，估计现在的年轻人都不知道是什么意思。"媒人又加了一句注释。他说，新郎的父亲找到新郎的祖母，退役之后，马上就来看望她。"我之所以说这件事，其实是想告诉大家，关家一直就有孝顺的传统。"听到这些，忠一郎突然有一种莫名的羞耻感，而且觉得极其无聊。

　　"喂，忠一郎先生。"耳朵里传过叫他的声音，忠一郎意识到自己又陷入发呆症里了，心想"糟了"。

　　忠一郎有时候会忘记周围的各种劫难，不去在意周围有哪些人，在说着什么话，而去直接面对内心里的那个自己。他自己也知道，看见他这种状态的人称之为"关忠一郎的发呆症"。在战俘收容所里的时候也是这样，当他开始思考自己为什么在那里的时候，头脑里会涌起无数无法理解的事。他有好几次，忘了眼前有原口俊雄这个盟军方面的翻译官，忘记了自己代表俘虏的利益，在跟他进行谈判。现在，在儿子的结婚喜宴上，忠一郎又不自觉地去思索自己为什么会在那里。"啊，不好意思。"他向跟他说话的传田章造道歉，传田章造是女方的叔父。他还是忠一郎的大恩人，在忠一郎复学回到大学的时候，他资助了学费和生活费。

　　当喜宴结束的时候，令忠一郎感到惊讶的是，有好几个来庆贺的人对他祝福道："恭喜您了，这样一来，您的公司终于有了优秀的继承人。"忠一郎虽然心里在嘀咕：原来社会上的人是这样想的啊。不过表面上并没有刻意去否定，只是顺着他们的话说了一句："谢谢，我也希望一切都能顺利。"

　　忠一郎并没有跟长子讨论过NSSC连锁店的继承人问题。他有时候甚至漫不经心地想过，要是亲人中没有合适的人选，还可以托付给村内权之助。这个人是他大学时代的好友，比他晚两级。村内权之助和他，从创办讲义记录分发公司开始就有交情，现在他是公司的专务董事。

　　长子和忠一郎完全不同，他出生于和平年代，读了大学的经营管理专业，毕业后进了商社，这中间似乎没有什么犹豫。他本来好像是想进报社的，不过遭到了忠一郎的反对。

"年轻时候看起来挺风光的，其实也就那么回事。"忠一郎是这么说的。这也是因为他受够了那些记者，他接受过无数的采访，看透了记者根本不学无术，什么都不懂。

看到长子的行为举止，忠一郎心里会想，他并不像暴发户的儿子那么嚣张，而是性格很温和，所以看起来敌人比较少。不过相应地，也不怎么有生气，所以忠一郎觉得，到了关键时刻，儿子不像是那种能冲在战场前头的人。

但是，好多客人似乎都把这一天的结婚喜宴当做了忠一郎的表态，认为他是想让长子继承自己的事业。这一发现，让忠一郎吃惊不小。

不过他也没下定决心就不给长子继承，所以如果刻意去否定的话，这样大家就会乱猜测下一任总经理是谁，可能一石激起千层浪。虽然这么做可以说有点居心不良，不过也只能默默地等待这阵风过去。忠一郎打算装着不明白，且不闻不问。

重要的是，他决定从明天开始股票上市的讨论，对顺道走过的律师房义次打了声招呼："今天谢谢你了。明天有点事想跟你谈谈，最好不在公司。"

房义次会意地点了点头："那我事务所旁边的饭店怎么样？时间是几点？"他什么都没有问，就应承了下来。

房义次当上NSSC连锁店的顾问律师后，他对忠一郎的态度并没有变，虽然也当他是总经理，不过他们仍保持着学生时代的关系，还有战俘收容所时代的日本方面代表和二把手的关系，不过房义次有时候也充当忠一郎的军师。房义次就是这样，从未主动向别人提到过他们在缅甸曾是战友这一事实。无论何时何地，他们都没有超过企业家和法律顾问的关系，因为这样能够让忠一郎内心平静。

"昨天的会开得不错。"

第二天，在饭店房间里面对面坐下后，房义次首先说了这句话。

"不过好像有客人把这次会议当成了我的表态，就是让我的长子做继承人。"忠一郎这样说道。于是房义次反问了一句："不是这样吗？"忠一郎回答："继承人这件事我还什么都没想过。"听忠一郎这样说，房义次只说了句"哦，是这样啊"。看来他是觉得这件事比较特殊，不方便自己主动提出意见。

这一天，围绕股票发布、在资本市场的上市，忠一郎和房义次交换了意见。

"发行股票，也就是说，NSSC的拥有者将不再是关先生您，而变成了股东。就是这样一种思路，所以要是没必要非得筹措资金的话，还是应该慎重考虑。"没想到房义次给出的是一条消极的意见。

说到这里，忠一郎不得不解释一下要把公司上市的动机。他告诉了房义次他的计划：他认为，当不想把产品限制在三明治，而要扩大到炸鸡、汉堡或和式快餐时，和已经拥有技术的公司合作或合并更有效率。"其中也包括收购这个方法吧？"房义次确认了一下，忠一郎则默默地点了点头。

这次交换意见的结果是，在房法律事务所的一个角落里，以股份研究会的名义，设置一个作业组的房间。

在忠一郎第一次与同父异母弟弟见面的那一天，预定作业组要在下午上交报告草案，这是他们作业组花了半年时间制作的第一份报告草案。忠一郎的头脑里反复出现的是员工会议的结论及股份研究会的报告。在它们交叉的地方，是战略决策。

报告草案到忠一郎手中时，比预计的时间晚了半个小时。在等待的这段时间里，忠一郎终于有机会回想一下上午的见面，并分析起初次相见的同父异母弟弟——良也留给他的印象。"真悠闲啊"，这是忠一郎头脑中浮现出的第一个词。

忠一郎自己还有他的公司，正处于很重要的节骨眼儿上，他们每天都是在这种意识中度过的。在忠一郎看来，良也对事情的反应却要悠闲多了。无论是父亲的重病，还是人的死亡，良也的那种感受都跟自己的很不一样。

不过，这可能是因为忠一郎自己已近七十岁，而良也只有四十多岁，他们有这样大的年龄差距。而且，自己曾经上过战场，在青年时代不止一次做好了必死的心理准备，自己与良也之间，还有着这样的经历差异。忠一郎对良也的母亲一无所知，不过既然能让父亲爱她，想必她是一个很有魅力的女人。在日本战败的背景下，她应该算是一位热情的女性吧。而且她通过教人插花抚养大了良也，想必还是一个很坚强的人吧。良也看起来从容不迫，是不是母亲对他的影响呢？

在思考这一点的同时，忠一郎在想，如果他的同父异母弟弟是这样一个人的话，要是有时间，说不定可以跟他聊聊，告诉他自己为什么开创了NSSC。在自己的周边结交朋友，在某些时刻，说不定会派上用场。

想到这里，忠一郎尝试着组织到时候他与良也的交谈，这时他终于意识到了，要想越过古莱特的事来推进话题，保持说服力，是一件非常困难的事。

当忠一郎关掉纽约的两家店，带着一些资金回到日本后，他处于一种很迷茫的状态：不知道自己是应该回到大学的英文系，重新开始过去的人生，还是跟出版社等单位交涉，开始从事翻译等工作。于是他来到广岛的深处，拜访了山中。因为忠一郎感到自己有责任，应该把古莱特失去行踪前后的情况告诉山中，而且觉得汇报完毕后，自己身上的重负会减轻些许。

忠一郎之前已经听说了，山中的老家离广岛市非常远。他在广岛换乘可部线，在加计下车，然后沿泷山峡而上，路途极其遥远。而山中的老家在离岛根县很近的山林中，显得有些突兀。主屋是瓦顶的房子，以它为中心，周围有两栋建筑，都是稻草房顶，其次还有两栋墙壁为白色的土质仓库，此外还有一间大的玻璃房子，应该是最近刚建的。山中在这个家扮演着教育继承人——一名青年的角色，还做着一半管家的工作。

忠一郎跟那位青年及其母亲打完招呼后，等到只剩下他们俩的时候，首先说到让古莱特回立陶宛是自己的判断失误，并对此向山中道了歉。

听了忠一郎的话，山中对他说："不，那是命运。对于古莱特来说，如果她不回立陶宛，去确认一下父母及兄长的情况，是无法在人生路上重新出发的。我回到日本后，终于明白了古莱特的想法。这就像日本的原点一样，而日本已经丢失了自己的原点。大家都说是因为战败了，其实不是，在这之前就已经丢失了，所以它才会发动战争。东条体制多么严重地毁坏了日本，我心里很清楚。"

后来山中的话中逐渐燃起热情，中间夹杂着手势等肢体动作。

"我被叫回来，是因为太太觉得，只有大半辈子移民的儿子中，才保留了真正的日本。从某种意义上讲，她的直觉是对的。"山中这样说道。

"东条时代，还有战后，日本人变得自我中心、利益中心。大家都说是民主主义不好，这大错而特错。美国人在打仗的时候，反而变得更团结了。当然了，也犯了错误。"

在忠一郎拜访山中老家的第一次，主要内容不是忠一郎的汇报，而是山中那滔滔不绝、热情洋溢的演说。可能他回到并长期住在父亲老家后，有了很多发现，于是想把自己的发现尽早告诉其他人。

忠一郎是远道而来的稀客，所以夫人和她的独生子邀请他一起吃晚饭。饭桌旁边的围炉里面，竹枝上倒插着红点鲑，正在烤，据说附近的河里，红点鲑想钓多少就能钓到多少。饭桌上有在附近的山毛榉原始林中采回来的蘑菇，个个雪白，还有着沁人的香味。此外还有在汤汁中放入咸鲥的煮油菜。在吃饭的期间，夫人说道，她想让上大学的儿子毕业后做三四年职员，然后让他学习经营管理，不知道是不是考虑得太早了。忠一郎很坦诚地回答道："要是没什么关系的话，日本的大企业都是主要录用刚毕业的大学生，得在上学时就好好调查清楚。"这是因为山中也没有在日本工作的经历。夫人的儿子很坦率地说出了自己的希望："不论什么公司，我只想当面看看组织的结构，还有公司的动向什么的。"山中提议说："要是这样的话，可能去一个比较小的公司，能看看实际的经营管理，这样比较好。"

这一家看起来是个不小的山林地主，客人用的卧室竟然有两间，不过这天晚上忠一郎决定与山中睡在一起。上床后，快要关灯时，山中问忠一郎："对了，小关你以后打算怎么办？"

忠一郎这次大老远地跑到广岛的深山里来拜访山中，一方面是汇报一下古莱特的情况，对他表示歉意，同时也想听听山中的意见，看看自己以后该做什么工作。

"说到这个啊，我还犹豫不定呢，其实是对什么都提不起兴致，说起来觉得蛮丢人的。"忠一郎很坦诚地回答了山中的提问。他虽然没有说"自从失去古莱特后"，但他的烦恼山中能够听得出来。过了点时间，山中带着遗憾、叹息的口吻说了句"古莱特是个好女人"，由此也看得出来，山中听出了忠一郎话中的意思。

"就跟天使似的，我背地里都这样叫她。她特别单纯，还有些任性，像小孩似的，不过她的任性跟名誉、金钱的欲望没关系，所以她的任性也是可爱的地方。"

山中这么说，每一句都打到了忠一郎的心坎上，他只是默默地听着，承受着。

"收到你写的信时，问我她的行踪，我就想，糟了，完了。她没听你的劝阻，自己任性起来了。估计她认定了不这样做的话，自己就没法进入新生活，或者是不应该进入新生活。她的这种心路历程，我非常理解。"

听到这里，忠一郎很直率地向山中道了歉："对不起，对不起。"

"不，不，你不用道歉，没必要。"山中强调说，"其实我才该……"说到这里，突然不再说下去了。估计他是在努力控制自己激动起来的情绪。

过了一会儿，山中在黑暗中爬起来，对忠一郎说："要不要喝一点？"忠一郎很吃惊，赶忙回答说："你没事吗？我听说医生不让你喝酒啊。"说完，他想起来，这是在纽约时从古莱特那里听来的。

"嗯，现在还那样。不过这种时候都不喝酒的话，那喝酒就没什么意思了，人生也就没什么意思了。我偷偷地藏着酒呢，留着睡觉时喝。"

说完，山中开了灯，对忠一郎露出一副天真的笑脸，那种天真，简直无法用语言来形容。似乎在说：要是让古莱特发现了，就要挨批了，不过既然她自己跑了，那我也要"做坏事"了。山中偷偷摸摸地在床底下翻了半天，终于找出一个瓶子，上面画着黑色的七面鸟图案。他又微微笑了一下。这种笑容，只有度过了无数的逆境、尝遍苦涩的人，才有资格表露出来。

山中在床边放上自己和忠一郎的杯子，倒了一点点波旁酒，第一杯直接喝，然后才掺进去水。

"你知道吗？特定的酒，会让你想起特定的情景。"山中问忠一郎，不过他没等忠一郎回答，就自顾自地解释道："我们的结婚典礼上，有驻纽约的逃亡者救援组织的三个人，我这边有三个公司同事，参加的人只有这些。不过婚礼办得很好。那个时候，就算在纽约，波旁酒也是珍品啊。"

忠一郎打算把回忆古莱特的权利让给山中，自己只是附和几句。后来，可能山中发觉了就是他自己一个人在讲，于是改变了话题："那个姓房的家伙，是个不错的男人哪。"

"他既有能力，又真正为你着想。"

"我也一直没见到他，等明天回东京，我打算去见一见他，问问他对于我今后的出路有什么意见。"忠一郎又开始向山中作汇报。山中问他："我跟他聊过，好像你的三明治店很成功啊？"

"嗯，不过我把公司转让了，价格差不多是五年的利润。"

听忠一郎这么说，山中点头颔许："房君说你挺适合搞经营的。我对你这方面了解不多，不过很佩服你分析市场的能力和眼光。"

忠一郎下意识地说了句"是吗？"声音中有一点不太信任的语气。"不会有错的，房君对你这个救命恩人，不会说谎的。"山中向忠一郎保证道。结果忠一郎反问他："你说救命恩人？"于是山中告诉他原委："嗯，听说在密林里逃生的时候，有敌军的狙击兵想杀房，结果你把那些狙击兵给打死了。"说完山中脸上露出惊讶，不可思议地问："难道你不记得了？"

忠一郎不得已，只好说到当时的情形，他是很少提到的："可能就是那之后的事吧，我被炮弹的碎片击中，失去了意识，醒来之后，发现自己已经躺在美国建的野战医院里了。"山中替他补充道："你要这样说，我就明白了。怪不得房君说'关先生可能忘记了'，原来是这个意思。我当时还觉得他说这话真奇怪。房后来掉入了捕蜥蜴的陷阱，不能动弹，迷迷糊糊中被捕了。"听到山中这么说，忠一郎在想，估计房跟人说过好多次自己被忠一郎搭救的事了，但是忠一郎自己不想记住密林中发生的事，可能是在这种意识的作用下，他把这一切都忘了。

山中那天晚上并没有告诉忠一郎他应该做什么工作，估计这是因为他和一般在美国长大的人一样，简单地认为这种事应该由当事人自己作决定。不过他说了这样一句话："就像有句话那样，有的人什么都不懂，却多管闲事；而有的人很懂，却毫不关心。"

忠一郎不明白这句话是什么意思，山中解释说："喜欢音乐，不一定就能当个好的演奏家，而且是这样的情况居多。相反，对有的事就算没热情，但让你做的话，能做得很好，这种情况挺多的。"

之后，山中觉得经营管理这件事对于忠一郎就是这种情况，于是又重复了一遍。听到山中的话，忠一郎觉得，可能自己真的不适合走学者的路。

第二天，忠一郎早早地被山中叫了起来。山中很固执地要请他去钓红点鲑。

忠一郎想，可能他有什么目的吧，于是按照山中的吩咐，穿上雨靴，进入山里，此时还有寒意呢。在主屋的厨房里，有三个人正在那里准备早餐。放下钓竿后，山中告诉忠一郎："从现在起，随着季节变化，这里会越来越美。我之前在信里也写过吧，估计絮絮叨叨说了不少，在日本，人的劳动力被极大地浪费了。有人说这叫劳动密集型，不知道有没有这个说法。"山中开始聊起来。

"我住到这里后，开始觉得，家务劳动的辛苦要是不减半的话，估计日本不会有什么变化。"

听到这里，忠一郎忽然想起来了："忘了是什么时候的事了，我有一次开车旅行，去了杰斐逊的老家，就是写《独立宣言》的那个。"山中说："哦，是吗？倒是我说过，不看看有些地方的话，就不会了解美国，不过同时对美国抱有怀疑的也是我。你很坦率地说你挺佩服《独立宣言》的，还记得吧？"

被山中这一问，忠一郎突然回想起了和古莱特在一起的时候，她这样说过："我根本没有那么从容，能够做到去批评立陶宛，我只是很怀念那里。"于是他急忙应了一声："嗯，我还记着呢。"

"我住到这里之后，觉得日本也一样。不过日本和美国的情况正好相反，日本必须从农村发起变化，否则没用。"

山中的话中断了，这时，他们听到一些响声，似乎微微散发着山里的春天气息。

静耳聆听，似乎小鸟呀小动物们，还有潜藏在溪流里的鱼儿们，也感受到了春天的气息，开始给自己做起装扮。

"我还有一个发现，就是大自然的氛围会创造出相应的文化。这跟刚才的话有些矛盾了，不过日本不是也有跟日本的大自然相配的民主主义吗？"

可能山中这些年一直在等，等一个可以倾诉的对象，能把这么多年一直在心中积聚、发酵的思想说给他听。从昨天夜里开始，山中就变得喋喋不休，这是在纽约时所没有见识过的。最后，山中改变了之前的语调，对忠一郎说："我的后悔就是没能去一次古莱特的故乡。关君，你知道吗？爱上一个逃亡者，自己也会变成逃亡者。不过这是我回到这里后才意识到的，可是已经太晚了。"

山中咬紧嘴唇说了这番话后，就不再说话了。不过沉默了一会儿后，他又用一种彷徨的低沉语调说："立陶宛的森林很深，不过它跟德国或俄罗斯的那种黑色森林不一样。我觉得是一种明亮的深。估计是面对着波罗的海，一展无边的感觉。"山中的声音很低，像是在低低地吟唱。

"我也听她说过，说到白夜那神奇的美。"忠一郎节制地只说了这一句。

"是啊，我估计就是这样。"山中冷淡地说，不过似乎要弥补刚才的冷淡，马上又表情认真地说道："我好想跟你一起去一次立陶宛，在白夜散着步。我要是健康状况不允许的话，你就自己去吧。总有一天能到那里。"

"我们一起去吧，要是北方的森林，我也能进去。"忠一郎老实地回答。

一瞬间山中用他敏锐的眼光盯着忠一郎，嘴里念叨道："哦，对了，你体验过南方的密林。"听房说，自己在丧失记忆的那段时间里，好像还做了点好事，那就是发现。忠一郎突然间想到了这一点。

"就说南方的密林，那也只是战争时的经历。战争这个东西，会让大自然的声音消失殆尽，人类的声音也都消失了。所以说，不要把个人体验弄得一般化，这很重要，不过也很痛苦。"山中的这番话，似乎在告诉忠一郎，在失去了古莱特消息后的这些岁月里，他是如何与战争作深刻斗争的。

好不容易进了家公司，被选派到纽约，结果没跟父母商量一下，就自作主张地辞职，然后一副茫然地回来。面对这样的儿子，父亲只是瞪着他，没说一句指责的话。这可能是荣太郎的个性主义的体现：自己的生活由自己做主。

而母亲呢，只是说了句"现在的年轻人都不知道在想些什么，根本不知道父母有多么担心，真是让人太没有面子了"，抱怨几句后，也没过多地指责。

后来，忠一郎虽觉得脸上无光，还是把时间都花在这些事上了：寻找浦边晶子的消息，她去欧洲留学后就疏远了；到大学时代的好友——村内权之助所在的公司附近，把他叫出来，一起吃顿饭；以讲师的名义，到户籍所在的英文会话学校报到，暂且摆出过日子的架势。

忠一郎从广岛回来后的第二天，见了房，告诉他，山中等人现在都在感谢他。房让忠一郎在客厅等了半天，自己出去不知道干什么了。最后一只手里拿着地图，回到客厅，说："今晚我请客，在学生时代就一直受你的照顾。"把地图递给忠一郎，"一个公审结束后，七点我们在这儿会合，怎么样？我还不是主任辩护人，得按照时间来。"忠一郎感觉房义次就像一个崭露头角的律师，同时感到自己完全落伍了，这一点让他感到一种寂寞。

他们指定的场所就是日本桥料理店的二层。房义次和忠一郎相对而坐，刚落座，忠一郎就提出了自己的问题："我也问过山中先生的意见了，我正在考虑自己以后要干什么呢。我感觉自己做不了大规模组织中的一员。"

"是啊，我能明白。"房义次说道，然后问忠一郎："你不再考虑学者的道路了？"当远离工作的时候，房义次使用的是朋友间的用语。忠一郎到后来才发现，这种切换很符合房义次的风格。"要说学者，也就是英语学方面，可我也不知道怎么的，热情都冷却了。"忠一郎回答得很坦诚。战争，伤痛，战俘，在那几年的生活中，支撑着他的是对文学的热爱。房义次默默地点了点头。在战场上的事，虽然他们会说给其他人听，但不知何时起，房义次和忠一郎之间形成了默契，不会在他们两人之间提起。

房义次指出了忠一郎在学生时代创立讲义记录分发公司的事，鼓励正在犹豫不决的忠一郎："你有事业家的领导能力。"可忠一郎仍然沉默不语，于是房义次很突然地问他："你辞掉公司回到日本时间也挺长的了，你这期间都干什么了？"忠一郎推测这些信息是房义次从山中那里听来的，于是坦诚地告诉他："开了两家三明治店，或许可以说暂时成功了。""我就觉得应该是这样。"房义次说道，然后劝忠一郎："把那个改一下，以与美国合并的形式在日本干，你觉得怎么样？不过我是个外行，也就是瞎说，不过你是不是可以考虑一下这个做法？"

这个场面是NSSC连锁店开创前的一段历史。后来，村内权之助的公司内部出现纷争，不想干下去了，于是也加入进来。作为大学时代的学弟，他是这样对忠一郎说的：

"要是关先生打算做公司的话，我也来帮忙。神户老家那边的事业也没什么发展，最后就是一家店铺。请让我帮忙吧。"

之前，广岛山林王的东京办事处一直用的是山中在市谷老家的房子，这时他们要搬到丸内了。所以山中对忠一郎说，如果他要开始干自己的事业，可以用那幢房子。而且还写来了一封信，说："要是可以的话，夫人想让她儿子在你手下待个四五年，帮着教育教育他。当然了，你是总经理，由你决定。"这语气已经把创立公司这件事当做既成事实了。到了这个份儿上，忠一郎也不得不下定决心干了。

忠一郎在心中将山中说的话重复思考了好几遍，山中的意思是：将周围人对你的期望付诸一笑，这也是生活的一种方式。忠一郎并不认为自己开三明治店是受到了别人的期望。这是出于他自己的想法，正如房义次所说，只要快餐店和超市增加了，就会像家庭电器用品普及那样，可以让女性的生活更轻松。

不过，这只是一个借口罢了。其实，忠一郎自己由于思想太天真、懦弱而失去了古莱特，这是他为古莱特准备的生意，所以就算当时是在纽约，现在是在东京，情况不一样了，他也觉得自己应该继续坚持这份事业。正是他刚形成的这种想法，让他决定重操旧业。再说了，他现在也没什么特别想做的事。问题在于该给店铺起个什么名字，对于辛巴达这个名字，房义次和村内权之助都不太赞同。

忠一郎对于自己坚持辛巴达这个公司名，解释得并不多，只是说这是他在纽约时就用的名字。因为他现在还不想跟人说古莱特的事。

不得已，最终的决定是，采用New York Skyscraper Sandwich Chain（纽约摩天大楼三明治连锁）这个名字，从中取出开头字母，即NSSC。一年后，《安全保障条约》要修正了，由于这个问题的存在，报纸等媒体都刊登了一些关于新型日美关系方式的意见。于是房义次提议，认为应该取一个名字，无论日美关系发生何种变化，它都不会受到其影响。村内权之助的意见是，NSSC（日本名叫耐斯）还可以解释为Nihon Select Sandwich Chain（意思即"日本选择三明治连锁"），所以就这么定了下来。

由此可见，在这个公司刚创立的时候，存在对快餐业未来前景的未知，而忠一郎也是心存犹豫。但是，一旦真正开始干了，开创者中的每一个人都涌起了干劲，要争取创下好业绩，把公司搞好搞大。

不过在最开始的时候，有一个很大的问题，就是把第一家店设在哪里。忠一郎仔细回想自己刚进公司那会儿，在公司内部研修班上听到的，以及在纽约时亲身体验到的市场营销技巧，认为既然现在要在东京干，就必须考虑如何控制昂贵的不动产成本。他不停地尝试、寻找"租房"的方法，不过始终没能行得通，最后只好去跟父亲商量。

荣太郎知道忠一郎最近每天一大早就东奔西走，所以给他提个醒："这样吧，要不先在车站里面卖，怎么样？不过质量检查很严格，而且也没那么容易。"之后，给在铁道弘济会的原铁道省后辈打了个电话。

忠一郎听弘济会商品负责人讲解产品特征、使用材料的进货地等要求时，一直在冒冷汗。不过他打算重新试一次，于是去父亲后辈的房间作了报告，没想到对方同意了。不过忠一郎刚打算回去，那个人叫住他，给他介绍了已将三明治纳入弘济会的公司，并且给他提了建议："你可以在这里学到很多东西。"此时此刻，忠一郎终于意识到，当他在纽约开店时，时代广场的面包店给了他多大的帮助。终于，NSSC的第一家店开张了，位于神田骏河台下坡后的胡同一角。

开始NSSC的工作后，忠一郎发现，这并不是一项可以用业余时间来打发的事业。

围绕《日美安全保障条约》的修订，全国持续出现混乱。在这期间，忠一郎两耳不闻窗外事，专心干事业，开到了第四家店，并且在学生街、私人铁路沿线的郊区、住宅街、商业者居住区等地方尝试做生意。这些地方有共同的特性，那就是，为了推出东京市场的特色，必须频繁巡视店面，隔一段时间就改变服务和菜单，收集并分析每家店的数据。

为了开发出特色面包——即使空气干燥，在一定时间内也不会卷边的面包，商品开发小组收集了好多厂家的面包，进行调查，并与制造行业的人进行讨论，还就三明治的外形做了多次实验。至于面包与火腿之间抹的黄油，公司也在努力追求其味道。

大致分类的话，商品关系，包括与厂商的谈判在内，由忠一郎负责；店面运营、服务员的教育等与经营相关的，由村内权之助负责；数据的管理统计及人事组织方面，由山中家的那个少年负责。不过这只是临时的分类，所有人都要了解其他人的部署动向，来确定方针政策。在这一点上，他们才像一个整体，每天都在共同奋斗。

到了后来，公司规模逐渐增大了，忠一郎会回想刚创业时的情形，甚是怀念。

那个时候，在公司里，没有那种下命令和被命令的感觉。大家同呼吸、共命运，这种感受非常强烈。忠一郎早上站在总公司的门口时，能够认出来上班的每位员工的脸，并叫出他们的名字。于是他能够去猜测：昨天喝多了呀，或者，那个家伙好像有什么烦心事啊。

当东京内部的店铺超过十家后，报纸的经济部记者开始来采访了，经营管理的专业杂志也开始刊载NSSC的报道。新宿的角筈店的成功，为这一切创造了契机。第十家店开在了一家有名的百货店的银座店一角，这让大家赞不绝口：吃三明治，就吃NSSC。

忠一郎借助一点点关系，去会见百货店的总经理时，他想到了自己在侍奉缅甸派遣军队总司令官的幕僚时的技巧：态度方面，让人乍看起来很心直口快，不过要时不时地表露出内心很敬仰的样子。

到了创业后的第五年，店面达到了三十家，于是公司内部开了个庆祝会。在那之后，高荻煤矿的舅舅给忠一郎说媒来了。

舅舅传田章造，把铃木弥生的简历递给忠一郎，并且让他看了照片，劝他说："你看，是个大美女吧？这个姑娘真让人佩服。她母亲卧床不起，一直是她照顾的，结果不知不觉已经三十五了。你看你也四十一了。我还记得你把军队的发放物资塞满背包，去煤矿的宿舍里看望母亲时的情景呢。只要你以后继续走企业家这条路，就需要巩固家庭这个后方。"并解释道："对方的父亲是公司的总经理，他们公司给高荻煤矿提供作业机器，我也挺了解的，是一个很认真的企业家。"

听到这番话时，忠一郎心中涌起的感觉是，有一只温暖的手，轻轻地抚摸着早已被淡忘的伤痕。

如果别人问他，为什么过了四十岁还是单身，那么忠一郎会不知道怎么回答。但是他的舅舅并没有这么问。忠一郎在心里设想到，如果他问了，那自己估计会回答：因为战争、被俘虏、退役、驻海外及NSSC的创业，自己这一生根本没有喘息的机会，没有考虑婚姻的从容。

当忠一郎在心里组织这样的语言时，他很庆幸自己不会作如此虚妄的解释，因此心里很感激舅舅没有提出这个庸俗的问题。

不知从什么时候起，连回忆古莱特这件事也变得遥远了。就算山中家的少年在公司里，也不会勾起他的回忆。当忠一郎在街角看到浦边晶子演奏会的海报时，一下子想起来去城岛的那个雨天的情景。到如今，也只不过是感叹青春一去不复返，时间如白驹过隙。忠一郎甚至怀疑，这个世界真的变得如此和平了？是不是自己看错了？

到了现在，只有企业的成长、战胜竞争对手，才能给人活着的感觉。如果说有人不是这样，能够从其他事情上感受到自己在活着，那估计就是艺术家呀运动员之类的了。忠一郎的内心已经意识到了，他的思维跳跃到这一步，把视野扩散到这些事情上，只是为了掩盖他的不安：自己真的有资格结婚吗？

两三天之后，忠一郎给的回复是："我考虑了很多，可不可以交往一段时间再给出最终答复？"其实他这么做，主要是考虑到了传田舅舅。在这个时候，他对铃木弥生还没有一丁点感情。

铃木弥生似乎有心理阴影。这种心理阴影不是先天的，而是后天的原因强迫她表现得很文静。忠一郎只不过看了她的照片，不过他觉得，如果能够消除她这种压抑，说不定事情会有转机。于是他给对方的答复是"交往一段时间再下结论"。

当然了，忠一郎这个人是这么忙，他决定交往，并不是冷静分析的结果，只是一种出于直觉的判断。

忠一郎和铃木弥生看完电影后，经常一起吃饭，或者忠一郎开车去逗子、镰仓等地方。对于忠一郎来说，这样的经历，除了他唯一一次与浦边晶子的远足，似乎是第一次。他在开着车的时候，会不自觉地想：人们说的丧失了青春的一代人，是不是指的就是自己这样的人？

弥生开始时而露出明朗的笑脸了，这让人甚是惊奇。不过在笑过之后，似乎很后悔自己的这种举动，于是会表现得更阴郁、更沉闷。

这样的交往持续了几次后，有一天，弥生突然开口说："或许我一开始就应该说，其实，我是个罪孽深重的人。"当时，他们正坐在一家鲶鱼店，在这里，能够听见多摩河上流动的河水声。

"是吗？"忠一郎这样应了一声。哎呀，弥生终于自己开口了。忠一郎有种说不出的心情，似乎终于放下心来了，不过又很感兴趣，她说的"罪孽"究竟是什么样的罪呢？弥生的脸上满是紧张，高高的颧骨，小巧的下巴。过了一会，忠一郎为了避免催促弥生，只问了句："你说的是什么事啊？"结果弥生回答说："我杀了人。"这话让忠一郎吃了一惊。弥生可能感到了忠一郎在盯着自己，于是慌慌忙忙地把双手放到桌子下，这双手刚才还稳稳地交叉在桌面上呢。弥生继续沉默了一会，对等着她说下去的忠一郎说："因为我的拒绝，一个男人死掉了。"她的语气出乎意料地短促，就像扔掉了一件不重的行李。说完这句话后，弥生又沉默不语。之后，她好多次费力地选择用语，讲起了那件事，那是她八年前的经历。那个时候，弥生的户籍还留在东京某所大学的研究生院，有时人家找她做女性杂志的模特，她就应下来。某个电视节目制作公司的制片人，注意到了弥生身上的特质，这种特质不同于那些艺人，于是劝她出演电视。不过弥生本来对当明星就不感兴趣，所以拒绝了他的邀请，不过她对电视台倒是很感兴趣。

"我觉得我那样做是不对的。"弥生的声音很低沉。对方同意让她参观摄影室，于是弥生去了电视台，还有人给她介绍了那位制片人的男上司。忠一郎听到这里，心里在想，可能电视台看她是有名公司的千金，看重了这个背景，觉得能出名，才这么做的。

不过弥生还是拒绝出演节目，结果那个制片人开始批评她："我连台长都介绍给你了，你这样的话，我没法做人了。"不过之后又发生一百八十度大转弯，他开始请求弥生："你要是这么讨厌当明星的话，那就算了吧，不过我们不谈工作了，你跟我交往吧，我这样说并不是要你补偿什么。"弥生拒绝了他三次，到了第四次，他们一起吃了顿饭。弥生其实挺辛苦的，因为随着她跟那个男人接触次数的增多，她越来越不能理解他的内心了。有时候，他对事物的瞬间反应很直率，让人感觉到真诚。可是，他能无所谓地说出完全不同的意见，这种善变让弥生看来，是一种轻浮。对方越来逼迫弥生，她越是讨厌他的那种性格，差一点就忍不住说出"你根本不真诚"这句话了。

这样的关系持续了八九个月，之后的某一天晚上，那个男人突然对弥生发动袭击，硬生生地强吻了她。弥生死活不从。到了第二天，那个男人在自己的屋里上吊自杀了。

弥生在讲述这段经历时，中间停顿了好几次，很费力地才坚持讲到了之后。说完后，她把两条胳膊放到桌子上，勉强支撑住快要倒下去的上半身，很茫然地看着前方。

"是这样啊。"忠一郎又说了一遍。弥生把视线从远处收回来，默默地盯着忠一郎。过了一点时间，忠一郎柔和地说道："那真是一场灾难，谢谢你能告诉我。"在他的心里，他觉得自己能够与眼前的这个女人一同生活，这种心情静静地在心中蔓延开去。

在战争中失去了青春，而青春再也不可能回来，所以既然已上了年纪，就应该用上了年纪的方式来相爱并生活下去。这种思想第一次在忠一郎的头脑里出现。

在忠一郎的内心深处，有一种可以称为"安全感"的感情。在这份感情中，不是NSSC首创者的他，而是一个回国了的中年老兵，害怕丧失在密林中的那段记忆。

听着弥生的坦白，不知不觉间，忠一郎又犯了深深的发呆症。并且说道："我在战争中也杀了人，我不能因为是战争，就觉得杀人没关系。正是因为我是有意识地去杀了，这才性质更恶劣。不过对方并不是因为我而死。你并不罪孽深重，真正罪孽深重的，一部分可能是电视文化，它创造了荒诞的环境，不把人当人看。"

忠一郎面对弥生说了上面这番话。其实，发呆状态并不是无意识状态，忠一郎知道自己正在做的事情，但是处于一种特殊状态，失去了平时的控制能力，自己就像在一层厚厚的玻璃对面说话、做事。

忠一郎的心中确实有一份热情，想要鼓励弥生，帮她解除过去的束缚，不过情况不只如此。

"不管从什么地方开始，人都可以重新出发，我是这么觉得的。"忠一郎这样说道，他其实是在对自己说。在说着自己的这种想法时，忠一郎感到，自己的这句话，把失去古莱特的痛苦及对密林中丧失记忆的恐惧，扔到了一片美丽的湖水中，给自己留下了一份解脱。古莱特是命中注定应该失去的，所以才会失去她，忠一郎在心里这样想，不，是努力让自己这样想。

同样地，弥生碰到的那个制片人，由于他遇到的是一个从未考虑过要上电视的人，所以他此前的自信、自我认同感彻底崩溃了。那个制片人的不幸在于，他领会错了弥生偶尔做模特这件事的意义，也就是说，是自己的错觉造成了最后的死亡。自杀的原因并不在于失恋。因此，在这件事上，弥生是无罪的。

虽然忠一郎的内心某处在劝诫自己：自己生活在丧失记忆的阴影中，自己做的那些事不能与弥生的经历同日而语。可是尽管如此，他还是安慰、理解着弥生。至少，他认为自己可以与这个女人一同生活，这是他的真实想法。结婚典礼和喜宴的参加者主要是和关家以及铃木家有密切关系的人，尽管如此，也有八十多个人参加了典礼和喜宴。

忠一郎基本不会回望过去，认为这是精神衰退的表现。不过他在长子的结婚喜宴上，竟然回忆起了自己与弥生刚结婚时的情景。

在刚开始的时候，婚姻生活中虽然会伴随着不安，不过正如一句古话说的那样："要想担心很困难，生小孩倒容易。"这句话经常被有经验的人引用。弥生还是闷闷不乐的样子，似乎不想从自己的洞穴里走出来，日子就这样一天天过去了。在NSSC的创业期，忠一郎没有空闲去照顾妻子，这反而防止了互相怜恤的扩大化，说不定结果更好。忠一郎有时候会自己这样瞎遐想。

长子出生后，弥生的性格也发生了一些变化。本来的开朗性格似乎在心里复活了，让人对她心生喜欢。忠一郎认为，这也是因为长子的情况很好，这是个很大的因素。长子不生病，夜里也不哭不闹。忠一郎有时候甚至会想，虽然有些辛苦可能只有长子自己知道，不过生存伴随的沉重部分好像都被忠一郎和弥生掩盖了。忠一郎知道，要是自己这么说的话，懂事后的儿子会反驳说"别开玩笑了"。想到这些，忠一郎并没有说出口。

长子要结婚这件事，对于忠一郎来说，虽然是件平凡的事，不过仍然算人生的一大喜事，这种感觉他自己也并不否认。除了在某些时候，他会在关键时刻做起噩梦。

父亲荣太郎身上发现了新的癌细胞，医生对他说："情况好的话，可以活半年左右。"这事发生在初夏，距离他长子的喜宴并不久。荣太郎坚持不做手术，说自己已经到年纪了，不过医生好像挺为难的。不过还是给了让荣太郎满意的回答："那这样的话，最近药物也在用，就这么办吧，不过放射治疗要用做辅助手段。"

其实，医生方面是出于敬重铁路方面的技术权威，所以才制定了这样的治疗策略。不过荣太郎却很满足，说"他可是名医啊"，之后开始说起另一个话题："其实，你有个弟弟，可能你已经知道了，今年就四十五了。"

"我知道这也不是件光彩的事，那是我在九州时的事。他叫良也，学习挺好的。跟你上同一所大学，算是你的学弟。"

父亲说良也的时候，特意用"大学的学弟"这个词，显得有些奇怪。不过忠一郎知道，这是父亲在顾虑他，所以说话时候用词比较谨慎。

"我也不是要刻意隐瞒，我一直觉得自己做得不好，至今什么也没说。不过我是不想让她痛苦啊。"荣太郎提到了忠一郎的母亲。五年前，弥生发病了，之后意识就没有恢复过，只住了两天院，就去世了。她是蜘蛛膜下出血，那时，忠一郎觉得这种死法很符合母亲，她一生都天真地表达自己，这就是她的生活方式。

"关于我死后的事，我已经做了生前捐赠，所以财产继承税应该很少。土地和房子，以后还是你用。剩下的不动产和储蓄、证券等，我已经做了文件，交给律师了，到时候在良也在场的情况下打开就行了。"

荣太郎说着说着，就开始给忠一郎交代自己死后的事了。荣太郎这个人虽然一直在技术领域做事，不过也是个能干的当官的，这种考虑周全确实很符合他的风格。

忠一郎差点喊出来："说这种话还太早。"不过终于忍住，没有说出来。

"你辞掉商社的工作、回到日本的时候，我还担心呢，怕你选错了路，太年轻气盛。不过现在看来，你早作决断，还是对的。在一个庞大的组织中委屈自己，这不适合你。不知道是继承了靖江的秉性，还是我身上隐藏的性格影响了你，不过这样也挺好。但是，事业方面总会发生各种变动，你今后也不要太勉强自己。到了坚持不下去的时候，要及早抽身，别犹豫。"

忠一郎看着父亲的双手，父亲在认真、用力地说着话，他的双手交叉在薄薄的被子上。手背上的皮都老化了，青筋也很突出。

荣太郎一口气说完了要说的话，想大大地吸口气，结果咳嗽起来。随着肺部癌细胞的扩散，咳嗽好像越来越多了。"我随时都会再来看您，您别累着了。"忠一郎终于说出了一句话。父亲听话地点点头，把上半身倚到床背上，此时床面是倾斜的。忠一郎走近，想把床放平了，结果荣太郎说："有用中国书法写的川柳，不过现在这些领导人都没有中国书法的素养了呀。"不知道他指的是政府的后辈，还是政治家。

良也开着车，行驶在去往赤城山的关越高速公路上，克子坐在副手席上。这时他想起了昨天晚上的对话。父亲病重，这不是件小事。良也对此事的认识，反而促使他思考了他和克子以后的生活。之前，良也打算干到五十岁，就辞职不做采访记者了，不过这不是出于积极的动机，不是为了做某件事而辞职的，所以他在不知不觉间延迟了作决断的时间，而就在这时，父亲患上了绝症。

良也的内心有一种想法，要尝试一下自己做编辑的能力。不过为此，他最近开始考虑调到出版部，这个部门在报社中并不被看好。

还有一个问题，就是如何组织他与克子的生活，他们两人之间没有孩子。如果他们两人都老了，那该怎么办？这种久远的事也只是偶尔会想到。

说到这些事的时候，克子的父亲要更能理解良也。克子的父亲负责营业方面，也是良也这个公司的董事。当良也打开了话题的开关后，他发现，自己现在存在的问题，如果换一种角度看的话，说不定会让自己燃起生活的热情。

在良也的同事中，有一个人叫克强，他为了追踪洛克希德事件的真相，不顾自己的性命，在原首相田中被判四年徒刑——从1976年至1983年——之前，他作为一名记者，勇敢地进行采访，并在法庭上作证。还有一个男人，由于获取了美国上议院外交委员会中多国企业小委员会的委员谈话，一夜成名，但可能因为过度劳累而猝死，从而为自己身为记者的一生做了最好的点缀。

良也也认为这些人的生活方式是记者的楷模，不过同时觉得自己的职责要与他们稍有不同。良也的心中，清晰地保留了他第一次在长野分局碰到叶中长蔵及其女儿茜的情景，他们的存在给了良也一份沉重。由于他曾经与茜恋爱过，所以他觉得应该弄清楚他们父女俩的苦恼所在，这是他的工作，不过又不能大而化之，把它归结为一句"是战争的错"就了事。记者这份工作，它本来的性质就是不急于把事情一般化，而要执著于个别性、具体性，这种观点在良也的心中越来越清晰、强烈了。如果不是这样的话，那记者随时都可以做点无关痛痒的报道，然后挂着"正义"的旗号就可以了。

不过良也也知道，报道和采访不能离开个别性、具体性，这个观点在当今这个竞争激烈、追求轰动社会效应的大背景下，很容易被人忽略掉。也正因为如此，良也才想调到出版部，这个部门的人员不是采访记者，不需要出现在摄影机中。

良也告诉克子，父亲的病情很严重，最多能再活半年。并且告诉她自己见了忠一郎这个同父异母的哥哥，说道："我们现在都到了人生的转折点，得借这个机会，好好想想将来的事了。"良也话说完后，克子担心地问："你在考虑辞掉工作吗？"这让良也吃了一惊。

"不，没考虑这个事，不是这个问题。"良也赶忙否定，并且在心里反省了一下，都怪自己之前一直没跟克子提到过这件事。他说道："我看到父亲生病的样子，就开始琢磨了，你说人活着的意义到底是什么呢？"之后又解释说："到了现在，我们家这房子也该改建一下了，改建后，租给人，这样的话，就算我生病了，收入减少了，你也能生活下去。不只是这个，还要考虑其他不少事呢。"

"这件事我之前没听你说过，不过能感觉到你在为我考虑。"克子说，"我孩子也生不了，什么都不会做，真的对不起。"说完低下头去。良也赶忙鼓励她："不，没那回事。你是个坦率的老婆，很优秀的。"此时，他想起了结婚时媒人——社会部部长的训诫："你听好了，绝对不能在女人面前示弱。就算你觉得这样做比较好，可以后还是会给你带来麻烦的。千万别示弱啊。"

良也和克子结婚已经十六年了，在这十六年内，社会已经发生了巨大的变化。想到这里，良也强迫自己用轻松的语气对克子说："不过我觉得你的想法也有点问题。"

"我要过一种自己认可的生活，而你呢，作为独立的一个人，也应该有自己的活法。只有两人都有各自的生活，才能一块儿生活下去，不然是很不好办的。"

听良也这么说，克子不安地歪着头，小声说道："我也不知道该怎么办。"
"你要找到自己想做的事，老爸最后想做的看来是石楠花园。"

石楠花园确实很了不起，值得荣太郎向人炫耀。一个上了年纪的所长给良也拿着地图，给良也他们解释了很多地方："蝴蝶丘"、"蜉蝣之家"、"萤火虫之河"、"森林浴林间小道"等等。这个所长过去在铁道省工作，在荣太郎的手下做事，退休之后，他做了这里的志愿者，帮荣太郎做些事。在上面提到的每个分区中，都生长着石楠花、映山红，还有一些稀罕的野草。"这是在人类的引导下复活的大自然。"所长自豪地说道。

良也在想，要是能和这个所长好好聊聊的话，在环境问题、自然保护等方面，应该能听到些有意义的意见，不过良也还是对他说明了来意："父亲的情况不太好，所以我过来，想拍点照片给他老人家看，打扰您了。"所长很担心，向良也询问了荣太郎的病情，不过良也只是敷衍了两句："没什么大碍，不过他毕竟都这么大岁数了。"

此时，花早就谢了，不过可以想象：在最开始到达的池塘边，如果开满了一片石楠花或映山红，该是多么美妙啊！树林中都是阔叶树，五花八门，都缀着绿绿的叶子。这里能听得见茅蜩的叫声，如溪流的水声一般。良也在拍照片的时候，心里在想，父亲在大学时加入了俳句爱好者协会，这可能是他后来喜欢石楠花的直接诱因。良也对克子说："你别看我父亲那样，其实他对俳句可了解了。现在躺在病床上，说不定正靠俳句回忆过去呢。"

"我要不要也试一试呢，反正俳句挺短的。"克子这样说，之后又想起来："对了，我们一级的有一个后来还当了专业俳句诗人呢。"

前一天晚上，由于他们两个很难得地聊了不少，这让克子能够自由地向良也表达自己的情感了。良也和克子坐在电动车上，就是高尔夫球场上用的那种，沿着落满了枯叶、小树枝的小路，一会拍拍植物的特写，一会拍拍整个森林的远景。

良也拍的这些照片，都是有目的的，那就是让躺在病床上的父亲高兴。在做着这项工作时，良也心里不禁想到：不知道是不是自己跟父亲分开生活的时间太长，总感觉自己对父亲挺冷淡的。转念一想，这次拍照，或许是自己第一次也是最后一次尽孝了。

这时，良也忽然想起来了，在战死学生的几份遗稿中，就有道歉的文字，因此自己要比父母先走一步了。良也感到很疑惑，它说的是什么意思呢？

很多战死学生，在写道"我要谢罪，为自己要比父亲大人、母亲大人先赴黄泉，他们辛辛苦苦把我养这么大"时，他们是在为自己死在父母前面、违反了自然顺序而"道歉"的吗？要是这样的话，最初，这些人拥有的是受害者的意识，认为自己是被暴力赶上战场，结果到了后来，倒感觉是以自己的意志参加战争的。所以要为自己的任性道歉，为自己的不孝道歉。读着他们的遗书，估计每个人都会忍不住流下眼泪，为他们那残酷的命运，为他们的天真单纯而流泪。

可是良也觉得，这个理由不免有些奇怪。这些战死学生要是更坦诚一点的话，不是应该写"我不想死"吗？之所以没那么写，难道是检查得太严？估计也有这个因素吧。但是，当他们在写"先走一步的不孝"时，他们其实写得扭曲了，或许是不得不扭曲着写吧。而活着的人，要看到战死学生内心的苦涩，看到他们在控诉计划、推进战争的那些罪人。良也在内心这样鼓励自己。

虽然这么想，可良也还是无法消除疑问：事实只是如此吗？他自己要编的题为《弄潮的旅人》的遗稿集，由于里面写的是想走艺术道路的战死者，所以不能留一点余地，去赞扬偏颇的教育对人的欺瞒。如果没有这个信心的话，就不应该编私人版《听，海的声音》与《弄潮的旅人》了。

良也忽然意识到，自己在思考父亲的死的时候，竟然不知不觉间在考虑自己的那些计划了。这才是不孝的行为呢。

三天后，良也和克子一起，带着在石楠花园拍的照片，还有自己在柳川买的白秋照片集——《水之构图》，去医院看望自己的父亲。

"我去过了，比想象的还要大、还要漂亮，我吃了一惊呢。"听到良也这么说，荣太郎显得很高兴，然后看着克子问："你也去了吗？"克子回答说："是的，我也去了。跟良也说得一样，真想让更多的东京孩子去看看。"荣太郎颔许道："是啊，估计以后会这样的。"然后默默地笑了笑。距上次良也来看望他，中间还不到一周的时间，荣太郎的衰老更严重了，手和眼睛周围很明显。良也的内心很受震动，没有与父亲聊《弄潮的旅人》的事。他只是告诉荣太郎，说自己正在考虑汇总在战争中夭折的艺术家们的遗稿集。而荣太郎也只应了一句"是吗"并没有多说话。估计他满脑子都在想石楠花园的事。

从那次起，良也每周都会去一次医院，和克子一起，去看望父亲。在此期间，克子还和忠一郎的夫人弥生商量好，准备一起抽时间去医院。其实从年龄上讲，弥生都可以做克子的阿姨了。

弥生培养大两个儿子，现在已经变得很开朗、爱开玩笑了，她在两年前过了六十岁生日。对于克子来说，第一次见面，弥生就像一位长辈，能够让她感到安心。良也每次来医院，都会带来一些照片或者与俳句相关的书，让荣太郎随便看看。

良也知道，荣太郎至今作的俳句已有不小的数量了，于是他劝父亲："要不收集一下俳句，出个集子怎么样？"看到良也如此为他着想，荣太郎非常高兴。与病魔作斗争的生活似乎挺漫长的，如果能心无旁骛地做点事，这对病人是有好处的。良也的出发点可能是这个，不过荣太郎本来就是个认真的人，结果这么一来，倒开始认真地找出过去的旧笔记，选起俳句来了。

看到荣太郎认真的神情，克子忍不住说："我要不要也试着作作俳句呢？"结果弥生对她说："趁着你还年轻，挺好的。"看到如此天真烂漫的克子，良也突然发现了克子身上的可爱之处，这是他之前从不知道的。在父亲病重的床头，竟然会有如此不可思议的感觉。

不过这种感觉，让良也条件反射似的想到了叶中长藏和茜所在的医院，那里的空气是黯淡的。这不是时代或经济状况的不同，而且存在着根本的差异。

一天，在荣太郎的病房里，聚集了忠一郎和弥生夫妇、刚结了婚的长子夫妇以及还在上大学的次子，此外还有良也和克子。忠一郎的次子一下子说漏了嘴，说"爷爷好像病危了"，被母亲弥生呵斥了一句，这场景真是挺热闹的。

荣太郎看着自己的家庭如此和睦、融洽，心情似乎很愉快，整个病房都笼罩在明快的氛围中。良也身处其中，不禁去想、去反思：自己是不是把事情看得太严肃了？所以在自己眼中，社会比现实还要灰暗。

追踪一个问题，这是社会的一面，那么追逐幸福的身影，就不能出现在报纸上吗？良也思索着这个问题，向寂静病房里的一个角落望去。忠一郎站在那里，正视线发散。良也认为，自己这个同父异母的哥哥肯定是在考虑NSSC的事。

自从那天一大家人来看望荣太郎后，荣太郎的病情就一落千丈，径直走下坡路，恶化非常严重。到了最近，克子开始一点点倾诉自己的想法了，她对良也说："那天大家偶然地聚到一起，是不是爸爸偷偷把大家叫去的呀？"

荣太郎把床的前半部分抬高，躺在那里，忠一郎和良也就站在他的身后。而右边站着弥生和克子，左边是忠一郎的长子及新婚不久的妻子，还有忠一郎的次子。这七个人围在一起，照了一张相。看着这张照片，良也感到，这就是关家最后的情景了，经历了战争，经历了战后，最后，大家这样聚到了一起。这样深想下去的话，良也和克子的家庭就可以算是一种新家庭了，这个家庭里没有了以家长为中心的家族制度。

这样一来，良也感觉到自己有责任劝说克子，让她做好新的家庭主妇，这个家庭中不再有家族制度。不过这表明了自己什么样的态度呢？由于很突然，良也自己也搞不清楚。不过唯一能够肯定的一点是，他已经抛弃了给他们做媒的社会部部长的训诫。

看着这张照片，良也想到了幸田露伴和森鸥外的全家福，那是他在学生时代看到的。他们从这样的家庭中走了出来，所以搞文学对他们来说，应该更是一件艰难的工作。

鸥外发表了一篇短篇小说，那篇小说以他在德国留学时的生活为背景。良也记得自己读过好几次，说当鸥外打算发表这篇小说时，一家人聚在一起都读了一遍，然后下了结论："能写成这样，应该没问题。"于是最终出版成书。在良也出生的一年前，家庭中的家长制被废止了。自己在历史上处于一种什么样的位置，此时该好好想想了，这对于以后的人生来说，可能是一项重要的工作。良也在心里盘算着。

他同时又想：自己的同父异母哥哥忠一郎，在父亲荣太郎死后，会继承关家、成为现代型家长吗？在良也此前采访过的企业家中，有相当多的人把经营方面的领袖地位与意识中残留的家长制混为一谈，表现得像一个独裁者。而很少有员工会喜欢这种独裁统治。而且，这类企业家更容易发生丑闻，所以作为一名采访记者，良也会感觉这类人非常多，其实其中存在错觉。如果忠一郎的态度也是这样的话，那自己只有与他断绝关系了。良也在心里考虑着。这一切，不久就将清楚了。

进入12月份后，没过多久，荣太郎就悄悄地离开了人世。他享年九十五岁，所以可以说是"往生极乐世界"去了。丧事打算在年内办完，于是在12月10日，在技术研究所举行了追悼会，这是荣太郎工作了很多年的单位。而编一本俳句集这个提议也没有完成，作品还没有整理好，荣太郎就撒手而去了。

遗书被公开了。这封遗书确实像一个多年在有政府关系的研究所里工作的技术人员写的，里面写道："砂土原街的土地、房屋仍由忠一郎夫妇继续居住，交了继承遗产税之后的存款、有价证券等，这些遗产在兄弟之间平分。"具体情况是，良也和忠一郎各分得三成，剩下的四成中，一成由比他提前去世的妻子的弟弟继承，还有一成送给了良也母亲家的哥哥，剩下的两成捐给研究所。阿佐谷的房子已经由良也继承了，所以遗书里面没有涉及到。

房义次律师解释完后，良也举起了手。一瞬间，所有在场的人都感到了一份紧张。不过良也并没有在意，他只是提了一个意见："我完全没有异议，不过我是新闻记者。要是在遗产分配中得到上市的股票，这在道德方面确实没有问题，不过这样一来就要关注股价的上涨、下跌了，太麻烦了。而且NSSC的股票还没有上市，几年前还出现过猎头公司贿赂的事。如果您不介意的话，我想要现金。"

"那时间没问题吗？例如一年以后或两年以后之类的。"房律师问他。良也点头同意，补充道："没关系，虽然钱是越多越好，不过我不方便介入金融方面的事，一切都委托给您了。"

三年前的夏天，社会上披露了一个案件：猎头公司把未上市的股票发给了政府、金融界首脑，给了他们在上市后高价处理股票的机会，这实际上是向他们提供巨额贿赂。

良也是调查该案件的社会部发起人，与政治部、经济部一起努力，指挥了那次的采访。他对部下说的第一句话就是："想不劳而获，无论是政治家还是公务员，都决不能允许。首先要证明事实的存在，然后要进行追踪，看他们是怎么使用手段的。"

提供股份的一方好像并没有什么理想或政策方面的观点，那是一家新兴的企业，只是想跟政府、金融界的当权者建立深厚的关系。

由于这件事对良也来说还记忆犹新，所以他很谨慎，不打算持有NSSC的股票。

来到香港

　　良也当上记者后，最开始接触的一个重大事件就是联合红军制造的1972年私刑，也就是浅间山庄事件。四年后，前首相被逮捕，发生了洛克希德事件。这几个人都是精神堕落了的人，觉得从美国方面获取资金并不是大不了的事。不过在良也看来，他们还是有一点辩解的余地的，也就是为了这个国家。但是1988年的猎头公司事件则不同，无论你怎么深究，都找不出一点正义的名义，无论是赠送股票的一方，还是接受股票的一方，彼此都看不起对方。或许也有例外存在，不过跟这个事件相关的人，都看不出是为了什么理想或目标而采取这种行为的。在良也看来，以时间为序列发生的这一系列事件，真是越来越没意思了。

　　就在这个时候，上级指派良也去香港采访。香港将在1997年回归中国，也就是三年后。面对这一问题，现在居住在香港的人们究竟是一种什么样的心情？对他们进行采访，就是良也本次的任务。还有一名经济部的记者跟良也一起去，他的任务是调查香港企业家的动向。团泰造也在香港，良也在长野分局的时候，他们在一起工作，后来团泰造调到了驻外部，驻在香港。这也是本次派良也去的原因之一。

　　到达香港后，良也把行李放到分局，之后马上坐上团特派记者的车，去了九龙地区的居住地带。团泰造在香港已经待了三年，他最重要的观点就是，要想了解香港对政治变化的反应，必须看民众阶层和上流阶层这两个方面。

陈旧的十层公寓鳞次栉比，楼房间的钢丝绳上晾着一溜衣服，都遮住了天空。似乎在说，这就是我们生活的地方。在良也的眼中，这些公寓、这些衣服，似乎都在抗拒着任何政治权力的侵入。

"这里都是劳动阶层，不过工资水平比大陆要高出好几倍。所以说，要是香港回归后，中国政府冷不防把经济给统一了，那这里就可能发生混乱，而欧美估计也不会袖手旁观。听说，有的人还指望英国继续统治下去呢，就算回归的时间到了，也可以继续'借'用香港。"团特派记者说道，这时良也想起了田中角荣首相想买婆罗洲的事。这事是真是假，良也并不知道，不过如果日本真买下婆罗洲的话，那么发达的工业技术，其价值将上涨十几倍，这会给印度尼西亚政府送去一百亿美元的外汇。所以这一提案没有拿到台面上。良也在想，资本主义国家在围绕归还香港这件事上，是不是也有类似的想法呢？

穿过热闹的街道，进入丘陵地带，之后，可以看到马路上的商业地域深处，小丘上坐落着一栋房子。

"在某种意义上讲，最害怕回归的应该是住在这里的这些人，他们都是不太富裕的中产阶级。"团特派记者对良也说道。

这些人现在住的房子，主要是在中日战争结束后，辛辛苦苦工作才买到手的房子。可是如果一旦香港回归中国的话，很可能就不会被认同为个人私有财产。"一夜之间，之前的努力就都白费了，很有可能这样啊。"团泰造继续说道。

他们回到劳动者街后，为了吃午饭，虽然时间已经比较晚了，还是进了街心的一家点心店。之所以进这家店，是为了对店里聚集的人进行简单的采访，问问他们如何看待三年后的香港回归。

"我们这些人啊，就没信任过那些政府里的要人。"有一个人这样说。

"就算在这磨磨唧唧也没用。"另一个男人附和道。

"应该不会做什么坏事吧？"一名青年说道。结果另一个上了年纪的男人板起脸，教育青年道："你别以为自己有点学问，就在这儿胡说八道。"那个青年不服气地反驳："我才不是胡说八道呢，你看，文化大革命也不是十年就结束了吗？"

这时，一个穿着满是油渍的中年男子插嘴道："你可真能说啊，你是蠢猪啊？你难道让大家在这十年里喝西北风啊？"这家店里有两张大型圆桌，靠墙放着餐桌和椅子。天花板上吊着几条带子，捉苍蝇用的。还有一台风扇在慢悠悠地转着，极似飞机的螺旋桨。

过了不久，这些人慢慢向团泰造和良也靠拢过来，互相开始争论不休。看到这个情景，团泰造附在良也耳边小声说道："一直都这样，他们也不管有没有外国人在场，就在这儿若无其事地瞎聊。不过除了我们两个，还有一个家伙在用心听他们的对话呢。你别把脸转过去，不用转过去，装作没事人，就这样看。你旁边，靠墙的地方，有一对男女。他们挺年轻的，却故意把脸弄得脏兮兮。他们是警察，可能是香港政府的，不过多数都是本地的警察。他们也开始进行民众意见调查了。当然了，这个话我就在这里说说，你最好别写进报道里。"良也按照团泰造说的那样，装作若无其事地看看了墙边，发现有一对年轻的男女相对而坐，一边吃饺子，一边在碟子旁边的纸上做着某种记号。

不断被端上来的烧卖、饺子冒着腾腾的热气，厨房里弥漫着烟雾，天花板上风扇在无声地转动着，劳动人民围绕着巨大的圆桌，热烈地讨论着，还有人手提装着鸟儿的笼子，在人群中来来往往，那些鸟笼在日本是见不到的。这些景象，就是回归三年前的香港留给良也的第一印象。其中，那对年轻男女边听着人们的讨论，同时在餐桌上的纸上做着各种记号，他们收集信息的认真态度，倒给良也留下了深刻的印象。

良也听了团特派记者的话，在分局把领带解了下来，换成了牛仔裤，现在想起，幸亏当时换了装扮。你看现在，来香港采访的他们自己，也成了面临回归的香港中的一分子了。

良也和团泰造订的日程安排是这样的：花两天的时间考察街上的情况，从第三天开始，和驻香港的外国特派记者交换意见，然后花四五天，和经济部的记者一起，去听听工商协会的代表、企业家、政府领袖的意见。

那一天，良也和团泰造看了好多街道的风貌，那里聚集了各个阶层的人，并且拍了不少照片。到了晚上，他们在一处高台上吃饭，从那里可以俯瞰到大海。这里是驻留香港的日本人俱乐部，在日本一家有名的纤维公司内部，来访问香港的生意人、文人都可以在这里汇聚一堂。团泰造和这家公司的总经理是好朋友。

夕阳西下，夜色渐沉，那些繁华的街道上，横渡海峡的船只里，点点灯火倒映在水里，煞是夺目。三年以后，这些繁华的灯火会熄灭吗？还是会一如既往地散发光辉？没有人知道。不过这里看不到对共产主义体制的反感，不像日本周刊、杂志等描述的那样，这出乎了良也的意料。

从明天起，良也他们要与经济部的记者一起，去会见各个行业的领袖，不知道他们的意见是怎么样的。不过一般的市民似乎已经接受了香港回归这一现实，觉得它只是历史上香港统治者数次更迭的其中一次罢了。从这一点来看，可能是因为他们并不相信什么主义啊意识形态之类东西，不过同时也能看到民众的最朴实的一面，他们就像作家鲁迅塑造的阿Q那样，不论世事如何变化，都坚持自己那一套，有些不知天高地厚，也有些虚无的色彩。

"果然有些事，不亲自来看看，就不了解啊。"良也对团泰造抒发了他对这两天的感想。团泰造回答道："问题是总公司能不能理解身临现场的这种感受。我在外面待了这么多年，开始对待在日本国内、胡乱作出判断的那些家伙感到愤怒了，后来又彻底死心了。"

团泰造作为一名特派记者，已经在香港居住了三年。"我待在这里之后，发现有各种人都跑来香港。女人购物，这个我们暂且不谈，就说那些政治家、金融家什么的，真不知道他们是来干什么的，这种人太多了。有的是来收集资料的，好支持自己对中国抱有的偏见，有的看起来就是来尝尝中国菜的。还有些是陪老婆来购物的，等等等等，多数都是这种人，根本没什么正事。"

说到这里，团泰造好像忽然想到了什么："对了，她叫什么来着？我记得名字好像叫茜吧，对了，就是你在长野时交往的那个女人，我见到她了。"

团泰造转过来对良也说道。这句话慢慢地，一点点地渗入了良也的内心。"你说的是什么时候的事？"良也反问了一句。此时，他的内心出现巨大的波动，充满了惊诧与激动。

"我就是代替你去了两次医院，所以记得不是特别清楚。就在一年之前见到她的。"团泰造解释说。

按照他的话说，去年秋天的时候，旅客刚开始增加，那时从日本过来了一个小旅游团，有七八个女人。当她们走到铜锣湾繁华街中的百德新街附近时，其中一个人突然身体不舒服起来。当她的同伴们都手足无措的时候，有两个看起来像日本人的女人，拨开人群，走了过来，问出了什么事，并且请附近商店的中国员工帮忙，让他们抬来了一副担架。担架前头是一个男服务员在抬，后面就是那两个女人一左一右，他们就这样抬着病人，把她送到了医院。看到这番情景后，团泰造打算帮忙跟医院方面进行交涉，于是也跟着他们进了医院。那个女人的同伴觉得大家都跟去也没什么作用，于是定下联系的地方，只有其中两个人跟着去了。

那个中国男人只是做完了别人吩咐他的事，之后就消失得无影无踪了，最后只好按团泰造想象的那样，由他跟医院交涉。

"后来跑过来帮忙的那两个女人，跟那个旅游团竟然不是一起的。助人为乐的那个女人照顾着别人，尤其是用毛毯裹住病人颤抖的肩膀，看到她那熟练的动作，忽然一下子想到了。"

团泰造说，他猜那个女人就是他在长野分局时，见过两三次的叶中茜。不过他还有点半信半疑，不是特别确定，于是报上自己的姓名："您是叶中小姐吗？我是团泰造，二十年前在报社的长野分局工作过。"对方慌慌张张地抬起头来，于是团泰造仔细地看了她的脸，确认她正是那个时候良也的恋人——叶中茜。

不过团泰造搭讪的那个女人稍微摇了摇头，似乎在说他认错人了，她不是他要找的那个叶中茜。但是她仍然一个劲地盯着团泰造。于是团泰造继续对她说道："当时关良也是我的同事，我代替他去过几次医院，见过您。"

她的表情出现了变化，然后小声对团泰造说："你代我转告关先生，就说我过得很好。"这时，和茜在一起的那个中年女人回来了，后面领着医生。茜低下头，恢复了之前的表情，似乎她跟团泰造根本没说过任何话。

"我要是没住在这样的香港，估计就会对叶中小姐说起过去见面的事，还有他那一直躺在病床上的父亲，让她很为难。但是我现在是在香港，在这个地方，由于回归这件事，情报员、密探、警方人员都两眼放光，到处寻找可疑人物、可疑事件。所以我看她很为难的样子，就没有多说多问。"

团泰造继续说了上面这番话，完全不顾及良也的吃惊和情绪波动。知道茜健健康康地出现在香港，这一下子引发了良也的千头万绪，这些感觉、这些记忆，曾经沉睡了好多年。都事隔二十一二年了，忽然听到了茜的消息，是如此的仓促，而且又是如此简单，之后又没有了踪影。良也问团泰造："那她现在在哪？或者去哪了？你问了没有？"对方回答说："没有，就知道这一点。她之后我就没再见着，再说了，我也不知道她后来跟你关系怎么样了。"说到这里，团泰造的语气中有些辩解的成分，似乎有点过意不去，于是问良也："要不要打听一下？"

"嗯，拜托你了。虽然都过去这么多年了，可我还是想见见她。"良也的声音中多了些平静。"那时候真年轻啊，大家都年轻。"团泰造继续说道："你对茜姑娘是很痴迷的，当时我对你特别羡慕。我因为学生运动的事，毕业晚了两年，没意思啊。"

"哦，是吗？"良也附和了一句。他当时特别投入跟茜的恋爱，不记得一起工作的团泰造头脑里在想些什么问题，也不记得了。估计他就没跟团泰造一起聊过人生啊什么的。

"我调到东京后，她因为要照顾生病的母亲，不久就消失了。"

"不过那是因为她父亲的死吧？"团泰造向良也展示了自己良好的记忆力，在变相地安慰他。

看到团特派记者还能记得在长野时的细节，良也也就放心了，于是跟他说起了当时的印象："茜的父亲，是陆军大佐，好像身上有什么悲剧。"这时，良也的头脑里突然浮想起同父异母的哥哥忠一郎的事。忠一郎身上也有阴郁、类似阴影的东西，这说不定也是战争经历造成的。良也开始在心里作出这样的推测。在青春时代，每个人都有投入激情的事情。他努力地在心中整理凌乱的思绪。团泰造是热衷学生运动，忠一郎是战争体验，而自己可就是热衷茜了。

"我也觉得，她失踪的直接原因就是她父亲的去世。"良也心里想着事，嘴上又重复了一遍团泰造刚才说的话。

"我感觉啊，是因为我说了你的名字，所以在那一瞬间，茜姑娘打开了心扉。"团泰造的语气是在进一步鼓励良也继续说下去。良也又向他确认一遍："'请转告一下，我活得很好'，茜是这么说的吗？"

"是这么说的。"团泰造肯定地说道。"她是什么意思呢？"面对良也这个问题，团泰造考虑了一下，后来慢悠悠地说道："估计是她对你还有好感。"可能是良也的反应有些激烈，所以他说话就克制了一些。

"可是她之后马上就关闭心思了呀。"良也的话中有提问的成分，于是团泰造回答他："是啊，因为跟她一起的那个女人回来了。你不会以为那个女的是监视茜姑娘的吧？我觉得不是。"团泰造把自己心中的想法说了出来。之后活动了一下身体，对良也说："我当时想，要是能找到那个女的，就能知道茜姑娘的状态了，于是第二天去了那家医院，结果是那个生病的女人就是胃痉挛，她们已经回去了。"

按团泰造的话说，叶中茜看起来并不像那些来香港的游客，那些人都晒成了健康的古铜色。"不过也不像住在这个岛上。你看她那么漂亮，要是住在这里的话，在咱们日本人的圈子里应该很有名气的。"团泰造炫耀了一下自己特派记者的身份，说道："总之，我也猜不出她什么情况，不过按我的直觉来推的话，估计是住在附近的亚洲国家，正好有点事，于是来到了香港。例如啊，把爪哇的印花布卖到这个岛上的商店。"

团泰造竟然从那么少的材料推测出是来推销爪哇印花布的，其中跨度之大，确实是他的一贯作风。不过被他这种大胆的猜想所触动，良也也在头脑里描画了各种情景。

茜加人过地方银行的合唱团，它们的总公司就在长野市，想到这里，良也就开始幻想她做了雅加达某个单位合唱团的指挥。而茜还挺会画画的，根据团特派记者的推测，良也又幻想到她在画着蜡染布的底稿。

天已经完全黑了，正当良也天马行空地想象时，从维多利亚港传来船只的汽笛声，那些船只正在横穿海峡。"你要还想多了解些茜姑娘的消息，我可以帮你调查调查。"团泰造亲切地说道，继而对良也说："不知道她护照上是不是还用叶中这个姓，这点不太确定的话，是有些不好办，不过要是调查一下有关日本人进出境的记录的话，说不定能判断出她现在在在亚洲的哪儿。"听到他这么说，良也诚恳地鞠了一躬，说："就拜托你了，虽然你也挺忙的。"来到香港后，良也好像第一次发现，"亚洲"这个词还是有些具体含义的。

这时，把公司房子提供给驻香港日本人俱乐部的那家纤维公司总经理出现了，有关茜的话题就只好暂且告一段落了。那位总经理看起来年龄要大很多，不过跟团特派记者的关系似乎很不错，他背对大海坐下后，问良也："香港给你的印象怎么样啊？"

"来了之后，确实有很多感想。"良也盯着黑暗中那位总经理的眼睛还有红色的鼻子，坦率地说了自己的感想。团泰造上午在分局的时候，就对良也解释过了，说晚上要见的这个男人"在日本商人中，是挺少见的知识分子，不过酒量特大，每天晚上都要喝酒，所以鼻尖都变红了"。

"1997年的回归估计会按计划进行，不过我觉得问题是，在那之后，中国打算怎么统治香港？"那位总经理开口道，之后团泰造接过话题，给出了讨论的平台："也就是，中国政府是把社会主义政策强加给香港，还是承认香港的自由，吸取市场经济的果实？"一个，两个，刚才在另一个房间的人，像是客人的样子，现在也聚集到良也他们这里。这好像是团泰造的计划，之所以把良也带到这个俱乐部，就是想让良也听听居住在香港的这些日本人的意见或看法。

"发达的香港经济，对中国应该很有魅力，不过中国共产党真的会认同香港现在的市场经济制度吗？"良也并没有回答，而是把问题又交给了红鼻子的总经理。"要是其他国家的共产党的话，应该不会，不过对现在的中国共产党倒可能会认同。"团泰造说道。

良也接着他的话说道："我的意见倒是跟团君的比较接近。"

有一个坐在后面的人举起了手，那里灯光不太能照到，挺黑的。团泰造对着他说："克拉斯先生，您请讲。"然后小声告诉良也，说"那个人是《先驱报》的记者"。克拉斯用流利的日语说道："中国在文化大革命中，已经充分体验了原理主义的弊端，估计会走弹性路线。不过嘛，该怎么说呢？"他使用的日语措辞非常委婉，让在场的日本人很是佩服。之后，他继续说道："不过，对言论与思想表达等，估计会进行严格的管制。"这次轮到一个在国外做生意的中国人举手了。团泰造向良也介绍说："他是美国金融公司的亚洲负责人，陈先生。"

那位陈先生的观点是："日本占领香港的时候，中国军队那时虽然还不是共产主义，但是还是制定了救人计划，要把知识分子救出去，最后成功地把几百人救出并送到了深圳河对面的解放区。作家茅盾也是其中的一个。你们看，曾经有过这样一段历史，所以我觉得，只要不煽动反政府的活动，就应该没问题。"

"是不是反政府的言论，由谁来判断呢?"有一个人向陈先生提出了尖锐的问题。这时，有两三个日本人安慰提问人道："别急，别急嘛。"之后，不知不觉间团泰造扮演起了主持人的角色。讨论持续了一段时间后，那位红鼻子总经理看了看时间，站起来说道："总之，香港回归这件事，给欧美帝国主义对亚洲的侵略打上了句号。"之后，又向大家介绍了良也："今天的客人是从东京来的关先生，他是来采访的，看看三年后就要回归的香港是怎么一种情况。"继而说道："其实，今晚还有另一位客人，我现在向大家介绍，她就是钢琴家浦边晶子。浦边小姐刚从欧洲回来，正在回国途中。我有幸邀请到她，虽然现在有点晚了，不过一个小时后，我们将请她为我们演奏。所以请大家在那之前用完晚餐。"话音刚落，会场即响起了热烈的掌声。

"那个红鼻子大叔，安排得很不错啊。"走在去食堂的路上，良也对团泰造说道。这时，另一个人告诉良也："在这里，我们陆军没发动南京大屠杀那样的悲剧，不过那三年零八个月的占领时间，都成了笑柄。"

"总之，日本就是原理主义，抨击敌对文化。所以啊，大学呀，报纸呀，还有出版，当时基本都被封锁了。"

浦边晶子是位著名的钢琴演奏家，战败后不久即获得了欧洲大赛的奖项，之后也一直是日本演奏家的领军人物。所以聚到俱乐部的人能听到她的演奏，可以说是意料之外的礼物了。

浦边晶子弹奏了勃拉姆斯的幻想曲，还有亨德尔不同主题的变奏曲及赋格曲。这种感觉，不像是晚饭后的消遣音乐，更像是一场小型的独奏会。

良也平时听爵士、钢琴的机会挺多，不过他当时很自然地感到:古典音乐要是演奏得不错，还真会被吸引住。但是不知不觉间，他头脑已经在想茜的事了。

现在想来，当茜失踪的时候，自己面对的是人生的不可理解性。茜肯定有她自己的原因，让她不得不离开良也。可究竟是什么原因呢? 良也直到现在也搞不明白。不过他觉得，那不是他的错，而是命运的捉弄。那时候年轻的自己，由于理解不了人生，很是苦恼。

之所以后来会和克子结婚，是为了消除这种苦恼，可是在结婚的那一刻，他就后悔了。之后，他在心中一直对克子感到很抱歉。正当良也在思索自己对克子的抱歉是否减轻了一点时，他忽然想起来，在他来香港前，忠一郎公司的顾问律师房义次给他写了一封信。信中写道："您应该已经知道，在上个月，NSSC公司的股票在东京市场第二部上市了，您拥有的股份已经被标示了市场价格。我认为，如您提出的要求那样，您获得的那部分遗产换成现金的条件已经具备。为此，我想与您就这件事进行一次交谈。"

良也觉得，这次的遗产处理方式，好歹算是对她的一点补偿，毕竟当初开始婚姻生活时没有给她提供什么条件。再者，这次来香港，还了解到了茜活得很好，正生活在亚洲的某个角落。就算只考虑这一点，自己这次来香港也是有收获的。

热烈的鼓掌，把良也拉回到现实。主办的总经理站起来，对大家说道："刚才我们听到的变奏曲，据说得到了瓦格纳的赞赏，而瓦格纳是与勃拉姆斯对比鲜明的作曲家。"听到这里，良也的头脑里冒出了奇怪的念头：对自己来说，会有初恋情人叶中茜的变奏曲吗？

新
家

回到东京后，良也立马去见了房义次。

"您先持有股票，是个英明的决定。要是在继承遗产的时候就换成现金，就不会有现在这么多了。"

良也有些不明白，于是问了其中缘由。据房义次说，刚上市时，是高价，现在虽然有些低了，不过面值为五十日元的股票已经超过了两千日元。要是在三年前，和同行业其他公司比较，或者用纯资产的方式计算的话，最多也只能有四百日元。"总经理也觉得您盘算得很不错，挺佩服您的。"听房义次这么一说，良也急忙解释道："请等一下，我这个人根本不擅长计算，只不过身为记者，想把事情弄清楚罢了。"房义次笑着说："不是有种说法吗？大欲似无欲，说的就是你这样的。"良也感觉，这些人好像不怎么会说话。不过转念又想，说不定是自己太恐惧人情世故了，接着又担心起来，自己要以什么顺序、用什么方法来把NSSC的股票换成现金呢？

"对了，我们想跟您商量一下。您拥有的股份达到了全部的一成，如果一次性卖到市场上的话，股票价格会下降，而且会引起别人的臆测呀评论呀什么的，认为亲人都忙着套现了。不过这只是一种可能。我向您请求并建议，要不您就这样继续下去，做个稳定的股东，不然的话，准备卖股票的时候，请您跟NSSC联系一下，一点点地转化为现金。"说到此，房义次停顿了一下，对良也解释说："我这样请求您，是作为NSSC公司的顾问律师；这样建议您，是作为忠一郎先生的朋友。"

良也认同了房义次这部分的话，于是问他："能替我做这些事的，是不是还得证券公司啊？"

房义次把拳头放到鼻尖，思索了一点时间，之后回答道："是啊。我国的证券公司确实有些让人不放心的地方，不过您的这种情况，不存在外汇风险，应该没问题。"良也忽然想到了一个问题，问房义次："我现在住的是我妈妈过去住的地方，在阿佐谷，已经老化很严重了，而且周边都建起高楼大厦了。我能不能在改建或搬家方面使用遗产？"自从良也在香港听到叶中茜的消息后，就一直在考虑做点让克子高兴的事。

房义次听说良也的家亟待改建，对他说："您要是有这个计划的话，税方面就容易考虑了。"之后思索了一些时间，对良也说："您可以跟我商量，不过最好找其他的律师——不是NSSC的顾问律师的人。如果我可以向您推荐我在其他法律事务所的朋友，我乐意效劳。"听他这么说，良也回答道："谢谢您的好意。我还要和妻子商量商量，不管怎么说，我最近都会跟您联系。"这天的见面到此就算结束了。

良也打算在房子改建等方面，尽可能地满足克子的希望，想博取她的欢心。

克子听良也说了情况后，说："哦，是吗？你是怎么想的呢？"这态度是要问丈夫的意见。良也觉得这样不行，得更积极地表明自己的意见，于是诱导性地对她说："一个方案是搬到郊外，那种有庭院的房子；还有一种方法是，暂时搬到公寓，等这里的改建结束。"

三天后，克子对良也说："町田呀，或者南林间怎么样？虽然有点远。不过听说那里还保留了大自然，挺好的。"这让良也吃了一惊。看到良也的表情变化，克子对他解释说："昨天，我的同学尚美，就是龙泽尚美给我打电话了。内容是，班里一个人的丈夫被裁员了，她自己正在做保险，苦撑着，所以大家想帮她一下。我当时就想到了我们的事，问她说，我们从阿佐谷搬出去的话，搬到哪儿比较合适。"

克子比良也小三岁，不过在战争期间，她远离战场，住在町田附近，是在那里长大的，然后从一所私立高中毕业。她毕业的那所学校现在都成了屈指可数的名门女子学校了。克子的父亲在报社工作，住在公司附近的公寓里，周末会回町田。

"尚美说，从町田到玉川学园、新百合丘那一带挺好的，还说要帮我找找。我当时赶忙跟她说了，说要跟你商量一下。对不起，没先跟你说。"克子对良也道歉说。良也听她说到这个情况，想起克子在上大学之前，一直都是在那里长大的，度过了她的少女时代，觉得这也是个不错的选项。

"哦，是吗？这也是个不错的想法。"良也给了克子一个肯定的回应。

克子看到良也的反应，好像放下心来，就对良也又说了一遍"对不起"，之后又邀良也："对了，这周的周六或周日，咱们要不要去那一带转一转？"她主动邀请良也，这倒是挺少见的。

"是啊，要不咱们做便当，正好当一次野餐吧。"良也也有些在意这件事。

结果克子兴高采烈地说道："糟了，我没有装便当的盒子。"不能生孩子这件事，竟然在这种地方都给克子带来了影响。良也开始反省自己与克子一起生活的时间：一直以来，他竟然从来没想过要在假日出去野餐什么的。不过，这是不是因为自己太热衷于当记者的那些事了呢？正当良也在自我反省的时候，克子在一旁回忆起过去的事："我小的时候，那里净是田地、杂树林，沿着小河，一排都是水田。我上小学时，和男孩子一起，追蝴蝶啊，捉螃蟹。所以我对那种田园生活很熟悉。后来，不久就搬到了这个家，进了那种小学、初中、高中都有的学校，之后就没有那种生活了。不过，让孩子上那样的学校，估计是一位妈妈对社会的一种韧性吧。我现在也要过四十岁了，能够理解。"

克子在一边说得不亦乐乎，良也却很平静。良也是在一个古都长大的，那里被称为"九州中的京都"。不过在白秋的文章里，却被写成了"一座废城"。克子游玩的地方是町田周边，那里是郊区，东京这个大都市的潮流，在一波一波地侵袭而来，虽然比较缓慢，却是势不可挡，这就是时代的力量。夸张点说，良也是一个从毁灭中走出来的男人，而克子是汲取着发展的时代气息而成长起来的女人，就是这样的一对男女，生活到了一起。

两个人之间估计会有某种决定性的感受性差异，可是直到现在，他们从来没有陷入这种裂痕中。

良也觉得，这是因为自己太敷衍了，而这种敷衍却在某种意义上很有效。不过现在，自己正考虑改变以往这种惰性、随波逐流的生活方式，尽管是一点一点地在做。而就在这个时候，他听到了茜的消息。

良也之所以要以战死艺术家为对象、编辑《弄潮的旅人》这本书，是想把这项工作当成事业，就是下定了决心，要改变自己这种惰性。

良也最近感到，那些在战争中生活过来的人才是在认真生活着，这个想法跟以前的正好相反。他的父亲就是这样一个人。和良也有相同感受的人似乎非常多，在上了年纪的人中，甚至有人认为：贫穷的社会各种规则更明确、更好。如果不看准方向的话，说不定又要产生一个可怕的国家了。

良也把自己的问题意识整理之后，差不多就是这样一种想法。不过，这和自己想找一个最终住处的心情到底有什么关系呢？良也自己也不清楚。与其说是"为了他们自己"，倒不如说是"为了克子"。

良也和克子轮流开车，驶向町田界隈。这时，克子说了一句："和你这样开车，这是第三次。"良也一下子没反应过来是什么意思，可能是当时比较迷糊，没想到是在说他的事。于是不明所以地看着克子，似乎在反问："你说什么。"克子只好对他解释说："结婚之前，你开车载着我，我坐在副驾驶席上，你带我去了真鹤看大海。之后，就是上次去赤城。"

听克子这么一说，良也觉得他们一起出行的次数应该不止就这么几次，于是努力搜索记忆，结果确实没想起来还有其他的。北海道是他们各自去的，然后在札幌会合。"原来是这样啊"，良也心中有些不安。这时克子对他说："我感觉你现在变得好温柔啊，自打去了香港之后。"这让良也的内心极度紧张起来。

"是吗？"他只是附和了一句，之后解释说："老爸死了，我感觉就像是自己的责任，不，用'责任'这个词并不对。而且觉得自己必须好好努力了，肯定是这样的。"他的语气，听起来似乎现在说的不是自己的事。之后又略带歉意地对克子说："你父亲死的时候，我做得挺不好的。正好是日航飞机出事故之后，当时我进了御巢鹰山。"

"嗯，我还记得。不过没关系的，反正我爸爸年轻的时候也在社会部。"

克子的这些话，不像在说一件件事情，而是像在诉说自己的孤独。

克子并没有要批评良也，所以她说了"没关系"，不过这句话中那种近乎绝望的语气，让良也内心感到很痛苦。他假装在一心一意开车，心里在考虑怎么让两个人的关系重现温馨。当他意识到自己的想法时，他感到很奇怪：他们的关系也没有破裂啊，为什么他想的是要"重建"呢？不过他马上打住，不去思考这个复杂的问题，而是改变话题，对克子说道："午饭打算怎么解决呢？"刚开始克子坚持要做便当，搞成郊游那样，不过他们又没有便当盒，而且也不知道那里有没有吃便当的地方。于是最终决定去那种家庭饭馆，最近在去郊区的路上，这种饭馆增加了许多。要是有NSSC连锁店的话，在那里吃也不错。

他们在横滨下了东名高速公路，然后驶过町田，停靠在玉川学园前面。他们的打算是，之后走鹤川、百合丘，上小田急沿线，然后顺路回东京。

到町田市时，克子似乎已经忘了之前的谈话，用充满惊奇的声音说道："这里现在变得好热闹啊。哎呀，看来不常来看看就不行啊，以后同学聚会也要多参加呢。"

良也也觉得，克子说得挺对，町田界限确实是一座城市。而且很有气派，相比较之下，位于城区和郊区之间的阿佐谷，倒更安静，甚至有点沉闷。这难道就是所谓炸面圈现象？良也对自己过去写的、说的那些事，再一次产生了直观的感受。而且，在这里，一离开市区，就立刻呈现出田园风光，这一点也与阿佐谷不同。

良也和克子在一家饭馆坐了下来，这家饭馆就位于玉川学园车站前的商业街拐角。旁边正好是停车场，可以在店里多待些时间。

"这里住起来确实挺好，不过去公司不是太远了吗？"克子对良也说。良也心里猜测道：是不是克子想到了她父亲的情况，认为我也会提出同样的做法，工作日在公司附近租一间房子住，周末才回家？不过克子这个人，本来在这方面就不是个多心的人，她只是很自然地在为良也担心。

"是啊，不过我已经不是第一线的记者了，不需要一大早就出门，晚上很晚还要搞事件追踪。这方面没问题。"良也乐观地开导克子。

良也继续解释：町田有快车，从新宿这里，然后再回到玉川学园或鹤川，要是坐电车的话，和在东京打车走繁华街区所花的时间差不多。接着，他对克子说："咱先不说这件事，我之前也跟你提过，我在考虑要不要辞掉工作不干记者了。"

"你说的不是要辞掉报社的工作吧？"

说完，克子盯着良也。她父亲过去也是这家公司的董事，而她自己是营业部的，丈夫是社会部的，不过她丈夫还算是她的后辈。对克子来说，估计很难想象自己的丈夫在别的公司或组织上班的情景。

"不，不是要退出报社。"良也赶忙打消克子的担心，对她解释说："我不是要彻底辞掉报社的工作，而是对社会部老记者的这项工作有些疑问。"

这种感觉变得显著强烈，是在6月末的时候，当时由于松本发生的剧毒玻璃事件，死了七个人。几乎所有的报纸，尤其是遭到警察强迫的报社，都以地方署名进行报道，似乎第一通报人成了罪犯。后来，大家了解到，那种玻璃里有一种被称为沙林的物质，有毒性。良也所在报社的社会部认为，这种玻璃不是一般人能随随便便制造出来的。关于第一通报人的报道每天都在添枝加叶，可良也的直觉告诉自己，警察的搜查报告，还有各家报纸采访收集的材料中，很多都是"对了，那个人……"这种句式，让人感觉满腹疑团，缺少真实性。

良也所在的报社赞同良也的看法，在刊载地方送来的报道时，对第一通报人尽量采用了中立的态度，例如使用"根据警方的发言"或"作为勤恳的技师的一面也"这样的字句。可是这样一来，很多读者写信来声讨，说"你们报社难道对罪行不感到愤怒吗"。结果，报社内部也出现了动摇，"如果真的像警方说的那样……"局长终于忍耐不住，让良也去松本出差，亲自搜集信息。

结果是，虽然良也对自己的直觉很自信，可是却面临实际的困难：警方根本不向与他们合作的报社透露搜查信息，于是无法否定他们的观点。最后，警方没找到证据，搜查回到了原点，那些满怀怨恨的地区搜查也最终没能够确定罪犯，直到现在，那个第一通报人还和家人过着痛苦的日子，他的家人由于受到玻璃的毒害，已经丧失了健康。

日本战败前，有《治安维持法》等统治思想、言论的法律，那时报道并不自由。如今，那些法律是没有了，可是无论政府还是大企业，他们都可以通过操作、诱导舆论，来创造有利于他们自己的环境。就算是报纸，只要稍稍不慎，就可能上了他们的套。为了防止这种情况的出现，必须避免先入为主、想当然的推测，要拿出十足的耐性作调查，可是现在的年轻记者，他们都怕麻烦，不愿动弹。

在松本事件中，良也是努力了，但还是抵不过社会上的风潮。报社内的年轻记者也给他带来了不小的压力，良也觉得累了。他从这次事件中得出的结论是：如果不及早从根本上增强文化的积淀，日本这个国家就要走入歧途。

这样一想，去调查部或出版部，找一份满意的工作，也不失为一种方法。良也自己不清楚能做到什么程度，不过这总比感到疑问却还要被牵着鼻子走强。

良也有些不安，不知道最近克子对自己的想法理解了多少，不过时不时会说到未来计划。

"你能跟我说，我真高兴。"

克子每次都会这么说一句，然后说道："我很早就感觉你在思考一些事。"或者，会微笑着对良也说："我都没关系，只要你健健康康的就行。"有的时候，还会表达一下自己的意愿："我也要像你那样，有个目标才行。"良也听到克子如此乐观的回答，心中又涌起了犯罪感。于是他试着对克子说："不过工资可能会低一点。"良也倒是没有认真调查过，不过从工作内容来看，加班、采访都减少了，所以工资也应该比现在要低。

"没关系，要是那样的话，我也去上班。"

克子若无其事地说出这样的话，让良也很吃惊。接着，克子解释说："你跟我谈这么重要的事，我很开心。你看你以前都没跟我说过这些事。"

听她这么一说，良也也意识到了，于是辩解似的补充道："过去还没到这种时候嘛。现在都快五十了，也该多想想了。"克子说了句"我也是啊"，之后开始汇报她的同学的最新动向。主要都是本人或家庭的年龄导致的变动，不过身边同一届的同学中，好像确实有很多都出现了变化。

听克子说，在她的同学中，有好几个人因为丈夫被裁员了，都不得已在找工作。还有夫妻离婚的，原因各种各样，不过数量和找工作的差不多。良也还听说，现在所在的公司中，有一名女员工成为了公司的第一名女董事；还有的同学是料理专家，在电视上很有名；不过在地方上扎根的人也挺多的。

"患乳腺癌和子宫癌的人，加起来也有四个呢。"克子把之前听到的消息，一股脑儿地都说给了良也。克子本来就不是个八卦的人，既然她现在都这么说，那说明流传的关于她老朋友们的信息量不是一般的大。不过良也听起来还是有点刺耳，因为克子这个人看起来不像对这种话题感兴趣的人啊。不管怎么说，良也对克子感到挺吃惊的，本以为她白天什么事都没干，没想到她了解到这么多信息。估计不只是因为这次的搬家问题，可能她很早就跟高中、大学时代的朋友保持着密切的联系。良也不禁苦笑，自己现在对这些事吃惊，一直以来也不免太不够关心了。这不是说他对克子做的事不太关心。不过，两人之间的关系确实有些说不清，不能说是完全信任。良也回望过去，觉得，就算是现在，他们之间仍然有一定的隔膜。他自己去上班后，克子白天都在做些什么呢？自己竟然从未思考过这个问题。自己的这种无知，现在更是切身感受到了。这时，良也想起来，以前有人写过一篇短篇小说，讲一个男人的老婆失踪了，他完全不知道要去哪里找自己的老婆。而良也他自己呢，也和那个男主人公一样。

良也赶快打住自己这种不安，试着问克子："要是像你说得那样，你的同学是怎么看我们搬家这事的？"

"尚美说她挺羡慕我们的。"克子说得很坦率。良也有些担心，问她："你难道把实情都说了？说我们得到了一笔遗产？"克子似乎不明白良也为什么这么问，很无辜地回答道："可那是事实啊，是不是我不该说？"良也的心里有些不安，很担心地对克子说："有的人命运很悲惨，你这样做，好像在向人炫耀似的。""尚美不会的，她工作是为了自己的兴趣，再说了，女人的幸福与不幸，都要看丈夫。"克子很无所谓地对良也说。这让良也又发现了她的另一面。她已经认定了女人要听从丈夫，所以生活贫苦是件悲哀的事，不过如果要是丈夫情况好点的话，那就不用像她同学那样去担心其他事情了。

良也无法一下子理解自己与克子之间的隔阂性质，两人的生活方式是如此的不同。不过他隐隐能感觉到，这不能简单地归结为男女之间的差异。他们两人没能生小孩，所以这次一起建设家，可以说是他们的第一次合作。不过这样也就能理解了，两人对生活的认识差异，感性的分歧，都是再正常不过的。

可是，当那天良也回到家后，家里只有他一个人，他忽然又感到疑惑了：这样真的没问题吗？他们在刚结婚的时候，就是睡不同的房间。这是媒人——社会部部长对他们的忠告。

"作为一名报社记者，总会因为工作的事，而导致生活不规律。如果你们睡一个屋的话，老婆就可能受到你的不规律的影响。要是生了孩子，情况就正好反过来了。如果你们是住在新公寓里，生活空间不够大，那就没办法了。不过像你们这种情况，我建议你们一开始就习惯这一点。"

当良也和克子的婚事定下来后，社会部部长请他们吃了顿饭。那时候他们俩还年轻，所以在吃饭时，部长对他们说了上面这番话。克子家里也一直是这样，所以她对这种做法没有异议。

那时，他们还以为不久就会有孩子，所以考虑问题时都是以此为前提。

良也感到，自己与克子在生活意识方面的差异，虽然现在两人环境相同，不过要是不回过头去看他们过去的生活，是无法搞清楚差异来源的。他自己的成长轨迹和克子的成长经历，有着巨大的差异。

对良也来说，父亲不在家里，这件事对他几乎没有什么影响。现在想来，他觉得真是不可思议。那时家族制度已经被取消了，所以孩子之间不会为此而鄙视或欺负别人，这样考虑的话，也并非不成立。不过良也的母亲肯定也紧张并做过相当大的努力，怕良也受到他人的侮辱。母亲在柳川的娘家发生了火灾，几近毁灭，这对母亲来说，更是雪上加霜。

对了，良也记起来，有一次，良也把自己跟学校里朋友的谈话说给他母亲，结果她脸色大变，之后去找校长谈判了。不过具体内容良也已经不记得了。

不该忘的事情却忘了，当良也明白这件事时，他的心里感到很愧疚。

良也没有经历过历史的重大场面，他曾经思考过，这对他来说是幸运还是不幸？不过他现在觉得，他对此的认识并不符合事实。

幼年的自己，并没有注意到母亲的痛苦，过得无忧无虑。想到自己的天真，良也不禁想：这难道不是他在用自己的无知来逃避重大场合吗？无论是战败后整个日本的辛苦，还是二十世纪六十年代、七十年代围绕《日美安全保障条约》的修订引起的混乱，还有高速增长带来的社会变动，以及被这股潮流吞没了的人的悲哀，甚至还有校园内的意识形态对立，这所有的一切，自己虽身处其中，却是在有意无意地逃避。或者是在不知不觉间，一直都闭着眼睛。这么一想，良也不自觉地开始鄙视自己，觉得自己真是一个没出息的男人。

良也之所以考虑编辑《弄潮的旅人》，可能是他本能地想制止住自己的逃避、自己的不负责任。可是，这份作业如果追究到底的话，就不得不包括进这样一部分：战争年代的年轻人认真地活了，也胸怀为正义牺牲的伟大志向，当然了，这一点不一定正确。如果他认定那些人是受到军阀的强迫，那看问题就过于简单了。良也是想这样去定义、探寻战争的罪恶：志向甚至让年轻人显得更美，站在这种立场上、去追究"正义"的自我与想活下去的自然本能是相悖的。

不知从什么时候开始，良也已经选择了这样的立场。而在他的心中，有一种感觉，那就是：无条件认同"反战"这个词的那个时代，已经结束了。失败了的战争，只有上过战场的人才有资格去依靠这种记忆。

此时，良也在着手《弄潮的旅人》之前，很想知道同父异母哥哥的战争观。忠一郎看起来并不想对人提起战场上的经历，不过据九州一所大学的教授原口俊雄说，他经历了残酷而激烈的战斗。

在准备《弄潮的旅人》这本书的过程中，作为其中的一个环节，良也还打算问问克子的意见。克子比良也小三岁，在安保问题发生时，她还是个小学生，估计只能模糊记得那件全国规模的大事了。她那时生活在郊区很安静的环境中，估计她对战争的感觉和年轻一代人比较一致。

良也不知道，房子的设计这些事该找谁。他想不到什么熟人。他要建的又不是什么豪宅，用不着去咨询在一家建筑公司就职的朋友。要是跟忠一郎说的话，估计他能帮着介绍与他们有业务关系的公司，不过良也就是不太想去找他。

现在良也他们正在住的位于阿佐谷的这所房子迟早也要改建，要找人，不过那得在玉川学园那儿的房子盖出来以后，现在土地已经定好了。虽然要考虑的事有很多，不过现在都决定不了。

良也是有一点自恋，不过大家公认他是社会部的能干记者，可现在他发觉自己竟然这么恐惧世事，不免吃惊并有些迷惑。

良也懒得自己想了，于是对克子说："怎么办啊？公司又不是讨论这些事的地方。"结果克子兴高采烈地回答说："哦，对了，我同学中有个跟设计师在一起。"

二人拜访了同学丈夫的设计事务所，那个地方在新宿，请对方帮他们设计。之后，两人走进新宿西口的一家餐馆，两人相对而坐，而这家餐馆在一栋高楼里的第五十层。两人刚聊了关于那个刚见到的工程师，这时，良也有些唐突地问克子："你们这些人怎么看战争啊？"

"女人应该都反对吧？你看，剩下来辛辛苦苦的都是女人。"没想到克子回答得这么简单。良也又向她解释说："不是，你设想一下，现在要是爆发了战争，天上飞来炸弹，不管是不是士兵，都会被炸死。"结果克子还是很肯定地回答："这不就更是了吗？有什么问题吗？"良也决定不再问下去了。更准确地说，他失去了与克子讨论战争的热情。她的表情似乎在说：虽然战争是件大事，不过现在的问题不是造什么样的房子吗？

他们买的那块土地，从玉川学园前的电车车站坐公交的话，是第二个公交车站，步行也用不了二十分钟。它属于十二块六十坪的区块之一，他们最终决定买下坡度最高的地方剩下的那一块。虽然也是六十坪，不过斜面有两米宽，所以价格也要高一些。而且因为在高处，景致也不错，能够看到附近的公园。二人看着被弄得很平整的土地，听着黄莺的啼叫，决心更坚定了。

管理与人（一）

  关忠一郎变了。以股票上市为契机，他对社会的责任意识确立起来，并促使他成了一个坚强的经营者。NSSC连锁店扩展到全国，对公司未来充满自信，并且有自己的行事风格，这是很多经营方面的杂志对他的评价。但这并不是事实。

  他对谁都没有说过，而且连他自己都只是极少时候那么想，忠一郎改变的第一步是和弥生的结婚。那是股票上市三十多年前的事了。

  婚宴结束后，当乘坐从羽田飞往夏威夷的飞机离开跑道时，忠一郎想起了作为塔之泽常务的随行人员飞往海外时的事。

  那时花费的时间比现在更长。当飞机经过纽约市的上空时，机内不知为什么播放了皮亚芙的《玫瑰色的人生》，不禁让忠一郎心潮起伏，从此的每一天就都是玫瑰色的吗？

  和上司塔之泽关系不融洽，和山中认识，和古莱特谈恋爱。因为一些原因没有选择地必须照看叫做辛巴达的饭店，因而从商社辞了职。

  像自己这样的人都能得到周围人的祝福结婚，并且出来新婚旅行，这种感慨随着高度的上升越发涌起。心中产生这种感慨最深刻的时候，是在戴蒙德火山口附近的宾馆眺望不断涌来的波浪的时候。

忠一郎绝对不会和弥生以及其他人提起新婚旅行时，产生"像自己这种人"这样的感慨的原因。在某种意义上，即便是最了解忠一郎情况的房，和他说，也肯定会被认为是因为自己在战争中差点被打死又曾被逮捕过。

虽然事实如此，大致也没错，但解开误解是近乎不可能的。即使是忠一郎，那种不协调的感觉，其实也已从记忆中消失，很不清楚。

弥生是怎么看待和自己的婚姻的呢？这可能会视今后的生活方式而定。但正因为事情一点点变得明朗，自己被封存的过去还是就那样封存起来，自然去接触比较好。忠一郎这么想着。不管怎么说那都是在战场上发生的事。

"昨天开始连轴转，现在累了吧？"他对正在浴室旁边的屋子里打扮的弥生问道。他也困了，但是因为已经预定，下午要去檀香山的商业街调查饭店的情况，所以定了闹钟，钻进被窝。调查的项目有：美国本土的连锁饭店有多少进入了夏威夷，面向正逐渐增多的日本游客有些什么样的饭店，等等。他想在东京、大阪等大城市大规模扩展的基础上，再开一家檀香山分店。为了要调查这种打算的效果会达到什么程度，所以新婚旅行的目的地才定在了夏威夷。

婚后第三年长子出生的时候，忠一郎心中悄悄地想：像自己这种人也能有孩子啊！那时，他想到，在缅甸前线的官兵们之中，成没成为经营者另当别论，像自己这样拥有家庭的人还不到四分之一。他听说三分之二的人战死了，活下来的人约一半左右，或者身体有伤，或者精神有病。他没注意到他说的"像自己这种人"这句话的内容正一点点变化着。即使注意到了，也不会自己问自己是怎么变的。因为可能的话他想把原本的内容忘掉。

到夏威夷的第二天晚上，忠一郎做了个奇怪的梦。梦到叫做梦魇的东西已经是很久以前的事了。而且即使梦到，早上起来也就忘了，所以不能明确是否是很久以前的事。

那不是有关密林的梦。而像是在大城市的地下。

巨大而且又细又弯曲的管道，相互缠绕，到处都是。这个梦奇怪的地方在于，梦中的忠一郎怎么也分不清自己正站在哪里。

细细的管道里有蚯蚓似的东西，偶尔还有鼹鼠样的东西活动，但最多的是绒毛很长的霉菌，它们丛生且微微摇动着。

在昏暗中，他睁大眼睛，看到：巨大的管道对面，有什么东西眼睛闪闪发光，正朝自己过来。

忠一郎觉得那是鳄鱼。梦中，他想起有人说过，被扔到纽约下水道里的宠物鳄鱼因为有了丰富的食物而长得巨大。

他想，这样下去会被袭击，所以环顾四周找隐蔽的地方。没有合适的逃跑路线，不得已，他藏身进了茂密的霉菌里。看起来很笨拙的鳄鱼一边发出巨大的走路声，一边以令人惊讶的速度经过了忠一郎面前。那怪物看起来既像哥斯拉，又像是曾经繁荣但已灭绝的恐龙。听着远去的脚步声，他焦急地想：必须趁现在到阳光普照的平地去，否则这样下去会被第二只、第三只鳄鱼袭击。

他爬出了下水道的干线。远处，几只巨兽的目光闪烁着。

不管怎么走也找不到出口。突然有又软又厚重的东西搭到肩膀上，忠一郎正想拼命叫，这时却醒了。在梦里不能出声的禁忌好像起了作用。一般做梦都是想出声却发不出来，很痛苦，他觉得这很不可思议。

场景是在大城市的地下，但印象却与以前几次困扰自己的、在密林里乱转的梦一样。

这到底是怎么回事？因为新婚旅行才来到夏威夷，这时想缅甸前线的事可能是不行的。忠一郎这么想着。

他完全清醒了，于是悄悄爬下了床，走上阳台。椰子的影子落到扶手上，叶子顶部随着风轻轻摇动。

由小且白的泡形成的波浪线涌上横在前边的海边。天刚黑，因舞者们在一起表演跳舞而喧闹的沙滩已经没有人了。

凝神看去，海面直到远处都反射着月光，就像无数的萤火虫在闪闪发光一样。难以忍受光影盛宴的诱惑，忠一郎一边抑制着这种迅速高昂的冲动，一边从阳台旁边的台阶下来向大海走去。

夏威夷大海的无声光影盛宴逐渐夺去了忠一郎的思考力。他呆呆地站着。这片白沙滩是人造的，所以连有划伤脚危险的贝壳或硌脚的小石头都没有，完全是由精选的沙子构成的。他连这个也没有注意，只是眺望着夜晚中一闪一闪的波浪，此时，背后只有长明灯在暗淡地亮着。他觉得，从消失了灯光的建筑间，无数白天被限制的生物正要悄悄爬出来。

他对那些无形的野生的东西叫道"现在出来没事了"，还喊道"我自己也是和你们一样的生物"。时间不知道过了多久。他觉得自己好像听到有人说"做什么呢？站在那里的话会被认为是逃兵的啊，快回兵营"。稍后，"嗨，在那干什么呢？"听到真的有人发出声音，忠一郎清醒过来。

他重新看了下四周，注意到自己无意间一个人站在了夜晚的海边。他的面前站着两个持枪的警察。"啊，对不起。喝多了，感觉不舒服，所以把妻子扔在宾馆里，过来冷静一下。"他用流利的英语说着，同时又说出了所住宾馆的名字。听到这，好像认为他是住在本地的有钱东洋人，警察说："最近这附近不太平，还是早点回宾馆吧！"随之解除了警戒。

刚要回宾馆，忠一郎就碰到了从椰影中走出来的弥生。从她的走路方法看，像是稍早就站在那里，因他走过来，自己才靠过来似的。

他比警察出现时还惊讶，不由得以有点责备的口吻道："怎么了？这么晚。"弥生解释说："睁开眼你就不在，担心你。走出阳台听到有叫喊声，所以就过来了。"

忠一郎很介意她是不是一直都看着自己的样子。他自觉看着大海时自己就变得精神恍惚了。

忠一郎想知道弥生看到自己恍惚状态的哪一部分。如果看到很奇怪的地方，就应该有些相应的反应。想问她，并想知道原因。

如果不做出因不安而产生的举动，就应该是没看到什么大不了的事。他这么分析着，极力地抑制住没向弥生发问。

他们并排朝所住的宾馆慢慢走去。沙子在穿着凉鞋的脚下发出沙沙的声音。

"大海真漂亮啊。"她说。听到这句话，忠一郎也被吸引得停下脚步，又朝大海望去。好像是因为月亮稍稍移动了，闪烁的波光又向四面扩散了一点，更漂亮了。

他站在那里，弥生轻轻拉住了他的胳膊。过了一会儿，忠一郎回忆道："我一直想告诉你，却总是忘。小时候我经常被带到箱根去。因为舅父与煤矿有关系，所以在那里有避暑用的别墅。在那里，每年夏祭的晚上芦之湖上都会放灯。"然后又回想着补充道："刚刚海面的波光就像活了似的，有时瞬间就一下子灭了。有时又左右摇晃产生新的光亮。看到这些，不由觉得那些被放掉的灯又回来了似的。"

"你那时一定很可爱吧。"弥生说，忠一郎出其不意地被问，感慨道："那时也就五六岁。然而现在已经完全不同了。走过战场，几乎所有恶劣的事都经历过了。结束监狱生活回国时，觉得前半生已经结束，今后就剩余生了。"实际上是觉得失去古莱特时，前半生就结束了。但忠一郎是把该省略的都省略了才跟弥生说的。

"但是，你却出现在那样的我的面前。"他说。

"谢谢。我觉得很幸福。而且越来越这么想了。"弥生平静地说道。夜深了，有点变冷的微弱海风和不断涌来发出低低声音的海浪，直接展现在二人面前。即使穿着凉鞋并排站立，弥生的身高也几乎与忠一郎的身高相同。作为女性她的体形有点偏大，但平时因她长着瓜子脸，脸很小，所以不是很明显。他们计划从夏威夷去洛杉矶。

在洛杉矶，有一个人常驻在那里，他和忠一郎是同期进入以前的公司的。和忠一郎过去在纽约的立场很相似，没有上司，贸易也不是很忙，所以正等着他们去拜访。会联系以前的同事，是结婚给了忠一郎自信的表现。

在那之前，虽然是自己辞去了综合商社的工作，但他总觉得自己是被大组织拒绝的人。

两个人在宾馆房间里吃着有点儿晚的早饭。这时，从打开的阳台飞进来一只叫声好听且比麻雀大的黑色小鸟，它露出想吃面包屑的样子。弥生站起来想喂它点东西吃，这时电话响了。是从日本和弥生关系特别亲近的弟弟打来的。她口中发出惊讶的声音。来电通知她，她父亲去买东西时在水户附近遇到交通事故，意识不清，已经被送进医院了。

"知道了，和忠一郎说一下会尽快回去。"说着挂断了电话。"啊，怎么办？"

说着她在床边坐下捂住了脸。

"洛杉矶之行取消。我马上订回日本的机票。"了解情况的忠一郎说着就给航空公司打起了电话。

总算联系上，开始委托换票时，弥生阻止忠一郎说："对不起，还是我一个人先回去吧。"

代替有点发呆的他，她接过电话："请只换我一个人的票。"说着报了名字。迎向他半带惊讶看着她的目光，她说："我弟弟很惊慌，现在还不真正了解伤势怎么样，而且你在洛杉矶不是还有工作嘛。"忠一郎想说："不是，这次没有工作"，但却被弥生的气势压住了。因为他头脑中有将来在西海岸开NSSC连锁店的想法也是事实。她是在有悠久历史的公司的经营者家里长大的，同时也是在以丈夫的事业为绝对优先考虑的氛围中长大的。

忠一郎从刚才就认为，成为经营者的自己进入的就是这种文化，而现在则更是这么认为了。NSSC事业是自己创立的，但一旦开始，事业反而会变得限制自己。现在，弥生就发挥了那种限制的作用。

很幸运，买到了一张几乎同时起飞的飞往日本的机票，所以两个人一起去了机场。

等待出发时，忠一郎突然想起给朋友打了个电话："去你那里的就我一个人。本来想给你介绍一下我老婆，但她突然有了急事，什么，不是因为吵架。"

说着趁机递了个眼色给弥生。

接过电话，弥生发挥了经营者妻子的作用，很大方地说道："我很盼望和您相见，但有点不得已的事必须马上回日本，真的很对不起。我丈夫就拜托您了。"

已经五年没来北美大陆了，忠一郎对美国的改变很惊讶。他在纽约时，被认为是反共产主义的迫害异己分子并威胁人们的麦卡锡主义已经是过去的事了。在好莱坞或贝弗利希尔斯附近，欧洲名店林立，人们都是一副无忧无虑的表情在街上走着。

景气变好、经济发展也影响到了人们的日常生活。超市多了，连锁饭店到处都是。取代支票，信用卡风行。

"看到的这些变化可以认为是美国的整体变化吗？"对忠一郎的这一疑问，常驻洛杉矶的来栖回答说："我觉得是这样。到三年前我接替你在纽约工作为止都是以同样的变化发展着。作为市场，可以认为美国是单一市场。虽然地域、宗教什么的生活样式不同。"然后问他道："日本不是因奥运会经济很景气吗？"忠一郎回答来栖的疑问说："这么说来也确实是这样。"同时，他想起了对下面这些事的报道：到处翻掘老旧的市内电车道，高速公路底柱林立，连日比赛的预选结果，从雅典卫城出发的圣火走到哪儿了。

忠一郎随着来栖的提问说起了妻子弥生的事情。解释说，她父亲遇到交通事故所以被叫回日本了。听了这些，来栖说："这样也好。你有些变了，我还担心你会因此不行了呢。"

"是吗？我还是变了啊？"这么反问，是因为忠一郎内心很平静。"啊，没有不好的意思，就是有点说不出来的超然的感觉。"来栖坦率地说。这让忠一郎很安心。

来栖指的忠一郎"变化的地方"，是在直接经历战争的人中才会产生的特点。

他被来栖问"带夫人的照片了吗"时很不解，反问道："没有，为什么？"

"我就知道这样。这是不行的。美国人，可以说是大家都带，可以拿这个让认识的人看，那意味着'把你当做是我的家人交往'。"来栖这样解释着。另外对诧异看着自己的忠一郎又说："那是'我心里一直很重视你'的证据。让朋友看，就像是表明，'我就是这种细心的男人'似的。"

听到这些，忠一郎刚说："那么做看起来像是刻意的。"来栖就中途接过他的话说："女性是只相信证据的生物，即使看起来像是刻意的，即使自己不喜欢那么做，也要忍耐。做让对方高兴的事，是民主主义的做法，至少美国人是这么想的。"听着这些话时，忠一郎对来栖的那个提议觉得非常不满。

"那很可笑啊！介入越南战争与那种民主主义的理解不是正相反吗？"忠一郎提出异议。

"啊，外交上不行，美国人认为自己的规则就是世界的规则。说起来，美国也就是个大岛国。与国境相连的是同样说英语的加拿大。虽然也与墨西哥相连，但感觉就像是很远的国家。"来栖一点也不着慌，觉得忠一郎与新员工们第一次在员工食堂一起吃午饭时一点也没变，还是喜欢争论。

一想起入公司时，两个人的身上充满着同样的精神气息，忠一郎就觉得很奇怪。

对他来说，和来栖认识以前，自己身上就不断发生戏剧性的事情。进入公司后，也是经常处于变动之中。那是因为他和来栖性格不同吧。或者说是因为进入大组织中，自己不需要作决断，像是待在被保护的容器中。自己还没有被接受进入其中就离开了。两人周围流动的时间的性质异差，可能就是思考方式、感受方式的差异吧。忠一郎虽然这么想，但还是对他有好感。他认为那可能是因为，来栖虽然是大组织中的人，但抱着舍我的代价，对待别人没有差别意识。

傍晚，在可以一览无余地俯视洛杉矶街道的位于小山上的饭店里，忠一郎和来栖会合。他一到下午就困得不得了，所以回宾馆睡了一觉。迪士尼乐园就珍藏到下次和弥生一起来吧，忠一郎一边想着这个借口，一边连梦都没做，一直睡到傍晚。

"从这里去日本必须渡过太平洋，去欧洲必须横穿大陆再越过大西洋。从这种意义来说，就是文化终结。"

来栖一边看着忠一郎的脸一边这么说道。他是用那种表现来表示没有说话对象的寂寞。

"那好莱坞是怎么回事？"对于忠一郎的反问，来栖满不在乎地说："那是因为它周围是文化沙漠才成立的。和拉斯维加斯是在真正的沙漠中建立的一样，是海市蜃楼。"

干了雪利酒后，来栖以他自己直截了当的方式说道："你变了。原来以为你从进公司开始就是一个坚强的男人，但过去是过去，现在的你是忧郁的坚强。这次在机场看见你时，觉得你变得开朗多了。"

他这么说，忠一郎觉得过于夸大了，以比平时伶俐的口齿说道："如果是那样的话，那是因为放弃了一些东西吧。"一些东西，换句话说，指的是"别的生活方式"，那之中，包括作为一个学英语的人的生活、作为商社一员时的生活，还有和古莱特的生活等。接着那句话，忠一郎又说："你一直当商社职员，坚持下去，会变得很厉害的。"被忠一郎那么肯定地表扬，来栖说："一点都没有被你表扬的感觉。"在他看起来还很年轻的脸上，露出复杂的表情，低低地说："虽说有适应性的问题，但我很羡慕经营者。即使规模很小，所有者就是所有者。"

说话间，夜色更深了。街道上灯光的亮度更强了。来栖说："这儿的当地人有一句'百万美元夜景'的老话，确实地表现了美国的繁荣，"又说道："那条粗线叫wilshabull bird·miracle mile，是这四五年间变得极其繁华的大街。沿着那座小山一直走就是好莱坞。"

顺着来栖指的方向看去，总觉得好莱坞的上空有停滞着的不明飞行物样的明亮光晕在微弱地发着光。

"世界真是个奇怪的东西。"

来栖大致介绍完洛杉矶街道的夜景后，回到桌旁对忠一郎说。

"无论美国还是日本，经济都在逐渐发展。一方面肯尼迪总统在应是文明国度的美国被暗杀。在越南，不知道是因为多米诺理论还是其他什么，标榜反共的美国兵逐渐登陆。另外，这个国家的年轻人还进行着反战运动。另一方面则有热衷于办奥运的国民。在玻利维亚，陆军发动了武装政变。现在到底是怎么回事啊。"

听来栖这么说，忠一郎想起自己在缅甸战场徘徊于生死边缘的时候，有很多彼此亲近的男女，还有相互憎恨不断争斗的政治集团，也有为了儿子心神崩溃、不断流泪的母亲。那是不管国度还是人种都是一样的。另外和来栖一样，忠一郎现在又想起来"到底是怎么回事"这个过去多次在心中出现的疑问。一意识到那个问题，自己就会钻进死胡同，因为有这种经历，所以忠一郎没有说出表示同感，而是问来栖："世上的人，即使各自做着任性的事，让他自由做下去就好，该结束的时候也就结束了。你信这种话吗？"

忠一郎自己还从未整理过的战争经历，受来栖说话的刺激活跃起来。从离开日本的解放感及弥生不在的自由感中，战争的芥蒂得到缓解并避免开始增殖。

"确实，过去我有一段时期，相信你说的预定调和说，更确切地说，是想相信你所说的。我那时也是一个自我感觉良好的人，因为看到学长们的激烈争论，可能是受了反作用的影响。"来栖变成多少有些怀旧的口吻，追加道："对我来说，有魅力的还是存在主义。"

听着这些，忠一郎回想起，来栖热衷于存在主义时，自己正在学校内办分发讲义的公司。如果说有离存在主义最近的时期，那也是被抓进在印度内陆的沙漠附近的监狱的时候。

吃完饭来栖问："夫人那边情况怎么样了？"忠一郎回答："谢谢关心。从还没来电话这点看，性命应该是没有问题。我不了解时差换算，所以不知道日本现在是几点。"

就像在等他说这句话一样，来栖劝说道："那么我推荐明天花半天时间去看一下迪士尼乐园，快点就行了。那个最近在这里被叫做主题公园。说起美国的文化，可以说从现在开始的二十世纪后半期的文化和娱乐没什么区别，迪士尼乐园就是代表。""你要是去的话，我给你带路。我想听听你的看法。航班已经查完了。"从这看得出，他已经都安排好了。

"作为日本人代表的感想吗？"忠一郎一边确认，一边嘟囔着："从年轻时起就被认为是工作能手的来栖，还能没有工作？"推测他可能正考虑把迪士尼乐园拿回日本。如果有像塔之泽那样擅长给上司送茶或蜜柑的负责人，来栖的提案就会被批评吧，但塔之泽已经在旧财阀商社的复活中失去位置，从第一线消失了。

"不是，我是想知道日本文化人的看法。"来栖以半开玩笑的口吻回答道。

按照他的预想，赶快去看迪士尼乐园。在去机场的车上，来栖像忠一郎推测的那样问："怎么样，把它拿回日本会成功吗？"

忠一郎说："视地点而定应该可以。我觉得这大概也和电视普及率成正比。"来栖"嗯"了一声，满足地点点头。

忠一郎也认为，迪士尼乐园办得很好。一进到里面，就使人微妙地感觉到，好像逐渐连自己生活在现代、正在美国的事都忘了似的。他记得有一个社会学家分析说，美国人那种带有风险或惊险活动意味的旅行已经没有了，全都变成了观光旅行。即使去外国，从美国制造的飞机上下来后，也是乘着ground hound大巴，吃着美国风味的汉堡，喝着可乐。另外参观名胜，会满足于"这儿的风景在电视上看过，真是一模一样啊"。忠一郎一说出这一想法，来栖一边在高速公路上加速一边问："确实是这样，说得好。那本书叫什么？"他是为了说服上司而打算读的吧，忠一郎想。

忠一郎记得那个分析观光旅行本质的社会学家的日语译名，但不知道他的原名，所以答应他回到日本后再告诉他。他计划趁来栖在洛杉矶期间，借助他的力量往美国进口NSSC用的食材。

下了车，和来栖告别，办完出国手续后不久，就听到广播通知，飞往东京的航班由于设备检查，出发要推迟两个小时以上。

不得已，忠一郎拎着拿进机内的随身行李，走到了机场大楼的屋顶平台上。

从那里看去，在一直延伸到远处的平原前面，有看起来变小的山脉连绵起伏着。飞机场比想象的还要大。开始落山的太阳从云间向地面洒下光芒，地平线周围染上了一层不可思议的光亮。在这种背景前，有很多飞机在降落、起飞。

那之中有大型货机，有像是个人或公司使用的小型飞机，还有沿岸警备用的直升机。就和铁路调车站的货车、机车出入一样，看起来几乎都像是融入自然风景似的活动着。

正看时，在机场的另一端，大约忠一郎站的屋顶平台的中间位置，一架大型客机起飞了。没过三四分钟，别的跑道上一架几乎倾斜成直角的中型飞机也起飞了。

那时，忠一郎内心里浮现出自己从这里去哪儿都行的想法。那只是自己的一个意思，今后按既定方针回到日本的话，就不会再回来了。这种预感在那种迷惑的背后流动着。

这么想着时，每天早上拎着包去研究所的父亲的身影，目送丈夫行礼的母亲的身影逐渐清晰了。即使付出了想到什么都直截了当说出来的代价，母亲送迎丈夫的行礼姿势也没有改变。忠一郎结婚时，父母二人搬到在原本是沙土的地皮上建立的新房去住。

弥生也模仿婆婆那样送迎丈夫，自己也理所当然地接受，"嗯"着点头，上班。那种举动不像是在战场上杀过几个人的复员军人。如果拒绝这种生活的话，现在就是最后的机会了，忠一郎这么想到。太阳更接近远处的山脉，从云层的断层下钻出，地平线还是很亮。但并不是很耀眼，和傍晚时分亮度也不同。

去除靠近地平线的一点点部分，忠一郎继续从建筑的屋顶平台眺望着被云朵覆盖的天空。着陆或起飞的飞机声不知为什么听不太清楚。周围感觉更接近日暮了，但到黄昏还有一段时间，不可思议的明亮把空间以及漫延到很远处的平原都包裹起来。

"白夜"就是这种感觉吧?

天没有变得比这更暗。一丝不动的空气苦苦支撑着充满平原的光线,终于在几个小时后一点点地发出早晨的光亮。与其说是变化,还不如说是停滞不变,光的这种状态可能就是白夜。这么想时,忠一郎内心浮现出古莱特的脸庞。她眼睛睁得大大的在微弱的光中盯着他看。

就像是在等他下决定似的,出发的广播还是没有。不从这里回日本,可以和她一样从纽约经由法兰克福去立陶宛。签证、护照是技术问题,有没有去的决心是先决条件。即便这样,也必须先横跨大陆,从那里渡过大西洋。忠一郎想起来栖说过,美国的西海岸是大陆的孤岛。如果那样的话,日本在世界史的长河中就是漂浮的孤岛吧。那么,自己呢?

大型客机从比较近的跑道开始朝忠一郎站着眺望的方向飞去,机翼在地平线发出的光中猛地闪闪发光。多个机翼一起反射白夜之光的话,那就会像静静漂浮的精灵流一样炫目吧,忠一郎想象到。随之,又想起昨晚从小山上见到的洛杉矶夜景。作为繁荣的象征,反映人们经营的"百万美元的闪烁",也就像看万花筒一样,稍稍改变角度,就可能会发现这个世界荣华的无常。

忠一郎想起一件事。喜欢夏威夷的美国著名歌唱家、作曲家去逝时,按他遗言,把骨灰撒到夏威夷的波浪里,喜欢他音乐的人们受日裔人指教,做了很多灯笼放到大海里。

"你已经死了吗?"忠一郎问着一直看着自己的古莱特。代替回答,他听到了"让您久等了。去往东京的航班现在开始办理登记手续"的广播。可能是因为太阳进入低矮的山脉后面了,白夜消失,普通的傍晚总算来了。

关忠一郎改变的第二步是在和弥生结婚二十年后。

NSSC连锁店在全国增加了店面数,成为在业界数得着的四家顶尖饭店之一。因此很多作者都分别写了关忠一郎的论著。

《NSSC的秘密》《天才经营者=关忠一郎》之类的读物有好几本,其中还有忠一郎一次也没接受其访问的作者写的。

那些书在一些点上都是共通的,比如,他参加二战,成为勇敢的将领之后被捕；早在学生时代就兴起了销售讲义的公司；进入综合商社后去了纽约，意识到了今后的商业发展应有的状态。此外，有把忠一郎描写成一个彻底的合理主义者的作者，有在书中增加浪花调人情味的作者，还有概念不一定很清楚，但把他看成是国际派经营者，表扬他是今后想成为商人的人的模范的作者。

不可否认，这些书都有异曲同工的感觉。他们从环境中推断人的性格，另外即使承认有变化时，也只是承认他是随时间发展在直线上前进这样的变化。这些书使得忠一郎这么想。他看了最开始的两三本。即使看到被表扬的地方，也总觉得像是被用粗砺的手来回抚摸似的，读得心情非常恶劣。

因为深受好评，而由衷高兴，以百册为单位，买上几百册分发给熟人或员工。虽然忠一郎认为这才是经营者应有的态度，但他最终决定，如何写战场上的经历，等以后再悄悄调查，后面的部分就不看了。

幸好没有一个作者找到缅甸派遣军时的原战友取材。

忠一郎觉得有疑问的另一件事是，人的变化绝对不是沿着一条直线前进的，向旁边偏离而后又返回时是画螺旋形，而写经营者的作者看起来却根本一点儿都不注意这一点。他们是以人是单纯明快地进步这种历史观写的。

无论是历史学家还是小说家，作为作者，一流的人写一流的经营者的传记，这种想法不是相当错误吗？忠一郎这么想。这和挥掉落在身上的火星不一样，这是另外一件事。在日本除了少数的例外，好像还没有像英国那样的传记文学派系。

即使这样，环境改变人的思考方法、感觉方式、行动特点等倒是正确的。

新婚旅行回来后，忠一郎开始拼命地工作。并不是说之前就不努力，但给员工的感觉就是干劲有些不一样了。在忠一郎周围的NSSC连锁人，背后议论说是因为他娶了漂亮的老婆才不一样的。传到忠一郎耳中时，他露出了很怪的表情，但什么都没说。

在环境变化这一点上，两年后长男忠太的出生对忠一郎来说是件大事。

他反复地问护士："孩子四肢齐全吗？"听到"体重在平均线以上，是个可爱帅气的小伙子"这样的回答，他安心地大大舒了一口气。

在忠一郎的意识深处，有自己生不出四肢健全的孩子这样的不安。这没有理由。如果问他为什么不安，他也不能说明。他从父亲的名字中取一个"太"字，给长子取了忠太的名字，孩子没有留下任何缺陷的出生，使他又有了自信。

另一方面，没有上过战场也没经历过被炸的弥生，因为生产而发生变化的原因，也是因为极普通的人自身的理由吧。她结婚后恢复了本来的开朗，现在身边又飘荡着作为母亲的沉稳。

接着长子之后，次子荣二也出生了。作为经营者，在忠一郎的变化里，股票上市十年前的二十世纪八十年代中期，收购与合并以咖啡为中心且在东京开了几家点心店的公司这件事影响很大。产生这个计划的契机是因为听说，在欧洲长期生活过的那家公司的创立者安里二郎，考虑把包括员工在内的店面转让给能买得起的人，然后自己过悠然自得的生活。偷偷调查了一下，大家都说好喝的咖啡的原价比NSSC还要便宜。那除了有美国咖啡和欧洲咖啡的差别外，好像还有技术的差别。

为了确认他是否真的想卖公司，忠一郎拜访了比自己大七八岁的安里二郎。在他青山大街附近的店里交换完名片后，安里说："和店的名字一样，店里人都叫我'安二'，请这么称呼我就可以了。"鼻下留着一点和白发呼应的胡子，看起来却不是飘飘然的那种作为经营者的感觉。

他从儿时到青年时期都和做外交官的父亲一起在巴黎生活。因为得了轻微的小儿麻痹，所以没有服兵役。父亲死后，为了维持生计，把在青山大街稍稍靠里的住处改成店面，开始经营咖啡和蛋糕，并且成功了。现在在东京已经有了六家店。忠一郎已经开展专卖形式的三明治连锁店了，但"无论怎么做，在提高质量上都会碰到困难。我还想扩展供应商品的范围。说起来，还是您这里的文化有魅力啊"。他坦率地说明了来访的目的。

"文化什么的，没有这么夸张的事，我年纪大了，所以考虑把店转让给能重视员工并想买下店的人。作为条件，我想把这里改成公寓，最好能让我住最上层。屋顶我也想用。"安二说道。

听他说完，忠一郎考虑到，自己那里没有能做房地产买卖的人。而且到现在，由于接触房地产投资很少，连市谷总公司的大楼都是从山中广岛的公司借来的。"我会向和我们想法一致的房地产公司买土地、建公寓。最上层给您使用，我的公司在一楼开新的NSSC下属店铺，您认为这样做怎么样？"忠一郎提议道。

安二点头说："那就拜托你了。我不擅长和日本大公司的商人谈判，很累人。就拜托你了。"即使这样，忠一郎还是觉得他的回答相当大胆。接着他又开始说："实际上，虽然我父亲是外交官，但曾经得到过你父亲的帮助。听说你想见我后，我调查了一下，才知道那件事。"忠一郎"哦"了一声，只有继续听安二说下去。

听他说，那是战前的事，好像在法国要人非正式访问日本时他父亲受到过忠一郎父亲的关照。

当时被亲纳粹派控制要职的外务省，对从大使馆介绍来的法国要人不会好好招待。担心这一点，安里二郎的父亲从巴黎暂时回国，这期间得到了荣太郎的帮助。

从VIP火车的安排到宾馆的住宿，虽然不是直接的负责部门，但命令了部下按照国宾同等待遇来对待。

比日本领导者更长于国际关系力学的法国，感受到了世界大战的危险，一边活动着已经在静冈兴津隐居的和平派重臣以及在野党的领导者，一边寻找着在背后牵制希特勒的可能性。"你父亲和我父亲曾一起出席过某次国际会议，有一定程度的缘分。"安二说着。之后回到砂土原的家时，忠一郎把这件事跟父亲说了，得到了确认。荣太郎通过儿子的话想起了当时的事，思索着："确实记得听说他儿子能力不好。"这事安二自己也说："我年轻时品行不好，让我父亲极为恼怒。就像想要行孝道时，亲人已经不在了这句话所说的那样。"他露出说那种话与自己性格不符的表情时吸了一口烟。忠一郎看到无论从哪个方面说都很洒脱的安二露出那种表情，觉得或许这家公司的味道没他就不值得考虑了，想着在谈妥后拜托他做NSSC的顾问。

荣太郎是从谁那里听到说"他是问题儿"这件事的呢？可能是从他外交官的父亲发牢骚推测出来的吧。知道那个青年就是自己碰到的安二，忠一郎说："年轻时有点让父母为难，上了年纪后还是有点可取之处啊！"听了这句话，荣太郎微笑地追问说："你是在说自己的事吗？"被这样的父亲、此时疾病缠身却懦弱没有棱角的母亲和变得越来越沉静的弥生包围，注意到自己的这一点时，忠一郎想起了从洛杉矶机场建筑物的屋顶平台上看到的洒满白夜的平原。那次，觉得那时就这样回日本不再回来的想法，是因为这个吧。

忠一郎回顾自家周围，发现了充满善意的柔和环境。此时他又想起了最近认识的安二——安里二郎的事。

他转让公司的条件，就是委托忠一郎在现在总店所在的土地上，建一栋六七层的公寓，最上层作为他自己的住所，屋顶的使用权也归他。"屋顶要用来干什么呢？"对这个问题，他立刻回答道："屋顶花园。"他不自觉地重复着"屋顶花园"。不知道是什么意思。"是这样。屋顶花园拥有从美索不达米亚时就开始的悠久历史。这是一种文明发展到顶点就一定会出现的。置身于在文明中发酵完毕的文化中，总觉得呼吸困难，想回归自然。但真正的自然危险很多，我没有进入其中的勇气。所以产生绿色环境的概念，就是屋顶花园。"安二说着不可思议的理由。

这个男人只顾自己的心情好坏，这种想法猛地浮现在忠一郎的脑海中。这样一来，轻视的感觉就涌现了。心里一方面羡慕安二那样的生活方式，一方面又有抵抗他的反感。"如果有那种浸淫文明批判的精神的话，还是离开有经营责任的位置为好。"忠一郎对心中的安二身影下着最后通牒。这时忠一郎总算明白了贸易的推进方法，想要大幅飞跃。和安里二郎见面的事也是一次根据NSSC连锁店的发展扩大战略而采取的行动。

之后，制定了明确约定实行安二希望的文书。收购的事谈妥后，忠一郎邀请他担任NSSC的顾问。然而他坚决地回绝了这个邀请。"我要是去露面的话，我过去的部下就会很难工作了。"

忠一郎对自己是否真的了解安里二郎没有自信。从外表来看，指间夹着烟卷吸烟的样子，分别时稍稍斜戴着礼帽点头的动作，只在鼻下留着雪白的胡子等，无论从哪一点看，在超然的态度背后，这个人肯定精于算计。洒脱是因为在战争开始并回到日本前他是在巴黎长大的，这是和本人的想法无关的事。

如果不是那样的话，到现在继续事业就不应该是这样。这种判断一点也不会伤害安二。

这是理所当然的啊。如果在某个根本的地方没有现实主义的话，人就不能活下去。有什么问题吗？如果被这么反问的话，就会觉得自己心中涌动的只不过是一般的反感。

忠一郎自己想构建的，是把服务业用操作章程统一管理，实现把巨大化变成可能化的商业，这一点现在更明确了。

卖了在纽约的两家辛巴达饭店，拿着这些钱回来的时候，他是把和古莱特一起生活的记忆，以及个人的梦想都舍弃才回到日本的。在勃固山中的战争记忆也都成为了过去。然而，为了实现服务业的产业化而从舍弃的东西中补充进文雅的、感兴趣的部分，这才开始和安里二郎谈判的。灵活运用形象店和常规店，如果安里二郎能进驻形象店就好了。这样整理下来，忠一郎总算抑制住了心中的动摇。

安里二郎、负责公寓的建设及销售的公司以及NSSC三家公司签完约后的第二天，忠一郎第一次拜访了青山店旁边的安二的总公司。聚集在一起的大约四十名员工站起来欢迎成为自己新上司的忠一郎和负责营业的专务村内权之助。这时的感受忠一郎绝对说不出口，那是自己成为这些人的指挥者的优越感。那几乎也可以说成是征服感。他知道，那是自己全然没有预想过的心动，绝对不应该骄傲。尽管这样，这种征服感还是使忠一郎觉得心情愉快。

他看着聚集到普通商业住宅一楼的安里二郎的公司本部事务所的干部社员，想着是这样啊。什么"是这样啊"，"为什么是这样啊"，自己也不是很清楚。

总之，这个本社事务所和隔壁以咖啡和蛋糕为主、还能吃饭的店面都要拆除，建一个五六层的公寓。那是因为考虑到东京整体都会朝高层都市再开发、进步。安里也赞成。那是因为他小时候，是在巴黎的公寓里长大的吧。谁都会受自己成长经历的影响。小时候要是吃过NSSC的三明治的话，那味道就会成为妈妈的味道吧，在忠一郎的脑海里，这种想法就像上天指引的那样闪现着。

怎么样才能让孩子吃，决定着公司的未来。一般的饭店不欢迎小孩。哭啊，到处乱跑啊，把桌子弄脏了……要是自己的孩子这么做，大多数妈妈就会像变了个人似的认真起来，反而会增添麻烦。

知道母子一起会有优惠的话，从时间分布上来看，比较闲的时候也会变得热闹起来吧？

考虑到这儿，忠一郎猛然放弃了思考。如果再追着自己的构想不放的话，就会给现在刚接手的同事留下容易恍惚的印象。

那一天，忠一郎还预定要参加一个聚会，那是由最近在监察机关斡旋下刚刚建立的外食产业协会举办的。他本来不喜欢参加业界的聚会。觉得抑制本性表扬对方的社交对推动商业的发展是没用的行为。但是在协会之外就不会得到信息，这对发展不利，而且利用业界团体调整和机关的关系会很方便，所以他会以大约两次里去一次这样的比例参加聚会。

这天的议题是研究上一次由机关出身的专务理事提出的提案，即找机会视察外国的外食产业怎么样。要是去的话首先就应该是美国吧，忠一郎这么想。然而日本快餐的兴起几乎都是由美国开始，各公司都已经充分研究过了，所以业界整体去的话，还是在英国、德国会学到东西，他想这么提议。

NSSC从二十世纪六十年代中期开始，成长就上了轨道。在大约二十年的时间里店面超过了五百家。那期间又收购了安里专门经营咖啡和蛋糕的店，还和多福饼连锁店合资，并没有变得以三明治联营店的增加为中心。

规模一变大，面包、火腿等食材的采购价格就会变便宜，利润就会增加。

然而另一方面，也不得不增设商品中心、物流设施，管理范围也会扩大。以到目前为止的单纯成长为标准，不可预测的困难也会增加。为了确保稳定的利润，忠一郎想要增设一条像汉堡连锁店那样的主食生产线。

他曾经学过，企业的成长分为几个阶段，随着规模的增大，人员的素质和组织管理都必须加强。因此，企业并不是按经营者的判断、意思来行动的。虽然有点令人不愉快，但不得不承认，是现实命令经营者从而改变事态，而且这种情况也在一点点增加。

这时，忠一郎切实感受到，这个社会上还有经营者力所不及的广阔领域，那个领域有没有源头还不知道，但因为有时代的流向，所以经营者渐渐被朝一个方向牵引。

为什么这么说呢？在竞争中获胜无论如何都是前提，其他的事，都是在这个前提下成立的。为此，经营者被赋予的定夺范围并不是那么大。所以说，经营者并不是自由的。

公司规模小时自由度比较高。忠一郎按自己的经历这么说。那时候，很了解每个员工是以什么样的想法怎么去做什么事。所以指导或命令时，自己都是站在判断的现实性上明确指示方向的。然而，从店面数量超过一百家起，自己的指导别说还有现实性，就连说服性都在不断降低。忠一郎强烈地感受到了这一点。

为难的是，越是变成那样，世间就越把忠一郎当做是经营者来看待。

在山中Junior按广岛家里的要求决定回家乡时，忠一郎带着几分苦涩的感情说："成为一个经营者，就会逐渐从具体细微的现实性中脱离出来，代替现实性，想用数值来认识现实。经营者会变成这么认为的人。"

为了成为真正的经营者，就要超越自身。忠一郎把同样包含这个意思的、满含苦涩味道的话，送给广岛内地有名的古老家族的主宰者——要回乡的山中Junior，应该说不太适合。但作为NSSC连锁店的创始人，并且是首屈一指的划时代的经济界新领军人物，忠一郎说出来的话，即使自己难于理解，也要接受。

被忠告的山中Junior一时露出迷惑的表情。

他觉得自己被忠一郎批评了，同时又觉得被鼓励做一个很强的指挥者。然而，"从现实性中脱离出来"是指什么呢？成为"认为用数值就能认识现实的人"，这么说是指"不需为了小事而闷闷不乐"吗？或者忠一郎所有的话，都是忠告自己"不要成为普通的经营者"呢？他很迷惑。

山中Junior在老家成功建立起体制后，和母亲一起去了久违的东京，想向在NSSC总公司学习时照顾过自己的上司表示感谢。为了这个目的，他们先请专务村内权之助吃了晚饭。

他母亲说明来东京的目的："我也上了年纪，所以想趁身体还健康来表示感谢。"接着又说了开场白："您那么关照他，可他却迅速地回了家乡，连一点道歉都没有。"

晚饭进行到一半时，山中Junior说出了过去忠一郎告诉他的临别赠言，问道："这是什么意思？"

村内笑着说："啊，那个啊，不要太在意为好。"村内已经不怎么使用关西方言了，但偶尔还混杂着一些。他身体微微前倾，满不在乎地说："你们家是以制造材料业为中心的吧？基础主要是靠山林所有者这个身份。而在公司教你的是经营的技术，不要直接用到自己家的产业上，他想说的就是这个意思。"随即又追加解释道："当然这也是忠一郎对自己的感叹。自己正渐渐成为那样的经营者，而你不要成为这样的人，他想说的就是这个吧。"又说："当然也可能是羡慕你的位置。"

在村内权之助分析了忠一郎的临别赠言后，山中Junior虽然觉得很明白了，但还是有疑问。反而微妙地觉得本来的意思更远了。

心中怀着这种混乱，两天后，他和刚从美国回来的房律师一起吃饭。房因为一家日本企业分公司的美国法人有诉讼问题而去了底特律。

Junior的父亲去逝时，房义次在忠一郎的推荐下圆满地解决了遗产继承问题，此后便和他们母子结下了缘分。身为日裔二代的山中靖司，受在世夫人的拜托，结束多年的美国生活，回到老家所在的广岛。他五年前去逝了。Junior母亲谈到那时的事，说，"靖司死后，我总觉得有什么地方对不起他。他在美国一定有很多计划吧。我丈夫突然死去后，我心中很不安，不顾一切地拜托他教育我儿子，因为这，他才回来的。"一边回想着以前的事，一边对房律师帮忙顺利解决遗产问题表示感谢。"哪里，是关社长跟我说的，而且，那时我刚成为律师，自己也没什么自信。"房同样回顾那时说道。

"房先生在美国不是和关社长在一起吧？"Junior的母亲问。他说明道："不是，我们大学时在一起。两个人开了一家印刷讲义卖给学生的公司。那时关就是社长，我是助手。"

"厉害的人就是厉害啊，从学生时代就开公司了啊。"Junior的母亲说道。房没有说话。他没有说出在缅甸前线时两个人也是在一起，同样在战俘营受苦。房曾和故去的山中说过，在密林中忠一郎救过自己，也说过"忠一郎是我的救命恩人"。现在说起那些话，总觉得话题老，已经唤不起想象力了，而且也知道忠一郎不想被别人知道这件事，所以就只说了大学时代的事。

"叔叔在美国有妻子吧？"Junior自言自语地说着。他母亲问："确实好像和很远地方的人结婚了。但我忘了是哪国人，房先生知道吗？"房谨慎地回答道：

"倒是听说过他好像有妻子。"

房知道从收购安二的公司开始，忠一郎的内心就发生了变化。

那对于他以及NSSC公司来说，难以判断这是令人可喜的变化还是令人担心的变化。房担心，从缅甸前线回来作为忠一郎朋友的自己，和作为NSSC公司顾问律师的自己，会有矛盾的地方产生。那时就只能站在公司的立场上了。那是在房的美国法律事务所学到的律师这个职业应有的态度。对企业来说是否是令人可喜的变化，会反映到数值上，所以，之后检查一下是否合理就可以了。但对个人来说，是令人可喜的变化还是坏的变化，仅从表面看是不能测定的。

这并不是能通过常识来判断那个人是幸福还是不幸福的事。这点，房是从战争时代的辛酸经历中学到的。例如，是被俘房的人幸福呢，还是光荣战死的士兵幸福呢？这是不能用国家的目标或常识来决定的。属于个人的东西，即使是法律也不能践踏。

房知道，在过去的战友中，回来后为了革命参加运动的人有好几个。成为宗教界人士的也有。他们非常认真地考虑并行动这件事不能予以否定。但要是让房说的话，在被热情所左右这点上，那些老战友的生存方式看起来和战争时代一点都没变。进入商界的人中，追求热情的释放，认真生活的人也有好几个。

忠一郎对要回家乡的山中Junior说："所说的成为经营者，——就是要成为，想要用数值代替现实性来认识现实的人。"这句话使房很担心，担心就是从那时起忠一郎的心里才产生那种病态似的阴影。

"关社长是这么说的吗？"房不由得呻吟似的说道。注意到山中Junior和他母亲在担心地看着自己，他重新打起精神，解释说："我觉得他可能是想说，不要直接应用你在NSSC得到的经验，要根据地域、业种、公司的历史性等考虑，自己找到最好的方法。"

和山中母子分别后，房考虑要问忠一郎一下有关NSSC战略的事，更重要的是今后他自己想要什么样的人生。

房脑海中浮现出几个在美国刚刚遇到的经营者的身影，拿他们和日本的经营者作比较。

首先最大的差别就是，美国的经营者平均年龄小了接近二十岁，而且经营规模越大，年龄差距就越大。思考其原因是什么时，房想起了忠一郎对山中Junior说的话："从具体且细微的现实性中脱离出来。"不接触现实、只把数值当做对象的生活，若不是趁年轻，疲劳就会累积，所以，在大企业，一到五十多岁就必须考虑退休的问题。他跳跃性地思考着。即使再晚，六十岁左右也退休了。美国的经营者就会到美术馆、医疗机关、教育机构等处参加志愿者活动，有钱的人会在牧场照顾马。

这些地方和日本的经营者有很大不同。像人们所说的那样，房认为，这不光是税制的不同。

他认识的日本经营者，离开公司后显得不知所措，不知道怎么生活下去好。工薪族退休年龄在五十五到六十岁之间，而经营者不在此列。这与美国也不同，还有人认为，经营者的身体已经变成为不能离开公司的体质了。

这不是没有兴趣的问题，是一直以来生活方式的不同。

忠一郎又怎么样呢？他退休的前提还有继承人的问题。长子忠太还年轻，虽然作为一个人来说很优秀。忠一郎是创业者，所以即使让长子继承也没什么不自然的。

自己作为长期以来的朋友应该劝说他世袭。虽然批判世袭制的人很多，但现在好像很流行，这要根据业种和规模来决定。可是NSSC可能有些规模过大了。考虑到忠太的年龄，让从创业起就任干部的村内权之助做社长会更好吧。

考虑这些事时，房想起了，在忠一郎推荐下，作为律师第一次负责山中家遗产继承问题时的事。在纽约，日裔二代的山中负责忠一郎的向导工作。即使在财阀系的商社中，他所在的也是一家很重视身份地位的公司，而且他在公司中的地位也不高。但是，他感觉到忠一郎和山中间有割舍不断的亲密关系。那到底是什么，房以前就很想知道。

在纽约长期生活的日裔二代山中靖司和忠一郎，为什么会成为这种关系密切的一生的朋友呢？他把自己的侄子Junior送到NSSC培养，最后再也没有回过美国。山中五年前去世时，忠一郎取消了所有预定安排，在广岛住了三天，守灵、葬礼、装骨灰都参加了。那对对红白喜事不感兴趣的忠一郎来说是个特例。

包括这个问题在内，房义次想就人生观问已界老龄的忠一郎：你是怎么看待退休的？打算像其他的创业型经营者一样，一直工作到死吗？从第一线退下来后的人生有什么打算？

房自负，只有从缅甸以来一直和他在一起的自己有资格问这些。他和忠一郎只差了一岁，作为法律界最早的国际派，已经做了几年律师协会的会长，地位类似于元老。

像自己这种专业职业，老后的事一个人就能策划决定，而拥有大批员工的经营者，即使退休，也必须作相应的准备。特别是身为所有者的情况。

因为不像NSSC的专务村内权之助那样总是能和他见面，所以，房没有看出来，忠一郎的人生设计在哪里。如果他没考虑的话，就忠告他，已经到了该打算今后的事的时候了。房觉得这可能是自己的责任。

和忠一郎谈论退休后发展的机会最后突然地来到了。是忠一郎跟他说的：有些话在公司很难说，晚上，找个时间陪我聊聊。

他们在只是两个人见面的时候经常去的小饭店里碰面。一见面，忠一郎就把大约一个月以前，业界旅行去纽约时，碰到一个很了解零售行业动态的保险公司会长的事告诉了房。忠一郎觉得好像在哪见到过他，就问他："年轻时没去过日本吗？"他说，曾经因为作市场调查而去旅行了大约两个月，得出的结论就是，那时日本政府的制度很严，在商业上并不是一个有发展的国家。忠一郎说起自己第一次去美国时，飞机上坐在自己旁边的一个人，自称他是PENN WEBER保险公司的员工。说到这，那人突然站起来伸出手，说："那就是我。我四十岁成为负责人时，被挖到现在的公司。"

忠一郎把带着点反省意味的感想说给做律师的房听："因为公司名称不同，我还以为是另外一个人呢。这也是思维在不知不觉中日本化的证据。"接下来又回想着说："但是，真有偶然这种事啊，学生时代一点都没有想过，和你会交往这么长时间。""战俘营在一起时"，不说这句话表明两人间无声的约定还存在着。

话就这么说起来了。房单刀直入地问道："今后你打算怎么管理NSSC？儿子也结婚了，以前对继承人的问题一直不予理睬，现在不管怎样，必须得决定一个了。"

"嗯，"忠一郎自然地接受了，"忠太和荣二，"一起提了两个儿子的名字，"公平地看，我觉得他们都不适合当经营者。本人也都没有那种愿望。老大不知道怎么想的，走了父亲走过的路，进了商社。弟弟说是想做工业设计。没有适应能力就背负责任是很不幸的。这不是说世袭制这样那样的理论问题。"

忠一郎这么说。房没说话。此时他想问一点更深入想法的问题。他觉得这并不是轻轻附和、应该说出意见的时候。"我，可能的话，想让某个儿子继承公司。"忠一郎应着房的沉默，又说道。

"但是，考虑了一下，过去我不是自己也不想成为经营者吗？"忠一郎说。房插话问道："那是从和死去的山中靖司定的约定开始的吗？"

"也有那个原因。但并不是仅仅那样。"说着，忠一郎重新盘了一下腿，上身前倾，开始说起锡丹河畔逃跑的军曹的事。从他那里听到战场的事还是第一次。"那时，军曹对叫他返回队里的我说过类似于'我要是回前线的话，这对母子就活不下去了。人应该为需要自己的人活下去'的话，然后拒绝归队。那对我也是一个教训。他只不过是东京平民区理发店的老板，但却是人生的高手。我是中队长，回到队里却向队员报告说'哪儿都没找到'。我帮他逃跑了。这是我第一次跟你说这些。"说着，忠一郎微微地笑了。

房和他不在一个中队，不知道军曹的事。他和忠一郎在一起，只是在勃固山中乱窜的时候。以战车开头的盟军，南下作战的速度很快。他们携带着优良的火器，掌握着制空权，所以对日军来说，只有密林才是朋友。因此自己才差点被射杀而死。那种情况下，在密林中战死，并埋骨于那的战友数量很多。但是房知道，当时是忠一郎从远一点的林丛射杀了敌兵，帮助了自己。

像忠一郎所说的那样，那是偶然的事，但正是因为他，房才没死。不久后他落入陷阱，大量出血，意识不清，不能动弹。饥饿感也随之而来。进入密林时，发下来的自杀用手榴弹，早就在捕杀大蜥蜴时用完了。

房从回想中抽出身来，问道："不管由谁经营NSSC，你都会作为所有者留下来吧?"

"所以才找你谈的,把你叫出来,这也是一个原因。"忠一郎说,"以我的性情,我觉得那么做会相当的难。即使权之助给我当社长,我也会插手的吧。那样一来,他也很难做,会导致不和。"

房再度沉默。在房看来,忠一郎正处于迷惑中。他觉得,在那迷惑中,不知为什么听起来有经营者不应该有的、脱离现实愿望的东西,所以对是否原样接受很犹豫。

但是,另一方面他的追述却很漠然。花点时间,等待忠一郎整理思路后,再说自己的意见也不晚,房自重地想到。作为成立超过三十年的NSSC的创业者,他很活跃,店面的数量也接近九百家,并在全国范围逐渐扩大。忠一郎作为企业家的姿态,和坐在眼前把自己的迷惑直接说出来的样子有很大差别。

今夜的话如果传出去,大多数只以世俗眼光看问题的经营杂志,就肯定会故意曲解忠一郎的本意,写出NSSC经营不振的话来。

"做到什么地步,工作才算大致告一段落呢?"房询问道。"做到一千家。"忠一郎随即回答道。

开展三明治连锁店的速度根据阶段不同,有时快有时慢,但今后增设一百家左右的店面在本世纪还是能完成的,房估计后稍稍放心了。今后几年再决定也可以。

忠一郎今晚谈了类似于将来展望的话题。和别人说一说,检查自己想法的稳妥性,整理并修正构想,这是独裁型的领导惯常使用的手法。

另外,正题之后,再随意谈谈心的说话方式也是忠一郎经常使用的手法。房完全相信忠一郎的话,但还是想稍稍问一下他的想法。从成为NSSC顾问律师时开始,房就常常觉得他有别的创业型经营者所没有的东西。这也是因为他的易于恍惚使自己产生了这样的印象。所以,房又问了一下:"时代变化的话,退休就会成为话题。那之后你打算干点什么?最近,人的寿命都很长。""而且,你也不会摆弄盆栽。听说你父亲的俳句写得相当好。"

忠一郎的父亲荣太郎两年前去世,房也参加了他的葬礼。在告别仪式的会场上,他看到了一个有名的俳句诗人。荣太郎的遗稿去年出版了,由忠一郎作序,异母弟弟良也作跋。文集《青叶隧道》的题字则是由参加告别仪式的俳句诗人写的，对此忠一郎在序文中表示了感谢。

房一边问，一边想：对于将来的事，忠一郎嘴里说很迷惑，可能是因为受十年前收购的安二的原社长安里的影响吧。安里卖完公司后，还是住在安二店面旧址上建的公寓的最上层，过着悠然的生活。安里和忠一郎的交往从那之后一直持续。忠一郎好像一边很轻视安里，一边又很羡慕人家。

"安里，就是那个安二，身体还好吗？"

"啊，他好像经常去钓鱼，还教人跳舞。还有那种生活方式啊！对于上了年纪、原本是军国青年的我们来说，这是不可能的生活。"忠一郎回答。之后沉默了一下，又自言自语地说："但是即使做到那样了，在那之前有几件事也不得不做。"

然后，忠一郎又一次改变了话题，说："我父亲很重视的赤城的石楠花园，得到了你很多的关照，把它放在财团那里也行的。"房说："我总在想象，自己退休后提着篮子去石楠花园，像英国的有钱人那样埋头于自然之中生活着。"接着这个话题又说，"我觉得那也是一种方法，可是又恐怕我不能一直坚持下去，浪费设备投资，使财团有出现赤字的危险。"

忠一郎听着这些话时，房的心情有点苦涩。对方心中有迷惑，却不能从当前话题中脱离出来。房的样子传达的就是这种感觉。

听的人是我，所以不是应该再放开一点说吗？或者，平日独裁者的另一面就是以这种形式表现的？这么想时，房突然想起学生时代看过的外国作品中，有一本小说，说的是犯了很大罪的一个男人，人本身很温柔，可以说是非常的亲切。到罪行被发现时为止，周围人对他比对牧师还尊敬。

房摇摇头，下意识地想要赶走出现在脑中的多余记忆。忠一郎现在每年都给石楠花园出运营费，但进公园的人一点点增加，到二十一世纪时，即使继承人不插手，自己也会把石楠花园做下去的吧。说出这种明朗的展望。

"石楠花园的知名度也提高了。这期间竟然得到一个九州人赠与的五千株石楠花。"忠一郎露出点得意的表情。九州一位拥有山林的老人，因为兴趣，收集石楠花。可他突然注意到，孩子们在自己死后都非常不想照顾这些花。为此而苦恼后，他想找一个可以真正爱惜石楠花的地方。

"这时，他碰到了赤城的NSSC自然公园。"忠一郎报告说。

房觉得，要想听对方的真心话，那么先说出自己的未来计划会显得比较自然，就老实地说："律师的工作有时也是靠体力决定胜负的。我退出一线后，想写一本大学时教过我的川岛老师的传记。我那时好像对国际问题就很擅长，在大学里学习的东西只记住了川岛老师教的民法。这对我的影响最大。"

"我真羡慕能那样做未来计划的职业啊！"忠一郎回应道。"商业这个东西一旦做上就摆脱不掉。今晚想和你谈的一件事就是：因为无论如何汉堡连锁店对NSSC来说都是必要的，那么怎么做下去才好。可以采取上市公司股权收购的方法，但也有在日本怎么看敌对的股权收购这个问题。资金也会变得很紧张。这么考虑的话，怎么说呢，我想起了一个值得一听的好消息。"

说着，忠一郎压低声音，告诉他，有一个财阀系商社的间接子公司好像正在闹内乱。总公司的态度模棱两可，所以内乱变得更严重了。"因此，那家公司也好我们公司也好，劝说相关的金融机关，把银行持有的那家公司的股票转让给了我们。NSSC的股票就是委托那家银行管理的。应该没有任何违反法律的地方。"

说这话的忠一郎，从刚才开始，眼睛里就闪耀着不一样的妖异的光芒，房觉得他这种从恍惚中觉醒的状态，自己还是第一次看到。到现在为止他所认识的忠一郎，恍惚状态都一直呈现出接近于休眠的倾向。

"那家公司是BB公司吗？"房问。忠一郎无言地点点头。那家公司的社长在快餐界以有名的铁腕著称，有手艺人的脾气，是个很顽固的人。传说，因为这，那虽然是个由大股东控制的公司，可是纷争却不断。房指出这一点后，忠一郎冷静地说："我知道。因为这，我们的工作进行得才顺利。"

一时间两个人就收购那家BB公司的计划交换了意见。房提醒道："啊，光顾着说这些，都忘了说退休的事了。"又引导着说："但是，我听说，在商业上，退休后的计划还是趁忙的时候制定比较好。"听了他的话，忠一郎突然说："我想在工作结束后坐一次西伯利亚铁路。"这使房很吃惊。他确认地问道："西伯利亚铁路？"然后半是疑问地说："可弥生应该不会想坐吧？"忠一郎仍然表情冷静地说：

"就我一个人旅行。"

房想起，很早以前听山中靖司说过，他妻子古莱特是从立陶宛逃出纳粹控制，换乘西伯利亚铁路到达日本后再去纽约的。

把山中靖司介绍给房的人，就是当时作为商社职员常驻纽约的忠一郎。山中靖司为了调解本家的遗产继承问题要回日本，拜托忠一郎在他不在期间照顾自己的妻子。他还在日本期间，古莱特夫人说要去立陶宛，之后就没有了消息。那时在纽约的忠一郎还问山中靖司，是不是她改变心意去了丈夫所在的广岛。房突然想起了那件事。

一旦想起一件事，就像雾突然散了似的，事情的脉络就展现在房的面前。"是了，你旅行的最终目的地是立陶宛吧？"房确认地问。忠一郎缓缓地点点头。房觉得，明白事态后迷惑会更深，说的就是这样的事。

山中靖司和忠一郎终生关系都很好，这从忠一郎让自己帮助解决山中家的遗产继承问题上就可以看出来。

但是，古莱特已经不在了。很理解她想回祖国的心情，但在东西方对立仍然很严重的时期，对丈夫不辞而别，离开纽约，这是因为她和忠一郎间发生了什么不好的事了吧？可是现在，忠一郎时间一自由就要沿古莱特的足迹追寻。如果感情变得紧张，一般人是不会那么做的。

那么，就应该是古莱特和忠一郎间产生了很深的感情吧。

房放弃了问这个问题。因为这涉及了个人隐私。房转而问："我听说古莱特夫人从法兰克福机场后就没有消息了。对吧？"

"柏林墙消失后的现在，我觉得，应该可以能调查到，她那以后到底怎么样了。"忠一郎说。房也知道，最近就连苏联时代的秘密警察写的记录都可以看到了。"作为法律专家，我应该也有能帮上忙的地方。"房说。房觉得，说起西伯利亚铁路的忠一郎，和刚才从恍惚中觉醒时的状态不一样，就像徘徊于真正的梦中似的。

卷入漩涡

　　良也的计划中，搬到玉川学园和从社会部转到出版部是有关联的。在终于买了地，并将要反复讨论设计的时候，发生了在地铁释放有毒气体并造成很多死伤者的事件。

　　知道那个气体是沙林时，社会部抓住了两个冲击。一个是，直觉这个事件是奥姆真理教做的；第二个是，推测松本市的事件也是奥姆的罪行。良也的出版社也在报纸上报道了怀疑第一个发现者就是犯罪嫌疑人的看法。

　　良也认为，要再一次调查松本沙林事件的全貌，就有必要调查，在释放沙林的区域是否住着被奥姆教认为是敌对方的人。为此，他考虑自己应该再去一次松本，这时，负责编辑的专务叫他过去。

　　专务告诉他，报社要以社会部为中心，组成紧急采访小组，并任命现为编辑委员的良也为组长。

　　"这次事件规模很大。坂本律师事件也可能是同一组织的罪行。如何限制打着宗教团体名义的犯罪集团这个问题也出现了。而且民主主义也会成为追究这个那个的本质问题。社会腐败和神秘现象的关系也必须注意。"专务以情绪激昂的声调说着。申请转部门这件事反倒把良也置于机动的位置。接受组长任命的时候，良也对自己说：就把这当做是长期的社会部记者生活当中最后的工作吧，而且这还是相应的大事件。

晚上很晚才回到阿佐谷的家，良也把自己被任命为这次事件组长的事告诉了克子。在搬家的问题开始后，或者换种说法，在他知道了香港有一点茜的消息后，他才尽量地和克子说话。

"我白天也看电视了，我还想事情怎么变成那样了。还好是在搬家前发生的。"她现在也能一点点地把自己的想法直接说出来了。

良也一点也不怀疑这次事件会追究到奥姆真理教。看过报社已经掌握的资料后，他感到迷惑的是：为什么大家认为知识水平相当高的医生、律师、学者这样的人会被只能认为是骗子的领导洗脑。

从常识来判断，以地铁沙林事件为代表的犯罪因为是无理由杀人事件，所以对此进行判决谁也不会有异议。问题是不要煽情地报道，正确地控制事实，不把周边以及被洗脑的信徒的家人按和主谋者同样的罪处理。

另外相反，想要深入追究问题的本质，就会陷入文明评论或宗教学的领域，就会离真正的新闻报道越来越远。

自从产生想要写出能说"这是自己的工作"这样的作品的意识后，良也注意到自己开始出现那种倾向。想要调离社会部，不仅有身体年龄的原因，还因为注意到了这种意识的变化。另外，良也暗暗地知道，若是问起变化的源头的话，那就是知道茜还健康地生活在亚洲的某个地方这件事，是这个原因使变化加速了。良也想起以前解决大事件时的经验，知道应该分阶段听取那些宗教学者、社会学者、社会心理学者等的意见，并确认和他们的联络，同时拜托资料室调查瑞士、法国、加拿大都发生过的太阳寺事件等据说在美国也有几次动作的海外狂热宗教团体。山梨的搜查还在进行中，想要花几天时间做这些准备时，有一天，好久没联系的、长野分局时期一起工作的小室谷打电话过来了。

他已经辞去报社的工作，按照自己的心愿作了美术评论家，选择靠一支笔生活，是良也自愧不如的朋友。

"我知道你很忙，很犹豫要不要联系你，但是我有一件东西想让你看。"他说。良也马上想：那不是和奥姆真理教有关的什么资料吧？像这样，良也既然决定这是作为社会部记者最后的工作，他就会专心致志投入到奥姆教事件中去。

他就像知道良也心里的想法似的，说："不是奥姆教的事。是一个轻松的话题，我觉得有点不敢说，是画的事。"据小室谷的简短说明，画画的是一个当时二十七岁的画家。他驻扎在鹿儿岛基地，出击前，基地先遭到敌机袭击，因而战死了。画是他以结婚不久的妻子为模特画的，现在在小室谷那儿。因为近日会被保存到相关的美术馆，所以在那之前他想让良也看看。

因为现在还不能预测，奥姆教事件什么时候才能有新的开展，所以良也稍稍考虑后，觉得这时听听对任何事都很冷静的小室谷对这件事的看法也好。

"有可能中途会被紧急叫出去，所以那时请允许我先走。"他说。最后决定，首先在银座的宾馆大厅会合，让他先看画，"之后一起去吃饭。"

小室谷拿来的是一幅12号的裸女画，线条像马蒂斯的画那样生动。画家从东京美术学校毕业后，在千叶的中学教了几年绘画。小室谷断言，如果他能平安渡过战争的话，就会成为战后西洋画界的代表吧。

"我也觉得他有很大的可能性。"良也说完，小室谷像被表扬了似的，表情很高兴，说："对吧，这就是战争怎么摧毁一个人才能的例子。"接着，小室谷说明道："模特是他刚结婚不久的妻子。这幅画最后变成了遗作。那时，肚子里的小孩儿，现在正好和我们是同一年龄段。还不到五十岁呢。孩子母亲去年去世后这幅画才出现。女儿不知道这幅画的存在。好像是她母亲坚决不想让她看。她也在画画。这恐怕也是她听从母亲的希望，继承父亲遗志的结果吧。只是她画的是抽象画。线条真的相当不错啊。"

他这么一说，良也又重新看去：画中人仰面躺着，右手伸开到肩的高度，左手像是要遮住乳房那样放在胸前，脚重叠着，腰转向画画者的方向。虽然是常见的裸女姿势，但身体线条很自然，表现出内心某处包含着的休憩的甜蜜和害羞。良也认为，这种表现可能是因为画画的人很有实力，也可能因为画画的人是自己的丈夫吧。

"这幅画的事，喝完酒后再继续。你想听的是奥姆教的事吧？"小室谷抬起头看着良也。

"是的。因为在松本沙林事件中有过难熬的体验，所以觉得地铁的事也是奥姆教干的。我不了解他们在想些什么，非常不了解。所以，随意说说就行，我想听一下你的感触。"良也坦率地说。

被良也问到自己的意见，小室谷说："我也不清楚那个。思考'为什么不知道'这个问题时，我就想，放弃自己坚持的判断框框，追查事实真相看看会怎么样呢？"小室谷开始说出他自己的分析。

"我最初时觉得他们考虑的是改革社会的思想。然而，在选举中惨败后，他们的想法就变了。那个叫麻原彰晃的人自尊心极其强烈。现代人中，经常会有自尊心膨胀的人。他觉得在选举中这个世界使自己丢了脸。若是不响应改革社会也行。我告诉你结果会变成什么样。那不是结局吗，在这种意识下，上演了一场世界终结的模拟实验。演出中，人们想死，是因为他们认为，反正最后会进入阿鼻地狱，那么先死于和平时代是很幸福的。信徒们即使看着众多的死伤者却仍然一副无所谓的样子，就是因为被这种思想操纵的吧。我是这么想的。"小室谷一气说道。

那恐怕是他对谁也没说过，自己一个人考虑出来的意见吧。"所以，即使被抓住被判定有罪，对他也不是多大的打击。"

小室谷这样判断。

对他的评论，良也一部分赞同，但整体上还有不明白的地方。所以只说"的确啊！"然后站起身，去了经常和小室谷去的应该是大正时代西餐厅的饭店。那家店里的客人也在围绕奥姆教讨论，在这种氛围下，小室谷说："对麻原打击最大的事是，当今世上的人，证明了人活得比他想象中的涅槃境界还幸福。"

"但是，谁也不那么做，大家内心中都不认为这是一个好的世界吧。"良也说，"对吧，那就是他的目的。麻原头脑相当好使，据说他连佛教著作都看。"听了这话，良也说："本性恶与头脑聪明是两码事儿。"小室谷回应道："所以不会耍滑头的学者、理工科的学者最容易被他施行催眠术。"在不停喝着智利产的红酒过程中，良也和小室谷都享受着许久没有过的闲聊。

围绕地铁沙林事件、奥姆教交流了意见后，小室谷说："像我刚才说的，那

幅画的模特是画家的妻子，她到死都没让女儿看那幅画，原因是，她一看画就会
想起和战死的丈夫间的事。"

他这么说，良也觉得那件事只能认为是理所当然的，"刚才说到的女儿，她
的出生是在丈夫死后吧，所以她只能听别人说自己父亲的事吧。"嘴里说着毫不
相关的意见。

小室谷看了他的样子，解说道："那好像是看了画会使她想起和战死的丈夫
的性爱。女儿是对丑闻什么不当一回事的女杰，所以清楚地对我说，被画的是自
己的身体，通过身体会唤醒和丈夫的性爱，所以她才不想让人看到那幅画。"

听到这儿，良也总算意识到，男性的感觉构造和女性的皮肤感觉可能不同。
以前没有这种经历，但若是男性的话，看到画着对方身体的画，一开始就会产生
想象吧。所以，如果把自己的画拍成照片，悄悄带到基地的话，能够理解。而女
性的话看着自己的身体就会想起丈夫。

考虑到那，良也碰到了自己必须清楚抓住的主题。

"你也知道，我一直都有野心，想把战死的有志于当艺术家的青年的遗稿、
笔墨等自费编辑成一本《听，海的声音》，暂定名《弄潮的旅人》。但我现在工
作特别忙，没有什么时间收集资料。最近总觉得自己想要做的内容都不再鲜明
了。但是，听了你刚才的话，觉得，战争的牺牲者这种说法过于粗糙了。即使拿
到资料，深入下去也是个大问题。"良也就像总算抬起沉重的身体那样，把本意
告诉了小室谷。

"就是这个。我听说了计划后，就想无论无何也要你看看那幅画给你作参
考。"他说出打电话给良也的意图。"主题定下来后，人就需要在某个地方变得自
私自利。"说了谜一样的话。

幸好中途报社没有打电话叫他过去，和小室谷分别后回到阿佐谷时，良也的
脑海里还想着他说过的话。对小室谷来说，以评论的方法逼近美的构造和本质这
种人生的主题很明确。

自己是个记者，在工作中却找不到人生的主题，所以感到了《弄潮的旅人》
编辑的存在意义。然而，现在还没深入，资料的收集也没像想象的那样开始，只

是成为对自己的诺言，现在的状态下，即使资料收集好了，也只不过是编辑而已。

通过遗稿遗作，不接触战死者及他的妻子、家人们的想法，就不会听到波涛的声音。小室谷说主题决定后，就自私自利点吧。那是拒绝留在报社的劝诱，以独立的本人的选择为根据说的话，而自己没有自私自利的条件。怎么进入以艺术家为目标却死去的男人的内心呢？他怀着怎样的想法去的战场呢？那时如何爱着谁，如何因失恋而苦恼呢？喜欢吃什么呢？物资缺少时，看到喜欢的食品，脸上是什么表情，会如何高兴呢？想想也好，不进行联想编辑的话，自己编书的意义也就没了。

喝了很多酒后，小室谷问："那以后，和茜有什么联系吗？"这像是在良也的心上重重敲了一锤似的。

如果有一天能和茜顺利重逢的话，不以直接接受自己很长一段时间里不能见面的她这种觉悟见面的话是不行的。良也对小室谷的提问，回答说："不，香港方面还没有消息。我已经拜托了特派记者团泰造。""是吗？团爱好社交，善于旅行，但会忘记管束，还是催他一下比较好。"恐怕他是想起了长野分局时的事吧，这么忠告良也说。但是，接下来，"和克子关系处理得好的话，可能还是找不到茜比较好。"说这个是什么意思呢？良也听了这个话突然很生气。

无论是多么好的朋友，都不应该干涉别人的事。还是他想说"我更加不行了"。

良也听了小室谷的话，想着果然是这样啊，想起了从前的传闻。

良也觉得小室谷夫人是一个气质温柔的人。只是小室谷形容的夫人，是一个一旦把感情开始向一个对象倾斜，中途就不能控制自己，同时具有温柔感以及不安感的人。良也想若是成熟的小室谷，她的那种性格也会变得有魅力的吧。女儿现在应该是高中生，两三年前的一个时候，他突然透露说："教育孩子真难啊！"或者女儿是不和的起因吧，但除非小室谷自己说明，否则自己不想深入询问，只说"那可真麻烦啊。"

小室谷说可能"找不到茜"比较好的意思，良也觉得是他想起了自己的痛苦回忆，所以就原谅了他。小室谷只有这个烦恼。良也觉得对他来说，帮他做一些有意义的工作可能就是广义的赎罪。自己也想和把自己父亲遗作的母亲裸体画捐赠出来的女画家见面。说完，小室谷提议道："那很好，可是她已经回美国了。""但今后，阵亡的绘画学习者画的画会一点点被集中到指定的美术馆。那时再和你联系。活用那条途径的话，"《弄潮的旅人》的资料收集效率也会提高吧，"还有一个人，你大概也知道，野原行人这位有名的画家也会帮忙，我也拜托他，当有值得注意的遗书等东西时，告诉你一声。"又附加道。

　　和小室谷见面，看了那幅妻子裸体像成为遗作的画大约半年之后的一天，从画家野原行人那里打来邀请的电话："我这里有幅画想让你看，方便的话来我工作室一趟吧。"野原本来应该联系小室谷，但他目前一直在欧洲，所以代替他打了电话。地址是从吉祥寺乘坐井头线走不远就到的三鹰台。那是住在阿佐谷、到杉并区的久我山上学的良也高中时代的活动范围的一端，所以他带着对当地的熟悉感去拜访，感觉很轻松。

　　被认为与奥姆教有关的事件，从3月的地铁沙林事件以后一个接一个地浮出水面。5月时，在山梨县上九一色村，隐藏在本部设施的天井里显示出幼稚特点的教主被逮捕，到此，这次事件进入了第二阶段。

　　知道地铁中使用的气体是沙林时，良也想起了大约九个月前发生在松本市的事件。他曾向分局请示去调查：松本现场附近住没住律师、审判员等司法相关者。之所以这么做，是因为知道这个宗教集团，对关于司法、警察、检查等国家权力机构的问题反应会特别过敏。

　　这时，"用从松本市的居民住宅搜到的药品是不可能制成沙林的。"这种理所当然的意见，连报社内也承认了。

　　地铁沙林事件已经过去三个月了，在公司内打评定的结果，良也的报社决定对用社论误导读者这件事道歉。

　　作为结果，良也心中的隔阂消失了一半。剩下的一半，是在觉得奇怪的同时，对于不能反抗报社内外大局、自己力量薄弱的痛苦回忆。这时，他要是辞去奥姆教事件特别采访小组的组长就好了。

　　但是教会杀害正义感强且勇敢的律师一家，把尸体分别扔到新潟、富山、长野三处，其行为很残忍。这个教会的性质显然不一般，成为宗教法人后，警察经常装作没看见他们的行为，其责任问题很明显。良也想要再追查一下这个问题。同时，为什么优秀的人会被轻易地洗脑等，这次事件包含很多应该阐明的问题。

从过去的例子来看，良也知道这次事件到审判了结时会花费十年时间。但是，他所关心的，是叫现代的这种病的一端朝着产生这种狂热教会的方向发展，如果追查事件的话，这种病的根源也会暴露出来吧。因为有这样的预感，所以他错过了辞去奥姆教事件采访组长的时机。

他访问野原行人的工作室时，也是"东京地方裁判所下令解散奥姆教"这种推测正风传的那一年的秋天。

良也看到在缅甸的曼德拉战死的毕业于美术学院不久的士兵的作品时，还没有清楚决定自己的安身方法。

那是一幅有非战时画的感觉、描绘一家团聚情景的作品。笔法使人想起了墨西哥的社会派，画的是晚饭后家人聚集在一起的情景。中间是正在看报纸的父亲似的着和服男子，旁边是刚开始用毛线织毛衣、并把毛线放在膝上的母亲，隔着父亲、和母亲在相反一侧的右手边是姐姐似的圆脸年轻女子，父亲后面，有一个左肘支在父亲所坐的椅背上、看着正面、穿着立领服装的少年。面对画，其左边最前面是一个左手拿一本卷起来的杂志，正想着什么事，视线落在桌子一点的高个青年，那应该是画家本人吧。

桌子上放着五个红茶茶碗，中央放着装满橘子和苹果的大盘子。

整体表现的是晚饭后的团聚，只从看画人一侧打过去的光，使人脸、父亲的报纸等都清晰可见。

野原行人让良也看过画后，向良也报告说："这是我从画这幅画那人的哥哥那里得到的。他是一个已经超过八十岁的人，但仍精神矍铄。说：'我们家现在跟以前一样，是贫穷的农家，所以这种一家团聚的光景，在当时特别不可能。肯定是弟弟想着战争胜利的话每天都会生活在这种情景中吧。'在昭和十几年的贫穷农家中，长男继承家业，虽然需要人手，但有绘画才能的二儿子要是成为画家取得成功的话，也能帮助家里吧，一家人是这么考虑的吧。"

这句话使觉得把诗和艺术与出名、取得经济成功挂钩的想法很卑贱的良也肃然起敬。良也内心一边辩解时代不同，一边不得不承认自己对艺术的理解有时会脱离现实。不管怎么说，自己也是原铁道部高官的儿子，因此总是以高人一等的意识来思考艺术。

当时，靠成为明星、艺人挣钱的道路比现在面窄得多，觉得成为画家或成为流行作家会比较容易吧。那时，如果日本要是能在战争中胜利的话，大家都会变得富裕吧，他肯定有这种切实的梦吧。

战死的有志成为画家的次子，最初被分到接近俄罗斯国境的中国东北地区，之后转战到中国南方，然后投入缅甸战场，是一个身经百战的勇士。

良也想象着在广阔的中国大陆，他这个从东北开始为准备作战被运送到南方的士兵，在晃动的火车中做的梦。

无论走到哪儿都没有终点，幅员辽阔的中国大陆，没有使他意识到发动了一场轻率的战争，但可能使他对富裕未来充满强烈的梦想和渴望。他在马上去缅甸战场时，把这幅画托付给因病难以联系被送到内地的战友，这是被征入伍第三年在广东或云南省的某个地方画的。那幅作品被平安地送到哥哥手中，可以说它本身也是得到眷顾的作品。

从印度的英帕尔，经缅甸北部高原到达和日本军作战的中国，目的是切断盟军的补给线，被叫作英帕尔战役的这次战役完全是纸上谈兵，无视气候、疫病的蔓延以及险峻的地形。在被投入那场轻率作战之前，他画了那幅画。心中怀着希望自己家变富裕的梦。

作为证据的那幅画，强烈地吸引住良也和解说那幅画由来的野原行人。

"可是，这样的团聚一次也没有。我们一直贫苦的劳作。"老人平静地告诉野原行人。

"从英美的剥削中解放亚洲，日本要站在前面。"这样的宣传吸引住众多的人是因为贫穷的现实。良也觉得这种说明有与自己心里想法非常不吻合的地方。另外为什么把应该是最大盟友的中国反而当做了敌人呢？

重新看当时的报纸缩印版时注意到，说到中国共产党的势力时，几乎没有什么好听的。"没必要接触邪恶势力"，大报纸都是这么认为的。因为贫穷的现实，对共产主义的关心应该在起始阶段切断，当时的执政者认为。然后，他们成功了。可以说，"共产主义是邪恶的"这种印象被接受时，通往战争的道路被打开了。

但是，现在怎么样呢？报纸或电视从那时的经验吸收到多少教训呢？在一般广泛的看法中，敢于说出不同意见的精神在哪儿呢？

特别是现在存在的，代替绝对的贫困，不就是谁比谁有钱这种比较的感觉吗？从远处看着看起来富有的人，觉得羡慕，这种性格的不满中不能找到阶段性的东西。

不满在全体国民的主流幻想中扩散开来。而国家却不能控制住不满强烈的人、变化的人、想成为"英雄"的人，不能防止嫉妒这样的精神腐败。

为了改善这种状态，即使产生信仰这种其他种类的幻想，也不是不可思议的。奥姆真理教的信徒好像原本就是有这种心理构造的。所以，即使理论怎么不着边际，反倒被认为是深刻的真理。之所以这么说，是因为听的人有"想被救"这种潜在欲求。

《弄潮的旅人》，抓住的最多情况，可能就是听着内心欲求不断扩大的波涛声，寻找非现实的海的旅行者。良也一边这么想，一边又像往常一样，"等一下，那是正确的判断吗？"倾听这种克制自己的声音。

"这幅画的作者参加的英帕尔战役，读一下战史，连我这样不了解战争的人都觉得义愤，是一场很残酷的战役。"良也问野原画家。

良也觉得，他还没见过的打算一点点收集战死画家画的画、成立一个美术馆的人物，以及和小室谷一起帮忙那个计划的现代绘画的指导者的男人们做的事，和每天追踪事件的自己做的事是在不同的领域内。良也觉得自己知道小室谷果断辞职的理由了。他已经在以巴黎为中心的欧洲旅行了近半年，除想唤起记忆中小时候的法国印象之外，作为评论家，还想好好研究世界现状吧。

"野原先生去过战场吗？"良也问道。按采访时的习惯，良也调查得知他一九二六年出生于久留美，毕业于东京美术学校，但不知道他和战争有多少关系。

还有，反对战争的画家们中，画写实画的人很多，良也有这样的感觉。可野原却是完全的抽象派画家。对有矛盾的人和物抱有关心是良也的性格。

"我受到了征召，但那时已经没有去战场的船或飞机了，大海和天空完全被盟军控制着。在鹿儿岛基地待命的时候，战争就结束了。恐怕战争再继续半年的话，我就不会在本土决战或原子弹爆炸中生存下来了吧。"

他以极其自然的方式向良也说明着，那和在九州大学教英国文学的原口是完全不同的印象。原口说话的样子也伴随着考虑，好像还有什么隐藏的地方，他给良也的就是这种印象。

良也说："那运气是真好啊。我是在战争结束后的第二年出生的，有时就迷惑运气是好还是不好。"

野原明显流露出坦率的性格，大大地点头说："你的感觉我很明白。碰到从前线回来的前辈，看着他们累得精疲力尽、拖着很沉重的腿的样子，总觉得有很对不起他们的感觉。"

野原用手掌支着下巴，眼睛向上看，露出回忆那时经历的眼神。

"那也是同一个原因，我有时觉得如果去了战场，自己的画就会更深刻了吧。"原野追加说。

野原把自己归类为没有战争经历的战中派，接着又开始说道："战争对于当时还是年轻人的我们来说是非常大的浪漫。在'不想去战场、不想死'的心情和对为大义而牺牲的凛然、英勇的憧憬之间，当时青年的心情摇摆不定。"

"现在的日本，接近被卷入战争的危险时，会对政府明确地说出反对意见，那和把战争当做浪漫的事理解的感觉、心情是不同的事。"他说。"每当透视人内心中那种矛盾的构造时，就觉得分出反战画家、战争肯定派画家等类别，只不过是添麻烦罢了。"他带着气愤的口吻批评新闻报道说。

到了这时，身为新闻记者的良也也只能聆听，但听的过程中，总觉得有点担心，就进一步问道："战后派这代人也想表示反对战争，我想也按我们的标准，编辑一本像《听，海的声音》这种书的现代版，你认为这事有意义吗？"

"如果，新编辑的书能唤起人们战胜残酷的想象力，那么这不是很好吗？"野原有点不安的赞成。之后，被自己的话触动，说："核武器出现后，战争已经没有浪漫了，只剩下残酷，那是不行的。"好像在那基础之上还有要说的话，抬起上身，先说："这是战胜产生的另一种别的浪漫，不，说是传奇可能更正确。"然后又说"从前有一部叫《你叫什么》的连续播放剧，是广播剧，从昭和二十七年持续到二十九年。一到了它的播放时间，连女澡堂都空荡荡的。大家都守在自己家的收音机前听着呢。因为不是电视剧，反倒激起了听众的想象力，想象着自己成为英雄或成为女主人公那样听着。"

据他所说，还不清楚战争中离散的恋人或家人有多少。"评论家或文化人看不起有大众性的东西，还有轻视的倾向，那是不行的。"他又离题说道。

野原在几次离题后，说："很难把战争经历从心中消除，因为伤痕还残存着，所以战争结束后会有生活不好的家人或兄弟，这样的人我知道几个。"

"亲子之间也有这样的事吧。"良也说这句话的原因是，他从野原的话中，想起了叶中藏大佐和他女儿茜的事情。

叶中父女不能说是生活得不好，尽管茜细心地看护，但她父亲原陆军大佐的孤独还是不能被治愈，良也又回想到。另外，茜也深深感到痛苦吧？

另外，情侣们有时会不知道对方在哪儿。就连那个野原也说他知道有和《你叫什么》一样的情况。那多是受空袭或疏散影响的情况。即使想见面，被生活所迫，也不能花时间寻找忘不了的女性的行踪。其间在和别的女人结婚后，初恋对象出现了，或者接到通知说丈夫战死，就和丈夫弟弟再婚时，被捕的丈夫突然又回来的情况也有。野原接着说。

"那种事到底多到什么程度，你找一下战后二十年内发表的小说就明白了。"说完，野原又说："我不是文学家，所以没有读过多少。"一边道歉一边列举了田宫虎彦的《银心中》等作品。"所以，你计划的《听，海的声音》第二部《弄潮的旅人》要是能包含遭遇这种命运的人的哀伤的话，它的意义就大了。"他勉励地说。

被他这么说，良也不由得畏缩起来。他觉得对自己来说，人生这个问题还没有弄明白。"听您说了这些话我的自信都没了。总觉得是因为像刚才所说的那样，自己是战后出生的。"他一说完，野原就大声地指出道："就是这个，这个很重要。"

"如果没有经历的话就会容易冷静的判断。在你们同龄人的父亲，或年长的兄弟中，肯定有对战争有痛苦记忆的亲属。男人没有眼泪，恐怕只是他们不想把战争经历说出来。那是因为只有那个是痛苦的。"野原说。这次，良也脑海中浮现的是同父异母哥哥忠一郎。"还是让经历者打开心扉是先决条件啊。"他小声且缓慢地确认道。

和画家野原行人的会面给良也留下了强烈的印象。身体长得很高大的野原，用直截了当的断定的说话方式说了战争被害面之大。听的时候，单纯地感觉"果然如此"，但随着时间的流逝，却重重地沉到良也的心中。

中间有些话，例如："战争就是一种观念，说起来很抽象，但痛苦是具象的。所以个人作为社会的行动说'反对战争'没错，但是，艺术家要是只想用那个完成自己的使命，就是怠慢。"对于这些话，良也听起来就像是批评自己。

随着搜查的进行，松本沙林事件基本判定是奥姆教的罪行，虽说有警察的诱导，但受其影响而报道说第一发现者就是嫌疑犯的报纸、电视也道歉了。教主初次公开审判后，采访小组缩小了，良也回到原来的编辑委员，自由的时间增加了一点。搬往玉川学园的准备也轻松地进行着。

终于，小室谷结束长期的欧洲旅行回国了。

良也想听听他的事，自己也想把和野原画家见面的事告诉他，所以很快就见面了。"怎么样？"对他的询问，小室谷露出"那是最精炼的实际感受"的表情说："果然，不在那多停留一段时间是不行的。"他以巴黎为中心，去了英国、北欧，还去了东西统一后的德国。

"欧盟越来越稳固了。尽管这样，欧洲各个国家还是不一样的。虽然不同，但各自却都很厉害。我觉得服了的是，国家或社会的行动和艺术上的变化是既独立又相关的。日本却不一样。"

说话时，看到总是很冷静的小室谷很罕见的、情绪逐渐兴奋的样子，良也想：他一定是作为美术评论家抓住了职业生涯中的主题了。一边带着羡慕的感觉听着，一边沉默着向小室谷的杯子里倒啤酒。一口喝掉后，小室谷再一次谈道："我觉得'东西德的统一也对欧盟的成立起了作用'这种判断向更深处发展了。

现代德国的代表画家基佛移居到法国，就是一种象征。"

据小室谷的观察与分析，欧洲以欧盟这个共同体的产生发展为背景，产生了新的艺术胎动。那是各国从小规模单位的传统文化中发现普遍性的动向。像日本这样，只看到美国精神是不会了解世界的。小室谷指出．还有，"还没有人对流行艺术、全球化和设备广泛的关系做过深入地讨论。综合时代特点找寻趋势的能力我们很欠缺。"小室谷的话有没完没了讲下去的苗头，良也觉得他的话很多地方都和野原行人的训诫很相似。

小室谷还说："流行艺术的停滞不前和全球化有密切的关系。""在美国，有些骨子里很乐观的人认为全球化是美国审美意识的霸权。如果这样，即使是美国人，也不会成为认真的艺术家。"

即使他这么说，对艺术思潮或美术动向没有很深知识的良也只是觉得姑且明白了，净想着把它用在《弄潮的旅人》的哪儿，怎么连接。"现在，日本国内有一些用动漫的手法自命为后流行的年轻人，但看起来这会因判断错误而结束。"

小室谷说到这休息了一下，所以良也总算说了因他的介绍而和西洋画画家野原见面的事。

"野原先生也说了和你说的意思相同的话。在我心中，我觉得那和帮助企划战死画家的美术馆这件事是不一样的。"良也坦率地说。

听这话，小室谷以长野分局时代那样的说话方式说："这样啊，那就是我们的问题点。"然后，历数作为理论态度的反战、作为生活态度的反战、作为艺术态度即审美意识的反战，指出："限于理论态度的反战有被全国的情绪左右的危险。这是二战的第二阶段。"良也总算感到自己和小室谷是站在同一立场上。

这个话题告一段落时，小室谷说："对了，我在巴黎见到一个和茜长得很相似的女子。猛地吓了一跳，那样相似，但年龄不对，很年轻。"

小室谷偶然看到的像茜的女子是从日本来的团体游客中的一人。为了进奥耳塞美术馆，从开馆前就需要排队。他想出声时，已经到了开馆时间，队列开始移动了。那天他和奥耳塞美术馆的馆长有约，而且当时离约定的时间有点晚了，所以就这样错过了，她是一位三十五六岁的女性。

"茜今年多大?"小室谷问。良也说:"和我差一岁,今年四十八九吧。""是吗,那差得太多了。"小室谷思量着,在奥尔塞美术馆入口处见到的女性的事就说到这了。

良也内心有点失望,想起了广播连续剧《你叫什么》。

良也没有说菊田一夫所作的那部名剧的话题,而是问小室谷说:"您夫人之后怎么样了?"想着如果他不想回答的话就马上换成别的话题。

"实际上,我就是想好好考虑那件事才去的欧洲。"

这么说之后,小室谷又追加说:"她现在也应该在拼命思考自己的道路。"好像是因为一直旅行吧,小室谷看起来瘦了些。

"即使没有迷惑,离婚也意外地需要精力,而且还有女儿。如果不一起生活的话,会过得相当快乐吧,人还是习惯性动物。"他又追述道。良也听了这些话,想起了他去欧洲前,自己一个人自言自语那样说"可能见不到茜会更好"并使自己感情受到伤害的事。

良也说:"我这段时间想调离社会部。虽然被动员去了奥姆教采访组,但事情已经大致有了头绪,觉得做到那样已经很好了。"

听着这个,小室谷一直盯着良也。那是一种想知道他内心发生何种变化的眼神。小室谷说:"是嘛,所说的社会事件,今后也会发生,你有温柔的地方,像我一样,拒绝美术以外的东西很难说出口吧。"良也像是对自己下最后通牒那样说:"说我温柔听起来很好,但很敷衍啊。"

接着良也说想从事自认为是"我总结的"这样的工作,小室谷听后试探地问:"那指的是什么?是指《弄潮的旅人》吗?"他这么一问,良也直率地说:"这就有问题。在松本沙林事件中,各报社都对错误报道这件事道歉了,我觉得报道是件很危险的工作。一方面,战争的牺牲者不光指在战场上死去的人,这种情况见得多了,总结编辑《弄潮的旅人》的自信就动摇了。"

"创造是伴随着打破既成概念的行为,现在,你已经进入了那个过程。在此之上要是作成新的有你风格的战争被害者像的话就好了。说起今天的谈话,首先以战死的官兵、遗留的家人为代表,到分离的恋人们,被害者的范围就相当大了。问题其实不是范围到哪儿,而是被害的深度到哪儿。下到那个深度整理素材的话，那就成为你的作品了。那其中，要是只把有志于艺术家的人抽出去就好了。"小室谷展开了评论家式的分析。良也拜托说："谢谢，今后我偶尔还会请您谈话。"又问："这样的话，就像香港特派记者团推测的那样，如果茜在亚洲的什么地方从事传统工艺类的工作的话，她也有在《弄潮的旅人》中登场的资格吗？"

小室谷没有回答。沉默着，露出有点苦恼的表情看着良也。在他有点清瘦的脸上，深深眼窝里的眼睛中，好像是考虑着怎么回答对良也有益，自己适当妥协的事情良也却贸然地挑战，对此他有几分羡慕，露出想起值得怀念的早已失去的青春的表情。或者说，他是想甩开"那个答案应该是最了解叶中茜的你考虑的事情"的想法。

过了一会儿，小室谷转换情绪，问："克子身体好吗？"良也随之松了一口气，立即回答道："啊，现在我们家正在新建中，我看她因为有这事，劲头才不一样吧。"小室谷说："人不论是谁，可能都需要当前身边的目标。目标可能是为了缓和生活下去的辛酸才存在的。"

良也他们的搬家计划出了差错，是在他和刚回国的小室谷深入谈话后不久。

委托做设计的是克子同级生的丈夫，他打电话到良也的报社，说："出事了。委托施工的装修公司没有了。"良也不太明白他的意思，反问后才知道，好像装修公司倒闭，一家人都躲起来了。"倒闭的原因不清楚，恐怕是因为从町金融机关那里借了高利贷吧。就是过去说的乘夜外逃。我在订施工合同的时候就自动上了保险，所以不光是你那里，就连我受到的经济损失过一段时间也就会填补上。问题是新施工人员的选择，以及不推迟搬家时间的话怎么做才好这件事。真的很对不起，我想听一下您的意见再做事后处理，所以等您的联络。"他说。

良也罕见地从报社打电话回家。她已经知道了装修公司的事，说："刚才打电话了，我说这不是说笑吧。我生气了。"听了这话反倒使良也感到安慰，说："那不是设计事务所的责任，再说'用当地施工业者会比较方便'当时赞成的也是我们。问题是工程要推迟很久，不管怎样，今天等我回去后一起商量一下吧。"然后挂断了电话。

良也回到家时，克子已经平静了，"但是他是我介绍的，所以我也有责任。

这么一想我就更加生气，不管怎样，我想必须先向你道歉。对不起，知道这后一点点平静下来。不能放过的是不在了的装修公司吧。"她把到刚才为止的思考经过告诉了丈夫。

"不过，没有故意倒闭的人，所以装修公司本身也是很大的受害者。"良也一边想真正可恶的可能是金融业者，一边解说着。

"只是，要是那么说的话，损失的就只是我们啊。"克子再次露出气愤的表情，良也以半放心的感觉看着第一次露出这样表情的她。

以前也会偶然想过和克子共同工作的事，而这次建新家就是第一次。

要是生了孩子，两个人就不会不合力，因此意见不一致，也能锻炼两个人。

这次建新家，克子意识到自己被委托承担相当多的工作，所以劲头十足。通过同级生想起了她丈夫是设计师的事。

另一方面，良也还没有和克子深入说过，搬家时把现在住的阿佐谷的房子重建这件事。时间他偷偷计划是在来年5月。一般的进度自然会变成那样。搬完家一到两个月后，良也打算一个人去香港出差，已经早早向报社提出了申请。克子把新家整理得便于使用那段期间，自己不开口比较好，这是表面的原因。从英国回到国家整体制度不同的中国后，香港会怎么变化，考察这个，至少需要包括7月回归时间点在内的一个月时间，可能的话，需要更长的观察时间，这是作为记者的表面理由。另外，如果能在香港待那么长时间的话，是不是多少能找到一点茜的消息的线索，良也心中也有这种期待。

如果真像团特派记者推测的那样，香港的商店里有蜡染或传统工艺品这类东西的话，茜就应该会出现在那些地方。蜡染或叫做爪哇印花布的东西的产地现在还是以爪哇岛和巴厘岛为中心。她即使没出现，仔细调查下香港的商店的话，找一个日本的在爪哇作蜡染的女作家也不是什么不能实现的事。

另一件事，重建阿佐谷的家的目的，他说过要把它当做公寓准备给克子老了以后用。刚开始她很讨厌，说："就好像你会先死似的。"但良也坚持男女平均寿命差这个理由。话虽如此，良也有时也偷偷想要把其中一间作为自己的工作间。但他对此只字未提。

良也没有讨论即使是同样的公寓应该有什么样的特征这个问题。克子对在幼年时期生活过的地方附近建新家很热心，但却对应该是将来生计依靠的房子不太关心。

向一些记者朋友问了一下，无论是住公寓还是住集体住宅，他们会因年龄、家庭构成、富裕度等不同，对居住条件产生的不满也各式各样。然而在既不是城市中心也不是郊区的阿佐谷，在距车站步行不到十分钟的条件下，有没有托儿所、聚会场所，附近有没有便利店，有没有使用方便的停车场等，要求有共同的条件。良也想到一楼一半左右的空间进驻一家咖啡店怎么样时，考虑和忠一郎商量一下看。

公团那样的集中住宅有聚会场所，但要使用必须提前一周提出申请，还必须写出使用目的或集会人数等，非常不方便。不过，如果不能使用的话，管理人也会觉得省事吧。这么一想，不能认为现在盛传的规定缓和与这种机关流排除有关系，可以说"让它自由做专门的企业活动"，这种财界建议是走在前面的意见，良也脑中不知不觉中变成以批判政府和财界结束。

装修公司失踪大约十天后，从设计事务所来电话，说是想紧急见面。良也提前下班去了负责设计的男子在新宿的事务所。

"为难的事明了了。大转包施工公司帮忙调查得知，预计的材料等全部被债权者拿走了。所以，搬家的时间无论如何也要在明年5月的话，只能使用规格版的材料。"克子同级生的丈夫满脸困惑地说。

"这样啊，我还没跟我妻子说，我明年在香港回归中国时肯定会去长期出差，所以想在那之前搬家。"良也也为难地考虑着说明了情况。

"如果那样的话，那就尽可能更换成现成的材料怎么样？同时，在设备、室内设计上再追求良好的居住感觉。"设计技术者说。用这种方法成本也会下降，更快的是使用邻近区划刚开始生产的材料。"只是，它的缺点是外观和周围相同，不显眼。"设计师叮问道。

终于到了准备搬家的时间了，克子说："最近很方便。从装箱到打包全部有专门的人去做，你尽管去上班吧。"良也心里很着慌。

虽然知道有"什么都能打包"这样的服务，而且从搬完后的行李拆卸到安放都能给做，但之前没有想过克子会安排得怎么那么好。"工人什么时候来？"良也问道。克子露出惊讶的表情说："不是下周二吗？所以才决定这周日去外面吃饭的啊？"良也隐约地想起，克子确实说过这些话。一直住在母亲家的良也没有搬家的经验可能也是其原因。但是他还有另外一个担心，那夺去了他过多的注意。那是他把不想让克子看到的茜过去的信都锁在抽屉里面的事。他也想着必须得早点转移到别的地方保管，但拿着一摞信上班总觉得麻烦，所以一天拖一天就变成现在被克子催促这个样子了。不得已，就暂时放在公司的衣帽间吧，也没有太多，他重新考虑到。"周日吃什么呢？"总算问了克子。

想着早晨的对话，在朝报社去的电车上，良也对作为知识了解的"现代社会的构造变化"和经历过后了解的东西之间有很大差别这点，觉得现在越发切身感受到了。同样的事情放到战争体验上的话，缅甸、印度尼西亚以及新几内亚，快速转一下也好，必须到当地走一走，他对自己说道。然而，在遭受最大伤害，且日本军死者数量最多的中国大陆怎么样游历战争遗迹才好呢？

此外，克子的指挥直截了当，结果她成了搬家工作的主力。她可能是觉得良也接受了自己近乎任性的希望同意搬到玉川学园前去住，所以对于家里的设计变更也积极地赞成了。两人之间从没有过这种融洽。

随着奥姆真理教事件在法庭的继续审理，它只留下凶杀事件的性质，而神秘的部分消失了。

检察理论和法律理论的攻防，是站在健全的市民社会这个共通基础上战斗的。

良也按照预定，搬完家大约一个月后，见证了从英国回到中国的香港回归现场，采访围绕回归的各国的反应，以及欢迎新政府的香港本身的反应。他被允许做一个月包括新加坡华侨反应在内的采访，所以良也在电话中和团泰造商量，采访计划像往常一样制订得很密。其间，以"常规事件的采访"这种形式定了几天的休息时间，想打听茜的消息。果然和三年前不同，机场人山人海的，表现出回归意义之大。

回归当天下雨了。傍晚一度停了但马上又下了。会场设在几个连接的大帐篷里，台上，中国代表江泽民接受了英国查尔斯王子归还香港的通知，仪式开始了。雨滴击打帐篷的声音变大了。团在良也旁边小声说道："若在日本，肯定会说这场雨表现了香港人的心情，可能会被写成留客的雨吧。"英国国歌换成了中华人民共和国的国歌。两国首脑登台，闪光灯一片。会场几处放置的电视播放了英国国旗降下，五星红旗缓缓升起的场景。另外，可能是事先拍摄的影像，还播放了隔断中国和香港的门被打开，人民解放军随车进入香港的情景。

不久，烟花一齐燃放。那是香港政府准备的祝福的烟花。烟花数次在云中绽放成大朵的花后消失了。

仪式结束，首先查尔斯王子作了简短的演说。良也觉得可能是心理作用吧，他的表情看起来很遗憾。接下来登上演讲台的江泽民不由得露出微笑的表情，读着原稿的动作看起来像在压抑着激动的心情。

在这一历史瞬间，互争胜负、相互对照的二人表情使人清清楚楚地感受到历史这种东西，良也一边忙着写字一边想着。

似乎是在香港政府工作的几名男女随着今晚乘坐专船返回伦敦的查尔斯王子向离开政府的英国总督进行临别的问候。

良也迅速返回宾馆，以在庆典时写的笔记为蓝本给总公司发去了报道。在"帝国主义消失的日子"这个临时的标题下，按照约定归还香港，是英国保持威信的唯一选择。今后的亚洲课题就是不要求领土的帝国主义和怎么战斗，以这些主题为中心描写了回归的情形。

和团一起传真了三页原稿后，他们又去了纤维公司员工住宅楼中的日侨俱乐部。

这一天果然有众多的会员。三年前，在中国对香港采用什么样的政策上意见有分歧，但现在中国政府打出了一国两制的政策，这晚的讨论是以对实际情况的推测为中心，大家说得兴致勃勃。

作为主人的当地法人纤维公司的社长，以前开始就红的鼻子看起来更红了，可能是因为允许自己只有今晚喝多少都没关系。在香港一直很辛苦，对于这一天的回归仪式他的感慨会分外深刻吧，良也想。

被红鼻子社长问意见的良也，把刚发回本社的报道简单地说了一下。

"接下来就是台湾了，有这种说法吧？"不知道谁这么问道。良也回答说：

"不是，今天的回归和台湾问题性质完全不同。"听了他的话，红鼻子社长又补充说："台湾和中国的关系属于国内问题，所以不能以同一论调讨论。"

累了，回到宾馆，良也不由得把自己三年前的状态和现在作了比较。那时正是继承父亲的一部分遗产的异母哥哥的公司股票在东京市场二部刚刚上市的时候。这次，是在自己把股票换成资金刚搬到新建成的家之后。

一想到自己在个人生活中来了香港两次，就考虑，如果第三次来这里的话，会是在什么时候。脑中又浮现出茜的身影。

团提议说：在回归前后的两周，商业都处于开门无业的状态，所以大概茜不会出现在这里。这期间就去商业街转转，只调查能调查的。方法是拿着茜的照片去经营东南亚制品的商店，问交易对象中有没有这样的女性。他没什么自信地说："可能举的例子不好，我总觉得这和警察搜查一样，但脚踏实地的调查最后却会成功。"良也半信半疑，但也没什么其他办法，所以就赞成了，决定去满是庆典的街上看看。

想在采访间隙搜集和茜有关的信息，这种努力没有成果。店主们对于良也的询问都很热情地回应了，但却没有其他表示。在本土有充分的信息渠道，资本的分散危险也已经结束了，等待新的统治香港的要人到达的商人们也是心神不宁的样子。

进入住宅街，净听到马路上玩耍的孩子们的声音。想要在回归前的时间里，搜集茜的相关消息，这件事会不会很勉强？良也思考着。团也不情愿地认同，所以决定早点去新加坡。听说，回归前，有很多人不喜欢在共产党政权统治下生活，相当一部分人把资本转移到新加坡。"亚洲的金融中心一点点地变成新加坡"这种说法渐渐变成常识，主张的人也很多。如果有万一，茜的交易对象也可能转移到了新加坡。

良也一边担心地把可能性的线索渐渐细化，一边对去新加坡存着一缕希望。

据说随着资金的转移，中国菜的顶级厨师也转移了。团联系了几个熟人，他们都天生行动迅速，已经搬到了新加坡。那些人中，有厨师，有船公司的负责人，还有华裔美国学者。

良也到的当天，把行李放到宾馆就马上去了日本人墓地，拜祭了空行先生的墓。团说，日本人墓地里埋葬的是在战败时以虐待长吉监狱中的战俘的罪名被处刑的B级、C级战犯。伟大的军人们除了一两人之外，大都平安地回到了日本。

"与这些人相比，拒绝丢弃军旗最后自杀的莲田善明这名军人很优秀。"团说。"他是拥有国粹思想的人。我是绝对反对那个的，但觉得为了那种思想殉身的生活方式很优秀。"团说着硬汉风格的话。

"但是，那样一来，持有不同思想的人就会经常意见不和，有时就会互相杀害，那不就成为一个杀戮的社会了吗？"

良也心中也很迷惑，像莲田善明这样的男人，能写到《弄潮的旅人》中去吗？那么做没错吗？同时又向团说了上面那样不同的看法。

像莲田善明这样的国粹主义者，应不应该作为战争的牺牲者写入《弄潮的旅人》，这是越想越难的问题。它使良也觉得它碰触了自己生活方式的根本。

"莲田是国文学者，但也写诗或短歌。当然，和你一样在战后出生的我仅是作为知识知道而已。和编辑他全集的人关系很好的学者的儿子和我读同一所中学，所以有读莲田全集的机会。"团特派记者说。

"天皇的宣言播放完两天后，上级好像训示过说：'指挥这场战争的是天皇，你们要倡导日本精神，不要轻举妄动。'另外，决定准备8月29日在昭南神社举行烧毁军旗的仪式。莲田枪杀了要去那个仪式的上司大佐，自己也射穿太阳穴自杀了。"团说明道。

听了这话，良也认为，战争一结束就冒充"民主主义者"的大多数将军或政界、财界干部都没有战争牺牲者的资格，这一点很明确。抱着将来成为艺术家这种希望且在战争中逝去的年轻人当然必须记录。但是莲田善明是"弄潮的旅人"吗？

良也觉得，莲田是那种纯粹的"旅行者"，不应该被当做那种思想上的牺牲者。

反复分析团说的、收录在莲田善明全集年谱中的他最后三日内的行动，良也觉得莲田不能原谅的应该是"上头来的指令，满不在乎地舍弃了到昨天为止一直坚持的思想"这种颓废精神吧。

　　团说熊本的田原坂公园建着莲田善明的文学碑，上面刻着"走下家乡的站台，远远望去，难以忘记的淡淡红叶"这样的短歌。良也一边听团说话，一边闭着眼睛，就好像能看到远处的海似的。这座小山因空行先生的墓地而闻名。上面有几座半腐朽的墓。几乎都只写着"松之墓""武芽之墓"之类的字，不知道是从哪里被卖到这来的女子。只是，有几个墓碑上刻着"十五岁""十七岁"等像是死者年龄的数字，这时因为想要哀悼先辈吧。想象中，墓碑好像全都面向着大海。

　　时时有风吹来，小山到处都是像火一样燃烧的红花，其间有大树挺立。

管理与人（二）

忠一郎要把主要在首都圈有三百家店面的汉堡连锁店BB公司收入旗下的计划意外地遇到抵抗，不得不暂且回到起点。

老练的饭繁健太郎社长始终坚信：经营的品质是通过味道和服务体现出来的，只要保持住这两个核心竞争力才能在全国展开连锁经营，才有可能确保利润的双倍增长。所以，他坚持，以后要加盟连锁的话，不具备这两条，就拒绝加盟申请。

忠一郎看中的正是这一点。他暗地里和号称铁腕的商社常务取得联系，先集中购买金融机构逐渐转让的散股，形成第三方势力。这样迟早就会把经营权让渡给NSSC，这是下一步的作战计划。

然而那些强势的联营店带头发起反对NSSC公司收购的呼声，一场声势浩大的反收购已经狼烟四起了。

他们的口号是："反对冷酷无情的合理主义。反对美国式经营。"

那和事实不同，是打个人算盘的议论。无论是美国式还是日本式不都需要合理主义吗？这种反驳一度被特许经销商认为忠一郎的经营政策是美国式的，因而闭门不见。创业时，停用深深浸透对古莱特回忆的辛巴达这个在美国的名字，取

New York Skyscraper Sandwich Chain的开头字母叫了NSSC这个名字，而且如果有必要，还可以替换读成Nihon Select Sandwich Chain，这种慎重的商量，对BB公司的特许经销商却不通用。

乘着商社和BB公司的对立，控制了百分之二十的股份，成为了第三大股东，但骚乱变得像被报道的那样，混子似的股东卖掉散股，胆小的金融机关表明中立不作行动。和忠一郎的公司关系很深的银行，见面时对此也只是说："希望你能早日圆满地解决这个问题。"

商业上的这种性格缺陷忠一郎还是第一次遇见。他为了打开胶着的局面，打算直接找相当于BB公司母公司的商社社长谈判。到现在为止，因为没有什么必要，他几乎没有拜访过位于丸之内或大手町附近的老企业总公司。

从距最上层低一层的电梯中走出，看到左手边走廊里铺着红色的地毯，估计社长办公室大概就在那头，所以走过去，看到了接待处。报上名后，年轻的女子礼貌地打招呼，说："您能给我一张名片吗？"忠一郎被带到的会议室里，前后墙上挂着像是画集还是什么的画，女子示意忠一郎坐在长椅上。可能是被完美训练的吧，觉得她的态度、言谈、用词，就连"今年的气候很不正常啊"这样的说话方式都不能接受似的。

忠一郎觉得自己每天工作的地方，就连市谷本社也不正规，那到底好还是不好要稍稍考虑一下。最近，"觉得市谷本社渐渐有狭窄的感觉，搬到中央的什么地方怎么样"，他想起负责总务的常务提出的这个意见。而负责财务的人反对说，现在的场地还能用，本社要是变得极好的话，多种经费也会随之增加。忠一郎现在还觉得本社在哪儿都无所谓，所以让他们继续讨论。从另外一个门里出现的社长是个气质好、微胖的六十五岁左右的男子。"希望您多多关照BB公司。"他说着听起来有点貌似恭维实则轻蔑的问候，忠一郎迅速接过话，切入正题道："实际上我就是为此而来的。"

他去掉形容词，把自己是怎么认为BB公司的，不做合作，做合资的话，准备进行到哪里了，稍稍对NSSC有利那样地说明，还说特许经销商的反对是基于误解的，所以想拜托本社帮忙说话，使反NSSC的运动平静下来。

"我也知道商业是从商社开始的，所以多少明白你的立场。"他说。

"哦，您过去在哪儿工作？"因为对方问了，所以先说"实际上和贵公司可能是竞争的关系。"之后就自报公司名，又说明"因为驻在纽约，可能会被认为是外资公司。"像是之前从常务那里收到的报告，对方社长点头说："啊，我知道，BB公司的社长很有手段，但却总是使各方产生摩擦，我知道也给您添麻烦了，我知道。"

本社微胖的社长态度和蔼地说："您的来意我会转达给BB公司的社长，但这是他的事，到底他能不能听我的忠告也不知道。"停了一下又说："我知道了。"然后站起来。忠一郎内心直觉，这个男人什么也不想做。

他出了那家商社大楼，想到：这样一来，抱着"不行也不亏"的想法，只有和BB公司的社长直接联系了。

BB公司的社长饭繁是个面黑、像是施工现场管理的坦率男子。忠一郎直接打去电话后他就马上出来，说："我刚才还在想着差不多该到联系我的时候了。请坐。"

位于北新宿的BB公司和NSSC本社差不多，都是没什么装饰的建筑。

忠一郎对他说："这样下去快餐界就不行了。特别是，现在汉堡被美国资本完全控制，这是我对贵公司很感兴趣的原因。"没有一般的问候就直接开始说。"我完全没考虑过要支配贵公司。"忠一郎极力说着。

对此，他就像是要说多管闲事那样回答道："谢谢您的好意。我想要按我的方法去做。"那和忠一郎的预想一样。他装作像是没注意到饭繁脸上表现出来的反感那样，缓缓地说出卖了纽约的两家店回到日本时的悲怆感觉。接着又说："快餐对都市化来说是不能没有的、家庭延长似的企业状态。这个业界由一家或两家独占，大家被迫按他们的意志行动，使人们的生活混乱。我觉得大公司至少有三家或四家，另外，当地公司在各个地方都有才是一种好的状态。"

忠一郎边说，边想起了在业界团体新年聚会上发表演说的大臣说过的话。说话过程中，忠一郎渐渐觉得那就是自己平日的信念。"我没什么学问，所以难的话也听不明白，您说的和这次的股份收购有什么关系呢？"饭繁严词追问道。

"合资后会变得更强，作为合资的第一步，营业合作什么的也行。"

忠一郎还没说完，饭繁就咬牙切齿地说："那不行，业种不一样，合到一起

311

也不会变强。"

饭繁毫不客气的说话方式让忠一郎渐渐生气起来，但他还是抑制住，提议说："所以，我觉得营业各自做就可以了，采用事业部制就行。"说完，饭繁说："你也知道的，特许经销商是以对中心的总店的信赖感为根本的。这种'拜托父亲就好'的心情支持着公司。天下国家也很重要，但只要被依赖我们就会认真对待。首先，那些人必须要安心为我们做生意，否则生意就不能顺利做下去。"

随着话题的深入，饭繁的声音也一点点激昂起来，以巧妙地说教语气说着。忠一郎想起在全美建立炸鸡的连锁经销店或汽车旅馆连锁店的创立者，他现在仍然作为话题存在的逸事。现在，自己想做的就是把这种拥有天生才能的人拉进公司内部。另外，忠一郎还考虑着自己有没有让饭繁这样的人心服的能力，或者得使用强制力让他屈服。

"到现在，商社那里问了好几次，和他们一起怎么样，和你们合资怎么样。说这话的家伙都是上班族。他们到一定时期就会拿了退休金毫不犹豫地退休。特许经销商虽小但也是独立自营业者。唉，关先生，你能听那些不负责任的家伙说的话吗？那些家伙觉得把规模变大，作为商社，商圈还是扩大的话好，我们目标严重不一致。"

饭繁说得越来越顺，后半段变成对装出一副母公司样子的商社的批判。点头同意的同时，忠一郎也逐渐进入恍惚状态回想到：记得自己是因为很反感重视历史的大企业的沉闷，以及财阀系综合商社的文化，才和山中靖司亲近起来的。找寻其根源，可能是因为什么事都必须按自己的判断立即决断的战俘营的生活吧。

忠一郎和饭繁接触近一个小时，其间夹杂着争吵，但在其他部分却有共鸣那样继续谈话。

"今天不必勉强得出结论。我会时常过来说话的。"

说着忠一郎和饭繁握手告别。"不入虎穴焉得虎子"或者"偷鸡不成蚀把米"，是哪一个呢？

回到公司，忠一郎把村内叫进屋里。

正等着的村内一进来，就"怎么样了"的问谈判的过程、结果。和学生时代比，村内的大阪口音，只在说到严肃的内容时，为了缓和印象而且使用方便时才使用，已经退步了。

"是个相当有魅力的人。"忠一郎说，在办公桌前的接待位置和他面对面坐下，概括要点地介绍后，又感慨地说："我觉得那种工作能手你手下要是有两三人，战斗力就会增强的。"

村内看着忠一郎的眼睛提醒道："饭繁健太郎正是煽动特许经销商反对NSSC，使对立严重的人。"村内眼睛深处，好像有"社长可能是在战争中受过苦吧，好像要教育培养小孩儿，不要被骗呀"这种感觉。同时，他盯住猎物似的眼神，使忠一郎似乎看到他有什么计划似的，忠一郎调整一下坐姿。"果然是这样啊"，接着听他往下说。即使村内权之助提醒，但忠一郎对饭繁的印象还是一个像阳光一样灼眼的诚实的人。"为了和NSSC战斗，煽动特许经销商，事情恢复后就很难控制了。"

忠一郎说了他的设想，村内探过身子说："就是那个。"判定地说"如果能再花点时间的话，BB公司会成功的。"村内好像意识到忠一郎会对自己接下来的话感兴趣似的低头朝下看，主张说："今天高层开会的结果，打算放出这样的消息：之前也曾一度终止过收购计划，但NSSC要重新研究计划。这里还要到机关等处活动，让他们以为NSSC完全不干预。"

"我们这边停止活动，造成一种'那个传闻是真的吗'这种状况。进行到那的话，特许经销商肯定会要求论功行赏的吧。社长你也知道，特许经销商向本社常常交技术费，这种费用很高，他们也想要便宜一点。所以他们要求的论功行赏的方法有，例如，突破一定效益的店面，其超出部分的费用下降，或者委任一定地域范围的特许经销商的指导作有力店的店长等，他们要求的内容会各式各样的吧!"村内解说道。

从BB公司的收购问题开始，村内不仅调查了快餐业，甚至连各种联营商业的实态也调查了，还听取房律师的意见，努力构建抓住对手实态的信息途径等。

村内揭露的就是从调查结果总结出的结论。他的说话腔调，与其说是向社长忠一郎请示，不如说他想说：作为成长型企业的指导者，当然应该承认他现在所说的判断。

"饭繁一方面蛮不讲理，另一方面却很有人情味，所以他不能从头脑中拒绝特许经销商的要求。那就是他首尾不一致的、前近代式的弱点。"

忠一郎觉得那个热情说话的村内不知为什么有点像黑鼠，"朝那个方向前进是因为，我们公司是实行美国的合理主义的吧。"他把世人的评论安到自己的公司，插科打诨地说道。但是忠一郎带点自嘲意味的表现对村内行不通。

"是的，我们公司是美式的，所以应该彻底贯彻合理主义，其根本是自由竞争原理。像饭繁那样从最初就想推出人情味的话，转换成合理主义是不行的。"

村内这样，有点执拗地发表着自己的见解，忠一郎渐渐觉得有点被他的气势压倒。

忠一郎对媒体把NSSC说成是美国的合理主义经营这件事，内心深处觉得不协调。现今的事业是从和古莱特共同开创的纽约店面开始的，而且那是手工制作的。

即使店面数量增加，说手工制作有点勉强，而采用了统一大量的生产方式，但精神上还应该是手工制作。

但是事情发展到这儿，世人认定既成印象，固执己见，不是应该乘这个机会实行扩大政策吗？这之前的战争也是欧美帝国主义借解放亚洲这个藉口进行的。大企业的政策决定不是依靠社长个人喜好、思想进行的，重要的是依靠组织的意思决定的。那个"意思"被嵌到社会对企业要求的责任、印象这个框里。后来被人们批评为轻率的战争，但当时，日本开始和美国、英国的战争也是同样的道理。忠一郎等村内的说明告一段落，说："战争开始了就必须要取胜。"

忠一郎说的"战争必须胜利"把村内体内的力量拔走，上体软下来。"对BB公司和特许经销商的工作路线没问题吧？"接着他问村内道。

"请交给我吧。"他露出使人想起天真的学生时代的微笑，刚才黑鼠样的氛围消失了。

BB公司中有一个叫御三家的自创业以来就是特许经销商，它其中的一家大约四年前，换成儿子接管了，村内说。那个儿子是在去年由本社商社常务介绍给村内认识的。他在美国学习经营学，取得MBA后回国，是个学问优秀的人。"干劲十足地说是要给日本商业界带来新的革新。"村内说明着。"在那一点上是竞争对手，而他好像很尊敬社长。"他又附加道。

"和那个青年联合起来给快餐界带来近代化，这事真好啊。就那么做吧！"

忠一郎以和以前的他完全不同的别人似的强有力的口吻赞成了。村内对社长说的话很意外。用完全不带感情框框的目光看着他。他方才说的意思是，自己现在倾注热情的不是近代化也不是美国式的合理主义的彻底实行，而是NSSC的版图扩大。

忠一郎这一天赞成了村内权之助的提案，开始正式进行NSSC版图的急速扩大和多元化，把以美国的合理主义为基础的战略作为公司的方针确定下来。另外还有，承认作为商业重要的是，战略得到顺利推行，以及以后再成就大义名分的村内式的哲学。

战略和战术决定好，之后就是为了实现目的需要多少资金了。

"BB公司的收购资金我觉得不需要那么多。"村内说。

"最初的资金量稍微多一点，今后的公司收益体质就会被强化。"忠一郎说，同时想到，异母弟弟良也已经把遗产资金化了。

在二部上市时，忠一郎把很多股份分别以很多人的名义保管在手里，BB公司的收购要依靠一定量的必要资金，他心里计算，手头的股票必须把一部分资金化。可以从市里银行借，但忠一郎想到消极主义的银行对收购用的资金会很难批下来。接着又想，良也卖了NSSC股票换了多少资金到手里。

然而，良也告诉他"搬完家了"时，二人发生了激烈的争吵，那之后，就一直没有任何联系，忠一郎又重新思考了那件事。

还是修复不欢而散的状态比较好吧？特别是今后要开始和人作战，亲戚的关系就需要调整。

村内提议，一旦停战，就开展以特许经销商的分裂为目标的作战。忠一郎赞成他的方案，但问题是得花多长时间。他想最晚到2001年上半年完成吸收合资。他听说，和NSSC公司竞争的一家快餐业的大公司开始推行三明治连锁店，所以，忠一郎判断，如果能抢得先机的话，那就是期限了。即使作战计划做得再好，错过战机的话，战争也会失败的。就是到2001年上半年实现吸收合资。事情由村内负责所以肯定没问题，忠一郎想着。这样的话，NSSC公司就达到了期待的快餐界顶级的位置。自己公司活跃的结果，主妇在家中为做饭所花费的时间就大幅减少了。只因为这，女性就能有时间去接受教育或娱乐。社会革命从生活革命开始变为可能，忠一郎已经想好了合资时发表的文章。

他回家后想和妻子弥生说一下开汉堡连锁店的事。为了丈夫做饭、根据气温选择所穿的衣服，这是妻子令人高兴的任务，有这种体会的她，不怎么明确赞成，反而对商业会有效，他有这样的体验。所以，弥生赞成不是必要条件，反倒是反对会使自己有自信。

忠一郎对通过事业想象的家庭生活，和自己生活性质不同这点没感觉有任何犹豫、矛盾。

事业上最重要的是必须取胜这件事，业绩发展就是消费者支持自己的证据，所以没有问题。为了说服意见很多的伙伴，相应的理论是必要的，注意不要让它束缚住将来的同时，拜托学者整理就好。作为女性解放论的舆论导向者、在大学教性论的教授，在家里却对妻子颐指气使，忠一郎从良也工作的报社的家庭生活部的女记者那里听到这事时，内心觉得他真是一个老练的教授，同时又慎重地叙述感想说："真是什么样的人都有啊。"

弥生是在精英之家中长大的，所以是一个出色培育了两个儿子的贤妻良母型的女性，同时她用眼睛看不见的网一样的东西要求忠一郎做经营者该做的事，而这一点让忠一郎觉得很烦，但这并不是对现在的家庭生活不满。忠一郎在接受访问时，总是这样，向来访的记者选择说什么时，"家庭内部的和睦对经营者是很重要的条件"，这句话经常被说。

从很多角度看他都是一个深受眷顾的人，与他相比，良也这一代的家庭生活怎么样呢？异母弟弟的妻子在去医院看望父亲时第一次见面，之后只是在丧礼时和最近每年一次的石楠花园游玩时见过，看起来是个和弥生同类型的女性。忠一郎想，良也肯定很娇惯老婆。对妻子，丈夫必须以让她总是默默跟着这种态度来接触，但恐怕受男女平等等理由束缚，良也肯定是以很不中用的方式生活的。

休息日早上，罕见的在书房中坐下，一边看着院子，一边考虑这些事时，忠一郎再一次想起和良也争吵的场面，心情又变得不愉快起来。

良也告诉他搬到了新家，接着，对NSSC公司以时价收购自己在遗产中得到的股票表示大大的感谢。另外，顺便对忠一郎的战争体验又提出了询问。问他理由，说是需要以艺术家为目标，计划出版在战争中死去的青年们的记录集。

据良也的说明，那个文集还在企划阶段，但忠一郎对那个计划本身不感兴趣。战争的结束已经超过五十年了，为什么还想要出版那种能唤起人苦涩记忆的东西呢。

忍住没有说"别干那么下作的事"，"在战争中受的伤，身心都很难治愈。但大家都战胜它生活下来了，所以现在更不想被当做受害者看待，这没有什么可高兴、可奇怪的。"说着，还是不由自主地渐渐控制不住地生气。

"连战争的战字都不知道的人，很是问题吧，很可怜吧。'为了不使战争再次发生，请说出那时的心境，怎么样？'被问这些，也行。'是的，那么'等不会瞎说这些。不想被经常刺伤。别做了，别做了，那样下作的事还是不做的好。"说出了这些话。

恐怕良也从小时起一次也没有被那样不问情由的说过吧。

良也呆呆的表情眨眼间变成木然的脸色，"我不觉得下作，"还嘴道。"为了不再发生那种轻率的战争，我觉得这是很有必要的事。"表现出全面接受的站立姿势。

"等一下，是谁决定的轻率战争。"

"不是败了吗？而且还牺牲了那么多人。"

"即使明知会失败，但也有不得不战的情况。你看一下西乡隆盛的西南战役吧。""决定那个的是极东裁判吧，你是美国制民主主义的支持者吗？大概因为是战后生的家伙，人道主义、民主主义、和平宪法，到骨头里都被占领政策污染了。"

"真让人惊讶。我怎么不知道以把女性从家事劳动中解放出来的理念开展经营的NSSC创业者竟然是改宪派。"

说到这，二人间突然沉默起来。互相说了想说的话后，争吵看起来好像小孩子似的。

"本来我只是想跟你道谢，刚才我可能说得过分了。我的意见不会改变。但请你只记我是打电话来给你道谢的。"

到了5月，院子里的杜鹃花一齐开放，望着花，忠一郎考虑必须反省一下那天自己像没有自我那样认真起来的事。对方是比自己小的亲人，因为有这种漫不经心的想法也是事实。忠一郎自身，平时，没说过什么反对民主主义、和平主义的意见。而且压根儿就没那么想过。但是听良也说不能再发生战争，就无法控制地想用反对意见使对方屈服。近一个月前，一个战后出生的很有才能的人当选为县知事，听他说"没有战斗力的国家就不是独立的国家"时，还记得自己反驳说："连在战场上的痛苦都不知道的家伙有什么可自大的。"可那天自己却对良也脱口而出别的话。

良也反对忠一郎的意见时，偏要那么说："你变得那么感性化，就是因为在战争中做了坏事，因为触到了那个伤口不是吗？"好像说了这些。是清楚地这么说的，还是说了这种意思的话，记得不太清楚，但记得是被这么攻击的。"人不论是谁，被人触到痛处都会生气的。"觉得最后一击似的话也被扔了过来。或许那个时候，我因为生气而精神恍惚了吧，到了这个时候，忠一郎突然觉得不安。

但是，以前好几次，过后能确认的恍惚状态都没有留下记忆。但和良也争吵的情况，记忆却能被重新唤回，这是怎么回事呢？或许关忠一郎本身发生了根本的变化吧？例如，日常的忠一郎就是一种恍惚状态，当过去的恍惚状态又来时，反倒和日常中被抑制的现实性重叠并一起来到。但是那种形式理论学的法则完全适合人应有的状态吗？

或者，那个时候没发生恍惚状态，心像三棱镜一样，其折射率不停变化，反射出多种颜色的光线。这种情况好像也有，冷静下来考虑，那些解释哪种都可以，关键是自己说了什么，想法是问题所在，忠一郎变成微微端坐的姿势，重新考虑到。

整理了很多记忆，忠一郎想，总之，经营者背负着必须在竞争中胜出的责任，所以，五十多年了，连回忆关于过去战争的记忆的空闲都没有，说过这种意思的话。哪儿都没弄错，自己的心情平静下来。

"年轻人可能反对进入军队，但那只是因为讨厌规律的生活吧。"说过这句话吧？总之，良也的感情被深深伤害了，"你也不过是一般的经营者啊。"脱口而出这种意思的话。接着他说的话，"我不知道是一般还是例外，总之必须胜利。"忠一郎反驳道。这次成功收购BB公司的事公开的话，良也那家伙也会明白我的言外之意吧？

恐怕良也报社经济部的记者会来采访，那时，忠一郎考虑想说："我异母弟弟在社会部，你有机会碰到他的时候，帮我跟他说'请多关照'。请告诉他有时间过来玩。"恐怕他会讨厌自己的举动吧，反倒会使自己和良也间的关系恶化吧。一想到这，忠一郎更觉得自己和良也的生存世界性质全然不同。

不是说谁的工作好。不同的是他是上班族而我是经营者。收入可能是我多一点儿，责任也是我大。就像是率领小队进入密林，忠一郎用起了比喻。不，以现在NSSC的规模来看，不是小队，说是率领部队会更符合实际情况吧？加上BB公司就是连队了。

可是，商业的世界是个痛苦的战争世界吧，忠一郎反复这么想着。只是商业上有法律这个框框。必须遵守这个。如果犯了法，这会对竞争不利。"只是那样。"这么想时听到敲门声，弥生捧着刚泡的茶进来了。忠一郎是在野战医院里记住咖啡的。回国后不久，记住了和美国咖啡不能比的咖啡的味道。他生长在咖啡是文化标志的时代。

那时战后身份和财产都被取缔，只有在本乡西片街的房地产留下来的华族之馆的事。伯爵不能忍受战败后的改革倒下了，留下的夫人迷恋他的一个学生朋友A。A也是忠一郎参加的英语同好会的成员。爱上年龄差了十多岁的伯爵夫人的A，是在忠一郎为了分社开设准备而在纽约时自杀的。那个消息是从村内从东京发来的信里知道的。被古莱特迷住的忠一郎，觉得有点羡慕A那样能按自己的生活方式生活。另外收购安里的店时，他就想，A如果像安里那样洒脱的话，即使不死也没事。

可能不管哪个时代都如此，从学校毕业进入社会，建立家庭，在各自的道路上到稳定下来为止，在个人的道路上都会有各种各样的变动。

那时因为时代吧？自己穿越死亡回到国内后，在制度改革中父亲的地位如何变化也不清楚，学费是靠在英语会话学校打工以及后来开的讲义分发公司的收入挣来的。实际生活中还没有养老金和失业保险，这也是同样的状态。现在的年轻人变成什么样子了？忠一郎这么想着。找不到降临到自己身上的没有变动的豁出性命要达到的目标，只感觉到焦躁感。此外在各种信息泛滥的世间成长，想象力变得极其弱，所以憧憬战争的人才可能出现。

那是危险的，忠一郎想。

或者良也正因感受到了这种苗头，才计划要编辑战死的有志于艺术家的青年人的手记遗稿集的吧。那样的话最开始就直接说出来好了。不说想听自己在战场的体验，而是转着圈问，所以自己才被惹怒。

"今年什么时候去石楠花园？"

弥生一边拽着盆一边问。这些年，忠一郎总是在石楠花开放的季节叫上良也和两个儿子一家人，拿着便当到按父亲遗言新建的由财团运营的石楠花园去。同时也想让三个孙子熟悉大自然，让他们对植物、昆虫感兴趣。在忠一郎看来，不仅是孙子们，就连儿子儿媳都意外地对树木、花草不了解。就这样还能看懂日本的古典文学吗？因为担心这个，就装作若无其事的样子问了问，结果忠太也好，荣二也好，他们的妻子也好，对日本古典知识的了解最多停留在中学所学的水平，关心领域的构成和忠一郎不同。

弥生的问话使忠一郎想起，由于关注BB公司的收购问题，差一点忘了今年的年中活动。赤城山麓的石楠花园，在荣太郎死后，按他的遗言成立了一家财团，在NSSC公司的捐赠下，除石楠花园以外，以千为单位接连种植了绣球花、杜鹃、樱花以及枫树等，结果现在成为了四季随时都有各种花开放的公园，逐渐出了名。所以从前年开始，避开周日，提前一个月左右订下一天去游玩。争吵的第二年，良也因那天是对奥姆教事件的被告干部作出判决的日子，所以不能参加，那之后，只有良也一直缺席。

"今年还叫上良也吗？"被弥生问到，忠一郎也很犹豫。

他觉得这是一个可以恢复像以前一样若无其事的来往的机会。可是，还是觉得不起劲，这也是事实。因为关忠一郎感觉良也对自己的存在本身就是用怀疑的眼光看待的。

"算了吧，他也很忙，还没有孩子。克子一个人来也会觉得不自由。过后你再告诉他们因为是紧急决定什么的就行了。"

忠一郎这样说着，弥生回答："明白了。那就周日吧，打个招呼，告诉他们很紧急所以只有我们去了。"忠一郎觉得把这类事情交给弥生办很放心。

幸好那天是初夏，是个微风习习的好天气。两天前，村内报告说BB公司的饭繁社长同意合资了，听了这个，忠一郎觉得郊游只有家人在一起真好。没有外人的话，决定开始汉堡连锁店的事也可以安心地说出来。村内说：主要特许经销商的两个人和饭繁会面，说，为了在今后的竞争中胜出，想和NSSC一起做，不然的话，他们就申请退出。

经过激烈的争吵，最后饭繁屈服了。"下周内我想安排你和饭繁谈判。"村内问忠一郎什么时候方便。最后决定在去赤城的四日后。

三个孙子已经到了上小学、幼儿园的年龄，所以共计九名家人在能眺望到盛开的石楠花丛的池畔草地上，打开了便当。

这是我发展的一家子，忠一郎一边想着，一边看着来回欢闹跑着的孙子们。这是在大学时、在纽约时都没想过的光景。

加上以汉堡连锁店为中坚力量的BB公司的店面，NSSC的规模今年内能超过一千三百家。忠一郎认为，泡沫破裂、经济整体停滞不前时，正是调整飞跃态势的好时机，他对这时成功收购了BB公司这件事很满意。

可是，他已经超过七十五岁了。今后公司还会像暴风雨那样迅速成长，但自己却已经老了，对此，忠一郎很不满。今后十年努力工作，必须把公司培养成一个有实力的大企业。他一边看着来回跑着玩儿的孙子们，一边这么模糊地想着。

尽管这样，创业是在1960年，那正是安保问题动摇日本全土的时候，那之后已经过了四十多年了。这么一想，NSSC公司成长还说不上有那么快。站在快餐界前列激烈交锋的其他三家公司也几乎在同一时期行动，所以忠一郎知道NSSC公司的速度比较而言变慢了。

以三明治这种从以前就存在，而且消费者的舌头更挑剔的产品为主是成长缓慢的原因。

另一个原因，NSSC不是这种从美国不光引进制造技术，连经营技术也引入的公司，所以以最初的速度发展就会产生差异，他安慰着自己："就用这个吧。"
这种商店的性格和产品品种的决定很花费时间。另外第三点，自己对快速成长没
有多大热情，也没以那为目标，忠一郎明白这可能是原因。他觉得安里二郎的生
活方式很有魅力，又想，跟量相比饭店不是靠质取胜的吗？所以他不是很热衷于
极速扩大。可以说玩的部分多也没错。

可是，把汉堡掌握到手里后，战略也决定了。定下以战胜为目标，在对手店
面附近开竞争店，挑起战斗。省事的是以价格来决定胜负。战争的胜负会左右气
魄。

NSSC公司的强项是快餐专业这一点。其他公司多数是像BB公司那样，综合
商社是大股东，是食品生产商的饭店部门。尽管这样，总店还是给了它们好的人
生啊，忠一郎再一次眺望盛开的石楠花丛感慨到。

次子荣二来给忠一郎的纸杯里倒啤酒。相同父母，却生出性格不同的孩子，
忠一郎觉得不可思议地看着他。自己和良也母亲不同，出生的年代也差得很多，
所以觉得人的类型不同也是当然的。可能也有后天的影响，但新闻记者的职业也
要求本人有好辩解的要素。

然而，比良也还晚生一个时代的忠太和荣二性格也不同。弟弟荣二除了做汽
车、摩托车、自行车的工业设计，有预定的话，连包装设计都亲自动手做，怎么
说都是近似于艺术家的职业，忠一郎这么想着。同时，荣二和蔼可亲、是个细致
的人。另一方面，长子忠太是个商社职员，虽然不至于说他有死而后已的精神，
但他有商人有的言谈、态度，不会说一句恭维话，表情动作等说是像学者也可以
那样的沉重。不过，想起自己的商社时代，也不能对他过多要求，忠一郎苦笑着
想。

"实际上我决定明年左右去意大利。"

荣二一边倒啤酒一边对忠一郎那么说。又说明道："我打算带家人一起去，
说起工业设计，有很多，但我觉得还是在意大利学习比较好。虽然只是在职培训
似的东西。"

"上周荣二找我商量，我就说应当像日本人一样，能得到父亲母亲许可的话，
那最好。"忠太接着荣二的话说道。接下来，他可能是想到，自己要是去海外的

话，五六年后就会成为美国分社或欧洲比较大的国家的部长，就坦然地把预想说出来。从这点看，忠太走的是精英路线吧？忠一郎再次想起自己的纽约工作时代，感觉现在已经成为全都按规则行动的时代，所以有"不会感到死板吧"这种疑问。就像知道父亲的心情一样，忠太说："但是，我的选项中也有在同一个财阀系统的各公司成立的综合研究所作主任研究员这条线。"耳朵里听着这些话，忠一郎把各种条件重叠起来，觉得全国上下共同创业的时代已经结束了。

长子在商社工作，所以预期有机会去海外常驻。因为这，害怕现在的年轻人早熟，正好有合适的人，二十五岁的时候，屡次劝说便让他结婚了。弥生也很担心他在赴任地喜欢上外国女性，所以协助了忠一郎。

"那孩子很认真，喜欢上了就会不撞南墙不回头。"弥生说。忠一郎受到了轻微打击。

下手太晚，而且也是作为经营者燃起野心的时期，这很好，可是要是到了考虑退休这样的心境的时期，总觉得要放弃那样，想说服荣二。

"是吗？"忠一郎说，稍后又说："嗯，因为现在是全球化的时代吧。"儿子的妻子们对在外国的生活也不像忠一郎那一代那样有紧张感。看到公公已经知道这件事了，原本性格聪敏的荣二妻子说："父亲和母亲能常常去就好了。米兰据说是一个非常容易生活的地方。瑞士也就在附近。"

好像是担心计划就要接近解决这件事过于明显，荣二制止妻子说："行了，行了。"弥生评论荣二妻子说："你可能真是倾向外国啊。"忠太说出像商社职员的意见："但是可能马上也到了该考虑NSSC向海外发展的时机了。特别是以汉堡为开端的话。""对了，在米兰开店怎么样？"荣二的妻子又说。"不，即使开，也还是在美国。"这种会话在包括忠一郎的家人内乱飞。忠一郎从长子的话中，想起过去在商社时的同事来栖，他曾策划过要把美国的主题公园拿到日本的事。

来栖晋升为常务后，转任为子公司便利店的社长，现在已经成为那家公司的会长，是屈指可数的成功人士。自己也有走来栖那种路线的方法，忠一郎想，回顾NSSC创业的时候，"今后就要决定胜负了！"这样静静地燃起了斗志。

在石楠花园玩得很高兴、很累，马上要睡时，NSSC总务部长打来了电话。忠一郎从接电话的妻子脸色预感到该不是发生什么不好的事了吧。

成为经营者后，半夜或大清早接到电话总是让他很紧张。就像他预想的，一张口，总务部长就说："事情麻烦了。"

"饭繁社长死了，是自杀。"他报告道。

忠一郎立刻在记忆中确认：签约已经结束了，合资的事也不可能动摇。

"他是在自家住宅带佛龛的起居室里，在门框上悬绳上吊的。"总务部长像强迫忠一郎认识那样追加。

"为什么会发生那种事？"忠一郎不由得说得很困惑。和饭繁悠闲的会面只有一次，但还是在脑海汇总浮现出饭繁那晒成赤铜色像是施工现场管事的样子。忠一郎和他在重视质量这点上有共鸣，但是，副社长权之助委婉地忠告自己："社长人好，但请不要被别人牵着鼻子走。"那样的他自己选择了死亡。忠一郎觉得这是在把好对手变成盟友的过程中发生的悲剧。

"有遗书之类的东西吗？"对忠一郎的询问，总务部长回答说："好像有，其中，'城陷时，城主切腹是武士的生存方式，这也是我自己到现在为止的生存方式。我选择死亡。各位，请幸福地生活下去。'好像写了这样的话。""那封遗书呢？"对此询问，总务部长回答说："警察拿走了。"

"坏了。我不接受一切采访。跟宣传室长说让他处理这一切。当然评论还是必要的，今晚我就写。"

这么说着忠一郎挂断了和总务部长的电话，向妻子弥生传达了自己的意思，脱下睡袍再次换上家居服进入书房。

不管怎么说，世人一定会认为是关忠一郎杀的饭繁吧，这种判断打倒了他。如果有这么说的人，就绝不饶恕，一定告他，忠一郎颤抖着想。失去了一个令人惋惜的人，与这种感情同在的，是没有时间处理想死的软弱男人。忠一郎似乎听到这样的低语声。

关于饭繁的死，忠一郎拒绝了一切的记者会见，等待风雨过去。对于鬼一样的经营者这样的投稿也一概不回复。胜败是战斗者的宿命，有胜也有败。因为败了这个理由就要死，这是他本人的选择。

让在美国学成归来的儿子参加工作，靠这说服BB公司的有力特许经销商加入NSSC，承认村内这个作战计划的是自己，所以作战成功的功绩以及它的副产物——饭繁的自杀——的责任也要由自己负责。这个理由可能成立。然而是他自己选择了死亡，自己像房强调的那样没有做任何违法的事。

直接杀人，只有在战场上才不会成为犯罪。

忠一郎调查了各业界的企业竞争史，确认一个事实：在七八十年前，因为一个被叫做"强盗"的观光开发业者，公司被侵占的三名社长死了。其中两个人明确是自杀，第三人因为公司被侵占而生病死去。这样的他，不得不顶着杀人犯这种责难。然而他的名字现在作为立志传中的人物，以及在我们国家建设合理化观光事业、有先见之明的指导者，被载入了经营者列传中。

日本在资本主义成长期，"强盗王"这个称呼也是混杂了忌妒、畏惧和厌恶的称呼，那也只不过是那样。结果，个人被冠的恶名消失，企业却留下了。继续指责那个人，作为一个思想立场也是有可能的。然而这样的话，纺织公司的大部分不是在创业期以女工的悲哀史进行的吗？而结果，日本的纺织产业一时间可以在世界称雄。

快餐业界稍晚一点也进入了产业形成期，所以饭繁自杀这样的事也发生了。忠一郎坚守着沉默，同时整理着作为经营者的想法。

另外，到饭繁初七结束之前，忠一郎抑制住没向新加入的特许经销商讲话。

忠一郎过了初七后向三明治包括特许经销商的全员发去了赞颂并哀悼饭繁的邮件。写原稿的过程中，自己也含着眼泪，所以文章饱含心意。虽然只见了一次面，但感到饭繁这个人很有魅力也是事实，所以并不是写谎话。

忍受着饭繁自杀带来的指责，沉默地按预定推行统一、合并，忠一郎的行动，使本社的员工和以前的特许经销商间产生了"我们的社长很坚强"这种正面的反响。

这种经验，对忠一郎来说是意料外的收获。收获的内容，一方面，他们要求领导者要坚强，另一方面自己也有必须成为他们期望那样的存在的自觉，对应该是指导者的人来说，谦虚、亲切这些特征是像装饰品一样的东西，而坚强必须为根本。被说成傲慢也好、不逊也好，有这种批判的人都是不足取的知识层，而大众寻求的是能真正拉扯自己那样存在的人。当然，现在这种发现忠一郎是不会说出去的。

然而，他走路时也会尽力挺起胸膛，说话时意识里也注意语尾要清晰地发音。迅速改变的话会惹人注目让人觉得很奇怪，所以，注意着要一点点掌握。

实际推行一看，在三明治店卖汉堡意外地很困难。商品性质不同，而且迄今为止，员工所接受的是，只有三明治是最好的食物。向顾客说明时，自己也要那么想的店主和店员的头脑，转变成汉堡也是和三明治一样的好东西这种头脑还需要一点时间。

另外，与在一家店里同时销售相比，在附近另开一家店，不仅连房地产成本都会得到控制，效率也会提高。忠一郎收购BB公司后，以每天一家店铺的比例到店里看看，和店长交换意见，把收集消费者对BB公司的汉堡的评价当做目标。其结果，BB公司的产品有制作仔细的特征，而NSSC的三明治味道却好像比以前下降了，掌握了这个不能置之不理的市场反应。

对这个结果，忠一郎沉思起来。是什么原因使消费者产生这种印象的呢？认真考虑，问题都集中在三点：竞争对手品质提高了；消费者的舌头习惯后就下意识地寻求变化；品质可能真的下降了。他决定要彻底研究。创业时，忠一郎追求的是在纽约和古莱特一起制作的三明治，他怀念地想起了这件事。

辛巴达原来的菜谱，俄罗斯风味的菜很多，忠一郎还没有它在日本能被大众接受的自信。不过，古莱特做的是立陶宛化的东西。即使现在有时还想起古莱特。他没有到过立陶宛。但是，面对巴尔特海，她会浓重反映出斯拉夫文化的特征。他还常在梦中见到拥有在乔鲁略尼斯的画、作的曲中能看到的亲切幻想性的立陶宛文化和古莱特拥有的氛围。她有任性的地方，但和激烈性相反，顺从于命运的性格这点，忠一郎认为是不可分割的。因为她和山中靖司生活过，所以她性格中不知不觉就混进了一些日本的东西吧。

决定开三明治店的时候，忠一郎考虑了很多日本的菜谱。另外，在日本不仅是火腿、香肠，以海产品为原料的馅中，适合于三明治的也有，发挥素材风味的蔬菜三明治等也要研究一下。那时主意一齐涌来。尽管这样，首先还是要确立本来的三明治连锁店的评判，所以慎重地去找父亲商量，还因此认识了铁道弘济会的干部。那时完全想起古莱特，随即，因为自己不坚定的判断，眼睁睁看着她去了实质上还被苏联占领的立陶宛，现在很后悔。

那之后，度过了四十年的岁月，想起古莱特的时候也变少了，但这次，掌握了汉堡连锁店这件事，意味着忠一郎建立的公司离古莱特越来越远了。不使用辛巴达这个名字，采用NSSC这个社名，现在想起来，就是它的第一步。

忠一郎回顾着那种情况下的创立期，新的构建完全是靠自己的双手、自由自在地行动，为此他开始跑工地。此外大约过了四个月时，农林水产省发表声明称，生于北海道，在千叶长大的牛疑似感染了BSE。

"那是怎么回事？"这是忠一郎最初的反应。

他知道，英国政府发表声明说，被叫做疯牛病的牛患的病疑似会传染给人，这给欧洲很大的打击。那时，忠一郎压根没想到那个新闻会和自己的生意有直接关系。

据说其原因可能是同类相残。忠一郎对那种病发生的情况有了兴趣。

最近，一家书店新进的外国书的标题中，出现了"食人"这样的文字。知道有这样的书，对同类相食感兴趣的忠一郎迅速地买来读了约一半。

作者是美国的临床精神科医生。太平洋上的某个岛的一部分地区，由感染性的蛋白性病原体引起了叫作kuru的病，其发病率很高，他知道这件事后，做了实地调查，然后把经验以随笔的形式作了报告性的著作。

据他所说，那个种族为了表示对死去的亲人的尊敬而进行的仪式，有吃了尸体的习惯。他们认为kuru是因妖术而起的，所以对抗妖术，不断想要克服kuru。那本书关于那个病的病因、发病状况的因果关系，以及潜伏期的长短都没有写明白。

忠一郎对在完全失去记忆的勃固山中密林里，自己吃没吃战友的肉这种，跟谁也不能说的恐惧，迅速在胸中膨胀，像是要使自己不能呼吸。当然，这件事对连是战友的房都没说。受"食人"这一语言的触动，忠一郎的下半身都僵硬了。头朝下，落入了精神恍惚的深渊。在这里，他几次听到"停下！"的声音。然而变成大蜥蜴的爪子那样的忠一郎的手，抓住战友的衣服，并把他撕成细丝。

潜伏期要是短的话应该已经发病了，反之就是没吃人肉，就能放心了，可是连潜伏期也不知道的话，就没有判断的线索了。因此，如果因果关系也没弄明白的话，即使不发病，也不能证明没吃。

不知道到底经过了多长时间。忠一郎身体一震才恢复了意识。他平静不下来。然而，现在的这种状态和医生谈，也会被送去精神科，肯定会被诊断为过劳甚至神经质。

因为被那种不安和自己内心的问题纠缠，所以对叫作BSE的疯牛病在国内的发生情况，忠一郎的认识只停留在"怎么回事"这种阶段。村内副社长来找他商量时，忠一郎看着从BB公司独立时开始负责产品的二叶助八的脸说："我们的原料是从美国进口的，所以不必担心。"当然，二叶助八点头同意。

"本公司的食材很安全。"尽管有这种宣传，BB公司的营业额还是徐徐下降。觉得可能顾客对牛肉本身的不安全感还是扩大了。忠一郎提到竞争对手时，不得不露出让人觉得冷静的态度说："我们痛苦的时候，敌人也痛苦。"

调查下来一看，在汉堡连锁店中站在前列的公司和第二大公司的营业额都减少了。

那个时候，实力雄厚的先头公司想要乘这个机会击毁体力弱小的公司，所以突然把价格下降百分之二十以上，开始争胜负。

"怎么办？"问这话的是负责汉堡的常务二叶助八。忠一郎问他："饭繁社长的话会怎么做？"二叶思考了一下回答说："我觉得可能不会降价。""就那么做吧！"忠一郎决定。但是那之后营业额还是眼看着下降。一个齿轮坏了那么就会一个接一个坏下去，一边抱着这种想法，忠一郎一边拿出精神巡视店铺。

这种行为好像是和忠一郎自己告诉山中Junior的"成为经营者，就会渐渐脱离具体而细微的现实性"的训教相反，但因为想到，这种危险时刻不能"只用数值认识现实"，所以就做了。

离开首都去东海地方的店转时，他遇到了一件难以理解的事。滨松那家店规模比较大，三明治和汉堡一起提供，可是无论哪个都应该添加的大头菜却没有。

觉得这事很奇怪，一问，店员露出惊讶的表情把他引到里面，接着，出来的店长说："'社长来看的时候请不要加大头菜。'有人这么告诉我的。"忠一郎觉得不知所措。除了这个，这一天他来滨松店的事为什么会泄露给特许经销商？这很不可思议。"今天我来这里的事是怎么知道的？"这么问，店长微笑着说："啊，东海地方有警戒警报这个东西。"

再追问，对方也不回答，转换对大头菜的质问，说："因为我听说社长不喜欢大头菜。"这一点，店长好像原本也不能理解。因为不能理解，所以对那个"本社指令"出现的时期等详细询问时，忠一郎想起了之前他在本社进行早礼时说过的话。

春天到来之前一直没有下雨，蔬菜类特别是大头菜的价格有一段时期涨得非常多。有天早上，忠一郎训示说："去店里看一看，和三明治一起向顾客提供的大头菜，有一半左右都剩下来了。香肠、油炸丸子有时也是一样。这段时期为了要消减原价，作减量这样的临机调整是很必要的。"

那句话随着时间推移来到滨松为止，已经变成了"社长不喜欢大头菜"这种信息了。忠一郎说："我没有不喜欢大头菜。"但接下来的话却不能说出来。那是自己的公司不知不觉也得了世人所说的大企业病，这样的话。

一边考虑着这些事，一边吃了一个减量的三明治，可能是心理作用吧，觉得这与自己和古莱特共同制作的纽约时辛巴达的三明治完全不同。因为出现这种状态，所以很担心最近收入旗下的原BB公司的九州店等变成什么样子了。创立BB公司的饭繁出生于熊本，是个刚直的男子，而且他爱家乡的心意很强，在首都以外的熊本、博多地区开了十几家店铺。忠一郎想要连秘书也不让知道那样，突然视察九州店。特许经销商则对忠一郎什么时候来自己的店这件事，肯定通过各种手段，事前知道了。特许经销商们在这里对管理者发挥互助意识，即使想要根绝它也是不可能的，这是忠一郎通过各种经验知道的。

忠一郎去大阪，打电话叫出老早就向他说明事情的山中Junior，在福冈碰头决定步骤。到现在，叫山中Junior已经不适合了，因为他已经成为一名堂堂的地方经济领导者。

山中非常想要感谢自己年轻时忠一郎对自己的教育，所以忠一郎向山中让步，在河沿岸的饭庄里由他请吃刚出水的河豚，忠一郎把公司的规模扩展到全国，并对在这种新局面下应该怎么应对很劳累的事坦率地对山中说了。

"我在你返回广岛时，记得送过你一句话，对快餐业来说就是以规模决胜负，为了获胜不得不扩张。"忠一郎说。

听了忠一郎的话山中说了他的感想："今天和您在一起去店里看过，所以很明白您的心情。我觉得您很辛苦。"两个人白天在福冈进入BB公司旗舰店的一家大型店，点了三明治和汉堡。"不行啊，这家店。业绩肯定会渐渐下滑。"忠一郎小声说，出了店后，山中问他那么判断的原因，他说明道："你看了汉堡里面夹的煎荷包蛋的背面了吗？那家店的工作间清洁、整顿做得不好。上面粘着铁板前用来做菜的材料的渣滓。三明治也是事先做好放那的。"

"确实，三明治的面包边上干巴了。"他也想起了在NSSC公司工作时的事。"奇怪的是，刚一进店时，'这家店是活着还是死了'这个问题就突然袭来。不是语言，是味道的问题。"忠一郎说。山中觉得忠一郎说的"成为经营者，就会渐渐从具体而细微的现实性中脱离出来"，这个训示和自己的情况相反，就沉默了。或者，忠一郎是在某一时间想起"数值不反映现实"的吧？

吃完晚饭，回到宾馆时，忠一郎想起，在战俘营认识的原口俊雄应该在福冈大学里任英国文学的名誉教授，明天，如果能见面就见一面，决定多问问他。看他是否知道自己失去意识被捕、进入野战医院时，一些有参考的事。

到现在，他极力避开和知道过去事情的人见面，在BSE发生且看了关于同类相食的书的现在，忠一郎变得想和原口见面，不弄清楚当时的状况不行了。第二天，忠一郎和原口见面，因为还是怕让人看到，所以在大学研究室拜访他。五十多年过去了，两个人仍然没有忘记对方。

"那个时候您真是帮了我大忙了。"忠一郎行礼道。"不不，彼此彼此，但是我们两个人那时都很拼命啊。"原口答道。忠一郎一口气开始说："今天和您见面，一方面是我在九州有工作所以过来问候，另一方面我想知道我被捕时的病情等情况，如果您还记得的话想请您告诉我。"

原口伸直他细细的脖子，变成罕见地说出清晰意见时的表情，明快地回答说："你的病是头部遭受强烈打击而得的逆行性失忆症。"好像是站在当时盟军翻译和日本俘虏代表的立场上认真对话的习惯又回来了似的。

"肝脏也不好。"忠一郎又紧接着问道。原口刚才的明白的表情消失了。注意到对方是想确认什么特别的事才来看自己，所以露出了考虑对方关心的问题所在是什么的眼神。没有看漏原口的踌躇表情，忠一郎凝视着他。好像是记忆恢复了吧，原口脸上的紧张消失，说："那可能是吃了怪东西的影响吧。我把野战医院送来的几名俘虏的病历照下来保存着。没放在这。如果被盗的话，信息外流会变成人权问题，所以放到银行的保险柜里保管了。"

两个人就像互相瞪那样对峙了一会儿。最后还是原口先打破沉默说："我对关忠一郎少尉和房少尉的病例记得很清楚。因为你是我负责的。"他是以教导学习小组的学生们的口吻说的。

"另外，"原口刚说出这两个字，就像在找词似的落下视线，霍地抬起头断言道："关少尉可能是得了恍惚症这种明确的奇病。"

"好像就像那样。我常常连自己都觉得不行。"说着，忠一郎对知道自己变得异常坦率这点连自己都很惊讶。和什么都知道的对手见面，想让他把他知道的都告诉自己，这种意识解除了平日的架势。结果，从忠一郎的背后，他能清楚地看到活着被捕的样子在自己的意识中不得不被隐藏起来的大批日本俘虏的孤独。"深夜，看到你对着月亮狂喊时从心底产生了惊讶。当时，你所在的野战医院，除疟疾以外，原因不明的热病、意外的厌食症等病症多发，医生们忙得手忙脚乱。你的奇怪举止，也被认为是战场上的异常心理之一。以极其自然的发展，话题深入了核心，忠一郎很狼狈，也没有作出满意的表示。根据原口所说的话，今后的生活方式会改变的。当然，因为忠一郎是一家拥有许多员工的企业的责任人，所以一直都在说谎话，至今都没有照着说的去做。

让忠一郎难受的地方是"吃没吃人肉"这个问题，而且还不能以这种直接的表现问原口。

"我的肝脏障碍是怎么回事呢？是单纯的吃了奇怪的东西的后遗症吗？"

因为不能坦率地说出担心的核心问题，忠一郎的询问不得不巧妙地采用兜圈子的表现形式。

"这样啊。对此，军医的所见中没写什么特别的东西。"不了解忠一郎担心的具体内容的原口以不正当的平静的态度回答着。终于，忠一郎抵抗不了不安，说："最近，BSE很严重，我很介意在勃固山的密林中，自己是吃了什么活下来的。"

原口突然闭上嘴，伸着脖子，露出了好像在侦察从草原远处是否有敌人接近的表情。最后原口的眼神变得有点空洞，战战兢兢地，一个字一个字挤出来似的问："例如，吃战友的肉吗？指的是这样的事吗？"

"啊，嗯，包括这样的事。"

忠一郎的口吻变得有些暧昧。原口沉默了，一直盯着忠一郎看，突然"哈哈哈，没有那么回事，不可能有那样的事"大声地说出来。忠一郎不由得像飞起来似的惊讶。"哎呀，关，逃入密林才两三天，没有做那种事的余地吧。即使吃了也就是大蜥蜴这类东西吧。"原口明确地说，忠一郎慌忙抗辩道："请等一下，我应该在密林里待了三周左右。"原口思考了一下小声嘟哝说："可是很奇怪。这一点，盟军的调查应该是正确的啊。"最后正面看着忠一郎说："那个，是谁说的有三周的？恢复正常的时间不是三周吗？"

被这么反问，忠一郎没有找到有关野战医院的回忆。另外，深信是三周，可能是因为在那段时间持续做噩梦。

这一天原口俊雄关于关忠一郎少尉的记忆完全是相似的东西。常年存在于忠一郎内心深处的，影响对事物的判断、行动、对人关系的不安，变成没有根据的东西，消失了。

最终承认古莱特立陶宛之行的是"重新好好认识自己，在此基础上决定将来的生活方式，必须站在懂事的年龄点上一回"，被她的这种主张控制了。自己还没完成那个工作。战争中做了什么不好的事？做没做因为是战争所以说没有办法，但却不能流传下来的什么事？不弄清楚这些，忠一郎觉得即使访问了古莱特的祖国，和她结婚前去缅甸，也必须去访问一下勃固山中的密林、野战医院所在的森林以及印度内陆的沙漠附近的战俘营的遗迹。

那些全都是内心中的内疚命令的，结果，对现实的判断不严格，失去了古莱特。

　　内心不安消失的现在，也有了光明正大打听古莱特行踪的勇气。商业上也没必要装做人道主义的样子。为了在竞争中获胜做什么都行。他大声说话，即使是走在夜晚福冈中洲拥挤的欢乐街上，谁也不会认为他是个怪人吧？那不是一直抑制的东西找到出口爆发出来的奇怪行动，是作为普通人的宣泄。忠一郎觉得早晨就让山中回了广岛这件事很遗憾。

　　忠一郎回到宾馆在房间里吃晚饭，不想就那么睡觉，想起前一晚山中介绍的夜间俱乐部，打电话确认了位置，上了车。

　　他在那家店里认识了五六位九州经济界的指导者。碰巧在东京的时候，相关银行负责NSSC业务的人晋升转而成为九州的总负责人。他也来到这个俱乐部喝酒。那里被叫作九州夜间财界沙龙。只有在俱乐部才有的活动。忠一郎这么想着。比平时喝得多得多，已经酩酊大醉了。虽然中途也确认了一两次"喝多少都已经没关系了"。

　　他一回到宾馆连澡都没洗就睡了。半夜睁开眼睛时，忠一郎知道自己非常累，吃了安眠药想睡到早上九点。

　　再次入睡时，忠一郎想起原口的话确认着：已经可以按自己想的那样生活下去了。

　　那简直像是在"到现在不是这样吗"这样的意识中。

　　战败后，不知道铁路省高官的父亲会怎么样，学费什么的就自己挣，所以开了讲义分发公司，也做过英语会话学校的教师。之后进了商社，和山中成为好朋友，喜欢上古莱特，然后辞了商社，开创了NSSC公司……这么追忆着。即便说忠一郎是在自己任意妄为的生活他也不能反驳，所以，说"今后像自己想的那样"，不是职员，公务员说的那种意思，是对死去战友的补偿的心情，国家失败了自己却存活下来，为了成为经济大国，只能拼命干，从这种大义中解放出来，说的是这种意思。

　　回顾四周，背负这种伦理义务工作的经营者，像自己这种晚生的人例外，已经一个接一个死了或退休了。泡沫的破裂加速了时代更替的动作。这么说的话，房这个家伙，忘了是什么时候委婉地探问过自己关于退休时的问题。考虑这些事的时候，药效起了作用。忠一郎睡着了。

第二天早上，他首先给公司打了电话。告诉秘书自己有点感冒所以到傍晚才回东京到公司露个面。秘书说："我知道了。有您电话的话一定会转达，请稍等。"说着村内接过电话。马上出现的村内说："听说国内出现了第二头感染BSE的牛。现在还没发布出来。有点麻烦。明天早上在常务会上等您联络，我是这么想的，您要是感冒的话……"好像是在思考的样子。

"知道了。明天没问题。今天不管怎么样晚上到公司一趟。那时，再最终决定。另外，这边的BB公司店铺不太好，士气低迷。再见。"挂了电话。头很沉，总觉得对经营者来说现实这种长着凶相的生物为了抓住他而对他穷追不舍。尽管这样，还是预订了下午飞机的机票，想再睡两个小时，就又钻上了床。他在睡眠中，梦到到处都是黄色的菜花田，还是小孩子的自己有点不知所措地走在田间小路上。忠一郎想自己现在是在春天或初夏去过一次立陶宛。

第二天，忠一郎和村内、二叶助八等几名干部商议对策。曾经在农林水产省待过的负责人报告说：第三、第四头疯牛有出现的可能。不仅这样，在美国也有发生的危险，如果到了那时，农林水产省就会决定停止从发生国进口牛肉，只有把美国例外是不可能的。

"从美国一侧施加压力了吗?"最年轻的负责人问。农林水产省出身的人充满信心地说："那当然。"

会议被沉重的气氛包围着。那样一来，对原本从美国来的公司这种印象很强的NSSC公司，和成为其汉堡部的BB公司的店铺的打击就会比其他公司还大吧?NSSC公司和BB公司的原料进口地都是美国。"我们公司的中心是三明治"，想说这个时，忠一郎忍住了。他想知道BB公司常务的二叶助八的意见。就好像察觉到其他负责人的想法，二叶说："幸好我们的主营是三明治。目前，我们增加了三明治的种类，这多少可以补充一下营业。"村内副社长也在等着他的发言吧。以向忠一郎报告的口吻说："鱼三明治、蔬菜三明治、螃蟹三明治等，我让他们准备了好几个品种，但生产线安装好得到明年2月。我们现在正在抓紧办。"

"不管怎样，要防止营业额下降得太多，趁这个时候确立诚实的印象吧。"说完，忠一郎结束了会议，但没有涌出得到结论的成就感。

回到家，"真严重啊，累了吧？"弥生跟他说话时，忠一郎说："到了明年可能必须时常去海外了。不在美国以外的地方建一个原料的进口地是不行的。"这些几乎没想过似的话为什么突然从自己的口中说出来呢？他自己也很惊讶。

担心的事确实一个个发生了。第三头疯牛出现了，这个影响很大。汉堡的顾客数量减少了一半。原本是三明治专卖店的特许经销商开始提出想停止经营汉堡这样的意见。为了分散未来的风险，现在开始应该分散原料的进口地，这种意见也被提出来了。

如果是稍早一些的忠一郎，不利的事态反而会激起他对商业的热情。陷入困境时，他常常会以两个平凡的想法为基础用语言使自己恢复精神。

其一是，"现今的困境在过了五年或十年时，'那时候真艰难啊！'会以这种怀念的心情回想吧？"另一个是，"想想勃固山中密林内的战斗，这点小事算不了什么。"

然而，这次这两个都不起作用了。

经过五年的话，忠一郎已经八十三岁了，第十年时应该是确实退休了。看看公务员的父亲，他觉得即使是一般人，进了七十岁考虑退休也是理所当然的事。即使有想做的事没做完，让后继者去做就好了。这么想来，业内其他公司的创业型经营者和忠一郎是有点不一样的。所以，退了休再回顾现在的困境，会觉得那也只是单纯的回忆吧。

另外，在勃固山中战斗的艰辛，原口教授告诉他，最多只不过是两三天的事，从临床所见来看，那段时间内吃战友肉的可能性接近于零。被指出这点后，压力就完全消失了。

可能吃了人肉这种内心深处的不安，反而使进入商业的忠一郎变得勇敢。这种说法在逻辑上很难说明，但感觉上却奇妙地具有说服力。因为已经犯过那种程度的罪，所以未必已经什么都能干了。想到作为杰出人物的自己的道路被封锁，绝望给了忠一郎蛮勇。也不是这样。然而，他失去精神上的紧张，被空洞抓住了。

忠一郎屡次考虑自己要什么时候干到什么程度退休。到底，推测原因是不是吃了同类相残的饵，到BSE问题告一段落前，说出退休是不行的。这样劝说自己，这样越忍耐，退休后乘西伯利亚铁路去立陶宛的想法就越膨胀。

再会

转到出版部后，良也的工作是编辑《现代俳句全集》。他曾经编辑过父亲的遗稿句集，现在又有很多新的点，他觉得很有价值，尤其对俳句作家的生活方式比较感兴趣。

访友然后兴致盎然地谈俳这是从俳句诗人松尾芭蕉时代开始的习俗，同时还要对诗型有所要求。为了实现每一卷的视觉化效果，还得拍摄，看来自己这些编辑们要跑遍全国了。

良也他们整体编辑意见是：按照选定的俳句诗人，安排负责人，编委会由外界的批评家和俳句诗人组成。等安排采访日程表的时候才发现，要去采访的地方遍及全国。而良也自己作为这个大选题的策划人，也应该陪着去采访吧。良也注意到自己心中不知不觉间产生了一种想像流浪者那样旅行的欲求。那看起来是相当含糊，脱离日常的愿望。一边自我提醒，一边脑中却浮现出一个身穿僧衣、披着蓑笠的男子形象。他总是只露出背影向远方走去。

对良也来说，年轻时一起去美国旅行采访后，了解脾性的菅野春雄在良也的推荐下做了他的相片负责人，两个配合得很好。他想着什么时候把自己印象中的黑衣男子的背影说给菅野听。照片这种东西，没有具体形体要素怎么照出来呢，能照出来吗？对于这件事想问他一下。

同样的，也是印象中的要素，大正、昭和时代的俳句诗人们，即使不像歌人那样，可被贫穷、失意、疾病主要是结核病困扰的人还是有的。从那里，战争的影响变成死神样的脸，窥视着。曾经预想过，但随着清楚明白，他的头脑中，《弄潮的旅人》的取材看起来和战争的影响重叠在一起了。从虚子始，第一次把几位前辈俳句诗人写进书里后，良也来长野，原因是第一次的分局工作是在长野，天才俳句诗人但却不能说是被充分评价的杉田久女的父亲的故乡是在松本，此外，几年前骤死的上田五千石少年时代在伊那、松本度过。另外，从分局时代起，并肩作战的朋友小室谷成为长野市的私立美术馆馆长也是一个诱因。

小室谷先说："虽然现在在准备开馆，但我也没必要一直盯着看。"接着说出从别人推荐的安云野万绿美术馆那里得到了茜的消息，这对良也来说是个连想都没想过的事。

站在他面前，看起来还很年轻的馆长说："我是叶中茜的堂妹，我叫叶中知枝。我听茜说过你的事。"这时，良也目不转睛看着她的脸，很久都不能说话。过了一会儿，总算是清醒过来，问："茜为什么没来？她还好吗？"他在香港和新加坡找过她，但没有消息。

然而，堂妹知枝的回答却是"应该很好。"这样不确定的答案。这一天，从知枝口里得知，茜不久前去了印尼，凭借在当地作蜡染的爪哇印花布及采集民间故事、教孩子们口语来自食其力。

从知枝的表情和动作，缩小瞳孔看人的习惯，到她兴奋地说话时，从有点兜齿的嘴唇里可以微微看到的犬齿，良也觉得她和茜很像。然而，对于犬齿那点他没有自信。看着知枝，从她类推，茜也是这样，可能会怎么想。几张茜的照片被锁在桌子抽屉最里面，这几年连拿出来看的时候也少了。良也把那些和她写的一摞信在搬家的时候转移到公司的置物柜里，想起那些东西就那样的放在那里，良也内心很狼狈。

这一天的收获是，堂妹知枝证明离别后，茜对他仍有好感。

茜在父亲死后，离开长野的家直接去了京都的叔父家。只是，只能认为她是有意识的周密计划，那之后失去了她的行踪。据知枝的话，茜说过："真正关心我的人只有关。"为了自己竟然想辞了东京的公司转到长野工作，她还说过这些。她这么说，良也想起在母亲病倒，转工作的任免证书出来时，自己的不决断，任意的判断，就很惭愧。

从知枝的语气判断，茜没有隐藏对良也的好感。那是看到在来馆客人名册中登记的关良也的名字，知枝问了才知道的。如果那样，为什么茜会从他面前消失呢？

然而意外地在初次见面时，茜隐藏行踪不见了这个疑问，反倒由叶中知枝向他提出来了。

"关先生，我也有一件事想请教您。"知枝以认真的表情说，内容还没弄清楚，和茜的关系变得亲密后，她知道从对方面前离开的，除了良也好像还有一个人。良也听说，那是在京都以知枝为中心成立剧团、茜站在辅佐的立场上帮助她时的事。只是，对于认为彼此关系比普通姐妹还亲的知枝来说，茜还有像谜一样的地方。

以贸易商的父亲收集的美术品为中心，在他生前也喜欢的长野县安云野建了美术馆时，茜说："去《竹取物语》的村子看看。"二十世纪七十年代时，据说有一个和《竹取物语》一模一样的地方，在中国内地的金沙江那个地方存在着，这在国文学界引起了大骚乱。良也也听闻过这事。那个故事的名字叫《斑竹姑娘》，有五个求婚者登场的场面据说是一样的。

早熟且行动派的知枝从高中时开始就对戏剧有兴趣，因为不能忍到上大学，所以成立了剧团万绿群。陆军大佐叶中长藏的葬礼只有女儿一个人送他。很冷清地结束后，茜就返回了京都。自然地成为了欣赏自己的中学生堂妹的说话对象。大约过了半年，多少恢复精神的茜做了大学旁听生学习国文学，因此才要重新邂逅《竹取物语》吧。从知枝那里听到这些话时，良也觉得当时没有认真追查她行踪的自己的样子，就好像被放在眼前。

那时，返回东京的良也从失恋的重创中恢复得异常快。最后他在社会部长的介绍下和克子结婚了。

茜决定要进入金沙江时，在中国，日本人人关去到那种内地，是很难得到认可的。她为了等待许可，出乎意料的长时间停留在了香港。那期间，她不知是遇到了谁，被劝说去印尼。那时，知枝不知道向茜介绍印尼的是男的还是女的，连是不是日本人也不知道。

良也和知枝在京都碰头，参观了茜在父亲死后的近二十年里住过的房子。茜和知枝经常去的三条的音乐咖啡店，以及剧团万绿群的排练场的旧址。那之后不久，长野的小室谷打电话给在公司的良也。

小室谷说："听说茜写信回来。叶中知枝想带着信和你见一面。听说她下周一能去东京。"

他好像没有被告诉任何信的内容，但知枝说了想让他看，所以就应该不是不想和关见面这种回复吧，良也期待着。"如果来巴厘的话见面也可以"是这件事吗？等等，良也这个那个地思考着。树木茂盛，家后面有小溪流过，和长野的家比，有幽远情趣的茜的住所的样子又回到记忆中来。良也想，如果不是和马上就要变成大人的知枝这样活泼的堂妹一起生活的话，在长野建完父亲大佐的墓后来到东京，茜就会变得忧郁。在那个意义上，在使看护疲劳且精神萎靡的茜精神回复得有生气这点上，知枝的存在作用很大。越想越觉得，她给堂妹也留下很多谜去了巴厘，所以那可能是已经决定和谁也不见面的信了。良也的心很不安。

知枝给茜的信，应该是她在美术馆意外遇到良也后不久发出的，所以这是经过大约一个半月的回信。虽然寄信地址在巴厘内地，但可以说这是相当晚的回信。他想象着知枝说的，一周两次邮件送达，发现箱子中有日本来的信时，茜的姿势、动作。早晨的太阳照射在地面上，夜间下的雨变成水蒸气上升。她正穿着什么样的服装呢，对此没有头绪。

在新宿西口的咖啡店里，等待知枝期间，良也想象着以茜为中心的各种场景。这时发现了一个从大厅里径直朝他的方向走过来的女性，他一瞬间惊讶着"茜出现了"一面站起来。但是良也记忆中的茜应该比现在的知枝还要年轻。知枝边脱外套边向良也道歉，说电车比预定的迟到了，让他久等了。她自己也气息很急地打着手势，从手提包中取出信说："我觉得这可能是好的消息。"

"从你的信中得知关很好，我很高兴。"茜开头写道。

然而马上写道："图书馆顺利吗？因为是知枝，所以我认为一定会运营得很好。经常会想起，还是刚完成的建筑建在林中的情景，觉得那几乎都是接近于空想的感觉。"继续写："幸好巴厘的大部分人，最近除对一部分游客不同外，对日本人都有好感。我记得之前也写过，前段时间我参观了纪念很久之前和荷兰军队作战的马格战役的纪念碑。那时，也去了参加蜂起的印尼军队而战死的日本士兵的墓，上了香。十座墓中也有写汉字的墓志铭，一半用这个岛的语言，一半用罗马字写的。因为仅仅刻着JEPANG，所以只能推测这是不是日本士兵的墓。"叙述着。看着这部分，良也想，即使参观了日本士兵的墓，联想也不会马上就到可以说是因战争而病死的父亲那里。只这点，觉得是因为茜远离了过去。

"参观完那纪念碑回来时，我遇到了一对出生于西帝汶的中年夫妻。大婶知道我是日本人，唱'雪白的富士山，幸福高昂'，这是日本兵教的，说着流出了眼泪，说日本军队很厉害。我知道几件不名誉的事，中间有被当地人怀念长眠于独立纪念碑的士兵。关良也正考虑的《弄潮的旅人》好像就是以有志于艺术家的士兵为对象的吧。若是想成为艺术家的日本人，我觉得被当地人怀念的有很多。"

茜这么写着，好像是知枝写信告诉她的吧，她现在对良也的事知道得相当多。

最后，茜写道："另外，大约半年前和你定好的长汀，总算有形状稍微古老点的东西让给我，我已经另外邮过去了。"

对良也的询问，知枝说明道："那是蜡染时往布上滴蜡的工具。日本也有蜡染，所以她想能否把印花的技术引进来。"

茜的信末尾的地方，"我现在写信所在的庭院里，加拉克珀蒂正不停地鸣叫着。它被指定为受保护鸟类，纯白小巧的身体（也有只头部是黑色的种类）却令人惊讶的发出很多音阶，是经常鸣叫的鸟。之前，我内心对和你见面很犹豫，让你感到寂寞了。现在已经没关系了，知枝，就一次，尽可能快来这里吧。如果你有对巴厘岛的舞蹈和艺术感兴趣的朋友也可以带来。佳亚奥尔蒂妮夫人的会客室也有足够的空间。"以这种说明突然结束了。

良也混乱着抬起眼睛，和一直盯着他看的知枝视线相对。知枝好像在说"对吧。所以我才说这大概是好消息。"那样微笑着点头。

"可是，这个……"良也迷惑着这样说出来。茜对良也的意思只在刚开始的地方写了，后面完全只是她们两个人的应答。知枝说："佳亚夫人，让来到那里想学习巴厘文化的年轻人留宿，让他们劳动，作为交换，她教他们传统艺术、绘画、染色技术等，出钱成立一种留学系统，是和原王族有关系的贵妇人。茜，由一个和印尼人结婚、现在成立旅行社很活跃的日本女性介绍，认识了佳亚夫人。"一部分是重复之前的说明，一部分回答良也的疑问。

茜住进她的家，当了日语教室的一名老师。京都时，她作为大学的旁听生热衷于包括文法在内的国文科的学习，到这时起作用了。

良也觉得她对茜在巴厘的生活没怎么说明，就像这种心意传递给了对方似的，知枝解释说："对不起，没有充分说明是因为，我想先确认一下茜的想法。"知枝看起来对茜同意让她去的事心情很昂扬。

"清楚欢迎去的只有你一个人，所以，可以知枝你先去，把我的事告诉她。总觉得有点过于麻烦你了。"良也说。

知枝看起来同意良也的话了，可是立刻，她主张说："不是有最开始我们两个人就能一起去的方法吗。我认为她会欢迎关先生的。如果不是这样，就不会写'带朋友来也行，有足够的地方'了。"

听了这个，良也忍不住问："那是茜的心境到那里突然变化了吧?"知枝明确地说："是这样的。"确实信里断言"和你见面"也不是想家。知枝指出那个表现，很有自信地说："应该是有什么隔阂消除了。""是这样的吧。为什么会突然消除呢?"

知枝露出焦急的表情，主张说："想确认那个的话，你还是应该去一趟巴厘。"但是，良也觉得这样得出结论的方法过于单纯大胆了。而且如果是像知枝说的那样，过去的恋情复活的话，和克子的生活像现在这样持续就是不可能的了吧。那对自己的感情构造是不可能的。所以，这和装出道德家的样子，"老顽固就是指撒谎的人"这样的问题不一样。

良也总觉得茜的信不像知枝认为的那样令人高兴。她直接接受茜和自己的关系这点很好。然而，良也想说：我和茜的情况还不是那么单纯的。解读茜的信中写给良也的部分，她好像想说：好不容易对自己的生活方式有了自信，并且很坚定，谁来和我见面我也不会动摇。所以"如果有对巴厘的舞蹈、艺术感兴趣的人来学习的话，即使是日本人也接受"。

那莫不如被叫作独立宣言。知枝的情况，是独立的堂姐，和独立的万绿美术馆馆长的知枝恢复交流。这没有任何问题。那期间，在巴厘完成人格独立的茜也有可能访问日本。但是，自己和茜的情况不一样。是过去深爱的男女之间爱情能不能复活这件事。

至少良也想见茜的心情本质就是那样。

良也考虑说："那我就给茜写信吧。你帮我带着那封信怎么样？茜最初打开心扉的怎么说都是对你。我现在的心情非常想见到茜，犹豫、不安都很严重。请帮我解释一下。我觉得给你添了很大负担。对不起。"

知枝缩着瞳孔，直直地盯着对方，就像她堂姐惯有的习惯那样看着良也，他说完后，突然露出明快的表情。"好啊，我会很高兴帮你做的。但是那相当残酷，因为身为信使我会看你的信的。"她以听后会有很多解释的方式说道。良也点头，总之，表达了想拜托的意思。

按照约定，他去了公司后，在银座的咖啡专卖店里找了个位置，开始给茜写信。然而，从桌子上取出记事用纸后却猛地为难住了。

第一句话不知道怎么写才好。是写"很久没联系了"，还是"你好吗"，或者"东京现在是冬天刚开始的时候，你那里怎么样"好呢？一直写报道的自己现在却手脑都动不了了。不能像二十多岁那样写"没有理由，只是想和你见面"。"为什么？"这种惊讶的感觉和超过五十后不能像以前一样写同样语气的情书这是理所当然的这种正相反的想法，使良也不能动笔。

知枝带着他的信一个人去巴厘。结果，会是知枝联系自己"请马上过来"呢，还是茜给良也写回信让她堂妹带回来呢？对此，现在这样那样的预测也没有任何意义，总之得先走出一步，写道："我从你堂妹知枝那里得到你的消息时吃了一惊。"接着，"这段时间她带着我去看了你度过人生近二十年大事的京都的住所、过去是剧团排练场的仓库等。"一边写，怀念感涌出来，眼泪都要出来了。

狠下心，没重新读一下就封上了口，第二天在同一个咖啡店把信交给了知枝。"我觉得大概下个月就能去巴厘。"知枝约定似的跟良也说。

在新宿站目送知枝回安云野后，良也去了报社，检查《饭岛晴子集》《石田波乡集》《西东三鬼集》的进行状况。以菅野春雄为领导的照片部好像觉得《现代俳句全集》值得做，良也也觉得他们做出来的西东三鬼集的照片效果非常好。在他的初期代表作之一"露人叫着washikofu，打落了石榴"这句话的对页上，整页安排的是露出裂口的大石榴，以及对着裂着口的石榴伸出拳头的很小的大概是俄罗斯人的照片。恐怕是三鬼把妻子仍在东京自己出走，在神户的时候，看到了贫穷的白种俄罗斯人的样子吧，良也对比着诗句和照片想象到。为了追查茜的消息从香港去新加坡时，良也了解到，在二十五岁左右时，三鬼曾经在他大哥工作的岛上待了近三年，所以那时想追寻他的足迹。三鬼被平佃静塔劝说，从外部参加"京大俳句"，并被检举。良也也从这个过程搜集资料。

良也暗地里对参与工作的成员感到很抱歉，但对编辑的进度情况很满意。《现代俳句全集》在编辑阶段可以说已经到了关键时刻。

良也在去了松本、京都后，一起和菅野去了四国和九州取材。然而，如果不稍稍快点的话，就不能集中地请年假，良也心中作出这种判断。

良也脑中考虑，根据知枝带回的回信而定，包括往返至少得四天吧。但是，那是不可能的，他马上又否定了自己定的方案。总算三十几年又能见面了，根据茜的情况，想好好地见面。这是他自己的打算。

另一方面，克子在搬完家后每天精力都很充沛，精神很好，年轻了四五岁。两人的关系，在良也偶然说出"每天自己烧菜做饭"因而争吵之后，一直平安无事。

回到出生长大的郊外，克子在良也把新家定位为二人的共同作品后好像很有自信，什么事都很积极，活跃的发表意见。讽刺的是，两人间总算产生那种状态时，良也却遇到了叶中知枝，考虑着要和茜再见面。

在新宿目送知枝回安云野后，良也早早回了家。那天晚上，克子做的是刚学的卷心菜卷。一边说着料理教室的事，一边吃着饭。伴随着俳句会或同班同学的传闻是最近晚饭时的习惯。中途时，克子突然沉默了。

注意到这点时，良也问："怎么了？"克子露出了有点忍耐，又好像不知道是说还是不说的迷惑的表情，之后说道："我记得之前我说过，小我们五六岁的同窗中有一个叫M子的人。"那个M子，两三天前大家一起喝茶时说"克子真好啊"。问它"为什么"，"看克子，招了女婿也不坏嘛，从哪找的？"

这么被问，克子以及一起的龙泽尚美、料理教室的老师都一齐笑喷出来了，克子说。龙泽尚美告诉她说："小M，克子是关先生的妻子。不是克子聘女婿。"她又深深思考了一下，像是征求同意那样四下里看了一圈，说："可是。"

"哎，那不是很奇怪嘛。但是，我看起来有那么嚣张吗？"

被问的良也为难于怎么回答时，克子追加道："良也你是多么温柔啊！搬到这边离公司远了，仍然'没问题'地赞成我，我，是自满了。"

被她这么一说，良也回顾，在知道茜的消息后自己对克子比以前还礼貌。他知道那不光是因为有犯错的意识。知道茜的存在，知道她观察自己并朝总结出来的生活方式努力的样子，知道她心中的悲哀，这些表现在对克子的态度上，可能这么说才正确。

但是，这种态度，反过来说，会变成"欺骗了我"这样的事。

"如果好好说的话，那也不错。"良也呆板地说。

"M子，是不婚主义。现在有三个男朋友，说这样没什么不自由的。"克子说。良也想，她还是没顾虑地把朋友的事说给认识的人听了。

在少女时代的环境以及朋友之中很冷静的克子，如果丈夫出走了，那时她们会支持她的吧，那样，她的痛苦也不会那么严重了吧，良也像是别人的事那样想象着。

他想要从那种感觉里逃出来，说出自己的感想："男人不怎么在背后议论人。也没想过精神自立那种事。"说完后，觉得，自己确实不擅长在背后议论人，那并不是因为精神多么自立，而只是对他人的关心淡薄。这种想法和"茜为什么从自己面前消失"这种迷惑联系在一起。

把写给茜的信交给知枝后，良也一直处于等待结果的不安心情之中。知道知枝本身也有工作要安排。良也推测，她可能会有"或许巴厘之行会意外的很长"这种预想。如果是那样的话，身为美术馆馆长，她会有很多需要决定的事吧？所以，到出发为止，会需要很多时间吧？良也这么想着。

或者去了巴厘，为了茜，知枝可能会有必须做的事。从茜的信和知枝的话里推测，她一直在离登巴萨很远的加纳鲁县的乌布镇那个地方从事社会活动。知枝要是为在梯田插秧、除草等从事农作的人准备擦手布、帽子或者是有关日语语调的资料、磁带等的话，就会相当花时间。

最后，在考虑过催促的效果后，一过完年，良也就往安云野打电话，问自己有什么可以帮忙的。知枝回答，她在准备5月以后的展览计划，这会很花时间，"我也很着急。您的信还在我这里，很对不起。"

"要是决定出发的话，我会提前一天到东京见您再去的。"她回答。这边这样催促，可良也那里却一点都没有准备。不管怎么说，和克子怎么说好？她能明白自己吗？对这些，良也没有任何头绪。怎么开口也不能决定。不是想要离婚或分居，只是说了"每天自己烧菜做饭"就出了风波。这次不是普通的出差，或许会长时间不回家。

"准备很费手续，但总算到了能定下出发时间的时候了。"接到知枝的联络后，良也对手下说："我夏天前可能必须休假一个月。"《现代俳句全集》开始出版后到现在，保持着每月出版一册的态势。良也也打算秋天时去四国取材。其中，松山成为现代俳句的圣地是因为什么？是因为子规、虚子和指导者不断出现吗？另外，地中海和莱斯博斯岛的女诗人萨福那样的关系，在濑户内海和松山以及五十崎古乡、波乡这种联系中看不到吗？这种，肯定不是俳句的外行不会想到的与众不同的问题意识，在良也心中也偷偷地产生了。最初四国旅行时，还没决定收录俳句诗人的总数，良也只是努力追寻子规和虚子的足迹。另外，他还在编辑会议上提出了日本阿尔卑斯和俳句、江户平民区和俳谐为什么内部会有联系，这样的问题，使得他手下很为难，却也起到了让他们乐于做全集的作用。其中的一个，俳句和南方憧憬这个题目，就是知道茜在巴厘后，浮现在良也心中的。但是，关于这一点的核实还什么也没有做。

终于，知枝来电话说定好了出发的日子，想在那前一天和良也在东京见面。

这次两人还是在咖啡店碰头的。咖啡店是在一个透过玻璃窗可以看到瀑布的宾馆里。一就座，知枝就告诉他出发晚了的理由："实际上我是怕你担心才没有说，茜病了。但好像已经好了，总算从乌布德来信了，所以我才能定出发的日子。"良也吃了一惊，问病的名字，知枝回答说："她在雅加达的大医院大约住了两周，只写了'已经完全好了'。但我想是胃切除吧。"良也从带来的记事本中撕下一页，写"听知枝说你病了，我很担心。要格外注意身体啊。不要勉强自己。"考虑了一下，又写了"我也会尽快去你那里"后，递给了知枝。

有点茫然地回到报社时，从香港回到东京的团打来了电话。"特急，我有事想问你。你也会感兴趣的。今晚怎么样？"还是团惯有的急性子。

越着急的时候越有事，良也一边这么想一边和团在银座金春大街的一家店里见面。听说团在特派记者时期建立的香港和新加坡的朋友信息网到现在还维系着，所以良也以为，团是想告诉自己从那个信息网中得到了茜的消息。但是，团说的和茜没有任何关系。

他突然问："冒昧地问一下，你没听说什么和NSSC有关的事吗？"

良也一愣，摇头说："我和异母哥哥现在一年只见一两次面。那也只是办法事这类事的时候。"第二次在香港遇到团的时候，他已经坦率地说过，他和忠一郎起了冲突，之后，关系也仅限于互赠贺年卡了。

团露出很失望的样子，小声说："那样就不行了。我还以为你特别了解呢。"这次换良也问："到底是怎么回事？"追问后他才以不起劲的口吻说："没什么，听说创业者关忠一郎辞去了NSSC社长一职，"良也想问，为什么为了这事就叫他出来，心里觉得很无聊。但是，算一下忠一郎的年纪，不觉得他已经到了退休本身很正常的年纪，考虑到这，良也心里一动。

他也变成了过去社会部记者的表情，试探着问："但是，从你说我会特别了解来看，团又嗅到什么了吧，不是一般退休吗？"团露出像是说"你也还是采访记者的那副德性"似的微笑说："事先打个招呼，不是丑闻。可是，应该是有什么事，肯定不是单纯的退休。"围绕忠一郎退休的话说到这就停止了。良也告诉他，自己有了茜的消息，因此最近可能会休假去巴厘。"那时候你那么忙还帮我，很感谢。你推测的大体都对。"良也说出感谢的话。团问："茜仍然单身吗？"良也说明道："听她堂妹说是这样的。她得到过去王族夫人的照顾，从事当地的活动。"

第二天，在报社一楼的会议室，良也和团以及团带来的年轻记者会面。年轻记者自报叫NK，出身广岛，有个大学同学叫山中。他听说山中的父亲年轻时在NSSC连锁店的总公司工作过。听那个叫山中的同学说，他父亲最近去东京见了关忠一郎社长，回来后样子就变了。

团接过NK的话说："NSSC因为BSE肆虐，转手卖出了好不容易收购的汉堡公司。遇到这种经营上的失败，我想经营者肯定很吃惊吧。对不起，这可能给你增加了很多烦恼。"团说这话的语气，一方面以发掘事实和话题展开为着眼点，另一方面这么总结也有教导后辈的感觉。

"不，不，虽说我们是兄弟，但母亲不同，年龄也差了很多。现在也不经常见面，所以没什么可烦恼的。"

良也对团那么说，把自己的立场也清楚地交代给了年轻的NK。"但是刚才的话里有点不明白的地方。我不认为关忠一郎会因为一二次的失败就放弃。他曾经于战争中在缅地也就是现在的缅甸自杀未遂被捕。"这么说时，良也想起了九州的英国文学家原口俊雄。他说过的忠一郎的恍惚症、以及恍惚时的奇怪行为的话，现在重新想想看，是不是暗示其中有什么更深一层的意思呢？用追踪事件背后隐藏的事实这种报道方式，忠一郎有抓不住的什么东西，自己考虑《弄潮的旅人》的编辑，不也是因为想追踪那个吗？忠一郎显示出对良也话里觉得"异常"的地方的反感，肯定是因为本能地察觉到了隐藏的部分有被碰触的危险。这么一想，良也预测，忠一郎表现出的异常，和自己今后的主题会有很深的联系。作为开始，他想问一下年轻时在NSSC总公司工作过的山中的父亲有关忠一郎的事。

忠一郎状态不正常的消息，其影响一点点可是确实的在良也的心中扩大着。

良也想起第一次见面时忠一郎那好像隐藏了不明原因的胆怯的眼神。是从什么样的问答开始，异母哥哥用那种目光看着自己的呢？前后的对话记不住了。那之后不久，在父亲的病房，和忠一郎见过好多次。可是，对异母哥哥，良也只有从原口那里听来那种程度的预见。原口说忠一郎是"明显有恍惚症的一个人"。

因为想问其他人对《弄潮的旅人》的感觉而拜访原口时，从他那里接触到了忠一郎的事。良也想起，在那次采访中，原口是在不知道良也是关忠一郎异母弟弟的情况下说的那些话。

"不可思议，我知道一个有奇怪毛病的人。"他开始说起关于一个俘虏的事。"双重人格不能说净是不好的。无论是狄更斯还是王尔德据说都是双重人格。这个俘虏作为同伴的代表和盟军一方的我是争论的对手。他的很严重的恍惚症，和因为穿越死亡而做的奇怪的现实判断，共存于体内。如果状况合适，他可能已经成为新兴宗教等的天才教祖了吧。"

这么说完后，原口重新看了看良也的名片，说："他叫关忠一郎。"良也坦率地告诉他，刚才老师讲的男子可能就是自己的异母哥哥。忠一郎如果处于不正常状态的话，那可能是为了商业而束缚自己的合理主义的绳子不知什么理由解开了吧，良也想。

束缚忠一郎的事业家的意识，不知什么原因错位了，结果，"非普通的状态"出现了，现在的这种状态对他来说是自然的，这种解释也成立吧。

那对NSSC的指导者来说可能状况是不好的吧。当今世界，推进经济的合理性是会得到好处的，恐怕恢复自然状态的忠一郎的姿势、行动，会避免站在不得不经常下判断的立场，按天才经营者的指示行动，结果对期望待遇变好了的员工们，却是不可原谅的愚蠢言行。"跟着你不行。"宣称这个的特许经销商也会出来。

对这样的人们来说，那种思考方法是不是人性的不是问题，况且那种思考方法是不是忠一郎本来的思考方法也不是他们关心的事情。或许忠一郎落入了那种大企业的环境和个人体质的裂缝中。如果那样的话，即使自己和他见面也没问题，良也想。但是，那之前还有些事情有必要弄清楚。

良也对年轻记者和团说："我认为，上战场时的忠一郎的行动或体验中，有现在这种变化的导火线。"他看到团的目光中浮现出盯住猎物的野兽似的光芒，装作没看见的样子，说："知道他那时候的事的人有两个。一个是法律界长老的房义次，另一个是九州大学的英国文学家原口俊雄，他那时有美国国籍，所以在印度的战俘营作为盟军的翻译，和日本兵代表的忠一郎有最大限度的谈判。我在别的采访中遇到他，知道了这件事。"

"我马上和原口老师见面。"年轻的记者NK说，良也回应道："房先生是律师，所以采访他有关类似于委托人的秘密的事他是不会告诉你的。我去问问看吧。我还是很担心。"

像他说的，良也第二天见了房义次。良也问："听说NSSC连锁店的社长发生了变化。这是我作为家族一员的担心。"对此，房清楚地说："我在密林的战斗中被关少尉救过。这次打算报答他。"良也再问时，就回答说："是我劝关社长退休的。"

房义次的回答令良也很惊讶。房站在替当事人利益辩护的立场，劝忠一郎退休，这件事他没有预想过。在良也的认知中，律师是即使黑白颠倒也要保护当事人的职业。即使良也再问，关于忠一郎存在的重大变化，以及对退休等的臆测，房一定会淡然否定的吧。但是房那边却开始说起退休的事。

房劝说忠一郎退休，是因为继续当社长的话，容易被追究责任，经营会变坏吧。

对这个疑问，房明确地回答说："不是那样的。NSSC现在有充足的资产和收益力。""那是因为什么呢？"听到这个问题，房露出痛苦的表情说："律师不能泄露当事人的秘密。只是，这个应该可以说吧。你是他的异母弟弟，并且没有利害关系。甚至连一股股票都没有。考虑到这一点我才说的。关忠一郎战时在勃固山密林的战役中因炮弹的碎片得了逆行性失忆症。那种病和骨折等伤一样，即使暂时治愈，老后也会通过某种症状表现出来。只这一点能告诉你。请把它当一般话来听。"

房义次这么要求，对良也的提问："那是指经常说的伴随奇怪行为的恍惚症吗？"房言语明快但意义却包含很多地回答道："不是，那是另外别的问题。"决定不把和房义次的问答告诉团或者任何人，良也出了律师事务所。可能是因为战友的关系房才做出劝他退休这种一般根本不会做的行动的吧，良也想。忠一郎听从了他的劝告也是因为他是生死与共的战友，并且在战俘营中他们是旧日本兵的代表和副代表的关系。

即使这样，劝说他退休的契机的征兆是什么事呢？或者可以说那是公司内的"小事件"？对此动脑推测了一下，可是良也没有任何头绪。只是，战友这种关系在忠一郎和房义次间不是泛泛的东西，同样的事不是可以说是自己母亲和荣太郎的关系吗？良也飞快地推测着。两人的爱情如果没有国家将要灭亡这个背景的话，就只是男女关系了。地点是在门司，同时，面临着平家的灭亡。

良也的母亲坚持，战火能够净化爱情。如果这样的话，在哪里转换成反战的，这种新的主题，接触到只能叫作战友情的忠一郎和房义次的友情，良也的内心开始激动。

他原本是极其常识的战争反对论者，必须在什么地方找到掉头的场所。不这样的话，主张净化爱情的人，就会倡导反战。直接被拉进战争中，在战争中失去丈夫或儿子、恋人的人说反对战争很理解。他们有成为反战论者的资格。但是，像自己这样在战争后出生的人怎么做才好呢？要是了解战败后社会的荒废、贫穷，应该有一些说反战的资格吧？贫穷是因为战败，胜利的话肯定就会繁荣，所以责任不是开始战争，而是战败。如果可以这么说的话，没有战争体验的人的反战论，就不得不认为是一般论，从而对它的脆弱表示遗憾。

在可以俯视平家灭亡的檀之浦的门司小山上，逼近的失败的脚步声，再加上烧毁的港口，"从灭亡中走出"的自己否定浪漫的悲剧，不是背叛了母亲吗？即使不是这样，一点没有阶段、了结的单调的和平，当知道掌握权力者的腐败时，打倒他们的理论也崩塌了，社会上组织行动的能量也消失了，那时，年轻人最后释放热情的方向就会向战争寻求，和平就是人，这种话不是反复听到吗？……

按平常的习惯，良也的思考有点来回兜圈子的感觉，走在反战论的正当性周边。终于他脑海里开始反省：自己现在的问题意识和忠一郎的退休没有多少关系啊？

在追查完忠一郎为什么想要离开精心培育的公司后，还是要再一次考虑一下这个反战论，良也想。这有必要和九州的原口，可能的话，和给予NSSC连锁店开始契机的广岛的山中这个人的家人，问一问过去的经过，良也想。但是，他现在不想离开东京。不知道什么时候从巴厘岛有联络，而根据联络内容他可能会马上离开日本。

良也还没有和克子说过要去巴厘岛的事。这有点不通情达理。他也是有害怕发生争论的胆怯心理，怕一旦说出来却不能很好地说明为什么要去巴厘。想见茜这个理由，至少克子不能明白吧。她一定会反问，见面后怎么办。这一点，怎么办自己也不知道，这也不是一个人能决定的事。

"那么，通过事先写信或打电话清楚地确认内容，在跟我说明那个的基础上你再去，我也要根据那个下决心。你要是没有理由怎么都想去的话，那就去吧。我不打算束缚个人的自由。"

良也认为，最近的克子是会说出这样的话的。至少对立要比"每天自己烧菜做饭"时深刻得多。这次的巴厘之行实际上有成为离婚导火索的危险，良也直觉地这么想，所以没有清楚说明并让她理解的自信就说出来的话，良也担心会产生进退维谷的胶着状态，其结果会导致失去出行的机会。

"如果现在还是那么喜欢那个人的话，就打算和我分开吧，打算分开后住在巴厘吧。"按克子生来的脾气她会用明显的理由逼问的吧。这么被追问的话，只回答"是这样"的觉悟还没有。或者，她认真考虑两三天，或许在和龙泽尚美等人商量后会以愉快的表情提议"明白了，那样的话我也一起去，然后再做结论吧。"

想象她那似乎说出"这主意不错吧"的表情，良也发觉自己没理由地对妻子流露出憎恨的感觉，这使他自己都很惊讶。

要和克子开始谈话时，良也仔细看了看自己还不能决断的部分。另外，自己有完成《现代俳句全集》的责任，《弄潮的旅人》的编辑出版是履行活在当今时代的自己的责任，是为了证明存在的工作，想这么劝说她……"那样的话跟茜说让她来日本不就好了？"这样被说的话，也只有软弱的同意。首先，和克子争论的时候，提出报社工作的责任，感觉是非常不公平的说法，那样一来，结果，怎么开始说还是不知道，时间就这样过去了。

与房义次律师见面，忠一郎离开公司的事大致上能确定了，告诉团说："你后辈从山中那里听来的信息很正确。"那之后的第三天，正焦急等待且担心的时候，知枝有联络了。

"茜的情形不太好。我觉得你要是来的话她就能恢复健康。我知道您有很多工作，但还是请您快点来。拜托了。"知枝像是让自己冷静那样劝说着，所说的内容很清楚，可是却是以有些低沉的声音缓慢地说出来的。

"危险？"对这个问题，知枝以渐渐担心的声音说："不，不是这样的，只是完全没有食欲。全身感觉微微透明，我去雅加达和医生谈了，医生告诉我说'是精力的问题。我指的是有生存意愿的问题'。我非常担心。"听到这，良也内心中一直存在的迟疑犹豫都踪影全无地消失了。

"明白了，我马上去。快的话，明天中午过后，慢的话后天内去那边。"良也回答说。他首先去了旅行社，运气很好，订到了第二天鹰记航空的票。回到报社找到团。在一楼的会客室相对坐下，良也马上说："我明天要去巴厘的乌布镇见叶中茜。很遗憾没有时间和我妻子慢慢说明，所以打算留一封信。信很难，可能会写到出发前。我会拜托预定要到机场的出版部记者，让他帮我转交给我妻子。可能那对她会是个晴天霹雳，会让她很混乱。那时，请帮我安慰她。也请告诉她我对她的歉意。"这么拜托，良也不得不承认他不想和妻子直接说自己和茜的事。

"等一下，"团说，"难道你不打算回日本了吗？"他问道。

"不，大概会回来。但是可能会多花点时间。她好像生病了。不和她堂妹商量的话不能决定。"听到这儿，团说："明白了。那种程度的联系我会做，那无论如何也是联系啊。"接着又问道："还有，NSSC连锁店的社长，好像非得要去立陶宛。听说问过原本在总公司实习的山中能不能和他一起去。关忠一郎社长和立陶宛有什么样的关系呢？你没有想起什么事吗？"

回到家，良也说了第二天开始必须紧急去出差。解释说，要追寻以长崎为中心、现在还活跃的森澄雄的足迹，再到熊本转一转，由中村汀女的弟子们带着去看她住过的房子什么的。这种完全说谎的事还是第一次做，所以他不得不拼命装出镇静的样子。因为要安排他不在期间的编辑推进方法等，结束会议回到家已经很晚了，克子也因为有俳句会所以只比良也早回来一点点。慌忙准备旅行要用的东西，不停地干活，没时间说话就结束总算也是个令人高兴的事。

因为早上时间比较宽裕，所以跟克子说要工作到清晨就让她先睡，良也进了书房开始给克子写信。

"首先，我必须对你道歉。"

写完这句话，心情稍稍平静了下来。总之这是道歉信，所以必须倾注诚意表现真情，良也又摆好姿势，

"我出差的地方实际上不是九州而是巴厘岛。"

良也一口气写道。终于沉静下来，

"本来应该和你面对面地说明事情，但很遗憾，没有时间了。坦率地说出来吧。我去巴厘要见的是我年轻时代的恋人。我一直不知道她的消息，直到去年秋天才知道她在巴厘从事NPO那样的工作。

"这个消息，也是在《现代俳句全集》的采访过程中偶然知道的。她和我差一岁，为了照顾长期患病的陆军大佐的父亲而耗尽精力。我回到东京的两年后，失去了她的踪影。

"很长一段时间里，她能不能成为我构想的《弄潮的旅人》的采访对象也是我所关心的事。这是事实。我的直觉，她还有没跟我说过的悲剧的命运。

"她现在好像得了很难好的病。知道这事，这些日子以来，我很犹豫，不知道应不应该去看望她。我知道那时应该听听你的意见，但现在已经没有时间了。事先说一下，这根本不是恋爱感情的复活。遵从不了解战争、只得到和平的分配而生存下来的人们的良心，我想趁体力还好的时候去看她，采访一下悲剧的本质（这么写时，觉得采访这个词有点令人讨厌）。我会回国。没直接跟你说就走了，再一次道歉。"

写到此，良也把写给妻子的信放到打算带到飞机内的随身包里。想要在去成田的路上重新再看一遍，找到应该修正的地方的话，就在机场修改。这样，不会觉得有漏写重要的事情。

乌布的月亮

　　叶中知枝到登巴萨机场来接机。良也看到她，很是开心。从成田机场起飞前，他喝了点烈性酒，在飞机上小憩了一会儿。之前因为给妻子克子写信花费时间和精力，就没睡好，同时也担心克子看到自己的信会有什么反应，因而大脑一刻也没有得到休息。

　　看到知枝，让良也真实地感到自己从玉川学院前的生活圈子进入到了另一个世界，他知道这是通往安心之途。

　　知枝一脸灿烂明朗的笑颜，完全打消了良也从电话中得知茜生病后产生的不良预感。

　　"多谢您立即赶来。"知枝说道。

　　"茜情况如何？"良也问道。

　　"不好意思，让您这样担心，是我不好。茜也责备我，说您报社的工作就跟银行工作一样，是不能让别人代班的。"知枝一个劲道歉。

　　知枝一直都视茜如同妈妈一样，从跟茜相处的回忆中摆脱出来，他这才发觉知枝比在东京和安云野见面时候显得年轻些。

"从这里到乌布（Ubud）虽然路很好，但是各种交通方式混杂起来，反而降低了速度。经常会出现急刹车，请系好安全带。"知枝对坐在副驾驶位置上的良也说道，就好像刚才飞机上的乘务员一样，"一个小时就到了。"

驶出繁华街道以后，正如知枝所言，拉货物的牛车，穿插其中的摩托车，以及三轮车等等等混杂于路中，更让良也吃惊的是还有很多野狗。他刚坐上副驾驶座上，觉得眼看要撞上一只狗了，情不自禁地踩开双脚。没想到野狗倒很冷静，只是稍微地侧下身体，就让车擦身而过了。良也想，或许这里是出于宗教的原因，人人爱惜生物，所以狗才会如此优游。

知枝解释说："之前，茜一个人住在距离乌布镇稍远的棚田村里。由于健康上的原因，我就决定租卡娅夫人的房子。茜很痛快就同意搬了，还说，这样也好，这里的人都住得很近，有事的话可以互相帮助。以后我带你好好转转，是个宅邸独立的宾馆。"

听她这么一说，良也想起来，前不久知枝在信里提到夫人房子的事情。

乌布镇依旧是人烟稀少，街道对面有一些小店在门口放着的木板上面摆放着蔬菜和水果。自行车店和露地面的房间里摆放着工作机器，修理店的研磨机在研磨着东西，不断地冒着火花，旁边是洗衣店，还有一个糖果店，硕大的塑料瓶子里装满了糖果。

知枝开着车拐入了铺着石头的小巷里。

"这里以前是所宫殿。听说这条路的尽头就是帝王的城堡。"知枝一边解释着一边把方向盘往右拐。走过了一段石头路，车子停在了一个街门面朝马路的房子前。从马路往里面看，右侧安放着数台织布机的一派很宽敞的建筑物，通道的左侧是装饰着东西的展览室，里面摆放了几个细长的折叠凳。有客人的话，谁都可以从外面一进来，就坐在折叠凳上。跟这家人打招呼。

良也下车的时候，一个女人从一棵兰花楹大树后闪出来，她往前站了站，似乎在等着车到来。看见良也，女人弯了弯细腰。她缠在腰际的柔软的丝带的一端耷拉下来，宛若穿着印花蜡染长裙一般飘逸，完全是当地女性的装束，毫无疑问这个女人就是茜了。良也反应过来以后，不仅脱口而出："啊！茜！"

在茜微露笑意之前，良也已经伸出双臂，扶住了她的双肩。"很久不见，真是……"茜说道。良也也感慨万千："是啊。终于……"良也只能说出些感叹词。良也轻轻地拥抱着茜，此刻的她显得格外娇小，估计也很轻。

良也问道："你身体如何？"她嗫嚅地小声回答道："不要紧。"听到这里，良也用力地拥抱着茜。

刚才去停车的知枝返回来，说道："进屋里去吧。跟卡娅夫人打招呼明天上午就可以。"看来知枝刚刚已经跟卡娅夫人的秘书小姐商量好了关良也已经到了，该什么时候打招呼为好。

知枝这样一说，良也也就悠然地在院子里和茜并肩地走着，一直走到里面的高级招待所里。良也站在兰花椚树荫下，端详着宁静的茜，思绪一下被带到了三十年前。

那个时候，良也走出支局，就径直来到茜的住处。然后回下宿。茜到了夜里，不太喜欢一起出来散步，所以他们只在休息日转转长野市的郊外和历史古迹。

良也步出支局就给茜家里打电话，确认去医院看护父亲的她返回来以后，再去拜访。茜经常在大门口那棵硕大的荻树树荫下，宁静地等待着良也。看见他，有时候说："您回来了。"有时候说："晚上好。欢迎光临。"然后她就会一转身，跑向通向厨房的入口，打开大门。尽管茜要照顾卧床不起的父亲，但她自己并没有觉得结婚是不可能的事情，确实是面临着一些困难，但是她似乎是把有良也的生活当做是新婚生活了。茜同良也交往是和父亲住同一间病房，也是良也单位的约聘教员富泽介绍的，而叶中长藏大佐也认同以后，茜就没有任何犹豫了。

没有了丈夫的生活补贴，良也母亲就靠着教别人插花赚钱。目睹着这些长大的良也也能体谅到茜生活的窘迫，虽然当时茜在当地的银行上班，有一份收入。基于这样的条件，良也经常买些菜什么的去茜那里。支局附近有一家新开的卖油炸品和煮食品的食品店，大大地解决了良也的心病。所以，要是没有母亲生病倒下这件事，良也和茜也许会在一起。至少，能一直继续着宛若新婚生活一般的日子。这样想的话，良也至今仍然认为，茜突然从他身边消失他自己也有一定的责任。

回忆起茜站在大门口迎接自己的姿态，良也一下子回到了三十年前的时光。他被茜和知枝引领着，来到了自己住的房间里，坐了下来。

"当初，实在是对不起了。"良也自然而然地说道。听到这儿，知枝断然地否定了良也的话："不是那样的。"然后征求同意似地望着茜。茜的表情没有丝毫变化，那样子并非是反对知枝的话，似乎是说因为更深层次的原因，自己的行动不可能跟良也无关。

过了一会儿，茜顺着堂妹知枝的话说道："嗯。不好意思的是我。所以就一直没有跟良也君你联系。因为同样的理由也会引起知枝伤心的回忆。"关于这件事，良也同知枝一起去京都的时候，听她说起过，至今仍像谜一般地留在良也的心中。知枝是跟茜年纪相差很大的妹妹，茜视其如女儿，但是茜也曾在知枝面前突然消失过。

沉默在三个人之间蔓延着。良久，良也感觉到继续沉默的话，似乎是对茜无言的谴责。于是他转换话题，问道："我听知枝说茜开始是想去金沙江采写民间故事的。说说搬到这里之前的事情吧。"茜点点头，打开了话匣子："知枝说得没错。居住在中国金沙江一带的藏族人之间传说和《竹取物语》传说完全一样，我知道后也很吃惊。"

根据茜的描述，《斑竹姑娘》故事是这样写的：追溯到金沙江一带，顿时眼前豁然开朗起来。水稻和小麦随风起舞，麦浪滚滚，眼前出现了一个梦幻般的村子。令人心旷神怡的世外桃源般的故事就此展开。《金玉凤凰》这部连环画的一部分同《竹取物语》一样，同羽衣传说没有什么关联。当地的统治者土司的愚蠢儿子向四个斑竹姑娘求婚这部分跟《竹取物语》中的五个求婚者的情节十分类似。

"不过中国传说流传到日本以后，作为故事的美感和醇香已经不那么原汁原味了。我想还会有更多的传说。就萌生了想亲自去看看的念头。在香港办理申请入境，中国幅员辽阔，对外国人尤其是日本人的认识还不是很深。后来我认识了一位在印度尼西亚开旅行代理公司的日本女人萨利夫人。"茜继续说道。

就是通过这位萨利夫人介绍认识了乌布王族血统的卡娅夫人，才在这里安居下来的。令茜动心的是这里也有各种版本的羽衣传说，同时在巴厘"月亮"这个词有各种各样的影响。据茜解释，通常世界各地人都视太阳是力量的象征，而巴厘人认为太阳是危险的，巴厘人很珍视月亮。

良也早就想问问茜，为什么独独对《竹取物语》和月亮如此感兴趣？但还是忍住了。不管关系多么亲密，对方不想说的话，就不要问。良也最近虽然觉得认识到这一点为时已晚，但是已经习惯这样来考虑问题了。茜和月亮或者是月光之间的关系据他推测就是这样的吧。

　　良也同关系谈不上很亲密的同父异母的哥哥争论其在战场上的体验，就是一个失败的例子。良也逐渐意识到这一点，战败后出生的人愈接近于现代，脑子里愈没有他无法接触到的那些历史内容。除了"全共斗"、"过激派"的一些人抑或是狂热的邪教分子之外，人们的心已经没有什么激情了或者可以说是幸福的人增多了，他们已经无法理解那些阴暗的东西了。

　　人的这种变化也可以称为是月亮相对太阳。职业上允许去侵犯月亮那部分东西的是执行法律的检察官、审判官和律师，而记者算什么呢？在伸张正义和捍卫自由这点上法律界和传媒界的从业者有共通点，这属于太阳族系，而非月亮族系。良也是这么认为的。良也感觉自己似乎发现了茜从自己的身边消失的端倪了。要是自己当时不回东京，辞职后就在当地找个中小企业上班，过着自己想要的生活的话，茜也许就不会消失了。良也的这种后悔只不过是自己在假定中难以消除的悔恨而已。

　　良也思索着这些，听到茜正在跟知枝说，乌布这个地方以前是个艺术之村，并非是登巴萨（巴厘岛南部旅游胜地）那样的旅游观光地。良也在头脑里再度思忖：

　　茜住在这里主要是因为这里的特征能够给她带来安稳感。茜继续说道："镇上邻近的佩京（Bali Pejeng）村有座名为'培拿它兰萨希（Penataran Sasih）'寺庙，那里安放着一个关于"佩京之月"传说的巨大的铜鼓。我还没有带知枝去看，良也，你愿意的话，我们三个人一起去吧。"

　　良也觉得现在茜拼命地想要让理解一些什么东西。这些东西是她要让他了解的，而又无法用语言表达的，要他必须要好好去领会。

　　他们在良也的房间里聊了一个小时，气氛渐渐轻松起来。

　　知枝问道："茜，你还好吧。见到关君的原因，你今天状态看起来很不错。"

　　"你说什么啊！我已经全好了。"茜和知枝像女孩子一样交谈着。良也这才意识到夜已经很深了。虽然这里的时间比日本晚一个小时，也已经晚上九点了。良也在开往乌布的车里听知枝说，茜一般是晚上十点休息，早上六点多起床，保持每天八小时的规律睡眠时间。

知枝和茜两个人分别回到自己的房间以后，良也开始考虑接下来该怎么做。自己来到这里只是一心想见茜一面的。因为有知枝在这里，自己和茜分别三十年后的再会很自然，但良也还是觉得有一个变化。虽然有如释重负的感觉，但他还是告诫自己不能太喜悦。回想起到登巴萨以后的经过，良也一门心思只想着和茜和知枝的再会，而他全然没有意识到自己是离开妻子，又辞职还要住在乌布这里。这所有的一切也许都缘于茜生病了。

虽然没有考虑得那么清楚，但茜生病毕竟是事情的前提，他还是经常放在心上的。人之生死离别都是这样的。见到茜好好地鼓励她，不管她的病或轻或重，把她带回日本，恢复健康，这是良也的想法。可是就在刚才，他突然不知道自己该怎么做，一团乱麻。

良也想这时候克子该在读他留下的信了。她通过这封信应该知道自己离婚的态度。要是她保持沉默的话，至少那也是个证据。最近克子交了龙泽尚美这位朋友，如果她不能接受离婚的条件的话，说不定会怒火中胸，跑到乌布来。良也当然不希望如此，也不想在乌布将他们两人之间的纷争扩大化，总之他现在的心情也很混乱。

只是良也不想伤害茜。他希望在平和的氛围中静静地告诉她，治愈她心灵深处的伤痕。良也也不知道自己能否做到。从茜和知枝的谈话中，他知道茜在雅加达医院切除胃以后，还需要再做手术，由此判断她的病是顽症。这次知枝请良也来乌布说服鼓励她接受第二次手术。

茜曾说过很想见良也，并且她似乎也很讨厌多次做手术会令自己衰老。现在茜和这个岛上在药店工作的少女成为好朋友，依靠她调剂的中药维持健康。从茜和知枝的谈话中良也听出来，茜每次吃这个少女的药以后，身体就会变得透明一些，知枝叫道："这样是不科学的，这样就不像茜你了。"而茜只是对着知枝微笑着，满眼慈爱之情地注视着这个年纪相差很大的妹妹，没有辩解。知枝有点不耐烦地征求良也的支援，"关君，我说得没错吧。"

良也也担心事情的严重性，"知枝说得没错。该如何表达希望你活下去这样的愿望呢？"后面半句是对着知枝说的。良也总觉得自己这种回答含糊不清，如果是强行把茜带回日本，恐怕是连对自己抱有极大期望的知枝也会生气的。

良也在东京的同龄朋友当中，有几个做医生的，都是各自领域的权威，如果带着茜回日本的话，他们肯定会好好安排的。可是见到茜以后，发现茜看起来并不是很憔悴。现在赶紧进行医疗诊断的话，一定会得救的。良也心里很着急。

不知不觉中，良也微露睡意时候，枕边传来阵阵不同于蛙鸣和蟋蟀的叫声，他想也许是壁虎吧，没看见什么东西，也不能确定到底是什么发出的声音，总觉得这声音不像是这个世界上的东西发出来的声音似地。过了一会儿，良也发觉枕边右上角发出的声音是从脚底斜对着的靠近天花板的位置上传过来的。不知道是同一只壁虎还是两只。良也再次侧耳倾听的话，感觉是从遥远的地方很正宗的蛙鸣声，听起来感觉像是遥远的潮骚。良也这才意识到茜在这里是一直听着这声音。

清晨很早的时候良也闻见鸡鸣声睁开了眼睛。他意识逐渐清晰起来，回忆起来自己这是在乌布的王宫遗迹附近一带呢。

这里虽然是城镇，但晨晓的公鸡四处报晓，被这声音弄得良也夜里听到的那些森林中的各种鸣声的记忆也渐渐复苏了。他这才意识到茜一直就是在这样的环境中生活的。也许只有在这样的环境中才能真实地体会到人生的短暂无常，才会更加珍惜生命。

如此看来，茜拒绝再次手术治疗，并不是意味着自我放弃，相反却是另一种坚强。她若没有这些事情的话，不可能超越心中难以逾越的伤痕，良也现在回想起来，茜明知自己无法忘掉和良也的这段感情，一定很痛苦烦恼。

要洞察茜当时的心思，治愈她的心灵创伤，就需要跟她一起生活一段时间。当时，茜的妹妹知枝待在她的身边从知枝那里可以间接地了解到茜的一些反应。三十年的空白，需要这样的间接的说话方式。茜遇到同样的事情，也希望知枝在身边。

良也意识到要打开茜的心结，钥匙就是《竹取物语》。正如前面所考虑的，这个问题从正面切入的话，争论并不能找到结果。方法不当的话，也许就永远也找不到答案。

良也躺在那里胡思乱想了很多，耳边传来了一阵轻微的脚步声。良也赶紧起来，从百叶窗的间隙里往外望，在这里工作的一个中年妇女正把香蕉叶子做成的小小的盘子上摆放着花，然后放到门口。良也再一看，茜和知枝房间的门口也摆放着同样的东西。后来问茜，她说那是一种供花，在当地叫做"康南"（Canang）。将其放在精灵能够到访的地方，这一天都会受到保佑，这是一种祭奠仪式。这里每一户人家都遵守这一风俗。这个岛上在伊斯兰教和印度教盛行之前就已经很注重纯朴的宗教风俗习惯了。这样的风俗对于茜来说，也是一个让心情平和的环境。

第三天，良也和茜和知枝三个人一起去参观萨希（Penataran Sasih）寺庙的"佩京之月"。

古代巴厘有十三个月亮，有时候其中的一个月亮就掉下来了。"据说掉下来的那个就是这个从土中挖出来的巨大的铜鼓。"茜解释道："其他掉下来的月亮有的悬挂在大树的枝头，因为太明亮，令小偷们无法行窃，刚想在上面撒尿，月亮爆炸了。这个铜鼓就是爆炸后的遗物。"月亮有很多种称呼，足见它是个很重要的事物，关于月亮也有很多传说，这里面包含着与力量的象征相对立的哲学，即这个世界不仅仅是由强悍的东西构成的。茜讲述着她迄今为止学到一些东西。

良也问："羽衣传说是怎么回事？"茜回答道"有很多版本。不仅仅是巴厘岛，很多岛屿上都有这个传说。不过有一个共通之处就是每个人都逃脱不了早晚要回归天界的宿命。如果人双脚还踩在地面上，天女就丧失了力量。"

也可能是良也作为听者多心，他感觉茜回答这个问题时声音显得有些低沉："我曾经问过我住的村子里的老奶奶，以前在发生月食的时候，村中大乱，为了驱赶恶魔，他们敲击着一些神圣的东西，诸如锅、釜等炊事工具，弄出声音来。""哎。日常生活用品怎么都变成神圣的东西了。"知枝发出感慨的声音。

置身于这样的对话中，听着关于整个巴厘岛广袤的文化传说，良也多少也理解了茜被这个岛屿所征服的原因了。

之前的晚上，卡娅夫人请良也他们三个人观看巴龙舞。讲述的是被牺牲了的王子和魔女之间没完没了纠缠不休的战斗。被施加了魔法的重臣们反而赞成恶魔的意见，王子大变身，出场的人物变化不断令人眼花缭乱。最根本的是本剧想要传达这样一个理念：恶魔也好正义之士也好他们的作用是可以对调的。在这点上，本剧比日本的劝善惩恶剧拥有更加成熟的人生观。良也很希望报社社会部的那些年轻记者们能够看看这种舞台剧。

据卡娅夫人讲述，巴龙舞是将一种名为"克差舞"的舞蹈剧复原，这种舞蹈形式的诞生还是日本学者起的先驱性作用呢。卡娅夫人还称想把那个人介绍给良也认识。

从日本以外地方来到这个岛上的学者们也要来拜访卡娅夫人。通过卡娅夫人，良也得以和一些优秀的活动家结缘。但是这和良也来这里带茜回日本的真正目的有出入，现在变成了来到这个岛上吸收文化思想了。可还是没有决定回日本的时间，良也即使是休假，也并不意味着时间就是无限的。

良也一天天地目睹着茜一天天疲惫下去，还要由她带领着到处参观。他们去了访京胜地巴图尔火山山顶上的破火山口湖下流的分配形态。良也用肉眼看到寺院的建成就像是额外添加了一笔一样。所谓遵照自然秩序的权威，改变观点的话，也许就是文化秩序的一部分，茜认为这种现状值得肯定，而知枝表示反对。

这种争论，恐怕是在剧团万绿群时代，茜和知枝之间就经常展开的交流方式。良也没有看到茜的那段空白此时又出现在他眼前，他不管两个女人谁正确与否，饶有兴趣地欣赏着这一幕。

接下来每天的行程当中，他们去了埋葬着独立战争英雄Gusti Ngurah Rai将军率领部队的牺牲者以及其他的独立战争死者的墓地，这是良也希望去的地方。从签给知枝的信中，良也读到关于这个墓地的描述，当时就决定去巴厘岛的话，无论如何也要到这里看看。战士们都长眠在寂静而灼热的太阳之下，其中有极少数从刻着的名字看是日本人。其余的都是岛上的人名下面，刻着"三郎"和"田村"这样的罗马字，茜用手指着说："这个墓地也是日本人的。"

"日军在巴厘岛上给当地人留下了很好的印象，给当地建造了小学校，这是值得感谢的事情。"茜说道。良也想也许这就是茜住在这里的一个主要原因呢。茜继续说道："我当时也想去父亲作战的菲律宾的民答那峨岛。但现在已经不可能了。"说完寂寞地笑了笑。良也马上说："我那时候也要去的。"

　　因为良也这句话，茜飞快地扫了他一眼，没说话，眼睛望向远方。这天晚上，良也接到了远在东京的团的电话。团在电话那头儿还是很直率地问道："良也，怎么样？还好吧。茜的情况如何了？"

　　"茜比预想的要精神多了。我总算放心了。"良也回答道。"是吗？那太好了。你夫人很厉害啊。很坚强啊。"团切入主题。原来克子跟在公司的团联系了。那天下午，团在公司的谈话室里见过克子。克子刚一坐下，就立即说："我再也不想见到他了（良也）。拜托你转告下，请给我些时间。"团听后立即表示阻止，说道："这样啊。那不可以啊。"退了两三步以后，团又反问克子："还是那些事的话，您会离婚吗？"克子不作声了。团徐徐地为良也辩护道："良也他不直接跟你说，是知道你会生气的。你生气也是理所当然的。不过也可以看出来良也对自己所作的选择问心无愧。他不想把在印度尼西亚的人拿来品评议论。这有点浪漫主义。""我不知道什么浪漫主义还是利己主义，反正我是再也不想见到那个人了。麻烦你转告一下。"克子说完就起身离开了。

　　团半安慰半鼓励地在电话里说道："生气的话让她爆发出来就解决了。照你看，克子她没事吧。真是个直性子。"良也有种不祥的预感，说道："谢谢你。很丢脸。给你添麻烦了。"说完就要挂断电话。团赶紧抢着说："关忠一郎社长辞职了。还没有对外公布，不过看样子任期满了就打算交接了。说是生病了，不过谁也不知道是什么病。一个叫村内的家伙做下任社长。"良也听到这里说道："是吗？"这个消息没有给他带来丝毫的冲击，连良也自己都觉得不可思议。

　　挂断电话，良也把同父异母的哥哥的事情抛在脑后。倒是克子不快的反应打击了他。团刚刚所言的："我觉得克子不要紧吧?！"良也不知道什么叫做不要紧呢？是保持冷静不必担心呢？还是克子应该会理解到良也的一片苦心呢？花点时间的话，两个人的关系也许会好转，良也推测着，同时把各种结果都考虑了一遍。

　　但是现在无论如何，良也不能马上返回日本。茜对自己的到来很欢喜，也不是很介意良也在日本的状况，她只是很珍惜和良也在一起的这段时光，良也也觉得很开心。良也这段时间在这里见识到了知枝这个曾经的剧团和美术馆馆长在时间安排上的良好习惯，他在巴厘岛期间要参观的寺院、祭奠等信息收集都是知枝来做的，同时她还要照顾茜，制定日程安排，经常到卡娅夫人的事务所去。良也明白这是知枝好意让他和茜单独在一起。不知不觉中，所有的日程安排良也都委托给知枝来做了。

虽然卡娅夫人说良也待多久都没关系，但是知枝看到卡娅夫人忙碌的样子，知道不能这样打搅下去，所以就帮着为他们两个人找住的地方。

新住处是一名曾受印度尼西亚勋章的日本音乐学者川城勉的别墅。川城勉将巴厘的舞蹈剧"克差舞"和巫术剧加洛纳朗舞剧复活为现代风格，为表彰他在这方面做出的贡献，很少授勋于外国人的印尼政府特授予他勋章。荷兰占领印尼时期，还活着并保持着艺术之国传统的那些乌布王族们格外信赖这位川城勉先生，允许他在可以俯瞰到替佳睦普溪谷的密林高台处建造别墅。卡娅夫人那里是提供镇上的人们工作的职业介绍所，而这里相对更安静，也能够远眺，良也内心一阵狂喜，心想在进入雨季之前一定想办法说服茜回日本再接受一次治疗。

而川城教授好像一直在等待着像良也这样的聊天对象的出现，热情地跟良也探讨着音乐文明史、声音环境学、近代主义谬论等。良也也知道川城总是去解析带有疑问的问题，开创新的学问，他从川城的观点中可以窥见出巴厘岛的艺术，清晰地看到其艺术特征。然而从搬到空气良好通风良好的川城以后，茜的状况却每况愈下了。

茜早上起床变得很痛苦。原来她的饮食就很精细，现在食量越发地减少了。良也不安起来，是不是像知枝说得那样癌细胞是会偷偷地扩散的，难道是转移了吗？良也双手放在地板上，请求茜道："无论如何必须要再接受一次手术。"

"谢谢。不过我自己心里有数。每个人的寿命是不一样的。即使强求，结局也是无法逆转的。虽然现在很痛苦，但还能活着。吃点西道小姐的药就会稳定下来的。"茜温柔地说道，但态度没有改变。知枝也劝道："可以不回日本做手术，但是可以再去之前的雅加达医院啊。"

茜所拜托的那个叫西道小姐的提着个药箱来到了别墅，那个小药箱跟良也以前在画中所见的中医拎的药箱一样，但是跟年轻女性的身份很不符合，她给茜用的是一种叫佳木的药。良也和知枝只好眼睁睁地看着茜和西道小姐用当地方言简短地交流着。这三四天来，良也同川城教授就近代主义的傲慢和谬论进行争论，"判断其是否是科学的基准就是它是否局限于自我学说的范围内。""只有自己的理论是科学，贯穿古今东西的话，那就是教条是专断。"针对川城教授这个观点，良也始终没有达到共识，现在良也感到自己执拗地难以说服茜，的确是一个很大的失败。

良也想起茜曾经跟他说过："西道配的药跟普通的佳木不一样，那是印度教这种宗教进入到巴厘岛之前，八世纪以前，这里被称为棕榈树的生长之地时候，根据这种自然观而产生的一种疗法。良也走近仔细看，这个年轻的女孩儿尽管一副无邪的样子，但是从动作态度看感觉像是个妖精。她调制好药，焚上一炷良也从来没闻过的香后，就静静地离开了。

这令良也想起在圣武天皇的时候，东大寺从中国弄来的名为"兰奢待"的名香的故事。具体良也也记不清楚了，好像是说名香能够稳定人心。西道一回去，茜招呼良也到身边来，"对不起，我太任性了。不过我很高兴你能来这里。我觉得你原谅了我，这些就足够了。很感谢。"

也许这个岛上的富人们有这样的风俗习惯吧，来访客人的房间都隔得远些。川城府邸也是这样，教授和他家里人住的房子都分别建有能够俯瞰到替佳睦普（Tjampuhan）溪谷的高级旅馆。溪谷的对面是宽阔的庭院，草坪的尽头是很高的两个街门，随时都可以作为舞台剧的演出装饰。夜里点燃篝火，为了防止有人损坏四处宽阔的草坪，在草坪上放置了模仿着神灵和恶魔的石头雕刻，在月光下熠熠闪光。

良也从茜的房间里眺望着院子，开始跟她说话。"没想到能够这样跟你说话。我以前特别想你，就向在香港见过你的特派记者一个姓团的记者打听你。香港1997年回归中国政府的时候，还想再到那里出差，一定好好地寻找你。还推测着你可能在新加坡。而关于寻找你的方法，团记者也已经想好了，就是专门到卖印度尼西亚或者菲律宾特产的商店里去找。"茜对良也说："对不起。我还记得在香港的时候。我还专门和旅行社的萨丽一起去拜访了售卖这里著名画家作品的画廊。当时有个清一色日本女性的观光团里有个急病人，发生了一点事故。因为我一直都住在这里，有点害怕遇见日本人。所以我同样也是只是偷偷地想念知枝，不愿意见到她。不过知枝她性格磊落，坚持自己的意见，对什么事情都采取肯定而阳光的态度。她的性格非常好。"

良也听到这里忽然脱口而出："这种性格属于稚气未脱。这种性格外强中干的日本男人不是很喜欢。其实我也只是个普通的日本男人。"

"是呀。不过知枝倒是很欣赏你这样的跟她年纪有点差距的男人。她的内心很纯净。你也很温和。"不知为什么茜的口气就好像一个向别人推荐自己她堂妹的大婶似的。良也正思忖着该怎么回答，茜低声地说道："你呀，当时根本就没有打开我的心扉。"

"是吗？我没有感觉到啊。是不是太迟钝了。"良也说了句谎话。他心里对自己说，谎言也是一种安慰。

良也的父亲荣太郎患癌症的时候，只有他自己清楚地知道癌症的发展状况，周围的人根本不需要对病人掩饰不是癌症。现在对于良也和知枝来说感到万分悲伤的是只有茜自己预测到她自己的死期。这一点和普通的癌症患者正相反。

如果要带茜回日本的话，就必须要坚决否定她现在的这种预感。良也在心中甚至想过要通过强制暴力手段把她弄走，但是这显然不是最好的方法。而知枝也是无意识地等待着。

良也只是很心疼茜。从自己看到当年照顾着叶中大佐的茜，一晃三十多年了，时间飞逝而过，才又见到今天的茜。良也感到命运对她过于苛刻了。现在良也除了关爱之外没有考虑过爱的表达。昨天晚上，知枝还反问他："你不想带茜回日本吗？"良也说道："可能的话，我想带她回去。""骗人。你在日本有太太，带回去怎么办？"知枝诘问道。"不，那不一样。"良也情不自禁地大声说道。意识到自己失态，声音太大，良也赶紧向知枝道歉。知枝对自己这种庸俗的责问的动机是出于对茜的关爱，良也觉得不该对她发火。反而觉得知枝很可爱。

"我想必须把自己经历的一些事情还有由此产生的对待事物的感触都细细梳理写下来。你好像已经读过我给知枝的笔记，还有后续，不对应该是前提更恰当些。"

茜说道。良也马上说："那一定要拜读。给我看看。"茜微笑着说道："改日。"

茜的脸上浮现出了一种真真切切的微笑，那是难以用语言来形容的很有内容的微笑。

非要解读的话，那微笑的含义是：这笔记现在还在写作过程中，今后还要继续写下去，要一直活到写完为止。似乎是跟良也约定到那时候再给他看。可是茜自己也没有自信是否能按照自己的意愿写完，所有的可能性都包含在这一抹微笑里面了。同时这个微笑好像也是茜对良也静静地守护着自己表示感谢。

良也望着茜这谜一般的微笑，说道："这乌布的月光带着一道圆圆的光圈。给人以柔和的透明的感觉。要是在日本的话，嵯峨野的秋月更加清澄和冰冷些。不知为什么，现在已经记不得在长野分局那时候的月亮了。"这时候，茜的眼睛里闪过一丝尖锐而恐怖的光，飞快地瞥了良也一眼。转瞬之间，茜马上又恢复了柔和的眼神，附和道："你说得没错。"

两个人没有说话，默默地从二楼眺望着正房的前庭。今天晚上没有进行巴龙舞排练，宽敞的院子里面区分现实和异界的两个门柱的倾斜的影子后面，升起的月影落在院子里，几个地方稀稀落落升腾起来的篝火周围虫儿飞起来，像洒落的金粉，屋后的溪谷对岸传来阵阵蛙鸣。

良也感到有茜待在身边的时间真是无限幸福。现在就这样，就是让他去死他也愿意。他险些脱口而出："我们一起死吧。"

良也想起来自己编辑《弄潮的旅人》的事情。如果不一页页去编辑的话，就做不完，看不到最后一页。可是这样固然好，自己真的就要变成潮骚的旅人那样吗？

要是现在，茜对回日本治病这件事，点点头，说声"可以"就好了。突然良也又想在长野分局的那段时光绝对不要重现。当时只顾着看前方，因为要照看着生病的父亲，茜始终没能离开长野，自己要看望病倒了的母亲，只想着该如何才能超越这种被拆散在东京和长野之间的困境。

良也自己不知道究竟是那时候纯粹呢还是想着一起死的今天的自己心境更澄明些呢？只是这三十年的空白时间静静地流逝了是确确实实的。毋庸置疑，现在有这样的想法是因为茜的生命之火即将燃尽所引起的。要是平常的话，自己不会这样想的，良也自我否定式的思路就在今夜停止了。他对茜的事情是越来越担心。

茜微微动了一下身体，说道："啊！我还要好好活着。良也，之前你一直不能好好地待在我身边。"良也想自己和茜想到一块了。茜应该要说的是：还要好好地活着，来生一定要一直待在一起吧。

经常会有一些学者、知识分子、有识之士等组成的视察团访问乌布，来实地观摩授励的川城教授在巴厘岛活化艺能的业绩。他们当中成员多数是在国土交通部和经济产业部的声援下，为了奖励日本传统艺能而组成的委员会中的成员，有些高龄者也需要有医生陪同。知枝了解到其中有一个在京都综合医院任医师，于是充分发挥她的行动力，请他为茜做诊断。根据这个医生的诊断，不能保证茜的心脏没有引起变异，这样下去的话，只剩半年的时间。知枝给长野美术馆的小室谷先生发了传真返回后，哭着跟良也说着医生的诊断结果。良也抱着知枝的肩，轻轻地拍着她的后背，安慰道："茜无论如何也不肯改变主意，我们只能遵照她的意思尽最大的努力。只能这样做了。"虽然这样说着，自己也很悲伤，很为难。茜的决定没有一点感伤和妥协的意思。良也不知道她为什么抱有如此坚定的决心。良也的脑海里突然浮现出茜说"改日吧"。脸上浮现出的那抹微笑。似乎有什么东西难以靠近。

良也恢复了平静，把小室谷拜托他的事情告诉知枝，知枝在巴厘岛期间似乎成熟了不少。"要是对我这个从知枝那里接过万绿美术馆代理馆长的男人，不知道该怎么办的话，我就直接去你那里商谈。我也想在巴厘岛待上一段时间，变成熟些。"

"谢谢！不过你要怎么办呢？"知枝一边擦着眼泪，一边问。"怎么办呢？还没有想呢。"良也一边回答，一边想他该如何考虑呢，现在的心情无法考虑这些事情。

"不过不能像现在这样一直待在这里。我就好像是私营者一样，来去自由些。"

话虽这么说，不过就像知枝刚才指出的那样，回一趟日本，处理自己身边的种种事情，要在茜临终前陪伴在她身边，目前只能是还回到这里。可是离开公司还能生活吗？在这里找到谋生手段的可能性很渺茫。要是有自己和知枝两个人的话，可以在周围都是农田的茜这里生活并看护着她。难处在于自己已是进入老年的男人，干农活有点不能胜任。

良也在长野分局的时候也因为同样的问题而深感苦恼。他考虑了良久，那个晚上壁虎的声音盖过了青蛙的合唱。

良也现在不得不坦率地承认那时候自己很难下结论。新闻记者这个职业赋予他看问题抓大的意义，接下来要进入全力以赴阶段了。已经提出辞职离开公司了，而自己还没有进入接受这个事实的状态。与此相比，现在只要能找到解决经济来源的方法，主观上的困难就少些。至于再就职的可能性，可以考虑到卡娅夫人的传统艺能复活和职业介绍所帮忙或者做川城教授的助手，也可以到萨丽夫人的旅行社帮忙，良也思忖了很多出路，没有一个是能够自信胜任的工作。

之所以没有自信恐怕是年龄的原因，是精神方面造成的。有些事情想想就觉得很遗憾，良也感觉是精神方面的困难。他已经习惯了坐在那里对周围的人指手画脚，逐渐地养成了一种惰性的精神体质，即感觉到辛苦地体力劳动是极为痛苦的事情。

茜没有那样说过。不过这也许就是茜没有把自己心灵深处的声音向良也敞开的原因吧。她把自己的心扉紧紧地封锁起来，不惜放弃掉任何东西，来到这里。年轻的时候由于身体好，可以弥补精神上的理解不足，而现在已经做不到了。想到这里，良也翻了一下身，今夜可以一边睡觉一边倾听大蜥蜴的叫声了。

第二天良也对茜说："想先回趟日本然后再回来长期定居此地。最长也就一个月就回到乌布。"听到这话，茜立即就流露出寂寞的表情。这副表情跟三十年前良也接受调动工作命令后，茜送他到长野车站时候流露出的表情一模一样。良也内心很狼狈，赶紧推翻自己刚才的话："要是你觉得寂寞的话，我就一直待在这里。就这样。"

"那不行。"这次茜斩钉截铁地说道，"我爸爸要转到陆军军人专业疗养院的时候，我们省略了所有的寒暄和顺序。因此我回到京都以后觉得很痛苦。"茜这样一说，良也也不能顶嘴。自己来乌布以后这是第一次从她嘴里听到她说父亲的事情。

之前茜好像回避让良也接触到她父亲的事情。现在茜自己谈及父亲，这让良也很是吃惊。这似乎在向良也透露这样一个信息，茜已经超越了父亲的存在生病甚至死亡所带来的心灵伤害。关于这个经过她恐怕已经写在笔记本上了抑或是不久就要写了。第一本笔记中关于这些问题的解释，良也看后有点感觉期望落空。

第二天，良也乘夜里的航班早晨到达成田机场，然后坐快车径直前往东京火车站，经由新宿去往玉川学园前。良也突然想到应该回趟家，跟克子解释下这次外出的经过。希望她给自己半年或一年的时间。克子好像说过，不想看见自己。不过一旦到了这种地步，这些话不得不说了。这样盘算着，良也推开了自家的大门，叫了声，可是家里静悄悄的。

良也忐忑不安地，赶忙脱掉鞋子，跑去厨房看看，要进卧室又出来了。

良也认为如果事前告诉克子要回国的话，估计克子会和她的朋友们商量做好充分的应对准备，所以他就采取出其不意回国的策略。没有预料到家里没人，这只能是自己的失败。这背后也许还折射出良也还存在着传统的观念，认为主妇就应该待在家中。

良也进了书房，发现自己的桌上中间放了一个信封。他再次忐忑不安地打开信封，上面一行字映入眼帘："您回来了。长时间地出差，一定很辛苦。请进去好好洗个澡，洗去一身旅途的尘垢。因为没有您的联络方法。去烦扰您的朋友团先生了。结果就在这张纸上写着呢。请原谅我的失礼。"乍一看是一篇很工整的文章，仔细读读其实充满用意不良的讽刺意味，但依旧不失为一篇很好的文章。

克子的这篇好文章写道："我和五个同窗会的女同学去参观欧洲古城。因为是突然决定的，预先没有跟您好好商量，请原谅。大致的行程是在法兰克福乘火车，在维尔茨堡下车，然后去往因斯布鲁克，逛逛所谓的罗曼蒂克街道。这是五个中年女人之旅。不知能否真的实现罗曼蒂克，当然这些已经与您无关了。"

克子的这封信没有署上日期，所以也无从判断她是何时去几时归的。估计克子是想通过这种东奔西跑的状态惩罚良也。克子想要表达的是：你把我放在什么一种状态，现在你自己体会下就知道了。良也很生气，真想对着克子大叫：现在是搞这种小把戏的时候吗?! 同时，也放下心来，这样就不用跟克子见面了。

于是良也给管理人员打电话，接着跟在公司的团联络上了。感谢团把自己写给克子的信转交过去，良也电话中说："今天找个地方好好聊聊。"

良也去公司看看，对自己的"按入社年限的中休"敷衍塞责地解释了一番以后，听下属汇报《现代人俳句全集》进展状况。有个结社询问，他们主编的那一卷什么时候出版。良也公司这边对此答复道："这个全集是由不同人编辑而成，所以结社的指导者和一些俳句诗人就不收录在其中了。"结果对方发怒了，说"既然这样偏颇的话，应该把'全集'两个字去掉。"良也对汇报情况的员工说："今后还会遇到类似的事情。不要太介意只能按照计划进行。我早就说过，不要把编委老师的名字告诉对方。"然后良也听取了俳句集以外的其他正在进行中的几本出版物的进度报告。

良也想做这种工作，还真不能半路放手。当初从长野调动到东京也是同样的经历，因此没能履行和茜的约定。他离开长野分局的时候，曾约定好每月来长野见茜一次，但是没能做到。

良也在曾经隔着屏风偷听老夫妇说话的那间店里跟团见面，两个人隔着桌子而坐。良也告诉团克子留下信笺去游历欧洲了。团愉快地说："哇！这是很高明的报复啊！不愧是你太太啊。不简单啊！你们真是很相像的一对啊。"良也只好说："别开玩笑了。"

团认真起来，开始切入正题："那茜怎么办呢？"团的这种性格是长期特派记者生活磨砺出来的，他总是毫不客气地直接进入谈话主题。良也感叹自己过去也曾经做过记者，怎么就没有修炼成团这样的性格和做事方式呢？良也如实相告："她对于我过去感到很开心。医生说她还有半年的时间，茜拒绝再做手术。第一次胃部手术好像是在雅加达的一家综合医院做的。第一次手术做得还可以，可是茜不打算在日本医院接受第二次手术。"团抱着胳膊，眼睛眨巴眨巴盯着天花板，好像在努力地回忆起年轻时候为数不多的那几次与茜的接触。良久，团叮问良也道："那只能尊重她的意愿了。要是她有孩子的话，也许有办法说服她。茜是独身吧。"

"大概是。只有一个叫'叶中知枝'的家属，是茜的堂妹在照顾她。"良也有些含糊其辞地回答道。团舒了一口气，放下胳膊，语调平静："确实不太好。做很多次手术的话，身体本来已经满身疮痍，还要缠满点滴绷带。病人显得很可怜。"

良也想起父亲也同样拒绝手术，选择平静地死去。而当初茜的父亲大佐先生虽然看起来是活着，他自己也受苦，照顾他的女儿茜也苦不堪言。因为茜有这样的切身体会，故而坚决拒绝接受手术。

良也也坦率地说出这次跟团见面的意图："的确是这样的。我也不想她弄得遍体鳞伤的。我只是想一直静静地候在她身边。这次突然回日本也是为了这个作准备。我太太这边还要拜托你。""这没问题。我既然接手了，就不会丢掉不管的。"说到这里团突然神色严峻地凝视着良也道："你还要辞职吗？这个我不赞成。"事已至此，良也只好打消辞职的念头。过了一会儿，团又调侃道："你们兄弟俩都有点不可思议啊。果然是一脉相传。"良也问："怎么了？你指什么？"于是团告诉他，忠一郎辞去NSSC社长一职后，果真与广岛山林地主公司的社长结伴去了立陶宛。团继续说道："他不顾战友律师朋友的忠告，那么快地离开自己一手创办的公司，这样的事情史无前例。接下来一定会有各种猜测和风言风语的。他去波罗的海三国之一的立陶宛，还真有点奇怪。"

年轻的记者NK在采访同学山中社长的儿子的时候了解到一些情况。关忠一郎在纽约的时候有个恋人叫古莱特，是个立陶宛人。当时她是山中社长亲戚第二代日裔山中靖司的夫人。因处理放荡不羁的山中社长的父亲猝死的善后事宜，山中靖司被叫回到广岛的老家，把妻子拜托给年轻的商社职员关忠一郎。当时，古莱特夫人的祖国被德国纳粹统治，她只身一人流亡美国，无依无靠。年轻的关忠一郎和比他稍大一点的古莱特很快就坠入爱河。这位嫡系的孙子告诉学友记者NK，山中靖司料到会发生这样的事情，甚至还很期待。

团说道："现在我明白了。不过一个创业型的经营者经过了四十多年，上了年纪，亲自去寻找打探恋人的行踪，还是有点反常。""那一定有那样做的理由。我不想评价我这个异母的哥哥，你有啥想法？"听到良也这样问，团一副尽得要领的表情强调道："哦。我是这样想的。他一定是要寻找什么东西。我啊，一直很关注报纸和杂志上报道的那些企业家，我一直有疑问，搞经营的人到底有没有单纯的。他们更倾向合理主义，更有干劲，重视社会公共性，等等。"

良也附和道："的确是。一些财界人士平时总要黏附在权力的旁边，为了出人头地而耍嘴皮子。也许这时候应该在那些默默无闻的经营者们中间建构起真正的企业家形象。可是关忠一郎不是这种类型的。我是这么认为的。"

团无视良也对异母哥哥的意见，说道："不管怎么样，关于这次关忠一郎的旅行，随行的那个旅行社的男导游会详细告诉我们的。如果要挖掘新的企业家形象请他帮忙的话，他一定会协助的，他很尊重关忠一郎。"

团施展起他最拿手的辩才："这跟挖掘丑闻不同。"良也没有反驳。忠一郎去的是一个他不熟悉的国家，除了同行的山中以外，他还请了一个能说一口流利的俄语、年轻导游一起前往。良也这还是第一次听说忠一郎还有个立陶宛恋人。原来他这个年长好多的异母哥哥也曾有过青春，也曾陷入恋爱的烦恼。忠一郎第一次作为一个鲜活的人呈现在良也面前。他们计划这两三天之内就动身经德国法兰克福到立陶宛首都维尔纽斯去。团站起来，眼睛里包含着"茜的事情已经知道了"的意味。良也一回到公司就跟年轻的记者打听古莱特这个女人的事情。他听到的只不过是传闻中的传闻了。据说古莱特在父母和哥哥之前，在日本领事的帮助下沿着西班牙铁路，经过神户，得以逃亡到纽约。可是本该在她之后到达的家人却没能来到美国。古莱特和忠一郎在一起以后，说在两个人结婚前无论如何想要回立陶宛一趟，确认家人的消息。而忠一郎最终答应了她的这一想法。结果，古莱特失踪了。当时是东西冷战最严峻的时期，估计是统治立陶宛的苏维埃秘密警察把她当做是美国派来的间谍了。现在苏联的体制发生改变，忠一郎之所以要去立陶宛，是为了翻阅当年秘密警察的资料。年轻的记者NK发表自己的感想："恐怕是关忠一郎先生意识到这是他的责任。"

"是啊。这也是一个原因。他是个以自我为中心的人。"良也含糊地回答，"团赞成挖掘新的企业家形象这个选题，我想看看还有没有其他素材。"良也接着对NK记者说，他这个异母哥哥忠一郎退职状况跟他在缅甸战线头部受伤，俘虏体验反而成为发展契机很类似。NK记者听后进一步刺探良也讲述忠一郎的事情："前几天我去见了九州的原口先生，听他说俘虏时期好像发生了很多奇怪的事情。"良也以一种评价与自己毫无关系的第三者的口气说道："是啊。他原来性格很好。由于战地体验，得了精神恍惚症，行为也古怪。我觉得这些是很重要的一点。"

贝加尔湖夕照

　　到达法兰克福机场的时候，忠一郎在这里等着去立陶宛的航班间隙，再一次想起来一封明信片成为古莱特最后的信笺。那上面用英文写着："一出去旅行的话，我就会强烈地感觉到对你的爱。谢谢真正的爱。"

　　当时两个人都很年轻，竟然使用了"真正的爱"这样的词。对古莱特来说，她有能力用非母语的英语来表达。抑或是时代赋予了她使用这种语言的可能性。回忆起使用英文这件事，顿时，打开了忠一郎那尘封已久的过去。

　　虽然刚刚离开日本，旅行也才刚刚开始，但是忠一郎脑海里就已经浮现出这样的画面：其实以前的俘虏生活就是为自己成为企业家作准备的。还好自己幸运，生还回来后，在全国引起巨大的轰动。身为一个学生，必须要考虑到以后自我谋生的事情。作为日本俘虏的代表的延续，然后成为学生社长，然后利用英语优势，进入商社。因此，忠一郎遂与前往纽约的古莱特得以偶遇。

　　而古莱特厌恶纳粹统治，当时逃往自由国度——美国。家族亡命失败，古莱特得到了一个像她父亲一样的忘年之交山中靖司的帮助。

　　就这样，一对异国青年男女在各自探索未来的途中，在时代波浪的翻滚中开始了命运的偶遇。

当然，这多少也有些因素是自己主观上的选择。关于NSSC公司其前身就是山中创办的——辛巴达。

随着飞机离开地面，高度越来越上升，忠一郎渐渐远离了自己曾经卷入的这个充满了争斗、竞争、紧张的世界。

如果说这以前的生活方式不是由自己的主观意志决定和选择的，那么以后会怎么样呢？如果大家知道自己辞去社长的话，会接受和认同这种隐退吗？从形式上来说也许该这么做，不过其实自己还不理解那种"从此悠悠闲适，尽情安度余生"的境界。

同龄者们的心情都这样的吗？人世间真的有"余生"这个说法吗？去立陶宛旅行是为了选择自己所认同的生活方式，必须要来这个国家。下次要去缅甸。

忠一郎将这次旅行定义为崭新之旅的第一步。他经商时养成了一个习惯，每次离开日本都要见房义次律师，通过他外务省的朋友介绍，有关1957年、1958年期间在立陶宛的苏维埃政府的压抑状态，委托他们对已经公开的KGB相关资料进行调查。抵达立陶宛以后，他径直去了日本大使馆，打听调查的结果，美国护照应该写着古莱特·山中的名字。

一看到忠一郎，日本大使馆的男青年就解释道："再有两三天，调查结果就出来了。有人发现了古莱特·山中这个名字，消息是否准确我们也在等待确认中。"

同时年轻人又补充了一句："因为你属于是同一个政府部门的委托，我们才调查的，一般情况下，我们不接待。"忠一郎抑制住内心的波澜起伏，问道："她人还活着吗？"大使馆的男青年谨慎地回答道："这个还不清楚。"然后好像意识到这句话有点生硬，接着又补充了一句："被杀死的人比起纳粹时期好像要少很多，但不管怎样都不容乐观。"

在结果出来之前，忠一郎他们住在比利时的首都布鲁塞尔，在作为波兰殖民地期间，这里从第一次世界大战后的二十年间都是比利时的首都。他们决定去参观附近的十字架山丘和尼林加沙丘以及旧市街的大教堂和考纳斯城。

忠一郎想起来古莱特曾经说过："虽然是孩子，但因为来自小的国家，若被带到发达的地方，还是会心内虚空。"看来古莱特是不了解自己祖国的疆土范围而来到这里。杉原千亩领事曾违背政府的命令，给六千名犹太人签发签证帮助他们逃亡。在杉原领事纪念馆附近的山丘上的住宅街可以俯瞰整个考纳斯市。郊外的第九要塞博物馆曾是纳粹的强制收容所兼水刑拷问室。布鲁塞尔全市五万人被大屠杀杀害的凄惨状况令人难以想象。忠一郎默默无语，旅行社的青年介绍说："立陶宛的主要城市将要建造很多犹太博物馆。"

忠一郎推测古莱特作为先发队，拼命逃亡时候的心情，不禁苦涩参半。

这个季节里每天都是白夜。他们一行从考纳斯市到克莱佩达市然后乘船到尼达。车子沿着通往托马斯·曼别墅的沙丘奔驰着。翌日，车经过遍地是十字架的丘陵的斯奥利艾绕了一个大弯，顺道去了比利时。当地被誉为"独特的烦恼者"的小小的耶稣像就如同道祖神一般，一个接一个地出现在街道两旁，忠一郎从车后面看到一个个雕像飞驰而过。

正如旅行社的青年所言，在这样的城市里，想必有很多追悼遭受迫害的犹太人的博物馆。

在苏维埃的时代，苏联政府并非是以人种差别而是反革命阴谋的罪名迫害那些反抗苏维埃统治的立陶宛人民。从第二次世界大战结束之际到苏维埃政权的崩溃瓦解，历经了漫长的四十五年之久。在这期间，有一支名为"森林兄弟"的反苏游击队一直以广袤的森林为根据地，对抗着并相当程度地打击了当权者。苏维埃统治者每次都使用傀儡政权，对游击队施加迫害，不分青红皂白地逮捕、杀害立陶宛人或者将其流放到西班牙。

在这次不断接触到类似事情的沉重之旅中，距离比利时不远的特拉凯城恍若把忠一郎带入了明朗的梦境中一般。这是一座十四世纪后半叶为了防止驻军骑兵团的侵略而缔造的一座城。古莱特少女时代可以来参观，不过那时候城还十分荒凉，有些地方需要靠想象来弥补。现在的城完全修复一新，清澄的加鲁比湖水忽然之间就倒映出赤炼瓦的中世纪之城。忠一郎猛然之间产生一种错觉恍若从极尽野蛮的时代被投进了典雅文明的中世纪。这座城的附近还存在着一些土耳其少数民族住宅，被誉为"团残存"。这些土耳其住宅使得忠一郎的错觉更加明显和真实了。现在他们几个人变成了二百多人，穿梭在历史的时间里，思索着有几个灭亡的民族，从另一种意义上来讲，忠一郎已被剥夺了语言。

忠一郎和山中以及说一口流利英语的旅行社的青年三个人在贴满了作曲家兼画家屈尔里奥尼斯画像的年轻的大使馆工作人员的办公室里打听古莱特的消息。

古莱特·山中于1956年5月23日在从比利时到圣彼得堡的铁路沿线的森林中和几个立陶宛人一起被逮捕。三个日本人中的一个也跟古莱特一样姓山中，大使馆的工作人员似乎是在总结忠一郎寻找古莱特的行踪的理由，反复地解释着："很遗憾。"忠一郎从古莱特被逮捕的日子开始计算，那应该是古莱特从法兰克福写明信片五天后就被逮捕了。

斯大林时代，也就是二战结束后的八年时间里，十三万两千名立陶宛人被遣往西伯利亚。大使馆的工作人员一边看着记录详尽的笔记，一边报告给忠一郎他们听，同时他对忠一郎说，KGB的记录只可以阅览不可以复印，只能速记。

据大使馆人称，斯大林死后，苏维埃对立陶宛人民的镇压有所缓解。但他话锋一转，"那又怎么样呢？"逮捕者中没有遭枪杀的人大部分都在西伯利亚铁路上被遣送到伊尔库茨克（俄国城市，东西伯利亚以及远东地区的行政文化中心），其中大多数人都为第二西伯利亚铁路的建设中劳动，其余的人被派往不同的发电站、森林开垦等，"很可怜。应该有很多人因为经受不住严酷恶劣的自然条件而死亡。"大使馆的工作员说道。山中问道："女性也被那样对待吗？"大使馆的人员回答："不是。女性不是很好的劳动力。通常只做些照顾逮捕者或是监视日军俘虏之类的工作。"

"还能打听到他们被遣往西伯利亚以后的消息吗？"忠一郎脱口而出，显然，他还没有领教过西伯利亚的广袤博大。"亲自打探是不可能的了。只能察看自治体的资料了。这个也是伊尔库茨克州政府吧。"大使馆的人员说道，"最准确的是莫斯科中央机关介绍的情况。"使馆工作人员沉思良久，继续说道："还有一个方法就是那里有一个十二月党人①叛乱而受牵连者的博物馆。如果请博物馆的人协助的话。我想很快就会有结果。"

忠一郎琢磨着这个建议可行的话，就从比利时坐火车经过圣彼得堡，到达莫

---

① 1852年为推翻沙俄帝制于12月份发起叛乱的青年士官。

斯科，然后沿着西伯利亚铁道去往伊尔库茨克州政府。那正是亡命的古莱特所走的路线。不过山中和旅行社的青年劝阻了忠一郎。他们俩认为这样走的话，到达那里就精疲力尽了，找个地方住一两夜，然后徒步就需要一周的时间。这些时间还不如用来调查呢。

回到旅馆里，查了一下，遂决定乘坐俄罗斯民航总局的航班飞往莫斯科，逗留一夜后再坐飞机直接飞往伊尔库茨克。当晚，忠一郎给东京的弥生打了个电话。弥生很惊讶："啊！你是从俄罗斯打来的电话啊。"忠一郎说道："来到这里一看，莫斯科是个相当现代化的都市。"

弥生继续问道："荣二从米兰回来了。说是要和日本公司做生意。一周后到东京。到时候你会回来吗？"忠一郎如实答道："明天飞往伊尔库茨克，大概会在那里逗留三四天。"弥生沉默了一会儿，问道："那找到古莱特了吗？"忠一郎从日本出发之前，曾经告诉弥生，自己在纽约时曾经同一个叫古莱特·山中的女人交往过。现在听到弥生的询问，忠一郎坦率地回答："还没有。但是了解到了当时的镇压严酷程度超乎我们的想象。"后半句想说的"让她回国是个错误的判断"，被忠一郎咽了回去。

弥生的追问使得忠一郎再度回忆起当时在纽约和古莱特进行的一番苦涩的谈话的场景。古莱特出身的国家很弱小，对于只依赖于家族亲情生活下去的她而言，对双亲和哥哥见死不救无疑是最痛苦的事情。她的国家立陶宛正遭受苦难，而日本在东西方对立的夹缝中寻找到了生存之路，这一切，使得立陶宛出生的古莱特和日本籍的忠一郎在今天看来简直是两个世界的人。

古莱特觉得今后要和忠一郎一起生活下去的话，结婚之前必须要回国一趟，确认家人的行踪，当时忠一郎极力反对她，两人展开激烈的辩论。

接受美国的统治从长远来看对日本而言也是种幸运，忠一郎为此断言。这样想着，猛然间豁然开朗，这么复杂的事情，交给爱讲空道理的良也会更好些。

忠一郎也很惊讶自己在想到日本独立论之际，竟然会想到之前没有接触没有来往的同父异母的兄弟的名字来。这恐怕就是过度的精神恍惚症开始作祟。就像这次旅行，他摆脱曾经在NSSC工作过的精通俄语的作为自由向导山中。表面上看是打探古莱特消息需要个姓山中的人在里面，同时有个俄语流利的人能够使得探索更有效果些，其实背后还有另一个隐讳的理由，就是随着年龄的增长出现的安心癖。至少有两个同行者陪伴在左右的话，可以守护着自己。

自己的状态算正常的话，亲属的名字频频地浮现出来是不是死期临近的现象呢？对于这点，忠一郎并没有感到不安，上了年纪，死亡已经是无所谓的事情了。

忠一郎不顾房的忠告，毅然决然地辞去社长的职务，最吸引他的就是想像安司那样地生活着。他把自己的事业让渡给NSSC，搬到原公司旧址上建造的公寓的最顶层，在屋顶上摆弄田园，优游地生活着。他已然适应了歪戴着帽子，掌握了从容不迫的舒适感和飘逸感，吸着卷烟的姿势都极其自然。

忠一郎孩提时代曾经在巴黎待过。十八九岁回到日本，在此之前，人生的大部分事情他都在国外经历过了。虽然年纪上有一点差异，但是他毕竟是耳濡目染地接触着经济立国这样的大义生活着，这与他经历过的纽约的生活简直存在着天壤之别。所以他自认始终不能像安司那样生活。洒脱或者轻浮或者抱歉这些东西都因为自己的感性而与世隔绝了。正因为如此，他反复考虑着了解古莱特消息是很必要的。

眺望着那条流到何处都熠熠闪光的叶尼塞河，穿越克拉斯诺亚尔斯克，飞行了几个小时后，看见一硕大的湖泊，忠一郎以为是贝加尔湖，一问乘务员被告知刚才看见的是用于发电而建造的人工湖，贝加尔湖还没到，有六个人工湖那么大。

飞了几个小时后，出现了一大片绵延的西伯利亚泰加森林带，汪洋一片，难以预测其宽度。饭后过了一会儿，乘务员来到旅行社青年身边，告诉他说现在看见的就是从贝加尔湖流出的唯一的河流安加拉河，它一直流向并注入叶尼塞河。

在飞行过程中，忠一郎有些许的忧郁。流放西伯利亚这样的事件所带来的现实意义压迫着他，这其实跟枪决如出一辙，是意味死亡的处罚方式。

出了机场，他们一行三人把行李放到旅馆，就打车去见瓦尔贡斯基的馆长。莫斯科的大使馆是1825年12月试图推翻帝制失败了的十二月党人纪念博物馆。恐怕是苏维埃政权的残余，执政党在公开的行政之外创建的信息收集的组织机构。忠一郎他们正要去拜访的就是其中的一家。

三个人决定稍后再参观博物馆，径直就去求助博物馆的人："请帮忙协助调查一个叫古莱特·山中的立陶宛女人的行踪。"脸色发红的博物馆馆长当听到时间是1956年，耸耸肩问道："如果这个人现在还活着的话，有多大年龄？"他们回答道："古莱特·山中比忠一郎还要年长一些，快八十岁了。"馆长长叹一声，安慰道："立陶宛也是个寒冷的国家，跟我们这里很相似，不会有类似于日本兵那样的事情发生。"

他指的是从中国东北强行带走的日军俘虏超过一半都死亡了，没能熬过第一个冬天。山中说道："从机场到旅馆的途中，我们去了利斯特维扬卡墓地。据说那里埋葬了很多日本俘虏。"馆长面带歉意地耸耸肩，叫过来一个年轻的女孩儿，吩咐她立即调查古莱特·山中的消息。

忠一郎心不在焉地想着些奇怪的事情，自己被带到南缅甸还算是运气不错。二十世纪期间两次世界大战、原子弹爆炸、长时期的东西冷战，从十九世纪开始就发生十二月党人叛乱，简直是野蛮杀戮的时期。

忠一郎从内心感到疲惫。原来下决心辞去NSSC公司社长最根本的原因是疲惫。只因为还有责任感，所以不能说"因为太疲劳了，所以要辞职。"虽然了解到自己没有吃战友的肉，但是他自觉疲惫已经超越了界限，变成了致命的扳机。他回到家里，在完美得无懈可击的妻子弥生面前，必须做一个经营者。于是就这样继续着保持经营者的身份成为一个很愉悦的事情，至少自己是这样认为的。可是当他明白在战场上只能保全性命苟且偷生的时候，支撑着的紧张感的平衡瞬间崩溃了。以往似乎在忍耐表层的东西，他的安心癖日益严重。忠一郎自己意识到自己已经很疲惫了。

忠一郎年轻时候滑雪受过伤，他的骨折伤随着年龄的增长，疼痛会日益加剧。

现在辞职的话，表面上会给人在身体状况不好的情况下离开的印象。反正以后不能确保能等着一个最佳的辞职时机，你已经培养提拔了一个优秀的接班人村内，把恢复公司业绩的功劳拱手相让给他不是很好吗？房律师热心地给忠一郎出谋划策。

忠一郎对房律师的建议一直不感兴趣，敷衍道："是啊！我也有过这样的想法。"但是他在内心深处却在思忖着房律师是否已经知道了自己十多天前失态的事情，如果他知道的话，又是听谁说的。

那天，跟往常每个休息日一样，吃完午饭，忠一郎在家附近散步。不知不觉中已经转到傍晚了。这才发现是从青梅市的超市行至警察局途中。因为种种奇怪的举动，所以超市店员赶紧向派出所报告。忠一郎询问警官："怎么了？这是发生什么事情了？"一个中年的巡查说道："没事儿。到局里说说吧。"

忠一郎一边走，边拼命考虑着自己该怎样应对这种意想不到的突发事件。到达宽敞的警察局时，他已经沉稳下来了。决定交代是因为自己散步途中迷路了，才这样的。这最重要的是要让对方信任。

到了局里，那个巡查稍稍犹豫了一下，然后把他带到了会客室。忠一郎一坐下，就立即说："我叫忠一郎。住在新宿区市谷砂土原町二号，电话是……"忠一郎说出家中的电话，万幸的是跟在家中的弥生联系上了。

忠一郎不安地琢磨着，始终不知道自己为什么原来在砂土原町散步，却走到了奥多摩入口的青梅市呢？是步行还是坐出租车到立川，换乘通往新宿的中央线儿来到了青梅了呢？一定是没有人责问，就这样买了票上了车。

忠一郎有个习惯，散步的时候只带着钱包，里面装着打车费，其余的证明身份东西通通不带。他也搞不清楚开始钱包里都装了多少钱，花了多少也不知道。弥生问的时候，他搪塞敷衍道："我想到附近一带的商店转转，结果就迷路了。所以就借用警察局的电话。"同时也感到不安，弥生会不会真的放心。

有这样一次不为人知的健忘经历以后，忠一郎决定退休，理由请广告部的人员考虑，遂邀请山中并请旅行社的青年作向导，直接就飞往了立陶宛。

旅行中，他集中精力追寻古莱特的足迹，同时在大脑中的某个角落会不断自我拷问着自己还正常吗？那次去青梅幸亏是星期天，才没事的。为什么偏偏是青梅呢？难道是潜意识要去奥多摩森林吗？

请瓦尔贡斯基博物馆馆长帮忙调查古莱特·山中以后，馆长不仅愉快地接受了这项麻烦的差事，还热情地带领忠一郎参观了几个展厅。忠一郎赫然发现原来自己竟然对这些历史事件十分感兴趣。特别是有几个女性跟随着流放中的丈夫或者恋人从圣彼得堡来到这里，用几个月的时间坐着马车穿越欧亚大陆，这简直让忠一郎万分吃惊。这些女人从大都市来到当时的伊尔库茨克，自己变成流放者，融入到流放的生活当中来。布里亚特村子里盖建了收容所，冬天贝加尔湖结冰的话，就坐雪橇；夏天到达的人就让他们坐船渡过贝加尔湖。只有减罪一等者才能留在伊尔库茨克。

小个子的馆长是个典型的精神矍铄的老人，他面色潮红地跟忠一郎解释着十二月党人的足迹。忠一郎一边听着，脑海里一边浮现出这样的想法，关于思考这些革命思想，良也比自己更懂一些。忠一郎再一次吃惊于自己突然之间又想起了这个异母弟弟来。这与自己的思维无关，为什么会突然想起自己平时交往不多的人的名字来呢？

忠一郎固执地认为自己的确对十二月党人的情况理解得更加深刻了。这些被流放到西伯利亚的十二月党人的革命思想从最初为了夺取权力的罗曼蒂克构想到转变为生活思想，忠一郎自己在参观这些展览的时候，已经感觉出这种思想的演变。他心里暗暗地想："也就是我才能理解十二月党人的成熟思想。"不了解的人会发现他的眼睛和面颊上浮现出不易察觉的暗笑来。他心里窃喜，能这样地考虑问题说明自己的脑子比以前要灵光多了。

旅行过程中，忠一郎还牵挂着自己创办的NSSC公司，这也是理所当然的事情。忠一郎总琢磨着旅行结束后返回日本该怎么办呢？现在如此难办，也不能对房律师和村内抱怨，看来只能考虑辞职以外的办法了。

能够设身处地地为忠一郎着想的弥生、房律师、村内、山中都认为此次立陶宛之行有若干的危险性，但也一致认为他离开日本一段时间的话，摆脱义务的解放感能治愈忠一郎的精神疲劳。大家都认为应该让两个同行者陪伴着他。这些商讨都是由房律师安排负责的。

立陶宛之行已经长达十天了。忠一郎感觉到心情自由而放松，同时，肉体的疲劳感却加重了。三天后，他们的旅行已经是十一二天的时候，打探古莱特的消息还是没有结果，到了第四天，三个人十点多走出伊尔库茨克港，下午三点左右，乘坐着观光船前往贝加尔湖。

忠一郎终于如愿以偿地从船上眺望着这个被誉为世界上透明度最高的湖泊。旅行社的青年觉得遗憾的是：如果在这里能钓鱼的话，就能体验到在日本无法体会到的豪爽痛快的垂钓之感。而山中说："我只在山沟、溪谷中钓鱼，而且现在也不钓了。"坐在船上，行驶在湖面上，每个人的心情顿时豁然开朗起来。

湖水清澄透明，最深处超过六千一百米，太阳光映照在水面上，在白天就宛若星星一样熠熠闪光。细长的波浪反射出的太阳光伴随着清澄的微风和清澄的湖水，形成无数个耀眼的湍流，这些无数个湍流流向遥远的彼岸，湖面顿时宽阔了很多，周围的山也被渲染得一片绿。

停泊在湖面上的船舶变成一个小白点，仿佛在编织光的私语。只听见乘船的人们在一片光当中唏嘘感叹。不一会儿，甲板上的小型音乐会开始了。

第一个是格里鲍耶陀夫的《智慧的悲哀》。这就是以十二月党人为主人公原型的歌剧咏叹调。歌手轻柔地哼唱着。这个男高音顿时让周围都充溢着一种悲哀的声音。接着是一首米哈伊尔·伊万诺维奇·格林卡的《浪漫曲》。反反复复地短乐句的开头唱着"我们什么也不考虑，请相信我燃烧的梦想。"置身于这种音乐氛围中，歌词的意思要慢慢才能领悟到。

忠一郎思考着，自己的人生中有过一次燃烧梦想的时候吗？认识古莱特的时候似乎燃烧过，但那是真正的梦想吗？在青年时代，曾经沉迷于大东亚共荣圈的建设，可是那只不过是把一种强制性的观念变换为自己的梦想而已。参军以后，这种所谓的梦想立即就土崩瓦解了。有短时间确实是狂热执著于把NSSC培育成大企业，但那是野心，并非梦想。

忠一郎正遗憾着"自己的青春里没有音乐",突然脑海里就浮现出钢琴家浦边晶子来。听着她弹奏的舒曼的钢琴曲《克莱斯勒里安娜》,忠一郎真正爱上了音乐。忠一郎去纽约以后,浦边晶子离开欧洲。忠一郎回忆起那个约会的日子,城岛降着迷雾一般的小雨。在贝加尔湖耀眼的光芒的照耀下,他回想起被迷雾笼罩的城岛来。不仅仅是城岛,在无数个耀眼的湍流圈中,让人感觉到整个日本都被水滴包裹着,山陵也完全彻底地溶解在天空中。

最后一支曲子是利维亚作曲的《乘船的人们》。忠一郎不懂俄语,他琢磨着所谓的"乘船",是不是指十二月党人的事情在时间中流逝呢?

音乐会结束以后,人们轻声地鼓掌,好像与湖中那一圈圈的耀眼湍流相吻合。此时,一只硕大的水鸟滑翔在湖面上。这不是白色的鸟,而是蓝色的,忠一郎想起古事记中"八寻白智鸟"这句话来。他不知道此时为何突然想起古事记来了,只见这只鸟舒缓地飞翔着,突然在正前方一跃而起,蹿向高空。这只鸟一定是从古代飞来的。

一阵轻微的音乐响起,船开始摇晃起来。湖面上的休息活动结束了。旅行社的青年说道:"格林卡的《浪漫曲》我在沃伦斯基饭店大厅听过。"当时,还是忠一郎告诉他什么叫音乐叠句。招待三人的博物馆馆长叫来在伊尔库茨克歌剧院唱歌的女高音,馆长自己亲自伴奏,为忠一郎他们三人举办了内部音乐会。

音乐会结束后,忠一郎将在莫斯科外国人专用的土特产商店购买的伏特加送给馆长,馆长当场打开,大家品着酒,忠一郎心里想着,那些从收容所里逃出来的十二月党人估计是凭借着熊熊燃烧的暖炉和烈酒熬过了漫长的严冬。回到什么都不缺的日本,自己又要靠什么熬过去呢?

在贝加尔湖上可以远眺到最大的奥尔洪岛,返航的船只靠近,北国夏日虽然西移,但依然在高处熠熠闪光。因为还有时间,三人参观完教堂以后,又参拜了跟去机场途中的墓地不一样的日本滞留者墓地,然后返回浜传的旅馆。不管调查结果如何,他们都要乘坐第二天下午的航班回国了。

浜当地有很多卖食品的露天店,不仅仅是针对游客的,也是当地的市场。

忠一郎想买一种类似于熏制鲑鱼的贝加尔湖特产鱼,就走进了一个摊位,他看见了古莱特。于是脱口叫道:"古莱特!"山中和旅行社的青年跑过来,忠一郎察觉到对方面露惊讶的神色，于是叫古莱特的英文名字。面前这个女子很害怕的样子，旅行社的青年慌忙解释，觉得是认错人了。年龄不对，古莱特现在已经八十多岁了，而在摊位旁的烤炉前烧烤的这名女子，才四十岁左右。"啊！对不起，认错人了。"旅行社的青年拉开忠一郎。忠一郎听不懂他说什么，一个劲儿坚持说："不可能啊。我没有认错人。你就是古莱特啊。"忠一郎被山中和旅行社的青年拽着手腕，后悔得顿足捶胸。

幻想之花

　　良也无法决定事情的方向。由于年假积攒过多，他至少能调休一年。他要向克子解释一些事情，但这次回日本没打算离婚，自己必须陪伴的女人当然是在巴厘岛的茜，她已经没有多长时间了。之前，他曾打算提出分居。克子可能会说，我不同意这种任性的做法。结果他决定，两个人就这样保持着没有结果的状态，自己还需要重返巴厘岛。最后，克子去欧洲旅行了，这是他最大的失算。

　　关于调休这件事，不管什么事情都要帮他出主意的团坚决反对，一针见血地指出："你要是对工作有责任心的话，现在作为一个刚刚调入出版部的领导，不应该休假啊。"团认为："刚刚上任两个月中休一周假就可以了。过几天让茜到日本来，也可以啊。什么努力都不做，就调休，很奇怪的。"良也被他一顿说，也觉得有点道理。

　　小室谷打电话给良也，一个劲儿说："男人和女人之间的关系很难啊。"什么意见和建议也没有。良也犹豫不决，结果一天天地拖延自己当初的决定，被动地等待着克子回来。

　　NSSC的关中一郎精疲力竭地回国了，却没有出现在公司里，听说是到纳霍德卡（Nakhodka）的医院去进行几日疗养了。良也很关注这件事，却也无暇去探望。

　　良也每隔三天就给乌布的川城府邸打电话，同茜通话，也和知枝互相联络。茜的第二本笔记这时候也到了。是偶尔来东京办事情的印尼旅行社的社长萨利夫人捎过来的。良也收到这第二本笔记很是意外。因为在电话中茜和知枝对笔记的事情只字未提。估计是茜瞒着知枝交给萨利夫人的。

　　"是茜自己一个人到你那里去把这个交给你的吗？"良也问道。

　　萨利夫人说："不是的。是和一个叫知枝的年轻女孩一起来的。"

　　良也继续问道："茜的状态如何？""嗯。全身皮肤好像透明的样子，我很担心。"

　　"知枝告诉我见到你的事情了。我作为一个人，重新意识到自己没有谨慎对待这么重要的一件事情。"茜的笔记上写着。

　　"你要呈现出自己真实的一面来。当然，必须要选择好表现出这种真实的表达方式和时间以及方式。不过，因为这是一种正确的表达，没有必要拖延下去。"字里行间透露出这样的主题：你应该知道我总是避免被月光照着。

　　读着这些话，良也突然回忆起以前在长野近郊的大座法师池放烟火的夜晚，茜说道："我讨厌月光。"然后用命令的语气说道："你可以害怕，但是请记住。"

　　以后，二人也曾在夜晚漫步长野市，但是仅仅限于没有月光的夜晚。

　　沉默地走着，然后她的开场白是："至于理由，晚一点再告诉你。"

　　"那是一个夏末，在一个台风肆虐远方的山头的夜里，空气显得比平常更清新。我参加运动会准备训练累得筋疲力尽，那时我还是一个一倒下就沉入梦乡的中学生，迷迷糊糊中听到旁边屋中好像有人大叫的声音，把我惊醒了。我心惊肉跳的，喘着粗气，瞪大眼睛，一动也不敢动地躺在那里。只听见母亲压低声音说道：'他爸，你怎么了？'于是我拉开了父母卧室的隔门。

　　"月光照射进房间里，爸爸趴在被子上，妈妈把手背在后面，辛苦地支撑着半倒前倾的身体。妈妈的眼睛里流露出恐惧的光，我追随着妈妈的视线，情不自禁地用手捂住了脸。上了年纪的爸爸脸色逐渐黯淡，但是后脑勺却有一个淡紫色的圆圈，跟基督教画里的光圈一样，只不过颜色是偏绿的紫色。妈妈看见我了，忙解释道：'茜，没什么事儿，爸爸只是病了。'看见我后，妈妈似乎克服了恐惧，不停地说道：'没什么了。'可是爸爸依旧两手抓住被子，就那样趴在那里，'我吃了人肉，吃了人的肉。我需要新鲜的。我吃了人的肉。'爸爸反复念叨着一些不明所以的话。他每说一句，他那淡紫色的光圈好像就微微地晃动着。"

当读到"我吃了人的肉"这部分的时候，良也好像也受到什么打击了似的，感到胸中有股惨烈的记忆在一点点地蔓延开来。

从后面的文字中可以看出来茜看到爸爸的变异是在中学二年级的时候。她当时并不能理解爸爸所说的"人的肉"所包含的意思。她把"人的肉"理解成了"夺取他人的肉食自己食用"的意思。

茜继续写道："我知道并不是那个意思。"

良也的眼前浮现出半躺着痛苦不堪的面如土色的一张灰暗的脸。心中涌出一种疑虑，叶中大佐的痛苦曾经痊愈过吗？

茜自己也多次意识到自己看到的是幻觉，根本就不曾有所谓的光圈的事情。她在笔记里也真实而坦率地把这种感觉写出来了。如果叶中大佐在菲律宾自杀了的话，那么也就不可能生下茜来。笔记里也谈及这些了。

"我长大了以后。开始考虑到自己的幸福，甚至会萌生出父亲打了败仗之际，倒不如选择死亡的想法。可是，转瞬之间我就又想，如果真是那样的话，我又算什么呢？我的生命还有生存下来的资格吗？我的体内流淌着叶中长藏这个人的血液，这个为了活下去，吃人肉的叶中长藏的血。我还经常恐惧地意识到说不定自己还可能遗传着爸爸的光圈呢。有时候会在夜里被痛苦吞噬着，但是不能抛弃被烦恼和痛苦折磨着的爸爸，一个人选择死亡。母亲去世的时候，我们也都这样走向死亡吧。

"妈妈也许早就预感到了父亲的变异。在我很小的时候，就经常说，茜不是我们的亲生女儿，是从别人的那里收养来的。妈妈经常给我朗读白雪公主以及日本童话《竹取物语》和《仙鹤报恩》的故事。受其影响，孩提时代的我总把自己比作是'火花姑娘'①。

---

① 童话《竹取物语》里的女主人公火山女王。

"然而，一切的美好都在那个月光如洗的夜晚扭转了。我开始变得十分害怕火山女王传说了。"

渐渐地深入读下去以后，良也觉得痛苦不堪。这样写需要多大的痛苦和勇气来支撑啊。这时候良也甚至会幼稚地认为，战争失败的时候，叶中大佐应该选择自尽。

良也觉得这次的笔记一个个小标题中，都隐含着"我不久就会死去"的意味，压抑得令他无法一气呵成地读完——

"我自己也不知道为什么多次地想把在那个有月光的夜晚发现爸爸后脑勺有个光圈的事情告诉你。但是始终没有那么做。即使我把如此重要的事情隐瞒不说，估计你也不会责怪我的。你很善良。不过，说了之后会怎样呢?! 我总是担心自己的后脑勺上会出现一个光圈，还能和你手拉着手走在夜晚的路上吗? 我总是告诫自己别成为总是回忆着痛苦，总把事情往阴暗面去想的女人。我要向你说是，如果你不能充分地理解事物的本质，我就不告诉你。

"不过，那个夏末的清爽的月光下我目睹的一切，我自己的理解是爸爸的罪孽。我害怕自己这样的理解。爸爸所犯下的究竟是什么样的罪孽? 怀着这样的念头，我担心失去前来帮助我的你，同时我能做的只有尽心地护理爸爸。

"我也到了恋爱的年龄了。我精神抖擞笑逐颜开地参加就业考试，被录用了。这稍稍安慰了当时的我。因为在这之前，我的所谓的工资其实一直就是继承家业的叔叔给的生活补贴。人真是不可思议啊! 一件很表象的事情竟然可以导致一个人精神大增。

"在我这样的状态下，你出现在我的生命中。对我而言，你就是青春。当我意识到我爱上你的时候，我这才发现原来我也能够去爱一个人。尽管那就像一刹那之间的幻影一般。

"我为自己无法告诉你我最重要的事情而逐渐变得痛苦不堪。因此当听说你的母亲病倒的时候，我担心我们也许会就此各奔东西，并觉得隐瞒是多么罪孽深重的事情啊。也许就这样分了这样的念头一直撞击着我的大脑。总之，当时我的状态堪称是一片混乱。上帝惩罚我了。当你告诉我你母亲病情恶化的时候，我爸爸也离开了这个世界。我和长期照顾爸爸的医院工作人员一起，寂寞地为他守夜，葬礼以后，遵照爸爸的遗言，将他埋葬在战死者的墓地之后，我无能为力了。

"在我最郁闷落魄之际，收到了知枝写来的信，她希望我能回到京都，在信中知枝像个中学生似地执拗，'没有茜的话，知枝就活不下去了。'

"随后，知枝就带着我来到了长野。如果不这样的话，我也不知道自己会变成什么样。"

茜在笔记中继续写道，"搬到长野时候，热切地希望彻底地将自己之前的人生痕迹消除掉。

"至于原因呢。为什么我会产生这样的想法呢。也许是因为我希望我自己——那个知道父亲真正病因的茜彻底地消失在人间。并且，在潜意识里我始终不能允许自己同男人生活在一起。

"我在京都的生活，就这样开始了，照顾关爱着知枝，就依靠这种温暖支撑着活下去。最初的两年里，关于父亲的记忆始终缠绕在脑海里，挥散不掉。知枝的父亲就是我的叔叔了，他虽然知道自己没出息，但是对我很好，知枝的母亲出身于贵族，很有教养，气质和品位很高，很有条理，属于那种不把裤线弄好就坐卧不安的人。每天清晨都精力充沛地写经文。

"知枝升入高中后不久，迷上了戏剧。我受她影响，也开始看戏剧。那时候我无所事事，把自己生活的世界弄得更加无聊和狭窄。要是我陪着知枝的话，她家人就同意知枝去大阪、神户等地看戏，我就成为了知枝的代理妈妈。

"知枝的求知欲很强烈，受她影响和刺激，我也开始思考着自己的强项，成为大学的旁听生。日子一天天地过去了，虽然我一天天地改变着，但是却无法忘记你。"

读到这里良也思忖着：如果那时候自己知道了叶中大佐的病因，会怎样对待呢？即使是茜告诉自己，那天夜里她父亲的后脑勺上有个绿紫色的光圈的事情，自己会如何做呢。也只能是尽力默默地无声而笨拙地安慰着她，估计自己的思想境界也只能到那种程度了。

"在我已经适应了京都的生活，开始了稳定的学习生活不久，遇见了一位国文学者，她专业是平安时期的文学，致力于研究京都俳句诗人饭岛晴子的俳句文学。

"她了解到我长期照看父亲的经历后，就邀请我去松本市调查杉田久女，估计是觉得后者的境遇跟我很相似。"

笔记里呈现出一个活跃的茜的形象来，她已经逐渐地适应了环境，一点点地获得生命的弹力。茜除了去银行上班之外，其余的时间都必须用来照顾父亲的病，在良也的爱的滋润下，获得了勃勃的生命力，茜生气勃勃的样子仿佛就浮现在良也眼前，而自己给予了她多少的期待呢，想到这里，良也的心越发地沉重起来。

"我渐渐地陷入剧团中无法自拔了。那既不是为了自我逃避，也不是为了忘却父亲的记忆，只是觉得扩展生活开阔眼界是我所需要的。在这期间，我接触到了武田泰淳写的《光炙烤》，剧团计划将这部短篇作品搬上舞台。这部小说以在战争如火如荼时期，一个驶离根室港的船队遇难事件为背景，全体成员们春天采摘灵丹，夏天打捞海带，供渔夫使用，冬天都躲在无人的小屋里避难。就这样过了六十天以后，就剩下船长一个人，其他人都死了。不久，船长就开始食伙伴们的肉了。"

良也在学生时代曾经读过这部《光炙烤》的小说。细节都忘记了，不过主题仍然记得。现在读着茜的笔记，虽然是和叶中大佐的病有关系，但自己却一次也不曾想起这部小说来。自己真是这么差劲吗？抑或是自己欠缺戏剧性感性。

这部短篇的后半部是以电视剧的方式展开写成的。第二幕中，船长因为毁损尸体和死尸遗弃罪被判刑。

"在第二幕法庭上，作者故意添加了这样一笔，检察官的后脑勺，法官的后脑勺，律师的后脑勺，甚至是旁听席上男男女女的后脑勺上都有一个光圈。如何理解作者的这一伏笔，剧团的成员们意见不一，产生分歧。"茜在笔记中写道。

"一个男同学认为，这是对八百万日本人的精神的背叛，而一个自称是共产主义者的团员则认为这是对资本主义体制的酣畅淋漓的批判。一个女同学认为作者道出了人类的原罪。我一边侧耳倾听着大家的讨论，一边反复地阅读检察官控诉被告船长那段陈辞。"

那些日子的大讨论对茜来说，恐怕是最切实的体验。所以她写得很细致入微，良也想象着她一边倾听着那些年轻人的讨论，一边静静地坐在人群后面，把打印的小说稿放在膝盖上，认真阅读的姿态。

茜也这样记叙着当时的场景："检察官控诉船长的罪行，'如果按照律师的说法，被告出于爱国主义和终极的求生目的而食用人肉的行径是可以允许的话，那么为何我们成百上千的忠勇的战士们却因为粮食的供给不足而不得不饿死在隔海相望的彼岸战线上呢。（鼓掌）'

"这时候我才发现其实在我的潜意识里，对待父亲这件事是跟检察官的认识和思想水准是相同的。在我的内心深处，为不能理解父亲的痛苦而深深的不安。因为始终无法理解父亲，所以我能做的也只有每天精心地照顾他，始终没有追问过父亲这件事情，就这样生活下去。这也许就是我无法向你坦白一切的原因吧。

"平常讨论完毕，大家就会问我'茜怎么认为呢？'这次我决心鼓起勇气说'作者的意图是船长是可以原谅的。'不过，这次不知为何，谁也没有征求我的意见。"

良也在阅读茜所写的关于《光炙烤》这部分时候，一个想法在他的头脑里瞬间闪过。作家武田泰淳在思考食人罪的时候，设想了一个淡紫色的光圈，似乎是想触碰宗教禁忌，叶中大佐和茜也幻视到了同样的景象，这光圈应该是存在的。很难想象是叶中大佐自己亲自从尸体上切取人肉，估计是他的部下将人肉称作"蜥蜴肉"拿给他吃。但是战争失败后，虐待敌军俘虏等罪状明确的话，那么就会成为BC级战犯而判死刑。"大佐也吃了同样的肉。"强迫性让这句话成为事实，那么部下们就封住了大佐的嘴。战败了，就是这样的。

如果当初茜直接告诉良也的话，估计良也也会说："淡紫色的光是幻觉吧。"估计茜会反驳说："不光是我，去世的妈妈还有爸爸自己也都看见了。"这时候良也的回答也许是："所以这就是触犯禁忌的共同的幻想。这种共同幻想还表现在其他很多方面。"

如果和茜面对面交流的话，估计也会认同和理解她的苦楚。当然这些都只是良也看到稿子后的想象，他停止了自己的联想。

人与人之间一旦心生隔阂，就如同要埋到山谷里一般地，虚假不断地蔓延。

良也的安慰对茜来说只不过是隔靴搔痒。重要的是现在活着的人是从前一代的罪孽中产生的。恐怕这就是《弄潮的旅人》的主题吧。想到这里，良也觉得这是自己第一次为茜制定的企划。

经历过犹豫、彷徨和迷茫的茜，一点点地改变着。在剧团的万绿丛中，无论什么事情都以政治判断优先的伙伴们与以艺术为主导的团员们之间的矛盾对立日益深化。自剧团创设以来，知枝就是剧团的中心人物，热情地参与演出活动，也感觉到似乎到了自己的极限，恰好这个时候，一直给予剧团经济支援的知枝的父亲去世了，剧团失去了财政支持，面临着何去何从的选择。

知枝跟茜商量着剧团今后的发展事宜时，茜劝说她解散剧团，并说"你做得很棒。但是不妨休息一次看看。"当时刚好知枝经历着一段纠缠于两个男人之间的恋情，其中一个男人是剧团的成员，剧团赞助人离世之际，解散剧团是很自然而正当的，知枝当时也想离开京都。这个时候，另一个赞助者出现了。

燃眉之际，知枝和茜就继承税问题展开讨论并拿出了结果。她母亲在这件事情上起不上作用。知枝父亲的遗产中，除了相当数量的美术品和古董品之外，还有长野县安云野的土地。这最后的遗产，可以等上了年纪以后，跟心爱的人一起长相厮守。

一个秋高气爽的日子里，茜和知枝以及知枝父亲公司的税务师三个人一起去看那块土地。北阿尔卑斯已经是冰雪覆盖。税务师建议建造一个美术馆，把大半部分美术馆赠送给财团。而知枝决定把美术馆建在安云野。

美术馆的建造计划确定以后，开始建造之际，茜决定去金沙江考察，因为那里有《竹取物语》的原型"斑竹姑娘"的传说。原来是一个很关注茜的国文学者邀请她去中国旅行的目的，以便研究《竹取物语》。女学者虽然话不是很多，但是茜还是从她嘴里得知，她年轻的时候跟知枝的父亲是知己，不过当时她碍于学校里的这样那样的事情没能去成中国。

"只好一个人去了香港，当时中国还没有对外开放内地的旅游，尤其是西藏等地的旅行是不允许的，走投无路之际，遇见了来自日本的由八名女性组成的旅行团，邀请我一起去婆罗浮屠然后正如我前面所讲的。我回到了巴厘岛以后，很想找一个自己能做的事情，就寄住在卡娅夫人家里。那段时间里，一一见证了卡娅夫人如何地超越困苦，开始了她现在的工作，并博得了大家的尊敬。卡娅夫人的丈夫是具有王族血统的贵族。巴厘岛的其他王族同荷兰军队作战，被消灭了，当时的乌布王虽然战败了，在外交上却大获全胜。卡娅夫人的丈夫为了自己只考虑着利用这种和平主义。于是他试图巴结占领军，独占娼妓产业的经营权，并掌控销售网，均以失败告终。其他的事业也一败涂地。结果是终日放浪形骸于女性之间，日复一日地重复着花天酒地的生活。终于从王孙贵族沦为半地下产业者。家的管理就交给夫人了。当时，夫人已经是十几个孩子的母亲了。"

茜的笔记里简洁地记叙了卡娅夫人为了挽救家族的名誉，开始传授产业技术，基础巩固以后，开展传统艺术的保护运动，并为此倾注了心血。

"卡娅夫人的丈夫就住在你当初下榻的迎宾馆的对面，也就是蜡染工厂里面，好像现在还是偷偷摸摸地找女人到自己的房间里来。有这样的丈夫，其实卡娅夫人也是受害者，但是她从来没有向我发过一句牢骚。非但没有抱怨，作为十二个孩子的生母的卡娅夫人还抚养照顾着丈夫其他女人所生的孩子。我一直不理解为什么她能够做到如此地宽容。"

"有一天，卡娅夫人抱起一个刚刚三岁的男孩儿，对茜说道：'哦，真可爱啊！不管父母是谁，但是孩子本身没有罪孽的。'"茜在这一瞬间，突然理解了卡娅夫人。这个男孩是卡娅夫人的丈夫跟一个十七或者十八岁的少女所生的。

"她能够承受的自己正在承受的痛苦，而这样的痛苦是这个岛上很多女子都在承受的东西。"茜写道。"卡娅夫人思索的是并不规避错误，也不是单纯地忍耐。对于刚刚来到这个世界上的无论多么幼小的生命，都必须让他/她存在活着。这就是这个岛上善恶观、宗教观的根源。"

茜在笔记上记录着自己的发现。她的这种想法愈来愈深刻，甚而至于已经清楚地掌握了。她进而萌生了留在岛上的念头。以这个发现为契机，茜开始检点自己过去的活法。

"我把父亲的痛苦当做成了同时代的日本人所受的痛苦的一部分吧。这样的话，我所承受忍耐的生活方式是战争时期日本女性的痛苦的延续，我也挺过来了。"

良也反复地品读，茜继续写道："我无论如何不肯告诉你事情真相，在我的内心深处其实潜藏着一种狭隘的傲慢，那就是这件事只有我一个人懂得理解。为了赎罪，我应该做些什么呢?"

在茜的第二本笔记里，良也似乎能从她的笔触中感受到茜挣扎其中的喘息声。不能这样想，这样想的话，以后就把自己逼到绝境上去了。尽管能感受到她这样的思想，但是这并不能阻止良也继续读下去。

良也集中精神阅读笔记，阿佐谷的公寓繁华地带，十一点钟的时候，周围突然安静了。"我被聘为技术所的员工。这样一来，就接触到了这个岛上更多的更富于忍耐力的各种女性。日本应该也有同样的女性，只是我什么都没有看见。随着时间的流逝，我都忘记要回日本了。知枝催我回日本的信到了，我这才想起来还要回日本。"

深夜寂静的公寓传来两个男人的声音，醉醺醺地在说着什么，但是听不清说些什么。良也侧耳倾听，远处的大马路上奔跑的几台摩托车的声音像荒凉的波浪声似地传过来。

与替佳睦普溪谷两侧的棚田里的蛙鸣形成对比，这种声音令人毛骨悚然。

茜忘记回日本按照良也理解的话，也就是这么回事。在这本笔记里，茜首次坦率地披露了父亲的病，"我住在乌布，理所当然地要讲当地的语言。我逐渐地明白了父亲的痛苦其实就是战争的痛苦。这是一场攸关生死的战争，很多人因此失去了生命，每一厘米都有需要悼念的事情，没有想过战争本身是人的问题。我站在这个角度第一次弄明白了战争的责任问题，个别人洁身自爱选择了自尽，后来被人们奉为民主主义者，为日本的复兴倾注余生而吹捧着，不得不孤独地活着。这些都与父亲的病息息相关。但是父亲决没有提到过天皇陛下。"

"我第一次理解了父亲怀着怎样的彷徨，背负着深刻的精神创伤去棉兰老岛的。今天已经没有记录可查了，但是要同样地重走一遭是不可能的了。我每踏进密林一步，就更接近于父亲的痛苦。照我自己身体的状况来看，这已经是不可能的奢望了。所以我拜托你，去趟棉兰老岛，无论什么时候都行，带着能代表我的东西去。"

读到这里良也想，可以带着茜的照片去。跟她商量看看。

确实听说过有组织过类似于骨灰收集团巡游的。可以参加这样的活动。辞职以后还有精力的时候就去做这件事。在去之前，可能的话，最好能好好读下《潮骚的旅人》。

交代完棉兰老岛之行之后，茜接着叙述她从知枝来信中得知偶然遇见良也这个消息的惊讶。

"没有打招呼就销声匿迹的我自知已经没有资格再见你了。你竟然光临万绿美术馆，当时知枝就在茶室的柜台里，我想这样的巧合是上帝原谅了我。长期待在乌布，我被宗教牵引着心灵，完成了精神的构造。在这之前，卡娅夫人劝我到雅加达的大医院看病，确诊为癌症，作了手术，这更是把我向宗教拉近了一步。

"恰好在这个时候，收到了关于你的消息的信。我虽欢喜，但并没有高兴得过了头。

"这个岛上的神灵嫉妒心很重。因为了解你已经原谅我了，虽然还不是很充分，我这样对自己说。手术之后，我又回到了卡娅夫人那里。前几天，我去了你参观的棚田的房子，供奉了康南。卡娅夫人曾经告诉我这个习俗的含义，用我们的话说就是对这个世界上存在的东西表达敬意的一种标志。我祈祷着与你的灵魂心心相通。"

接着茜坦率地写了自己在机场见到堂妹知枝后对她的印象。

"在我眼里，知枝是一个有着惊人魅力的女性。'如果她陪伴在你身边的话，我就放心了。'这个想法是在机场看见知枝的时候就产生的。很奇怪吧。同时我也细致而认真地考虑过人生的晚年是不是能和你待在这个小岛上一起度过呢。脑海中闪有这样的念头，我还稍稍端详了你的脸。日子一天天地过去了，我心潮不断地澎湃着。即使你在日本已经有了妻子，我还是想和你待在一起。"

茜这样写道。良也读到结尾这部分，感到不可思议。坦白父亲病情之前的茜，理应在笔记中表达着"一个什么样的女性毫无痛苦地生活下去"。

茜在笔记的最后部分，转换话题，讲述了在乌布的每一天。这样的生活方式塑造了现在的她。

"我在这里学会了蜡染。知枝也对此很感兴趣，我送给她一种搅蜡乳的工具，可以使蜡乳垂下。打好草稿的话，我也能做蜡染了。以前在京都的时候，叔叔收藏有浜田庄司、河井宽次郎、富本宪吉、板谷波山、北大路鲁山人等陶艺家的作品，这些与他收藏的欧洲画家的作品相比，形成奇妙的对照，叔叔是个兴趣广泛的人。我在日本的时候，也曾看过一些陶艺家的作品。他们是把日本的花草模型化，然后染色。我觉得那个名为'爪哇更纱（印染花布）'就是根据某个蜡染作品产生的新灵感创作而成的。"

茜详细地介绍了蜡染的步骤和程序。良也也记得曾经跟她说过幼年时候九州柳川事情。当时，还教给茜白秋的一句童谣：土堤的爪哇之更纱。还告诉茜自己对南国的憧憬就是小时候培养出来的。

"我还想把你喜欢的大波斯菊画成图案，蜡染成五枚花瓣的日日草呢。"

不过茜感到为难的是日本花在乌布没有。她知道富本宪吉有句话叫"不要从图案中创作图案"。最纯粹最彻底的写生就是与突破因循守旧这种思想形成共鸣。故而茜托知枝从日本带来日本花草画集，来确认自己的记忆。当时茜要教小孩子们日语，同时也让知枝送来语法书以及小学教科书。

良也思忖着这种做法是典型的茜风格的自律，卡娅夫人也很信赖她能胜任这种工作。于是就这样，每天卡娅夫人领养的十二个孩子都围在茜周围。

"有一天我在市场上看到一个中年夫人和一个年轻好玩儿的现代女孩互相撕扯着头发，吵架打成一团。过去我对这样的场景只有嫌恶，但现在我却从那个中年女性身上感觉到了一种拼命活着的勃勃生机。"

良也反复读着茜的笔记，觉得就这样耗着没有什么决定待在日本拖延时间不是良策。决心要尽快地返回乌布。第二天，良也返回到玉川学园前的家里，拿了一个大皮箱，装着各种能带的衣服运到了阿佐谷。幸运的是后天的机票还有。因为联系不上克子，只好像上次一样写封信放在玉川学园前的家里再离开。

把休假申请暂放在坚决反对他的团那里。翌日，良也写了一封长信给克子，正要睡觉的时候，电话响了。

是克子打来的。

"我刚回来。半路上和同学分开后，同龙泽在欧洲待了一个月，彻底想了下我们的事情。你也好好考虑下，等你情绪稳定以后，我们再见一次吧。我现在还是一张白纸的状态。"克子的话像台词里的内容，语调缓慢而轻柔。

良也犹豫了一下，还是坦诚地告知了她实情，"从明天开始我要在巴厘待一段时间。以后我直接给你写信或者打电话。"

"好的。有时候打电话我不在，这两天我就装个留言电话，可以随时打进来。我不会主动联络你的。"

克子说完就挂断了电话。

这么短的通话，良也无法了解到克子的心情，自己设想了各种答案，觉得还是直接面谈好一点。受茜的理性和冷静所影响，良也似乎也清晰地理出了自己的答案。今晚看来是睡不着了，良也想着，吃了片安眠药，上了床。第二天早晨，他被一个来自乌布的电话吵醒了。是知枝打来的。"茜去世了。"知枝用无机质的声音说道。

"怎么回事儿。"良也问道。

"昨天夜里很晚的时候茜突然很痛苦，医生说是心肌梗塞。等我发现异常的时候，已经来不及了。对不起。"知枝说到这里，突然控制不住地在电话那头儿哭了。

"我以为还有点时间，川城先生正好在，我请了王家的侍医过来，但是没用。"知枝终于又断断续续地说道。

良也告诉她四小时以后的飞机到达，"茜已经觉察到自己要死了。"良也告诉知枝。

茜的葬礼由卡娅夫人安排，从雅加达专程请来了佛教僧侣。密葬之后的第二天，把她的照片装饰在祭坛上，举行追悼会。丧主是叶中知枝，关良也作为茜的朋友代表站在知枝旁边，卡娅夫人致温暖人心的追悼词。

跟着茜学习日语的学生、她的蜡染伙伴们、学画的朋友、棚田的村民以及卡娅夫人的孩子们还有其他相关人员人数众多聚集在那里。看到这个情景，良也想起茜在笔记里写到送走父亲的时候，只有她和医院的医护人员寥寥数人。

摆放在祭坛上的是茜的含笑照片。这张照片是一年前，她在雅加达做手术之前的生日时候，茜难得开心，卡娅夫人提议她在登巴萨的一家照相馆里照的。艳丽的火红色花、淡淡颜色的花以及雅加达的紫色花等，茜被这些树木花和不计其数的花草包围着，灿烂的笑颜十分年轻。良也作为恋人跟茜接触的时间很短暂，看着她的照片记忆变得鲜活起来，良也怔怔地盯着照片，忘记了周围的人们。心中默默地说着："什么都没跟你道谢，就先我而去了，不可原谅的是我这个愚蠢的傻瓜啊。"良也感觉到从长野时期到今天，自己一直深深地想念着茜。卡娅夫人的孩子们哭出声来，引得大人们也泪水涟涟。良也看着其中一个五岁的孩子，心想这就是茜在笔记中所说的卡娅夫人抱起来的那个小孩吗？幻鸟在院子里发出婉转美丽的哀鸣。

良也回到日本后再也没有心情跟克子联络了。就这样先待上一段时间吧。遂决定暂时在阿佐谷住一段时间。茜的去世反而使良也的心离克子越来越远。

夜里，良也把茜的第二本笔记放在桌子上，却全无气力去阅读。心不在焉的良也反复地回味着将于两天后捧着茜的骨灰盒返回日本的知枝的话："茜在去世前三天曾经开玩笑地说过，把我的骨灰撒进棉兰老岛的海里。"良也反复地回想着琢磨着，茜再一次预知了自己的死亡。良也慨叹着由于自己的疏忽，让茜离开了人世。他压抑着内心，拼命地劝说知枝："我自己也能预期到我的死亡的。这样的预感茜也会很高兴的。"

"茜所说的棉兰老岛的海，就是棉兰老岛周边的海吧。"守夜那天晚上，良也问过卡娅夫人，卡娅夫人没有正确回答他。回到日本后，想起这件事，良也买了地图。寂静的夜里，良也在公寓的桌上展开了地图，用放大镜来看，原来棉兰老岛是个群岛，宿务岛（菲律宾中部岛屿）之间的很多珊瑚礁的众多岛屿围起来称为棉兰老岛海域。

秋末的时候，良也在长野美术馆的馆长室里把茜的死讯以及详细经过告诉了小室谷。"怎么想都觉得茜预感到了自己的死亡。"良也总结似地说道。"那有可能。我调查过几个画家晚年的行动。据我所知他们画出了本人预知死亡的作品。作曲家也是那样的。茜之前的笔记就是预知吧。"小室谷回应道。接着又问道："知枝怎么样？"知枝不在期间，小室谷帮忙照看着万绿美术馆。经他这么一问，良也不禁想起知枝在茜的尸体旁边哭得死去活来的样子。

知枝在良也到来之前十分紧张，良也的迅速到来使她得以从紧张中解脱。

还有默默地往茜的身体上涂抹香油进行的消毒少女丝德，在旁边的房间里，良也握紧拳头敲砸着膝盖，望着远处，自己的身姿就好像是舞台上演员一样。所有这些一幕幕的呈现，良也的记忆复苏了。

涂完香油，知枝帮着给茜穿衣服，良也也靠近茜的身边。知枝反复地说道："茜到最后一点苦也没受。你看看，很安稳祥和。"良也也有同感。从茜的表情可以看出她死后第一次从世上的痛苦走向自由。

茜似乎在对轻轻地抚摸着她的头的良也说："请仔细地看看我。我现在很幸福。"眼泪从良也的眼中静静地滴落下来，他心中默默地对茜说："你太辛苦了。"接着，开始读经了。

茜的遗骨由知枝拿回万绿美术馆安置。第二天，良也和小室谷决定一起和知枝商量着如何实现茜"把我的骨灰撒向棉兰老岛"的愿望。

小室谷说："这是当然的。还有一件事，你不在期间NSSC连锁公司的社长似乎很吃力。"

良也同父异母的哥哥忠一郎去立陶宛，关于整个过程。回到东京的时候，良也读了团递给他的剪报。

良也在来长野的新干线上重新阅读了周刊杂志。对忠一郎的报道是以战争体验者的"心之旅程"作了一期专题。聊了一段时间以后，小室谷说："战争的灾难波及到了下一代。"

良也没有被周刊杂志专题报道打动过，但是大致留下的印象就是忠一郎在谁都不理解的状态下生活着。他本人也矛盾重重地，未必知道自己究竟是什么人，要弄明白这个问题十分困难。

忠一郎不创办NSSC连锁店，继承父亲的志趣，研究石楠花的话，应该能过上更有收获的人生吧，良也在心中第一次为忠一郎感到悲哀。

在这鲜花盛开的季节，良也十分想带着茜去趟赤城，但这已经是不可能的事情了。

到达长野当晚，良也被小室谷带去了信浓。信浓女老板娘志乃不在。小室谷用他特有的方式安慰道："累了吧。今晚我们一醉方休。"

"志乃怎么样？还好吧。"良也问道。

小室谷意外地回答道："嗯。还好。大概已经不来这里了吧。"

良也看着小室谷，眼神里带着询问的意思："发生什么事了？"

小室谷说道："去孟加拉参观老虎呢。准确地说是去拜访老虎。"

听他的解释，好像是志乃不去跟老虎打声招呼的话，就不罢休。志乃的男朋友曾经是个过激派的学生，改名换姓后做了镇上附近的动物园饲育员，逃避警察的追究。有天夜里，钻进了老虎笼子里，激怒了孟加拉虎，被老虎咬死了。小室谷曾经对良也说过："这可以理解成预感到的死亡。"

想想去孟加拉的志乃以及那个学生，古莱特和忠一郎，还有茜，他们每个人都有意识或者无意识地挺直身体来确认自己究竟是什么。但是良也自己从来没有这种念头。茜从他的身前消失的时候，他只是犹豫了一下。良也扪心自问了下：这也许是不了解自己的孤独，抑或是自己是个不受欢迎的人。从来未曾紧紧地拥抱过孤独的人怎么可能令别人喜爱呢。曾经有很多次感到为难，这样的疑问缓缓地潜入良也的内心。

当小室谷问起："你还和克子夫人能沟通吗？"良也脱口而出道："聊一次无法说太多。"连他自己都感到吃惊说得如此强硬。这种反应就好像是突然像对待一个外人一样，担心着"克子怎么办呢？"

第二天下午，良也坐着小室谷的车，翻过山，飞奔向安云野。昨夜里，今年的第一场雪降临北阿尔卑斯山脉，群峰白雪皑皑，熠熠生辉。

"茜离开的日子里乌布的空气清澄了许多。"想着这些，良也坐在副驾驶位上，思忖着。"知枝今后怎么办呢？美术馆毕竟只是美术馆。"小室谷目视前方，自言自语道。

知枝说："我来做料理。"在万绿美术馆招待两个人。听到知枝这句话，良也感觉到知枝是想通过满满的事情让自己忙碌起来，分散茜的离去带来的打击。

安云野的夜晚像冬天一样寒气逼人，月亮升上天空，温煦静谧的光芒仿佛再阴暗的罪孽都能照亮。他们在良也第一次遇见知枝的茶室里订下了席位。知枝开了一瓶储存了四十年的红酒，这是知枝做贸易商的父亲的陈年收藏。

小室谷举起酒杯："祝茜一路平安。还有知枝和关今后幸福。""这样的月夜里，总让我想起茜的笔记上写的叶中大佐后脑勺出现的淡紫色的光圈。"良也一口气地说完。他向知枝和小室谷叙说了茜笔记里提到的叶中大佐后脑勺出现的淡紫色的光圈的事情。小室谷说："光圈不是北半球的现代人都偷偷拿着的东西吗?"知枝也赞成这个说法："茜住在乌布,了解些巴厘岛居民自然的生活方式,光圈是直观的表现吧。"良也默默无语,听着他们两个的对话。

美术馆之夜蔓延着一阵沉默。这让良也想起前晚小室谷劝他的话："和知枝在一起吧。人生只有一次。要不我就上了。""不行。现在说这件事的话,知枝她会生气的。"知枝会说："我不想一直做茜的替身。"良也阻止了小室谷管闲事。

虽然当时口口声声地说不行,坦白说良也确实一直在考虑着这件事。现在,他自己也意识到了这点。想象中他仿佛听到知枝断然地声音："讨厌。"这时候,他突然觉察到克子生气的理由也是这个。良也转换了思路,提议道,"按照知枝的想法,来年春天的时候,把骨灰撒进棉兰老岛的海里吧。如何?"显然,他和知枝两个人打算踏上蓝色的珊瑚礁。

那应该是良也的弄潮的旅人的开始。